亲爱的

尤 前 ◎ 著

上 册

青岛出版社
QINGDAO PUBLISHING HOUSE

**图书在版编目（CIP）数据**

亲爱的吾兄/尤前著. —青岛:青岛出版社,2021.10
ISBN 978-7-5552-9730-7

Ⅰ.①亲… Ⅱ.①尤… Ⅲ.①长篇小说－中国－当代 Ⅳ.①I247.5

中国版本图书馆CIP数据核字（2021）第126702号

| 书　　名 | 亲爱的吾兄 |
|---|---|
| 作　　者 | 尤　前 |
| 出版发行 | 青岛出版社 |
| 社　　址 | 青岛市崂山区海尔路182号（266061） |
| 本社网址 | http://www.qdpub.com |
| 邮购电话 | 18613853563　0532-68068091 |
| 责任编辑 | 龚雅琴 |
| 校　　对 | 李晓晓 |
| 装帧设计 | 蒋　晴 |
| 照　　排 | 梁　霞 |
| 印　　刷 | 三河市良远印务有限公司 |
| 出版日期 | 2021年10月第1版　2021年10月第1次印刷 |
| 开　　本 | 16开（710mm×980mm） |
| 印　　张 | 38 |
| 字　　数 | 784千 |
| 书　　号 | ISBN 978-7-5552-9730-7 |
| 定　　价 | 69.80元（全2册） |

编校印装质量、盗版监督服务电话 4006532017　0532-68068050

# 目 录 上册

# 目录

下册

2

# 第一章　妹妹的入门考核

天色渐暗，四野皆是蛙声虫鸣，谷底幽深的杂草丛中没有一丝人气，除了躺在其中的那个奄奄一息的少年。他全身一片血红，遍布刀痕、剑痕，几乎找不着一寸完整的肌肤。

"我不能死！"少年瞪大了眼睛，拼命保留着最后一丝意识。

灭门之恨，血海深仇，那几百条亡魂还等着他前去昭雪，他怎么可以轻易认输，怎么可以死在这种地方？

可他又能怎么样呢？身中剧毒，经脉尽断，被推入这荒无人烟的谷底，他早已没了生机。

天色越来越暗，不到片刻就黑透了，他那颗满是不甘的心也开始冷却。老天无眼，看来他今日是难逃此劫了。

"喀喀，那谁……"

突然，清脆的声音传入他的耳中，给他已经快死寂的心注入了一股清流。

有人！他猛地瞪大了被血糊住的眼睛努力看向前方，只看到了一个女子模糊的身影。她穿着一身他从未见过的奇怪衣裳站在旁边，一脸平静，仿佛看不到他全身的血迹似的。天下哪有这么胆大的姑娘？这是梦吗？

"你叫龙傲天？"

这果然是梦啊，不然她怎么会知道自己的名字？他苦笑了一下。到了这种地步，他居然还期盼着有人前来相救。

"喂，你到底是不是龙傲天呀？"姑娘皱了皱眉，开始不耐烦了。

龙傲天心想：罢了，这只是梦，告诉她又如何？他现在已经不是龙城的少城主了，不能报仇，龙傲天这个名字已经完全没了意义。他深吸一口气，点了点头。

"看来这次没传送错。"姑娘满意地点了点头，从背后掏出一本册子递了过来，笑道，"来，龙傲天，你的'金手指'已经送到，请注意查收。"

他愣了一下，"金手指"是何物？梦里人的话怎么这么难懂？

像是看出他很疑惑，姑娘叹了一声，解释道："'金手指'不能吃。"

呃，他没问能不能吃啊！

"不过它比吃的有用多了。"姑娘拍了拍手上的册子道，"只要练了这本《混元秘籍》，你以后就可以打怪升级，成为武林高手，出任众派盟主，迎娶第一美人，走上人生巅峰。"

秘籍！她手里拿的居然是一本武功秘籍！

"我的时间不多了，秘籍我放在这儿了啊！"姑娘放下手里的册子，还特意翻到其中一页，然后起身离去。

龙傲天定睛一看，心中一惊，只见那页上介绍的居然是一种聚气归元的内功。如果按此法练功，他身上的伤不日便可痊愈。

"哦，对了！"已经走到十步开外的姑娘突然回过头来，指了指旁边的水潭道，"这潭里长得奇怪的鱼可以解你身上的毒，你身边那些奇怪的草可以接好你的经脉，反正你自己以后也会发现，我就提前告诉你了。你有空多拔点儿草吃啊！就这样了，再见！"

解毒！接续经脉！龙傲天只觉得心底掀起惊涛骇浪。这样的话，那他真的可以活下去。不，不仅如此，有了这本武功秘籍，或许他还可以报那血海深仇。

"姑娘……"他用尽全力叫住了正要离开的恩人。到现在他哪里还看不出，这不是梦，而是遇到贵人了。

"啊？"姑娘回过头问道，"还有事吗？"

"敢问恩人大名？"

"我？"姑娘愣了一下，皱了皱眉，思索良久才道，"我不重要……你就当我是……顺风快递吧！走了，再见！"

说完，她已经走远，不见了身影。

龙傲天一直看着恩人的背影，直到再也看不到，才收回了视线。老天果然待他不薄，即使被人害得落入如此境地，他还能遇到恩人。他深吸一口气，带着满腔的感激之情，按照秘籍上写的内功心法练了起来。他会好起来的，不但要解毒养伤，还要习得绝世武功，等报了血海深仇后，再来报答恩人的大恩大德。他会永远记得恩人的名字——顺风快递！

"阿嚏！"百米开外，穿着休闲服的时夏觉得后背一凉，忍不住打了个喷嚏。

她掏出口袋里的手机，点开一个写着"穿"字的App（手机软件）。果然"任务提交"的按钮已经亮了，后面还附带了一行小字：任务进程 10/10。

总算可以回家了，时夏松了口气。自从被这个自称"系统"的家伙缠上后，她就被强制带到了各个世界去给主角送"金手指"，连手机上也被强行装上了供人穿越的App。她送了整整一个月的快递，总算完成了所有的任务。回去后，她非得吃个煎饼馃子压压惊不可，嗯，还要加十个鸡蛋！

　　"喂，系统！你让我送的快递我全送完了，这回你可以自行消失了吧？"

　　叮！

　　时夏的耳边传来一阵电子音，紧接着脑海里响起了一阵噼里啪啦的鞭炮声。

　　"恭喜玩家领会了为大家服务的精神，本系统的最终目标达成！"

　　时夏在心里吐槽：嘁，还为大家服务呢，明明就是为主角服务，我顶多就是个送快递的。

　　"请提交最终任务！"

　　时夏赶紧点了手机上的提交按钮。

　　"任务已提交，启动最终传送，5……4……3……"

　　时夏在心里欢呼：煎饼馃子，我来了！

　　时夏只觉得眼前一闪，下一刻已经不在那个阴暗的谷底了，而是到了一个更加阴暗的谷底！说好的回家呢？她可不记得自己家旁边是个峡谷，还有这么大一片森林！

　　"系统，你给我出来！说好的送完快递你就愉快地消失，放我下班呢？这个鬼地方是哪儿？"

　　"最终传送完成，系统卸载中：100%……90%……70%……40%……"

　　"天哪！你先送我回去再卸载啊！这是什么鬼地方？你把我送到这里来干吗？"时夏慌了。

　　"40%……30%……20%……"

　　"等等！先别卸载，这是哪里啊？"

　　"10%……5%……卸载完成！"

　　时夏的耳边传来一阵吱吱的声音，然后彻底没了响动。

　　系统竟然真的被卸载了，她不会就此被扔在这种地方吧？时夏连忙把手机掏出来一看，那个软件果然不见了。她顿时觉得心凉了半截。

　　让她仔细想想这一切是怎么发生的……

　　一个月前，她只是去超市给老哥养的那只蠢猫买了袋小鱼干，结果一出超市，一个自称"系统"的家伙就莫名其妙地出现在脑海里，不但强行在她的手机里装了个类似导航的软件，还塞了一堆东西给她，全是秘籍、法宝之类的，连大力丸都有。系统还把她传送到各种奇怪的世界给主角送"金手指"。她不把东西送完，就永远回不了家。

　　为了回家，她忙了一个月，终于把那些东西送完，现在口袋里只剩那包小鱼干了。可是她为什么没回到超市，来了这个鬼地方啊？

时夏看了看前方一眼望不到边的森林，茂盛的树木、青青的草地、高高的石壁以及那几个身穿古装拼命奔跑的兄弟……

等等，古装？这群群众演员是从哪儿来的？

那几个人一脸慌乱，似乎见到了什么可怕的东西，看都没看她一眼，连滚带爬地朝森林深处跑去，不一会儿就没了踪影，一边跑还一边喊着："妖……妖怪！"

妖怪？时夏愣了一下，这个世上怎么可能有妖怪？她可是一个相信科学……

"吼！"一声惊天动地的巨吼传来，震得人耳膜生疼，紧接着轰隆一声巨响，一个巨大的黄色身影从天而降，落在了时夏的前方。

时夏猛地倒吸一口凉气，好大的猫啊！

那只黄色巨兽张嘴怒吼一声，露出一口尖牙。瞬间，时夏只觉得脑海中的"常识"两个字粉碎了。

"妖怪！"时夏使出了吃奶的力气，转身就朝众人刚刚离开的方向狂奔。为什么这里的猫这么大，而且长了翅膀，貌似还是食肉动物啊？猫不是该吃猫粮吗？

时夏越跑越快，生怕慢了一步，后面那只猫就看上她这个口粮了。

她起步晚，但好在跑得快，身边的人越来越多了。跑在她前面的都是年轻力壮的汉子，她旁边的全是小孩儿或妇女。

"啊……"她右侧的一个小女孩儿突然被什么绊了一下，摔倒了。

小女孩儿看着才五六岁，努力想爬起来，却再次摔倒在地，腿上似乎流血了。

"妞妞！"前面一个小男孩儿停下脚步，似乎想回来救人。可是已经晚了，血腥味刺激到了那只怪物，只见它纵身一跃，直接跳到了小女孩儿的身前，露出了一口尖牙。

小女孩儿已经吓傻了，无声地看着头顶的怪兽，泪水哗啦啦地流了一脸。

眼看那只怪兽张大嘴咬了下来，时夏一把扑了过去，抱住小女孩儿就地一滚，再朝猫头一踢，借力滚了好几米远。也许是危机激发了潜力，原本不擅长运动的时夏抱了个小女孩儿居然还能跑得飞快。

"快跑！"她一边朝前边的男孩儿喊了一声，一边抱着小女孩儿朝另一个方向狂奔。

那只巨猫被时夏踢了一脚，吼叫一声之后没有追其他人，反而朝时夏跑了过来。

天哪！它不应该往人多的地方去吗，为什么突然盯上她了？她现在道歉还来得及吗？

巨猫在时夏的身后发出怒吼。时夏不敢回头，心底只有"跑"这一个念头。巨猫的吼声越来越近，还带着翅膀扇动的声音，四周的树木都被扇得摇摆了起来。

她竟然忘了那家伙还能飞！

老天爷还给不给人类一条活路了？下一刻，老天爷用实际行动给了她答案：不给！时夏看着眼前那一堵光滑的石壁，心凉透了。

巨猫已经追过来了，大吼一声。

眼看着那张大口越来越近，时夏只觉得心底咯噔一声。这么大一只猫，她怎么打得过？

等等！猫？时夏突然想起了口袋里的小鱼干，要不试试？她立马掏出小鱼干，打开包装袋，用力朝旁边甩了过去。小鱼干撒了一地，那只巨猫愣了一下，但一双竖瞳仍死死地盯着她。

果然……这招有用才怪！它只是长得像猫而已，怎么可能为一包小鱼干而屈服？

然而，下一刻，巨猫以迅雷不及掩耳之势扑向那撒了满地的小鱼干，疯狂地舔食起来，边吃还边发出满足的声音。

这真的有用啊？你作为怪兽的尊严呢？时夏惊呆了。她一时有了无限的动力，趁巨猫享用美食之际，抱紧怀里的小女孩儿狂奔。她专往树木茂密的地方钻，不知道跑了多久，直到双腿一软往前倒了下去。她想起自己怀里的小女孩儿，立刻侧身，结果一头栽进了一团烂泥里。

她躺在地上，耳边传来鸟叫声，四周弥漫着洁白的雾气。

天已经亮了。她居然跑了整整一夜，难怪觉得四肢都疼得不像自己的了。

"姐姐……姐姐……"一张脏兮兮的小脸从她的怀里钻了出来。小女孩儿满脸惊慌，似乎下一刻就要掉下眼泪了。

"乖，别哭！"时夏想摸摸她的头，却发现手根本抬不起来，只能喘着粗气道，"我……歇会儿……就好，听话。"

"嗯，姐姐听话。"小女孩儿乖乖地点了点头。但她到底是个孩子，看时夏一动不动的样子，怎么会不怕？她忍不住开始流眼泪，却没有哭出声，死死地咬着下唇。

时夏躺了半天才恢复了一些体力，终于坐起来了，顺手把几乎要长在自己身上的"小萝卜"给拔了出来！

"姐姐……"小女孩儿可怜兮兮地看着她。

时夏摸了摸她的头，这才有空检查她腿上的伤口，还好只是轻微划伤，现在血已经止住了。

时夏叹了口气道："你叫妞妞？"

她点了点头。

"那你能告诉姐姐，这里是什么地方吗？"

妞妞一脸迷茫。

时夏只好换了个问题："刚刚和你在一起的那个小男孩儿是你熟悉的人吗？"

妞妞沉默了一会儿才道："哥哥。"

"他是你哥哥？"

妞妞点头。

时夏尽量温和地问道："你住在哪儿？记得回去的路吗？"

妞妞摇了摇头道："不记得……哥哥说很快就会到了，到了我们就不会挨饿了，会变得很厉害。"

时夏："你知道你哥哥要去哪里吗？"

妞妞又摇了摇头，突然想到了什么，抓着时夏的衣服道："东……哥哥说了要去东，马上就会到了。"

东是指东方吗？时夏通过太阳辨别了一下方向，她们前进的方向正是东边。这个世界对她来说太陌生了，她们待在原地反而更危险。可能是因为时夏已经送过几十次快递了，习惯穿越了，现在十分淡定。而且她总觉得系统把她扔在这个世界没这么简单，应该有其他目的。

于是，时夏休息了一会儿后牵着妞妞上路了。


直到日正中天，时夏才隐约听到前方有人的说话声。她心中一喜，抱起妞妞加快脚步往前走去。

拨开前面的树丛，眼前豁然开朗，前面居然是一大片草地，上面站满了人。

时夏松了口气，一屁股坐在地上，不想起来了！

"妞儿！"她刚把小孩儿放下，一道青色的身影就冲了过来，抱住了地上的女孩儿。

"哥哥！"妞妞的眼睛一下亮了，她立马抱住了眼前的人。

"妞儿，你的伤怎么样了？"男孩儿开始认真地检查起她的伤口。

妞妞摇了摇头，指了指时夏的方向道："没事，有姐姐。"

男孩儿这才回过头来看向时夏，直接跪了下去，道："多谢恩人救了家妹。"

这倒是个懂礼貌的孩子。

时夏满不在乎地挥了挥手道："不用客气。"

男孩儿愣了一下，仍礼貌地道："救命之恩无以为报，恩人往后若有任何吩咐，在下义不容辞。"

"行了，小屁孩儿哪来那么多话？"时夏好笑地看着这个比妞妞大不了两岁却一副小大人模样的少年道，"我现在站不起来，没力气扶你，你就别跪着了，自己起来吧。"

少年这才站了起来，低头看了看瘫在地上的时夏，牵着妹妹的手道："在下轩林，梁国人，此次是带舍妹来求仙的。只是没想到这仙林之中这般凶险，多亏恩人……"

"求仙？"时夏听到关键词，立马坐起来道，"啥意思？"

轩林一愣："恩人你……不也是来仙山求仙问道的吗？"

时夏一时无言，她只是个被系统坑了的无辜快递员而已。

"传闻仙山之门每十年才开一次，只要进了门就可成为仙门弟子。"轩林继续道，"虽说仙林凶险，但只要上了山便可超脱凡尘，所以才会有这么多人不远万里来到这里。"

时夏这才打量起这草地上的人，原来他们是在等仙人开仙门啊！

等等！这设定怎么那么像仙侠玄幻剧呢？

"这个世界上真有神仙吗？"

"这是自然！"轩林点了点头，指了指草地尽头的那一片白雾道，"今日就是开仙门的日子，等会儿就会有仙人从那里出来了。"

时夏有些兴奋，如果这个世上真有神仙的话，那回家之事就有希望了！

"对了，还不知恩人尊姓大名。"轩林问道。

"哦，我叫时……"

她还没说完，前方突然传来一声惊呼："仙门开了！"

人群立刻骚动起来，开始向前方移动。时夏站了起来，然后猛地睁大了眼睛。

前方白茫茫的浓雾突然像被什么切开了一样，开始向两边退去，露出后面的一座山峰。山峰之上有着一座座白色的宫殿，瀑布似银色的丝带从峰顶直流而下。峰上的天空更是一片霞光。

这是真的仙境。

在场的人齐齐地吸了口气，被震撼得说不出话来。突然，地上升起了一块又一块白色的方块，一块比一块高，直接连到了远处那座仙山之上。

"是升仙梯！"不知道是谁叫了一声，人群顿时骚动起来，往那阶梯处跑了过去。但不一会儿，前方就传来了几声惊呼。

"为什么上不去？"

"这梯子难道是活的不成？"

"哎呀，摔死我了！"

时夏踮起脚尖一看，原来那一层层台阶根本不好踩，很多人走了几步就一脚踩空掉了下来。得，她也不急着往前走了。

原本一脸兴奋的人们一下全蔫了，但依旧不死心，一遍遍地尝试着。

"这仙梯要有仙人带领才能上去，大伙就别瞎折腾了，等仙人来吧。"

听了这句话，大家才安分下来。

可眼看着太阳就要下山了，仙人还没出现，大家急躁起来，连时夏都有些怀疑，是不是人家周末不上班。

突然，有人高呼一声："快看天上！"

只见一个黑影正从那座浮峰的方向飞过来。

"来了，是仙人来了。"

"仙人来接我们了，太好了！"

时夏抬头一看，忍不住叫了一声，原来真的有神仙啊！

那个人脚下踩着一柄飞剑，离他们越来越近，身影也越来越清晰，穿着一身黑衣。

黑衣？时夏皱了皱眉，没来由地生出一股违和感，神仙不都是白衣飘飘的吗？还有，这是她的错觉吗？她怎么感觉后面那座仙山上的霞光暗了些？

只是几秒的工夫，那个人已经来到了众人的眼前，是个男子，穿着黑色的长衫，看起来很瘦，脸色苍白，嘴唇却红得滴血。他踩着一柄长剑，停在了离地面四五米高的地方，扫视了一遍地上的众人，眼里的鄙夷之色毫不掩饰地流露出来。最终，他冷笑一声道："原来是一群愚昧的凡人。"

"仙……仙人！"与他轻视的态度相反，下面的人都两眼发光地看着他道，"你是仙人吗？"

"仙人？"那男子看了一眼问话的人，笑了笑道，"没错，我的确是要成仙的人。"

这话一出，大家更兴奋了，你一言我一语地讨论起来。

"太好了，仙人终于来了。"

"仙人是来接我们的吗？"

"接你们？"空中的男人笑得更加欢畅了，点了下头道，"没错，我是来接你们的。"

他明明在笑，眼中却没有半分笑意。只见亮光一闪，他的手上多了一柄折扇。他慢条斯理地展开扇子，说："你们可要准备好了。"

时夏突然有种不祥的预感，其他人却沉浸在要进仙山的兴奋中。

男子扬起手里的扇子，笑眯眯地道："既然你们想加入天宸派，本座就好人做到底，让你们去见见你们的师伯师祖们……"

时夏心底一沉，这台词不对啊！她大声道："等等……"

她还没说完，男子却扬手一挥，大声道："送你们去地下跟他们团聚！"

他手中的扇面上突然冒出大量的黑色气体，顷刻间笼罩着整片草地。时夏还没反应过来，就看到眼前的人一个接一个倒了下去。

刚刚还喧闹不已的众人瞬间安静，别说反抗了，连说话的机会都没有。

"哈哈哈哈……"那男子笑得猖狂，面目狰狞，得意地道，"你们入哪个仙门不好，偏偏要来天宸派送死。只要我黑煞活着一天，绝不容天宸弟子存世，你们入天宸派就该……"

他的话还没说完，突然顿住了，猛地瞪大眼睛，见鬼似的看向时夏道："你……你为什么还站着？"

"呃……"时夏道，"要不……我也趴下？"

男子眉头一皱，顿时暴怒："你敢耍我？"

我没有啊，我要是说只是习惯了雾霾天气，你信吗？

男子压根没给她回话的机会，再次一挥扇子，只见一道道黑色的风刃朝她袭来。

时夏条件反射地朝旁边一滚，只听到轰隆隆几声，刚刚站立的地方瞬间出现了一条半米深的长沟。

这个人是真的想杀她啊！

时夏还没来得及爬起来，下一道风刃已经迎面飞了过来。她下意识地闭上了眼睛，但预料中的疼痛没有降临，只听旁边有一阵风扫过，响起了一声熟悉的吼声。

时夏睁眼一看，一个巨大的黄色身影挡在了她的身前。

"大猫？"这不是之前那个怪兽吗？它怎么来了？

那只巨猫回头看了她一眼，完全没了之前追她时凶狠的样子，反而朝她友善地叫了一声，然后回过头去朝着空中的男子威胁似的龇牙低吼。

它是在保护她？

"原来是护山灵兽。"男子眯了眯眼睛道，"难怪她可以躲过我的噬魂毒雾。不过，区区一只五阶灵兽又能奈我何？"

男子再次挥出了几道黑色的风刃，大猫扬起爪子拍散了风刃，翅膀一挥，顿时飞上天空，朝男子扑了过去。黑衣男子微微侧身，躲过了大猫的攻击，顺势再次发出风刃。一猫一人在空中打得热火朝天。

时夏有些紧张，在心里默默地给大猫加油，趁机检查了一下倒在地上的人，发现大家还有呼吸，只是十分微弱。她正想着怎么救人，天上突然传来一声痛呼。时夏抬头就看见大猫的身上多了一道口子，正不断地滴着血。时夏的心一下提了起来，看来大猫也打不过那个男的。

大猫虽然力气大，可以拍散对方的风刃，但男子身形灵活，风刃又细又密，时间久了大猫自然吃亏。如今大猫受伤，那个男人下手更是毫不留情，一个巨大的黑色风刃朝大猫的腹部飞了过去。大猫被打了个正着，痛呼一声，从天上掉了下来，再也爬不起来了。

时夏赶紧跑过去，只见它的肚皮上被开了一道手掌长的口子，血正汩汩地往外流，止都止不住。她只觉得一股怒火涌上心头，啥都顾不上了，吼道："你敢虐猫，不知道我是小动物保护协会的会员吗？老娘跟你拼了！"

她从地上捡起一根木棍就站了起来，不管不顾地朝黑衣男子跑了过去。

"找死！"男子冷哼一声，捏了一个诀，只见他的身前亮起一个法阵，中间一个火球凭空出现，越来越大，瞬间长得比人还高。他手中的扇子一挥，那火球就飞了过来。

时夏只觉得大量的热气扑面而来，不由得紧紧地抓着手里的棍子，心里却一点儿都不害怕，拼了！

当时那个火球离她只有0.01米，她甚至没有时间回想自己短暂的人生，千钧一发之际，一道白色的光从天而降，直接打在了火球上。

她只听到吱的一声，火球灭了！而她的脚边正插着一把透明的光剑。

刚刚还十分嚣张的黑衣男子脸色一变，眼里顿时出现一丝恐慌，转身御剑就想逃，才飞起来，却似乎被什么东西压住直接摔了下来，狼狈地趴在地上，张嘴吐了好几口血，再也爬不起来了。

这是啥情况？

刚刚还昏暗的天空突然白光大亮，时夏抬头一看，只见天空出现了一个圆形的像法阵一样的东西，覆盖了整片草地，正发着白光，而阵的周围围着一圈跟她脚边同样的剑。

黑雾瞬间消失得干干净净。

阵法之上，一个白色的身影若隐若现，时夏被光刺得眯了眯眼，看不清那个人的样子。

这个人救了她？

"黑煞，你这个魔头，这回看你往哪儿跑。"右前方远远地飞来一个十几岁的少年，直朝着吐血的黑衣男子而去。

时夏顿时松了口气，心想：嗯，看到你穿白衣我就放心了。

少年上前把黑衣男子捆了起来，这才转身向着空中行了个礼："没想到会在这里见到太师祖，多谢太师祖相助。"

空中的人没有回应，仍停在原来的位置，被众多光剑围在中间。

少年却似乎已经习惯，反而一脸吃惊地看着时夏："咦？"

"嘿，好人。"时夏扬手打了声招呼。

"吸了刚刚那毒雾，居然还有人可以保持清醒。"少年快步走了过来，上下打量了时夏一眼道，"你到底是怎么做到的？"

我说是因为颜值，你信吗？

"我也不知道……对了，猫！"她突然想起了那只大猫，回头一看，它身下的血已经染红了一片草地，嘴里还不时发出几声痛苦的呻吟。

"猫……"时夏有些难受，它是为了救她才这样的。她摸了摸它的头，看向少年道："看你的工装也知道是个好神仙，你能不能救救这只猫？"

工装是什么？少年的嘴角动了一下。他上前几步细看后说道："这……这不是天宸派的护山灵兽吗？它怎么会在这里？难道是……"他猛地转头看向被绑起来的黑煞。

"哈哈哈……"黑煞笑得更加嚣张了，"可惜你终究来晚了一步，天宸派已经不在这个世上了。"

"你……你居然真的灭了天宸派满门，可恶！"少年气得脸都涨红了，眼里满是怒火。

少年念了什么，黑煞又吐出了几口血，却仍不怕死地挑衅道："现在你就算杀了我也没用。"

"你简直丧心病狂！"少年想过去跟他算账。

时夏一把拉住少年道："行了，先别管他了好不好？救猫要紧啊！"

少年一脸为难，愧疚地道："姑娘，它是灵兽，在下并不擅长御兽之术，纵然有心也无力。"

"那咋办？"她上哪儿找兽医去啊？

少年咬了咬牙，抬头看向空中那个白影道："太师祖，你看……"

他话还没说完，一道白光就从天上落了下来，直接笼罩住了大猫。它腹部的伤口正以肉眼可见的速度愈合，不到片刻就完好如初，连疤痕都没有留下。

大猫自己都惊呆了！

时夏摸了摸它的头，发现它正有意无意地往她的口袋处蹭，双眼发光，只差没伸爪子扒了。

"呃……"她嘴角一撇，"小鱼干已经没有了。"

大猫撒娇的动作一顿，直直地看了她两秒，眯了眯眼，然后十分干脆利落地转身走了。

少年见猫的身体恢复了，松了口气，连忙向空中拱手行了个礼："多谢太师祖。"

"谢谢，好人二号。"时夏也连忙道了个谢。

那人仍没有回话，轻轻挥了一下衣袖，空中那个阵的光暗了下去，而倒在地上的人陆续有了动静。

"姑娘，这个给你……"少年突然朝她递过来一物。

"这是什么？"

"你在这里，想必也是为仙途而来。你资质不错，若是想入道，这个应该可以帮到你。"

时夏接过一看，是一个白色的玉牌，除了上面刻了几个不认识的字符，看起来很普通。

"魔修的毒气已解，他们马上就会醒过来，在下就此告辞了。"

"哦。"时夏瞅了瞅手里的玉牌，有些蒙，"谢谢啊。"

"不客气。"

少年唤出了飞剑，见空中的白衣人已朝着之前仙山的方向飞去了，忙道："太师祖，等等我！"

少年连忙拎起地上的黑煞御剑而起，突然想到了什么，回头道："对了，我叫元吾，玉华派弟子。不知姑娘怎么称呼？"

"哦，我叫时夏。"

她的话音刚落，刚刚飞起来的元吾一下掉了下来，一副见鬼了的表情，就连空中满天飞舞的光剑也哗啦啦像下雨一样掉了下来，全插在了她身边几尺远的地方。

"你……"

他话还没说完，那道已经飞远的白影也嗖的一下飞了回来，下一刻已经站在了时夏的面前。

"你说什么？"

时夏愣了愣。白衣人离自己太近了，她忍不住向后仰了仰，这才看清眼前人的样子，不由得瞪大了眼睛，帅哥！

元吾叫他太师祖，她还以为是个年纪很大的老头，没想到那人十分年轻，剑眉星目，长发及腰，一身白衣如雪，满满都是禁欲的气息。

他的气场强大得让人无法忽视，就连声音也像带着压迫感一样，让人生不起反抗之心："你叫时夏？"

"对啊！"这有什么问题吗？

男子皱了皱眉，用审视的眼光直直地看着她道："你当真叫时夏？"

"呃，不行吗？"她顿时觉得那股压抑的感觉更重了，腿好软啊！

男子的眉头皱得更深了，他直直地盯了她好久。正当她都快怀疑自己是不是取错了名字，或者医院抱错了孩子时，他却突然道："以后不要叫这个名字了。"

"啊？"啥意思？我的名字怎么碍着你了？

他丝毫没有解释的意思，转身嗖的一下飞走了。

"太师祖……"元吾着急地喊了一声，空中却已经没了对方的身影。元吾看了时夏一眼，身子没来由地抖了一下，脸上居然出现了惊恐的神情，御剑拔腿就追了出去："太师祖，等等我……"

他飞得很急，像是背后跟着什么洪水猛兽一样。

时夏一头雾水，到底发生了什么事？出来个人解释一下啊！


两人走后，那些晕倒的人都醒了过来，轩林和妞妞也没事。草地上的浓雾重新聚集起来，那座仙山也不见了。时夏这才想起自己忘了问刚刚那两个仙人穿越的事情了，这会儿上哪儿找人问去啊！她突然想起元吾给的那个玉牌，连忙拿出来一看，发现那个玉牌上有一条细细的光线，样子像是个箭头，指着某一个方向，还不断地向外延伸。她心中一动，这不会是个导航吧？

她忍不住摸向那条细线，手指上直接戳了个口子，猛地传来一阵刺痛感，血滴在了玉牌之上。

"恩人，你……"轩林突然一脸惊讶地看着她的脚下。

"怎么了？"时夏低头一看道，"这是啥？"

只见她的脚下突然出现了一个圆形的图案，正发着红光，图形中一个个字符正旋转飞舞着，每转一圈，红光就越亮。

时夏吓了一跳，正要出来，却发现眼前的景致一换，刚刚还站在旁边的轩林和妞妞不见了，眼前出现了一大片宽广的海面。

这是咋回事？

"喂，那边那个，别傻站着了，赶紧过来领腰牌。"不远处搭着一座台子，台上有一张木桌，木桌后面坐着一个身穿白底蓝纹衣服的男子，正一脸不耐烦地朝她招手。

时夏走过去，四下一看，这才发现继她之后，这片空地上又出现了几个人。那些人跟她一样是凭空出现的，正一脸喜色地往这边走来。难道之前那个图形是个传送阵？

男子拿起笔唰唰地在一个木牌上写了几笔，直接递给了她："给，算你好运，你是

12

今天最后一个了。"

随后，他指了指旁边道："赶紧进去，太阳都快下山了。"

时夏这才注意到旁边居然有个门，四周是木制的，中间是空的。时夏愣了愣，这是要过安检的意思吗？

"愣着干吗？赶紧进去啊！"那个给她牌子的男子瞪了她一眼，又转头向排在她身后的人道："今天的人数满了，刚才那是最后一个，你们明日再来吧。"

身后顿时传来几声哀号，时夏顿时感觉被一道道羡慕嫉妒的眼神盯上，咬了咬牙，朝门走去。

进门之后，时夏感觉进了新世界，原本安静空旷的沙滩突然变成了喧嚣热闹的码头，眼前顿时出现了一艘大船，船上人头攒动，已经上了不少人。

码头上站着一个身穿白底蓝纹衣服的男子，正在高声喊着号码。

"246 号……247 号……248 号……"他每叫一个号码，就有一个人从码头走向那艘大船。

时夏忍不住回头看身后，却发现那道门不见了，身后只有一片空旷的沙滩。

"250 号来了吗？"那个喊着号码的男子突然看向时夏道，"喂，说你呢，你是 250 号吗？"

"呃……不是！"

"不是？"那个男子皱了皱眉，直接大步走了过来，伸手一把夺过她手里的木牌看了看，一脸怒气地指着木牌道，"这不写着吗？你明明就是 250，怎么不是了？"

原来那个木牌上写着号码，她能申请换号吗？

"别磨蹭了，赶紧上船！就差你了。"男子有些不耐烦地挥了挥手催促道。

"等等，我……"这是上哪儿去啊？你先解释一下啊！

"废话少说，快进去！"男子不等她说完，一把就把她推了进去。

时夏没站稳，一下坐在了地上。男子随后也进入船舱内，看了眼摔在地上的时夏，又伸手把她拉了起来，厉声道："笨手笨脚的。"说着念了一句古怪的咒语，突然屈指朝她的额头一点。

时夏只觉得全身如同被一阵清风拂过，疲惫感一扫而空，整个人都轻松不少。她低头一看，刚刚还沾了满身泥土的衣服突然变得亮白如新，连上面陈年的顽固污渍都不见了。她忍不住发出赞叹声。

"大惊小怪。"他完全没有解释的意思，冷哼一声，转身走了。

时夏仍好奇地盯着自己的"新"衣服，这才想起自己穿的可是一套休闲服，之前一身泥还看不出来，现在这么清新亮丽，不会被人当成异类吧？她忍不住看了看四周，紧接着立马把心装回了肚子里。要说异类，船上这群人才是吧。虽然有一半人着的是古装，但还有一半人穿着奇装异服，有穿着一身碎布的，有直接全身插满了各式各样羽毛的。比起这些人来，她突然觉得自己的穿着更适合这个年代。

"咦，妹子，你怎么老站着？过来坐啊！"几步开外一身鸡毛装的汉子拨开垂在额前的一缕彩色鸡毛，十分友善地朝她招了招手道，"海上风浪大，不坐下你会摔倒的。"

时夏这才发现，不知道什么时候船已经开了，正航行在大海之上。她犹豫了一下，这才走了过去。"鸡毛"立马往旁边挪了挪，让出了一人宽的位置。

"谢谢啊！"

"不客气。出门在外，与人方便嘛！""鸡毛"憨憨地笑了笑道，"我姓陆，单字一个'仁'，齐国人，不知姑娘贵姓啊？"

"我姓时，是……梁国人。"她顺口编了个国籍。

"你一个姑娘家能来到这里，想必不容易吧。"

时夏顿时想起了一路的辛酸血泪史，道："还……好。"至少她还活着。

"你已经不错了，我可是整整寻找了五年！等过了这片海就到了。"

"陆仁大哥，你知道这船要去哪里吗？"

"当然是去玉华派啊，你不也是去玉华派拜师修仙的吗？"

"修仙？"时夏有些激动，一把拉住他的手道，"玉华派有神仙？"那她回家不就有希望了？

"你怎么什么都不知道啊？"陆仁一脸"你到底怎么混到这里"的表情，长叹了一口气，开始给她讲解起来。

时夏终于了解到自己到底被扔到了一个什么样的世界。简单来说，这是一个仙侠世界。之前她看到的那些御剑飞在天上的人并不是真正的仙人，而是修仙者。在这里，凡人通过修炼也可以成仙，不过修仙界隐于世道之外，只有有缘人才能踏入。而她现在所去的玉华派，相当于一所修仙职业技术学院，专教人怎么修炼成仙。但修仙不易，凡人本来就很难发现修仙界的存在，就算发现了，能不能找到个好师门也是个问题，就算找到了好师门，还得看资质、悟性等。

"也就是说这个世界上并没有真正的神仙？"时夏有些灰心。

"仙人自然在仙界，怎么会轻易下凡？"陆仁一脸理所当然地道，"不过修仙者的能力也不容小觑，特别是那些修为高深的尊者。听说有些大能修行千余载，移山倒海也不在话下。他们相对于我们凡人来说，也算得上是'神仙'了吧！"

"大能？"时夏眼前一亮，大能可以帮她穿越吗？

"没错。"他突然一脸兴奋地道，"我听人说玉华派中就有两位太祖，修为深不可测，百年前魔尊肆虐的时候，就是其中一位太祖数次击退魔尊，才保得修仙界这百年来的太平。"

太祖？时夏突然想起元吾的那个有些凶且莫名其妙的太师祖，不会这么巧吧？

时夏原以为玉华派很近，但她明显高估了古代的交通技术。他们在海上整整航行了一个月，就连从不晕船的她都感觉走路开始飘了，可目的地还没到。她最不能忍受的是船上的伙食。她第一天吃到海鱼的时候还挺开心，可连吃一个月，除了盐什么都不放后，她看到白菜都觉得它"眉清目秀"了。

她本来想找人反映一下情况，奇怪的是，整艘船上没有任何一个长得像厨房的地方。直到她看到每天叫吃饭的少年正在船尾一剑一剑地戳着海里的鱼，每戳上一条就挥手给了鱼肚皮一掌，然后拿碗接住，再撒上盐放到一边。

看着那一条条新鲜出炉的烤鱼，时夏突然觉得自己还能再忍受几天。就算其他人心有不满，闹起来想找那几名身穿白底蓝纹衣服的人讲理时，她也默默地闭上了嘴。她怕自己也变成烤鱼。

船就这么不紧不慢地航行着，一个半月后，那是个阳光明媚、春暖花开的日子。

突然船里响起了一声惊呼："快看，那是什么？"

时夏不禁也跟着人群走向了船头，只见原本宽广的海面，突然像是被切断一般，出现了一个诡异的断层，断层之下一片漆黑、深不见底，而上空却是一片白雾，耳边传来呼啦啦的风声。细一看那白雾之内凌乱地飞舞着密密麻麻的风刃，几乎见不到半点儿空隙。

时夏的心抖了一下，她回想起之前那个叫黑煞的人发出的风刃貌似还没这么大片。船上顿时陷入一阵恐慌，大家的心都提了起来。

"安静，别吵了！"当初引她上船的那个穿白底蓝纹衣服的弟子走了出来，瞪了众人一眼道，"到都到了，吵什么吵？大惊小怪。"

他掏出一块玉牌，闭眼念了一句什么，只见那玉牌越来越亮，腾空而起，化为一个大的光球，把整艘船给围了起来。船身一阵晃动，刚刚还航行在海里的船突然飞了起来，朝着那白雾而去，而漫天肆虐的风刃却自动退开，让出了一条通道，让船通行。

不到一刻钟，飞船就穿过了那片风刃区，眼前出现了一个新世界，天上遍布着像是极光一样的光带，天空飘浮着大小不一的山峰，峰上有着数不清的亭台楼阁，处处祥云朵朵、仙鹤声声，不时还有御剑的人从天空飞过。时夏有种一瞬间穿越到了仙侠游戏场景中的错觉，而且是在高级主城地图区。

船停在了最大的一座浮峰脚下，不远处隐隐还能看到气势恢宏的殿宇。几个身穿白底蓝纹衣服的弟子领着众人下了船，朝着山下一处通道走去。

只见那里站着两名一样着装的弟子，一男一女。

"白师兄，暮师姐。"之前接时夏上船的少年领着几名弟子向着两人行礼。

"李林师弟一路辛苦了。"那个白姓师兄笑了笑，上前一步，看了眼后面的众人道，"这些便是今日入门的弟子？"

"是。"少年恭敬地回道，"一共是二百五十名。"

"今年有仙缘的弟子挺多。"

"今日是第一天，当然如此。"他旁边的暮姓女子含笑接口道，"后面还有两天呢，到时就不一定有这么齐了。"

"说得也是。"他点了点头，正了正脸色，继续看向李林道，"师弟可已决定了人选？"

李林回道："到昨日为止，已经确定了。"

白师兄挥了挥手道："那便宣布吧。"

"是！"李林这才转身看向身后的众人，从袖口掏出了一本册子，大声念了一大串号码，"7……9……15……17……18……"

他整整念了半刻钟才停下来，再次看了眼众人，声音一冷道："拿着以上号牌的人，可以回去了。"

这话一落，全场一片哗然，因为刚刚报的号牌明显已经占了总数的一半。

有人直接站了出来——

"凭什么？"

"对呀，我们好不容易才到这里，为什么不让我们入门？"

"都是一块来的，为什么其他人可以留下，我们却要回去？"

"几位仙人，这其中是不是有什么误会？"

众人越说越激动，一副非要给个交代不可的样子。

这是要干架的节奏吗？时夏默默地退了一步。

"吵死了！"李林皱了皱眉头，直接扬手捏了个诀，众人所站的草地上突然出现了一个巨大的圆形法阵，白光一闪，刚刚还吵闹不休的人就消失在了眼前，现场瞬间安静下来。那光散去后，只剩下了不到一半的人。

时夏觉得地上的法阵有些眼熟，跟当初玉牌中的一模一样，看来又是一个传送阵，只不过这是个集体传送阵。

"修仙之人，重在修心。"那个姓暮的师姐上前一步道。比起李林，她看起来温和可亲多了。师姐继续说道："若是没有足够的定性、耐心，遇事急躁冲动，注定无法走远。我玉华派收徒向来严格，各位能留下已算是过了第一关。"

第一关？时夏一愣，难道之前在船上的一个半月时间只是入学考试的一环吗？细想起来，刚刚那些被传送走的人在船上好像或多或少都跟那几个守船的弟子起过争执。难怪明明有便利的传送阵，却非要大家辛辛苦苦地坐船来这里，原来这从头到尾就是个局啊！

暮师姐说完，那个白师兄又出来说了一大堆，但大多是关于玉华派的发展史。直到时夏听得有点儿困了，他才说到正题。

"这处是本派的问心阶。"他转身指了指身后长长的石级道，"也是入门考核的最后一关，你们只要上了这阶梯，入了玉华门，就是我玉华派的弟子。"

安静许久的人群又骚动起来，个个跃跃欲试。

"不过问心阶凶险莫测，各位若是不能攀顶，只要掰断手里的木牌，自然会有弟子带你们出来。"白姓师兄说完，这才示意众人可以开始了，却还反复交代了一句，"切不可强求。"

剩下的这一百多人一窝蜂地朝着那石级走了过去。

时夏抬头瞅了瞅石级,还有不远处那一座巨大的石拱门,上面"玉华门"几个金色的大字亮得晃眼。她有些想不通,这看起来也就百来级台阶,顶多算上个十层楼,有这么凶险吗?难道是这石级年久失修,易打滑?

时夏摇了摇头,跟上了众人。她一向不是一个爱运动的人,一口气上十楼对她来说的确有点儿难。但好在没有规定时间,她也不急,就当春游了,一边逛一边往上走。刚上了十几阶,她就发现有人走不动了,停在台阶上满头大汗、气喘吁吁。她瞅着对方浑身的肌肉,默默地摇了摇头,现在的年轻人啊,身体这么不行,也不知道肌肉是怎么长出来的,多半是肾虚。她也没管,继续向上走,却发现停在台阶上的人越来越多,有一个台阶上竟站了七八个人,她不得不从旁边的树丛里绕过去。原本她是最后一个出发的,不知不觉居然走在了最前面。


玉华派大殿之中。

几位神姿仙态、气势非凡的人分坐于大殿两侧,中间的正位之上,一名白须长者正坐于其中。他虽然看起来满头白发,双眼却炯炯有神,没有丝毫老态,正含笑看着堂下两侧坐着的人。

"掌门师兄,今日尚是选徒大试第一天,用得着这么早就将大家聚集在这里吗?"丹霞峰峰主元霞有些不满地看向上座的人道。

"师妹,此话就不对了。"掌门元照没有回答,倒是旁边厉剑峰峰主元溪忍不住插嘴道,"自从魔尊为祸修仙界以来,此次是百年来我派第一次开山收徒,我等自然要上心一些。"

"元溪师兄莫不是不知我派的规矩?"元霞冷笑了一声,显然对他有几分不满,"那群弟子才刚到山脚,前面还有问心阶,没个一两天的时间,那些弟子哪能这么快上来?"

问心阶上阵法重重,一阶便是一个坎,心性不坚者会陷入幻境之中,要想破障而出,多则四五天,少则一两天。

元溪一下黑了脸。

掌门元照连忙出来和稀泥,笑得一脸灿烂地道:"元溪师弟处处为门派着想,师兄甚是欣慰。的确,此次大选非比寻常,自然要比以往要重视一些。"

接着,他又看向旁边的元霞道:"不过元霞师妹说的也没错,这问心阶是由太上老祖亲自所布,上面凶险万分,还易滋生心魔,莫说这些即将入门的新弟子,就算是我等修为,没一两个时辰也出不来。"

这一番话谁也没帮,说了等于没说。斗嘴的两人不约而同地翻了个白眼,互看一眼,各自冷哼了一声,气氛一时尴尬起来。

元照十分为难，默默地向旁边几位师弟投去求助的眼神。这年头，大师兄和掌门都不好当啊！

师弟甲：突然感觉今天主殿的茶好清新啊，低头喝茶。

师弟乙：突然感觉今天主殿的天花板好闪耀啊，抬头望天。

师弟丙：突然感觉今天主殿的柱子好雄壮啊，转头摸柱子。

元照：一个都靠不住！

"元溪师弟，元霞师妹。"找不到后援，元照只能咬咬牙瞅了瞅向来不对盘的两人，笑得眉眼弯弯，继续做和事佬转移话题道，"说起这问心阶，想当初我入门之时，也是足足爬了两日才过了玉华门。不知师弟用了多长时间？"

"十个时辰。"元溪回答道，声音隐隐含着几丝骄傲。

"师妹呢？"元照看向元霞。

"我亦是十个时辰。"元霞也满是自得地回答道。

两人怒气渐消，殿内的气氛顿时好转。

元照顿时松了口气，继续说："两位师弟师妹向来天姿卓越，这问心阶自然是不在话下，想必我玉华派上下能如此快地通过问心阶的也就只有两位了。"

其他七八个时辰上山的各位峰主默默地转过头，假装没听见。

"今日是我派时隔百年首次收徒，为收到心性上佳的弟子，就算多在这殿内等十个时辰又何妨？"元照摸了摸自己的山羊胡子道，"如今首批弟子已入问心阶，如两位师弟师妹一般资质的弟子我是不指望，只盼能有人在一天之内上得这玉华……"

"有人在吗？"他话还没说完，门咯吱一声被推开了一条缝，探进一个好奇的脑袋。

元照顿时觉得仿佛有什么打在了脸上，啊……脸好疼！

门派还能不能保持和谐了？


门被推开的那一刻，十几双明亮的眼睛齐刷刷地看了过来。时夏不自觉地抖了抖，隐隐觉得这大殿里的气氛怪怪的。

殿中的人纷纷站了起来看向门口，全都一脸见鬼了的表情。

"呃，我是不是打扰到你们了？"

殿内一片死寂，接着立马响起了各种声音。

"这……这是新入门的弟子？！"

"这怎么可能？这才过了半个时辰吧？"

"不，别说是半个时辰，根本不到两刻钟。"

"就算是太师祖当年也花了一个时辰才上来。"

"是问心阶哪里出了问题吧？"

"她绝不可能是从问心阶上来的。"

殿内的人越说越激动，看向时夏的眼神惊讶得只差把眼珠瞪出来了。

时夏顿时觉得自己好似砧板上的鱼，忍不住把踏进殿内的一只脚又收了回来，默默地顺手用力带上门。

"等等！"掌门元照这才回过神来，扬手一挥，刚刚时夏拼尽全力才推开了一条缝的门，哗啦一下全开了，"小姑娘，别怕，你快快进来。"

时夏僵了一下，二十八岁了，居然有人叫她小姑娘？！她才没有很高兴呢！

时夏立马快步走了进去。

元照压下满心的激动，尽量露出和蔼可亲的招牌笑容说道："小姑娘，你可是这批新入门的弟子？"

"呃，算是吧！"时夏点头。其实她只是来求助的，对修仙没什么兴趣。

"掌门师兄，这姑娘……"元霞直接上前一步，像是想说什么。

"不急。"元照挥手打断了她的话，像是怕吓到时夏，温和地问，"小姑娘，能告诉我你是怎么上山的吗？"

"走上来的啊！"时夏实话实说，这里又没有缆车。

"走上来的？"听到这个回答，元照险些控制不住自己。其他人也急促地吸了口气道："你是如何走上来的？从哪儿走上来的？"

"从台阶上……走上来的。"她指了指身后道，"不……可以吗？"

"可以，当然可以！"元照已经听到自己的心脏扑通扑通地跳起来了，继续道，"那你一路上没有看到什么吗？"

"看到什么？"时夏沉思片刻，心想：这个很重要吗？难道是面试加分题？

"你但说无妨。"

"除了山和树，就看到四只鸽子、两只仙鹤。"还有一对藏在大树林里接吻的野鸳鸯，这句她没说。

"就这样？"元照有些傻眼。

"嗯。"时夏点头，给以后的同门一些私人空间，职场潜规则她懂！

"好好好！"元照摸着胡子连说了三个好，顿时笑得眼睛都快眯成一条线了。

原本他还对这批弟子没抱什么希望，没想到会捡到这么一个人才，这可真是天意啊！她能在这么短的时间内通过问心阶，而且一路上根本没有陷入幻境，更别说产生心魔了。这证明了什么？证明她心性坚韧，悟性极佳。想他修行五百余载，还是头一次见到资质、悟性、心性都这么好的弟子。看来玉华派又要出一位像两位老祖般的旷世奇才了。

"掌门师兄，我看这孩子跟我有缘，不如拜入我丹峰门门下，我收她做个入室弟子如何？"元霞抢先开口道。

"元霞师妹且慢。"元溪立马跳出来反对道，"这孩子悟性这么好，去丹峰炼丹岂不是浪费？去我厉剑峰才是正途，可不能本末倒置了。"

"炼丹哪里是本末倒置了？"元霞顿时生气了。

"哼，你自己清楚。"

"你……"

元照默默地叹气，唉，做掌门好难！

"两位师弟师妹，少安毋躁。"元照被两人吵得有些头痛，连忙提议道，"不如先看看姑娘的灵根，再决定入谁的门下如何？"

"不用测了，无论是什么灵根，凭这小姑娘的心性，就是天生的剑修的苗子。"元溪大手一挥，完全没有顺着台阶下的意思。

元霞就更不买账了："剑修向来粗鄙，什么人都爱往门内收。我丹峰可不一样，这小姑娘不骄不躁，心性又好，明显就是成为丹修大师的好苗子，要是身怀木灵根或是火灵根，更是注定要成为丹师的。"

"你……你说谁粗鄙呢？"元溪以剑入道向来脾气不好，听到对方指桑骂槐，当时就炸毛了，一拍桌子就站了起来，"别以为我不知道你打的什么主意，你这是在给我挖坑呢，照你这么说，金木水火土五行灵根，这小姑娘要是灵根占了其中两项，就得拜入你丹峰？"

"是又怎么样？"元霞仗着自己是女修，料定对方不好直接动手，一挺胸，上前一步道，"说起来，土生木，就算是土灵根想要成为丹修，也不是不可以。"

"你……简直强词夺理！"元霞之前还只说火、木灵根，现在连土灵根也加进来了，这么一来，除非这小姑娘是天灵根或是金、水双灵根元霞才会放弃，元溪气得手抖。

元霞不依不饶："我说的句句在理，再说，你剑峰弟子那么多，也该轮到我收徒了。"

"说到徒弟，你的入室弟子虽然不多，但丹峰那些养花草的弟子还少了？"

"那怎么相同？"元霞转头看向元照道，"掌门师兄，我说的可有错处？这小姑娘是不是最该拜我为师？"

元溪也不甘示弱："掌门师兄，还请说句公道话。这小姑娘分明就适合当剑修。"

元照：关我什么事啊？我只是想测个灵根而已啊！

众人：啊，今天天气真好，啥都听不见呢。

时夏心想：请再叫我一句小姑娘。

"好了，两位别伤了和气。"元照不得不硬着头皮道，"无论拜谁为师，她终是要入我玉华派门下的。不如等她测试完灵根，让她自己选如何？"

他们互看一眼，双双冷哼一声，似乎都同意了这个决定，热情地看向殿中的主角。

元照这才松了一口气，朝时夏招了招手道："小姑娘。"

"在！"小姑娘在这里。

元照笑了笑，扬手一挥，顿时出现了一个水晶一样的球形，自动飞到了时夏的面前。看她满脸疑惑之色，元照和气地提醒道："小姑娘，你把手放在水晶球上试试，球内变化的颜色就是你灵根的属性。"他顿了顿，又补充道，"你放心，无论结果如何，我们都会尊重你的选择。"

"好。"时夏高兴地卷起袖子伸出了手，啪的一下按在了那个水晶球上。

元溪、元霞不由得提起了心。全场更是瞬间安静了，十几双眼睛齐刷刷地盯向那个水晶球，他们不由自主地屏息等着水晶球的变化。

十秒钟过去了……

三十秒钟过去了……

一刻钟过去了……

什么都没有发生。水晶球里别说出现颜色，干净透明得连一粒灰尘的影子都没有。

全场甚是安静，大家讶异极了。

"没……没有灵根？"元溪简直不敢相信自己的眼睛，上前几步反复察看了一下那个水晶球。

"这怎么可能？"元照更是嗖的一下到了时夏的面前，也顾不得什么礼仪了，拉起她的手，跟盖戳一样反复按在水晶球上几次。

结果水晶球内还是一片空白。

元照又换了几个同样的水晶球进行测试，也是一样的结果。

元照松开了她的手，一脸遭雷劈了的表情，低头看了时夏一眼，那神情简直都要哭出来了："这……怎么会没有灵根？"

时夏有点儿蒙，转头看了看厅里其他人，发现大家全是一副遭雷劈了的表情。

"怎么了？"她忍不住问道，"没灵根……很严重吗？"

何止是严重？！元照都想哭了，没有灵根就不能引气入体，不能修炼，那么即使资质、心性再好也没处使啊！

一时间，所有人纷纷朝时夏投来了同情的眼神。

正常情况下，能进入修仙界，找到仙门，首先必须有仙缘。所谓的仙缘，灵根就是其中之一。所以凡是能到达玉华派的人，极少没有灵根的人，更别说第一个上山的了。

元照有种被老天爷玩了一把的感觉，再次看向时夏，越看越可惜，越看越怜悯。

"那啥……能问一下到底怎么了吗？"周围人的眼神越来越诡异，她忍不住开口问道。

"唉……小姑娘，这都是天意啊！"元照深深地叹了口气，安慰地拍了拍她的肩膀道，"你身无灵根，恐怕……不能修仙了。"

时夏愣了一下，一脸无所谓地道："哦。"

"你不觉得生气？"元照倒有些惊讶。

"不觉得啊！"她老实地回答。

多好的孩子啊，受了这么大的打击，心中居然无怨无恨，心性如此豁达，为啥就是没有灵根呢？！

"对了！"时夏突然想起正事，"说起这个，老伯，我有件事想请教一下您。"

"你说。"可怜的孩子，你说什么我都答应。

"有没有一种穿越时空的法术，就是从一个世界到另外一个完全不同的地方？"

元照想了想说："你说的可是缩地成寸，划破虚空之术？"

"真的有吗？"时夏有些激动，可以回家了。

"可是……"他皱了皱眉道，"此术我亦只是道听途说，未曾见识过，怕是只有化神期以上的修士才会有这样的神通吧。"

"那谁可以用这个法术？"

"这……我亦不知。"元照摇了摇头。

"哦……"时夏立马蔫了，勉强挤出个笑容道，"谢谢啊！那我先走了，打扰大家了！"她朝众人挥了挥手，转身往门口而去，没有一丝迟疑和不舍。

兴许她的资质太让人惋惜，元照越看就越觉得心酸，不由得出声道："等等，小姑娘，你虽不能修仙，但也不是不可以留在仙门。虽然你以后只能在外门，但我玉华派灵气充裕，于你寿元有益。"

已经走到门口的时夏停下了脚步，摇了摇头道："不用了，我还是想回家。"

元照再叹了一声道："既然如此……那你去吧，自会有门下弟子送你回去。"

"好，谢谢！"

"对了，小姑娘，你叫什么名字？"

"我叫时夏。"

"哦，原来你……"他话音一顿，猛地睁大了眼睛，"你叫什么？！"

"时夏啊！"

…………

殿内一片死寂。十几双眼睛再次齐刷刷地盯到了她的身上，原本还有点儿沉闷的大殿一瞬间温度到了冰点。

时夏没来由地抖了一下，突然有一种不祥的预感。

"她是时夏，抓住她！"

22

# 第二章　妹妹的修仙生活

　　刚才还一脸和蔼的元照大吼一声，在座的十几个人突然齐齐站了起来，同时掐诀。一阵叮叮当当的声音过后，殿内十几道光芒闪动，一瞬间整个大殿上空出现了无数把各式各样的法器，什么颜色的都有，每一把都散发着凌厉的光。

　　时夏还没反应过来就被"满天杀气"四个字糊了一脸，眼前全是各式各样的兵器。咋了这是？她说错了啥？有人可以解释一下吗？

　　"绝不能让她逃了。"元照再次一声吼，挥手一声令下，满天的武器齐刷刷地朝她飞了过来。

　　这是什么情况啊？你翻脸翻得这么快，你妈知道吗？

　　可惜她连抗议的时间都没有，只能眼睁睁地看着那些杀气腾腾的兵器朝她飞来，下一刻就要把她插成一只刺猬。说好的仙门友好访问呢？

　　眼看着那些武器就要飞过来，突然她的背后传来一阵刺骨的寒意，有白光从门口而入，直接扫向整个大殿，而刚刚飞向她的众多兵器像是被按了暂停键一般，停在离她几厘米的位置不动了。

　　经历九死一生，时夏连忙往后退了好几步，重重地喘了几口气，腿有点儿……软！

　　"太师祖！"元照惊呼道，"您怎么来了？"

　　时夏这才发现身前不知道什么时候多了一个人，一身白衣，正背对着她，背影看起来有点儿眼熟。

　　白衣人没有理会元照，反而转头看向身后的人。

　　时夏一愣，这不是那天在森林里救了大猫的太师祖吗？他怎么在这里？

"太师祖，"元照有些急切地上前几步道，"此人不得不除啊……"

白衣人仍没有回答，只是盯着时夏。他明明是面无表情的样子，时夏却觉得越来越冷，连四周的空气都像是要结冰了，仿佛有一丝丝寒意从对方的身上透出来一样，那眼睛也是越看越可怕。

这人不会也想杀她吧？时夏心里一颤，现在逃跑还来得及吗？她条件反射地想往后退，刚一抬腿，对面的人似乎察觉到了，身形一闪，一把把她拎了起来。

"此人交与我！"他留下一句话，下一刻人已经消失，连同消失的还有时夏。

众人面面相觑。殿内失去了法术的压制，哐哐当当掉了一地的法器。

时夏是被拎回去的。没错，她被那个太师祖像拎猫一样拎回了屋里，还扔到了床上。

那床是石床，这一扔，时夏感觉自己的屁股受到了深深的伤害。偏偏她还不敢揉，因为眼前还站着一个明显心情不是很好，还自带冷气效果的人。她很想跟他聊聊人生，但不敢开口，因为对方的眼神实在太吓人了。她忍不住向里面缩了缩，不禁开始反思自己是不是真的做了什么十恶不赦的事，才会被他这么盯着。

正当她以为他试图用眼神杀死她的时候，他终于动了，虽然是微微地向前挪了半步，却足够让早已心惊胆战的她一秒钟认怂。于是，她做了一个伟大的决定，啪的一下跪坐在了石床上，然后以五体投地的姿势朝他拜了下去，用尽毕生演技声情并茂地高喊道："英雄，我错了！"

对方脚步一顿，愣了愣，随后脸色有些难看起来。

时夏心里凉凉的，难道是求饶的态度不够诚恳？要不再来一次？

对方却没给她机会，又在原地盯了一会儿，身体一闪，突然原地消失。

这就走了？到底什么情况？这人……有病吧？

这两天再也没见过那个奇怪的太师祖，但时夏知道自己是被监禁了。作为一个"战五渣"，她对越狱这种事没有半点儿兴趣，只想着什么时候会有人来提审她，然后给她解释一下到底发生了什么。

可是计划赶不上变化，两天后，她不得不爬出了那间屋子，因为她快要饿死了。她做梦都想不到，他们居然不管牢饭。而且出来后她才发现这屋子压根就没有锁，她一推门就开了。这简直就是在践踏她作为囚犯的尊严！

时夏压了一肚子的火气，对这个"修仙职业技术学院"的好感瞬间降到了最低点。她愤愤不平地打算找牢头聊聊人生，却发现屋外是一大片草地。她转了好半天，一个人影都没看到，反而更饿了。正当她以为自己会饿死在这里时，发现前方居然有一片郁郁葱葱的菜地。菜园里不知名的青菜长得那叫一个水灵啊，她吞了吞口水，走近一看，居然还有萝卜。

时夏大声喊了几句，没有人回应。她实在是饿得慌了，顾不得问主人，顺手就拔了几根萝卜啃了起来。这萝卜不大，就两根手指粗，估计还不到成熟的时候。她一口气吃了五根，才觉得肚子不叫唤了。手里还有两根萝卜，她不想浪费，干脆塞进兜里，这才继续往前走，希望能遇到个人。结果走了半天，她才隐约看到前面有个白色的身影。她心中一喜，连忙朝着那边好地挥了挥手。

"你好，请问……"

话还没说完，那人转过头来，猛地惊呼道："是你！"

"元吾！"时夏高兴地说道，"是你呀，没想到……"

元吾一脸见了鬼的表情，挥着两只手连退了好几步，还一个没站稳摔了一跤，连滚带爬地站了起来，立马就御剑飞走了。

"跑什么？"时夏摸了摸自己的脸，感觉心灵受到了伤害，我有这么可怕吗？

"这也不能怪他。"一道略带沧桑的声音从时夏身后传来。

她身后的草地上不知何时多了一个老头，正一脸笑意地看着她。

"他刚刚结丹，是元字辈弟子中修为最低的，自然不敢在这秀凌峰多停留。"

时夏直接走了过去，像老头一样坐在了地上，问道："为什么？这里有这么可怕吗？"

"以前不可怕，"老头说话的时候笑得眉眼弯弯的，"只是现在情况不同了。"

啥意思？

见她还是不明白，老头主动解释道："小姑娘，你可听说过魔尊？"

"魔尊？"时夏疑惑地说道，"可以吃吗？"

老头僵了一下，不满地瞪了她一眼道："当然不能。魔尊是魔修之主。一百年前，魔尊出世，祸乱天下，使得整个修仙界人心惶惶，他做下的恶事罄竹难书。众派为免遭他的毒手，不得不闭山锁派，可即便如此，还是有很多修士遭了他的毒手。若不是我师尊后池尊上及时出山将他击退，如今的修仙界怕是早已不是这般景象了。"

时夏一惊："难道魔尊就在这附近？"

"是，也不是！"老头一脸神秘地说道。

时夏嘴角一撇，难道说话说一半是古人的传统特色？

"你别急啊，听我慢慢说。"老头继续道，"这魔头虽然修为不及我师尊，但是阴险狡诈、毫无人性，惯用卑鄙的手段。我师尊多次追击都被他逃脱了。但人总有弱点，魔尊也不例外。而他的弱点……"他话音一顿，嘴边露出一抹得意的微笑，满脸都写着"快问我"。

时夏十分无语，勉强配合道："弱点是什么？"

老头这才继续道："相传魔尊有一个妹妹，容不得有人对她有半点儿不敬。当初郁鸣派的弟子只是说了两句闲话，当日魔尊就灭了郁鸣派满门，就连与郁鸣派交好的岐山派、衍汜派都遭了魔尊的毒手，派中弟子死伤大半。岐山派掌门之女更是为魔尊所抓，至今不见其踪。"

"后来呢？"

"经此事之后，整个修仙界都知道魔尊那个如珠如宝的妹妹是他唯一的弱点。"老头皱了皱眉道，"也有欲寻仇的修士想以此威胁，可是魔尊将其妹藏得太深，谁都没有见过她长什么样。直到魔尊消失，修仙界对于他妹妹的了解，也就只限于名字而已。"

时夏心底咯噔了一下，问："那个名字不会……叫时夏吧？"

"没错，正是这个名字。"老头点了点头。

难怪殿里那些人一听她的名字，二话不说就想把她插成刺猬，敢情她跟魔尊的妹妹重名了。

"魔尊消失了一百年，众派都以为从此修仙界少了一个祸害，没想到两日前，那个叫时夏的魔女居然闯入了我玉华派。"老头一脸愤慨地道，"还好她被及时拿下了，如今就关在这秀凌峰中，所以派中弟子才不敢轻易在此峰停留。"

"你们就不怕抓错人吗？"她冤枉啊！

"她亲口承认自己是时夏，哪能有错？"老头一脸"你放心"的表情。

"可全天下同名同姓的人多了去了，不可能只有一个时夏吧？"

"但全天下都知道魔尊的妹妹叫时夏，再蠢的父母也不会给孩子取这样一个名字吧？"

老头说得好有道理，她竟无言以对。

"再说……"老头话锋一转，一脸正气地道，"我师尊都确认了，以他老人家的修为又怎么可能认错人？他说是，那人自然就是！"

"你师尊贵姓啊？"时夏想哭了。

"我师尊自然就是玉华派太上老祖后池。"老头一脸骄傲地道，"就是他亲自将魔女抓回来的。"

抓她回来……那个拿她练杀气的神经病？！

"他人在哪里？"我跟他解释清楚。

"师尊他行踪不定，就算是我也不常见到他。"

也就是说在他再次出现之前，她无论怎么解释都改变不了"魔尊妹妹"这个身份了？时夏感觉整个人生都灰暗了。

"放心。"老头拍了拍她的肩安慰道，"小姑娘想见老祖，总是有机会的。我懂你们这些小辈崇拜强者的心情。我师尊这人虽然凶了点儿，下手重了点儿，脾气坏了点儿，为人暴力了一点儿，修为又高强了那么一点儿，平时不说话，开口就毒舌了一点儿，但除了这些，基本还是个好人。"

时夏心想：请问他还有优点吗？

她更不安心了。真是越想越委屈，她掏出口袋里的萝卜，泄愤似的咬得嘎嘣响。

老头继续在一旁安慰道："你要相信我，一定见得到……咦，你手里的萝卜怎么这么眼熟？"

"你要啊？给你一根。"时夏把另一根萝卜也拿了出来，递了过去。

"小姑娘真心善。"老头笑眯眯地接过，说道，"这萝卜长得倒是别致！"

这萝卜挺像他在前面药园中种的紫玉冰参的，他忍不住也咬了一口，味道还不错。他不由得问道："对了，小姑娘你叫什么名字？这萝卜你在哪里找到的？"

"就在前面那个菜园子里拔的！"

噗，他把刚咬碎的萝卜喷了出来。

"对了，我就是时夏。"

噗噗……他感觉一口老血喷薄而出，瞬间仿佛听到了心碎的声音。


后池这辈子最厌恶的人就是前任魔尊，没有之一。他自小醉心修炼，唯一的兴趣是修习各类法术，甚少对其他事物花心思。也正因如此，他的修为提升得很快。等他回过神来时，这修仙界内也找不到可以与他一战之人。他有预感，用不了多久自己就能突破此界的桎梏，进入全新的世界。

他的仙途走得格外顺畅，如果他没有遇到那个魔尊的话。

与修仙界传说的不同，他并没有去找魔尊麻烦，对方是自己送上门来的，而且是因为迷路。他们第一次见面时也没有什么不死不休的激战，顶多就是一个问路，一个指路而已。从那以后，这个魔尊就不知道抽了什么风，经常来找他挑战。魔尊打不过他，就耍起了嘴皮子，内容全是关于自己的妹妹的。没错，传说中无恶不作的魔尊，其实只是个天天炫耀自己妹妹的傻瓜。他都不称其为"魔尊"，而是叫"魔傻"。

时冬："哟，兄弟，听说你是修仙界第一人，不过看你的样子一定是个单身狗吧？找妹子了没？唉，你说你这么厉害有什么用？别说是妹子，连个妹妹都没有！不过没关系，我有妹妹！"

后池心想：谁稀罕？

时冬："你知道我妹妹时夏吧？你一定不知道，她长得可漂亮了，小脸圆嘟嘟的，捏起来手感特别好。她特别乖、特别听话，最喜欢跟在我的后面，甜甜地叫'哥哥'……你一定不知道这种感受！"

后池心想：关我何事？

时冬："我跟你说，我妹时夏从小就特别贴心，五岁的时候就踩着小板凳说是想给我做饭，是不是暖暖的，是不是很贴心？唉，你没妹妹，不懂的。"

后池心想：谁要懂了？

时冬："我跟你说，我妹时夏最喜欢听我讲故事了，每天不听到我讲的故事，她都睡不着觉。你给妹妹讲过故事吗？你一定没讲过，你连妹妹都没有。"

后池心想：我没有又怎么了？

时冬："我跟你说，我妹时夏可聪明了，无论学什么一学就会，从来不用教第二遍。别人家的小屁孩儿没一个像她那么聪明的。就算你有妹妹，你妹也一定比不过我妹。"

后池心想：谁要跟你比了？

"我跟你说……"

后池终于忍不住了："你够了！"

从不擅长打嘴仗，只喜欢在内心吐槽的后池终于爆发了，下手再也不留情，每次不把时冬揍到再也说不出一个字就不停手。可即便这样，后池也没能阻止时冬继续炫耀自家妹妹，时冬只是把以前那些赞美之词浓缩成一句话而已。

"你修为太低，打不过我的，死心吧！"

"可是我有妹妹啊！"

"你不通阵法，此阵你是出不来的。"

"可是我有妹妹啊！"

"我们玉华门弟子众多，你区区一人根本毫无胜算。"

"可是我有妹妹啊！"

"你不懂炼器，所用法器品阶太低，如今败在我手上也属正常。"

"可是我有妹妹啊！"

后池："你有妹妹了不起啊？你的魔尊之位是靠炫耀妹妹得来的吗？"

"可是我有妹妹啊！"

…………

后池输了！他没想到自己纵横修仙界这么多年，居然输在了对方的妹妹上。从此，"妹妹"这两个字像魔咒一样深深地刻在了他的脑海中。

直到时冬失踪，后池的生活才恢复了平静。可是，他反而有些不习惯了。他还时不时会想，时冬的妹妹真的有那么好吗？天下所有的妹妹都这么神奇吗，还是只有那个人的妹妹是这样？我要是也有一个妹妹就好了，好想见见时冬的妹妹……

然后，后池就真的见到了。他第一次见到那个叫时夏的女孩儿时，她不知道从哪儿裹了一身泥，脏兮兮的。她明明没有修为，还想着对抗金丹期的魔修。他暗叹，两人不愧是兄妹，连傻也傻得这么相似。可是马上他就刷新了对她傻的程度的认知——她居然主动把自己送上了仙门，脸不红气不喘地当众承认了自己的身份。

后池觉得，这样下去她会被自己蠢死，一冲动就把她拎了回来。后池决定仔细地看看这个自己好奇了一百年，被魔傻夸得天上有地上无，捧在手里怕摔了、含在嘴里怕化了的史上最可爱的妹妹到底哪里好。

他眼睛一眨不眨地看了半个时辰，边看脑海里边回响着魔傻的各种赞美之词，越看越觉得这个洗干净的妹妹好像还真的蛮好看的。这种突然好想掐掐她，看她是不是真的的冲动是怎么回事？嗯，这一定是错觉。他觉得自己需要冷静一下。

两天后，他再看到这个妹妹的时候，她正坐在草地上啃着什么，腮帮子一鼓一鼓的，像极了一只兔子。他突然就想起了时冬的话，说妹妹的脸都是软软的，手感特别好，于是他忍不住伸手戳了一下。

"你想干吗？"时夏看着这个突然出现，还拿手指戳着自己脸的人，问。

"师尊，就是她，就是她偷吃的。"老头从后池的背后探出头来，指着时夏告状。

"我就吃了几根萝卜。"

"胡说，什么'萝卜'？！"自从知道她的名字后就翻脸不认人的老头一脸气愤地说道，"那是我养了两百年的紫玉冰参！你居然当萝卜啃了，果然是无恶不作的魔女。"

"说得好像你没吃一样！"时夏指了指他的手，手里还握着半截"萝卜"呢。

老头手一抖，立马把"萝卜"扔了，控诉道："这……这……这是你陷害我，我没有吃。"

"师尊，你要给我做主啊！我种了两百年的紫玉冰参，还差两天就熟了，她居然当萝卜啃了。我刚去药园看过了，一根都没留下。"老头冷哼一声，拉着后池的衣角哭得那叫一个惊天动地，哪里还有半点儿世外高人仙风道骨的样儿？

时夏瞬间有种来到碰瓷现场的既视感，老人果然不好惹。

"我真以为那是萝卜。"她叹了口气说道。

老头越发气愤："你强词夺理！今天你不给我老人家道歉，我就跟你……"

"对不起！"

老头一时语塞，这人居然这么轻易地道歉了，心里好不平衡啊！他立马转头找靠山："师尊，你要为徒儿做主啊……"

"你到底要怎样？"时夏觉得心塞，这老头就是想碰瓷吧？时夏又看看后池，问："你打算戳到什么时候？"

后池顿了一下，这才收回戳在时夏脸上的手，仍面无表情，心里却开始哗啦啦冒起了泡泡。时冬说得没错，妹妹的脸果然软乎乎的。后池好想再戳一下！她怎么就不啃"萝卜"了呢？

"师尊……"老头号得越发卖力了，"我可怜的紫玉冰参啊！"

紫玉冰参……后池这才反应过来之前发生了什么，回过头看了时夏一眼道："你吃了？"

"嗯。"时夏老实地点头应道，"我以为那是萝卜。我说杀气君……啊呸，后池先生，我已经饿了两天了，也是没办法才吃的。还有，你们抓错人了，趁现在说清……"

"几根？"后池眉头一皱，直接打断了她的话。

时夏被他严肃的神情吓得一愣，伸出整只手道："大概……五根。"个数与她的量刑轻重有关吗？

"第一次吃？"

"是呀！"

"可有不适？"

"啊？"你啥意思？

29

他皱着眉头上下打量了她一番道："紫玉冰参，洗精伐髓，你……"

咕噜噜……

他的话还没说完，时夏的肚子里顿时发出一声铿锵有力的销魂声响。她只觉得肚子一沉，全身顿时袭来一股无法言喻的急切感。她不由得抱着肚子弯下了腰，有什么正要夺门而出，一泻千里。她瞬间明白后池刚刚为什么那么问了。

肚子好痛，她一时有些站不稳，一把抓住了眼前的人问道："拜托，告诉我最近的茅厕在哪儿？"

老头种的不是紫玉冰参，也不是萝卜，是巴豆吧？

老头幸灾乐祸地冷哼一声道："我秀凌峰弟子早已辟谷多年，这里哪有茅厕这种污秽之地？怕是整个玉华派都只有住着新弟子的晓关峰才有……咦，师尊您上哪儿去？"

他的话还没说完，后池已经拎着时夏飞走了，去的方向就是晓关峰。

于是这一天，晓关峰所有的执事弟子看到了一幅奇景。那位神龙见首不见尾、只存在于传说中的太上老祖后池尊上突然出现在晓关峰的后院中，立于距离茅厕十几步开外的地方，神情肃穆，身如松柏，直挺挺地驻足了五个时辰，直到日落西山才离开。

这一消息迅速在整个玉华派传开了，众位弟子不禁纷纷猜测太上老祖此行的目的，要知道这位老祖可是从来不轻易出秀凌峰的，上次出来还是为了追寻前任魔尊之事。所以这回也一定不是个简单的行动，这其中必定有着深意，不然老祖怎么会独独在晓关峰停留了五个时辰？茅厕外这块地一定十分与众不同，才能让老祖久久驻足，说不定还与感应天道有关。

众人越想就越觉得有此可能，于是一传十，十传百，大拨的弟子纷纷追随老祖的脚步，时不时去这块地方站一站。一时间，晓关峰茅厕外这块地成了玉华派修行提升、领悟天道的绝佳圣地，此后日日弟子爆满，一座难求。

拉了两个时辰，整个人都虚脱了的时夏心想：你们能不围观我上厕所吗？


与上次一样，时夏是被拎回来的，但这回她有点儿感动，毕竟不是每个人都可以面不改色地把一个刚刚拉得虚脱的人从茅厕拎回来的。就冲这一点，时夏也觉得这个叫后池的是个好人。可惜她的感动持续了不到两分钟，因为下一刻她就被扔到了水池里。被灌了好几口冷水后，她才后知后觉地想起来，自己好像不会游泳。

"救命啊！"她顿时慌了，不断地挥动着手，但岸边那个人已经转身离开了。

"救命……救……"她开始手脚并用地挥动着，用尽全身力气自救，狠狠地一蹬腿，然后……站了起来。

好吧，这里的水深还没到她的腰部。不知道是不是蹲了一整天茅坑的缘故，她觉得鼻间传来一阵阵别样的芬芳，再没有犹豫，三下五除二，把衣服扒了扔上岸。

时夏一边洗一边观察四周。这是一个水潭，不太大，直径也就五六米，旁边有个小瀑布，上面水流很小，落下来也没溅起多大的水花，所以四周显得特别安静。

这里的水虽然清澈，但可能是因为天快黑了，她看不到池底。池水很凉，也不知道是不是错觉，她感觉越洗越冷，只擦了几下身体就冷得有些发抖了，池面还飘起了一层雾气。她咬咬牙加快了清洗的速度，正打算爬上岸时却脚下一滑，踩中了什么。随着咔嚓一声响，她像是扭到了。

　　时夏不禁在心里吐槽自己运气太差，在水里也能扭到。可是，她为什么不痛呢？

　　"喀喀喀……"她的背后突然传来一阵诡异的笑声，"真是多谢你助我破除封印。"

　　时夏心中一沉，回头一看，只见水里钻出一个十八九岁的男子，穿着一身黑色的长衫，全身湿答答的，黑色的及腰长发披散在身后，还滴着水。而那张脸上却布满了一条条狰狞的黑色印记，看不清样子。

　　他扬起嘴角，露出一个阴森诡异的笑容，睁大眼睛，话语间杀气四溢："既然你都放我出来了，不如将你的生气一起给我吧！"

　　"啊……"时夏用尽全身的力气尖叫起来，弯腰捡起一块石头，朝着对面扔了过去，"流氓！"

　　男子冷哼一声道："你以为凭一块石头就可以伤到……"

　　咚！石头正中目标，狠狠地砸在男子的头上，留下一抹鲜红的血迹。

　　男子怔在原地。

　　"你个臭流氓！"时夏连续捡了好几块石头，扬手朝对方扔了过去。

　　男子这才从被砸中的惊讶中回过神来，轻身一跃跳出水面，远离了石头的攻击。他摸了一把头上的血迹，沉着脸道："你敢伤本尊！我会让你付出十倍的代价！"

　　刚刚他只是一时不察，没及时升起结界才被砸中。他身形一闪就到了时夏旁边的岸边，手间一转十几道风刃就出现在手上。随后，他毫不犹豫地一掌拍向她的胸口。

　　时夏眼看着那人一瞬间就到了眼前，还无耻地朝她的胸口伸出了手，一时怒火攻心，直接一巴掌就抽了过去："你居然还想袭胸？！"

　　男子只觉得刚聚集的灵气全消，一时愣在当场："这怎么可能？！"这个女人明明没有半点修为。

　　他正要出招，时夏却顺手一带，直接把他给拉了下来，扬起拳头就是一顿暴揍："你个臭流氓，敢偷看老娘洗澡，老娘让你知道花儿为什么这么红！"

　　男子只觉得脸部传来一阵阵疼痛感，条件反射地抱住了头道："等等！你到底是什么人？"为什么他的法术对她完全无效？

　　"我是谁？"时夏吹了吹拳头，更加用力地一拳打过去道，"我是你妈！今天就教教你怎么做人！你年纪轻轻的学什么不好，居然偷看别人洗澡，卑鄙、下流、无耻！"

　　"谁偷看你洗澡了？！"天这么黑，他什么都看不到好不好？

　　"你还敢狡辩，不是偷看，难道躲在水里养鱼吗？"

　　"谁躲了？我是被……封了……哎哟！"

　　"我呸，别以为说自己疯了就可以无罪了，信不信我揍到你疯？"

"我说的是封印，不是……哎呀，住手，别打了。"

"叫你偷看人洗澡，叫你袭胸，叫你不学好！"

"我真没有……哎哟……等等！你干吗？放下那块石头……救命啊！"

于是，当后池拿着干净的衣物回到水池边的时候，看到的就是这样的场面。这个看起来很弱的妹妹正把一个男人摁在地上揍得嗷嗷直叫。魔傻没说过妹妹这么暴力啊？不过……妹妹暴力的样子也好可爱。

"求求你再把我封印回去吧！这个女人疯了，我的法术对她完全无效。"男子突然抱住后池的大腿，顶着一张肿成了猪头的脸，哭得肝肠寸断，"呜呜呜……她太可怕了，下手比妖兽还狠，我都快被打死了。她……她还扒我的衣服！"

"不扒你的衣服，我难道光着上来？"时夏瞪了他一眼。

那个男人成功地躲到了后池背后。后池皱了皱眉，踢了男子一脚，心想：滚开，别打扰我研究妹妹！

过了几秒，后池仔细地看了一眼身后已经看不出人样的男子，不确定地问："你……是灵兽倪鹏？"

"对。"男子点了点头。

"你为何会在这里？"难道他想对妹妹做些什么？

倪鹏脸色一变，吼道："老子是被你封印的！五百年前我就被封印在这里，你不会忘了吧？"

后池沉思了一会儿，回道："忘了。"

倪鹏感觉胸口中了一箭，心想：仙修里没一个好人。

"你身怀魔气，主人应是魔修，他在何处？"

"我的主人不是被你杀了吗？"

"哦……"后池愣了一下道，"忘了。"

后池没再废话，开始结印，打算再次封印这个碍眼的灵兽。

"等等！"倪鹏有些不甘地转头看向时夏道，"封印我可以，你先把羽衣还给我。"

时夏："雨衣？什么雨衣？"

"你抢去的衣服！"倪鹏指了指她身上的黑衣，控诉道，"那是我的羽毛所化，你不还给我，难道要我秃着吗？"

呃，原来这衣服是羽毛变的，难怪干得这么快。可是若还给他，自己不是要光着了？她只好看向后池道："那……你手里的衣服能借我吗？"

"嗯。"后池点头，转头看了倪鹏一眼，问时夏，"羽衣你要还他？"

"呃，不可以吗？"时夏狐疑地看向他，心想：没有羽毛的鸟也挺可怜的。

后池心中一动，可以，妹妹说什么都可以。他扬手一挥，手里的衣服就自动飞了起来，下一刻，那身白衣已经穿到了她的身上，而那身黑衣则掉在了地上。

时夏拾起黑衣给倪鹏递了过去："喏，还你！"

"你放地上，我自己拿。"倪鹏仍有些害怕地缩了缩身子。

喊，这是什么毛病？时夏顺手把衣服扔在了地上。

见她走开，倪鹏双眼微眯，眼中顿时闪过什么，身形一动就拾起了地上的羽衣，却转身朝着时夏扑去，喊道："我要你的命！"

一团黑影袭来，她的眼前出现了一只浑身漆黑的大黑鸟，锋利的爪子一把抓住了她。倪鹏一声长鸣，下一刻已经冲天而起。这一切发生得太快，她甚至还没有反应过来，耳边就已经传来了呼啦啦的风声，正迅速地远离地面。可是它并没有飞多远，前方的天空突然出现了一个巨大的法阵，直接连鸟带人给弹了回来，一道白色的身影挡在了空中。

倪鹏愤怒地扇着翅膀道："后池，我的羽衣已经吸足生气，你根本封印不了我。"

"谁说我要封印你？"后池说话的时候神色未变，仍是那副面无表情的样子，心中的火山却爆发了：我要灭了你，你居然敢动我的妹妹！

"什么？"倪鹏一愣。

蓝色的火光冲天而起，倪鹏整只鸟都燃了起来，身体以肉眼可见的速度烧成飞灰。"蓝灵离火！"倪鹏慌了，发出一声声凄惨的鸣啼："你……你……我是瑞兽，你不能杀我……救命……我错了，我再也不吸食人类的生气了，求求你不要杀我……"

倪鹏并没有哀号很久，下一刻已经消失在火焰中。那些蓝色的火焰很厉害，却像有意识一样避开了时夏。她有些被吓到了，刚刚发生了什么？她只是还件衣服而已。

后池接住掉下来的时夏，沉声问："无事？"

"没……没事！"时夏松了口气。

后池皱了皱眉，过了一会儿才道："倪鹏的羽衣是他用来吸食人生气之物，你穿在身上，那羽衣或多或少会沾染你的生气。他原本被封多年，有了生气才会有化形之力。"

倪鹏原本是瑞兽，性情祥和，生而化形，可给一方带来祥瑞。这样的灵兽修士是不敢轻易杀害的，会染上因果，但这只显然已入魔道。

"你的意思是，他是故意把衣服给我的？"

"嗯。"

时夏有些后怕，感激地拍了拍他的肩膀道："谢了，你救了我的命。"她没想到这人看起来冷冰冰的，实际上人还是挺好的。

后池愣了一下，没有回话，激动地想：妹妹……碰了我的……肩！

后池决定以后都不换衣服了。

"对了，我还有重要的事要告诉你呢！"时夏突然想起正事，忙道，"你们认错人了，我真的不是魔尊的妹妹，只是跟她同名同姓。你要相信我。"

后池皱着眉看了她一会儿，心想：她明明就是啊！但他嘴上道："如今我信与不信已经不重要了。"

"啊？啥意思？"

"你首个通过玉华门，并在主殿当众说出了自己的名字，"对此他也感到很忧伤，"这一切已经让众人认定了你的身份。如今无论你是否真是魔尊的妹妹，此事都已成定局。"

"我可以跟他们解释。"

后池摇了摇头道："你如何解释？如今魔尊之妹现身之事已经传遍修仙界了，天下修仙者全欲除之而后快，你向何人解释？"

"那怎么办？"也就是说，她一出去就会被别人剁成肉酱。

"如今只有秀凌峰才是你的容身之处。"没关系，你不要怕，没有魔尊还有我。

她顿时欲哭无泪，转头看了看旁边的人，问道："你……当初是为了救我才带我回来的？"

他纯粹是因为好奇。

时夏以为他默认了，细细回想起来，当初第一次见面的时候他好像就说过让她不要再叫时夏了。他是为了防止她变成"全民公敌"吗？他果然是个好人。

她突然有点儿感动："你为什么对我这么好？"

后池心想：我还可以对你更好，一定比得过那个魔傻。

他正色道："魔尊之事乃魔尊所为，这些……与你无关。"

就是嘛！时夏赞同地点点头，没想到这个世界还有三观正常的人。

"秀凌峰鲜少人来。"后池突然伸手摸了摸她的头道："你且安心待在此处。"

后池摸到妹妹的头了，暗自开心！

"嗯。"时夏点头，"暂时待在这里没问题，但我能问个问题吗？"

"说。"我什么都答应你。

"咱们牢房能管饭吗？都三天了，我就吃了五根萝卜。"时夏道，"你救我不会只是想看我被饿死吧？"

后池这才想起来，这个妹妹是个凡人，凡人是要进食的。于是问题来了，谁会做饭？他修行上千年，关于凡人的记忆早已模糊不清，早就不记得自己是否具备这项技能了。不过没关系，他不是有徒弟吗？徒弟毕鸿修行比他晚多了，一定知道。

时夏在秀凌峰已经住了一个月了。这一个月以来，她向老头打听到不少修仙界的事，包括穿越时空法术的事。当初玉华派掌门说过，要穿越时空，只有化神期以上的修士才有这个能力。

修仙界的修为分为炼气、筑基、结丹、元婴和化神五大境界，每过一个阶段寿命也会递增，炼气最多可活百岁，而筑基是两百岁，结丹就可以达到五百岁，元婴是一千岁，化神最多是五千岁。每个大境界外还有十层的小境界，每一步都是一个坎，想要提升修为，不单要靠灵气，机缘、悟性一个都不能少。

现在的修仙界达到化神的修者，十个指头都可以数得过来，而化神以上的境界，据说还没有人可以达到。唯一可以称为化神之上的存在，居然就是后池。

时夏瞬间觉得自己捡到宝了。可当她屁颠屁颠地找到后池，希望他开个后门送她回去时，他却直接朝她扔了个重磅炸弹："世上三千界，你所来之地必是其中之一，虚空可破不可转。你既划空而来，也会划空去，没有回转之理。"

这句话翻译成人话就是，跨界旅行是条单行线，你来可以，但是回不去。就算你再跨一次，也只是到了三千世界里的另一个世界，不会回到原来的地方。

难怪那个鬼系统把她扔在了这里，原来她压根回不去了。

时夏颓废了好几天，不知道自己到底该做什么。修仙后飞升？她连灵根都没有。当个普通老百姓？她是世界公敌，一出去就会被捅成马蜂窝。那她穿越的意义在哪里？

"丫头，你怎么了？"碰瓷老头笑眯眯地道，"有什么不开心的，说出来让老头我开心开心。"

时夏没好气地瞪了他一眼，这老头也不知道怎么了，自从上次的萝卜事件后就一直看她不顺眼，时不时蹦出来冷嘲热讽几句。她就没见过这么小心眼的老头。

时夏自认不是悲观的人，低落这么久也够了，不就是穿越吗？她又不是没吃过苦！作为一个五岁就没了父母，跟着不靠谱的哥哥一起长大的娃，以前那么苦她都撑过来了。她就不信，现在自己这么大了，还能把自己给折腾没了。这么一想，她瞬间觉得豁然开朗，连空气都清新了不少，连看着老头那幸灾乐祸的表情都没那么生气了。

"呵呵，原来是碰瓷啊！"时夏回了他一个笑容道，"我只是觉得饿了，什么时候开饭啊？"

毕鸿脸上的笑容一僵，他好似这才想起自己还是对方的"厨娘"，苦着脸控诉道："我叫毕鸿！你别得意，师尊总有一天会看清你的真面目。"他冷哼一声，心不甘情不愿地往厨房走去。

"等等！"时夏一把拉住了他，"我就开个玩笑而已，不是真饿。"

"哼！"老头仍是一副鼻孔朝天的模样，不过神情倒是缓和了不少。

"我有事想问你。"

"你问我我就要回答啊？"老头转过头，一副不想搭理她的样子。

时夏想着不跟老小孩儿一般见识，深吸一口气道："请教，我向你请教总行了吧？"

毕鸿顿时神采飞扬地道："问吧！"

"你师父后池除了会修仙法术，还会别的吗？比如某些谁都可以练的功法……"她现在可是整个修仙界的公敌，不学点儿招数自保，真的很难保证不被捅成马蜂窝。

"你不会想拜我师尊为师吧？"毕鸿上下打量了她一眼，嘲讽道，"我师尊可是修仙界第一强者，想拜入他门下的人多如牛毛，他也就只收了我一个而已。就凭你？就算师尊愿意，你连灵根都没有，怎么修炼啊？"

时夏顿时蔫了："没灵根真的连修仙的机会都没有吗？"

"也不尽然……"毕鸿正准备回答，就被一道清朗的声音打断了，后池从不远处走了过来。

"师尊。"毕鸿立马收起了之前的嚣张模样，规规矩矩地向他行了个礼。

"哟，好人后池，早上好啊！"时夏朝他挥了挥手。

"大胆，你居然敢直呼我师父的名讳！"毕鸿瞪了她一眼，有点儿炸毛。

"名字起后不就是让人叫的吗？"这老头又抽什么风？

"你……"

时夏懒得理他，问道："后池，你刚才的话是什么意思？"

后池："大道三千，各有各的缘法。"

"你是说，我没灵根也可以修仙？"时夏顿时眼睛一亮。

"嗯。"

"师尊，"毕鸿忍不住插话道，"可是没有灵根如何引气入体？如何提升修为？"

"我等需要灵气修行，只是因为以灵入道而已。"他继续道，"入道方法各有不同，像佛修便是积聚功德修行，鬼修以阴气修行，魔修则以杀戮入道，凡间更是有武修。"

虽然除了魔修，其他的修者在修士眼中根本不值一提，但这有什么关系呢？妹妹开心就好。

其实，无论是佛修，还是鬼修，修行皆十分缓慢，未得大成便已圆寂，更别说凡人武修，寿命甚至不足百岁，所以从未出现过什么大能者。

"真的吗？"时夏却很兴奋，她的要求不高，能有个逃命的技能就行。她略带忐忑地问道："后池，那……你会别的修炼方式吗？能不能教教我？"

"放肆！"老头这只拦路虎又跳了出来，"我师尊乃是玉华派太上老祖，你连玉华派弟子都算不上，凭什么学？"

门第观念最讨厌了！时夏表示不开心。

"我这儿倒是有武修的功法。"后池不紧不慢地掏出了一本册子，似有若无地瞅向时夏。

闻言，时夏的眼睛猛地睁大了，视线黏在了那本册子上。

"不过……毕鸿说的也不无道理，我毕竟是玉华派的人，要传也要传玉华之人。你若有心要学，不如我收你……"

难道他要收她为徒？时夏眼中一亮，忽略了对方眼里一闪而过的精光。

"我愿意！"她立马举手答应了。

"师尊不可啊！"毕鸿第一时间表示反对。他才不要这个专门"拔萝卜"的小丫头做自己的师妹。

"好，如你所愿！"后池直接忽视了自己的徒弟。

"师尊……"毕鸿感觉受到了一万点伤害，控诉道，"你说过只收我一个徒弟的。"

"我的确只有你一个徒弟。"

"那她……不是我师妹吗？"你都收下了。

"谁说她是你师妹？"后池一脸认真地道，"她是你师叔。"

这话是啥意思？

后池伸手揉了揉时夏的脑袋，仍顶着那张面瘫脸道："乖，叫哥哥。"

时夏、毕鸿一时语塞。

修仙界第一强者、修为深不可测的玉华派的太上老祖要认她当妹妹？对于这件事，时夏和毕鸿首次意见统一了，刚刚风太大，他们一定耳鸣了。

想通后，时夏就把这件事彻底地抛到脑后，直到当天晚上看到那个一本正经地从窗口爬进来的后池……

时夏整整有两分钟没反应过来，之后忍不住问："你为什么要爬窗户？"

"怕吵醒你。"后池一脸严肃地道，丝毫不觉得半夜跑来有啥不对。

她又愣了几秒，想起自己好像根本没睡，怎么会被吵醒？更何况房门根本没关，这人为啥要爬窗户啊？她突然觉得这个人的脑子好像不太正常。

"你找我什么事？"

他脸不红气不喘地道："没事！"

那你爬窗户进来是来吓人的吗？

"既然你还没睡，那么……"他上前一本正经地道，"我就哄你睡吧！你快躺下！"

"啊？啊！"这家伙有病吧？

后池突然把她摁到床上，替她盖好被子，还一脸严肃地问："要听个故事吗？"

时夏心想：大哥，你出门吃药了吗？

"我便给你讲讲我的故事吧！"

"等等……"你怎么就开始讲故事了？先给我个解释啊！

"我是十岁入道，二十岁筑基，金丹期时……"

"我说，你……"

"金丹那年，在极南之地遇到一只……"

"停！"时夏直接掀开被子坐了起来，深吸了一口气，才找回自己的理智，"你到底想干吗？"

后池像是不高兴被她打断，仍认真地道："给你讲故事。"

"你为什么要给我讲故事？"一个大男人深更半夜爬窗户进来给我讲故事，很恐怖好不好？

"哄你睡觉。"他仍认真地回答。

"你为什么要哄我睡觉？"

后池转头看了她一会儿，看到时夏心里都有些发毛了，才缓缓地伸出手，面无表情地揉了揉她的头道："我是你哥，应该哄你睡觉。"

时夏："……"


对于这个自己好奇了一百年的妹妹，后池早就眼红了。

他修行太久，身边的人也是来来去去的，所以一开始对魔傻一副有妹万事足的样子并不是很理解。但随着魔傻三百六十度无死角地洗脑，他不免听进去一两分。

一开始，他心中只有一个模糊的画面，慢慢地，脑海里出现了一个淡淡的影像。可是魔傻突然消失了，再没人在他的耳边念叨那个妹妹有多好，他只能靠自己的想象填充那个人影。这种感觉很新鲜，好像心中的那个人是自己一笔一画勾勒出来的，完完全全属于自己。

当她活生生地出现在自己面前时，他的第一反应是，自己心里画的那个人活了，总算可以跟她说话了。可他紧接着发现，这个妹妹其实并非独属于他，因为她是魔傻的妹妹。

这种感觉很讨厌！自己想象了一百年的人凭什么就成魔傻的妹妹了？为什么魔傻可以有妹妹，他却没有？这简直不能忍。况且，魔傻那么蠢，怎么能护得住这么好的妹妹？

她如果不是魔傻的妹妹，而是自己的妹妹就好了。

这个念头一产生就扎根了。

于是，为了防止妹妹被带歪了，为了拯救绝无仅有的好妹妹，为了修仙界的和平，他决定把魔傻的妹妹抢过来。

确定对策后，后池立马就实施了，而且不费吹灰之力就成功了。

接下来只剩一个问题了——哥哥要怎么当？

他仔细回顾了一遍所有的功法、秘籍，没有找到任何答案，耳边却意外地回响起当初魔傻向他炫耀时的话语："我妹时夏最喜欢听我讲故事了，每天不听到我讲的故事，她都睡不着觉。"

他把这句话掐头去尾，得出了答案：妹妹喜欢听故事。

他决定，就从讲睡前故事开始，做个好哥哥吧！

于是，趁着月黑风高，堂堂玉华派太上老祖爬窗户讲故事去了……


时夏成为后池的妹妹后，他真的开始教她自保技能了。

"这世间的修者，除灵修外，佛修需长期在外积攒功德，不适合你。"

"嗯……嗯……嗯。"

"而鬼修是鬼魂修炼之法，更不适合。"

"嗯……嗯。"

"所以你能学习的只有以武入道，成为武修。"

"嗯。"

"武修需要有很大的毅力，才有可能成功，你需潜心修炼。"

"嗯。"

"当然若实在无法坚持，亦不可强求。"

"嗯。"

"你可有其他疑问？"

"只有一个……"时夏嘴角一撇，伸出一根手指。

后池点头道："但说无妨。"

"你能别捏着我的脸说话吗？"这家伙都已经捏一上午了，当她是包子吗？

她转头看向在旁边打酱油的老头，用眼神问：你家师父这是什么毛病？

毕鸿直接转开头，好像在说：别看我，我只是个被抛弃的可怜徒弟。

后池僵了一下，满心遗憾，却一本正经地收回了手：我的妹妹好可爱，连生气都这么可爱。

时夏："你就直接说我要怎么做，从哪儿练起吧。"

"武修自然是以练武为主，武术五花八门，分类杂多，你可专攻一门。"后池沉声道，"我也曾见过一些武修的修炼功法，你可择一去学。"

"好啊！"时夏眼中一亮。

"不过……"他皱了皱眉道，"我知晓的功法不多，也不知你是否合适……"

"没关系，有就行，我不挑！"

"嘁，你就得意吧。"毕鸿有些不满地瞪了她一眼道，"我师尊的功法都是万里挑一的，能得其一已是万幸。"

时夏懒得理这"酸葡萄"，对后池道："开始吧，后……"

某人身上冷气四溢，她立马把后面一个字吞了回去，改口道："哥。"

"嗯。"后池满意地点了点头，伸手捏了个诀，三人的头顶顿时出现了一个法阵。后池又道："你身无灵气，无法使用神识心法，所以我已将功法转成书册，可惜数量不多，你用心学习。"

他的话音一落，时夏只听见哗啦啦一阵书响，一本本蓝色的书册从阵法中心铺天盖地地砸了下来，顷刻间就把三人埋在了书堆里，而法阵上还在不断地掉着书。

时夏心想：这叫不多？你搬来了整个图书馆的书吗？

毕鸿心想：为啥当初师父只给了我一本功法？我果然不是亲徒弟。

"你可选一本，若是都不中意，哥哥再给你找。"后池一本正经地道。

啪！时夏再次被一本书砸了个正着。为了避免被砸死，她立马随手抓了一本道："不用了，我已经选好了。"

"这本就可以了？"后池皱了皱眉。

"是，就这本！"

"不多选选？"后池心想：哥哥还有很多哦！

"不用了。"时夏心想：再选下去就要被书压死了。

后池这才勉为其难地点头道："好吧！"

只见他手间白光一闪，堆了满地的书瞬间消失，只剩下她手里的册子。

时夏这才松了口气。

"这本功法主要练的是内功，"后池道，"算是武修中上乘的功法，大成后有与金丹期魔修一拼之力。"

"对抗金丹。"毕鸿一脸惊异地问，"武修也有这么厉害的功法吗？"

在修士的印象中，武修只是会些拳脚功夫而已，也就在凡间有点儿用处，在修仙界就连炼气的修士也打不过。这本功法居然可以对抗金丹期的魔修？！

"嗯。"后池点头，不愧是妹妹，一选就选了本好的，他的心中顿时生出一股自豪感。

时夏有些激动，摸了摸封面道："那我现在可以开始学了吗？"

后池伸手摸了摸她的头道："有不懂之处可以问哥哥。"

"好！"时夏用力地点头，怀着激动的心情翻开了书页……

啪！时夏用力地合上了书本，心头跑过了一万头羊驼。

"你怎么了？"毕鸿疑惑地看了她一眼。

"没……没什么。"时夏扯了扯嘴角。不不不，一定是刚才打开的方式不对，她怎么可能看不懂上面的字？嗯，这一定是错觉。

她再次小心翼翼地翻开一页……两页……三页……

整页奇形怪状的蝌蚪文正朝着她热情地打招呼。

哗啦，她感觉一桶冰水当头淋下，透心凉！

"你不识字啊？"毕鸿诧异地看了她一眼。

"哈哈哈……你开什么玩笑，我怎么可能不识字？"她好歹是大学毕业的，区区一本书……她低头再看一眼书册，"那啥……请问这是修仙界的通用文字吗？"这本书有没有汉化版？英文的也行啊！

"你不识字。"这次是肯定句。

"文盲"两个字从天而降，狠狠地砸在了她的头上。

"对，我不识字……"

明明大家说的都是普通话，谁会想到文字不相同啊？！

"哈哈哈哈哈……"毕鸿毫不犹豫地发出了惊天动地的笑声，抱着肚子都快滚到地上去了，"你……你居然不识字，哈哈哈……连十岁的孩童都会……连字都不识还选功法，哈哈哈……"

"喂，你够了！"这是文化差异，不是个人问题。

"哈哈哈……"这事他觉得自己可以笑一年，突然觉得什么气都出了呢！

时夏感觉受到了一万点伤害，默默地向旁边的人投去求助的眼神，唤道："哥……"

后池瞬间觉得心都化了，转头一瞪毕鸿："闭嘴！"

毕鸿一抖，瞬间收声：呜呜呜……师尊对我这么凶，我果然要被抛弃了。

"不识字也无妨。"后池尽量缓和了语气，"只是一部功法而已，你可慢慢领会。武修的招式虽是从字的形义上领悟的，但不用识字也……"后池想了想，发现不认识字真的不行！

后池话锋一转："要不，你还是换一种修炼方法吧？"

时夏："……"

"你要不佛修吧？念经就行了。"后池道。

"师尊……"毕鸿忍不住道，"念经也是需要识字的。"

"那就换鬼修吧？"

"她是活人。"

"那就魔修。"

"师尊，我们是仙门……"毕鸿嘴角抽搐，"况且魔修也是需要灵根的。"

…………

时夏整个人都蔫了。

妹妹不开心，哥哥也不开心。后池转身瞪着毕鸿，心想：都是蠢徒弟害的！

毕鸿一脸无辜，心想：关我啥事？我只是说出了真相而已！师尊也太偏心了，我还是你的亲徒弟吗？

"其实也不是没有办法。"师尊的眼神太可怕，毕鸿不得不硬着头皮道，"识字这事，学不就可以了？晓关峰上的启学堂便是专门教授弟子习字之所。"

"当真？"时夏立马有精神了，"可是……我可以去学吗？"她可是"全民公敌"。

"晓关峰都是新入门的弟子，管事、修士皆未见过你。"

"好，那我明天就去上学。"她可是年年获得"三好学生"荣誉称号的人，不信搞不定一门外语。等她学会了再回来练功，从此打怪升级，走上人生巅峰。

嗯，她有信心！


可是，她的信心在上学的第一天就受到了严峻的考验。

她一踏进教室，十几个"萝卜头"就齐刷刷地看向她这个特大号的"萝卜"。没人告诉她这里是小学啊！一双双亮晶晶的大眼里闪烁着纯粹的好奇、疑惑与兴奋，让她有种留级了十几年的错觉。

跟一群小朋友同班，时夏觉得好羞耻，好想捂脸。

在全体萝卜头的注视下，时夏硬着头皮坐在了最后一排。一大拨"小萝卜"好奇地靠近她，她还在考虑是种向日葵还是放坚果防御时，旁边的座位嘭的一声响，瞬间坐下一位黑壮、圆润，看起来有四五十岁的……大胖子！

原来这个班上还是有高龄同学的啊，她突然感觉不孤单了！

胖子十分不友好地朝她冷哼一声："都是你害的！"

时夏一愣，隐隐觉得这个声音有点儿耳熟，不由得问："您哪位啊？"

"我是毕鸿！毕鸿！"胖子凶神恶煞地转过身瞪她，圆滚滚的身子带得木桌都移动了位置。

"毕鸿？老头！"时夏上下打量了他一眼道，"你怎么变成这样了？"只是一个晚上而已，别说样貌，你怎么连型号都变了？

"这才是我本来的样子。"毕鸿气呼呼地道。

"那之前的老头是……"

"那是用法术幻化的。"毕鸿一本正经地解释道，"我好歹也是堂堂太上老祖……之一，把年纪变大一点儿会显得稳重一些。"

不好意思，她只看出他重，没看出他稳："那你来这里干吗？"

"你还说，都是你害的。"一想起这个毕鸿就怒火中烧，"要不是你要来学识字，我至于变回这样，被师尊派来保护你吗？"

原来是"便宜哥哥"安排的！

时夏懂了，故意道："让我来这里学习的主意不是你出的吗？"

"你……"就是因为这样，他才更郁闷，搬起石头砸自己脚的感觉真的好讨厌！

"好了，既然来了就好好学习，天天向上哦，师伯！"有了他，我再也不用担心被鄙视了呢！

"谁是你师伯？！"这点他坚决不认。

不过他反抗的声音马上就淹没于一众"小萝卜"的问话里。

"胖子伯伯，你也是来上师长课的吗？"

"胖子伯伯，你这么大了还没学会吗？"

"胖子伯伯，你是因为吃得太多了，所以才学不会的吗？"

"胖子伯伯，你的脸好圆哦，好神奇！"

"胖子伯伯，你的肚子也好圆，像球一样。"

"不对……不对，是像冬瓜。"

"胖子伯伯，你的名字是叫球还是叫冬瓜？"

"胖子伯伯……"

毕鸿：你才冬瓜，你们全家都是冬瓜，我只是圆润了一些，哪里胖了？我可是堂堂玉华派太上老祖之一，修仙界数二数三的化神尊者！

果然没有比较就没有伤害，由于有了个年纪更大、身形更突出的毕鸿，所有"小萝卜"的视线都被吸引过去了，一旁的时夏被无视了。

毕鸿的脸越来越黑，还隐隐泛了紫，头上的青筋都快炸开了。

"好了……好了……"时夏忍不住去救场,"小朋友不能欺负新人哦。你们别看伯伯长这样,他可是一个很厉害的人哦。"

"真的吗?""小萝卜"都一脸怀疑。

"当然是真的。"时夏一本正经地道。

"他学习好,认的字比你们都多。"因为他本来就会。

"他还会飞,像你们师长一样。"因为他的修为已至化神。

"他会做饭,做的萝卜可好吃了。"因为他天天给她做。

"他能做很多玩具,天上飞的、水里游的,各种都有。"因为他会炼器。

"总之……"时夏一本正经地总结道,"大家不能以貌取人,这么十项全能的人怎么说也称得上人群中的翘楚、修仙界的高富……呃,高富……嗯,没错,就是高富。大家要好好相处哦,知道吗?"

"小萝卜"齐声回答道:"知道!"

毕鸿:我总觉得"高富"后面还有什么重要的字。


自时夏离开后,后池就忍不住频频看向晓关峰的方向。不知道为什么,他心里乱乱的,总觉得看不见她就少了点儿什么。偏偏他又不能反对,因为这是妹妹自己决定的。

他来来回回在秀凌峰走了一趟又一趟,越想越焦虑,妹妹那么弱,连吃个萝卜都差点儿出事,没有半点儿修为,又没灵根,这么毫无防备地出门,身边少了他这个哥哥,要是出事了怎么办?要是她被人欺负了怎么办?要是她打不过别人怎么办?要是人家看她可爱,把她抢走了怎么办?

他自动忽略学堂里只有十岁孩童和已经派徒弟跟着去了的事实,身形一闪,朝晓关峰飞去。

于是,当启学堂授业师长拿着《三字经》走向教室的时候,第一眼看到的就是一身白衣、身形笔直、飘然若仙的太上老祖正一脸严肃、理直气壮地站在外面的墙头上。

"老……老祖。"师长有点儿腿软。

后池冷冷地看了他一眼,说了两个字:"授课。"说完,他继续盯着屋内。

师长觉得脑子有些不够用,老祖怎么会来这里,还站在墙上?难道是来考察启学堂的教学质量的?

他一肚子的疑问,却又不敢违抗,晕乎乎地走进了教室,接着看到了坐在教室后面的两个巨型儿童!

这两人……是谁啊?

师长晕乎乎地教了一天课,被太上老祖盯着授课的感觉太可怕了。好不容易日落西山,放了学,他才敢瞅了瞅外头,这才发现墙头那个人不见了。他顿时松了一口气,顾不上那两个多出来的学生了,抱起书本就溜走了。

43

时夏和毕鸿回到秀凌峰的时候已经是晚上了。一出传送阵，他们就看到了旁边等着的后池，后池还是老样子。

"后……哥。"时夏临时改了口，朝他挥了挥手道，"你是在等我们吗？"

"嗯。"他轻轻应了一声，声音没什么起伏。

时夏却不由得心里一暖，累了一天，回家有人等着的感觉真好。她正打算问他来了多久，他却突然向她伸出了双手。这是啥意思？击掌吗？

时夏条件反射地伸出双手，朝他的掌心拍了一下："谢谢，等了很久吗？"

"嗯。"后池有些失望地看着空空的掌心，说好的妹妹回家后都喜欢给个爱的抱抱呢？魔傻果然在骗人。

"师尊……"毕鸿挤了过来，"你还是第一次接徒儿。"他一脸感动，学时夏朝后池的手掌拍去，后池却直接将手一缩，让他扑了个空。

"回屋吧！"后池拉起时夏的手转身就走。

毕鸿：我果然是从垃圾堆里捡来的。

# 第三章　妹妹的龙城之旅

　　半年时间一晃就过去了。卖力地学习过后，时夏基本掌握了这个世界的文字。至少后池之前给她的那本功法，她已经可以看懂三分之二的字了。而那个启学堂的教学质量也确实不错，教的科目不单单是文字，还包括一些经脉、穴位方面的基本医理以及一些五行八卦方面的知识。

　　时夏有些理解当初毕鸿为什么推荐她去学堂，而不是自己或是后池教她习字了。武修其实也算得上是体修，其内功心法与灵气运行完全不同，若是不识经脉气穴，她就算是学会识字了也不知道该怎么练。

　　这半年里，她除了学习文字，大部分时间花在辨识穴位、经脉上。后池虽然不是武修，但对经脉倒是很了解，无论什么问题都能答出来。

　　时夏觉得多一个"便宜哥哥"好像也没什么不好，如果他不是老喜欢半夜三更爬窗户进来给她讲故事的话。她到现在都想不明白，为什么他会对讲故事有这么大的兴趣，且坚定地认为她喜欢听。

　　她从五岁起就不听床头故事了好吗？其实听故事也没什么，但关键是讲故事也该专业点儿好吗？他讲的都是些什么？

　　故事一：

　　东海之滨曾经有一只八阶渝临兽，体形巨大，高约十丈，擅长水系法术，盘踞一方，过往的修士无不被它所杀。

　　后来，它死了。

　　我杀的！

故事二：

　　玉淋城有个魔修，专捕捉活人魂魄，炼万鬼幡，以此提升修为，手下亡魂不知凡几。
　　后来，他死了。
　　我杀的！

故事三：

　　祭月门曾有一叛徒，为修炼邪术，坠入魔道，弑师灭门，祭月门三千弟子均惨死于他手下。
　　后来，他死了。
　　我杀的！

故事四：

　　忘忧林……

　　这叫睡前故事吗？这明明就是恐怖故事！他到底是来哄她睡觉的，还是来吓她的？
　　可是每当他一脸严肃却默默地往她的口袋里塞零食，一本正经地讲解着经脉却不忘在她的背后塞枕头，一向只罚毕鸿从不说她的时候，时夏又觉得，这个"便宜哥哥"自己还可以再忍受一下。
　　"弟子元吾，求见太师祖。"上空突然传来一道传音。
　　时夏收回思绪，心想：元吾，好熟悉的名字。
　　"这小子怎么来了？"端着一碗炒萝卜丝的毕鸿疑惑地放下了手里的碗。
　　又是萝卜！都吃半年了，时夏嫌弃地皱了皱眉。
　　"进来吧！"毕鸿扬手一挥，只见秀凌峰的上空像是破开了一层透明的薄膜。一个熟悉的白色身影从中间飞了进来，他浓眉紧皱，带着几分急切。
　　时夏细细一看，这不是半年前在森林里那个被我吓跑的少年吗？
　　"哟，好久不见。"时夏朝他挥了挥手里的筷子。
　　元吾一愣，这是两人第三次见面了。他倒是没有像上次一样被吓到，只是有些忌惮地看了她一眼，随后朝毕鸿行礼道："弟子见过师祖。"他四下看了看，继续问，"师祖，不知太师祖可在？"
　　"你找师尊何事？"毕鸿边坐边问。

46

"是这样的，太师祖当日曾助弟子擒下魔修黑煞，当时弟子将他带回，封入锁魔阵之中。今天弟子前去察看，却发现他破阵而出，不知行踪，还破坏了锁魔阵中的封印。"

"什么？！"毕鸿一惊，一下站了起来。他正要细问，突然一阵地动山摇。时夏转头一看，只见不远处的另一座浮峰上突然冲出了一道红色的光，震得四周的山峰都摇晃起来。

时夏一惊，连忙抱住了那碗萝卜，好险，差点儿连早餐都没了！

"不好，封印要破了。"毕鸿脸色发白，回头看向屋内："师尊……"

他话还没说完，眼前白光一闪，原本坐在屋内的人已经出现在身边。

"留在这儿！"后池交代了一句，身形一闪，朝着那红光飞去。

"师尊……"毕鸿一脸着急，上前追了两步又停下了，转头看向身后。

"看我干吗？"时夏撇了撇嘴，"又不是我让你留下的，你想去就去啊！"

毕鸿犹豫了一下才道："锁魔阵非比寻常，我得去看看。丫头，今天你自己去启学堂。"

"知道了。"时夏不在意地挥了挥手，都半年了，上学的路她认得。

毕鸿这才御剑追了上去。

一时间，现场只剩下还在啃萝卜的时夏和怯怯地看着她的元吾。

"那个什么封印很重要吗？"她忍不住嘀咕道。

"嗯。"元吾回答着，只是仍旧退了一步，站得远了些，"锁魔阵内封印着上古魔兽，此封印一破定会危及本派众人，所以太师祖、师祖才赶着去……修复封印。"

"哦……"时夏似懂非懂，看了看旁边胆战心惊的他，问道，"你就这么怕我？"

元吾一愣，连忙摇头："不……不怕！"

"不怕你抖什么？"时夏有种自己欺负了小朋友的感觉，"算了，不跟你说了！时间不早了，我得走了！"

她快速地扒了几口饭，放下了碗。

"你要下山？"元吾一惊。

"是啊！"不然她上学就迟到了。

"可……可太师祖他们还没回来。"

"没事，我认识路。"她又不会丢。

"等等！"元吾一副急得快哭出来的样子，一咬牙道，"我……我跟你去。"

时夏一愣，这才想起自己上学的事好像只有"便宜哥哥"和老头知道，上下打量元吾，问，"你不会以为我想逃跑吧？"

她记得除了那两人，别人好像都把她当魔女看待。

"放心，我不会跑的。"时夏拍胸脯保证道，"就去一下晓关峰，一会儿就回来。"

元吾还是一字一句地道："我跟你去。"

"随便你。"时夏懒得解释，直接走向传送阵。

元吾立马跟上，生怕她跑了似的，却在她走入阵里的前一刻阻止道："等等……"

"又干吗？"她要迟到了。

"你……你真的是去晓关峰？"

"不然呢？"难道我去你家吗？

元吾皱了皱眉，单手结了个印，地上顿时多了一个传送阵。他道："这个阵也是去晓关峰的，你走这个阵，我就相信你。"

时夏瞅了瞅地上的新法阵，犹豫了一下，朝那边走了两步，又退了回来，拒绝道："不要。"

"为什么？"

时夏白了他一眼道："旁边有安全可靠的传送阵我不走，偏走你这个新上线的？你又不给我钱。"她讨厌测试版。

"……"

"你信不信我跟我无关，我跟你又不熟。"时夏继续吐槽道，"再说了，你这么怕我，没准我进去后，传送去的地方不是晓关峰，而是什么九死一生的地方呢！电视里可都是这么演的！而且，指不定你的亲人就是魔尊杀的，然后你为了报仇，设计引开别人，杀掉我报仇雪恨，那我岂不是……"

"你怎么知道？"她话还没说完，元吾突然一脸震惊地问。

时夏愣住了。元吾却脸色一沉，原本还带着懵懂少年的样子，瞬间仿佛变了一个人，神色狰狞地道："既然你已经知道了我的计划，我更留不得你！"

"不会吧！"她就随口编了个剧情而已，他也用不着照着剧本演啊！

元吾突然一把拉住她的衣领，直接把她拖到了那个阵法里。

一时阵法的光大亮，眼前景致一转，下一刻他们已经到了一处悬崖之上。

时夏顿时想抽自己一嘴巴。

元吾一手提着她的衣襟将她拎到崖边，她双脚悬空，下面就是深不见底的悬崖。

时夏吓了一跳，挣扎起来："少年，你冷静点儿。"

"不愧是魔尊的妹妹，"他冷哼一声道，"中了我的束缚之术，居然还能动。"

束缚之术，有吗？

"元吾，这是个误会，先放开我。"

"放开你？"元吾冷冷一笑，情绪越发激动，"当年魔尊杀害我亲人的时候可曾想过放了他们？"

"这关我什么事啊？"

"他杀我亲人，我杀他妹妹，很公平！"

这哪里公平了？

"少年你听我说……"她尽量压下心底的恐惧，沉声道，"我真的不是魔尊的妹妹，

48

你找错人了！"

"住口！我自然有方法确认你的身份。"元吾的表情越发狰狞，"魔修向来擅长蛊惑人心，我虽然不知道你是怎么骗过太师祖和掌门师兄的……但我好不容易放出那魔修，怎么会白白错过这个机会？"

敢情那个什么封印是元吾自己破坏的，他至于吗？

"你可知此地是何处？"他突然想到了什么，看了一眼崖下，一脸得意地道，"此地是绝魔崖，传说下方有上古的灭灵阵，纵使修为再高的人掉下去也会粉身碎骨，当日我的亲人就是被魔尊从此地推下去的。今日便是你偿命的时候。"

"喂，少年！账可不是这么算的。"

"怎么？难道我不该找你报仇？"

"你说魔尊杀了你的亲人，所以你要杀我报仇。可是我又欠你什么？如果你杀了我，那你跟当年的魔尊又有什么区别？"

"兄债妹偿，自古常理。"

时夏也说出火气来了，穿越以来遭遇了各种不公平待遇的负面情绪彻底爆发："什么兄债妹偿？说到底，还不都是你自己懦弱的借口。你找不到魔尊，打不过他，便向我这个没有修为的人下手。你自己怕死，却还冠冕堂皇地说什么常理。我何其无辜，可曾伤过一个人？你不找真正的仇人，却在这里滥杀无辜。我若是你的亲人，死了都会被气活好吗？那你举着光明正大的复仇的牌子，干着无耻卑鄙之事，不觉得脸红吗？"

"闭嘴！"元吾一副被拆穿的心虚样，"死到临头，还敢狡辩？！"

他像扔烫手山芋一样扬手一甩。

时夏只觉得身体一沉，整个人迅速往下掉，元吾那张混合了阴冷、狰狞、心虚和不安情绪的面孔离她越来越远，直到再也看不清。她耳边的风声越来越响，天空离她越来越远。

她不会这么倒霉吧？她不会就这么死了吧？她才刚刚学会这个世界的文字，能不能先给个学以致用的机会？说好的好人一生平安呢？她从来没做过坏事啊！对了，她还从大猫的嘴下救过一个小女孩儿呢！这些都是她"生前"的功绩啊！

等等！她为什么要说生前？她根本不想死啊……

说起来……她都已经想这么多个字了，为什么还没掉在地上？这个悬崖是有多深？

耳边呼呼的风声没有断过，这证明她的确是在下降，可能下一刻就要嘭的一声掉在地上摔成肉泥。她不由得全身紧绷，死死地握着拳头，咬紧了牙关，等着疼痛的来临。

一分钟后……

她松开了手。

十分钟后……

她放松了身体。

半个时辰后……

她转了个身。

一个时辰后……

她睡着了。


时夏也不知道自己睡了多久，醒来的时候周围还是一片漆黑，耳边呼呼的风声依旧。她抬头一看，只余三分之一的天空上白云朵朵，天气那叫一个好。

时夏心里的危机感已经消失得连渣都不剩了。她轻松地躺着，顺手从身边的储物袋里掏出一根萝卜啃了一口。储物袋是"便宜哥哥"特意做的，不需要灵气也能用，空间很大，里面有不少吃的。

啃完萝卜，她一时也不知道该怎么办，就这么直直地看着头顶那片天空发呆。不知道是不是周围全黑只有那一片蓝的缘故，天空显得特别好看。此情此景，她没来由地想起一首歌。

"苍茫的天涯是我的爱，绵绵的青山脚下花正开……"

嗯，就是这首歌，跟她的手机铃声一样。

手机铃声……怎么回事？她的手机铃声响了？！

时夏猛地坐了起来，连忙打开储物袋，掏出半年前就放进去的手机一看，上面正显示着"未知来电"四个字。

时夏心头一紧，有种即将发生什么大事的预感，犹豫了一下，最终接通了那个电话。

"喂？"

对面传来一阵吱吱吱的电流声，里面还夹杂着一个不太清晰的男声，断断续续的。

"听……不要过来……没有……千万不要，我……"

"你说什么？喂？喂？"

手机里的电流声越来越大，紧接着吱的一声，电话被挂断了。

时夏看着暗下去的手机屏幕，心里五味杂陈。

自从将那个自称系统的家伙卸载后，她就再也没有关注过这个手机。都半年了，手机应该早就没电了才是。还有，刚刚电话那头是谁？手机明明显示不在服务区，对方为什么能打进来？那些断断续续的话又是什么意思？对方语气着急，明显在警告她。

时夏想了想，再次按亮了手机屏幕，就将那个"未知来电"拨了回去，手机却反复提示号码错误。

问题一定出在手机上！

她滑动屏幕细看了一遍，突然发现最后一页多出了一个陌生的 App。与她当初快递"金手指"时一样，这个 App 的图标也是一个圈里写着一个红色的字，只是那个字不是"穿"，而是"仙"。

时夏心里一沉，系统不是已经卸载了吗？又装了一个新的程序是啥意思？

她想了想，直接点开新程序。屏幕上弹出一张地图，地图的右上角写着"暮玄仙府"几个字，地图的下方写着"任务进程 0/1"。

时夏哼了一声，直接按了关机键。

我信了你的邪！


身为无灵根废物、悲惨文盲和世界公敌的时夏穿越八个月后才发现自己原来是有任务的，但是鉴于老板的信用值为负数，她有些犹豫要不要接这个任务。但两个时辰后，她发现自己的顾虑是多余的，因为她根本就出不去。她甚至连这个悬崖到底有多深都不知道。

她还在往下掉，耳边的风声一直没停过。这种状况持续到第二天早上，才有了些改变。

因为天上掉下个林……老头，而且是一个浑身是血，胸口开了个大洞，眼看就要断气的老头。

时夏吓了一跳，张口就问了一句废话："喂，你没事吧？"

时夏有些慌，想帮忙又不知道从哪儿帮起，因为他全身都在冒血。

"你……"老头喘了几声，嘴角的血像不要钱似的往外流，动了动头，拼着最后一丝力气看了她一眼，"没想到……这里还有活人……"

"先别说话，你伤得很重。"时夏用力地从衣服上撕下一块布条，想要帮他包扎，却不知道从哪儿下手，问道，"你有没有什么灵丹妙药？我要怎么救你？"

"不用了……"老头又吐了几口血，重重地喘息了一会儿才道，"老夫已经活不了了……能遇到你也算是……天不绝我天宸宗。"

他突然费力地从身侧掏出一块玉牌，颤巍巍地递给她道："小姑娘……拿着。"

"哦。"她连忙双手接过那块还沾着血的玉牌。

"我是天宸宗掌门林谢，这是我天宸宗……最高功法……是天意让老夫……传授于你。"老头的声音越来越小，仿佛他下一刻就要归西，"待你修为大乘……记得给我天宸宗报……仇。"

"可是我没有灵根啊！"

"什么？！"老头回光返照般地坐了起来，下一刻喷出一口血，头一歪，彻底没了气息。

"喂，你别死啊，别吓我！"时夏推了推老头，他却完全没了反应，就连身体也慢慢化成一个个淡淡的光点消失了，连一滴血都没留下。

时夏整个人都傻了，这到底是什么情况？难道这个老头也是被人推下来的？天宸宗是什么？她没听说过啊！她忐忑不安，满心疑问。

　　然而第二天，天上又掉下一个林老头！这个比之前那个更惨，两条腿都不见了。

　　他掏出一块玉牌递过来道："我是音杀门林堂……小姑娘，你我有缘……这是我毕生所得的功法……望你……"

　　时夏都想哭了，跳崖是林家的传统美德吗，怎么姓林的都喜欢往下跳？还有，她真的不需要这些啊！她道："我没灵根啊！"

　　噗……二号老头也喷出一口血，死了。

　　第三天，天上掉下了三号老头，道："我乃玉璧宗长老吴江……此《玲珑诀》乃上古秘法……天意传与你……"他掏出一个铃铛。

　　时夏嘴角一撇，好吧，这人总算不姓林了。她道："我真的没灵根。"

　　噗……三号老头也死了。

　　第四天，四号老头："这是我灵秘堂的至宝……若你能传承……"

　　时夏："嗯，我明白了，你放心去吧！"

　　第七天，七号老头："我乃齐天老祖，此功法……"

　　"知道，放那儿吧，有空我会看的。"

　　第十天，十号老头："此物聚天地灵气而生……你若用之……"

　　"等我吃完这根萝卜再说。"

　　不知过了多少天，也不知是掉下的第几号老头道："我是……"

　　"知道了。你那里有没有吃的？反正你也用不上，顺便一起给我吧。"

　　…………

　　从那天起，像是约定好了一样，每天都有半死不活的人掉下来，硬塞给她各种各样的功法秘籍，而且名号一个比一个响亮。她一开始还会被他们的惨样吓到，后来就习惯了，他们不就是花式秀遗物吗？

　　就这样，她的储物袋飞速变大，装满了各式各样的功法秘籍与不知名的法器。

　　直到第十五天……

　　啪的一声，天上掉下来一个不一样的东西——十几米长的身躯，金光闪闪的鳞片，锋利的鹰爪，鹿角长须蛇身。这居然是一条龙！一条巨大的金龙！

　　时夏惊呆了。启学堂的老师不是说龙、凤这种生物早就绝种了吗？教材有误啊！她忍不住拉了拉它长长的胡须道："Hello（你好），你还活着吗？"

　　"凡人？"灯泡大的龙眼转了过来，瞅她一眼。

　　这条龙并没有张口，低沉的男音却直接在她的脑海里响起，但声音听着有些虚弱。它也受伤不轻，而且比起其他老头缺胳膊少腿的情况，这条龙显然伤得更严重，金色的龙身上血流得跟喷泉一样，到处是深可见骨的伤口。

　　"没想到吾会……命丧于此……凡人，这可是你天大的……"

　　"行了。"时夏挥了挥手，这种台词她都会背了，此刻只好奇龙会给她什么，"快说

52

你有什么要给我的？在哪儿呢？要不要我帮你拿？"

时夏已经撩起它的胡须找了起来。

金龙感觉血流得更快了，巨大的身躯动了动，张口吐出一颗金色的珠子："凡人，这是吾……"

"龙珠！"时夏伸手接住，原本金色的珠子却慢慢变成了白色。

"吾的龙珠……只有龙族能传承，你可交与我族……幼龙！"

"啊？"时夏愣了愣，说，"这个只有龙族能用吗？"她上哪儿找龙去啊？

"这是自然，我族……"

"这样啊，我知道了，你可以死了。"

"等等……"它愣了一下道，"你不打算救吾？"它觉得自己还可以再抢救一下。

"别逗了。"时夏拍了拍它的胡须道，"以前掉下来的那些老头每个我都试着救过，可我一个都没救活。再说……我又不是兽医。"

噗的一声，金龙喷出一口血，死了。


时夏觉得不能再这么下去了，因为她的萝卜快吃完了。正当她无计可施的时候，原本一片漆黑的脚下突然咔嚓一声被人推开一道口子，一个二十岁左右的青年男子爬了出来，边爬还边抱怨："又是哪个大家伙掉下来了？怎么老喜欢往这……"

男子一抬头，瞬间愣住，目瞪口呆地看着时夏。时夏也目瞪口呆地看着他。两人相望，面面相觑。

"活人？"男子问。

"呃……是。"

"活人，居然是活人！太好了。"男子激动地上前拉住了她的手，道，"我好久没见过活人了，恭喜你掉下来啊！"

时夏心想：这是值得庆祝的事吗？

"我叫孔阳。"他一脸兴奋地道，"我一个人在这谷底好多年了，现在好了，终于有人可以陪我说说话了。对了，你叫什么？"

"时……夏时。"鉴于她的名字杀伤力太大，她临时改了口。

"原来是夏道友，走，我们出阵法再说。"孔阳兴奋地拉着她走到了下方的出口。

出来后，她顿时有种柳暗花明又一村的感觉，眼前一片开阔，脚下出现了绿色的草地，草地上还开着一朵朵不知名的花，抬头一看，那片漆黑不见了，只有一个巨大的金色法阵。只是法阵的上方细细密密地刮着一黑一白两种旋风，透过缝隙还隐隐可以看到崖顶。

"这是……？"时夏有些蒙。

"那是灭灵阵。"孔阳解释道，"那一黑一白的是混沌之气。"

"混沌之气？"

"你连这都不知道，到底怎么掉下来的？"孔阳一脸好奇地瞅了她一眼，拉着她到旁边坐下，才继续道，"混沌之气是开天辟地之初的混乱之气，可吞噬一切有灵之物。我也不知这气为何会存在于这谷中，但正因为有这混沌之气，这谷中才形成了一个天然的灭灵阵。我等修仙之人本就需以灵气提升修为，这灭灵阵可以灭灵，所以修为越高、体内灵气越足的人，就会被混沌之气反噬得越严重。"

"这样啊……"难怪那些老头的样子一个比一个惨。

"我注意过，此阵中只要是修为筑基以上者就活不了。我是炼气五层的时候掉下来的，当时也被反噬得很严重，养了好几年才好。你呢？"

"呃……"时夏嘴角一撇道，"我没有灵根。"

孔阳惊呆了："难怪你一点儿伤都没有。"

"对了，我之前看到很多人掉下来，但尸体都消失了。"

"哦，那是我布的阵法。"他指了指头顶金色的法阵，一脸骄傲地道，"你知道的，上面那些人什么都爱往下扔，动不动就扔个死人下来。这谷底能进不能出，而且就这么点儿地方，他们敢死，我也不敢全埋啊，不然满地死人多可怕。所以我就布了这个阵，他们一死，便直接尘归尘、土归土。"

"呃……"时夏听后一时语塞，觉得他把这件事说得如扫地一样平常。

"咦，你手上的是龙珠吗？"孔阳指了指她手里的白色珠子。

"嗯。"她点头。

"难怪刚刚响动那么大，原来掉下来的是龙。"他一脸了然，"好一阵子没有龙掉下来了。"

"经常有龙掉下来吗？"原来龙是这么常见的生物吗？

"那倒不是。"他摇了摇头道，"也就……十几二十次吧，也不是很多。"

时夏："……"这还不叫多吗？

"混沌之气不被天道所容，不受时日所限，所以经常会掉下来一些奇怪的东西。"

龙不是神族吗，怎么就变成奇怪的东西了？

等等！时夏立刻问道："不受时日所限……你是说灭灵阵里的时间是错乱的？"

孔阳点头道："虽然他们自己感觉只有一瞬间，但实际有可能是千年万年前掉入崖内的。"

难怪她每天见着人排着队似的出现，原来自己跟他们不在一个时空。这样说来，那条龙也有可能是千万年前掉下来的。

"不过你这颗龙珠倒是奇特。"孔阳好奇地瞅着她手上的珠子道，"我见过绿色、金色、蓝色、红色的龙珠，还没见过白色的呢。"

"你喜欢啊？给你吧！"时夏直接递了过去。

孔阳愣了愣，问道："你就这么给我了？"

"你不说这谷里只能进不能出吗？再说，我又没灵根，拿着也没用。"

"夏妹子够意思，我孔阳交你这个朋友了。"孔阳哈哈一笑，这才接了过去，顺手把她拉了起来道，"走，大哥带你去看点儿东西。"

孔阳一脸献宝地拉着时夏走向一旁的石壁。只见他在石壁上划拉了几下，轰隆一声，石壁往两侧打开，出现了一间间石室，里面还有一条看不见底的通道。

"这是我家！"孔阳走入那条通道，热情地介绍道，"这边是大厅，那是卧室，旁边是我练功的地方。这里的石室都是我亲手挖出来的。反正你也走不了了，以后可以住在这里，看中哪一间直接跟哥说。"

"呃……谢谢。"这两边可是石壁啊，能挖这么大的洞，你是属地鼠的吗？

"就是这里。"孔阳突然停了下来，随手捏了一个法诀，一道火光闪了出去，顿时点亮了壁上的火盆，原本阴暗的通道顿时亮了起来。他指了指前面道："这里是我放那些掉下之人遗物的地方。"

然后，她看到了一座"山"，全是玉牌、书册和各种不知名的法器，堆了好几米高。

"这也太多了吧？"这底下到底摔死了多少人啊？

"我也不想接，可那些人非得塞给我。"孔阳给了她个"你懂"的表情。

好吧，她确实懂，袋子里还塞着一堆呢。

"还不止这些呢，有些比较少见的功法、灵器我都放在后面了，龙珠就在里面。"

孔阳直接带着她绕过了那座"山"，后面是一条缓缓向上的通道，通道的左右两侧挖了一个个正方形的格子，格子里放着一块块玉牌以及各式法器，正是当初那些老头塞给她的那样的。

"东西太多了，所以我只能把通道挖得深一些，才有地方放。"孔阳边走边解释。

时夏一脸尴尬，你别把功法秘籍说得跟大白菜一样。

两人足足走了二十分钟才走到头。

"到了！"孔阳指着那镶嵌了满墙，五颜六色闪得跟霓虹灯似的珠子道，"看，这些就是。"

时夏："……"

"既然你给了我一颗，我也还一颗给你，这里的你随便挑。"

时夏："不……不用了。"龙族会哭的。

"不喜欢？"孔阳有些为难地说道，"那外面的功法也行，只要我有的，你随便拿。"

时夏只觉得一股土豪之气迎面扑来，忙道："真不用，我又没有灵根，那些对我没用。"

"哦……说得也是。"他一脸失望。

为免他还纠结还礼的事，时夏连忙转移话题："孔阳，你掉下来多久了？"

孔阳皱眉想了想说道："不记得了。我只记得当日我掉下来还是炼气，现在嘛……应该是化神了吧。"

也就是说，他在这里有好几百年了。

"你就没想过要出去吗？"

"这里出不去。"孔阳肯定地道，"这崖底太高，没修为飞不上去，可有修为一上去又会被灭灵阵吞噬。这里就是个死地。"

"但你可以不从崖底上去啊！"她直接问出从刚刚开始就在想的问题，"你都能在石壁上挖这么长的洞了，为什么不直接挖个通道上去？"她伸手捶了捶石壁，以他的修为应该很容易吧。

"夏老妹真爱开玩笑。"孔阳摇了摇头道，"这石壁上染有混沌之气，哪有那么容易挖……"

轰隆一声，一块石头突然掉了下来，露出头顶一片碧蓝的晴空。

时夏默默地收回敲打的手，说道："好像……通了。"

现场安静了十秒钟，孔阳整个人都傻了。

"这……这怎么可能？"他挖了几百年都没打通的路，她居然只敲了几下就打通了，明明他每次一动这个石壁，就会被混沌之气挡回来。不，他一定在做梦。

"那啥，我们可以出去了。"时夏指了指头顶。

孔阳感觉心情很复杂。

被困在崖底半个月的时夏，终于成功地逃出去了。这一切都要归功于孔阳友情赞助的地洞。可是当她提出"世界这么大，我们结伴去瞅瞅"的邀请时，孔阳拒绝了。

"为什么？"时夏有些不明白，"你不想出去吗？"

"夏老妹，你可知我的修为全是在谷底修习的，我以前只是炼气。"

"我知道啊！"

孔阳摇了摇头道："灭灵阵不被天道所容，我在下面修炼，自然也在天道之外。"

"什么意思？"时夏没灵根，根本听不懂！

孔阳长叹了一口气道："夏老妹，你可知修士结丹后每过一个大境界就会引来雷劫加身，八十一道天雷，九死一生？"

"嗯，我听说过。"她听"便宜哥哥"说过，大多修士陨落于此，"这跟你有什么关系？"

"当然有关。"孔阳说话的时候都快哭出来了，"我不在天道内，所以进阶时并没有雷劫加身。若是我出了这通道，就等于回到天道之下，之前的雷劫也会直接降下。"

"呃……"

"我如今已是化神，金丹加上元婴与化神，我一次要承受三次雷劫，整整二百四十三道，你觉得我扛得住吗？"

时夏默默地在心里给他点了根蜡烛，拍了拍他的肩膀道："你保重，初一、十五我会来看你的。"

孔阳有些烦躁地挥了挥手道："你别磨叽了，快走吧，洞虽然通了，但上方还是有混沌之气的。我不能用法术助你，你得自己爬出去。"

时夏犹豫了一下，这才扒着石壁往上爬，刚爬到一半又回过头来说道："对了，你有没有什么话或是东西要送出去？我帮你。"反正她有送快递的经验。

"不用了。"孔阳拒绝。

"哦。"时夏继续往上爬，爬了两步又忍不住回头道，"真的不用吗？写信也可以哦。"

"不用！我都掉下来这么久了，外面早已没有认识的人了。"

"哦，我有空会经常来看你的。"

"你最好别来。"

"为什么？"

"这谷底的秘密太多，若是让人知晓，反而会引起不必要的麻烦。"

"那你不会孤单寂寞冷吗？要不你养只宠物什么的？"

"滚！"

时夏有些无语，心想：他明明就很喜欢有人陪着聊天，真不诚实。

时夏伤感地抓住洞沿，抬腿用力翻了出去。

"夏老妹。"孔阳突然出声。

"啊？"她条件反射地回头，只见他扔了一颗什么过来。那东西直接飞进了她的嘴里，她还没反应过来，已经吞下去了。

"这是什么？"别乱扔东西到嘴里啊，她又不是动物园的猴子。

"临别赠礼。"孔阳朝她笑道，"行了，你可以滚了。"

"等等！那到底是什么？"

"放心，对你只有好处。"他一挥手，刚刚掉下去的石头自动浮了起来，洞口顷刻间就封闭了。

时夏还未来得及说声再见，就不见了他的身影，只听到一句"以后没事别再掉下来了，我懒得埋"。

时夏："……"


逃生通道的出口在距离崖边不远的位置。爬出洞口的那一刻，时夏感觉自己得到了新生。她深深地吸了一口自由的空气，觉得天也蓝了，云也白了，花也香了，连森林里那正在咬人的巨猫都"眉清目秀"了。

等等！巨猫？时夏猛地睁大了眼睛，看着不远处正张着大嘴低吼着，打算吃掉地上那个小朋友的巨型怪兽。为什么又是巨猫？这只猫连颜色都跟半年前的那只一样，应该不会那么巧就是上次那只吧？

"大猫？"她忍不住叫了一声。

听到声音，那只猫凶神恶煞地转过头来，看到她之后愣了一下，刚刚微眯着的双眼一下瞪圆了。下一刻，它立马掉头，屁颠屁颠地跑了过来。

"喵嗷……"大猫叫得那叫一个急切，伸着脑袋在她的身侧左蹭蹭右蹭蹭。

好吧，这就是同一只猫。

"行了，别找了，你不就是想吃小鱼干吗？"

她直接从储物袋里掏出一条大鱼干递了过去。还好她有在袋子里塞食物的习惯，而玉华派刚好临海，别的没有，鱼干倒是不少。

大猫一口叼着鱼干，友好地伸出尾巴圈住她的脚。

时夏摸摸它的头问："你怎么又出来欺负小朋友了？你不是灵兽吗？"

"便宜哥哥"说，灵兽都是有主的，除非是主人的命令，不然不会轻易伤人。当初黑煞也说过，大猫是护山灵兽，护山灵兽跟普通的灵兽不同，虽然它们都是灵兽，但签订的契约不同，护山灵兽没有所谓的主人，却会被圈定在某一个范围之内镇护一方。大猫之所以能到处跑，估计跟圈定它的那个门派被灭门了有关。但无论是护山灵兽还是普通灵兽，都是以灵气修炼，如非必要根本不用进食，吃人反而会有损修为。所以大猫追着人跑这种行为，只有一个解释，它压根不是为了吃人，纯粹是太闲了。

大猫突然走到刚刚被它抓住的人身边，用爪子把吓得缩成一团的小朋友往她的方向推了推。

时夏："给我？"

大猫点头。

时夏抱起地上瑟瑟发抖的小孩儿，安慰道："别怕，大猫是在吓唬你，它不吃人。"

说着时夏拨开小朋友脸上被泥水、泪水糊成一团的发丝，底下那张脸却越看越眼熟。

"妞妞！"这不是半年前她救的小女孩儿吗？敢情大猫不单欺负小朋友，还欺负的是同一个小朋友。

小女孩儿一愣，这才抬起头来，呆呆地看向时夏，却久久没有动。

看来她是真的吓坏了，时夏尽量放轻语调道："妞妞，我是夏姐姐，你还记得吗？我们半年前见过的。"

妞妞张了张嘴，想说什么却发不出声音，眼泪像开闸的水一样啪嗒啪嗒直往下掉。最后她再也忍不住，哇的一声扑进了时夏的怀里。

妞妞哭得上气不接下气，还打着嗝，两条胳膊死死地抱住了她。

"好了，不哭了。姐姐在这里。"时夏一阵心疼，忍不住回头瞪了那罪魁祸首一眼："看你做的好事！"

大猫毫无愧疚感地转身，将毛茸茸的屁股对着她。

…………

时夏哄了好半天，妞妞才吸着鼻子停止哭泣，只是依旧怯怯地抓着时夏不敢放手。

时夏帮她擦干眼泪，仔细打量了一下才发现，她比半年前更惨，身上脏兮兮的，衣服上还有几个明显的破洞。

"姐姐，你怎么会一个人在这里，你哥哥呢？"她记得姐姐有个叫轩林的哥哥，难道两人又走散了？

姐姐愣了一下，下意识地又往他的怀里缩了缩，小声道："哥哥说要找仙人……要我等。"

原来那天时夏被传送阵送走后，轩林仍没放弃寻找仙门，但一直没找到。他好不容易打听到龙城附近会有仙人来收徒，一路辗转跑过来，却再次在路上跟妹妹走散了。

这么说来，轩林现在很可能在龙城。

时夏正好没地方可去，决定先帮姐姐去龙城找轩林。玉华派她是不能再回去了，元吾知道她没死肯定会又整出些事来。再说这件事可能还另有隐情，元吾敢明目张胆地动手，自然已经想好了应对"便宜哥哥"和毕鸿的办法，指不定背后还藏着什么人呢！

时夏想到这些，觉得背后有些凉。她摇了摇头，还是先想想怎么去龙城吧！

"姐姐，你哥有说过龙城在哪里吗？"

姐姐摇了摇头。

喵嗷！大猫突然回头朝时夏叫了一声。

"你知道？"

大猫直接在时夏面前趴下，用那条毛茸茸的尾巴卷着她的脚踝往前拉了拉，示意她骑到它的背上。

"你要带我们去？"时夏心中一动，还从来没有骑过猫呢。

大猫朝她点了点头，却朝她怀里的人威胁似的轻吼了一声，成功吓得姐姐又开始泪水横流。

它的意思很明确，带她，不带姐姐。

时夏撇撇嘴。它还真是不喜欢小朋友，但她一个人去有什么用啊？

她叹了口气，伸出一根手指："一条鱼干！"

大猫傲娇地转过头，心想：哼，我是一只为了鱼干而屈服的猫吗？

"两条鱼干！"时夏继续加码。

大猫仍旧不为所动。

"三条，三条总行了吧？不能再多了哦。"

"喵嗷。"成交！

大猫立马趴好了。

姐姐仍有些害怕，时夏安抚了半天，再三保证大猫绝对不会伤人，她才战战兢兢地跟着爬到了猫背上。

两人坐好后，大猫将翅膀一挥就飞了起来。它飞得不是很高，就在森林的上方。

时夏这才发现这林子有多茂密，在那些大树的遮挡下，她根本看不见地面。林中还时不时地传来各种吼声，她隐约能看到林中有其他面目狰狞的妖兽在走动。

可能是跟着大猫的缘故，直到快飞出森林了，她们都没有见到任何妖兽冲过来。时夏不禁有些庆幸，还好有大猫，不然她们绝对走不出这片森林。

等等！时夏突然想到之前遇到妞妞的地方，那里也算是森林深处了，妞妞虽然一身狼狈，却并没有受伤。难道大猫不是在吓她，而是一路在保护她？

这果然是只傲娇的猫！时夏忍不住顺了顺它背上的毛，决定再给它加一条鱼干。

大猫飞了近一个时辰才飞出森林，用尾巴给她指了个方向，随后叼着鱼干回森林去了。

时夏牵着妞妞顺着大猫指的方向爬上前面的一个小山坡，果然隐约看到了一座古城。为了加快速度，她直接背起妞妞拐入旁边的小路，朝着那座古城走去。

那座城看着近，她却走了近半个时辰，脚都发软了才看到城门上的"龙城"两个字。

城外很是热闹，进进出出的人特别多，每个人都很兴奋。

时夏把妞妞放下道："妞妞，你跟轩林有约定在哪儿落脚吗？"

妞妞没有回答，只是紧紧地抓着时夏的衣角。比起半年前，她好像更加不爱说话了。

"不管了，先进城再说。"时夏拉起妞妞的手进了城。

进城后人就更多了，一眼望去街头巷尾都是人影。时夏原以为得费一番功夫才能找到轩林，谁知道进城没多久，妞妞突然叫了一声"哥哥"，随后直接往前面跑了过去。

时夏连忙跟了过去。妞妞直勾勾地看着前面一个正在买包子的少年，却没有马上上前认人。

"轩林。"时夏忍不住喊了一声。

买包子的少年回过头来，还真是他！

轩林先左右看了一下，一眼就看到了后面的妞妞，手抖了一下，差点儿没拿住手里的包子，低声说道："妞儿，你怎么……"他看到跟在后面的时夏，猛地睁大了眼睛："你……是你。"

"轩林，好久不见。"时夏笑着打了个招呼。

轩林这才回过神来，客气地笑了笑道："原来是恩人，没想到会在这里见到你。"

"我也没想到还能再捡到你妹妹。"时夏抱起地上的妞妞，直接塞进他的怀里，有些生气地说，"你怎么这么粗心，连妹妹都能弄丢，还丢了两次？"

轩林连忙接过妞妞，脸上青一阵白一阵的，慌忙点头道："恩人教训得是，是轩林疏忽了。我这几天正四处找她，都快急死了，还好有恩人，在下感激不尽。"

他放下妞妞，恭敬地朝着她拜了下去，眼看着就要跪下了，时夏连忙一把拉住他道："行了，我也只是举手之劳而已，你下次注意点儿就是了。"

轩林连忙点头答应，这才蹲下身拉着妞妞开始察看起来，问道："妞儿，你怎么样？有没有受伤？"

妞妞没有回答，头埋得更低了。

"她估计是吓坏了。"时夏把她在森林里被大猫追的事说了一遍，"那只大猫是灵兽，并不是故意想吓她，而是一直在沿路保护她，不然那森林里妖兽众多，她可能会有危险。妞妞还小，这回被吓得不轻，你得好好开导一下。"

"恩人说得是。"轩林连忙应声，再三向她保证一定会看好妞妞，这才抱起一直低头不说话的妞妞走了。

时夏也松了口气，瞅了瞅两人离开的方向，心底突然生出一股奇怪的感觉。

轩林的态度好像怪怪的。他嘴上说担心妞妞，首先想到的却是向时夏道歉，而不是察看妞妞有没有事，跟半年前激动得快哭出来的样子完全不同。

细想起来，比起上次，轩林的身形瘦了很多，就连身上的衣服也似乎破旧了很多。以前他看起来像个贵公子，现在倒是平凡了不少，脸上也多了几分憔悴。

时夏忍不住再看了一眼。虽然抱了一个小孩儿，但轩林走得飞快，看着竟然有些落荒而逃的意味。而且他正朝出城的方向走去……他不是来龙城修仙的？

她越想越觉得不对劲，不自觉地跟了上去。


轩林果然出了城。

他大概走了半个时辰，最终在一个十分偏僻的林子里停下，确定四周没人后把妞妞放在一棵大树下。

他刚要走就被妞妞抓住了衣袖。他眉头一皱，用力拉开衣袖，气呼呼地说了几句后，就扔下妞妞转身回城。

时夏只觉得心底生出一股无名火，在轩林拐入另一条路时，直接走出来拦住他问："你想上哪儿去？"

"恩……恩人……"轩林被突然跳出来的时夏吓了一跳，脸色发白，露出一个难看的笑容，"你……你怎么在这里？我……我只是……"

"你想丢掉妞妞？"

轩林的脸色更白了，眼神有些躲闪，他神色难看地道："恩人误会了，我怎么会丢下她呢？我只是……对，我只是想去给她买点儿吃的。"

时夏看了一眼他手上的包子，狐疑道："之前……你也是故意丢下她的？"

他没有回答，脸色却慢慢黑了。

"轩林，她可是你的妹妹，你怎么狠得下心？"

轩林瞬间恼羞成怒地道："妹妹又怎么样？要不是她连累我，我早就入仙门了。这半年，好几次我都要找到仙门了，都因为她而错过了时间。她就是个累赘。"

"因为这个你就要丢掉自己的亲妹妹？"时夏怒了。

"是！"轩林愤怒地道，"我就是想甩掉她。这半年来我受够了，她动不动要抱、要背，还老生病。我的盘缠全花在了她身上，我再带着她，我们两个都会饿死。"

时夏有些认不出眼前的人了，这还是当初那个紧张妹妹的好兄长吗？仅仅过了半年，他为什么变得这么冷血？

"修仙真的这么重要吗？重要到你连血脉相连的妹妹都可以抛弃？"

"笑话。"他冷哼一声，"这世上何人不想长生？"

"但你知道森林里有多危险吗？你把她放在这里，她会死的。"

"死了才好！"他不耐烦地道，"与其活着连累我，不如死了算了。"

"你还是不是人？你不知道她有多在乎你这个哥哥吗？若说连累，是你连累了她，不是她连累了你。"她终于忍不住一拳搡了过去。

"就算这样又如何？"轩林结结实实地挨了一拳，连连退了几步，冷哼一声，神色更加冷漠，"连饭都吃不上了，还有谁会在乎兄妹情？我也是身不由己。"

"你放屁！"时夏抬脚踹了过去，"你简直在污辱兄妹这个词！别以为全天下的哥哥都跟你一样，有很多人就算是饿死也不会抛弃血肉至亲。你只是个自己无能却迁怒于妹妹的懦夫，根本就不配做她的哥哥！"

她的力道很大。轩林捂着腿退了几步，狠狠地瞪着她道："不配就不配，你这么关心她，干脆把她捡回去好了。"

"你……"时夏还没说完，却一眼看到了站在路口的小身影。

妞妞怎么过来了？时夏特意选在这里拦住轩林就是为了不让妞妞听到，现在……

"妞妞……"时夏连忙走了过来，着急地解释道，"听我说，事情不是这样……"

"听到了更好！"轩林一副无所谓的模样，整了整衣服，冷冷地道，"反正我不会再带着她了，你就算打死我也一样。"他说完转身就走。

时夏叫了他一声，他头都没回，走得更快了。

妞妞站在原地，既没有哭闹，也没追上前，但身子不住地颤抖着，两只拳头握得紧紧的。

看到妞妞这样，时夏更加担心了，蹲下身抱了抱她，道："妞妞……"时夏想安慰妞妞，又不知道该说什么。

妞妞一头栽进她的怀里，良久才道："上次哥哥让我在树下等他，可妞妞等了好久哥哥都没回来。刚刚哥哥又让我等他……夏姐姐，妞妞不乖吗？"

"你很乖。"

"那……妞妞做了错事吗？"

"没有。"

"那为什么哥哥不来接妞妞？哥哥……不喜欢妞妞了是不是？"

"唉……"

"其实……姐姐上次就知道了。"

时夏没有再问，不久怀里却传来了哭声，一开始声音很小，慢慢地越来越大，最后姐姐终于大声地哭了起来。时夏将她抱得紧了一些，轻轻地拍打着她的背，帮她顺气。

姐姐哭了很久，一直到太阳下山才抽泣着睡着了。时夏背着她又回到了龙城，好不容易找到一户人家，在对方家里住了一夜。

第二天，姐姐起得比时夏还早，好像一夜之间长大了，也更沉默了。无论时夏怎么哄她，她自始至终都绷着一张小脸，懂事得让人心疼。

时夏打算带她在城里逛逛，却发现今天城里的人比昨天更多，她们被挤得有些迈不开步子。

时夏忍不住好奇地问了问旁边的商贩。

"这些人都是来咱龙城寻仙的。"商贩一脸骄傲地解释道。

原来这龙城城主是一个武修，虽然修为不高，但颇有名望，与一些修仙门派有联系。龙城算得上是半个修仙城，经常有修士在此出现。很多门派为了方便，选徒前会在龙城进行一次灵根测试，再将有灵根者带往各派进行考核。当然修士在外历练时见到资质好的弟子，也会直接引荐入门派。

时夏突然想起之前自己去玉华派的事，看来之所以直到最后才被测出没有灵根，是因为跳过了"海选"阶段。而今天之所以有这么多人，是因为今日午时仙门御音派会在城中进行灵根测试。

作为"全民公敌"，时夏一听到"仙门"二字就有种想逃跑的冲动，正犹豫要不要溜出去时，姐姐突然拉了拉她的衣袖。

"怎么了？"时夏蹲下身问道。

姐姐仍低着头，小手握得紧紧的，过了一会儿才抬头看着她道："夏姐姐，我……我想修仙！"她的声音虽小，却异常坚定。

时夏皱了皱眉，问："为什么？"

姐姐将头埋得更低了，道："他……一直想做仙人，我也……想试试。"

时夏心头一沉，自然知道姐姐说的"他"是谁。时夏犹豫了一下，摸了摸姐姐的头说："姐姐你要想好，修仙可是一件很长久的事。若是被选中了，你就得加入仙门，姐姐也要跟你分开了。"

姐姐沉默了一会儿，坚定地点了点头。

"好吧，姐姐陪你去！"或许只有这样，姐姐才会好受些吧！

时夏打听了一下位置，牵着姐姐往收徒点走去。虽然时夏有些担心被仙门的人认出来，但想着见过她的人太少，只要她不说，谁又知道她是时夏呢？可时夏发现，人倒霉起来真是连喝水都会塞牙缝。当轩林在御音派修士面前一脸狰狞地揭穿时夏的身份时，时夏无语了。

"没错，就是她。她以前说过她姓时，妞妞又叫她夏姐姐，她一定就是那个魔女时夏！"轩林越说越大声，十分得意。现场已经有好多人拿起武器了。

时夏真想拍死轩林这个小人，没想到他不但抛弃亲妹妹，还忘恩负义、恩将仇报。

这一切都源于一场灵根测试……

时夏带着妞妞赶到的时候，轩林正好被测出是金、木、火三灵根。看到她们时，轩林明显有些紧张，毕竟抛弃自己年幼的妹妹这种事可不怎么好听。他一开始还忍着没有出声，直到妞妞被测出是变异风灵根……时夏虽然不知道这意味着什么，但看台上三名御音派弟子欣喜若狂的表情，也知道这灵根有多难得了。这时轩林的脸色就有些不对劲了。时夏看得特别解恨，忍不住在旁边讽刺了几句。轩林立马忍不住了，先是说了一堆妞妞的坏话，见那几个选徒的修士对他有些不满，又将炮火对准时夏，居然还猜出了时夏的名字。

"时夏可是魔尊的妹妹，绝对不能放过这个魔女。"轩林继续煽风点火。

"谁说我是时夏了？"时夏反驳道，"你有什么证据？"

"姓时，夏姐姐……你不是谁是？"

"喂，屎可以乱吃，话不可以乱讲！我什么时候说过我姓时了？"

"半年前你亲口说的，当时我分明听见了！"

"你说是就是？有谁可以证明？"

"你……"轩林词穷。他脸色一变，转身对那三个选徒的修士道："三位仙长，像时夏这样的魔女人人得而诛之，宁可错杀，也不可放过，不然后患无穷啊！"

"再说……"轩林看了她一眼，一脸得意地笑道，"又有谁可以证明你不是时夏？"

时夏一时语塞。

"我可以！"突然，一道浑厚的男音响起。

只见一个中年男子缓缓向这边走来，所到之处众人自动退开，眼里都是崇敬之色。

"城主，是龙城主来了。"

"真的是龙城主！他居然亲自来了。"

众人一片哗然，虽然特意压低了声音，但难掩语气中的兴奋。

那人一步步走来，每一步都带着迫人的气势，就连台上的三个修士都起身抱拳唤了一声："龙城主。"

"三位仙长。"他也抱拳回个礼，转头却两眼放光地看向时夏。

"恩人！"他快步走了过来，激动地道，"没想到龙某有生之年还能再见恩人一面。往日之恩龙某从未敢忘，还望恩人受龙某一拜。"说着，他扑通一声朝她跪了下去。

时夏吓了一跳，连忙往旁边退了一步，问："你是谁啊？"

"恩人，我是龙傲天啊！"

时夏面无表情地道："你好，我叫赵日天！"

"恩人，你可还记得三十年前，龙某遭仇人追杀掉落谷底，是恩人传我绝世秘籍，

64

并教会我解毒及接续经脉之法，我才得以存活。恩人于我恩同再造，这三十年里我从未敢忘，就盼着有一天能再见恩人一面，以报往日之恩。"

三十年前？时夏完全不记得自己救过这么一个人。

"龙城主。"御音派的三位选徒修士忍不住道，"你与这位姑娘认识？那她……"

"少安毋躁……"龙傲天朝三位选徒修士点点头，转头看向台下的众人，一字一句地道："各位！我的确与这位姑娘相识，她正是龙某寻觅多年的恩人。龙某以人格担保，她绝对不是时夏，她的名字叫——顺风快递！"

"喀喀喀……"时夏直接被自己的口水呛到了。顺风快递？这是什么奇特的名字？这样的名字鬼才会信吧？

"原来如此！她不是时夏，只是个误会啊！"

"顺风快递，这么正气的名字，哪里像魔女了？"

"确实，城主的恩人怎么会是坏人？"

"刚刚到底是谁胡说八道来着？"

时夏心想：这些人真的信了？

现场的形势瞬间反转，轩林的脸都黑了。

"龙城主忠肝义胆，所言必是不虚。"就连三位选徒修士也略带歉意地抱拳道，"都是一场误会，还望龙城主见谅。"说完他们不满地瞪了轩林一眼。

时夏的心情很复杂，虽然不被当成公敌是好事，但她被强制改名为"顺风快递"也高兴不起来。

咦，等等，快递？龙傲天？！

"你是那个龙傲天？！"时夏突然想起了躺在谷底的那个人……

"恩人，你终于想起我了！"龙傲天一脸惊喜地道。

"呃，你能起来说话吗？"他一直跪着，时夏很有压力。

龙傲天立马站了起来，道："恩人，这里说话多有不便，不如到府上一聚？"

时夏也有满肚子的问题想问他，但看了看身边的妞妞，又有些犹豫。

"恩人不用担心，可以带她一同去。"看出时夏为难，龙傲天说道，"仙师们选徒还需要一天，明日出发时龙某再送她来就行了。"

"那还等什么？走吧。"时夏这才放心地抱起妞妞，边走边问，"对了，你家管饭吗？"

"恩人放心，管饱！"龙傲天拍胸脯保证道。

时夏安心了。

"恩人可还记得这个？"龙傲天说着递了一本册子过来，"就是因为它我才能活下来，并报了血海深仇。"

时夏一看，道："《混元秘籍》！"这不是当初她送的那份快递吗？

"正是。"龙傲天兴奋地点头。

"你确定是这本？"可是她给他的时候上面分明写的是汉字啊！

"当然！"他肯定地道，"这本秘籍我已经保存很多年了。"

时夏顺手接过册子，心里的疑问更多了："可我明明……"她话到一半又顿住了，猛地睁大眼睛，指着册子道，"你……你看到了没有？"

"什么？"龙傲天一脸蒙。

"字啊，这上面的字变了！"

册子上刚刚还是这个世界的文字，现在变成汉字了！

"有吗？"他拿走书册翻了翻，时夏却发现封面上的"混元秘籍"四个字又变回了这个世界的文字。

"和以前一样啊！"龙傲天完全没有反应，看了半天又递了回来，"恩人，请恕在下愚钝，实在看不出不同之处。"

时夏惊呆了。她翻开那本书，果然书页里面的字纷纷变成了她熟悉的汉字。这到底是怎么回事？难道这书只有在她的眼里才会自动切换字体？她忍不住掏出"便宜哥哥"给她的秘籍，却发现自己还是看不懂。

"龙城主，这本书能不能借我研究研究？"她总觉得这份快递不简单。

"恩人说的哪里话？"龙傲天摆了摆手道，"这本来就是恩人的东西，如今物归原主也是应该的。若不是你当初留下这本功法，我也成不了一名武修。"

"武修！"时夏一愣。这本书不是武林秘籍吗，怎么变成功法了？

"是啊！"龙傲天点了点头，感激地道，"我之前有幸遇到一位仙师，经他提醒才知道恩人所赐居然是一本武修功法，功法大成后相当于筑基期的修士。我成为武修后建了这座龙城，并与仙门交好，想找到恩人。"

"你在找我？"

"是啊，龙某自二十五年前报完仇后就开始找恩人了。"

"二十五年前……"时夏愣了一下，问，"你今年贵庚啊？"

龙傲天笑道："龙某今年已经五十有三了。"

"看不出来啊……"时夏上下打量了他一眼，他虽然壮，但看起来顶多三十岁。

他有些不好意思地挠了挠头道："我已入武道，目前也算筑基有成，寿数与常人不同。恩人也是修士，一定知道的。"

"我不是修士！"时夏实话实说。

"啊？"龙傲天觉得奇怪，"可是这都三十年了，恩人的容貌完全未变。"除了修士，谁能青春永驻？

"呃，这个解释起来有些复杂，我以后再告诉你。"看来上次系统卸载时顺便让她穿越到未来了，而且一下就穿越了三十年，"对了，既然你已经踏入修仙界，何不直接修仙？"

龙傲天有些不好意思地笑了笑，道："恩人所说之事我也想过。但若我改为仙修，就得卸去之前所有的功力，再说我的灵根资质也不尽如人意……"

他转身从书架上掏出一颗测试灵根的水晶球，只见那个球上立马出现了红、黄、蓝、绿、金五种颜色。

五行杂灵根，好吧，他的灵根的确不尽如人意。

他不好意思地继续道："我现在的功力已经相当于筑基了，看来这辈子就只能止步于此，也就不折腾了。况且武修不限灵根，我也可以多教些和我一样是杂灵根或是没灵根的弟子。"

时夏拍了拍他的肩，心想："废柴"的痛，我懂！

他突然想到了什么，有些着急地问："恩人不会怨我将功法传给他人吧？"

"功法都给你了，那就是你的东西。"时夏不在意地挥了挥手，"你传给谁是你的自由。"

她不缺功法，包里还有一大堆呢，缺的是灵根！

"多谢恩人！"他越发激动了，感激地道，"对了，恩人是什么灵根？"

时夏嘴角一阵抽搐，他真是哪壶不开提哪壶，能不戳我的痛处吗？她一把拿过他手里的水晶球道："我比你惨，根本就没……"

她话还没说完，整个水晶球突然像灯泡一样亮了起来，发出白色的光，亮得差点儿刺瞎人眼。

"白色……"龙傲天有些疑惑，"白色是什么灵根？"

"我也不知道啊！"时夏也傻眼了。

灵根一般只会显示龙傲天之前测的那五种颜色，除非是变异灵根。可变异灵根也只有雷、冰、风三种，雷灵根会出现闪电，冰灵根会出现冰凌，风灵根则会出现风刃。

"恩人从来没有测试过自己的灵根吗？"

"呃……"她测过，但是水晶球从来没亮过啊！

"那你可有内视过经脉？"

"什么叫内视？"

龙傲天愣了愣，掏出一本册子道："这是仙修引气入体的基本功法，内视就是引气之时必需的内视经脉，那时也可看到自己的灵根，恩人不妨照这上面试试。"

时夏也想弄清这到底是怎么回事，就没跟他客气，接了册子。

她又跟他闲聊了几句，带着妞妞蹭了顿饭就回客房休息了。妞妞今天在城里排队测灵根，累极了，一回房就睡下了。时夏却睡不着，心里乱糟糟的。

最近发生的事太多，她总觉得哪里不对劲，好像自从接到那个神奇的电话后，这个修仙世界就变得不一样了。她掏出储物袋里的手机，还未来得及仔细察看，放在旁边那本《混元秘籍》却突然化作一道白光，瞬间飞进了手机屏幕里。

这是怎么回事？她连忙看了一下手机屏幕，却发现上次那个多出来的"仙"字App的图标右下角多了一个"1"字。这是有信息更新的意思吗？她忍不住打开App，里面还是上次那张地图，只是下方多了一行黑色的字："获得物品混元徽章1"。

她戳了一下那行字，手机屏幕顿时一闪，发出更亮的白光。随后一个六边形的银灰色牌子缓缓从手机里升了起来，浮在手机之上——这是真的徽章。

系统到底对她的手机做了什么？

时夏看了半天都不知道这东西到底有啥用处，一点锁屏键，那个徽章又回到了手机里。她想不通，决定先将这件事放在一边。她又想起了灵根的事，忍不住翻开龙傲天给的册子，发现里面写的全是入定、引灵入体之类的方法，这些以前在启学堂学过。

她根据册子上的提示直接闭上眼睛，尽量静下心，放松思绪，气沉丹田。可能是因为晚上很安静，她坐了大半个时辰，原本一片黑暗的视野中突然有了一点儿光亮，而且光源越来越大，像潮水一样驱走了所有的黑暗。她的眼前猛地出现了一颗珠子，一颗占满视野、像是要压下来的巨大珠子。她吓了一跳，猛地睁开了眼睛。

她瞅瞅窗外明亮的月光，深吸了几口气才缓过来，刚刚那是什么？难道那就是龙傲天所说的内视？那颗珠子又是什么？那是她的灵根吗？它为什么是圆的？犹豫了一下，她决定再进去看看。

有了经验，这会儿不到一刻钟她就找到了感觉，很快就进了那片明亮的空间，也看到了悬在上方几乎占了三分之二空间的大珠子。那颗珠子是白色的，看着有点儿眼熟，她细细观察，发现上面还隐隐有各种金色的花纹。

白色……这不是她捡的那颗龙珠吗？难道她临走时孔阳扔进她嘴里的东西就是这个？她的灵根发出白色的光是因为龙珠？这颗龙珠不会成了自己的灵根吧？可是"便宜哥哥"说过，灵根相当于一套修炼的经脉，跟龙珠八竿子打不着啊！

事情绝不会这么简单，她不禁开始转移视线，仔细打量起别的地方来。这一看之下，还真让她发现了不同，在龙珠的正下方有一条小小的细缝，细缝之下像是有什么东西正要钻出来。她集中注意力一看，里面居然是一个很小的尖芽，发着纯白色的光泽，虽然同样是白色，但跟龙珠的光不一样，这个尖芽特别白，好像染不上一丝颜色般纯净。

这是她的灵根！

时夏忍不住激动起来。她也是有灵根的人了，哈哈哈……

压下心底想冲出门去大笑三声的冲动，她连忙按照以前上课时学了却一直没机会实践的方法，感应灵气。她不再把注意力放在身体内，开始外放，不一会儿就感觉到了妞妞平稳的呼吸还有窗外的虫鸣。她继续放松，感受周围的一切，不放过一丝一毫。不知道过了多久，她发现四周慢慢有了变化，刚刚还一片空旷的周围突然亮起了各种颜色的光点，红的、绿的、黄的……这就是灵气！

时夏有点儿激动，学堂的老师教过，要引入与自己灵根相似的灵气才有用。"便宜哥哥"也说过，灵根遇见相对应的灵气时会有亲切感，只要稍加引导就可以引气入体。

亲切感，亲切……她怎么感觉每种灵气都很亲切？

她到底要引哪个？时夏犯了难，一咬牙，干脆一起引好了。这个念头一起，之前还四处晃荡的光点一股脑地向她涌来，争先恐后地钻入她的体内。

时夏顿时有种受宠若惊的感觉，内视一看，发现那些灵气都涌向了龙珠里面。龙珠像个灯泡一样，开始亮了起来，过了一会儿自下方射出一道光线，直接照向下面的尖芽。一时间，她只觉得浑身暖洋洋的，然后噗的一下，那个尖芽钻出来了，尖尖的像个小角。慢慢地，那个白色的尖角缓缓打开，变成了一棵嫩芽。

时夏觉得全身轻松了不少，继续保持着引气入体的状态，用灵气滋润着她的小灵根。

随着灵气的增加，那些灵气好似对她更亲近了，都不用引导，就自动进入她的体内。时夏忍不住怀疑自己是不是隐性的杂灵根，所以这些灵气才都对她这么亲近。

咦，角落里那个黑乎乎的东西是什么，怎么看着那么讨厌呢？她下意识地引出一点儿白色的灵气朝那边打了过去，只见那黑色的点吱的一声消失得干干净净。

时夏愣住了，那个黑色的不会也是灵气吧？对于想不通的问题，她自动选择无视，继续她的壮大灵根工程，时间不知不觉就过去了。

直到外面传来敲门声，她才从入定中回过神来。一夜的工夫，她的小尖芽已经长出三片叶子了。虽然一夜没睡，她却觉得比以往任何时候都神清气爽。

"恩人，时辰不早了，御音派的仙师已经准备出发了，您看……"龙傲天话还没说完，看到突然拉开门的时夏，瞬间愣住了。

"等一下，马上来。"时夏打了声招呼，立马回到屋里把妞妞叫了起来，两人洗漱一番后才跟着龙傲天出了门。

妞妞显然有些犹豫和不舍，一路上都紧紧地抓着时夏的手，小脑袋埋得低低的，不知道在想些什么。

"仙师们就在前面。"龙傲天指了指前方的一群人，率先往那里走去。

那边站在前面的三位正是昨天的海选三人组。轩林站在人群里，脸色阴沉。

"姐姐……"妞妞有些紧张地拉了拉她的手。

"别怕。"时夏停下脚步蹲下身道，"到了仙门以后你会有师父和很多师兄弟，他们会照顾你。你要听话，知道吗？"

妞妞乖乖地点了点头。

时夏拿出昨晚就准备好的东西，顺势抱了抱妞妞，不着痕迹地把一个玉牌摁在她的额头上，念了昨天晚上唯一学会的阅读口诀。

一丝丝白光没入妞妞的额心，玉牌随之消失。

"临走前姐姐再送你点儿东西，我也不确定将来对你有没有用……"她昨天就打听过，御音派以乐律闻名，门下弟子都擅长音攻，这个玉牌是自称音杀门林堂的二号老头塞给她的，应该对妞妞有用。

"等你入了仙门，有机会再练，但记住千万别让别人知道，特别是轩林，知道了吗？"

时夏虽然不知道这些功法是不是真的那么厉害，但看那个老头死都要撑着一口气传下去的样子，相信也不是什么容易得到的东西。

姐姐愣了好久，似乎在消化脑海里多出来的东西，良久才点了点头。

时夏摸了摸她的小脑袋，这才拉着她向人群走去。

海选三人组看时夏过来了，居然齐齐抱拳向她打招呼："有劳顺风道友。"

时夏愣了愣，这三个人是咋了？昨天他们还跟眼睛长在头顶似的，今天居然会主动向她打招呼。

"道友放心，我等自会照顾这位师妹。"其中一个御音派修士笑着看向姐姐道，"昨日是我等眼拙，未看出道友来自玉华派，不知道友是哪位真人门下？"

"你们怎么知道我是从玉华派来的？"她脱口而出。

那人脸上的笑意更深，扫了一下她的衣服道："道友穿着玉华派新弟子的服饰，修为又是炼气三层。"

时夏低头一看，自己还穿着"校服"，昨天那套太脏了看不出来，今天这身是新换的。不过，她什么时候成为炼气三层了？

"道友既然出自第一仙门，为何又让自己的孩子拜入我御音派呢？"

"她不是我的孩子！"

"哦，那就是妹妹。"

"不是。"

"那就是亲人……"

"不是。"

"……"

时夏心想：喂，你那看人贩子的眼神是怎么回事？我高兴捡孩子关你屁事！

"时间不早了，我等也该出发了。"看出她不高兴，那人赶紧转移话题，掏出一把小扇子往天上一抛，小扇子顿时变成了一把巨大的扇子。三人朝她和龙傲天道别后，领着众人走到了扇子上。

姐姐直直地看了她好久才松开手，向前走了几步，突然又跑回来，一头撞进她的怀里，用力地抱了抱她，一字一句地道："姐姐……是姐姐的姐姐了吗？"

时夏笑了笑，摸着她的小脑袋，点了点头道："嗯，我做你的姐姐。"

姐姐这才笑了，吸了吸鼻子，拼命忍住要掉下来的眼泪，一步三回头地走了。

巨大的扇子飞了起来，时夏用力挥了挥手。直到扇子越飞越远，再看不到那个趴在扇页边上的小脑袋了，时夏才放下手。

她正伤感着呢，突然背后被人用力地拍了一巴掌，差点儿让她摔在地上。

"哈哈哈……恩人，此事已了，不知今后有何打算？"龙傲天诚恳地问道。

时夏："我还有事。"

"恩人要走？"龙傲天不舍地道，"你好不容易出现，我都还没好好招待呢。"

"你要真想谢我，就赞助我一些路费吧。"她穷啊！

"这个好说。不知恩人要去往何处，是否需要帮忙？"

时夏愣住了，去哪儿？她还真不知道！虽然她有了灵根，但依旧是世界公敌啊！她突然想起手机里那张地图，虽然"便宜哥哥"说过时空穿越是单行线，但既然系统能让她穿越时间，未必就不能让她穿越空间。她觉得这个任务还是很有必要做的。

"对了，龙城主，你有没有听说过暮玄仙府？"

龙傲天脸色一变，担忧地看了她一眼："恩人，你不会是要去那里吧？"

"你知道这个地方？"

龙傲天的脸色更难看了，过了一会儿他才缓声道："我也是听路过的修士偶尔提到，那是怅醚森林深处的一处洞府，相传那里曾经陨落过一位化神期的散修，暮玄仙府就是他当初的洞府。听说那里珍宝法器无数，更有一件叫'亦回轮'的法器，可以窥得天机，看清过去与未来。只不过……"他话锋一转，"怅醚森林危险重重，里面妖兽众多，而且位置无人知晓，相传还有元婴修士陨落在里面呢！"

时夏回想了一下那张地图，暮玄仙府确实在一片森林的东南角。她应该可以试试。

"恩人，那地方实在危险，你可要谨慎。"他一脸担心地道，"那里早已没人敢去了，若是恩人真的好奇，等修为高了再去也不迟，现在实在早了些。"

"我知道，谢谢你！"时夏挥了挥手。

"那就好……"他松了口气，不去就好。

"我明天再出发！"

"啊？啊！"龙傲天傻眼了。

时夏转身快步回屋了。

"恩人，三思啊！……"

# 第四章　妹妹的火狐灵宠

时夏花了一晚上的时间把一些低级法术融会贯通。她十分庆幸当初学字时习惯把内容先背下来，再一一对应，所以脑海里累积了各系法术。她原来只把那些当拼音字帖，现在终于有机会学习了。

有了修为再修习法术要简单得多，但即使这样，一个晚上的时间也只够她学个一二。等回过神来时，天已经亮了，她这才发现一个大问题——她什么法术都背了，居然没学御剑这个居家旅行的必备法术。

没办法，她只能步行。

刚刚离开龙城，她却在城门口看到笑得一脸灿烂的龙傲天。他死活要跟着她去，还特别义正词严。

"恩人活命之恩我怎能不报？从此我龙傲天生是你的人，死也是你的人。你若要去那般凶险之地，请无论如何都要带上我，我要与你生死与共。"

报恩就报恩，你要不要说得这么暧昧啊？没看到大家都开启围观模式了吗？

"你跟我走了，龙城怎么办？"

"没关系！"他不在意地挥了挥手道，"城中还有几个副城主，他们巴不得我走。"

"那你的家人、朋友呢？你就这么扔下他们？"

"恩人不是早知道我的家人都死光了吗？"

她都忘记这件事了。

"当年那群贼子可是连阿花都没放过。"他咬牙切齿地道。

"阿花是谁？"

"哦，阿花是我幼时养的猫。"

时夏："……"

时夏赶也赶了，骂也骂了，这个家伙就是死活要跟着。对于这么知恩图报的"死脑筋"，她只好使出了撒手锏："我实话告诉你，我本名真的叫时夏。"时夏想告诉他，他跟着自己是很危险的。

龙傲天一愣，痛心疾首地看着她道："恩人已经有了'顺风快递'如此美感与内涵并重的名字，何苦要改名啊？"

"随便你，你爱跟不跟。"时夏彻底放弃赶人，直接上路了。

龙傲天却不厌其烦地在旁边劝解道："恩人，名字是父母赐予的，可不能随便改啊！你要真不喜欢，也不能改姓啊，要不叫'顺风速递'或是'顺风专递'？要不叫'一路顺风'吧？"

"滚！"


时夏从未如此深刻地体会到"考驾照"的重要性。他们足足走了三个月，可距离那个暮玄仙府还有一半的路程。龙傲天一路跟着她。

久了后她才发现，这人居然一天到晚念叨个不停。她觉得这个人真的白叫"龙傲天"了，全身上下除了肌肉，找不到半点儿属于主角的气质。

"啊……救命啊……"尖锐的声音划破长空。

正在烤鸡的龙傲天瞬间站了起来，转身往发声处跑去。

"等等。"时夏一把拽住他，"你还没弄清情况就这么跑过去？"

"可是有人呼救啊！"他着急地说道。

"先看清楚再说。"时夏指了指前方的一棵大树，示意他上去。刚才那个声音听着很清晰，那人应该距离他们不远。

龙傲天几步爬上那棵树，时夏也使了风系法术飞了上去。

只见五十米开外处有一只红狐，虽然是狐，但长得跟大象一般高大，身上还长着八条火红的尾巴。它正龇牙咧嘴，凶神恶煞地朝前方吼着。它的面前站着一位身着绿色罗裙的女子，呼救的声音就是从女子的口中发出来的。

"是个姑娘！"龙傲天一惊，使用轻功朝那边跑了过去。

"等……"时夏根本来不及阻止，他已经一拳打在那只八尾妖狐的身上了。眼看那只妖狐就要一爪拍向龙傲天了，时夏压下满心的疑惑，跳下去施展还不够熟练的木系法术，控制一边的树藤缠住了那只爪子。

"快让开！"时夏提醒道。

龙傲天这才侧身后退了几步，离开妖狐的攻击范围，再一跃跳到了妖狐的背上，抡起拳头就往妖狐的头上打。妖狐顿时发了狂，嘶吼的声音越来越大，疯狂地抖动着身体想把龙傲天甩下来。

龙傲天虽然没有灵力，但功夫了得，而这只妖狐是四阶的妖兽，双方实力相当。

73

时夏时不时在一旁控制树藤绊妖狐一下，龙傲天这边隐隐占了上风。

这只妖狐应该是火狐，可以运用火系法术，但不知道是不是被龙傲天的拳头揍晕了，只顾挣扎，并没有朝他们喷火，锋利的爪子在地上划出了一条条深沟。

这是一场持久战。他们就这样一个揍一个躲，整整过了半个时辰，这只火狐才终于没了力气，趴在地上低声地哀鸣起来，背上被龙傲天打得皮开肉绽。

时夏也累得够呛，体内的灵气几乎快用完了，龙傲天更是直接趴在妖狐的身上喘气。

"我来帮你们。"那个之前被妖狐吓得脸色苍白，只顾躲在树后的绿衣女子这时冲了出来。她手里拿着一个袋子，走到距离妖狐几步远的地方，双手捏诀。突然妖狐的身下红光大亮，一个法阵出现在地上，飘出一串串金色的法符，迅速没入了妖狐的额心。

这些法符是与灵兽结下契约的符文！地上的妖狐化为一道火焰，飞入了女子手中的袋子。

"你……"时夏惊讶地看向女子，想要骂人。现在只有傻子才看不出绿衣女子的打算。但这里偏偏真的有傻子！

龙傲天站了起来，担心地问："姑娘，你没事吧？"

绿衣女子冷笑一声，转身御剑飞走了。

龙傲天："顺风恩人，她……她对我笑了！"

时夏想打死这个傻子。

时夏深吸一口气，恢复体力后拉了还在发呆的龙傲天一把，催促道："快走，我们要赶紧离开这里。"

"为什么？"

"说你笨你还真的不带脑子啊？"时夏扬手就朝他的后脑勺拍了过去，"你没看出那个女的是利用我们收服灵兽啊？"

"收服灵兽？"他这才回过神来。

"那人的修为在我们之上，却特意引我们来这里，一定还有其他目的。"

之前那个女子虽然喊着救命，语气却并不慌乱，看似被妖兽追赶，身上的衣服却干干净净的。所以时夏当时才不想让龙傲天出去救人，谁知道他只长肌肉不长脑子。

"赶紧走，这里不安全。"

龙傲天如梦初醒，跟着时夏迅速往来的方向跑，可还没跑几步，背后就传来震耳欲聋的吼声。那声音极大，几乎传遍整个森林，一股无法形容的压力朝他们袭来。

时夏感觉腿有些软，与龙傲天对视了一眼，心顿时沉了下去。

"跑啊！"

她一把抓住龙傲天，使出风系法术，拔腿往前狂奔。她把法术集中在腿上，如闪电般往前跑去，速度应该也不输御剑飞行。可是她快，后面的妖兽更快。她只觉得背后传来一阵灼热感。下一刻火光冲天而起，挡住了去路，并迅速包围住了两人，林中的树木瞬间化为黑灰。

一声巨吼响起，只见火光中冲出一只火狐，比刚刚那只大上两倍。它浑身燃着火焰，几条尾巴正狂乱地飞舞着。

时夏细一看，九条……九尾灵狐！她听毕鸿老头说过，九尾灵狐生来就是五阶妖兽，成年后可达六阶，相当于金丹中期修为。这只明显就是成年的。

他们一个是筑基期的伪修士，一个是炼气期的"菜鸟"，在六阶妖兽的眼中什么都不是。

时夏终于明白刚刚那个女子为什么既想收服灵兽，又不自己动手了。九尾灵狐是火系妖兽中比较厉害的角色，唯一的弱点就是在快成年时，修为会退步到四阶，完全成年后才会一举升为六阶，所以每只九尾灵狐未成年时身边都会有父母守着。那个女子把小妖狐抓走了，留下他们承受成年妖狐的仇恨。

吼……它又发出了一声尖锐的吼声，里面带着六阶妖兽的威压，时夏听后只觉得胸口一痛，立刻喷出一口血。

"恩人！"龙傲天急了，举起一块巨大的石头朝妖狐扔去，随后拉着她狂奔，"怎么办？恩人可有把握对付它？"

"这是六阶妖兽，我连四阶的都打不过。"

"啊？"龙傲天惊诧地问，"恩人不是一直在隐藏实力吗？"

"谁隐藏实力了？"

"可……可你以前没有修为，突然就炼气三层了。"他不可置信地说道，"现在你是炼气五层。"

"那是我这些天临时修炼的啊！"

恩人修炼得这么快吗？

"我还以为恩人无所不能呢！"

"谁跟你说我无所不能了？"她白了他一眼。

"这可怎么办？"他一咬牙道，"要不恩人你先走，我来跟它拼了。"

说着，他突然停了下来。

"你疯了？！"时夏也不得不停下。

就这么一会儿，妖狐已经追了上来，张口朝他们扑了过来。

怎么办？这又不是大猫，凭鱼干就能搞定！鱼干？时夏连忙从储物袋取出最大的那条鱼干。

"恩人，你这是……"

"不管了，试试吧！"她扬手用力地把鱼干甩了出去，直接扔进了妖狐的嘴里。那只妖狐嘴一闭，一口吞下了鱼干，完全没停顿，更加凶狠地朝两人吼了一声。

这招果然没用！

时夏绝望了，眼看着那口尖牙离自己越来越近，仿佛看到了自己断成两截的场景。

突然，那妖狐一顿，向后退了两步，身上的火焰熄了大半。妖狐弓着身子，不断地用爪子挠着颈部，干呕起来。

妖狐的喉咙被鱼刺卡住了！

时夏心情复杂，感慨鱼干果然是无敌的。

"快跑！"趁妖狐在掏鱼刺，时夏拉起龙傲天拔腿就跑。

他们刚跑了两步，龙傲天却突然把她往旁边一推："小心！"话还没说完，龙傲天已经被一爪拍飞了。

紧接着一只巨大的爪子拍在了她的胸口，她隐约听到咔咔咔几声碎裂的声音。接着嘭的一下，她直接掉在了龙傲天旁边。

"恩人，是我连累了你，你快走，我拦住它。"龙傲天挣扎着爬了起来，腰侧有三道深可见骨的伤痕。

"龙傲天……"时夏话还没说完，他已经纵身一跃，跳到了妖狐的背上，像之前一样抡起拳头打在它的头上。妖狐身上的火焰迅速吞没了他，她都能闻到他皮肤烧焦的气味，不一会儿他已经皮开肉绽。

他都这样了，她怎么可能走掉？她狠狠地咬了咬牙，决定拼了。既然打不过，那她就收了它！虽然她从来没试过用那个法术，而且据说那要筑基期才能用，但现在也管不了那么多了。

她迅速掐诀，念出与之前那个绿衣女修士同样的咒语。

火狐的下方，一个契约灵兽的阵法出现了，白色的光慢慢笼罩住了火狐，阵法越来越大。同时，时夏感觉灵力正迅速流失，几近枯竭。这样下去根本撑不到契约完成，她一咬牙，分出一部分心神引气入体，四周的灵气开始向她这边汇聚。可即使这样，灵气汇聚的速度也赶不上流失的速度，她体内那棵好不容易长出五片嫩芽的幼苗的颜色越来越淡，几近透明。一阵剧痛席卷全身，她吐了一口血。

时夏不敢停，因为契约失败的反噬后果是很严重的。不甘心的妖兽会将她挫骨扬灰，到时候不仅龙傲天有危险，她自己也活不了。

阵法越来越大，妖狐已经完全被白色的光笼罩了，看不清身形。时夏的意识也越来越模糊，她隐约听到咔嚓一声，体内那棵几近透明的幼苗出现了一条条裂痕，开始掉叶子。她也终于支撑不住，脚下一软跪了下去，撑着最后一丝力气往阵法看去。

阵法已经消失了，白色的光也淡了下去，她隐隐看到一只白色的九尾狐影正在缩小，慢慢变成人的样子。

听说灵力强大的九尾灵狐可以化成人形，她这是……成功了？

她松了口气，立刻眼前一黑，晕过去的前一秒隐约看到一道白影一闪，上前扶住了她。

再次睁开眼，时夏看到了一个眉清目秀的少年。少年眼里星光点点，整个人像是

76

会发光一样。她愣住了，这样的颜值让人非常想找他聊聊理想，如果他不是拿着一团泥巴一样的东西想往她的脸上糊的话……

"醒了？"少年双眼一亮，没有停手，直接用手里的"泥"糊了她一脸。

时夏一脚踹了过去，没好气地问："你想干吗？"

"你受伤了。"少年没有生气，反而举着手里还没用完的"泥"道，"夏夏，我帮你上药。"

"你怎么知道我的名字？"夏夏是她的小名。

"我当然知道。"

时夏一愣，仔细看了看眼前的少年，一身妖艳的红衣穿在他的身上却意外地合适。他长相阴柔，额心有一抹火焰状的标记，若不是浑身有一丝不和谐的冷厉气质，真的非常像故事里的大反派。

"你……不会是刚刚那只九尾灵狐吧？"

他点了点头，认真地问："要上药吗？"

"不是吧，我真的成功了？！"时夏忍不住捏了捏他的脸，又揉了揉他的头发，"你真的是那只九尾灵狐吗？我不是在做梦吧？"

少年仿佛被她的举动吓到了，噗噗两声，背后突然冒出了毛茸茸的大尾巴，左右摇摆起来。

时夏有些管不住自己的手，开始在他的身上乱摸，越摸越觉得神奇。

"这可是我收的第一只灵兽！要不我先给你起个名字？"

"我叫斥侯。"

时夏一愣，宠物的名字不该由主人起吗？

斥侯拉下她的手，再次举着另一只手里的东西说道："先敷药？"

"这是啥？"时夏盯着那团跟泥一样的东西，有些抗拒。

"续灵草，你灵力枯竭，经脉损毁，伤了根本，敷这个会好受点儿。"

她这才发现自己的胳膊上、腿上都有这种药草，内视了一下，发现这药草还真有效。她能感觉到一丝丝灵气进入体内，正修补着那棵已经掉了两片叶子的幼苗。

虽然她的修为已经退到炼气三层了，她这三个月等于白练，但这已经是最好的结果了。

她突然发现自己好像忘了什么，四下看了看，没看到其他人的身影，不由得问："斥侯，我的同伴呢？"

斥侯皱了皱眉，像是有些不耐烦了，直接把手里的"泥"糊了她一脸，然后指了指前面的密林道："在那边。"

时夏转头一看，只见那里躺着一颗……巨大的"泥球"。她嘴角一撇，问："他不会在球里吧？"

"他伤得比你重。"少年答得一本正经。

她该庆幸他手下留情，只糊了她一脸，没有将她糊成球吗？


龙傲天醒来已经是两天之后。

从那个泥团里爬出来时，他以为自己死了。一阵浓郁的烤鸡味传了过来，引得他的肚子震天响。

"哟，醒了！"时夏挥了挥手里的烤鸡，打了个招呼。

"恩……恩人！"龙傲天愣了愣，这才回过神来，"我……我没死？"

时夏指了指他身后的烂泥道："看来那个泥团子还挺有用的。"看来她得表扬一下斥侯同学。

"恩人，你……你也没事？"龙傲天仔细瞅了瞅她，这才激动地扑了过来，"太好了！"扑到一半，他却被人拦住了。

斥侯一把抓住了他的衣领，把他拖回了那堆烂泥里。

龙傲天看着突然出现的红衣男子，愣了愣，这人……是谁啊？

"这是斥侯。"时夏解释道，"就是之前那只九尾妖狐，现在是我的灵兽了。"

"恩人收服了他？"龙傲天一脸吃惊。

"嗯，算是吧。"

他打量了斥侯一会儿，才崇拜地看着她道："恩人果然无所不能。"

时夏翻了个白眼，取了一个鸡腿递过去，问："要吃鸡腿吗？"

"这怎么好意思……"他抓了抓头，愧疚地道，"本来就是我鲁莽了，害了恩人，如今还麻烦您给我准备食物，我……"

咕噜噜……他的肚子叫得更大声了。

"行了，哪来那么多废话？而且也不全是你的错，那人估计早在我们走入这片林子时就算计上我们了。"

"不不不，这怎么能怪恩人？全都是我……"

咕噜噜……

"如果我当时没有过去救那个姑娘，就不会……"

咕噜噜噜……

"要是我能跑得快点儿，恩人也不会被追上……"

咕噜噜噜噜……

"反正都是我的错……"

咕噜噜噜噜噜……

"你到底吃不吃？"

"吃！"他立马屁颠屁颠地跑了过来，正要伸手接鸡腿，斥侯却抢先咬住了时夏手上的鸡腿，边吃还边回头瞪了他一眼，一脸杀气。

"斥侯？"时夏愣住了。斥侯刚才还对烤鸡不屑一顾，怎么这会儿就抢上了？

78

斥侯瞅了瞅手上的鸡腿，脸上闪过一丝嫌弃，说道："我抓的！"

这意思很明显，鸡是他抓的，他不给别人吃。

时夏嘴角一撇，觉得斥侯有时还真像个孩子。

"斥侯，听话。"她忍不住摸了摸他的头，商量道，"他已经饿了两天，不吃东西会饿死的。"

斥侯愣了愣，身后的尾巴又冒了出来，这才心不甘情不愿地道："我分。"

"好。"时夏点头。

斥侯先用力扯下另一只鸡腿，转手塞给了她，然后把脖子、翅膀、鸡头、鸡屁股给了龙傲天，还瞪了龙傲天好几眼。

龙傲天朝她挪了两步，压低声音道："恩人，斥侯好像……不怎么喜欢我。"

时夏白了他一眼道："你把人家儿子揍了一顿，还让别人把他儿子绑走了，他能喜欢你吗？"

"呃……"

"他不咬你已经算很给我面子了，你以后尽量少招惹他。"斥侯对她亲近是因为她成了他的主人，但不代表他忘了之前的事。

龙傲天一僵，再无怨言地啃起了鸡屁股。


其实自从她会引气入体后，便开始辟谷，很少吃东西了。斥侯是灵兽，自然也不用吃东西。三人中唯一需要进食的就是龙傲天。可斥侯不知道怎么了，宁肯把鸡腿捏在手里玩，也不肯给没吃饱的龙傲天。

时夏和龙傲天的伤已经好得差不多了，时夏觉得也该上路了，便招呼两人出发。

"为何不御剑？"斥侯突然开口问。

时夏僵了僵，拍了拍他的肩膀道："斥侯啊，你是灵兽不知道，法器可是很贵的。"不会御剑这种丢脸的事，她才不要说。

"我有！"斥侯手里一闪，顿时出现了一把飞剑。

"呃，那啥，我们有三个人，这一把……"

她话没说完，斥侯转手又拿出了三把一模一样的飞剑。

"哈哈哈……其实飞起来风大。"

他立马掏出了一件白色的法衣。

"呃，那啥，天上目标大，要是被其他妖兽发现……"

他掏出了隐身符。

时夏咬牙切齿地道："我不会御剑！"

斥侯似乎被这个答案惊呆了，看了时夏半晌。

时夏嘴角一撇，没错，你的主人就是这么弱，你咬我啊！

"无妨。"斥侯突然上前一把拉住她的手，认真地道，"我会教你的。"

说着他一挥手，就带着她御剑而起。

时夏吓了一跳，条件反射地紧紧拽住了他的衣服。她恐高！

"别怕。"斥侯顺手扶了她一把，低沉的声音在她的耳边响起，"凝神静气，用灵气感应法器，人剑合一即可。"

时夏愣了一会儿，这才按照他说的方法把灵气聚到脚下的剑上，心念一动，顿时连人带剑嗖的一下向前冲了出去，周围的景致迅速往后退去。

她……她会了！

这一愣神的工夫，她脚下的剑突然又摇晃起来。斥侯立即把剑接了过去，她的灵气被逼了回来，剑恢复了平稳。

"不急，慢慢来。"斥侯的声音越发低沉，虽然听着语调还是有些冷，却带着满满的鼓励和一丝愧疚。嗯，这一定是她的错觉。

她再次静下心，一边学御剑，一边朝着目的地去了。

到了半路，她突然感觉好像忘了什么。

被留在原地的龙傲天泪流满面："恩人……"

时夏赶紧飞回原地，将龙傲天带上了。


有了飞剑这个交通工具，他们的速度瞬间加快了很多。原本要走数月的路程，他们仅仅飞了三天就到了目的地。

时夏远远地看到了一座城镇，城不大，里面不断有修士御剑进出。难道她走错路了？她瞅了瞅手机上的地图，没错，是这里呀！可是这城门上写的是"怅醚城"，并不是"暮玄仙府"。

"怅醚城是怅醚森林外唯一的修士城。"斥侯冷不丁地开口问，"要进去吗？"

时夏犹豫了一会儿，还是决定去看看。她刚要进城，耳边突然传来咔嚓声，像是什么东西裂开了。她低头一看，还真的裂开了，是地裂开了。

"夏夏！"斥侯一把拉住她，纵身跳开了好几步。

地面那条裂痕顷刻间变成了一条一米宽的深沟。时夏吓了一跳，这里的地质有点儿松啊！

"快看城内！"龙傲天惊讶地指着前面。

她抬头一看，只见前方的修士城突然开始倒塌，一时间尘土飞扬，砖头、木屑满天飞舞，传来一阵阵轰隆隆的声音。不少修士已经御剑飞出城了。

"地……震了？！"时夏惊呆了。

"我去救人。"龙傲天神色凛然，纵身朝着一片混乱的城内奔去。

"等……"时夏还没来得及阻止，他已经不见了人影。

你要不要这么有正义感啊？好歹听我说完啊！

不到一分钟，他从里面冲了出来，手里还扶着一个一身尘土的绿衣女子。他直接把女子塞给了时夏，说道："恩人，请帮忙照顾一下她。"

"等等……"时夏话还没说完，他转身又一头扎进了还在倒塌的城中。

一分钟后，龙傲天又出来了，这回扶出了一个红衣女子，同样是灰头土脸的。

"恩人……"他转手又把人塞给了时夏。

"我说……"

未等时夏说完，他又进城去了。

两分钟后，他扶出了一个黄衣女子，交给了她。

五分钟后，他扶出了白衣女子，交给了她。

十分钟后，他扶出了蓝衣女子，交给了她。

时夏："……"

他这是要救出一道彩虹，然后召唤神龙吗？

城内已经坍塌得差不多了，一眼看去除了满天飞扬的尘土，只有断壁残垣。

时夏一把拉住了还想继续进去救人的正义使者龙傲天："行了，地震后容易发生地陷，再进去，你会有危险。"

"人命关天……"龙傲天有些犹豫，"我觉得我还可以再救一个！"

"你咋不上天呢？"时夏白了他一眼。

"我不是仙修啊，不会飞！"

时夏深吸一口气，指了指里面解释道："她们根本用不着你救。"

"城中都是弱女子，怎么会……咦？"他话到一半又停住，往她的身后望了望，却没有看到之前所救的女子的身影，"她们人呢？"

"走了！"

"就……就这么走了？"作为一个信奉救命之恩撒钱相报的汉子，他有些不敢相信。

"不然呢？"时夏白了他一眼，往他的后脑勺上一拍，"这里可是修仙城，她们都是修士，哪里需要你救？"人家不怪他多管闲事已经不错了。

龙傲天这才发现天上飞满了御器的修士，个个衣着整洁，完全不像是逃难出来的，除了他救的那几个。他憨憨一笑，有些不好意思地抓了抓头发。

"早说让你遇事别冲动了，"时夏叹了一声道，"怎么一遇到漂亮妹子就犯迷糊呢？"

"恩人说得是，我在凡间待习惯了，以为她们都是弱……妹子？！"

"什么妹子？你不会还想进去救人吧？"

"不是，恩人你快看。"龙傲天着急地指着不远处一个正走入城中的绿色身影说道，"是森林里设计我们的女子。"

她转头一看，还真是那个女子。时夏看了一眼旁边的斥侯，他的神色倒没什么太大的变化，只是眉头皱了皱。

81

"走，跟上去。"时夏没犹豫多久，拉着斥侯与龙傲天冲进城内的那片废墟之中。

城内的尘土更大了，还不时有乱石掉下来。时夏撑起一个防护结界，罩住三个人。

那个绿衣女子很有目的性，径直朝城中走去。按理说刚刚地震了，人人都往外跑，她却往里走，怎么看都有点儿奇怪。时夏无意间瞅了一眼手机，发现自己前进的路径居然跟地图上的那个红点中心方向一致。

"绿意师妹。"突然传来一道男声，飞扬的尘土中走出三名男子，身上穿着跟女子差不多款式的绿色衣服。

"就等你了，还以为你不来了呢。"正中间的男子笑着说道。

"季寒师兄。"女子神色一喜，快步走了过去，"那处阵眼比较远，所以我才来得慢了些，请师兄不要见怪。"

"你没事就好。"左边的男子上前一步，朝四周看了看说道，"可有被人跟踪？"

"应该没有。"绿意摇了摇头道，"我进城之时其他人都在往外跑，根本无人注意到我。"

"此事关系重大，还是谨慎一些为好。"男子皱了皱眉道，"我们好不容易才找到这个入口，又费了这么大功夫才把满城的修士赶出去，绝不能出纰漏。"

原来刚刚的地震是这几个人搞出来的。

"季师兄，"男子看向中间的季寒道，"我们这里你的修为最高，不如你用神识探查一下？"

季寒点了点头，闭上眼捏了个诀。他的手间有一个法阵亮了起来，并且迅速扩散开来。

神识探查，这可是金丹期的法术，他居然是金丹期的修士。时夏见状，不禁担心自己会暴露。

时夏正犹豫要不要直接出去摊牌，斥侯却突然掏出三张符纸贴在他们的胸前，张嘴做了个口型："隐息符。"

下一刻那探查的法阵就直接从他们的身上越了过去。不一会儿那个叫季寒的人睁开眼睛道："放心吧，此时城中除了我们，再无其他人。"

哇，这也行！时夏瞅了瞅胸口的符，又看了看满不在乎的斥侯，十分惊喜。

"既然如此，赶紧开始吧！"另外一个男子催促道，转头看向那名叫绿意的女子："四阶妖丹呢？"

"在这儿呢！"绿意从储物袋里掏出一颗火红色的妖丹。

时夏顿时觉得心中一紧，那是之前那只小妖狐的内丹，绿意居然把它杀了！时夏转头看了看旁边神色不明的斥侯，没来由地有些愧疚，忍不住伸手握了握他的手。

斥侯愣了一下，转头看了过来，表情仍没什么变化，双眼如一汪泉水，直直地看着她。

时夏心里更愧疚了，一时不知道说什么，犹豫一会儿，低声道："对不起……"

斥侯愣了愣，神情仍没有变化，只是伸手摸了摸她的头。

这是不怪她的意思吗？她更愧疚了，怎么办？

那边绿意已经把妖丹放在了地上。时夏这才看到地面上居然刻着一个圆形的法阵，妖丹一落地，整个法阵就亮起了红光，而红光的中心正缓缓张开，出现了一个黑漆漆的洞口。

"果然是这里！"四人一脸兴奋地说道，"果然如那本古籍所说，火系妖丹可以打开'暮玄仙府'的入口。"

暮玄仙府！那不是她的目的地吗？

"入口半刻钟后就会关闭，我们进去吧！"季寒提醒道，"一定要拿到'亦回轮'。"

四人陆续跳入法阵中间。

"恩人，我们也进去吗？"龙傲天问道。

时夏有些犹豫，现在进去没准就撞上那伙人了。他们三个除了斥侯都这么弱，完全没有胜算，况且任务是让她去"暮玄仙府"，也没说她一定要进去啊！

叮！

口袋里突然响起了一声信息提示音，时夏掏出手机，只见那个 App 里又有了新信息。她打开一看，屏幕上写着"目的地入口已到达"！

原本的地图消失了，一行行黑色的字跳了出来——

目的地入口到达，升级二阶段任务，内容展开中……

请进入最终目的地，完成修复。

任务：0/1。

这不还是要进去吗？你把任务一次说完会死啊？

"恩人？"见她久久不开口，龙傲天忍不住推了推她。

时夏心想：别问我，我想静静！

"此阵法是无相送传阵。"斥侯看了看地上的阵法道。

"无相传送？"时夏看向他，"说人话。"

"无相传送无位无相，虽说都是由这里传送，但出处却不定。"

"你的意思是说……"时夏一喜，"我们进去的话，不会跟那四个人传到同一个地方？"

"嗯。"斥侯点了点头。

时夏眼睛一亮，顿时觉得天空都美丽了，一把抱住了他道："斥侯，你真是我的吉祥物。"她看向龙傲天，道："走！"

三人走到法阵中间。她只觉得眼前一黑，下一刻果然换了地方。尘土满天的废城不见了，她眼前出现了一片昏暗的地界，四周只能看到几根漆黑的柱子、一条铺满石块的通道、一团拳头大小的火焰还有火焰下四个眼熟的人。

"什么人？"一声质问响起。

时夏一下信心全无，转头看向某个吉祥物。你不是说出口不在同一个地方吗？人与兽之间还能不能有最基本的信任了？

斥侯也愣住了，转头看了她一眼，默默地握了握她的手。

时夏心想：握手也没用！人与兽之间的信任已经没了，老娘要跟你解约。

"咦，刚刚明明感觉到这地方有灵气波动，怎么这会儿又没了？"季寒走到他们三人面前，却没什么反应，一脸疑惑地转身回到了另外几人身边。

他看不见他们？！

时夏和她的小伙伴都惊呆了，低头看向胸前的隐息符，难道是因为这个？

斥侯点了点头，握紧了她的手。原来隐息符不但能隐藏气息，还有隐身功能！

"季寒师兄太紧张了。"绿意上前挽住季寒的胳膊，温柔地道，"如今城中已经无人，怎么会有其他人下来？"

"倒也是！"季寒这才收起手中的剑，跟其他几人继续往前而去。

时夏朝龙傲天和斥侯打了个手势，远远地跟在四人的后面。

这条通道很深，两拨人足足走了半个时辰也没有到尽头。四周漆黑一片，为免被发现，时夏不好使用火系法术照明，只能一声不吭地远远跟着对方。

可能是因为太过安静，前面四人的谈话他们听得一清二楚。时夏从他们的谈话中了解到这四人是琼灵派弟子，之所以知道这个秘境的入口，是因为偶然从一位大能的手里得到一本古籍。古籍是前魔尊留下的，里面记载了暮玄仙府的位置还有开启入口的方法。暮玄仙府里机关重重，当初魔尊虽然全身而退，但从未有人见他用过"亦回轮"，所以众人猜测暮玄仙府的至宝"亦回轮"应该还在府内。他们手上有古籍，对里面的机关、阵法都有破解之法，所以才敢冒险进来。

又是魔尊！时夏本能地对这两个字很反感，怎么到哪儿都有他？而且你来就来呗，写什么攻略啊？！

"到了！"四人突然停住了脚步。

只见刚刚还一条路到底的通道，突然分成了一左一右两条，里面一片漆黑，只是在通道的上方分别写着两个字："生门""死门"。

四人在门口察看了一会儿也没选定走哪边，时夏三人也只好远远地看着。那两个通道深处黑漆漆的，看着就有点儿瘆人，虽说外面写好了生死，但谁又能确定这不是仙府主人故意为之？

"怎么办？"研究了一会儿，绿意有些烦闷地看向几人问道，"外面完全没有灵力波动，也不知道里面有什么阵法机关，到底该入哪个门？"

"既然写了生死，应该进生门吧。"其中一位男修士道。

"可如果这上面的字是故意为之呢？"另一个男子反问道。

几人只好把视线又投向修为最高的季寒。

季寒看了几人一眼，过了一会儿才说道："生门求死，死亦生；死门求生，生亦死。不进入里面，是不知道其深浅的。"

"那怎么办？"绿意有些着急，"总不能两个门都进去试试吧？"

季寒笑了笑，一点儿都不像其他几人那般急躁，眼神沉了沉，也不知道是有意还是无意的，看了一眼后方说道："我们既然来了，自然是要求生的。这两个门里肯定有一个是设了阵法的，既然我们不能试，不如让别人来试试。"

他神情一冷，突然双手结印，身后瞬间出现了五把法剑，直接朝着时夏他们飞去："已经跟来了，不如让我等物尽其用。"

时夏心中一紧，条件反射地想往后退，但那法剑飞得极快，嗖嗖两下就插到了他们的身后，瞬间化成了一面火墙，堵住了他们的退路。三人只好往前躲开灼热的火焰，刚踏出一步，脚下瞬间阵法大亮，照得整个通道都明亮起来。时夏只觉得全身一僵，再不能动弹，旁边的斥侯和龙傲天也是一样的。

"是你们？！"绿意一脸惊讶。

"师妹认识这三人？"季寒问。

绿意僵了一下，立马神色如常地说道："曾有一面之缘，我那只火狐就是他们帮忙抓的。我还以为他们是好心帮忙，没想到他们居然是为了跟踪我来此。"

时夏在心里吐槽：你居然颠倒黑白，分明是你利用我们。

"既然如此，那这三人倒是死有余辜，正好用来试试这两道门。"季寒神情一冷，再次结印。

时夏他们脚下的阵法更亮了，一条条手腕粗的锁链从阵法中飞了出来。

时夏想骂人了，这几人是想让他们做饵，分别试验这两边门内阵法的深浅啊！她调动灵气，想要闪开，却完全动不了，身上像是压着千斤重的东西。

眼看着锁链已经朝他们捆了过来，光看那条链子的颜色，她都觉得疼。这时，她感觉腰侧一紧，刚刚还一动不动的斥侯突然伸手一把拉过她，直接躲开了那条锁链。斥侯单手结印，不知道念了一句什么，紧接着扬手一挥，顿时所有的锁链化为飞灰。随着哐当一声，他们脚下的法阵应声而碎。

"金丹修士！"季寒猛地睁大眼睛，却因为阵法反噬吐了一口血。

斥侯没有停留，直接搂住时夏，再顺手拎起龙傲天，身形如闪电般朝前方飞去，直接冲入了右边的"死门"，留下一脸错愕的几人。

时夏默默地给自家灵宠点了个赞。她差点儿忘了斥侯是六阶妖兽，跟那个叫季寒的修为相当。

斥侯拎着他们飞了好久才停下来。四周更黑了，刚才在外面还有微光，现在却真正伸手不见五指了。这会儿没了顾忌，时夏直接唤出了一团火照明。这里像是一个长廊，四周都是光滑的石壁，斥侯飞了半天也不见尽头。

"好了，他们估计一时半会儿追不上来。"时夏拍了拍腰间的手，对斥侯说道，"先放我下来。"

斥侯犹豫了一瞬才缓缓松开了手，上下扫视了她一遍，还特意捏了捏她的脸，确认道："无恙？"

时夏嘴角一撇，心想：你这是在检查新鲜度吗？

她扬手一把拍下了他的手，说道："我没事！"

"我有事……"龙傲天哑着声开口，脸已经涨成了紫色，手舞足蹈地指着自己的脖子道，"勒……勒住了，松……手！"

斥侯这才想起还拎了一个人，甩手就扔了。龙傲天哎哟一声，滚了好几圈才停了下来，坐在地上大口地喘气，心说，你一个抱一个拎，这也差太多了吧？！

时夏心想：所以说人还是瘦点儿好啊，块头太大，领口就窄了，衣领都不好拎。

"好点儿没？"她上前几步，伸手拍了拍龙傲天的背，帮他顺气。

她没拍两下，斥侯一脸不满地挤了进来，生生隔在了两人中间。斥侯屈指在龙傲天的额间一点，龙傲天刚刚还青紫的脸色瞬间缓了过来。

斥侯立马拉起时夏，像是躲瘟疫一样走开了，还嫌弃地甩了好几下手。

时夏就着手里的火苗仔细看了看像是没有尽头的通道，问道："斥侯，我们为什么要进死门？"刚刚明明生门离他们更近，斥侯却直接选择了右边的死门。

"两个门都一样。"他抬头看了看前方说道，"只是际遇不同。"

"啊？！"时夏惊讶地说道，"你是说两边都有危险，都设有阵法机关？"

斥侯点头道："两边都有灵力的波动，想必上面的'生''死'二字，只是预示里面阵法的属性不同。"

"斥侯，你能猜出里面有什么吗？"她指了指黑漆漆的通道。

斥侯摇了摇头："我感应不出具体是什么阵法，但必与死者有关。"

死者！时夏心中一颤，不由得退了一步道："不会……有鬼吧？"

"就算有也没事。"终于缓过气来的龙傲天一拍胸膛，一脸正气地说道，"身正不怕影子斜，心中无愧，何须惧怕鬼神？"

他回头看了她一眼，随口问道："恩人，你不会怕吧？"

她扯了扯嘴角，没底气地道："怎么可能？"

"若是幽灵，倒好办。"斥侯道。

"为啥？"

"幽灵属阴，一般不敢靠近修士。"

有这种好事？时夏瞬间有了信心："走着！"她转身就朝着通道走去，不知道是不是心理作用，总觉得四周好似更冷了一些。

他们走了十几分钟，通道却越来越宽，从原本的单车道生生走出六车道来了。时夏正担心会继续扩成八车道的时候，终于走到了尽头，对面却是一面墙。

那面墙很高，四周更是严严实实地堵住了整个六车道宽的通道，墙面十分平整，连个小褶子都没有，除了正中间那块明显凸起，显得十分不合群的砖。

时夏无语地看着那块全身都释放着"快来按我呀"气息的砖，说道："这块砖不会就是启动阵法用的吧？"

"应该是。"斥侯点头。

"那你们说我是按呢，还是按呢，还是按呢？"她的手很痒啊！

龙傲天脸色僵了僵，叹了口气道："恩人，你想按就按吧，反正这里也没别的路了。"

时夏深吸了一口气，伸手用力地把那块砖按了进去。她一松手，立时传来一阵阵刺啦声，只见刚刚还平整的墙面从中间开始打开，四散叠加，像是移除积木一样，越来越少，很快整面墙都打开了，露出里面让人毛骨悚然的画面。

时夏瞬间以为到了末世，只见墙后密密麻麻地站着各种恐怖的人影，个个惨不忍睹，缺胳膊断腿是常态，不是浑身是血，就是身上爬满了各种不知名的小虫，更有一些开膛破肚的，手里正捧着白花花的肠子，还有些身躯腐烂到一半的，露出半截白骨。

如果不是之前在崖底捡到过很多惨老头，有了心理基础，再加上辟谷了好些天，她真的会连晚饭都吐出来。不过其他人就没这么幸运了，斥侯倒是没多大反应，龙傲天已经吐得昏天黑地了。

不过奇怪的是，那些样子惨绝人寰的幽灵对突然出现的三人视若无睹，该飘的飘，该捡肠子的捡肠子。时夏想起斥侯的话，果然这些幽灵是怕修士的？

"那边应该是出口。"斥侯指了指那群幽灵的后面。

时夏一眼看去，只看到密密麻麻的鬼影。

一阵阵刺骨的阴风扑面而来，她忍不住抖了抖，深吸了一口气，定了定心，这才跟斥侯一块跨了进去，龙傲天也扶着墙跟着他们。

紧接着背后一阵熟悉的刺啦声，那面消失的墙突然又出现了，瞬间把后道给堵住了，只是这回墙面整洁，再没有一块凸起的砖。

"无须担心。"斥侯拉住她的手，认真地说道，"这里的都是普通幽灵，并不是修士，最惧灵气，我们不会有事的。"

对，她可是修士，满身的灵气，不怕不怕！她壮着胆子又向前跨了一步。

突然，刚刚还四处乱晃的游魂们像是被按住开关一样，一下全停了下来，无论是背对还是侧对她的，全部齐刷刷地转头看了过来，刚刚还无神的双眼像点亮了的灯泡一样，发着红光。

时夏有一种不祥的预感。

离她最近的一个断脚幽灵举起鲜血淋漓的手，直接朝她挠了过来，嘴里还发出威胁似的怪声。

她吓了一跳，连忙侧身躲开退了回来，转头看向斥侯，控诉道："说好的不会有事呢？"

斥侯僵了僵，一本正经地道："就这个有点儿特别。"

"嘀……"那个断脚幽灵见一击不成，突然发出一声怪叫，瞬间开启了所有幽灵的攻击机关，这群幽灵顿时齐刷刷地怪叫着朝他们靠近。

三人只好退到了角落。

"怎么办？"时夏还是个学徒，可没学过抓幽灵啊！

"莫慌！"斥侯沉声道，"幽灵魂阴气重，五行法术皆是其克星。"

"你是说随便用什么法术都可以克制？"

"是。"斥侯点了点头，临了又加了一句，"应该……"

"好，那你用火攻，我用木系法术定住它们。"

时夏调动灵气，唤出两条细细的藤蔓，直接缠上最近那个幽灵的腰，尽力拉住。斥侯挥手唤出一个火球扔了出去。

眼看着那火球就要砸到幽灵身上，那幽灵却连躲闪都没有，突然张大嘴，下巴直接掉落到地，一口吞下了火球。紧接着传来吱的一声，火熄灭了，它顺便打了个饱嗝。

它居然把火球吞了！

接下来的事，更加刷新了他们的三观。

斥侯接连用了几系的法术，结果都一样，唤出水龙被啃了，唤出土墙被啃了，就连灵剑也被啃了，唯一造成伤害的是发出一道风刃把一个幽灵砍成了两段。可没等他们高兴，人家捡起被砍断的地方吭哧吭哧又接上了。

三人目瞪口呆。

"要不我揍它们试试？"龙傲天抖了抖一身的肌肉，一拳揍向最近的一个幽灵。

"别逗了，幽灵是没有实体的，怎么可能……？我去，揍飞了！"时夏睁大眼睛，看着那个被一拳打出去的幽灵。这还真的有用啊？！

她立马跟斥侯交换了眼神，三人直接切换成肉搏模式。时夏撑起了防御的结界，而斥侯跟龙傲天则一左一右一人一拳地揍着围上来的幽灵，一边缓慢地向前移动。

这些幽灵虽然吓人，但不会法术，只是本能地朝他们咬来。龙傲天本就是武修，身体素质不用说，斥侯更是身体强悍的灵兽，面对一群幽灵倒是勉强可以应付。

但幽灵跟人不同，人打飞一个少一个，而幽灵本来就是死物，就算打飞了，它还可以再爬回来。这样下去，他们迟早会体力耗尽。而且她发现，其中有几个幽灵特别凶狠，其他幽灵都经不起龙傲天一拳，但那几个幽灵不但不会被拍飞，有时还可以轻易躲开。她心下一沉，维持着结界细看，这几个幽灵不就是之前吞了他们法术的那几个？难道灵气不但对它们无害，还有益？

幽灵越来越多，离他们也越来越近，那一只只恐怖的手已经伸到了结界上，敲得结界哐哐作响。最终，一个断腿幽灵冲了出来，她瞬间认出这就是吃了火球的那个。它伸出黑漆漆的手，唰的一下，指间瞬间长出几十厘米长的指甲，扬手朝着结界划了过来。刺啦一下，结界应声而碎，时夏甚至能看到那手上隐隐环绕的黑气。

"夏夏！"斥侯一惊，身上的气息就要外放。

时夏心间一紧，脑海中一片空白，条件反射地把体内的灵力直接释放出来，吼道："滚开！"

一时间她身上的灵气化出一道白光，朝着四周迸发。之前围着他们的一群幽灵瞬间消失，就像是被蒸发了一样。

时夏回过神来时，三人前后五六米的地界已经空了，像是突然在那群幽灵之间隔离出一个圆形的真空带一样。

现场诡异地安静。

十秒后……

"啊啊啊……"幽灵群中突然发出一道惊恐、凄厉的尖叫声。刚刚还万众一心只为挠他们一下的众幽灵突然像是见了什么恐怖的东西一样，开始四处逃窜，还扯着嗓子叫得惨绝人寰。偏偏幽灵的声音还分外尖锐，刺得人耳膜疼。

时夏忍不住又吼了一声："闭嘴！"

话音一落，尖叫声戛然而止，幽灵都紧紧地捂住了自己的嘴。现场再次安静，除了某个骷髅幽灵抖得骨头吱吱叫的声音。

时夏看向旁边，骷髅幽灵一僵，随后抖得更厉害了，然后抖着抖着身体就散了，掉了一地的骨头。

"恩人……"龙傲天一脸崇拜地看向她道，"没想到您还会这个！"

时夏白了他一眼："我从来没学过这种幽灵东西好吗？"

"那它们怎么会……"龙傲天一脸疑惑，这群幽灵明明怕的就是她呀！

"我也不知道。"时夏握了握手心，回想了一下之前的事说道，"我刚刚只是情急之下把灵气全释放出来了而已，甚至没来得及想用哪个法术。"

斥侯皱了皱眉，神情有些凝重地拉着她道："夏夏，让我看看你的识海。"

说着，他屈指就要点上她的额头。时夏忍不住退了一步，躲开了他的手。

他僵了一下，眼中闪过一丝受伤的神色，立马又消失，道："我就看看你的灵根，不做什么，真的，相信我。"他的声音很低，隐隐带着哀求之意。

时夏没来由地心尖痛了一下，拉起他的手按在了额间，说道："看吧……看吧！"

斥侯这才闭上眼睛调动灵气，时夏只觉得一丝温和的气流从额心传入，在识海中游走了一圈又退了出去。

他收回手，看了她一眼，神色更加复杂了："你的灵根……"

"白色的，很奇怪吧？"时夏道，斥侯是她的灵兽，她没什么好隐瞒的，"我也不知道为什么会是这个颜色。之前我是没有灵根的，后来吃了点儿东西，突然就有了。"

斥侯摇了摇头道："人的灵根是由灵魂衍生而出，自出世之日起便已定型，我只听说过洗掉其中一条灵根的，从未听说有物品可以催生出灵根。"

这也就是说，她的灵根跟龙珠没有关系？

"你的灵根本就存在于你体内，只是可能因体质特殊，需要有灵气才能催生出来。"斥侯沉声道，"想必你之前吃的东西正好含有你的灵根需要的灵气，这才导致你的灵根显现。"

"那我到底是什么灵根啊？"

"只怕……"斥侯看了她一眼，脸色有些奇怪，"你的灵根……不在五行中。"果然，夏夏和那个人一样。

"啥？"时夏愣住了。

"这怎么可能？"龙傲天也惊呆了，立马凑了过来，"世间万物皆在五行之内，不是五行还能是什么？"说着，龙傲天忍不住拉着时夏上上下下地打量。眼看着龙傲天的手就要掐住她的脸了，斥侯脸色一冷，揪起龙傲天手上的一层皮，就把龙傲天甩了出去。斥侯上前一步隔在两人之间，不着痕迹地把她往自己身边拉了拉。

龙傲天只觉得全身一凉，没来由地心头一抖，以前咋没觉得这只灵兽这么可怕呢？

"难道我是变异灵根？"时夏有点儿激动。

"不是！"斥侯摇头，突然像是想起什么，神情越发纠结地道，"不在五行中的灵根我只在一人身上见过，但你与那人的灵根又不同，应该说，正好相反。"

"那到底是什么灵根？"

斥侯低头认真地看向她的眼睛，说道："光！"

"啥？"

"光，或是阳，或称之为明！"斥侯沉声道，"开天辟地之初，世间只分阴阳，阴生暗黑邪魅，阳生五行万物。修士的灵根分五行，是因为人的灵魂太过脆弱，不能容纳世上纯粹的阳气。但你可以，并衍生出了与之对应的灵根。你的灵根不在五行中，却又包含五行，金木水火土，无一不属于阳。这种灵根本身就是世上最纯正的阳气，世间万物皆可化为你的灵气，远胜于五行灵根。"

"能说得简单点儿吗？"时夏听得有点儿晕。

"你的灵根可容世间万物之灵，是所有黑暗阴邪之气的克星，所以那些幽灵遇到你的灵气被直接净化了。"斥侯看了她一眼，一字一句地道，"也就是说，你是纯——阳——之——体！"

"纯……阳？"她的嘴角开始抽搐。过了一阵，她道："斥侯……"

"嗯？"

"我——是——女——的！"

"哦！"

"你到底从哪儿看出我'纯阳'了？我身娇体柔易推倒，是正宗的妹子好吗？我是女的！我有胸好吗？"

斥侯和龙傲天都愣了一下，然后齐齐地看向她的胸前。

过了一会儿，龙傲天："有吗？"你这不是平的吗？

斥侯："可能吧。"我没捏过！

"滚！"你们可以羞辱我的人格，但不能羞辱我的性别。

时夏突然想起自己刚来这个世界的时候，那个魔修的法术让所有人都昏迷过去了，她却一点儿感觉都没有，想必也是因为她的灵根。这么说来，她的身体可以对所有魔修的法术免疫？那岂不是只要是魔修，没有人可以伤到她？想到这些，她有点儿激动！

等等，她好像还挂着魔尊妹妹的头衔，也就是说，她真正要担心的是仙修，而不是魔修。那她这个免疫能力有什么用啊？

"恩人快看，那边应该就是出口，我们赶紧离开这个鬼地方吧！"龙傲天指着不远处道。

果然那边有一扇石门，石门是关闭的，上面坑坑洼洼的，像是刻着什么。

时夏转头看了看周围，目之所及全是瑟瑟发抖的幽灵。

她拉起旁边的斥侯，朝着那边的石门而去。她一动，幽灵群就抖得更厉害了，原本那一双双泛着诡异红光的眼睛这会儿闪得跟探照灯似的。

时夏摇了摇头，继续往出口而去，突然觉得自己的恐惧症都被这群胆小的幽灵给治好了。她刚走到门边，脚边咕噜咕噜滚来一个圆圆的、白白的东西，细看那居然是一只眼珠。她转头一看，果然旁边一个红衣女幽灵少了一只眼珠，满是血的左眼只剩一个黑漆漆的洞。偏偏红衣女幽灵又不敢过来捡，抱着旁边一只半边身子都是白骨的幽灵瑟瑟发抖。

时夏长叹一声，俯身捡起差点儿被踩扁的眼珠，递还给女幽灵。

那个女幽灵愣了一下，有些不可置信地看了她好几眼，过了一会儿才明白她是要归还眼珠。犹豫了好一会儿，女幽灵才颤抖着伸出了白森森的手，还没碰到眼珠，又立马缩了回去，还是没敢拿。

"还你，拿着。"时夏忍不住开口道。

那个女幽灵伸出手又缩回，伸出手又缩回……来回了好几次，才接过那只眼珠。许是察觉出时夏的善意，她忘了害怕，好奇地看了时夏好几眼，突然像是下定了什么决心，把左眼珠安了回去，却转手唰一下把右眼珠取了出来。然后她双手捧着右眼珠，一脸讨好地朝时夏递了过来，还挤出一个献媚的笑容。偏偏她那张满是鲜血的脸实在太恐怖，生生把献媚扭曲成了恐吓。

"给我？"时夏有些意外。

女幽灵连连点头，隐隐有些兴奋。

时夏嘴角一撇，被一个女幽灵贿赂，这感觉还真是……一言难尽。

时夏："不用了，你留着吧！"

那个女幽灵又愣住了，顿时有些着急，又将眼珠递给时夏。

这幽灵还挺执着的！时夏叹了口气，继续摇头道："我真的不要。"

那个女幽灵更急了，一副快要哭出来的样子，见她还是不要，咬咬牙，唰一下又把另一只眼珠也取了出来，一起递给她。

她不是嫌少啊！话说回来，这女幽灵干吗一定要送她眼珠啊？

"这应该是开门的钥匙。"斥侯突然道，示意她看向旁边的石门。

时夏回头一看，果然在石门的正中间有一个圆形的凹槽，大小跟女幽灵手里的眼珠一样。

时夏只好从女幽灵手中选了一颗，真诚地道："谢谢。"

女幽灵朝着她怪笑了几声。

时夏直接把眼珠放入凹槽，随着一阵咔嚓咔嚓的声响，原本坑坑洼洼的门上突然亮起了光，不一会儿就汇聚成了一个阵法的模样，石门也缓缓朝着两侧打开。两扇门之间升起了一道光幕，有些像是投影一般的影像，画面中的人还有点儿眼熟。那好像是一处石室的场景，里面或站或躺着四个人，全都闭着眼睛，像是陷入了什么恐怖的梦境，神情分外痛苦，眉眼都扭曲成一团。

"这不是绿意那伙人吗？看样子，他们选了另一条路。"

时夏他们一路走来并没有见过这个石室，应该是生门那边出现的。

"他们这是怎么了？"龙傲天瞅了瞅四人的表情，忍不住问道，"看着也没受伤啊，为什么样子……"

"幻境。"斥侯解释道，"这四人应是陷入幻境之中了。幻境最考验心智，若是心智不坚，极有可能被假象迷惑，一生都困在其中，不得解脱。"

这么说来，那边的关卡比这边更难。时夏有些庆幸，还好进的是死门。

门上那影像并没有持续很久，停留了十几秒就一闪而逝了，门内又是一片昏暗。

"里面不会更危险吧？"时夏有些担心。

她正犹豫着，旁边的红衣女幽灵突然向她递来一根白骨，满脸讨好地示意她扔进去探路。

时夏接过白骨，上下打量了女幽灵一眼道："不错啊，你很有前途！"

女幽灵双手捂脸，显得有些羞涩，又发出一阵阴笑声。

时夏把骨头扔了进去，随着咕噜噜的一声响，里面突然噌噌噌亮起了火光，瞬间把里面照得一片明亮。只见门后居然是一间石室，石室极大，像操场一样，空荡荡的，对面隐隐立着几道门，而火光就是从两侧石壁上的一排火盆中发出的。

时夏松了口气，这才走了进去。他们刚走到石室中间，后面的门吱呀一声又缓缓地合上了，远远地还能看到那个红衣女幽灵朝着时夏不舍地挥着骨头。

"刚才还只是两道门，这会儿这么多道……"龙傲天一脸纠结地看着对面那一排大门道，"到底要走哪条路啊？"

时夏也有些无语，怎么走到哪儿都有门？

"不会跟之前一样，每道门后面都是一个关卡吧？"

"不会！"斥侯摇了摇头道，"看这些门的颜色，应该是按照五行排列的，其中必有生门。"

龙傲天一惊："五行？可这门有六个啊！"

斥侯没有回答。

时夏忍不住仔细打量起这些门来，这里一共有六道门，门的颜色各有不同，最右边的是金色的，依次是绿、蓝、红和黄色的。只是不知为何，红色的门居然有两道。

"咦，这门上还有符号呢。"龙傲天指着红色门的右下角说道，"这符号好像是一团火，还真是五行印记啊！恩人，你们看看别的门上有没有？"

时夏仔细察看了一下，的确在每道门的右下角都有一个图案，皆是五行的符号，红色的是火，黄色的是一堵墙，蓝色的是水滴，金色的是一把小剑，绿色的……

时夏顿时觉得一群乌鸦嘎嘎飞过。她盯着绿色门上的那个图标，半天回不过神来。

"这门都差不多，到底走哪个啊？"龙傲天看了半天也没看出什么门道，有些心烦地走了过来，"恩人，我看出口肯定在那两道红色的门之中，要不您选一个吧，我们听您的。"

"我选那道。"时夏直接向前一指。

"绿色？我说的是红……"龙傲天一惊，随后眼睛一亮，"莫非恩人你已经破解此门的奥秘了吗？"

时夏十分无语，指向绿色门上的图标。

龙傲天立马蹲下身去看，就连斥侯也好奇地看了一眼。

"这个图案居然不是木系符号！"龙傲天仔细看了好几遍才说道，"我还从来没有见过这么奇怪的图案。恩人，你识得这个？"

"认……识！"她何止是认识？奔跑的绿色小人在她原来的世界几乎无处不在！

龙傲天挠了挠头道："那这到底是什么图案？"

"这个图标，江湖人称：安——全——出——口。"

"啊？"

没错！那个图就是安全出口的标志，就差在旁边标上"EXIT（出口）"了！这不明摆着告诉别人这门是安全的吗？这个仙府的主人到底是多想人进来？

"走吧！"时夏有些心累，直接推开了那扇门。

门里白茫茫一片，隐隐有着阵法的波动，应该是个传送阵。三人直接走了进去，她只觉得白光一闪，眼前顿时换了一幅景象，还未来得及看清，斥侯却突然一把拉过她："小心。"

下一刻，一把灵剑直接插在了她刚刚站立的地方。

"有人。"斥侯沉声道。

龙傲天唰的一声拔出剑，一脸戒备。

时夏这才发现，在他们前面几米开外的地上站着两个人，正是季寒和绿意。

"是你们？！"绿意有些意外地看向时夏他们，眼里闪过一丝慌乱，握紧了手里的剑说道，"你们居然还活着！"

"是啊！让你失望了吧？"时夏对这伙人可没什么好感。

"真是祸害遗千年。"绿意冷哼了一声，一脸不屑地道。

"说得没错，就是不知跟你们同行的两人如何了，怎么只剩你们两个……"祸害。时夏故意没说最后两个字，意思却很明显。

"你……"绿意的脸色一下就白了，她愤怒地瞪了时夏一眼，抓紧手里的剑要冲过来。季寒一把拉住绿意，警告似的看了她一眼。

"我家师妹年纪小，不懂事，还请见谅。"季寒笑了笑，客气地朝他们拱手行礼，好似完全忘了之前暗算他们的事。

时夏也不想跟他们起冲突，打算直接过去，季寒却伸手拦住了几人。

"三位道友且慢！"季寒笑眯眯地道，"三位也知道，这仙府内实在是凶险，一不小心便万劫不复，多一个人便多一分力量。咱们既然有缘，何不放下成见一同寻宝？"

未等她回应，龙傲天却先一步投了反对票："恩人，别听他的。那个女子太狡猾了，上次就差点儿害死我们。"

"放心，我是这么没有原则的人吗？"时夏拍了拍他的肩，火狐的事她还记得呢，再说斥侯就站在旁边，她怎么可能跟他的仇人合作？

"这位道友，冤家宜解不宜结，之前的确是我们多有得罪，三位既然没事，又何必耿耿于怀？"季寒越发客气地道，"况且这仙府珍宝无数，均分也能得到不少好处。若是各位不信我，不如这样……"他从怀里掏出一个黄色的瓶子说，"这是我们之前在石室里得到的丹药，里面有三颗定金丹，就送给三位了。"

"师兄！"听到这话，绿意的脸一下就黑了，她忍不住唤了一声，不舍地看向他手里的瓶子。

季寒却没理她，继续道："这丹药就算是我们的诚意，如何？"

时夏忍不住拉了拉旁边的斥侯，问道："啥叫定金丹？"

"结丹时用的五品丹药，可助凝结金丹。"斥侯解释着，临了又嫌弃地加了一句，"无用之物。"

"哦。"原来这东西是结丹用的，怪不得绿意这么紧张。

季寒这算盘倒是打得好，他已经结丹，根本用不上这东西，所以才拿给他们，要是换成了元婴的药丹，哪会这么痛快地拿出来？

可惜这回他要失望了，龙傲天是武修，根本用不上丹药，而她由于小时候身体不好，打针吃药都吃出抗体来了，一看到药就反感。

"我们不需要丹药。"时夏回答道，"别说是定金丹，就算是定婴丹，我们都不

94

需要。"

"夏夏，那叫结婴丹。"斥侯纠正道。

"哎呀，不要在意这种细节！"她满不在乎地摆摆手道，"我们本来就没想跟你们起冲突，你也用不着处处讨好，只要你们不挑衅，我也不想动手。"

"道友何必如此？"季寒仍不死心，继续劝道，"若是你们看不上这定金丹，等找到新的宝物，季某让给三位就是。"

时夏有些诧异了，她都表明不会找他的麻烦了，他干吗还要凑上来，一副非要跟她合作的样子？

她还没想通，旁边的龙傲天却忍不住了。

"你说得倒是轻巧。"龙傲天冷哼一声，气呼呼地道，"在森林的时候，我们好心救你师妹，她却害我们，这样的人哪里值得信？"

"道友，我是诚心相邀，你又何必对之前的事耿耿于怀？"季寒继续劝道，"道友不如直接说出自己的要求，只要能冰释前嫌，我尽量满足如何？就算你们要找我师妹算清前账，我也绝不插手！"

"师兄！"绿意一脸难以置信的表情。

季寒回头冷冷地看了她一眼，眼含警告，绿意才咬了咬牙，把反驳的话吞了回去。

他这么一说，龙傲天倒是不好再说什么，冷哼一声转过了头。

时夏沉下脸，伸手指向他们的后面，直接拆穿道："我看你不是想与我们合作，是根本打不开那扇门吧！"

她说的是肯定句，而不是疑问句。

季寒神色一僵，之前那温和客气的表情有些挂不住了。

"师兄，算了，别理他们了。"绿意颇有些恼羞成怒的意味，狠狠地瞪了他们一眼道，"连古籍都没有记载的阵法，师兄打不开，他们也不一定可以打开。反正这里已经是暮玄仙府的最后一道关卡了，能不能进去，大家各凭本事。"

季寒没有再说话，而是与绿意一起转身走向那扇高十几丈的大门。

时夏这才看清道路尽头的那扇门。这跟他们一路上见到的所有门都不同，这扇门显得十分……高档！门上雕满了各种古朴的图案，似花似兽，辨不清楚，但个个栩栩如生、十分精致，古铜的色泽看起来年代十分久远，图案的排列看似随意，却又隐隐有着自己的规则。在门的正中央亮着一个金色的法阵，无数的法符文字浮在上面游走着，看着就十分复杂。

时夏不懂阵法，别说是破阵了，就连阵上那些法符文字都认不全。

"这阵法要怎么解啊？"她随口说了一句。

"这不是阵法。"旁边的斥侯说道。

"啊？"时夏一愣。

"什么？"几米开外的季寒也听到了，刚要走过来，却被一直盯着他们的龙傲天挡住，只好站在原地。

"这阵上明明有灵力流动，且千变万化，看不清规律，如何不是阵法了？莫非……"他愣了一下，眼里亮了几分，"你看得穿这阵法的玄妙之处？"

季寒之所以一直想求合作，不惜自降身份，向炼气期的时夏道歉，一是认定斥侯也是一名金丹修士；二是之前在生死门时，斥侯能轻易破解他布下的困阵，阵法造诣定在他之上。这会儿斥侯只看了几眼就说出了这句话，而他可是研究了半天都没有头绪，先不论此话的真假，但总让他看到了破阵的希望。他有些激动地问："若不是阵法，那这些变化的法符是怎么回事，为何我们一碰，它就会自动攻击？你可有破解之法？"

斥侯一个眼神都没给他，像完全没有听到他的问题，神色冷淡，把正要伸手戳阵法的时夏拉了回来："别碰。"

"我也很好奇这个是什么。"时夏指了指那个阵。

"残阵。"斥侯回答道，"这是一个完成不到一半的假象阵。"

"假象？"

"它本身没有任何威力，充其量只能算个障眼法，真正的阵法在这个阵的后面。"他指了指上面不断飞舞着的法符道，"那些法符看似复杂，其实都是无用的字符，飞着玩而已。"

飞着玩？刚刚还觉得那些字符高级的时夏觉得膝盖中了一箭。

"这不可能！"季寒不可置信地说道，"刚刚我们打算强行破阵，这阵法明明动了。"

斥侯仍没理他，完全当他不存在，只是专注地看着时夏。

"他说阵法刚刚动了。"时夏只好把季寒的问题重复了一遍。

"那是因为此阵之上有个反相阵，会反弹所有的攻击。"

也就是说，季寒之前会受到攻击全是自找的！时夏回头看了季寒一眼，他的脸都黑了。

"斥侯，那你会解这个阵法吗？"

"夏夏想破，那我就会。"斥侯习惯性地伸手摸了摸她的头发，又准备将手移到脸上，停顿了一下，才缓缓地收回了手。他转身看了那阵法一眼，单手结印，念了一句什么，只是轻轻扬手一挥，只见刚刚还占据了门大半范围的阵法慢慢地暗了下去。而刚刚还古朴大气的门上的图案像是活了一样，开始游走起来，无一例外地朝着右下角而去。它们自动分成两拨，一拨慢慢汇聚成一个长方形，一拨汇聚成一个正方形。那两个刚刚形成的图案突然发出比之前的阵法更加闪亮的金光。随着吱呀一声，两个图案往里陷了陷，缓缓地朝着一侧打开，露出两个不同的入口，里面一明一暗，长方形的那个长得像一扇门，里面一片白光；正方形的那个很小，才几十厘米宽，像个小盒子，里面一片漆黑。

季寒猛地睁大了眼睛道："门……打开了！"

"上面好像写着什么。"龙傲天指了指发着白光的入口上方。

细一看，入口上方的图案汇聚成了两个黑色的字，是这个世界的文字，时夏不禁念了出来："舍……得……"

她还没来得及想明白这是什么意思，身侧突然传来一阵灼热的气息。她下意识地想要躲开，漫天的火光却已呼啸而至。

"夏夏！"斥侯几乎是瞬间就竖起了防御结界，挡住了身侧的烈焰。下一刻他的脚下再次亮起了阵法，身体瞬间僵硬，又是困阵！他抬头一看，启阵人果然是季寒。

就知道这个家伙会暗算人，只是这阵法之前困不住他们，现在也未必有用。季寒显然也明白这一点，所以并不想杀他们，只为抢占先机而已。阵法一完成，他就毫不迟疑地朝着那个白色的入口飞去："师妹，走！"

"是。"绿意点了下头，却没有依言上前，反而唤出了武器，转手一剑刺向季寒。

季寒根本没有防备，直接被她刺了个对穿，难以置信地回头道："师妹，你……"

时夏和她的小伙伴都惊呆了，斥侯甚至下意识地停住了破阵的手。

"师兄，你可不要怪我。"绿意笑得一脸得意，直接把剑拔了出来，"谁让'亦回轮'只有一个呢！"

斥侯扬手一挥，直接破开了困阵。

绿意没有停留，以胜利者的姿态直接飞进了入口，意外却再次发生……

"啊！"刚进门的绿意突然发出一声凄厉的惨叫，刚刚还只是一片白光的入口突然出现一大堆各式各样的阵法，只见万千灵剑同时出现，朝她刺了过去。刚刚还一脸得意的她顷刻间变成了一个血人，瘫在了地上。

绿意一脸惊恐，拼了命地想从那个门内爬出来，一边爬还一边朝门外的人伸出手："救……救我……"

可那些灵剑没有停止，直接斩断了她的双手。她甚至没来得及再说一句话，就没了声息。

这一切发生得太快，前后不过几秒钟。时夏下意识地转过头，不去看门内的惨状。可怜之人必有可恨之处，连同伴都能伤害的人，有这样的结局也是自找的。

突然的变故让在场的人半天都没有回过神。

"恩人，这人要怎么办？"龙傲天上前几步，一把拎起了受伤的季寒。

时夏看了一眼胸口开了个大口子的季寒。绿意那一剑刺得很准，直击要害，季寒虽然不至于当场丧命，却也伤得不轻。

"由他去吧，别管了。"

"不杀了他吗？"龙傲天一脸惊讶，"要是他又暗算我们怎么办？"

"算了。"时夏挥了挥手道，"他只剩一口气了。我们不杀他，但也不会救他。"

龙傲天这才放开了季寒，临了还警告般地瞪了对方一眼。

时夏把注意力重新放在入口上，门内的阵法虽然停下了，却仍亮着，一排排地直接通向深处。

"斥侯，这里面的就是你说的隐藏起来的真正的阵法？"

"嗯。"斥侯点头。

果然！也怪季寒和绿意太心急，看到一个门就以为入口打开了，直接冲进去找死，反而忽略了斥侯的话。

"等等！你不会……"时夏上下打量了他一眼。斥侯不会早知道会这样，所以刚刚被阵法困住才一点儿都不着急吧？灵兽的智商这么高吗？

斥侯一脸坦荡地任她打量，伸手摸向她的头顶，摸着摸着眼里亮了亮，像是摸到了什么心爱之物，就连身后的尾巴都噌的一声冒出来两条，满足地左右摇摆着。

时夏有些别扭地拍下头顶的手，他这喜欢摸头的坏习惯到底是怎么养成的？

"那这个阵法，你能解开吗？"

斥侯有些遗憾地收回手，转头看了看那一路的阵法，皱了皱眉道："我只能看出这些阵法属于金系法阵，并不会主动攻击。之所以会出现灵剑，怕是尽头还有一个统御的大阵，我们此时看到的并不是阵法的全形。"

"也就是说不能解？"龙傲天有些急了。

"未见阵形，无法可解。"

"那怎么办？"时夏有些灰心，季寒之前说过里面就是暮玄仙府的最深处，也是她的最终目的地。虽然时夏不知道任务所说的修复是什么，但进去是必须的。

"也不是完全没有办法。"斥侯握了握她的手，接着道，"这个阵法隐含着一个择相阵，进入的人如果符合择相阵中的规则，这些阵法就不会发动。"

敢情这阵法还自带筛选功能啊？

"这种布阵手法有些像……"斥侯话到一半又停住，眉头皱成一团。

"恩人，快看！"龙傲天突然一脸惊讶地指向门内道，"烧起来了。"

只见门内火光大现，绿意的尸身燃起了蓝色的火焰，瞬间覆盖了整个身体。片刻之间她就化成了灰烬，就连满地的血迹也烧得干干净净。下一刻门上的"舍""得"二字突然亮了亮，直接从黑色变成了金色。

"舍得……莫非要舍弃什么才能进去？"龙傲天抓了抓头发，四处一看，突然道，"咦，旁边那个洞也亮了。"

时夏转头一看，果然旁边那个箱子般大小的入口也亮起了一排红色阵法，而且那些阵法是移动的，像是传送带一样往里面递进。

等等！金系，规则，筛选，传送带……她怎么觉得这几个词组合起来有点儿熟悉呢？可一时又想不起来是什么。

"快看，这上面也有字。"龙傲天指了指小入口的上方说道，"不过……这种文字我还从来没见过呢，不知道写的是什么。"

时夏凑过去，看清那两行字时愣住了，瞬间明白了之前的熟悉感从何而来。

只见那上面写着两行金灿灿的简体中文字：大包小包，请过机检查！

这明显就是安检的配置，左边的门是安检口，右边的是安检机，自带 X 光，而且是凶残升级版的。难怪斥侯说门内的阵法属于金系，安检门的全称可不就是金属探测安检门吗？

她想起刚刚的安全出口以及这整套安检设备，还有那简体中文字……这个仙府的主人也是穿越来的吧？

"恩人……"见她半天没有说话，龙傲天忍不住问道，"莫非您认得这上面的字？"

时夏点了点头。

"恩人果然学识渊博，居然连这种古怪文字都识得！"

"前"半文盲时夏撇了撇嘴。

"这上面说的可是进入里面的方法？"

"算……是吧。"她想静静！

时夏转身走到那个门旁边，直接朝里面伸出一只手。

"夏夏！"斥侯一惊，脸色都变了，立马一把把她的手拉了回来，"你……"

"我没事。"时夏扬了扬完好无损的手。她只是想做个试验。结果不出她所料，里面的阵法连一点波动都没有。

果然这个就是安检门，只对金属起反应。

斥侯冷着脸检查了好几遍她的手，没发现异常，脸色才缓和了一些，只是仍一脸不赞同地看着她。

"我知道怎么进去了。"时夏叹了口气，不管这个仙府的主人是不是也是穿越来的，先进去再说，"把你们身上的所有金属……呃，我是说所有金系的东西都拿出来，放到这个小的入口里，无论是法器还是普通的首饰，无论有无灵气，一件都不能留。"

说着她直接把手里的飞剑扔进了旁边的小入口，只见里面红光一闪，那剑消失了。她顺手把储物袋也取了下来，摸了摸身上揣着的"龙土豪"给的一锭银子，一并扔了进去。

"快扔啊，傻站着干吗？"时夏看了看站在原地的两人。

斥侯和龙傲天面面相觑，有些迟疑地瞅了瞅自己的身上。

"莫非……"龙傲天突然想到了什么，恍然大悟道，"这就是'舍''得'的含义？只有舍弃身上所有的财物，才入得了这门？"

"可以这么说吧。"安检门的原理解释起来有点儿复杂啊！

两人这才了然地点了点头，开始扔装备。斥侯还好，就手上有个储物戒指。龙傲天前前后后掏了半天，一会儿掏出一条金项链，一会儿拔下一个金戒指，还从怀里掏出了好几个金锭，更别说那一袋沉甸甸的银子了。

"你们确定身上完全没有金系物品了？"时夏仔细检查了一遍两人。

两人摇头。

她反复确认，这才放心，走到门边深吸一口气，正准备进去，斥侯却顺手把她拉到了自己身后，先她一步走了进去。

"我走前面。"他握紧她的手说，"你不要离我太远。"

也好，时夏点头，毕竟斥侯的修为最高。

果然，他们卸下了金属装备后，门里的阵法一点儿反应都没有，更别说发动攻击了。

他们就这么一路畅通无阻地走了进去，前行了几百米就出了那道布满阵法的门。

这是一间有着足球场般大的大殿，里面空荡荡的，只是在大殿的正中央有着一张古朴的木桌，木桌上面放着一个手掌大的盒子。那个盒子洁白如玉，十分精致，里面隐隐闪着金色的光，远远地都能感觉到那盒子中浓郁的灵气。

"那就是至宝'亦回轮'？"就连龙傲天这个武修也看得出盒子中的物品非凡，非传说中的"亦回轮"莫属了。龙傲天好奇地上前一步，想看看传说中能窥视过去、未来的法宝长什么样。

"等等。"时夏一把拉住了他，指了指门边的小出口道，"拿齐东西再走。"

"东西？"龙傲天一愣。

下一刻，小出口有红光一闪，啪的一下掉下来一把飞剑，正是时夏最先放进去的那把。紧接着，又是几道红光闪过，一件接一件物品从里面掉了出来。

"这……这些不是……"每个都是他们之前放进去的物品。

"傻站着干吗？快拿啊！"时夏招了招手。

斥侯乖乖地走了过去，拿起了自己的储物戒指。

龙傲天蒙了："这么拿走……没事吗？不是说要舍得吗？"

"放心吧……"她拍了拍他的肩膀，"好了，过去吧！"时夏将那些东西塞给他，这才走向大殿中央。

龙傲天跟了进去。三人直接走到了木桌前，周围的灵气更加浓郁。不知道是不是错觉，时夏觉得桌上白色盒子里的金光都亮了不少，显得有些刺眼，好似整个盒子都在说着"我是个宝贝"。

时夏没时间去管那个盒子，直接把手机掏了出来察看，却发现那个 App 一点儿反应都没有。

这里不就是"暮玄仙府"的最深处吗？为啥任务没有完成？时夏忍不住举着手机在大殿里游走起来，可结果还是一样。

"恩人，你这是干吗？"龙傲天疑惑地看着满屋子乱转的时夏。

"找信号。"

"信号？"龙傲天问道，"那是什么法宝，怎么从未听说过？"

"这个法宝可就厉害了……"她清了清嗓子，一本正经地开始编故事，"信号是一件功能强大，几乎无所不能的宝贝。江湖传说它是由'电信''移动''联通'三个顶级炼器大师合力炼制而成的十阶法宝。此法宝无形无相，却无处不在，一般人根本看不见。它还能根据主人的心意，自由使用3G、4G、5G这三种特殊灵气。"

"世上竟有如此厉害的法宝。"龙傲天整个人都惊呆了，四处看了一下说道，"那的确要赶紧找到，恩人既然如此了解这个法宝，可知道它具体藏在哪里？"

"废话，没看到我在爬柱子吗？"时夏举着手机，八爪鱼一样抱着柱子滑下来，"这个法宝，越高的地方出现的概率越大。"

"原来如此。"龙傲天恍然大悟，道，"恩人，要不我来帮你吧？"

时夏转手就把手机塞进他手里，嘱咐道："拿着这个，这是寻找信号专用法器，只要一靠近信号，这里面的法阵就会发生变化，加油！"

"恩人放心，我定尽力帮你寻到此'法宝'。"说着，他噌的一声爬上了另一根柱子。

时夏满意地点了点头。

"夏夏。"斥侯一脸疑惑地道，"你所说的那三位炼制'信号'的修士为何我从未听说？不知出自何门何派？"修仙界十级炼器师不是只有一个吗？

"呃，那是一个非常遥远而且古老的门派，你没听过很正常。"

"这个门派在何处？"斥侯继续道，"炼器向来只能融入一人的灵气，此三人竟然可以合力炼制一件法器，我倒想会会他们。"

"你见不到他们的。那个门派规矩众多，思想保守，他们不能随便出来。"

"那此法宝中特殊的灵气又是什么？我只知阴阳五行，从未见过'三机''四机'这种灵气。"

"呃，不要在意这种细节，世上未知的事情多了。再说你一个灵兽，又不能炼器，知道这么多也没用。"

斥侯愣了愣，没再继续问下去。

此时，勤奋的龙傲天已经把每根柱子都爬了一遍，结果手机还是半点儿反应都没有。

"恩人，这柱子上估计藏不了什么法宝，要不我们还是打开那个盒子看看吧？"他把手机还给她，指了指桌上的玉盒道，"这盒子一看就不寻常，若里面不是'亦回轮'，兴许就是那个名叫'信号'的法宝。"

时夏瞅了瞅那个盒子的位置，刚好放在这殿中最中心。难道这个任务一定要在最中心才能触发？

她拿起了盒子，龙傲天和斥侯也把视线集中在盒子上。盒子里的金光越来越亮，仿佛在催促他们赶紧打开一样。

时夏仔细看了看，过了一会儿才找到盒子旁边的机关，用力按了一下。随着咔嚓一声响，金光大盛，盒子缓缓地打开——这是一个散发着清香的空盒子。

"怎么会是空的？"龙傲天十分惊讶，"咦，里面还有一张字条。"他指了指盒子底部。

时夏仔细一看，盒子底下的确放着一张跟玉盒一样颜色的白纸。

她直接抠了出来，那白纸写着一行黑字，而且是中文简体，字迹看起来有点儿眼熟。

她不自觉地念了出来："宇宙第一大……"她念到一半又停住，猛地睁大了眼睛，不可置信地看着后面的内容，只觉得一道雷电轰隆一声砸在了头上，劈得她眼冒金星，嘴角忍不住一阵抽搐。

"怎么了？"发觉她神情有异，旁边的两人纷纷回头看向她。

时夏倒吸了一口凉气，一把抓住了龙傲天，激动地道："告诉我，你们说的那个无恶不作、心狠手辣的魔尊到底叫什么名字？"

龙傲天被她吓了一跳，却还是老实地道："魔尊就是魔尊啊！至于本名……他妹妹名为时夏，他应该姓时。"

"名字呢？名字！"

"呃，这我倒是不曾听说。"

"我知道。"斥侯突然道。

时夏心中一紧，又抓住了斥侯，催促道："快说，他叫什么？"

"他的确姓时，单字一个……"

"冬？"

"嗯。"

时夏只觉得当头一桶冷水泼下，心底唯一的那点儿侥幸吱的一下灭了。她转身无力地趴在木桌上，想静静！

龙傲天看着瞬间蔫了的人，问道："恩人，发生了何事？"

时夏苦笑道："我发现了一个残酷的事实，魔尊……真的是我哥！"

# 第五章　妹妹的真假哥哥

时冬!

时间的时，春夏秋冬的冬。时冬这个名字从二十八年前就跟她出现在同一个户口本上。他小时候揪过她的辫子，吃饭时偷偷抽走她的椅子，睡觉前给她讲过故事，上学时揍过给她送情书的男生。她的亲哥哥也是修仙界臭名昭著、人人喊打，还给她拉了满世界仇恨的炫妹狂魔。

以前她还觉得自己被冤枉了，谁知自己真的是魔尊的妹妹。

"这不可能! 魔尊可是百年前的人，怎么会跟你扯上关系? "龙傲天还是不敢相信。

时夏无力地扬了扬手里的字条，上面写着一行她倒着念都不会念错的字:

"宇宙第一帅，魔尊时冬，到此一游! "

"这纸上的确是我哥的笔迹。"这有些张扬的字体还是她十岁的时候盯着他练出来的，"魔尊真是我哥，亲哥! "

时夏没想到他也穿越到了这个世界，而且两人还隔了一百年的时差。关键是他穿越就穿越，安静地做个平凡人不行吗?

"他不是! "斥侯也不知道为啥突然就发火了，一把拉过时夏，看着她的眼睛，怒气冲冲地道，"他不是你哥! 你有哥哥……魔尊不是! "

时夏愣了愣，心想:我都没生气呢，你生什么气?

"乖! "时夏没有多想，安抚似的给了斥侯一个拥抱，"这事以后再说，我们离开这儿吧! "

她忙活了半天，没完成任务，而且所谓的"亦回轮"估计早就被老哥拿走了。她

103

这一趟算是白来了。

她正打算原路返回，身后却突然蹿出一道青影。她顺势侧身，正要闪开，手上却一空，刚刚还拿在手里的盒子不见了。

一阵疯狂的笑声自前方响起。一人御剑站在几十步开外的上空，笑得肆意而疯狂："亦回轮，亦回轮总算是我的了！"

"季寒！"时夏一惊，不知这人什么时候进来的，"咦，他的伤怎么好了？"

他原本穿胸而过的剑伤居然不见了。

"灵气暴增，杂乱无序。"斥侯皱了皱眉，沉声道，"他吃了狂灵丹。"

"狂灵丹？"

斥侯解释道："狂灵丹，食之会引起自身灵气暴动，一刻钟内修为如同提升了一个大境界，但过后会伤及经筋和元神，直至修为尽毁、元神消亡，无疑是自杀的丹药。"

"哈哈哈……有了这亦回轮，就算吃了狂灵丹又如何？"季寒越发疯狂，完全没了之前那温润之感。

季寒一遍遍抚摸着手里的盒子说道："亦回轮，有了这亦回轮，可以穿梭时空，又有什么法宝得不到？哈哈哈哈……"

他一边狂笑着，一边迫不及待地打开了盒子……

"怎么会是空的？你们要我！"季寒狠狠地瞪向三人，凶狠得像一头随时要择人而食的野兽。

"那个盒子本来就是空的。"时夏摊了摊手，实话实说。

"胡说！"季寒显然不信，一掌拍碎了手里的盒子，唤出千万把灵剑朝他们扑了过去，"把亦回轮给我！"

时夏下意识地退了一步，只觉得漫天剑气扑面而来，瞬间呼吸困难，胸间一阵气血翻腾。季寒攻击的力度跟之前完全不同，此时整个大殿仿佛都弥漫着让人不能反抗的威压。她突然想起，那狂灵丹可以提升一个大境界，季寒本来是金丹，那现在是……元婴！

龙傲天直接吐出了一口血。时夏退了一步，喉间一股腥甜瞬间也涌了上来。

"夏夏！"斥侯一惊，伸手扶了她一把。一股柔和的灵气进入她体内，那股压抑恐怖的感觉顿时消失。

斥侯转头看向空中的季寒，整个人仿佛瞬间覆上了一层千年寒冰，声音更是冷得彻骨："你敢？！"

话音刚落，一股寒冷的气息从他的身上迸发出去，满天的灵剑瞬间化为飞灰，整个大殿顷刻间遍布寒冰，转瞬冰封。

季寒下一刻已经喷出一口血，从空中掉了下来。他甚至还没反应过来，已经灵气全消，丹田碎裂。

"你……你难道……"他一副难以置信的表情。

时夏也吓了一跳，疑惑地看着满目的冰层，心想：斥侯不是火狐吗，什么时候转冰系了？

她还没来得及问，龙傲天突然惊恐地指着前面说："恩人，快看那里！"

只见之前被季寒拍碎的盒子碎片突然变成黑色，一片片自动飞了起来，在空中聚合成形。不一会儿，空中出现了一个六角星模样的玉璧，一半黑一半白，并发出了两种截然不同的光。那光极为特殊，一半亮得刺眼，一半却漆黑如墨，顷刻笼罩住整个空间，大殿一时间分成了一黑一白两个世界。

"这是什么？"斥侯眉头紧皱，神色凝重了几分。

这截然不同的两种光没有持续多久，也就十几秒的样子，突然咔嚓一声，空中刚刚才组合起来的玉璧裂开了……

时夏只觉得心底咯噔一下，没来由地有些心慌。

碎裂声越来越大，一道道裂痕像是凌空划出的道道口子，玉璧里面有什么正蠢蠢欲动，令人心悸的气息从里面传了出来。

"虚空裂痕！"斥侯神色一凛。

"虚空？"时夏愣了愣，穿越时空的那个虚空吗？那不是化神以上修为用全力才能打开的入口吗？裂痕又是什么？

斥侯的神情从未如此凝重，他一边双手结印，一边交代她："夏夏，离开这里，快！"

"啊？"

他却没时间解释了。那块黑白玉璧彻底碎了，空中顿时出现了一个六角星状的缺口。四周开始扭动，一道道黑白相间的气流从里面奔涌而出，猖狂地扩散开来。

这是……混沌之气！

斥侯手中的阵法同时成形。三道金光闪过，三个复杂的金色法阵出现在缺口的周围，封住了那个缺口，也挡住了那些气流。可是阵法的效果有限。不久，阵法开始扭动变形，眼看着就要被里面的黑白之气冲破。

一股腥甜之气涌了上来，斥侯的嘴角溢出了一丝血。

"斥侯！"时夏吓了一跳。

"离开这儿。"斥侯的语气愈加急促了，"快！不然你会被卷入虚空裂痕中的虚无之地，再也回不来。"

"那你呢？"

"我？"斥侯愣了一下，顿时扬了扬嘴角，眉眼眯成了一条线，"放心，我可以封住这个裂痕，不会有事的。"

"真的没事？"

"嗯。"他直直地看着她的眼睛，重重地点头。

地面晃动得更厉害了，上空已经开始坍塌，地面开裂，就连石柱都轰隆一声倒了下来。

时夏知道留下来也帮不上忙，便咬咬牙，拉起龙傲天就朝出口跑去。她才跑了没几步，一块石头砸了下来。她顺手把龙傲天推了出去，自己退后一步躲开，道："你先去出口，我马上来。"

"可是……"

"你身上金系物品太多，先去出口等着，我一会儿就过来！"

"哦哦，也对！"龙傲天明白过来，这才跑了出去。

时夏咬了咬牙，终究还是转身跑了回去。道理她都懂，但扔下队友跑路这种事，她做不出来。

"夏夏！"斥侯不可置信地看着去而复返的人。

"不是要封印吗？"时夏看向空中的三个阵法，只剩下两个了，忙道，"说吧，我能做些什么？"

"别胡闹！"斥侯皱眉催促道，"只有九转玄天阵能封住虚空裂痕，你帮不上忙的，赶紧出去！"

"要走一起走。别以为你是化神，就可以小看炼气！"

"化神……你知道了！"斥侯愣住了。

"你真当我傻啊？"时夏白了他一眼，懒得跟他打哑谜，"哪家的火系灵兽会突然用冰系法术，而且对修士的事懂得比人修还多？！"刚刚他对季寒使用冰系法术的时候，她就猜出来了。

"麻烦你下次骗人的时候想个好些的名字好吗？斥侯，后池，这就是一道送分题！"还有你那些捏脸、摸头的小动作，你就不能忍忍吗？

斥侯，不，后池的眼神霎时间柔和起来，眼中满满的都是欣慰和感动。妹妹认出他了。他好开心、好激动，好想告诉全世界！

"夏夏……"后池刚想伸手抱她，旁边却蹦出个程咬金。

"恩人……"

时夏一惊："你回来干吗？"

"我也没办法啊！"龙傲天欲哭无泪，"我本来想去门口等你们，可刚扔掉怀里的银子出口就塌了。"

"出口塌了？"

"嗯。"

好了，这下谁也别想出去了。

时夏抬头看向空中，第二个阵法已经快被混沌之气冲散了，另一个也岌岌可危。

"后池，现在该怎么办？"

"后池是谁？"龙傲天疑惑地说道，"他不是叫斥侯吗？"恩人怎么总喜欢给人改名字?

时夏回头瞪了他一眼："你不需要知道。"

"哦。"他乖乖闭嘴。

"我如今只有一缕神识，只能施展一次九转玄天阵，且需直接布在裂痕上，才能完全封印，但……"后池的神色凝重起来，那个缺口周围都是混沌之气，就算他现在布阵也会立即被混沌之气击散，更别说是封印裂痕了。

"我能做什么?"

虽然妹妹主动要求帮忙，但要是累坏了怎么办? 他心疼!

他纠结一番后才道："你的灵气最纯正，与这混沌之气也算同宗同源。你只要朝缺口释放灵气，混沌之气就会散开。"

"就这么简单?"时夏有些怀疑。刚刚他说现在只有一缕神识，也就是说他本人不在这儿，只是将神识附在了火狐的身体上。他以金丹期的身体使用化神期的法术，真的没问题吗?

"用了这个阵法，你不会有事吧?"

"无妨。"他的眼睛一下亮了，他忍不住捏了捏她的脸，"哥哥会保护你的。"

时夏拉下他的手，心底无端生出一股别扭感，这个突然冒出来的"便宜哥哥"对她好得过头了。

"开始吧!"时夏深吸了一口气，调动全身所有的灵气。

后池点了点头，手中的法诀一变，上空唯一剩下的金色法阵直接解开了。没了法阵阻挡，一黑一白两道混沌之气开始疯狂地朝周围肆虐，地面晃动得更厉害了。墙上的裂缝越来越大，蔓延至整个大殿。

时夏看准时机，直接把所有灵气释放出去，呈圆弧状朝那个六角星状的缺口而去。刚刚还狂乱的黑白之气直接被弹开，在她与那缺口之间划开一条道来。

"后池。"

"要叫哥哥!"后池扬了扬嘴角，手中的法阵早已结印完成。瞬间，五条白光顺着她以灵气开出的路直飞而上，在虚空裂痕的四周汇聚成一个五角星的阵形。一串串法符出现在阵形上，白光大盛。阵边的五个角上更是突然出现了几把晶莹如冰雪的巨大灵剑，紧紧围绕在缺口周围。

阵成! 刚刚还地动山摇般的震动瞬间停止。

时夏长舒了口气，全身的力气像被抽空了，疲惫感席卷全身。她突然看到旁边的"便宜哥哥"晃了一下，条件反射地一把扶住了他，自己也脚下一软。

眼看着两个人都要摔倒，龙傲天跑出来扶住两人："你们没事吧?"

"我没事!"时夏摇了摇头，转头看向旁边的人："你呢?"

后池顺势摸了摸她的头说道："无妨。"

"你的头发……"时夏一惊，他一头乌黑的头发正以肉眼可见的速度变红。

"无事，这个身体的发色本来就是红色。"

"可你的头上冒出尖耳朵了。"

"无须惊慌，哪只火狐不是尖耳朵？"

"不是，你的尾巴也出来了！"

"没事，哪只火狐没有尾巴？"

"可你全身都在发光啊！"

"宽心，一会儿就不亮了。"

"后池……"

"乖，要叫哥哥。"

"你不会要变回原形了吧？"

他讨厌这个用一次阵法就会耗光所有灵气的身体！

"你干脆直接变回狐狸吧。"时夏建议道。

"不必。"他要做个伟大的哥哥，才不要让妹妹看到他丢脸的样子！

"那就把神识收回去。"

"不行。"他走了，妹妹又被拐跑了怎么办？

"我还有点儿灵气，传给你吧！"

"不好。"好哥哥不会让妹妹受一点点伤。

时夏无语，心想：你到底要怎么样？

算了，她还是先想办法逃出去吧！时夏叹了口气，站了起来。

"恩人……"龙傲天有些后怕地指了指前面耸立的发着白光的巨大灵剑道，"这些剑这么大，你说……不会也塌下来吧？"

"胡说什……"

"咔嚓"一声断裂声划破大殿，五把灵剑瞬间折断！

阵法反噬，后池张口吐出一口血。

"后池！"时夏心间一紧，连忙又坐了回去。

"这不是虚空裂痕。"他身形不稳，单手撑在地上。

"不是？那是什么？"

虚空裂痕根本不可能冲破九转玄天阵，而且他隐隐从那个缺口中感受到一丝天地法则的气息。

不到一分钟，阵法全面崩溃。无数碎石掉落，又全被吸入那个黑洞般的缺口之中。

原本被她的灵气驱散的混沌之气又开始暴乱，而且比之前更多，目之所及都是狂乱飞舞着的黑白气流。

后池的神色越发痛苦，他像在极力地压制着什么，额头上全是豆大的汗珠，血不断地往外喷。

"你别吓我啊，到底怎么了？"时夏彻底慌了，扶着他的手都发起抖来。

一股强大的吸力从空中那个六角星状的缺口传来，似乎瞬间打开了一个黑洞，地上的冰层、坍塌的石块纷纷旋转着朝那黑洞飞去。

那个洞吞噬着方圆十几米内的所有东西，地板砖被一层层掀了起来，并急速往外扩张。眼看着他们脚下的砖也开始松动……

"快跑！"

时夏一惊，拉起后池连忙往后退，可还是慢了一步。她感觉身体突然一轻，一股巨大的吸力从背后传来，一个没站稳，整个人飞了出去。

"恩人！"龙傲天一把拉住她的手。他原是想把她拉回来，却连自己也卷了进去，随着她飞了出去。

后池及时唤出一条藤蔓缠住了龙傲天的脚，拉住了空中的两人，再结出一个阵法把自己定在原地。一时间，三人飘在了空中。

地上的石块全被吸了起来，朝黑洞飞去，由于三人动不了，那飞起的石头全砸在了位于中间的龙傲天身上。

龙傲天被砸得吐血，喷了她一脸。他还不敢放手，死死地拽住了她的手。时夏隐隐听到了咔嚓一声，他的手直接脱臼了。

"恩人，抓紧了！"他咬着牙坚持，朝她伸出另一只手，想要把她拉回来。

时夏正要伸出另一只手，回头却看到了更吃惊的一幕——控制着藤蔓正把他们往回拉的后池身上出现了一道道伤口，原本一身白衣的他已经成了血人。

"后池！"时夏吓了一跳。

后池抬起头看向她，扬了扬嘴角道："别怕，哥哥……这就来救你。"

他的身上怎么会突然出现这么多伤口？莫非是……混沌之气？孔阳说过，混沌之气可吞噬所有有灵之物，修为越高，反噬越大。后池现在的身体在金丹期，神识最少是化神期。四周的混沌之气越来越多，这样下去后池会跟当初掉下崖的老头一样……

时夏急得想杀人，为什么做哥哥的都这么不让人省心啊？她该怎么办？

"恩人，你就别乱动了，会被吸进去的！"夹在中间的龙傲天欲哭无泪，"那个洞看起来只有巴掌大，威力却很惊人，我们掉进去就完了。"

"你说什么？！"时夏一愣。

"我说这洞是修补不上的。"

"修补……修复！"时夏灵光一闪。手机上出现的任务内容是完成修复，难道指的就是这个洞？可她拿什么修？

龙傲天说得没错，这个六角星的洞看着虽然小，但……

等等！六角星……她突然想起了被手机吸进去的那本《混元秘籍》，连忙把手机掏了出来，打开 App 上的物品栏，一个六角星状的徽章从手机里飘了出来。除了小了一圈，它的形状跟那个黑洞一模一样。

"我知道怎么回事了。龙傲天，你快放开我。"

"啊？！"龙傲天惊恐地说道，"我松开，你会被吸进去的。"

"没时间解释了，松开。"她直接用力甩开了他的手。

"恩人……"

她感觉身形一轻，整个人朝黑洞飞了过去。她看准时机，直接拿起手机里的六角徽章朝那黑洞上一拍，只听得耳边啪的一声，徽章瞬间扩大，直接完美地镶嵌在了缺口上，吸力瞬间消失。

徽章的周围出现一圈金光，原本银灰色的表面似乎闪现了一排电脑源代码般的绿色数字，转瞬即逝。下一刻徽章从空中消失了，就像那个黑洞从来没出现过一样。

时夏失重，直接从上面掉了下来。

叮！手机响了一声，上面出现一行绿色的字：任务完成！

她一个鲤鱼打挺爬起来，狂奔向后池。那两个人已经躺在了地上。

"后池，龙傲天！"时夏的声音不由得抖了起来。龙傲天还在吐着血，刚刚拉住她的那只手已经扭曲成一个诡异的弧度，一看就受伤不轻。后池就更严重了，浑身是血，呼吸更是微弱。最终他再也撑不住，彻底变回了狐狸。

"后池！后池！"时夏叫了几声，地上的狐狸都没有反应。可即使是这样，狐狸身上的伤口还在持续增多，皮肉外翻，深可见骨，连尾巴都断了两条。

"怎么会……这样？"龙傲天强撑着爬起来，喘着粗气担心地问，"上面那个洞不是……没了吗？为什么他的伤口还是……越来越多？"

"是混沌之气。"时夏闭了闭眼，"修为越高，反噬越大。"

那个缺口虽然封住了，但里面出来的混沌之气没有消失，甚至遍布整个空间。再这么下去，后池的结局会跟那些从崖顶掉下来的老头一样。

时夏抬头看了看上方，黑洞刚刚引发的地震直接把整个地下仙府震开了，上方出现了一条近一米宽的裂缝，远远地能看到天空。出口是有了，可是从这里到上面的路，中间全是浓郁的混沌之气，等她爬出去，估计后池的坟头草都有一米高了。

时夏深吸了一口气，冷静冷静，一定会有办法出去的。

"你说的是这些黑白的气体……那为何我没有任何感觉？"龙傲天问。

"混沌之气吞噬所有有灵之物，你不是仙修，自然没事。"

"可恩人您也没事啊！"

"对哦！我为什么没事？"她虽然修为低，混沌之气的反噬不厉害，但也不可能一点儿事都没有啊！当初孔阳也是在炼气期掉下谷底的，也受了伤。这是为什么？

难道她有什么特殊的地方？

灵根！刚刚后池说过，她体内的灵气与混沌之气同宗同源，难道说……？

时夏抬头看着到处乱窜的黑白气体，咬了咬牙，决定试试再说。

她把龙傲天和后池扶到混沌之气最稀薄的角落，嘱咐道："龙傲天，帮我看着后池，我来解决这些混沌之气。"

龙傲天迟疑了一下才重重地点头道："恩人小心。"

时夏转身朝混沌之气最密集的地方走去，盘腿坐在中间，平心静气，放开意识全心感应着周围的一切，然后直接引气入体。没错！她想到的方法就是把混沌之气引入体内。如果她没猜错，混沌之气本来就是阴阳两股灵气，阴阳相克，所以这两股灵气同时出现，才会有这么大的杀伤力。她的灵根属阳，如果把混沌之气中的阳灵气全部吸收，那么剩下的属阴的那部分灵气没了对手，暴乱自然就停止了。

时夏集中精力，能感应到那黑白气体上浓郁得几乎要变为实体的灵气，白色的部分让她觉得十分亲近，黑色却让她觉得厌恶。更惊人的是，四周各种颜色的五行灵气也逐渐受到这两种灵气的影响，居然开始聚积并转换成黑白灵气。这样下去只怕混沌之气会越来越多。

她没有犹豫，直接牵引那些白色的灵气入体，一时间大量灵气涌入她的丹田。不到一刻钟，丹田被填满。丹田内那颗龙珠开始发出白色的光，大量灵气进入下方的灵根幼苗，幼苗开始急速生长，原本只有三片叶子，很快又冒出两片。灵气还在持续增多，但灵根幼苗却似不堪重负，没有继续生长，枝叶上反而出现了一道道裂痕。她的修为本来就是炼气五层，之前收服火狐的时候掉了两层，此时在浓郁的灵气浇灌下回到以前的修为很正常，但如果要继续提升就很困难了，正所谓欲速则不达。

但她现在哪顾得上这些？她能做的是把尽可能多的阳灵气引入体内。

灵根幼苗上的裂缝越来越多，一股剧痛袭上全身。时夏咬着牙不敢停。

与此同时，她的身上也如灵根一般被暴增的灵气弄出一道道伤口，血流满面。但她痛着痛着就没感觉了，体内的灵气越来越多，浮在灵根上方的龙珠开始像陀螺一样疯狂地旋转起来，发出的光越来越亮。正当她以为龙珠要碎掉时，那幼苗上却突然长出了第六片叶子！之后，灵气进入的速度瞬间快了一倍，紧接着，第七片……第八片……第九片……第十片……她的修为也开始暴增，炼气七层……八层……九层……直至大圆满！

灵根幼苗晃动起来，灵气从苗上的裂缝之中透出来，朝着整个丹田与全身的经脉游走。时夏能感觉到全身的经脉都在开裂，血跟汗一样哗啦啦往外冒，全身肿得难受，连呼吸都似乎被阻隔了，意识有些模糊，心底涌上一股倦意，好想就此闭上眼，什么都不管。

不行！她还有好多事情没有做完，还不能放弃！她咬牙死撑着最后一丝意识，开始回想各种提神醒脑的语句：宝剑锋从磨砺出，梅花香自苦寒来；不经一番寒彻骨，怎得梅花扑鼻香……

经脉的灵气越来越多，整个丹田都是白色的灵气，而灵气还在疯狂地进入。就在她感觉要被撑死的时候，隐约听到咔的一声，像是什么破开的声音。刚刚还塞得满满的丹田瞬间扩大了十倍有余。

原本的小幼苗长成了一棵小树苗，就连她全身所有的经脉也扩张了不少。她全身的痛都消失了，灵气进入的速度瞬间快了不少，甚至不用引导就开始疯狂地往她的身体里钻。灵气越积越多，小树苗也越长越粗。直到灵气再次把这个扩大的空间填满，树苗已经有手腕粗了。

熟悉的肿痛感又来了，时夏隐隐知道自己已经筑基了，而且是筑基大圆满。可这灵气怎么还没吸收完，接下来不会是要结丹吧？结丹要怎么结？启学堂老师还没教到那里。她正担心着，疯狂涌入的灵气突然停了下来。她立马停下引气入体，浑身是血地瘫在地上，大口喘着气。

她睁眼一看，果然那疯狂乱窜的黑白气体不见了。混沌之气消失，四周只剩下一片昏暗，她松了口气。

龙傲天撑着受伤的身体，抱着手里的狐狸，一瘸一拐地走了过来，一脸担心地唤道："恩人，恩人！"

"放心……"时夏看了他一眼。

龙傲天松了口气，抬头看了看头顶的裂缝说道："这里快塌了，我们要赶紧出去。"

四周的石头滚落下来。

这已经不能算祸不单行了，又是黑洞，又是混沌之气，还来个山体滑坡，偏偏她动都动不了。她上辈子是毁灭了世界吗？

"恩人抓紧了，龙某带你们出去。"唯一还有行动力的龙傲天把手里只剩一口气的狐狸塞给她，然后直接把她背在背上，还用地上的藤蔓牢牢地捆了一圈，费力地扛着一人一狐，朝着顶上的裂缝爬去。

不得不说，龙傲天确实是个讲义气的真汉子，明明自己伤得站都站不稳了，一只手还断了，却咬牙坚持背着一人一狐，硬是凭着毅力和武修强劲的体魄爬到了出口。要不是他每爬一步就吐一口血，她都要以为他的伤只是错觉了。

解开藤蔓的那一刻，他才像用光了一生的气力般瘫在了地上。他的手脚血肉模糊，眼睛泛白，连呼吸都微弱了，仿佛下一刻就会死去。

时夏咬牙忍着经脉扩张后入骨的疼痛，硬是给他输了一丝灵气，见他缓过气陷入昏迷，才放了心。

看着蔚蓝的天空，她长长地舒了口气，总算安全了。

她的意识刚要抽离，一道轻灵的女声突然响起，强大的威压瞬间朝她席卷而来："没想到真有人可以从那个仙府出来，也不枉我千辛万苦找来那本古籍。"天上出现了一个一身紫衣的女子，看了地上的两人一眼，眼里闪过一丝诧异，"咦，竟然不是岐山派的弟子。"

原来季寒他们所说的古籍地图是这个人给的。

"也罢，谁拿到都一样。"她皱了皱眉，冷笑一声，"乖乖把亦回轮交出来吧！"

又是亦回轮！到底是谁说那仙府里有亦回轮的？他们只找到个空盒子而已！

"怎么，你不肯？"见时夏没有回答，女子冷哼一声，"罢了，反正你们都要死了，我就自己来拿！”

说着她扬手一挥，瞬间唤出一条熊熊燃烧的火龙，朝着地上的两人飞了过来。

眼看他们就要被火龙吞噬，突然平地竖起了一道冰墙，直接把火龙冻在了里面。满天的灵剑像是下雨一样哗啦啦往下掉，直接把时夏几人围了起来，一个防御剑阵瞬间成形。

紫衣女子一愣，下一刻一把灵剑直接穿胸而过。她吐出了一口血，脸色唰的一下白了，一脸惊骇，顾不得探查是谁，更管不了身上的伤，转身御剑逃走了。

远处飞来一道熟悉的身影，一身白衣如雪，还是那张世人都欠了他八百万的冷脸，脚步却分外急切。

原来……怪不得那只火狐没反应了。

时夏松了口气，彻底地陷入昏迷。


时夏再次睁开眼睛的时候看到了一个猪头，而且是青一块紫一块、不新鲜的那种。她吓了一跳，直接一拳揍了过去。

“哎呀！”猪头发出一声痛呼，一屁股坐在地上，“喂！你怎么打人？”

“毕鸿？”这不是后池那个喜欢装老头的胖徒弟吗？

“你的脸怎么了？”他的脸肿了，而且泛着青紫，不怪她刚刚错认成猪头。

“你还有脸问？还不都是你害的！”毕鸿气呼呼地爬了起来，指着她数落起来，“你好好地待在秀凌峰不行吗？乱跑什么？还一走就是一年！不然我师尊至于对我下这么重的手吗？”

“这里是秀凌峰？！”

“你以为呢？”毕鸿白了她一眼，得意地说，“你伤成那样，要不是有我师尊在，加上我的千年玉灵莲，以你炼气五层就敢强行筑基的行为，别说是保住修为了，能保住命就不错了。”

时夏这才发现自己的身体全好了，就连体内之前还不稳定的灵气也安静了。她仔细瞅了瞅毕鸿，疑惑地道：“你不是化神期的修士吗？自己治不就得了？”这伤应该很容易治好吧。

“你以为我不想吗？”他的脸上顿时写了“哀怨”二字，“师尊封了我的灵力，还用了定颜咒，老子顶着这张脸快一年了！”而且只要毕鸿敢找人解开，师尊就再揍回去。

“呃……”时夏四下看了看，问道，“咦，龙傲天呢？就是跟我一块的那个肌肉男。”

“你是说师尊顺手捡回来的那一坨？”

一坨？

“扔出去了。”

“扔？”时夏一下站了起来。

"他又不是我们秀凌峰的人，当然不能待在这里。"毕鸿道，"师尊捡回来后就把他扔给掌门元照看着了，他伤得没你重，估计早就活蹦乱跳了。"

时夏松了口气，人没事就好。她试着调动灵气检查身体，虽然新生的经脉很脆弱，但灵气已经可以运转自如了。她突然想起在仙府中发生的事，四下望了望问道："后池呢？"

"师尊闭关了。"

"闭关？为什么突然闭关？"

"还不是因为你？"毕鸿瞪了她一眼道，"要不是为了救你，师尊根本不用出去，哪用得着耗尽心力重新加固锁魔阵？"

"啥意思？"时夏一愣，什么加固？

"你不知道师尊是不可以离开玉华派的吗？"

"为什么？"这个她真不知道。

"你知道锁魔阵吧？"他指了指不远处的一座浮峰道。

"上次元吾引开你们时所说的那个阵法吗？"

"对。"他点头道，"那阵里封印上古魔兽，传说有吞噬天地之能。那阵是师尊布下的，而且他本人就是阵法的阵眼，一旦离开，阵法就会崩溃，修为如我师尊，也会受到严重的反噬。这回师尊为了救你，强行去了怅醚森林，还好及时返回，不然还指不定出什么事呢。"

原来是因为她。时夏心里有些发堵，说道："我去找他。"


此时的后池正在郁闷地挠墙，因为他居然让妹妹在眼皮子底下受伤了！时冬说过，保护妹妹的安全是哥哥的第一要务。

可他连最基本的都没有做到。瞬间"不合格"三个字压得他喘不过气来……

上次她被人从秀凌峰带走后估计就生了他的气，迟迟不肯回家，所以他才把神识附在那只妖狐身上，一方面方便保护她，另一方面方便把人劝回来。

知道她要去暮玄仙府，他也没有反对。那个地方他知道，时冬有段时间天天窝在那里，里面的机关阵法早已被拆得不成样子了。他本以为自己跟着，妹妹不会有什么危险，没想到……

为什么时冬要留下那样一个奇怪的盒子？

为什么盒子可以打开蕴含天地法则的缺口？

为什么那个缺口刚好可以压制他的神识？

为什么六阶妖狐的身体会那么不堪一击？

为什么他已经拼命往那儿赶了，还是晚了一步？

为什么连老天爷都要阻止他带个妹妹回家啊？！

经过这件事，妹妹一定对他失去信心了，一定是的！

她已经开始讨厌他了，一定是的！

她绝对以为他不如时冬，一定是的！

她可能不想认自己当哥哥了，一定是的！

后池越想越难过。只要一想到妹妹又会回到时冬的身边，后池就觉得心肝都疼，挥着手使劲挠墙，挠着挠着墙就被挠穿了……

破洞外正好站着来找他的时夏。

两人怔怔地看着对方。

0.1秒后，后池迅速地把手背到了身后，站得笔直，脸上霎时间恢复了那冰冷、高高在上的表情。

"找我？"

"啊？"时夏愣了愣，这才回过神走了过去。

她瞅了瞅墙，问道："这个洞是……？"

"屋里灵气不畅，开个窗！"

"哦……"她总觉得哪里不对。

时夏看着面前的洞问："你不会要这么跟我说话吧？"

后池愣了愣，这才转身打开门走了出来。他走得慢吞吞的，心里悲伤不已，如果她要断绝兄妹关系怎么办？

时夏满心疑惑，难道他是因为受伤了才走得这么慢的？她瞬间觉得十分愧疚。

"毕鸿都跟我说了，你没事吧？"她忍不住上前，拉着他在石椅上坐下，将他仔细检查了一遍。

"已经无妨了。"后池摇了摇头。

见他确实不像受伤的样子，时夏这才松了口气，真诚地道："谢谢你救了我。"

"嗯。"他习惯性地摸了摸她的头，脸上仍旧冷冰冰的，但眼神格外专注。

时夏心间一动，忍不住抓住他的手问："后池，你……为什么对我这么好？"

他看了她一眼，理所当然地道："我是你哥哥！"

时夏愣住了，心底顷刻间变得软软的，不自觉地就笑了起来。她忍不住一把抱住眼前的人，说道："没错，你是我哥哥……哥，谢谢！"

他没有说话，继续摸着她的头，眼里放光。

"对了，你之前为什么要把神识附在妖狐身上？"

"当日你发动的契约约束不了妖狐，失败的话，会受到阵法反噬。"他沉声道。

"你将神识附在妖狐身上是为了救我？"

"嗯。"

搞半天，原来她的契约阵压根就没有成功。

"你那天为什么刚好会在森林呢？"

"不是那天。"他摇了摇头道，"我一直都在。"

"啊？"这是啥意思？

"自仙凡交界的密林开始。"

密林？那不就是她爬上悬崖的时候？

"你一直跟着我？"

"门派弟子向来筑基后才会出门历练，你修为太低，独自在外行走，我怎能放心？"

"算了，不说这些。后池，我有很重要的事想问你，你……"

"我不同意！"她话还没说完，他一下站了起来，说话的时候身上寒气四溢，"你是我的妹妹，永远都是！"断绝关系什么的，他绝不答应。

"啊？"时夏疑惑地道，"我只是想向你打听些事……"

后池愣了愣，瞬间收回寒气，立马坐了回来："你问吧。"

原来夏夏不是来断绝兄妹关系的，太好了！瞬间，他整个人都活过来了。

时夏看着眼前这个前后反差巨大，眼里还闪着光芒的人，忍不住伸手掐住了他的脸，用力地往外一拉。

"夏夏？"后池歪了歪头，却没有半点儿怒气，整个人看着相当好欺负。

时夏只觉得心里叮的一下，有什么疑问解开了。后池的内心不会住着一个小公主吧？

她好像发现了什么了不得的事！


从暮玄仙府回来后，时夏的手机就没了反应。

她把手机里老哥的照片拿给后池。后池确认，魔尊的确是她的亲哥！

可老哥为什么要留下那个盒子，他跟她手机里的任务又有什么联系？她有太多疑问了。看来只有找到他本人才能了解真相。

毕鸿说魔尊时冬已经消失一百年了。无论他是失踪了，还是已经穿越回去了，她都有必要把事情弄清楚。如果他消失了，她就把他找出来；如果他回去了，那就证明还是有穿越回去的方法的，她更要弄清楚了。

至于当初把她扔下悬崖的元吾，毕鸿说从她不见的那天元吾就失踪了。时夏隐隐觉得不对劲，但又说不出个所以然来。

她向后池打听了一下魔尊的事，才知道魔尊最后一次出现的地方是无妄境。

"啥叫无妄境？"

"这是东海以南的一处秘境，"后池回道，"每五十年打开一次，元婴以下的修士可进入其中。"

"元婴以下？你不是说魔尊的修为是化神期吗？魔尊是怎么进去的？"

后池摇头道："那日他确实说要去无妄境，但至于最终有没有去，是如何进去的，我亦不知。"

"不管怎么样，我得去看看。"她又问道，"下一次无妄境打开是什么时候？"

"五年后。"

"这么久？"时夏有些泄气。

"历来进入无妄境的皆是金丹修士。"后池看了她一眼，说道，"对你来说，还太早。"

"那我从现在开始好好修炼。"上次她因祸得福，一口气把修为提升到了筑基后期，下一步应该就是结丹了。只要在五年内结丹，她就可以进去了。

"你如今还不能结丹。"

"为什么？"

后池皱了皱眉道："你可内视过自己的经脉？"

内视经脉？时夏摇头。

"你一看便知。"

时夏当即盘腿坐下，闭上眼睛，静下心内视。不看不知道，一看吓一跳，她这才发现自己全身的经脉包括丹田，全都薄得跟纸片一样，仿佛如果灵气运转得快一些，经脉就会被戳破。

"你以炼气五层的修为强行筑基，修为自然不稳。"后池沉声道，"当务之急是要尽快闭关，稳定修为，否则……"

"真的没有结丹的希望吗？"时夏觉得整个人都不好了。

看她一副失望的样子，后池忍不住握了握她的手，安慰道："还有五年时间，现在开始巩固修为的话，或许……可行。"

"真的？"时夏眼睛一亮，"那我现在就开始闭关。"

"嗯。"

经过这次暮玄仙府的事，她深深地了解到在修仙界学好法术、增长修为有多么重要。

后池主动提供了一个闭关的洞府——毕鸿的！后池还把运行灵气、巩固修为的方法教了她一遍。

时夏闭关前，龙傲天来看过她一次，他的伤已经全好了，决定先回龙城。

时夏没有拦阻，顺手把当初后池给她的武修心法转送给了龙傲天。原先的《混元秘籍》只能到筑基期，现在这本却可以到金丹期。

龙傲天也没跟她客气，一脸感动地收下了。他还拍着她的肩膀，嚷嚷着要跟她结拜为兄妹，却被不知道从哪儿冒出来的后池一巴掌拍下山了。

时夏开始正式闭关，谁知道这一闭关就是三年。


三年后。

再次睁开眼的时候，时夏吃了一嘴的灰，成了一个泥人。她的身上全都是灰尘，

117

还隐隐散发着一股臭味。她有些受不了，拉开门走了出去。

"夏夏。"后池出现在门口，还是一张面瘫脸，只是眼睛发亮。

他面无表情地朝她伸出两只手。以前她可能不懂他啥意思，但自从知道他内心住了个小公主后，立刻明白了他这是——求抱抱！

时夏瞅了瞅一身的灰，问道："你确定？"

"夏夏……"他仍举着双手。

好吧，时夏直接抱了上去，特意用力地拍了两下，让身上的灰尘飞得再肆意点儿，让"芳香"散发得更浓烈点儿。

"我出关了！"

"嗯……喀喀……出来就好……喀喀喀……"

后池捏了去尘诀，她身上的灰尘瞬间消失了，难闻的气味也消失了。她顺手推开后池，拉了拉亮白如新的衣服，懊恼自己怎么忘了去尘诀这么方便的法术了。

"后池，我现在可以结丹了吧？"只有两年了，她得抓紧时间达到及格线。

"要叫哥哥！"他伸手帮她理了理额边的发丝道，"结丹还不行。"

"为什么？我的修为不是都稳定了吗？"

"你以为结丹跟种白菜一样简单吗？"毕鸿不知道从哪儿冒了出来，斜着眼瞅了她一眼道，"一入金丹，仙凡别！要结丹，就得修习一门与灵根相符的心法，你可有相对应的心法？"

"心法？那是什么啊？"

经过毕鸿的介绍，时夏才知道所谓的心法是修士针对体内的灵气制定的一套运转规则。灵气各不相同，有了心法才能更好地运用各种法术。

那么问题来了，她该修习什么心法？这个世上从来没有出现过纯阳灵根的人，所以压根就没有适合她的心法。

"没关系。"后池有些心疼地摸了摸她的头说道，"你灵根特殊，其实任何一种心法都是可以修习的，只不过单修其中一系属性的话，其他法术会削弱不少。"他继续道，"你的修为刚刚稳定，不必着急。而且，虽说你还是筑基期，但若潜心修习，就算没有心法，也不是没有强过金丹的术法。"

"筑基期有强过金丹的术法？"

"嗯。"

"师尊，你不会是想教她《落星辰》吧？"毕鸿惊讶地插话道。

《落星辰》很厉害吗？

后池上前一步，伸手朝她的额头轻点了一下，她的眼前瞬间闪过大批影像，全是一个个小人在施展各种招式。不一会儿影像消失，刚刚那些招式却已经印在了脑海里，她心念一动，招式就会自动浮现。

"一剑破万法，修士之中属剑修最强悍。这是哥哥早期修习的一套剑术，正好适合你修习。"

"真是《落星辰》。"毕鸿想哭,"师尊,您都没有教给我!"

后池冷冷地回头看了他一眼,心想:你又不是我妹妹,蠢徒弟,滚开!后池继续对时夏道:"你可试着先行领会,若是有不懂之处再问我。"

"嗯。"时夏点了点头,回想了一下那些招式,习惯性地在脑海里分解、归纳、标记要点。

"此剑法虽然只有三招,但胜在灵动多变,遇强则强。"

"三招?不是三十六招吗?"

"尽胡说!"毕鸿插嘴道,《落星辰》是我师尊成名的剑术,修仙界谁不知道这套剑法只有三招?"

"你看到的剑招有三十六招?"后池上前一步问道。

"是啊!"她回想了一下脑海中的画面,没错,是三十六招。她说着直接拿旁边的木棍耍了一遍,虽然动作很不标准,但的的确确是三十六招。

"这怎么可能?"毕鸿一脸惊讶,师尊的剑术他自然见过,时夏耍的每一招他都熟悉,但为啥有三十六招?"哪里出错了?"

"没有错。"后池点了点头,眼睛都亮了几分,《落星辰》的确只有三招,但每一招又分十二式。夏夏说的三十六招,正是拆解招式之后的样子。"

"拆解招式?"毕鸿难以置信地盯着时夏,"她不是才看了一遍剑招吗?这也太快了吧!"

剑术最难的就是理解剑意,只有将剑法理解透彻,才能拆解剑招。越高级的剑法,剑意越复杂。有人甚至一生都参透不了一招剑术,她才花了多久,三息?

"这很难吗?"

毕鸿无言。

"夏夏悟性极佳,已经领悟了此剑术的第一重诀窍。"后池满意地摸了摸她的头,有种想满世界炫耀妹妹的冲动。

接下来的两年,时夏都在拼命练剑中度过。

不得不说后池是个好老师,每一个剑招,都会细心地给她分解动作,再自己演练一遍。而且只要她一出招,他就能指出哪怕一毫米的偏差。就这样尝试再纠正,她逐渐领悟出一点规律,慢慢找到了诀窍。终于,一年后,她总算能勉强使用第一招了。

一年学了一招,三招就是一次高考啊!时夏对这样的进度还是有些担忧的,毕竟时间不多了。

"你刚开始习剑,有此成绩已属不易。"像是看出她沮丧,后池安慰道,"剑术有千万种,但万变不离其宗,多多修习自然熟能生巧。"

"嗯。"她这才找回信心,"对了后池,你当初学这个剑用了多久?"她有些好奇。

"要叫哥哥!"他仔细回想了一遍才道,"大约……一个月吧。"

时夏呆住了。

后池淡淡地道："全套剑法。"

时夏在心里吐槽：你不是说我悟性极佳吗？果然没有比较，就没有伤害。

为了提升实力，时夏把所有的精力用在了练剑上，加上后池这个完美的陪练，她已经掌握了《落星辰》的前两招。可是她发现了一个新问题，同样的剑招，为什么她使出来跟后池使出来是不同的效果？他轻轻一挥剑就冰封千里，而她无论挥得多快，也只能看到满天的剑影。偏偏这几天后池不知道去哪儿了，时夏到处也找不到人。她只能向毕鸿请教。

"那是因为你的剑招中没有灵气。"毕鸿指了指她手里的剑道，"剑招之中只有注入灵气，才能有效果。不然只是单纯的剑招而已。"

灵气？时夏深吸了一口气，调动灵气转换成冰灵气，再次出剑，瞬间剑招就有了变化，原本的剑影一时化成了万千冰凌出现在空中，唰唰几下插了满地的窟窿，威力确实增强了百倍。

"还是不对。"威力是上去了，但比起后池的，时夏总觉得剑里差了点儿什么。

"你只有筑基修为，自然不能跟师尊一样，但这样已经很不错了。"毕鸿难得好心地夸了一句，"再说，师尊剑意强大，即使只是平凡的剑招，使出来也威力惊人。"

"剑意？"时夏一愣，"那是啥？"

"剑意是修士对剑道领悟的体现，只有剑术大成或是对剑道有所感悟者才会生出剑意。"毕鸿看了她一眼，手间一转，空中瞬间出现了一柄巨型的金色灵剑，"这就是剑意，每个人对剑道的领悟不同，所以剑意的形态也会不同。"

时夏盯着毕鸿唤来的那柄巨剑，只是看着就能感觉到上面凌厉的剑气，惊呼出声。

"那要怎样才知道自己有没有生出剑意？"

"剑意出现时，丹田之内会出现一股特殊的气流。"

"特殊气流……"时夏闭上眼睛感受了一下，"是红色的那团吗？"

"每个人的气流都不一样，颜色自然也……咦，你说什么？"毕鸿一惊，不可置信地看向她，"你……你是说你的丹田内已经有那股气流了？"

"是呀！"时夏点头，"从练剑的第一天起就有了，以前只有细小的一丝，现在长成一团了。"

毕鸿沉默了五秒后说道："丫头，你还是人吗？"

"不要在意这种细节。快告诉我，怎么把这团气变成剑意？"

他没法不在意好吗？他可是整整练了五十年才生出剑意的。

"你要引导那团气流，然后想象它的形态，之后再生出形体。"

"那是不是化出的东西越厉害，剑意就越强？"

"嗯。剑意可以是任何形状的。"

120

"那必须得选一个最厉害的啊！"时夏闭上眼睛，慢慢引出丹田内那股红色的气体，一边往外引，一边在心里默念：最厉害的东西，最厉害，最厉害……

她只觉得眉心微微发热，不一会儿一团红色的气体飘了出来。

毕鸿不禁屏息，认真地看向空中。

只见那红色的气体慢慢汇聚、压缩、凝结，最后变成了一个通体红色、下圆上尖，还带着一截尾巴的……

"'萝卜'？"毕鸿一愣，紧接着放声大笑，"哈哈哈……这就是你说的最厉害的东西？你想了半天就变出了一个'萝卜'？"

他笑得直不起腰，甚至一把抓住了空中的剑意，边笑边道："这种剑意你怎么用？是扔还是砸？哈哈哈哈哈……"

"怎么会这么小？"时夏紧皱眉头，这不科学。

"再大的'萝卜'也没用啊！"毕鸿继续按着肚皮道。

"这不是'萝卜'。"

"这圆圆的一根不是'萝卜'是什么？再大一倍也撑不死人好吗？"毕鸿继续嘲讽道，"你刚刚凝结剑意的时候到底想的是什么？"

她想的是什么？时夏回想了一下，道："大概是……原子弹吧？"

"啥？"

下一刻，轰隆一声巨响，整个秀凌峰都抖了三抖，天空升起了一朵十丈来高的蘑菇云。正好抓着剑意的某人直接从白胖子变成了黑胖子。整个峰顶一时间弥漫着一股浓浓的烤肉味，还是烤煳的那种。

须臾，毕鸿顶着一张黑乎乎的脸转头看向时夏，张嘴吐出一口黑烟："你没说你的'萝卜'会炸……"

"……"

# 第六章　妹妹的秘境历险

　　无妄境开启的日子终于到了。

　　时夏最终还是只学会了《落星辰》的前两招。后池一开始是坚决不同意她去的，后来不知道怎么又想通了，没有再阻止她，而且塞给她一大堆东西防身。

　　"这是八阶的法符，可以抵挡三次元婴修士的全力一击。我绘制了一打，你留着有用。"

　　"这是防御法器，上面的阵法非化神修士不可攻破。我做了五把，你想要哪个？干脆都带上吧！"

　　"这是九转回魂丹，只要一息尚存，就可以留住性命。带十瓶吧！"

　　"这是上品法衣，上面有各系防御阵法，我准备了十套，总要换洗嘛！"

　　"这是……"

　　"哥！我的亲哥！"时夏一把按住他的手，劝道，"你看大家进秘境都是去历练、寻宝的，答应我，咱能不这么特殊吗？"

　　时夏劝了好久，后池才忍住要把全部身家掏给她的冲动。

　　最终她只选了几道法符、几瓶应急的丹药，收起练习用的灵剑后麻利地下山了。

　　时夏这次回到玉华派，除了后池和毕鸿，没有其他人知道。毕鸿建议她混入玉华派的队伍，跟着派中弟子一起去。她没有反对，拿着毕鸿不知道从哪儿弄来的弟子名牌，随他走向玉华派弟子集合的场所。

　　她到的时候殿前的广场上已经站满了弟子，粗略看去有上百号人。她刚要过去，就被毕鸿一把拉住了。

122

"丫头，你真的要去？"他紧皱眉头，有些纠结。

"后池不都同意了吗？放心，我没事。"

"谁担心你有事没事了？"他白了她一眼，"我是说……你真的要去找……那个人？"

"你说我老哥啊？"

他长叹了一声，语重心长地道："他毕竟是魔尊，而你……跟他不同。他已经消失这么多年了，你又何必自寻烦恼？"

时夏笑了笑说道："毕鸿，你为什么说我跟他不同？"

"废话，我还不了解你？你这丫头虽然既讨厌又麻烦，还老在师尊那里告我的状，但是……"他话锋一转，"总体来说，你不算坏人。"

"毕鸿……"时夏抬起头，"那你了解魔尊吗？"

毕鸿有些无语，心想：谁要了解他？

"我了解他！"她认真地道，"你了解我，所以相信我，同样，我也相信他。无论你们怎么说他，我都相信我哥是好人。"

"唉，丫头。"毕鸿叹了一声道，"人是会变的，更何况修仙之路如此漫长，时间可以改变一切。"

"别人或许会变，"时夏坚定地道，"但我哥不会！"

那可是她的哥哥！如果连她这个妹妹都不信他的话，那他还有什么指望？

毕鸿摇了摇头，没有再劝，时夏朝他挥手告别，随后直接飞向了广场。她按毕鸿之前交代的走到最右方的管事那里，把弟子名牌递了过去。对方看了看，把名牌放到一个透明的石头法器上，不一会儿那个石头一亮，名牌上慢慢浮现出一个"壹"字。

管事愣了一下，有些诧异，上下看了她一眼，才把名牌还给她，高声道："夏时，厉剑峰外门弟子，分到第一组。"说完又好心地提醒道："你们组领队之人是灵器峰的易耀罡师弟，你赶紧过去吧。"

"李师兄，这就是我们组最后一个人吗？"一个十五六岁模样的少年走了过来。他个子很高，一脸倨傲，斜着眼上下打量了她一遍，眉头皱了起来。他一脸不满地转头看向旁边的管事，问道："她怎么还是个筑基期弟子？李师兄，不是说一组的都是实力最强的弟子吗，怎么连筑基期也能进一组？"

"这……"刚刚分配人员的管事为难地说道，"易师弟，这分组之事都是由还真石按弟子的实力定的，我并不能做主。"

"那这还真石一定是坏了。"那少年愈加不满地说，"要不怎么可能把一个筑基期弟子分到一组？不行，我们组不要这么弱的弟子，你把她换到别的组去。"

"这……"管事为难地说，"可这还真石定的组……不能变。"

"分组不能变，那我们不要那么多人总行了吧？"少年转头对时夏道："喂，那个夏什么，这次秘境你就别去了。我们组不需要筑基期的，你听到了没？"

凭什么？小屁孩儿年纪不大，脾气倒是挺大啊，一看就是被宠坏了。

"我要是非要去呢？"

"别怪我没提醒你，我们可是要入无妄境深处的，就你这点儿修为，别到时怎么死的都不知道。"

那里有那么危险吗？她还想满秘境找人呢。

"实力太弱，去了也没用。"他一脸鄙夷，不可一世地威胁道，"你这次最好乖乖放弃，下次还有机会。但你要是执意找死……"

时夏生气了："不好意思，我天生喜欢找死！"

"你……"少年气极，撸起袖子，一副想揍人的样子。

"罡儿！"前方传来一道浑厚的男声，"都要出发了，你又在闹什么？"

少年愣了一下，脸上闪过一丝慌乱，狠狠地瞪了时夏一眼，转身朝前方一个中年男子走去，唤道："爹。"

时夏转头一看，顿时恨不得找个地缝钻进去，这人居然是几年前见过一次的玉华派掌门元照。毕鸿不是说去无妄境多是金丹修士，不会有认识她的人吗？骗子！

怎么办？时夏肠子都悔青了，跟小屁孩儿置什么气啊？她要是被元照认出来，就不仅是去不了秘境那么简单了，很有可能被全民追杀！

"怎么还不出发，人还没到齐吗？"元照问。

"爹，那还真石一定出问题了。"易耀罡一脸怒气地道，"我们一组居然分了个筑基期的弟子进来。"

"筑基期弟子？"元照愣了一下，"你就因为这个迟迟没有出发？"

"爹，历来一组最低都是金丹修为，带个筑基期的不是拖后腿吗？我是一组的领队，"说着他指着后面的时夏道，"无论如何都要把这个人换出去。"

元照叹了口气，边说话边看向后面："不就是换个人吗？多大点儿事，也值得你这么……"

"你好，元掌门。"时夏弱弱地举了举手，心想：现在回秀凌峰还来得及吗？

元照脚下一个趔趄，差点儿摔倒，似有些不敢相信，用力眨了好几次眼睛，艰难地道："时……时……"

他的脸色以肉眼可见的速度由红转白再转紫再转黑。

没想到刚准备出发就暴露了，她这是什么运气啊？！时夏心里越来越没底，以为元照下一个动作就是拔剑时，元照却突然像是想起了什么，立马恢复了正常。他跟没看见她一样，硬生生地转过头瞪了儿子一眼，话锋一转："胡闹！罡儿，你身为内门精英弟子，怎么可以歧视同门？你的修养呢？爹平时是怎么教你的？！"

"爹……"易耀罡蒙了，"可……可她是筑基……"

"筑基期怎么了？筑基期弟子也是玉华派的一员！你们谁没有经历过筑基期？"

"但是……"

"没有但是，你身为师兄，理应照顾师弟师妹，怎可欺负修为比你低的弟子？"

易耀罡低下头，过了一会儿才心不甘情不愿地道："爹，我错了。"

"嗯。"元照一脸大公无私的模样，挥手道，"秘境凶险，要多照应同门，知道吗？赶紧上路吧。"

"是！"易耀罡这才一脸怨念地朝时夏走去，偷偷瞪了她一眼，恨声道，"走！"

说完，他朝着广场中央的传送阵法走去。

时夏有些意外，没想到元照就这么放行了，不但没拆穿她，言语里还隐隐有维护她的意味。难道毕鸿事先跟他说了什么？

时夏带着满心疑惑，跟着易耀罡走到了广场中央的传送阵处。

那里已经等了七八个人，她粗略地看了一下，五男三女，看修为应该都是金丹期的。

"易师兄，这就是我们组的最后一个人？"一名粉衣女子走上前来，看了时夏一眼道，"这位师妹长得倒是挺清秀的，可怎么还在筑基期？"

"是呀，耀罡，你以往可不是这么会怜香惜玉的人。"旁边一位身着白衣、袖口绣着草木图纹的男子推了易耀罡一下，神色暧昧地说道。

其他人忍不住笑起来："哈哈哈，易师兄，不知这是你哪个峰的妹妹？"

时夏当即收获了队里两个女修愤怒的眼神，暗叹古代人果然早熟。易耀罡才十五六岁，她可没吃嫩草的兴趣。

"别提了！"易耀罡烦躁地打断道，"是还真石分配的，是厉剑峰的外门弟子。"

这话一出，那几人的眼神立马变了，对时夏兴趣全无，还隐隐带着几分轻视。

"原来是外门弟子，还是筑基期，为什么分来一组？"

"我怎么知道？！"易耀罡的火气更大了，"谁知道那还真石出了什么毛病！"

"不能换人吗？"有人提议。

易耀罡瞪了那人一眼道："我爹说同门之间要守望相助。行了，别废话，赶紧走吧！"

说完，他第一个走入传送阵。

一听是掌门的意思，众人都不再说话，纷纷跟了上去。

每个小组十个人，人一齐，地上的阵法就亮了。红光一闪，眼前的景致一变，他们瞬间到了一片平原之上。平原很荒凉，都是黄土、沙子，还有枯败的草木。但此时却意外地热闹，到处都是各门各派的弟子，三五成群，也有个别散修。这些人无一例外，会时不时抬头看向上空。

时夏也忍不住抬头，只见平原上空像是被人生生在天空划开了一个口子，里面隐隐可以看到郁郁葱葱的草木。看来那里就是无妄境了。

无妄境是一处秘境，五十年开一次，里面的资源并不是很丰富，但妖兽众多，所以大多数门派只把这里当成一个金丹修士历练的场所，或是一个天然的灵兽场。

"愣着干吗？赶紧跟上！"易耀罡回头瞪了她一眼，催促道，"要是你拖后腿，我可不会管你。"

时夏这才发现，除了她，小组的其他人都御剑飞了起来，连忙也唤出飞剑跟上。

一进入口，瞬间像是进入了另一个世界，前面是一片森林，草木旺盛，欣欣向荣，灵气也浓郁了不少。大部分修士就此落地，步行朝着林中而去。

他们一行十人却没有停下，反而朝着森林深处飞去。

"请问我们这是去哪儿？"她忍不住问道。

易耀罡回头看了她一眼，皱了皱眉说道："你跟着就行了，废话那么多。"

果然叛逆期的小屁孩儿一点儿都不可爱。

"我们此行的目的都是来抓灵兽的。"旁边一个穿着白衣，袖口绣着蓝色条纹的女子解释道，"无妄境每次只开一个月，秘境外围都是些二三阶的妖兽，高阶一些的妖兽都在深处。"

"哦。谢谢。"原来是赶时间，难怪大家直接往里飞。

女子朝她友善地笑了笑，专心御剑。

一行十人飞了大半天才停下来。易耀罡带着大家落在平地上，抬头看了看天色道："就在这里散开吧，酉时再在这里集合。"

大家听完，纷纷转身朝着各个方向离去。

时夏很疑惑，低声问旁边看起来好说话的女子："不是去抓灵兽吗？在这里散开是要干吗？"

"自然是去做师门任务。"女子有些诧异，"你们厉剑峰没有师门任务吗？"

"当然有啦！"师门任务是什么？她其实完全没听说过。

"我们丹峰的师门任务素来简单，只是采集些低阶灵草，十天左右就可以交差。"女子笑了笑道，"师妹出自厉剑峰，任务定与炼器的材料有关。外门向来任务繁重，我就不打扰师妹了，告辞！"

"嗯，谢谢！"时夏道了谢，转身独自朝另一个方向飞去。

虽然说她这五年来心心念念的就是进秘境找那个不省心的哥哥，可真正到了这里，又不知从何找起了。她有些烦躁，抬腿朝着地上的石头踢了过去。

"哎哟！"右边的草丛中传来一声痛呼，易耀罡怒气冲冲地从草丛里冲了出来，"姓夏的，你找死啊？！"

"你怎么在这里？"时夏问，"不是分开行动吗？你不会一直跟着我吧？"

"你以为我爱跟着你啊？！要不是我爹交代我要保护同门，我才不管你！"他揉了揉刚被石头砸中的额头，一脸嫌弃和不甘，"我们这群人里就你修为最低，我不看着你点儿，回头你要是被妖兽吃了，说不定还得赖在我头上。"

时夏叹了口气："不用了，你去看看别人吧。"她不想跟傲娇小孩儿一般计较。

"你可别不知好歹。"他白了她一眼道，"就你睁眼瞎的程度，小爷愿意帮你就是你祖上积德了。"

"睁眼瞎说谁呢？"别以为你是未成年人，我就不敢揍你！

"你还不承认？"他指了指刚刚那块石头，"别以为我不知道，你刚踢到的那块石头就是玄铁石。"

"玄铁石咋了？"

"别以为我不了解厉剑峰的师门任务，三百颗玄铁石、一百颗白凌石、一块三级炼器材料。你要是认识玄铁石怎么会把它踢走？"他冷哼一声，一脸"我早已看穿"的表情。

原来所谓的师门任务指的是这个？毕鸿干吗给她弄一个厉剑峰弟子的身份，名字还偷懒地直接从时夏变成了夏时？

"没话说了吧？"易耀罡一副"我就知道"的表情。

"谁说我不认识玄铁石？"

"那你还……"他话到一半又停住，想到了什么后猛地睁大眼睛道，"你……你故意踢石头砸我！"

时夏朝他摊了摊手。

"你……你……"他气得说不出话来，冷哼一声转身走了。

唉，叛逆期的孩子就是欠收拾。


易耀罡被气走后果然再没跟过来。时夏闲逛了半天，直到日落西山才掐着时间回到集合点。大家都回来了，个个脸上带着些许喜色，对她的态度也缓和了不少，看来师门任务都完成得不错。只有易耀罡自始至终看她的眼神都很愤恨。

夜色已浓，林中妖兽众多，为防意外，大伙决定原地休息一晚。众人纷纷原地打坐，调息休整。

这个队除了她，其余九个人明显是相互认识的。作为外来人口，时夏没打算打入内部，在稍远一些的树下坐下，闭目调息起来。她调动灵气运行了一个周天，身上的疲惫感消失，精神也好了不少。

她睁开眼睛，却对上一张近在咫尺的大脸。

时夏吓了一跳，问："你干吗？"我只是用石子砸了你一下，你用不着这样吧？

易耀罡却朝她递来一物。

她仔细一看，是一张符纸，上面写着一个"驱"字。

"这是什么？"

"驱避符，可驱晚上的阴寒之气。"他回答。

他干吗给她这个？难道这符纸有什么问题？

时夏疑惑地接过符纸仔细察看，没看出个所以然来。她默默地捏了个防御诀，引

127

动符纸，发现真的如他所说，这个符纸只是驱散了周围的寒气。

她转头瞅了瞅不远处的其他人，发现只有自己引动了这种法符。

"其他人呢？"

"没那么多。"他回答得一本正经。

"但为啥给我？"

他沉默了一会儿才道："你需要。"

这人是被石头砸坏了脑子吧？他之前还凶巴巴的，怎么突然改走贴心弟弟的路线了？时夏皱了皱眉，别扭地道："谢谢。"

"不用。"易耀罡朝她笑了笑，全然不似之前愤怒的样子，笑得春风满面。

时夏心里发毛，等着他发难，他却侧身又掏出一个果子递了过来。

"这是什么？"

"朱果，可补充灵气。"

"又给我？"

"嗯。"

时夏忍不住摸了摸他的额头，问："你没病吧？"

"我很好啊！"

"你撞邪了？干吗突然对我这么好？"

他皱了皱眉，说："对你好还要理由吗？"

"……"

"快吃。"他诚恳地催促道，又掏出好几个果子塞到她的手里。

时夏拿着果子，盯着眼前态度转变了一百八十度的易耀罡研究了一会儿，实在没看出他到底在打什么主意。他眼底那不可一世的神情不见了，仿佛变了一个人。

"我不要！"她转手还给他，这果子一定有问题。

"不喜欢？"他愣了愣，又开始掏袋子，"没关系，我还有青果子、黄果子和紫果子……你要哪个？"

时夏撇撇嘴，心想：你白天就专门采果子去了吧？

她拒绝道："我不吃果子。"

"哦。"他的眼里闪过一丝失望。

"那你饿不饿？冷不冷？要不要烤烤火、驱驱寒？"他像是想起了什么，说着起身往回走，"我去给你拿法衣。"

看着那个匆匆离去，生怕她着凉的人，时夏心底突然冒出一个荒谬的想法，忍不住试探地唤了一声："哥？"

对面的人一秒钟回头。

"果然是你。"时夏叹了口气，趁大家还没发现这边的异状，立马过去把人拽了回来，上下扫视了他一眼，"到底怎么回事，你怎么来了？又是神识离体？"

"嗯。"后池拉住了她的手，干脆认了，"你尚未结丹，我自然担心。"

"你附在了易耀罩身上？那他人呢？"

"他还在里面。"他指了指自己，"只不过在沉睡。"

"沉睡？"也就是说白天的易耀罩才是真正的易耀罩，时夏继续问，"那他知道吗？"

后池摇头，突然想起了什么，又加了一句："元照知道。"

元照？易耀罩他爹？难怪之前他没拆穿自己，原来是后池事先打过招呼。

"这次与上次不同，我使用的是阴阳合体之术，修为不受身体所限，但只能在他昏睡或是入定的时候出现。"

阴阳合体术？这个名字听起来怎么怪怪的？

时夏瞅了他一眼，问："这个法术对你没什么影响吧？"

他伸手摸了摸她的头道："夏夏放心，这本就是锻炼神识的法术，不但不会有害，反而对双方都有益处。"不然元照也不会答应得那么痛快了。

"哦，那就好。"时夏松了口气。

时夏是被摔醒的，睁开眼就看到了怒气冲冲的易耀罩，看来把她摔出去的就是他了。

"你……你真是不知羞耻。"

"又咋了？"时夏揉了揉手。

"你还敢问！"他火气更盛，"你居然趁我入定主动投怀送抱，简直就是……好歹是个女修，你还要不要脸？"

投怀送抱？时夏回想了一下，昨晚跟后池聊到最后好像靠着他睡着了。但这点她绝不能承认。

"谁投怀送抱了？"时夏指了指身后的大树，"你看清楚，我一直坐在这棵大树下没动！"

易耀罩一愣，四下看了看，这才发现这里的确不是自己昨晚打坐的地点，疑惑地问："那我怎么会在这里？"

"你问我？"时夏白了他一眼，"我咋知道昨晚你是怎么过来的？"

易耀罩被问住了，脸色变了又变。眼看其他人慢慢醒来，他冷哼一声，像是躲瘟疫一样，转身快步离开。

整整一天易耀罩都没有再跟她说一句话，只是时不时会用怀疑的眼神看向她，接触到她的视线，立马又黑着脸转过头。

接下来几天，一行人的行程都是一样的，上午御剑朝秘境飞去，下午分开做师门任务，晚上休息。这一路上他们遇到了不少妖兽，但大多是二三阶的，唯一遇上的一只四阶妖兽被上次跟时夏说话的那个女子收了为灵兽。时夏一路都在寻找时冬的线索。

但后池说，他们这一路行来都没有任何魔气。她想找个机会改变路线单独行动，被后池否决了。

就这样飞了十五天，他们终于到了秘境深处。易耀罜让大家步行，不再分散行动。众人的师门任务都完成得差不多了，因此没有人反对。

值得一提的是，易耀罜看时夏的眼神越来越奇怪，从一开始的愤怒、疑惑、震惊、纠结，到难以置信、生无可恋。她其实很能理解，任谁每天醒来发现自己主动紧抱着一个认识不到几天的、非常讨厌的女子，都会有些想不通吧？但她对此完全没办法。在"后池讲故事哄她睡"和"后池抱着她哄她睡"这两个选项中，她毫不犹豫地选择了后者。她此生都不想再听到后池讲的睡前故事。

于是，对于易耀罜越来越诡异的眼神，她只能假装什么都不知道。

"夏夏，这附近妖兽太多，兴许会出现五阶以上的妖兽，你们要多加小心。"后池冷不丁地提醒了一句。

时夏并没有太在意，结果第二天真的遇到了一只五阶妖兽。那是一只凌火兽，长得像一匹马，但比普通的马大了三倍都不止，全身都燃着火焰，头顶长着三只角，身上遍布鳞片。

五阶妖兽相当于金丹初期的修为，妖兽是火属性的，十人中很多擅长冰系法术，按理说拿下这只凌火兽并不难。但谁知道这只妖兽居然还带着雷属性，有修士一时不察被它口中的雷电击中，顿时皮开肉绽。更诡异的是，这只妖兽明明已经奄奄一息了，但挣脱了好几个人结出的契约阵，而且缔结契约的修士还被阵法反噬受了重伤。

虽说最后凌火兽被易耀罜召出的天雷击杀了，但他们也损失惨重，十个修士伤了四个，其中一个是重伤。

"谁是水系灵根？快帮帮王熙，他快挺不住了。"身着粉衣的女子一脸着急地抱着一个人，一边给对方输灵气，一边向其他人求助。

时夏记得这个女修叫林铃，与受伤的王熙是一对双修道侣。王熙此时浑身是血，手上脚上血肉模糊，伤口深可见骨。

"林师妹，所有水灵根的师兄弟都受伤了。"旁边的修士回答道。凌火兽是火属性，所以刚刚想与它结契的都是水系灵根的修士。

"那怎么办？"林铃流着泪，心疼地说道，"王哥受伤这么重，只有水灵根的弟子能治疗得快些，我可不愿看他痛苦下去。"

她神色慌乱地四下看了看，看见时夏时眼里亮了几分："你！你是外门弟子，一定有水灵根。你快点儿过来救救王哥。"

突然被点名的时夏愣了愣，下意识地皱了皱眉，上前几步道："我确实有水灵根，但是并不会治愈的法术。"后池说纯阳灵根是全系灵根，她也算有水灵根了。

林铃以为她不愿意，顿时发火了："治愈之术是最基本的法术，你怎么可能不会？王哥都伤成这样了，你难道要见死不救？！"

"我真的不会。"她学法术的时间太短，水系的治愈术真没学过。

"你……"

"算了，林师姐。"另外一个女修上前，看似安抚却句句都针对时夏，"外门弟子就是外门弟子，哪能派上什么用场？刚刚我们对付凌火兽时人家可是站得远远的。"

一时间所有人看她的眼神都带着些鄙夷，好像她做了什么十恶不赦的事一样。

时夏十分无语，深吸了一口气，直接从储物袋里掏出后池准备的丹药，快步走了过去。

林铃却一把推开她，不耐烦地说道："你想干什么？"

"丹药。"她干脆转手放在了林铃的手里，"我虽然不会治愈术，但疗伤的药还是有准备的，你喂他吃下去吧。"

"你们外门弟子炼制的丹药谁敢吃？"林铃还未来得及说话，刚刚讽刺时夏的女修就说道，"谁知道你安的什么心？"

这么一说，林铃也不敢喂王熙丹药了。

时夏无语了："我说林铃，你觉得是王熙的命重要，还是所谓的外门、内门弟子的名字重要？"她说完又转头看向另一个女修："还有这位小姑娘，王熙都伤成这样了，你还拦着不让他吃丹药，安的什么心？敢情受伤的不是你在乎的人，你不着急是吧？"

"你……"女修气得脸都红了。

"好了，别吵了！"易耀罡打断几人的话，警告似的瞪了那个女修一眼，"都是同门，争什么？"

易耀罡无意中看向林铃手中的丹药，瞬间睁大了眼睛："这个丹药是……？"

他猛地回头，吃惊地看向时夏。

"易师兄，这个丹药有什么问题吗？"林铃问。

"没问题。"他这才收回视线催促道，"你赶紧喂王师弟吃下去吧，对他有好处。"

林铃点了点头，把丹药给王熙吃了。不到一刻钟，王熙的呼吸就平稳了，眼睛睁开了，连往外冒的血也止住了。他的伤口开始慢慢愈合，气色好了不少。

"这里应该没有别的妖兽了，原地休整，明天再上路。"易耀罡高声宣布道。

其他人或是原地打坐，或是帮受伤的同门疗伤。时夏转身走开，打算找个地方调息一下，易耀罡小步跟了上来，压低声音问："你身上怎么会有九转还魂丹？"

"别人给的。"时夏实话实说。

"那可是能医死人、肉白骨，连丹田都可修复的八品丹药，"就连他那个身为掌门的爹都没有几颗，他追问道，"谁会随便给人？"

"我说是秀凌峰的后池给的，你信吗？"

"莫说老祖从不出秀凌峰，就算出来了又怎么可能给你丹药？"易耀罡一脸"你是不是有病"的表情。

"因为他是我哥。"

131

他用满是怀疑的眼神上下扫视了她一遍，嘲讽道："果然病得不轻。"

"你爱信不信。"时夏摊了摊手。

"你不愿说就算了。"易耀罡道，"但这个丹药你还是不要随便拿出来好，莫说我没提醒你。"

说完他冷哼一声，转身走开了。

时夏摸了摸储物袋，这个丹药有这么厉害吗？她还有一瓶呢。

一行人在原地打坐了半个时辰，那几个被阵法反噬的人已经好得差不多了。突然一个穿青衣的修士一脸兴奋地跑了回来。此人叫李煜，是除了时夏以外修为最低的金丹初期修士，灵丹峰弟子。一群人里就他的师门任务还没有完成，他刚刚就是独自离开去采需要的灵草了。

"你们快看我找到了什么？"李煜一脸兴奋，手里抓着一根灵草。

"不就是一棵低阶灵草吗？还是二品的。"有人瞅了李煜一眼，半点儿都不在意。倒是与李煜同是灵丹峰弟子的沐婷站了起来，问道："这个难道是仙灵草？"

"没错，就是仙灵草。"李煜更加兴奋了。

"仙灵草怎么了？"有人问。

"仙灵草是寒玉王花的伴生草。"沐婷解释道，"仙灵草虽然只是二阶灵草，但只长在寒玉王花附近。"

"寒玉王花？你说的可是能直接提升一个境界的顶阶灵花？"

"没错。"李煜点头道，"而且这棵仙灵草有一半已经变成了白色，这更证明这附近有寒玉王花，而且正处于成熟期。"

一时间所有人的眼睛都亮了，纷纷围了过去。修行之事向来艰难，特别是金丹以后，想要提升一个境界十分困难，若能得到寒玉王花，简直就是捡到了一个升级大礼包。

"那还等什么？快带我们去！"

"那花在哪里？"

"是呀，要赶紧采下来。"

"可不能让别人捷足先登了。"

大家你一言我一语地催促起来，李煜转头看向领队的易耀罡，说道："寒玉王花的花期只有一天，天黑就会凋谢，易师兄，你看……"

易耀罡回头看了看重伤的王熙，迟疑道："可是……"

虽然吃下九转还魂丹后王熙的伤已经好了大半，但也需要些时间才能完全恢复。

"易师兄不必担心。"王熙道，"我可以跟上。"

易耀罡这才点头，吩咐林铃和另一个师弟照顾好王熙后，示意李煜带路。

一群人开始寻找那朵寒玉王花，时夏也跟了上去。她远远地走在最后，总觉得哪里不对劲。寒玉王花，她也听毕鸿提过，但那不是只生长在极寒之地的灵花吗？它怎么会出现在森林里?

他们大概走了半个时辰，路边果然出现了越来越多跟李煜手里一样的仙灵草，而且确实有一半叶子变成了白色，到后面已经成片地出现了。

"前面有个水池。"有人指了指前面说道。

果然，十几米的前方出现了一个十来米宽的水池，水池上面弥漫着白雾，老远就能感觉到冰寒之气扑面而来，那居然是一个寒池。寒池周围密密麻麻的全是仙灵草。

"怎么没有看到寒玉王花呢? "几人围着池子找了一圈也没有发现除了仙灵草以外的灵草。

"快看，池中心好像有块旱地。"李煜指向水面之上说道，"寒玉王花一定在上面。"

"进去里面找找看。"众人纷纷开始御剑。

"等等! "时夏忍不住提醒道，"你们不觉得这一切太顺利了吗? "毕鸿老头说过，越是珍稀的灵物周围就越是危险。

"哼，外门弟子就是胆小。"之前那个女修又冒了出来，催促道，"大家别理她，寒玉王花花期有限，得赶紧采摘才是。"

"她说得没错，灵株附近向来有妖兽出没。"易耀罡开口道，"这一路确实太安静了，大家还是注意一些吧。"

众人一听，这才纷纷撑起了防御的结界，倒是那个女修黑了脸，咬了咬牙才唤出结界。

易耀罡修为最高，走在最前面，其他人跟在后面，时夏仍走在最后。

水上的白雾更浓，众人穿过白雾就看到了那块陆地。它只有小小的一块，就几平方米，他们去后更加拥挤了。

时夏才落下，脚下却一沉，踩到了一个泥洞里。那个洞不是很深，就十来厘米。她细看了一下，发现这个小岛上全是这种小洞。

"有看到寒玉王花吗? "有人问。

大伙都摇了摇头，这里一眼就可以看到底，别说寒玉王花了，连一根草都没看到。

"这里怎么会有这么多洞? 难道已经被人捷足先登了? "李煜瞅了瞅地上的洞说道。

的确有可能，这些洞的大小不就刚好是两棵灵草的间距吗?

"白跑一趟! "有人有些泄气。

"咦，这里怎么会竖着一块木牌? "沐婷突然出声，指了指前面。

"真的，还插在中央呢! "

木牌? 时夏也往那边看去，果然，岛正中央的位置插着一块木牌，矮矮的，像个指示牌。

大家纷纷围了过去，七嘴八舌地道："上面好像还写着字? 不过这是什么文字，怎么从来没见过? "

时夏心底咯噔了一下，立马挤了进去，看向地上的木牌。看到那熟悉的字迹时，她瞬间高兴起来，却在看清上面的话时黑了脸。只见那个指示牌上写着——

爱护珍株，人人有责！这个池塘被我承包了。

——帅哥魔尊时冬留

时夏心想：原来这岛上的坑全是他挖的。

虽然一朵寒玉王花都没找到，但时夏松了一口气。看来她这次来得没错，那个不省心的哥哥的确来过这里，牌子上的字就是证据。上面的字迹虽然有些模糊，但依旧可以辨认出来，顶多是几十年前留的，绝对不可能超过百年。也就是说老哥最后一次出现的地方确实是这个秘境，甚至没准他就在这里。

想到这儿她有些激动。但其他人的心情可就不那么欣喜了。

"也不知道寒玉王花被谁拿走了，居然害我们白跑一趟！"李煜一脸气愤，低头看了那木牌一眼，泄愤似的伸手朝木牌抓去，"可恶！"

时夏瞬间想起了暮玄仙府里的玉盒，心间一紧，连忙阻止他："不要拔！"

可惜已经晚了！李煜拔起木牌并用力地砸在地上，木牌吱咯一声折成了两半。他却怒气未消，转头瞪了时夏一眼，没好气地说："你鬼叫什么，不就是摔了块木头吗？你至于大惊……"

他话还没说完，突然轰隆一声，有什么直接从地底钻了出来，眼前有一道青影闪过，刚刚插木牌的位置出现了一条青色的巨蛇，一口把拔了木牌的李煜吞了下去。

"快散开！"易耀罡第一个反应过来，高喊一声。

其余的人这才回过神，纷纷御剑飞了起来。

那条巨蛇已经转头朝众人追了过来，尾巴一甩，瞬间在寒池中掀起一个大浪，把飞得慢些的两个修士直接打落。两人甚至还没来得及呼救就直接入了蛇口。

没过多久就少了三个人，所有人的脸上都浮现出恐惧之色。

"飞上岸！"易耀罡高声道。

大家这才反应过来这个妖兽定是水系的，于是纷纷朝岸上飞去。那条巨蛇紧随其后，掀起一阵阵巨浪。几人一边躲着水流，一边御剑朝岸边飞去，终于进了原本的森林。出了那个水池的范围，大家依旧不敢停，直到飞回之前诛杀凌火兽的地方才停下来。

"刚刚那个是什么？"林铃扶着王熙，脸色发白地问道。

"应该是噬水兽。"易耀罡的脸色也沉了下来。

"噬水兽！"林铃一惊，"你说的是七阶的噬水兽？！"噬水兽，七阶水系妖兽，功力相当于元婴期。

"应该是。"

134

"那……那李煜他们……"她没有继续说下去，但大家都明白被吃掉的三人是救不回来了。

"不是说无妄境内只有六阶以下的妖兽吗？"之前与时夏不对付的女修颤抖着道，"为什么会出现七阶的？"

没有人回答。七阶妖兽，再多十个金丹期修士也不一定打得过。

"这里也不安全，谁知道那头噬水兽会不会跟过来。"女修催促道，"我们还是赶紧去出口吧。"

说着，她没有管其他人，再次御剑飞了起来。易耀望也没有反对，挥了挥手示意大家离开。

时夏刚打算御剑，鼻间却传来一阵腥味，那个女修脚下的两棵树的树梢朝着两侧歪了歪，像是被什么挤开了。

她心间一紧，朝着空中喊道："快闪开！"

已经晚了，那个女修发出一声痛呼，整个右臂被撕下，一身是血地掉了下来。而她刚刚站立的空中凭空出现了一个巨大的蛇头，头上长着一只尖角，嘴里正咬着那个女修的手臂，两只铜铃一样的眼睛正盯着地上的其他人。

"它……跟上来了。"众人傻了眼，呆呆地看着这只凭空出现的妖兽。

噬水兽直接吞下了女修的手臂，低头又朝着刚刚掉在地上的女修咬了过去。

时夏握紧手里的剑，将灵气转为火灵气，挥出剑招，顿时化出一大片火焰，把蛇头逼了回去。

"打啊！愣着干什么？"她回头吼了一句。

易耀望最先回过神来，大声提醒道："噬水兽是水系妖兽，别用水攻。"

众人这才纷纷唤出武器反击，有的用火，有的使剑，有的祭出了法器。

易耀望是雷灵根，天雷向来是妖兽的克星。他直接唤出一道天雷，轰隆一声劈在了噬水兽的身上。噬水兽顿时发出一声痛苦的嘶鸣，甩着粗大的尾巴向众人拍了过来，一时间只见树木哗啦啦倒了一片。

"快躲开！"时夏大声提醒了一句，单手结印，唤出一道土墙，挡住那只扫过来的蛇尾。

区区一道土墙显然挡不住这只七阶妖兽，蛇尾只是停顿了一下，紧接着用力一挥，土墙倒了。时夏本来也没指望能挡住它，只为争取一些御剑的时间。此时其他人已经御剑飞了起来，她算好了时间，立马唤出飞剑，正要飞身而去，前面突然冒出一个人撞了她一下。她一个不稳掉了下去，而刚刚撞她的人已经飞了上去，是王熙和林铃。

这两个人是故意的！王熙受伤了，他们御剑的速度比旁人慢，自然多了一分危险，以防万一便把时夏推了下去，让时夏吸引噬水兽的注意力，为自己争取时间逃脱。

眼看那只妖兽张口扑了过来，时夏在心底骂了句脏话。现在躲已经来不及了，她只能硬扛！

她抓紧手里的剑，调动火灵气，心随意动，一个个流畅的剑招就使了出来。一时间无数剑影飞出，千万把灵剑出现在周围，每一把都火红如烈焰，剑光过处烈火肆虐。刹那间火光冲天，汇聚成火焰巨浪，直接冲向那头噬水兽。噬水兽再次发出一声痛苦的嗥叫，放弃攻击时夏，转身朝其他人扑了过去。而离它最近的刚好是王熙和林铃。它喷出一道水柱，直接打向两人。林铃一惊，打开防御结界，虽然挡住了水柱，但还是从飞剑上摔了下来。

时夏剑招一换，烈火形成的巨浪瞬间变回了万千灵剑，朝着它攻击过去。可妖兽天生凶悍，那些灵剑打在它身上完全没有反应，反而被它的鳞片弹了回来。

其他人用各系法术攻击噬水兽，也完全没有效果。

噬水兽头都没回，直接张口朝着掉落的两人咬去。

"啊……走开！"林铃高声尖叫，连剑招都忘了，疯狂地挥舞着手里的剑。

眼看他们就要被吞掉了，站在林铃身后的王熙突然用力一推，直接把林铃送进了蛇口，自己反而用力往后一跃，跳出了噬水兽的攻击范围。

噬水兽大嘴一合，把林铃咬成了两半。

时夏皱了皱眉，刚刚林铃为了救王熙把自己推了下来，现在王熙为了逃命把林铃送进蛇口。不知道这算不算报应。

不过很快她就没有时间想这些了，噬水兽再次发动攻击，开始追逐空中的修士。噬水兽体型巨大，但速度极快，丝毫不输御剑的速度。而且除了易耀罡的雷光，所有人的攻击打在它的身上都没有半点儿效果。不一会儿，每个人身上都有了伤痕，不是被尾巴扫到了，就是被它唤出的水柱打伤了。

可为什么刚刚她用剑法筑的火墙能伤到它呢？难道是刚好伤到它的要害？时夏细看了一下那头噬水兽，果然在它的脑袋下方不远处掉了一块鳞片，而且那边上一圈的鳞片颜色都有些不同。

"攻击它脑袋下三寸的位置，那里有旧伤。"时夏高喊一声。

众人愣了一下，立马改变了法术的攻击方向。易耀罡直接唤出一道雷，打在了她说的那个位置。

噬水兽随即发出一声尖锐的惨叫，其他人一看，也没有迟疑，各种法术直接朝同一个地方打去。

噬水兽的惨叫声一声大过一声，它痛得在地上打滚，尾巴也用力地挥舞着，瞬间将森林扫出了一片空地。

易耀罡再次捏诀，天空雷云聚集，眼看就要再引下一个雷了，那头噬水兽却突然腾空而起，如同变戏法一般消失了。

"消……消失了。"剩下的几个人面面相觑。

"没消失！"易耀罡的神情越发紧张了，"它是隐形了！下次不知道会出现在哪儿，大家小心些。"

众人神色惊恐，仔细地盯着周围。

过了一会儿，背后再次传来一股水腥味，时夏没有迟疑，直接转身往后挥出一剑，这回不再是火系，直接转换成了雷灵气。无数电光瞬间从她的剑上发出，向后方的空地攻去，在半途轰隆一声炸响，噬水兽出现在她身后不到三米的位置，发出一声惨叫，身形一闪，再次消失了。

时夏连忙拉开距离，背后出了一身冷汗。要是她再晚一刻，估计就被咬到了。

"大家聚在一起，撑起防御阵法！"易耀罣掏出一面阵旗，朝剩下的几人高声喊道。

大家没有迟疑，直接飞身朝他靠拢。他祭出了阵旗，脚下顿时出现阵图，一个透明的防护罩直接把仅剩的六人护在里面。

"易师兄，这阵旗可以撑多久？"有人问。

"一刻钟。"

"只能撑一刻钟？"有人顿时慌了，"那一刻钟之后我们不是死定了？"

"怎么办？"沐婷快哭出来了，紧张地道，"这可是七阶的妖兽，我们打不过的，而且它会隐形。"

"早知道就不该听李煜的，去找什么寒玉王花。"王熙愤愤不平地道，"要不是他，我们怎么会遇到这头噬水兽？"

这话一出，其他人也开始七嘴八舌地指责起最先丧生蛇口的李煜，好似这样能减少心底的恐惧感。

"别吵了！"时夏听得有些头痛，提醒道，"有时间指责别人，不如想想怎么对付噬水兽。"

几人安静了一瞬，王熙却不屑地冷哼一声："说得好像你能想到办法一样！哼，区区一个外门弟子。"

时夏回头看了他一眼，嘲讽道："我是外门弟子没错！但至少我做不出把同门扔进妖兽口中，自己逃命的事。"

王熙的脸色瞬间苍白，他显然也想起了自己把林铃推出去的事。他自以为做得隐蔽，没想到被时夏瞧个正着。

时夏冷冷地瞪了他一眼。林铃虽然自私，想让时夏做替死鬼，但也是受王熙所累。可王熙毫不犹豫地把一个处处维护他的人推了出去，事后还能若无其事地大放厥词，说他是"人渣"都侮辱了这个词。

阵内终于安静下来。


时夏深吸一口气，静下心思考起来。后池曾经说过，所有妖兽都有弱点，万物相生相克，没有例外。很明显这头噬水兽的弱点是怕雷。她是纯阳灵气，唤出雷电并不难，易耀罣更是单系雷灵根。再加上这只七阶噬水兽本就有旧伤，他们若硬要拼的话，不是没有胜算。但关键是这只妖兽会隐身。

他们怎样才能逼这头噬水兽出来呢？

等等！噬水兽……水？！

时夏眼睛一亮，把灵气转换成冰灵气，直接走出阵法使出《落星辰》，一时间只见万千冰凌出现在空中。

"你疯了。"王熙突然惊呼道，"噬水兽是水系妖兽，你唤出再多冰凌又有什么用？"

时夏没有理他，转头看向易耀罡道："易耀罡，一会儿我的法术一落下，你就朝地上使出你攻击范围最大的雷系法术，知道了吗？"

易耀罡还没有回应，王熙却道："地能吸雷，往地上攻击有什么？你不懂就……"

"闭嘴！"时夏猛地瞪了他一眼道，"你不说话没人拿你当哑巴。"

"你……"

时夏再次无视他，将灵气一转，大片冰凌就化成了水，哗啦啦像是下雨一样直接落了下来。她转头朝易耀罡吼道："快！"

易耀罡一愣，虽然有所怀疑，却还是依言快速捏诀，一掌拍在地上。只见雷电非但没有消失，反而顺着地上的水传递开来，一时间条条电光像蜘蛛网一样扩散开来。不一会儿，满地都是电光。

一声惨叫响起，噬水兽出现在十米开外的地上，不断地翻滚着。

"这……怎么可能？"王熙一脸震惊。

"水能导电。"时夏白了他一眼道，"没事多读点儿书！"

王熙的脸色瞬间黑如锅底。

时夏没时间理他，马上地上的水就会渗入地下，到时噬水兽会再次藏起来，而且易耀罡的雷光也持续不了多久。她转头看向其他人道："谁会五行环灵阵？"

"我会。"沐婷道。

"我也会。"其余两人也站了出来。

"你们一人一个方向围住噬水兽，与我同时启动环灵阵。"她转头看向还在放雷诀的易耀罡说道："易耀罡，你做阵眼。"

四人一愣，顿时明白了她的意思，直接站在了噬水兽周围的四个方向。四人一起启动阵法，噬水兽四周瞬间出现四道透明的灵气壁，直接将它关在里面。

"易耀罡！"

时夏喊了一声，易耀罡立即收起刚刚的雷诀，调动灵气进入灵气壁，再次引动雷诀。

围住噬水兽的灵气壁开始噼里啪啦地亮起雷光，而且循环往复地朝妖兽劈去。

环灵阵原本是一个十分鸡肋的阵法，用灵气造出几面灵墙把东西困在里面，但灵墙并不十分牢固，唯一的优点就是，灵气在灵墙内循环往复、生生不息，也就是说里面的灵气用不完。所以时夏才让易耀罡做阵眼，他是雷灵根，只要在阵眼上把环灵阵里的灵气全转换成雷灵气，那灵墙就会化为雷光，而且永远停不下来。害怕雷光的噬水兽绝对逃不出来。

果然，灵气墙全部化为雷电，编织成四张电光大网，对着里面的噬水兽狂击。一时间整个森林上空都回荡着一阵阵轰隆隆的雷声。

噬水兽如铠甲一般坚不可摧的鳞片在雷光下绽开。它疯狂地攻击起环灵阵，却又被雷光逼了回去，只能一边嘶吼，一边使用水系攻击，反而加快了雷电的攻击速度。它的身上出现一道道伤痕，不一会儿整个蛇身上都布满了血迹，动作也慢慢迟缓下来。最终它像是用光了力气，瘫在地上。

"成功了……"结阵的几人都有些不敢相信自己的眼睛，他们居然困住了一只七阶妖兽。

"不要放松警惕，它还没死！"时夏高声提醒道。

几人愣了一下，果然，下一刻噬水兽再次朝其中一扇灵气墙全力撞了过去，完全不顾那一道道雷光。

时夏心想：为什么选择的是我控制的这面啊？我长得比较衰吗？

时夏只觉得心口一痛，喉间顿时涌上一股腥甜，浓郁的血腥味弥漫了整个口腔。

"姓夏的，你……"易耀罩睁大了眼睛，脸上闪过一丝担心。

"别管我，继续！"时夏咬咬牙，压下丹田处传来的剧痛。都到这一步了，环灵阵一定不能停，不然所有人死定了。

易耀罩咬咬牙，回过头继续专注地转换阵中的雷灵气。里面的雷光更猛烈了，浑身是血的噬水兽被劈得焦黑，隐隐传来焦煳味，它的叫声越来越弱。突然，它猛地一下蹿了起来，发出一声与之前完全不同的吼叫。那声音十分尖锐，像尖刀一样传入耳中，震得人耳鸣目眩。而噬水兽的身形也突然开始膨胀，不对，应该是只有身体的中间一段在膨胀，越来越大，直到表皮被撑开两条三四米宽的裂痕，而从那裂痕之中居然长出如蝙蝠一般漆黑的双翼。

"它……它要化蛟！"一直站在一边的王熙睁大眼睛，一脸惊恐地说道。蛟是九阶妖兽，相当于化神期，整个修仙界估计都找不出一只来，这头噬水兽居然有蛟的血统。

三个控阵的人脸上也浮现恐惧之色，连阵形也开始不稳了。

这个王熙不帮忙就算了，还在这里影响军心。

"冷静点儿！"时夏高声提醒道，"七阶化蛟哪有这么简单？它已经没了气力，绝不能让它化蛟成功。"

几人这才恢复冷静。易耀罩催动全身灵力攻击正在化蛟的噬水兽，雷一道比一道劈得猛烈，他的脸上布满了汗珠。

妖兽升阶向来很难，更别说是从七阶升到九阶。噬水兽挣扎的力度越来越小，但刚刚那尖锐的声音却没有停止，一声比一声尖锐。它一连叫了九声，最后一声更是大得似要划破长空，传遍整个森林。

时夏一开始还没在意，当第九声落下后，森林中响起了各种妖兽的吼叫声，像在回应噬水兽。

　　"不好，它不是为了化蛟，是在召集其他妖兽！"时夏心中一沉。

　　"九声！"易耀罡脸色苍白地说道，"它发出的是兽潮之音。"

　　果然，下一刻一阵接一阵的吼叫声响起，伴着轰隆隆的奔跑声，远远地可以看到一片尘土飞扬，像是有着一大群生物正朝这边狂奔过来。

　　"兽潮，是兽潮！"王熙连连退后了好几步，惨叫一声后御剑跑了。

　　他这一跑，几个结阵的修士也露出了惊恐之色。

　　"不要分心。"易耀罡焦急地喊道，"噬水兽还在呢！"

　　可这话显然没什么作用，一头噬水兽他们已经应对得这么吃力了，何况是聚集了千千万万头妖兽的兽潮。

　　"不……我才不要死在这里！"右侧的修士吓得全身发抖，直接收回手，转身御剑逃了，连头都没有回。

　　阵法突然缺失，作为阵眼的易耀罡首先受到重创，张口就喷出了一口血，脸色涨成了紫色。

　　时夏立马用灵气补上缺掉的那一面灵气。

　　可有一就有二，那个修士一走，另一个男修也待不下去了，跟着那个男修走了。兽潮的声音越来越近了，沐婷看了眼阵眼上的易耀罡，慌乱且愧疚地转身，扬手唤出飞剑，看向时夏说道："你……你也赶紧走吧，我们是挡不住兽潮的！"说完她也飞走了。

　　现场只剩下时夏与易耀罡，时夏只能一个人接下整个环灵阵。易耀罡是阵眼，刚刚那三人离开导致阵法反噬，易耀罡已经伤得不成人形了，现在只是在死撑。

　　时夏知道现在转身跑才是最明智的，就凭他们两个伤员，赶来的妖兽们一脚就能把他们踩死。但她一走，易耀罡必死无疑。她咬了咬牙，一边维持环灵阵，一边把部分灵气转换成雷灵气。一时间整个阵里出现了一片白光，噬水兽总算没了声息。

　　易耀罡身形一晃，直挺挺地往后倒去。

　　时夏上前一步，顺手扶了他一把，问："喂，你还活着吧？"

　　易耀罡愣愣地看了时夏一眼，有些不敢相信："怎么是你……"他从未想过最后留下的是她。

　　"兽潮来了！"时夏扶好他，握紧了手中的剑。

　　下一刻，一大群妖兽出现在他们的视线之内，一眼看去只能看到远处密密麻麻的妖兽正朝这边狂奔而来。

　　"你想干吗？"易耀罡脸色发白，转头道，"姓夏的，别逞能，你挡不住的，赶紧走！"

　　"来不及了。"时夏上前一步，直接使出全力，一时间手中的剑化成千千万万把灵剑，灵剑又化成剑龙，一声龙吟顿时响彻云霄。剑龙带着凌厉的灵气冲了出去，龙身周围更是带起了一阵阵风刃，以横扫千军之势扑向兽潮，接触到剑气的妖兽无不皮开肉绽，直接在兽潮间清出一条道来。

"这……这是……"易耀罡惊呆了。这么强的剑气，他在元婴期的厉剑峰峰主身上都没有见到过。这真的是筑基期弟子的实力吗？他现在终于明白还真石为什么会把她分到一组了，她的实力根本不低于任何一个金丹期弟子，而且就剑术而言，恐怕就连厉剑峰峰主也……

"你……你已经领悟了剑意？"

时夏的回答是直接喷出一口血。果然以她现在的实力，使用《落星辰》的最后一招星辰灭太勉强了。

"姓夏的，你……你没事吧？"易耀罡吓了一跳，偏偏自己还动不了，心里顿时十分愧疚，咬了咬牙道，"你还是走吧，我跟你又不熟，你别管我了。"

"闭嘴！"时夏回头瞪了他一眼道，"我既然留下来，就一定会救你，帮不上忙你就给我闭嘴！"

"……"

时夏撑着剑站了起来，刚刚那一招只是暂时阻挡了一下兽潮。妖兽数目太多，马上就补上了她刚刚冲出的缺口，继续朝他们奔了过来。

一百米……五十米……三十米……

没办法，拼了！

她沉下心，感应丹田中的红色剑意，直接引入剑招之中，使出了《落星辰》的第二招——落星杀！剑光四起，剑气愈加凌厉，地上已经出现了条条裂痕。

"剑意！"易耀罡睁大眼睛，不由得兴奋起来，紧紧地盯着空中的气流，想看清她的剑意是什么样的。

不一会儿，天空中出现了一大片密密麻麻、色泽鲜艳的……

"'萝卜'？"

剑意不是剑修的最强杀招吗？为什么她的剑意是"萝卜"？易耀罡整个人都不好了！

可接下来，他再次惊掉了下巴。

时夏直接一挥剑，天空那群红红的"萝卜"呼啦一下朝着兽群砸了过去。轰隆隆一片爆炸声响起，如同千万张爆裂符同时引爆一样，一只只气势汹汹的妖兽全被轰成了渣。

"好……好厉害……"这真的是"萝卜"吗？它们居然会爆炸，而且看这威力，他们没准……还真能赢！

"走！"时夏一把拎起易耀罡，转身御剑飞起。

易耀罡："为什么？"他们不是占了上风吗？

141

"再不跑，我连御剑的灵气都没了。"

"……"他都忘了她是筑基期修士了。

时夏抓着易耀罡，拼命地加快飞行的速度。她刚刚使出全力一击，连剑意都用出来，想的是能冲散妖兽最好，若是冲不散，也能让兽群混乱，让妖兽失去目标。她特意选了更深入秘境的方向，与兽潮的方向错开，一定可以躲……

但是兽潮突然改变了方向，不惜掉头也要追着她。时夏整个人都不好了，不是说兽潮是无组织、无纪律、被愤怒控制只会肆意破坏的妖兽群吗？为什么它们还会追踪她啊？毕鸿这个骗子！

"我们逃不掉的。"易耀罡脸色黯然，咬咬牙道，"你把我放下来，我去对付兽群。"

时夏回头扫了他一眼："你这样子能挡住兽群？"

易耀罡嘴硬道："你别小看我，就算挡不住，争取一段时间还是可以的。"

"然后呢？"时夏冷笑一声，"你打算送死吗？"

他转过头道："至少……至少可以活一个。"

时夏叹了口气，心想：你不想连累我就直说，嘴硬什么？

"放心吧，我说过会救你，就会救到底！"

"你……有办法？"

"没有！"

易耀罡："……"

"不过我绝对不会扔下你一个人跑。"

"你……为什么……"他愣了愣，神情疑惑有之，震惊有之，感动有之，更多的是难以置信。为什么？明明他们并不熟，而且之前还有过节。

"难道……"他想到什么，睁大眼睛震惊地看向她道，"姓夏的，你不会……喜欢上小爷我了吧？"

时夏脚下不稳，差点儿掉下去："啊？"

"那个夏师妹……你……你可千万不要喜欢上小爷我。"他一脸纠结地道，"虽说我是长得好、修为好，又是单系雷灵根，但……感情这种事是不能勉强的……你救我再多次都没用，我们是没有可能的……"

"现在把你扔下去还来得及吗？"

"你这是因爱生恨吗？唉，你的个性是个男修都不喜欢，别说是小爷……哎呀！"

时夏直接一脚把他踹了下去，现在的小孩儿都在想什么？

易耀罡吃了一嘴沙，露出不可置信的表情，爬起来问："你还真扔啊？"

"闭嘴！"时夏瞪了他一眼，从天上飞下来，停在他旁边，指向前面道，"没路了。"

"啊？！"易耀罡一愣，这才发现前面出现了一片宽广的大海，一眼看不见尽头，海面之上出现了一道灵气的隔断墙，连天空都挡住了，"这里是秘境的尽头。"

"不能越过这道灵墙吗？"时夏指了指那个隔断墙。

"那不是灵墙。"易耀罡道，"这里是秘境的边沿，这海看似宽广，其实隔断之外的景象只是幻象。"

也就是说除了在这上面再开一个进出秘境的出口，他们无处可逃。

身后的兽潮越来越近，各种兽吼声不绝于耳。

"怎么办？"易耀罡一脸焦急，"夏……你叫夏什么来着，可有什么办法？"

"有一个！"

他神色一喜，追问道："什么办法？"

时夏回头看向他，上上下下地扫视了一遍，笑道："你的灵力已经用完了吗？"

"是……是呀！"他看着时夏的眼神，不自觉地抱住了自己，"你……你想干吗？"

时夏笑得更灿烂了，抱拳咔嚓按了一下，说道："也就是说，无论我对你做什么你都反抗不了？"

"话虽这么说，但……你……你做什么？！"

"揍一下而已，不疼。"

"啊？！"

时夏直接一拳挥了过去，带着灵力。易耀罡连反抗的时间都没有，直接头一歪，昏了过去。时夏顺手接住他，这个人不管用，只能换个管用的人上线了。

仅两息的时间，他闭上的眼睛就再次睁开，眼神瞬间变了。

"夏夏……"他看了她一眼，眉头一皱，问道，"怎么回事？你受伤了！"

时夏松了口气，还好来得及。

与此同时，大批妖兽出现在他们眼前。时夏顺手一指妖兽群，理直气壮地道："哥，那群'小动物'欺负我！"

后池转过头，一时间杀气四溢……

时夏从没像这一刻这样清楚地知道人与人的不同。之前兽群追得她要死要活，后池只是微微一挥剑，大片寒冰就瞬间把上千只妖兽连同整个森林冻住了。他再轻轻一挥袖，咔嚓几声，所有的冰层刹那间碎裂，化为满天的雨滴哗啦啦地下了一地。前后不到一分钟，刚刚咆哮如雷的兽群全消失了，若不是眼前出现了一片空旷的地界和满地的水，她还真以为刚刚的兽群只是自己的错觉。

这就是化神期的修士！

"夏夏不怕，哥哥已经把'小动物'赶跑了。"后池收了剑，顺手抱住妹妹，轻轻地拍着她的背。

时夏嘴角一撇，心想：你确定只是赶跑了，不是赶尽杀绝？

"哥哥看看你的伤。"他拉起她的手，顺势输了一丝灵气进去。

她的体内传入一股暖流，游走了一圈，身上的痛感很快消失，体内受创的经脉也恢复如初，精神也好了不少。

时夏深吸了一口气，真诚地道："谢谢哥。"

143

"嗯。"他收回了手，四下看了看，却发现此时只有她一人，忙问，"到底发生了何事？"

于是她把遇到噬水兽的事说了一遍。

后池皱着眉头道："噬水兽的确是寒玉王花的守护兽，而且此妖兽大半有化蛟之能，而你说的那块木牌定是用来封住噬水兽的。"

"你是说噬水兽是我哥封印在那里的？"

他点头："噬水兽脖子上的旧伤就是证明。"

"可如果他是为了取寒玉王花的话，为啥不干脆杀了这头噬水兽，反而将它封在那个岛上？"

"或许是不能杀。"

"不能？"时夏一惊，"你是说他早就知道噬水兽会引来兽潮，所以只是封印了它？"

"嗯。"

时夏："……"为啥她老哥每个行动的受害人都是她？她现在跟他断绝兄妹关系还来得及吗？

"不过……"后池疑惑道，"这无妄境只是个金丹期的秘境，按说不该出现七阶……"

他话到一半又停住，猛地转头看向海面。

"怎么了？"时夏也站了起来。

"那边有魔气。"

"什么？"时夏一惊，顺着他的目光看过去，"是我老哥吗？"

"暂时不能确定。"他抬头仔细看了看海面上的隔断墙道，"但此处应该不是秘境的尽头，屏障之后必然还有另一番天地。"

"魔气是从那边传来的，那要怎么过去？"

他沉着脸说道："海底。"

"那还等什么？"她催促道，"我们赶紧过去吧。"

她来这儿不就是为了找到那个不省心的哥哥吗？她捏了一个避水诀，向海中走去。

"夏夏……"后池却站在原地。

"怎么了？"

他皱了皱眉："无妄境开启的时间只有一个月。"

时夏一愣，算了算时间，顿时明白了他的意思。他们一路走过来花了二十多天，如果现在不回去，秘境一关闭，她可能会被留在里面。

"无妄境五十年才开启一次。"也就是说如果错过这次回去的机会，她要在里面待五十年。

她转头看了看海面，好不容易才走到这里，线索就在眼前，她怎么能放弃？她握紧双拳，一咬牙，决定赌了！

"不管是不是，我都要去看看。"

"夏夏……"

"后池！"时夏打断他的话，"那是我哥。"

他愣了一下，脸色黑如锅底。

"你也一样。"她笑了笑，加了一句道，"如果是你，我也会去。你也是我哥啊！"

"走吧！"她朝他招了招手。

"来了！"他开心了。

避水诀果然是过江入海的必备法术。他们一踏入水面海水就自动分开了，周身仿佛有一层气泡，而且可以自如地在海底行走。这个法术唯一的缺点是速度慢，不能御剑。

他们没走多久就看到了那个透明的屏障。

"在那边。"后池指了指前方。

时夏侧头一看，果然前方十几米处珊瑚旁边的屏障上破了一个大洞，还有各种鱼类进出。那个洞是圆形的，看起来有四五米宽，隐隐能感觉到洞边完全不同于这边的灵气。

她的心底顿时冒出一个想法，那只七阶噬水兽不会是从这个洞里游过来的吧？

后池显然也想到了这一点，朝她点了点头。

果然是这样！看来外面的世界虽然很精彩，但也很危险啊！她抓着后池的手，大步跨了过去。跨过屏障的那一刻，一股阴寒之气迎面扑来，一种让人很不舒服的气息涌来，让她没来由地有些暴躁。

"平心静气。"后池传了一丝灵气给她，提醒道，"魔气最易扰乱心智，摒除杂念即可。"

时夏深吸一口气才压下心底突然涌现的情绪。原来这就是魔气！

"后池，你能分辨出魔气是从哪里来的吗？"

后池沉默了一会儿，说道："就此处有一丝魔气，倒是看不出来源，不过……那处的阴寒之气尤为浓厚，里面必定藏着什么。"

时夏顺着他指的方向看过去，只能看到黑漆漆的一片，想了想还是朝那个方向走去。果然如后池所说，四周的阴寒之气越来越重，倒是魔气越来越少。

他们走了大概一个时辰，后池突然停了下来。

"怎么了？"

"前面有个洞府。"他皱了皱眉，扬手捏了个诀，手里顿时飞出一个光球。只见那光球越飞越高，突然白光大盛，像照明弹一样把海底照得一片明亮。

时夏这才看清前方不远处出现了一座宫殿一样的建筑。这座殿宇看着年代久远，不少墙体已经坍塌，上面缠满了各式各样的海洋植物。

"这是什么？"

"应该是一处修士的遗迹。"后池道。

"遗迹！"时夏眼睛一亮，"不会有危险吧？"

后池用神识探查了一遍，有些嫌弃地摇了摇头道："里面没有太多阵法，亦没有机关。"

那就是说没有危险了。时夏迫不及待地说道："我们去看看吧！"

时夏往前走了两步，却发现旁边的后池身形晃了一下："夏……夏。"

"你怎么了？"

"他……醒……"话没说完，他直接朝她倒了下来。

时夏连忙伸手抱住他，唤道："后池！"

过了一会儿，他皱了皱眉，睁开眼，不确定地道："姓夏的？"

时夏脸一黑，干脆利落地把双手收了回去，不浪费一个表情。

"哎呀！"易耀罡扑通一声倒在了地上，没好气地说道，"你干什么？"

"不好意思，手滑。"

"你……"易耀罡气得脸都涨红了，四处看了看，疑惑地问，"这是哪儿？刚刚发生了什么，我们怎么会在这里？"

"海底。"时夏解释道，"你晕过去了，我刚好发现海底的屏障上有个洞，就带你躲进来了。"

他眼睛一亮，确认道："你是说我们甩掉了兽群？"

"嗯。"

易耀罡松了一口气，突然又想起了什么，气愤地道："不对，我刚刚明明是被你打昏的。"他颤抖着手指着她，吃了大亏的样子，"你……你趁我昏迷的时候对我做了什么？"

"我除了背着你逃命，还能做什么？"

"谁知道你想干吗？"他冷哼一声道，"怪不得之前我每天早上醒来就莫名其妙地在你旁边。你是不是早就垂涎我了？"

时夏瞪了他一眼道："放心，我眼不瞎！"

"你这话是什么意思？给小爷说清楚！"

时夏懒得理这个脑洞大开的少年，直接朝遗迹走去。她刚跨入大门，周围的水就退了出去，自动隔绝开了。她收了避水咒，朝里面走去。这里是一座大殿，里面空荡荡的，一眼就可以看到底。只是在殿中间的地上打开了一条通道，里面有一个直通地下的楼梯。

"喂，来个照明的法术。"她推了推旁边的易耀罡。

"为什么是我？"

"你的雷灵根更方便。"她还需要转换灵气。

"可是我受伤了，灵气也……咦？"他感应了一下身体，惊呼出声，"我的伤好了？！"

"赶紧的，下去了！"时夏直接走下楼梯。

易耀罡捏了一个雷球跟了上去，看向时夏的眼神却越来越复杂，几次张了张口像是想说什么，又闭上了嘴，一副难以启齿的样子，还时不时发出长叹。

时夏被他看得心里发毛，好不容易走完了那段楼梯，忍不住开口道："有话就说。"

"那个夏……夏……夏什么来着？"

"夏时！"

"对，夏时师妹，"他一咬牙说道，"谢谢你救了我，还帮我治好了伤。"

"嗯。"这还算句人话。

"我知道你剑术好，修为虽然不高，但悟性极佳，将来必有所成，是个难得的好姑娘。"

时夏脚步一顿，上下瞅了他一眼，问道："你到底想说什么？"

"我是说……我真的不能跟你在一起，感情的事是不能勉强的，就算你治好了我的伤，对我再好也一样。"

"你哪只眼睛看出我喜欢你了？"

"你不用否认，我知道姑娘家脸皮薄。"他一脸"我都懂"的表情，道，"但你要清楚，我跟你是没有结果的。你不要再喜欢我了！"

"我说……"她深吸一口气道，"第一，我不喜欢你；第二，我救你是看在元照的面子上。"她上下扫视了他一眼，视线停在某个重点部位，"第三……"

易耀罡一抖，不自觉地伸手挡了一下。

时夏这才收回视线抬起头，回了两个字："呵呵！"

易耀罡只觉得一种叫"男性尊严"的东西啪一下摔在了地上："你……你这话什么意思？你给我说清楚，我哪里配不上你了？"

时夏白了他一眼道："你真的是元照的儿子吗？"你们的智商明显不是一个层次的啊！

"这关我爹什么事？"他愣了愣，猛地睁大眼睛道，"你不会看上我爹了吧？"

时夏深吸了一口气，狠狠地瞪了他一眼道："我看上你全家，行了吧？！"

"你连我娘也不放过？！"

时夏心想：现在把他扔回兽群，还来得及吗？

"喂喂喂，你别走，说清楚……"


后池说得没错，这个遗迹里的确没有阵法和机关，因为全都被人破坏了。时夏下了楼梯后没走多远就看到一扇已经损坏了一半的门，门是打开的，上面隐隐还能看到之前阵法的痕迹，通道两侧有很多断剑，像是触发了什么机关留下的。

"之前有人来过这里？"易耀罡嘀咕了一句，四下看了看说道，"咦，这断门上还写着字！"

字？难道是……

"我看看。"时夏立马走了过去，细一看，脸色一下黑了。

只见上面端端正正地写着"遗迹寻宝由此去"，后面还贴心地画了三个指示箭头。

果然是老哥的手笔。她的心底顿时生出一股无力感。

"这种文字倒是从未见过。"易耀罡猜测道，"兴许写的是关于这个遗迹的，就是不知道里面到底放着什么。"

时夏笑了一声，虽然不想泼冷水，但还是提醒道："兴许里面什么都没有。"

"你怎么知道？"

看这字就知道了，某人一定已经到此一游过了，而且可能早已离开。时夏叹了口气，既然来了就进去看看吧，就算没有什么宝物，没准能找到老哥的线索呢？

"走吧！"她直接走在了前面，果然一路上又看到了很多同样的指示箭头，从一开始的"遗迹寻宝由此去"到后来的"距离藏宝秘室还有500米"，还有100米……50米……30米……

终于，他们走到了一扇巨大的石门面前。整个石门上横向画了一排明显是后期加上去的向右的箭头，而箭头的尽头门侧有两块突起如按钮一样的砖块，砖块周围分别画着两个醒目的圆圈，一红一绿。红的那个圈上还画着一个骷髅头，写着"危险"二字。绿色圆圈上则画着一个铃铛，上面写着"开门"二字。

时夏很无语，老哥提醒得这么清楚，布机关的人会哭的吧？！

"夏师妹，这可是开门的机关？"易耀罡问道，"这一路也太顺利了吧！"

"嗯。"时夏有些心累地按了一下绿色的按键。

果然，下一刻石门打开了，浓郁的阴寒之气迎面而来，冷得刺骨。时夏皱了皱眉，不自觉地运转体内的灵气驱散周身的寒气。

门内一片昏暗，空气中弥漫着浓浓的雾气，而雾气中心则闪着一道金色光芒。他们走近一看，只见那是一张石台，发光的是悬浮在石台上几个金色的中文简体字——"宝贝（九阶）"。石台中间还放着一个铃铛。

时夏没想到这里面的东西还在，而且一路走来，老哥好像在特意引他们进来拿这个铃铛。他这么做到底什么意思？而且她总觉得这个铃铛有点儿眼熟。

"这是什么法器？"易耀罡直接伸手拿铃铛。

"别动！"时夏拍了一下他的手，铃铛还是滚动了一下，顿时一行金色的字符从铃铛里飘了出来。

　　恭喜你！获得玲珑一只（伪），随身老爷爷一个（脾气不好！）。

时夏："……"

玲珑指的是这个铃铛，但后面那个"伪"字是什么意思？随身老爷爷又是什么？

她正疑惑时，屋内的阴气开始汇聚，上空白光一闪，突然出现了一个朦胧的身影，

148

一道苍老的声音传了过来。

"吾乃璧灵宗宗主玄泽尊者,在此已等候三千五百年,总算等到了传承之人。少年,还不快快跪下拜我……咦,怎么有两个?"那身影顿了一下,猛地从上空飘了下来。

时夏这才看清楚,还真的是个老爷爷啊!只是他全身透明,明显只是一个游魂。

那个老头左瞅瞅右看看,把两人打量了一遍。

"原来还有个女娃娃,算了。"他专心看向易耀罡道,"小子,你可愿拜我为师?我必将璧灵宗的全部绝学传授于你。"

"璧灵宗!"易耀罡一脸激动,"你说的可是四千年前的顶级宗门,出过一位飞升老祖的璧灵宗?!"

"没错。"老头开心地点了点头道,"我正是璧灵宗宗主!"

"晚辈玉华派弟子易耀罡,见过玄宗主。"易耀罡恭敬地行了个礼。

老头越发满意了,摸了摸胡须,欣慰地道:"没想到这么多年了,这世上居然还有人记得我璧灵宗。小子,你我能在这里相识也算有缘,还不快快跪下拜我为师?"

"这……"易耀罡神色为难,"我已经有师门了。"

"愚蠢!"老头顿时怒了,"难道我璧灵宗比不过你的师门?我堂堂化神尊者的功法,还会埋没了你不成?!"

"晚辈不是这个意思。"

"那是何意?"老头气得身上的白色雾气都沸腾起来,"说说,你到底是什么灵根奇才才看不上我璧灵宗的功法?"

"我……我是单系雷灵根。"

"单系雷……"老头一愣,瞬间安静下来,微微侧过身摸了摸胡子道,"资质倒是……尚可!好吧,既然你执意不想入我门中,我也不会强人所难。"

"多谢前辈!"易耀罡松了口气。

"唉,可惜我在此等了三千多年,终究还是没能寻到一个可传承之人。"老头长叹一声,话锋一转,摇了摇头道,"罢了罢了,我这缕魂魄也维持不了多久,总不能让璧灵宗在我的手上断绝吧!我这便将功法传与你!小子,还不速速拿起石桌上的玲珑,放开神识让我进去授你功法?"

"啊?!"易耀罡愣了一下,还真就拿起了桌上的铃铛。

老头顿时眼前一亮,手间化出一道亮光朝易耀罡的额心射去。

时夏脸色一沉,当即顺势拉了易耀罡一把,那射出的白光啪的一下打在了石桌上。

"小丫头,你干什么?"老头气呼呼地瞪着时夏道,"为何打断老夫?"

时夏冷笑道:"我看传功是假,夺舍是真吧!"

# 第七章　妹妹的五行历练

"你胡说什么？"老头脸色一变，说话时整个身躯都扭曲起来，"我堂堂尊者怎么会做夺舍这种有损阴德之事？"

"那你为什么要让他拿起那个铃铛？如果只是传功，跟铃铛有何关系？恐怕是你能力不足，要借助这个法器夺舍吧？"

他愣了一下，脸上闪过一丝慌乱，却仍道："那是我璧灵宗的至宝，我想一并传给他，不行吗？"

"行，当然行！"时夏越发确定自己的猜测，道，"但如果你真像自己说的那么在乎你的宗门，那又为何同意他不拜你为师？明明我就站在旁边，你却连问都不问我一句，直接就答应他了。恐怕并不是因为你的魂魄撑不了太久，而是因为我是女的，你不能夺舍吧？"

修仙界只看资质，可不兴重男轻女那一套。他无视她只可能是因为她的身体不适合他夺舍。

老头没话说了，脸色难看，整张脸越来越狰狞。

倒是被她抓着的易耀罡不服了，一脸怒气地指责道："姓夏的，前辈好心传我功法，你怎么可以生出怀疑之心？你太过分了！"

他用看仇人的眼神看着她，一副忍不住想动手的样子。

"你冷静点儿！"时夏大声喊了一句，同时放了一丝纯正的灵气过去。

易耀罡一愣，眼里似有什么散开了。他用双手捂着头晃了晃，疑惑地说道："我这是……怎么了？"

他感到后怕，刚刚居然莫名其妙地对夏时起了杀心。

"你被这里的阴寒之气影响了。"时夏看向空中完全变了样的老头。

只见他周身的白气慢慢染上了沉闷的灰色，仿佛一瞬间从一个普通的鬼魂变成了怨灵，神情也变得越发阴森。

"哈哈哈……没错，我就是想夺舍，就算你们知道了又如何？"鬼魂老头冷哼一声道，"此地的阴寒之气这么重，你们一个也逃不掉。"

说着，他身上的颜色越来越浓，周身都绕上了一丝若有若无的黑气，直接朝他们扑了过来。

时夏直接把体内的灵气放了出来，一阵白光闪过，满室的黑气全消。

"死在这阴寒之气……啊……"老头还没说完，惨叫一声后直接被弹了出去，砸在石壁上掉了下来，半个身子瞬间成了透明的。

"不好意思，我专治各种阴寒！"

"你……你是……"老头抖了起来，脸上闪过疑惑、不甘、惊讶和满满的恐惧。

时夏叹了一口气："还想玩夺舍吗？"

老头脸色一变，下一秒噌的一声爬了起来。时夏一惊，正准备反击，他却突然以五体投地之态朝她拜了下来："大人，饶命啊！我是冤枉的……"

她聚起的灵气哗一下又流了回去。

"我冤枉你啥了？"时夏按了按额头暴起的青筋。

"夺舍这种事，人家也是迫不得已的……"

"怎么就迫不得已了？"

老头愣了一下，像是想起了什么，哭着道："人家堂堂一门宗主，夺舍这种事，我也是不屑做的。当初我是真心为了传承宗门功法才留在这里的，可等了三千多年，居然只等来一个魔修。他毁了我的洞府，破了我的阵法，还不由分说地揍了我一顿。更让我不能忍的是，他居然……居然嫌弃我璧灵宗的无上功法，不愿意学就算了，还说我这功法过时了，居然连这玲珑都不愿带走。"他越说越气愤，越说越心酸，"这里的阵法是我生前为了考验来者，方便从中选择一个合适的传承之人所设，结果一下全毁了！"

"那跟你夺舍有什么关系？"易耀望上前一步问道。

"就是因为前面的阵法全没了，我担心进入这里的人不具备修习我宗门功法的能力，所以才想一不做二不休……"

时夏："你说的那个魔修现在在哪儿？"

老头摇了摇头："他早就离开了，具体去哪儿了我也不知道。不过其他洞府的鬼可能知道。"

"这里还有其他遗迹？"

"有啊！"老头指了指东边说道，"离这儿最近的就是东边天宸宗老鬼的洞府。"

"到底有多少个遗迹？"

"不算那些不入流的，"老头数了数道，"最少有四个吧。"

时夏嘴角一撇："算了，你把所有遗迹的地点、方向告诉我，我自己去找，至于你之前……"她转头看了易耀罡一眼，见他没有反对的意思才道，"之前的事我们就不追究了。"

"多谢大人！"老头一脸谄媚地道，"不过……大人您如果只是想找那几个老鬼的话，倒不必自己跑一趟。自从这阵法破了后，我经常外出，与他们素有些联系，要不小的帮您把他们叫过来？"

"你会这么好心？"易耀罡有些怀疑，拉了拉她道："别听他的，恐防有诈。"

"小娃娃，我也是有原则的好吗？再说大人身上的灵气这么厉害，我骗谁也不敢骗她啊！对了，这位女修大人有没有兴趣加入璧灵宗呢？"

"没兴趣。"

"大人别这么快拒绝嘛！"老头来了劲，开始卖力地推销起来，"您的灵根这么特殊，十分适合我派的功法，再说这套《玲珑诀》可是极品功法，学了后保管实力提升百倍，轻轻松松到化神，还有九阶法器金玲珑辅助，就连飞升成仙也不是梦啊！"

"要真这么好，你怎么死了？"易耀罡毫不留情地泼冷水。

老头极为不满地瞪了易耀罡一眼道："我那是被奸人所害……"

易耀罡白了他一眼，显然不信。

"行了，别磨叽了。你不是说可以唤其他鬼过来吗？"

老头点头，这才开始召唤亲友。形式很简单，他只是拿起刚刚被易耀罡扔在地上的铃铛摇了几下，随后道："大人放心，他们马上就到。"

下一刻，三个模糊的白影从门口飘了进来，时夏直接走了过去。

几个老头一开始还很开心，热情地向她推荐起自家的功法。结果她打听了老哥的消息后，几个老头同时黑了脸，似乎对她所说的人很不满，气呼呼地抱怨了一通，就是不肯说老哥去哪里了。她没办法，直接放出了灵气。

三个老头瞬间尿了，跪了一地，求饶道："大人饶命！我们说……"

"他去了聚灵之地，"老头二号道，"他七十年前进去后就再也没出来。"

"聚灵之地是什么地方？"

"那是无妄境的灵脉所在，"老头一号回道，"也是整个秘境的中心。那里有一个试炼台，那个魔修应该是去了那里。"

"试炼台？"时夏一愣，"那是什么？"

"试炼台是整个秘境的法则所在地。"老头一本正经地道，"那里蕴含着天道，也是无妄境形成的根本。想必那人去那里也是为了感悟天道，提升修为。"

这也就是说老哥很有可能在那里闭关。

时夏一喜，问道："你们知道方位吧？赶紧带我去。"

四个老头相互交换眼神后才道："聚灵之地布着重重结界，而且十分凶险，我们……"

"放心，你们带我到附近，我自己进去就行。"

几人这才松了口气，在前面带路。时夏正要跟上，却被旁边的易耀罡一把拉住了。

"喂，姓夏的，你不会是想去找那个魔修吧？"他一脸担心，"这些老头说他是化神期，你不会是想找他麻烦吧？"

时夏瞅了他一眼道："如果我说那个人是我哥，你信不信？"

"怎么全世界的人都是你哥？！"他白了她一眼，刚才她还说后池老祖是她哥呢！

"你不信就算了。"时夏直接跟着四个老头走了出去。

"哎……你还真去啊？！"易耀罡咬咬牙，终究还是跟了上去。

他们在海底整整走了两个时辰。时夏好奇地问他们为何要扎堆跑到这无妄境来，如果只是为了找传承之人，在外面找不是容易得多？

时夏问了才知道，他们其实是被强行吸到这个秘境来的，具体原因没人知道。而且，一开始他们也不知道这里就是无妄境，直到她老哥出现。

时夏心里十分疑惑，也想不通是什么原因。

那个聚灵之地到了。与海底的灰暗不同，这个地方灵气充裕，四周布着一个大型阵法，直接把海水隔开了，像是在海底生生划出了一片陆地。这里一片鸟语花香，阳光普照，海水呈圆柱形围绕在阵法四周。

时夏原以为要费一番功夫才进得去，没想到一脚就跨入了那片完全不同的天地之中。想来老头们说的重重结界早被破解了。

这片陆地足足有四个足球场大，在正中心有一片平地，平地上有一个十几米高的石台。石台的底下竖着一块石头，上面写着"五行试炼台"几个字。

时夏心中一动，抑制住心底的兴奋，快步爬了上去，却扑了个空。台上干干净净的，只是在中间陈列着七八个陌生的阵法。

时夏燃起的热情一下被浇灭了。她转头看向老头二号："老头，你确定你说的那个人来了这里后就没出去过？"

"当然。"老头点了点头，又小声说了一句，"应该……"

折腾半天还是白跑一趟，时夏整个人都不好了。易耀罡倒是松了口气，还真怕她跟魔修打起来，道："既然没人，我们还是赶紧回门派吧。海边的兽潮应该散了。"

"回不去了。"时夏叹了口气。

"啊？"

她转头瞅了他一眼道："就算我们日夜不停御剑飞回去，从这里到入口的位置也要十天。"

"那也得……等等，我们进来多久了？"

"二十五天！"

他这才反应过来，脸色瞬间白了，有些难以置信："你是说……我们要在这个秘境……"

"待五十年！"

易耀罣整个人也不好了。

旁边几个老头的眼睛齐刷刷地亮了。

"大人，时日漫漫，既然出不去，不如学本功法打发一下时间！包教包会哦！"

"没错，还有五十年呢！大人灵根特殊，我派这本《御雷术》威力惊人，绝对是修士必选功法。"

"御雷术哪比得上我这本《清心诀》？习之心境通明，大成后心魔不生。"

"你们都让开！"最先出现的老头一号道，"大人，以您这么特殊的灵根，当学我派的《玲珑诀》啊，小的连辅助修习的金玲珑都准备好了。"

"不用了，我不缺功法！"

一号老头仍不死心，转手把一个金色的铃铛塞到她的手里道："大人，这可是九阶法器，难得一见，你不想使使？"

时夏瞅了瞅手里的铃铛，突然出声道："咦，这个铃铛好眼熟……"

"大人好眼光！"老头继续推销道，"这金玲珑乃是我璧灵宗至宝，有固灵销魂之效，专用来修习我门心法，是我派开山祖师按照早已失传的上古灵器玉玲珑造的九阶法器。"

"玉玲珑？"时夏直接从储物袋里掏出一个白色的铃铛问，"你说的是这个吗？"她说怎么这么眼熟，这个铃铛除了颜色，跟当初悬崖下的老头塞给她的一模一样。

"你……你怎么会有玉玲珑？"老头觉得难以置信，"它不是随着玉璧宗与完整的《玲珑诀》一起不见了吗？"璧灵宗的前身就是玉璧宗。

"《玲珑诀》？你是说这个功法吗？"时夏又掏出了一个玉牌。

老头难以置信地擦了擦眼睛。他手上的《玲珑诀》功法也只是残本而已，她居然有完整的！"你是从哪儿……"

"一个姓吴的老头给的。"

吴？玉璧宗的开山老祖就是姓吴，难道是他？

"很多年了。"

"……"

原来这世上还有《玲珑诀》，原来他不是最后一个传承之人，原来她连玉玲珑都有，那他这三千多年蹲在这里到底是为什么啊？

"哈哈哈，就知道你这什么《玲珑诀》不稀罕。"二号老头立马凑过来接力，"大人，不如修习我派的最高功法《天宸术》。"

"你是说这本吗？"时夏再次掏出了一个玉牌。

二号老头卒！

三号老头继续接力："大人，他们的功法都不如我这《清心诀》，我这……"

154

时夏掏出一个玉牌："好巧哦，我也有。"

三号老头卒！

四号老头："大人，这《御雷诀》可是我独创的法术，威力惊人，除了早已失传的《天降术》，世间所有雷系法术都比不上我的《御雷诀》，这个功法你一定没有。"

"这个我真没有。"时夏点了点头，再次掏出一个玉牌道，"可是我有《天降术》呀！"

四号老头卒！

"呃……"看着那颓废到几乎要消散的四个身影，时夏心底掠过一丝不忍，转手把手里的功法塞给了易耀罡。

"我虽然功法多，但易耀罡没有啊！你们生前那么厉害，修炼经验丰富，绝对可以教会他。"

四个老头回过头来，眼里燃起希望，齐刷刷地看向易耀罡。

易耀罡一抖："为啥是我？"

"四位前辈亲自授你功法，你要珍惜啊！"时夏拍了拍他的肩。

"可是……"他还没来得及反对，四个老头唰的一下围住了他。

时夏再次拍了拍他的肩，鼓励道："少年，好好学习，天天向上！"

易耀罡心想：我怎么有种被人卖了的感觉？


时夏与易耀罡真的在这秘境里待了五十年。还好对于修士来说五十年并不是那么难熬，而且这个聚灵之地是灵脉所在，灵气十分充裕，适合修士修炼提升。

时夏目前已经筑基大圆满，下一步就是结丹，但至今没有找到合适的心法。

"大人灵根特殊，倒是可以进入这试炼阵中，兴许能领悟出适合的心法。"一号老头建议道。

时夏问："试炼阵？"

老头指了指地上那一排阵法说道："这聚灵之地的每一个试炼阵中都蕴含着天道，而心法正源于天道法则。若是您能领悟，心法自成！"

她认真看了看那一排阵法，居然有八个，而且每个颜色都不同。她问："这阵法不会是按照五行灵气分布的吧？"

"的确如此。"老头点头道，"其中还包括雷、冰、风三种变异灵气。"

时夏心想：这听起来挺厉害的样子，不会有危险吧？

"大人放心！"老头保证道，"各派都有这样的阵法，只不过这个刚好在聚灵之地的灵脉上，不会有太大危险的……应该！"

"等等。"易耀罡喊住要往里走的时夏，"姓夏的，你不会真想一个人进去吧？"

时夏："总得试试。"她不可能永远停留在筑基层。

易耀罡不认同："这几个阵看着就不好对付，而且一次只能进去一个人，你要是死在里面怎么办？我们如今出不去，不过再过五十年出口还是会打开的。虽然我不喜欢你，但你也别想不开呀！"

这小鬼到底哪来的自信认为她喜欢他啊？

"真的撑不住我自然会立马出阵。"时夏瞄了他一眼道，"我又不是你。"

"哦……那就好！等等，不是我是什么意思？我怎么了？"易耀罡立刻炸毛了。

"行了！"时夏一把拉拉他，把玉玲珑塞到他手里，压低声音道，"防人之心不可无，玉玲珑的固灵销魂功效强过那个金铃铛百倍，又沾了我的灵气，任何阴寒之物都近不了你的身，你可专心跟着老头们学功法，但此物千万不可离身，知道吗？"

易耀罡愣了一下，眼神沉了沉，回头看了四个鬼魂一眼，重重地点了点头道："这点我知道。"他好歹是玉华派掌门的儿子，这点儿防人之心还是有的，"倒是你……试炼阵不是想象中那么简单，你的剑法虽然不错，但修为低，必须小心应对。"

"嗯。"

"还有，凡是试炼阵都有其运行规律，只要找到规律，破阵就简单很多。"

时夏笑了笑，伸手揉了揉他的头道："不错嘛，小鬼，总算从你的嘴里听到一句人话了。"

"我说正经的！"他拍下她的手嘱咐道，"你可别不上心，我们也算是同门，没有同甘，好歹共苦过一段时间，我可不想给你收尸。还有，论辈分我可是你师兄！"小鬼是什么称呼？

时夏在心里吐槽：论辈分，我是你老祖！

"行了，知道了。"时夏挥了挥手，这小鬼有时候还是能做朋友的。

"哼！"他冷哼了一声，傲娇地转过头。

时夏转头看向后面正热火朝天地讨论着教学方案的四个老头："喂，你们四个！"

四人这才看了过来。

"我要进试炼阵了，你们传他功法可以，要是让我知道你们又起什么夺舍的心思，可别怪我不客气。"

"大人放心！"四个老头拍着胸脯保证道，"我等好不容易寻到个传人，自然会倾心待之。"

"那就好！"时夏放了心，朝最右侧的黄色阵法走去，临进阵前又退了回来道，"对了，有件事忘了提醒你们。我这师兄……晚上入定的时候有点儿……特别，你们最好不要惹他。如果他问起我，你们就说我进阵领会心法去了，马上回来！"

特别？怎么特别？四人齐齐看向易耀罡。

易耀罡也一头雾水，想要问清楚，但时夏已经不见了踪影。

但是马上，老头就知道易耀罡哪里特别了。

那个一入定就突然变脸，一身寒气，修为高得吓人的是谁啊？这个人还张口就问："我妹妹呢？"

你妹妹是谁？谁知道她在哪儿啊？

老年四人组还没来得及问，他就开始发飙了，四周的气温骤降，千里冰封，连四周的海水也开始结冰。

"我妹妹在哪儿？"

他又问了一句，这回天上已经哗啦啦开始掉冰凌了。

要不是一号老头灵光一闪，想起时夏临走时的话，及时喊了出来，他们四个恐怕得魂飞魄散。


时夏走进阵法的瞬间，身侧的储物袋抖动了一下，发出叮的一声。

手机！时夏连忙掏出手机一看，那个仙字 App 终于有反应了。她直接点开，这次同样跳出来一张图。图上只有一个场景，却不是无妄境。她仔细一看，地图右上角那座浮峰竟然是秀凌峰。

她好不容易才到这里，这是让她赶回玉华派的意思吗？现在也来不及了啊！

她滑动了一下地图，只见下面写着"喂养任务，任务进度：0.2/1"。

喂养是指什么？为啥进程是 0.2？她之前不是完成一次任务了吗？

时夏一头雾水，收回手机，抬头却发现眼前换了一个场景。

这里应该是一座山里面，到处是泥土，头顶倒很亮，星光点点的，只不过背景不是黑色，而是淡淡的黄色，时不时还有跟丝带一样的黄色光芒从上面划过。

时夏从未看过这样的天空，好奇地上前一步，却一下撞到了什么。她低头一看，只见地上躺着一个用泥巴糊成的黄色牌子，上面写着一行简体中文字。

时夏嘴角一撇，没错，这又是她哥留下的通关攻略。


关卡：土系心法。

打掉一地地鼠，收获星辰大海。

——来自帅哥时冬的温馨提醒


这话是啥意思？什么打地鼠？

她还没想明白，突然脚下轰隆一声长出一根地刺。她一惊，立马飞身躲开。还没等她站稳，脚下再次一震，一根地刺又冒了出来。她只好再次跳开，可是只要一落地，地刺立马再长出。她没了办法，只得御剑飞行。可即使是这样，地上的土刺也不断地向她攻击，就连四周的墙壁上也长出了一根根土刺。她挥剑斩断土刺，土刺又会从另一个位置长出来。

这还真的是"打地鼠"。时夏一开始还可以灵活地躲开，随着地刺越来越多，只得用剑气斩断，却也只能顶住一时。

她都不知道到底斩断了多少地刺，连手臂都酸痛起来。这样下去没完没了，时间越久对她越不利。她尝试使用木系法术，木克土，可是灵气一引导出来立马就消散了。她又用了其他系法术，除了土系，任何灵气都不起作用。时夏有些着急，说好的打掉地鼠收获星辰大海呢？她都打了多少只了，为什么完全没用啊？

等等，星辰！

时夏抬头看向头顶特殊的天空，老哥指的不会是这个吧？这片天空有什么特殊之处吗？她直接飞了上去，却发现顶上根本不是天空，只是一片幻象，一伸手就摸到了后面结实的墙壁。这里居然是一处封闭的空间。那上空这些光只是照明的吗？

不对！

她唤出一道土墙，暂时挡住外面疯长的土刺，仔细看向上方的幻象。那些光点密密麻麻的，光线有强有弱，初看起来分布得没什么规律，就像星星一样，但若是连起来，不就是一幅人体经脉图吗？那些黄色的流光难道是灵气运行的方式？

土系心法！老哥的意思是这上面的流光是土系心法的运行方式！

时夏心间一动，再次加固了四周的土墙，按照那图上的运行方式运转灵气，心底却传来一股刺骨之痛，灵气刚被引出就退了回去。

怎么回事，为什么不行？她明明是按照后池教她的方法引导的啊！难道是这个心法对灵气有要求？土系心法只能运转土灵气？

时夏直接把丹田的灵气转化为土灵气，再次按照上面的心法运行，果然灵气再没有受阻，而且灵气运行处全身舒畅，似有一阵阵暖流划过。灵气在全身走了一圈，最后不再汇入丹田，而是直接朝额心的位置钻入一处时夏从未发现的地方。

她吓了一跳，却发现那丝灵气引入后全身的感观好像强大了不少，好像不用眼睛也能看到四周的一举一动，还是三百六十度无死角的那种。

神识！

这个心法居然可以开启神识。时夏一喜，继续引导灵气。慢慢地，她能感知的范围越来越广。直到她的神识漫过防御土墙，外面攻击的土刺也渐渐安静下来，再没有新的"地鼠"冒出来，原本有的甚至慢慢往回缩。

时夏也不知道过了多久，只是不断地重复着同一件事。终于，她的满是灵气的丹田出现了空缺，而且越来越大，直到引导完了最后一丝灵气，所有的灵气都到了神识。

比起丹田，神识的空间大了千倍有余，原本可以塞满丹田的灵气转换成土灵气到了神识后，却只有小小的一团，不细看还看不到。她没来得及感叹神识与丹田的差距，突然丹田的龙珠一闪，不见。就连灵根的树苗也唰的一下，化为一丝白色的灵气消失了。她吓了一跳，细一看才发现龙珠已经转移到了神识之中，灵根树苗却怎么也找不到了！她不会把自己的灵根毁了吧？

她心里一慌，试着调用了一下法术，却发现运转自如。难道这是正常现象？

时夏深吸了一口气，从入定中醒来，决定出去问问后池。睁开眼后，她发现这个空间跟之前进来的时候完全不同了。到处疯长的地刺不见了，四面都变得平整，就像一个普通的石室，头顶原来璀璨的星空也暗了下去，只能看到几点微弱的光。

看来她通关了！她刚打算出去，身侧的手机却再次一振。她打开一看，只见原本的任务进程0.2变成了0.3。难道说这个任务跟领悟心法有关？不会是让她把各系心法都学一遍吧？但不是说修士只能学一种心法吗？时夏有些蒙，决定去问问经验丰富的后池。

她转身走入传送阵法，眼前的景致一换，再次出现在那个宽敞的石台上。

"姓夏的，你终于出来了！"正在修习法术的易耀罜眼睛亮了亮，朝她走了过来，"你都进去……"

"那啥……"时夏直接打断他的话，"你现在能不能入定一下？"

"啊？！"

"要不，你再让我揍一下也是可以的。"

"……"

时夏出来后才知道她在那个阵法里待了十年。关于她学的心法，后池帮她察看过，的确是土系心法，却又跟普通的心法不同。而且神识原本只有元婴修士才能开启，这次她意外开启了神识，明显是跳级了。但她的修为完全没有增长，还是卡在筑基后期。

倒是易耀罜，不知道四个老头对他进行了怎样"惨无人道"的调教，他居然在这十年里直接从金丹中期升级到了金丹后期。

至于石台上另外几个试炼阵，后池的猜测跟她一样，估计是其他五行灵气的心法历练场。而她第一个进入的土系阵法在她出来后就消失了。

想起手机上的任务，时夏决定挨个进去试试。

后池立马投了反对票："不行！"后池难得朝她皱起了眉，"五行相生相克，同时修习两种心法极易走火入魔。"

"你不是说里面的心法很特殊吗？没准可以。"

"心法特殊不代表绝对安全。"他依旧反对，"特别是你已开启神识，修习时将灵气引入其中，若有闪失又无人疏导，必会伤及元神。"

"大不了你跟我一起进去。"她总觉得手机上的任务指的就是这几个试炼阵。

后池的眉头皱得更紧了。

"有你看着不会有事的。"时夏习惯性地拉了拉他的手道，"放心吧，哥！"

"好。"只要你叫哥哥，我什么都答应你。

他直接抬手捏诀，改动了余下的试炼阵，这才拉着她的手走向木系阵法。

时夏："你要不要变得这么快啊？"

时夏被动地跟着他走入阵法，眼前绿光一闪，下一刻两人已经来到一片绿色之中。这是一片方圆十米的空间，正中间种着一棵大树，直达天际，天上跟土系试炼阵内的天空一样，有点点星光，只是都变成了绿色，也有如绿色丝带一样的流光在上方流转。

"土生木，你已修习过土系法术，就算反噬，也不会太严重。"后池指了指后面的大树道，"此处木灵气浓郁，你可在那树下入定，边引气入体边修习。你先测试，若有异状即刻停下，切不可操之过急。"

"嗯。"时夏点了点头，直接上前几步坐在树下，果然四周的木灵气浓郁得似要化为实体。她转头看了一眼坐在旁边一脸紧张的后池，这才按照心法引导起来。可能是清空了丹田灵气的原因，时夏再次引入木灵气时身体并没有什么异状，除了运行新心法费了些功夫，后面的灵气无须引导，直接就进入了神识之中，顺利得不可思议。

时夏心中一喜，心想：看来可以像上次一样，把这里的灵气全都吸收了。

咦，等等！她好像忘了什么。直到再次睁开眼，看到易耀罣那张脸时，她才想起自己忘记了啥。

"我为什么会在这里？"

她一时考虑不周拉了后池进来，忘了他用的是易耀罣的身体了。这要怎么解释啊？

时夏临时编故事，说道："你之前刚好晕倒在木系试炼阵，所以被传进来了。"

易耀罣："真的？"

"真的！"

易耀罣："等等，我不是你揍晕的吗？"

"呃，不要在意这种细节！再说，我不是跟你一块进来了吗？"

易耀罣信了。

可是骗一次容易，骗的次数多了，借口就越来越难找了。后池又死活不肯让她一个人进阵。

于是——

火系试炼阵。

易耀罣："我为什么又在这里？"

时夏："你有梦游的习惯，你知道吗？"

易耀罣：我不知道呀！

金系试炼阵。

时夏："你练习太辛苦，应该休息休息，劳逸结合！"

易耀罣："我是雷灵根。"他进金系试炼阵不是找虐吗？

雷系试炼阵。

时夏："这里的雷声多好听啊，你不是雷灵根吗，特别喜欢吧？"

易耀罣："这可是九紫天雷。"他会被劈死的好不好？

风系试炼阵。

时夏："这里风景好极了，你应该进来看看。"

易耀罣："这里不是一片荒地吗？"

水系试炼阵。

时夏："外星人入侵秘境了，你信吗？"

易耀罣：外星人是什么？你能好好找理由吗？

冰系试炼阵。

时夏："我说易……"

易耀罣："别说了，我已经不想知道了。"

时夏顶着易耀罣怀疑的眼神把所有试炼阵都闯了一遍，除了雷系阵他帮了大忙外，其他阵法的灵气全都被她引入神识，她也学会了各系的心法。

然而这并没有用，她的修为仍顽固地停留在筑基大圆满。倒是易耀罣从雷阵出来后直接结婴了，只要出了秘境，承受住了结婴雷劫，就正式迈入元婴期。她学了七项都没结丹，他学了一项居然结婴了。

"姓夏的，这下你可打不过我了。"易耀罣难得和颜悦色地拍了拍她的肩膀，笑眯眯地道，"不过你也别灰心！努力点儿，虽然不能结婴，但结丹还是有可能的。"

时夏瞪了他一眼，直接走出了最后一个传送阵。

她刚出阵眼，四道白影就飘了过来："大人，你们总算出来了！"

时夏有些意外，没想到他们四个还等在这里。他们的功法，易耀罣虽没学到精通的程度，但也早已经学会。她上次出阵不见他们的踪影，还以为他们早已投胎去了，或是回了原本的遗迹。

"你们在这儿干吗？"时夏问。

"我等是来……咦，小子，你结婴了！"老头话还没说完，一脸惊喜地看向后面的易耀罣。

其他几个老头也围了上去，双眼放光。

"不错不错，也不枉我等教导你一回。"

"小子，你总算是争气了一回。"

"嗯，虽然速度比我慢了点儿，但还算有前途。"

"不错，没给老头我丢脸！"

四人满意地点头。

易耀罣礼貌地向几人行礼，欣喜地道："多谢四位前辈教导。"

二号老头像是想到什么，掏出一个戒指道："小伙子，这个指环你戴上，可以暂时将你的修为压制回金丹期。"

易耀罣："为何要压制修为？"

"傻小子。"三号老头白了他一眼道，"你现在只是结婴，但在这方秘境是无法度雷劫的。"

"有我也不怕！"易耀罣扬了扬头，一脸自信地道，"我相信以现在的修为，可以

161

顺利度过元婴雷劫。"再说他是雷灵根，本来对雷电就有一定的抵抗性。

时夏看不下去了，扬手拍了拍他的后脑勺道："老头的意思是，你一出秘境就会引来雷劫，到时没有任何准备，而且秘境的出口不在派中，自然会很危险，所以才让你压制修为，等回派后再历劫。"

"没错没错！"三号老头连连点头。

易耀罡这才有些不甘愿地点头接过。

"对了老头，时间过了多久了？"时夏随口问道。

"自大人入第一个阵法起，刚好过了五十年。"一号老头答道。

"已经五十年了！那不是……"

"没错，今天刚好是无妄境再次开启的日子，所以我等才来通知大人的。"

"那还等什么？"时夏朝易耀罡招了招手道，"我们出去吧。"

她刚要动身，四个老头却齐齐出声："等等……"

"还有啥事？"时夏回过头。

四个老头交换了一下眼神，又看了看旁边的易耀罡，一脸犹豫，一副想说又不敢说的样子。

"有话快说。"

四个老头这才扑通一声跪下了。

时夏吓了一跳，问道："你们这是干吗？"

"大人，我等被困在这方秘境已经几千年了。"一号老头道，"这方秘境不通天道，我们又只是一缕孤魂，根本飘不出这方海域，还请大人带我们离开这个秘境，给我们个投胎转世的机会。"

"你们不能离开这里？"她还以为他们是自愿留下的呢！

"没错。"四个老头蔫蔫的，甚是忧伤地说道，"我们原本就是被吸到这海底的，这海脱离天道的限制，我们无法自行离开，就算是投胎也不行。"

时夏皱了皱眉，脱离天道，怎么觉得这个设定怪怪的？

"四位前辈放心。"易耀罡上前一步，正色道，"你们教我法术，我当然不会扔下诸位不管。放心吧！"

可惜四人直接无视了他，一号老头更是不客气地把他推到一边："你有什么用？让开让开！"

"就是，别打扰我们向大人求情！"二号老头说道。

"挡着干吗？大人没看到我们的诚意怎么办？"三号老头说道。

"嘘……嘘……"四号老头出声道。

易耀罡："……"

"大人，此事只有您可以帮我等。"一号老头泪眼蒙眬地瞅着时夏，指了指她身侧的储物袋道，"只有你身上的玉玲珑可以将我等摄入其中，待出得这方秘境再将我们超度即可。"

时夏直接掏出了袋里的白色铃铛，问道："你们说这个？"上次从土系阵出来后，易耀堃就把铃铛还给了她。

四个老头齐齐点头道："玉玲珑本就是作用于魂魄的法器，可以将我们锁在其中。若是我们就这般出去，只要出了这片海域，就会被吸回来。"

她瞅了瞅手里的铃铛，没想到它还能这样用。

"请大人帮帮我等！"四个老头满脸急切与哀求之色。

"姓夏……夏师妹，你就帮帮前辈们吧。"易耀堃也忍不住开口了。

时夏点了点头，上前蹲下看着这四个老头，笑了笑道："抱歉，之前我不知道你们是被困在这里的，这些年辛苦你们了！如果能带你们出去投胎，我自然愿意帮忙，不过……"她抬头看了看四周，继续说道，"既然要帮，那不如帮得彻底一些。"

四人愣了愣，没明白她的意思。

时夏站起来，直接把灵气注入手里的法器。白色铃铛越来越大，飞到上空开始旋转起来，白色的灵光瞬间朝整个海面扩散。

"姓夏的，你这是……"只是收四个魂魄，你不用把灵气扩散得这么广吧？

时夏道："这海底应该不止你们四个孤魂吧？"

四人难以置信，眼里闪过一丝感动，齐齐朝她拜了下去。

"多谢恩人。"

"不客气！"

铛！玉玲珑响了一声，顿时响彻海底，声音一落，只见一道道白色的影子争先恐后地从四面八方飞进了那个铃铛里。地上跪着的四个老头也化成了四道白光飞向铃铛。

十分钟后，直到再没有白光钻入铃铛，时夏才将铃铛收回来。时夏粗略地数了一下，有上百个孤魂。

"你真的要把这些鬼魂全带出去？"易耀堃一脸纠结。

时夏把铃铛放入储物袋，点了点头道："嗯，一劳永逸嘛！"

"可……其他人你都不认识啊！"救老头他可以理解，但其他鬼魂，她见都没见过吧？"谁知道其他的是好是坏？若是他们出去后害人怎么办？"

"我只是送他们去投胎，又不是扔他们去做孤魂野鬼。"

"投胎也是啊！"他仍不理解，"兴许他们之中有生前十恶不赦的魔修，若转世做了坏人怎么办？修仙之人最忌因果，如此你不是平白染上了恶因？"

时夏觉得有些好笑："魂魄是不能长存于世的，因为怕他们中有坏人，就把所有人扔在这里，等着他们魂飞魄散吗？"

"当然不是，那四位前辈于我有恩，这是染上了因，我们带他们出去，也算还了果。其他人……"

"其他人就不管了？"

他没有回答，但答案是肯定的。

"易耀罡……"时夏长叹了一口气，认真地道，"我救他们从来就不是为了因果，也不是为了修为，而是为了自己的良心。我既然已经知道了有鬼魂困在这里，也有能力帮忙，帮一个是帮，帮一群也是帮，拉一把又何乐而不为？至于你说的他们有可能是坏人，我确实不知道。他们生前的事我无法插手，死后的事我更是管不了，但我不能因为一个可能性而缩回自己的手。我唯一能做的是管束我自己。我只做我力所能及的事，能救则救，不能救我亦不会插手。我能做主的是自己的人生，至于别人的，那就让上天决定。"

他仍眉头紧锁，觉得她的话有点儿道理，又觉得哪里不对，可偏偏想不到反驳的话："你……真不像个修士。"他想了半天才道，又加了一句，"难怪你都过了八个试炼阵，修为还上不去。"

"算了，你想救就救吧！"他挥了挥手，大义凛然地道，"大不了以后你要是闯了祸，师兄我罩着你。在玉华派中我还是说得上话的。但……你可不要喜欢我！你长得也太凑合了！"

"滚！"时夏抬脚就踹了过去。

易耀罡被她踹个正着，不满地瞪了她一眼道："你怎么还，姓夏的？"他话到一半，突然惊叫出声，惊恐地指向她的身后。

"咋了？"时夏回过头，也睁大了眼睛。

原本被隔断的海水突然失控，滔天巨浪扑了进来，涌向两人所站的平台。原本此处就是海底最深处，隔绝的海水一失控，那几十米高的巨浪哗啦啦扑了过来。时夏当即捏起避水咒，却发现丹田与神识一空，像是灵气瞬间凭空消失了一般。

"不能用法术！"她心底咯噔一下，惨了！

眼看海水就要把两人吞没，突然他们所站的平台中间亮起一个金色的法阵。

没时间犹豫了，她赌了！

时夏离得近，直接一把把易耀罡拉了进去。

果然，海水一遇到阵法就自动避开。只是海水更加汹涌了，而且朝一个方向急速旋转，在阵法周围形成了一个螺旋，围绕在两人周围，并迅速没入阵法之中。

"这阵法……在吸收海水！"易耀罡震惊了。

时夏也惊呆了，仔细看向脚下的阵法，却发现上面的字符完全不认识。而且一般阵法是圆形的，脚下这个却是完全没有规则的多边形，还在不断地变换形状。

整个阵法就像海绵一样，越来越多的海水被吸入其中，像是要把整个海洋的水都吸干。一开始还好，但一刻钟后，阵法中也有水了，而且水越来越多，漫过他们的脚踝了。她试着调动灵气，却发现还是用不了法术。

"姓夏的，怎么办？"

"只能等了。现在出去，肯定会被卷到海水中。"

一会儿，阵法的光慢慢减弱，周围的海水也越来越少，最后所有水都被吸入了阵法中。刚刚还一望无际的海面如今已变成一片湿地，连一条鱼苗都没剩下。只余他们脚下的一个一米来宽的小池，而且池水只到他们的腰部而已，阵法彻底停下了。

"这是怎么回事？"易耀罜一脸蒙，刚刚还一片海呢，怎么半个时辰不到就变成这么一个小池了？

"先出去吧！"时夏推了他一把。这海突然变成这样，可能与她刚刚把所有鬼魂收入玉玲珑有关，想必是触动了什么。

时夏抬腿跨了出去，刚出池水，身上的灵气瞬间回来了，丹田一片充盈，看来池里那个阵法真的压制了灵气。她转身顺手拉了易耀罜一把，突然身侧一松，咚的一声有什么掉进了水池。

她回头一看，心一下提了起来："手机！"虽然她的手机被系统改造过，跟普通的不同，但好歹也是电子产品，还不确定防不防水呢！

她转身就打算去捞，却被易耀罜一把拉住了："小心！"

"我的手机……"时夏推开他正要上前抢救，却见刚平静下来的池水内突然又出现了一个漩涡，池水直接朝下方涌去，这回吸收池水的不是阵法，而是她掉下去的手机，"不是吧？！还来！"

眨眼之间池水就被吸干了，而那股吸力没有消失，反而更加厉害了，连着四周的沙石树木也疯狂地朝着手机拥去。天空一阵扭动，她的脚下更是地动山摇，两人都开始站不稳。一时间狂风大作，只听得耳边哗啦啦作响，四周所有的东西开始急速朝手机飞去。

"姓夏的，你到底掉了什么法器进去？"易耀罜尽力稳住身形道，"为什么会这样？"

"我也不知道啊！"时夏也有点儿蒙。刚刚那个阵法只吸海水，但这部手机是要把整个天地都吸进去的架势。

易耀罜扬手在两人周围布下结界，以免被卷进去，却发现那股吸力对两人完全没有影响。他们两个像正在旁观一场灾难电影的局外人。

整个秘境像是被拉下的幕布一样，全被吸入手机之中，四周变成了一片虚无的黑暗，只剩下他们两个和不远处的一部闪着光的手机。

易耀罜张大了嘴，刚刚到底发生了什么？

"吸……吸进去了……"

"嗯。"

"整个无妄境？"

"嗯。"

"全部？！"

"大概。"

一声熟悉的提示音响起，她下意识地伸出手，手机顿时落在了她的手里。

只见手机屏幕上多了一行黑色的字，"获得物品：养料，完成度：0.9/1"。

养料是什么？难道是无妄境？你只是一部手机，不要乱改设定啊！

"姓夏的……"易耀罡突然拉了拉她，指向前方，"那是什么？"

时夏顺着他手指的方向看去，只见前方出现了一个蓝色的圆球，看着有些熟悉。她刚要细看，却觉得脚下一沉，整个人失重，往下方掉了下去。刚刚还漆黑一片的脚下突然像是被人划开了一道白色的口子，他们两个直接掉了下去。

白光一闪，下一瞬他们眼前的景致一换，头上出现了熟悉的蓝天白云，耳边更是呼啦啦一阵风响。

他们正直直地往下掉。

"快御剑！"她一边向易耀罡喊，一边捏诀御剑。

易耀罡倒是飞起来了，她掉地上了。

"哎哟，我的屁股！"

"姓夏的！"易耀罡飞了过来，上下打量她一眼，这才松了口气，"刚才我本想拉住你，谁想你掉得那么快……你没事吧？"

时夏瞪了他一眼，没好气地道："你不说这话我还没事！"

易耀罡正要扶她起来，周围却传来一阵谈论声。

"这两人怎么会突然出现在这里？"

"是呀，刚刚那个难道是秘境入口？！"

"可为什么又关上了？今天不是开启的日子吗？"

两人这才发现周围有不少人，都是三五成群的修士，更有不少穿着统一的服饰，应该是其他仙门的弟子。他们这是回来了吗？

他们四下看了看，果然这里就是当初入无妄境的地方。两人对视了一眼，皆有些欣喜，总算回来了。

周围的这些人应该就是这次等待进入秘境的修士了。

"咦，看这两人的服饰是玉华派弟子！"人群中不知道谁说了一句。

一时间众人齐刷刷地看了过来，眼神顿时带上了几丝鄙视的意味。

"玉华派都那样了，居然还有弟子出现在这里。"

"那还用说？肯定是逃出来的。"

"没想到堂堂第一仙门也会有如此怕死的弟子。"

"什么第一仙门？怕几日后就没有什么玉华派了。"

"这回玉华派是在劫难逃了。"

"你们说什么？"易耀罡脸色一变，直接一把拉住离他最近的一名修士，厉声问，"玉华派到底怎么了？"

那名修士无端被易耀罡抓住，有些恼怒，刚想要反抗，却发现根本动不了，一时心下有些害怕，这才答道："我说的是事实……玉华派被魔修围攻已久，而且已无反抗之力，这……这是整个修仙界都知道的事。"

"这不可能。"易耀罡一脸愤怒，"魔修怎敢攻入玉华派？不说派中有多位元婴真人，更有两位老祖坐镇。"

"这我就不知道了。"那修士回道，"不过听说玉华派的两位化神老祖不知所终，并不在派中。"

听到这话，易耀罡一愣，瞬间脸色苍白，眼底闪过一丝慌乱。

时夏也不由得心中一紧，提醒道："赶紧回去！"

"嗯。"易耀罡点头，转身走向旁边的一块空地，拿出入秘境时管事发的那个写着"壹"字的腰牌，打算启动地上的传送阵传回派中，可是念了几遍咒，都没有反应。他更加着急了，传送阵没反应，只有可能是另一边的传送阵法毁了，或是不得已关闭了。

"我们飞回去！"时夏直接唤出了飞剑。

易耀罡咬咬牙，也唤出剑随时夏一起朝门派的方向飞去。易耀罡的神色越发凝重，时夏的心也沉甸甸的。她突然想起之前在无妄境中，在最后一个冰系试炼阵内的最后两天，易耀罡无论是入定还是昏睡，后池都没有出现。当时她以为只是偶然，没有在意，现在想起来，定是那时玉华派已经出了事。

两人都没有说话，只是尽全力往回飞。

无妄境的入口离玉华派不算远，他们飞了大概半个时辰，就隐隐感觉到空气中飘来一股令人不喜的阴冷气息。不远处的天空一片昏暗，一团团黑气笼罩在玉华派的上方。两人不由得心下一紧，飞得更快了。越靠近玉华派的方向，那股阴冷的气息就越浓厚。时夏还好，天生阳灵根，那些气息影响不了她，但易耀罡的头上已经隐隐渗出了汗珠。时夏拉了他一把，传了一丝灵气过去，他的脸色才缓和了一点儿。

"这周围的气息有问题！应该是魔气。"易耀罡深吸了一口气，奇怪地看了她一眼，"你怎么会……算了，这魔气这么浓厚，前面应该有什么，要小心！"

"我知道！"时夏点头，继续向着玉华派飞去。

果然，不一会儿，前面突然出现了一片红光，细一看，只见玉华派被一层血色物质笼住大半。而且那血色物质在不断蔓延，像是一张血盆大口正在吞食着玉华派。

"是血屠大阵！"易耀罡睁大了眼睛，不敢相信。

血屠大阵是以活人的鲜血祭祀而生的阵法，血中尽是生者死前的怨恨之气，修士只要沾上就会被吞噬，成为血云的一部分。而这么大一片血云，里面吞噬了数千条生命。

玉华派的护山大阵已经开启，可是在那血云的覆盖下，大阵已经消失一半，濒临崩溃。大批魔修守在血云后，就等着攻入。这么下去，护山大阵一破，就算魔修什么都不做，玉华派也会被血屠大阵吞噬，更何况空中还站着密密麻麻的魔修，元婴修为的就有数十人。

易耀罩又恨又急，抓紧手里的剑就打算朝魔修飞去。

"你干吗？"时夏一把拉住他。

"当然是抵御魔修！"他一字一句地道。

"你就这么过去，能打赢几个魔修？"

"能杀几个是几个！"易耀罩坚定地道，"我是玉华派弟子，怎可临阵退缩？！"

"外面的魔修这么多，你去不是送死吗？况且你是内门入室弟子，过去的话护山大阵会自动打开入口，岂不是让魔修找到可乘之机？"

"那怎么办？就这么看着？里面的可是我爹和师兄弟们！"他咬了咬牙，神情更加急切，求助地看向时夏道，"姓夏的，虽然我不想承认，但你比我聪明，可有什么办法？"

"办法……有是有。"她想了想，转身从身侧的储物袋里掏出了一根红头绳、一朵绢花说道，"你信我不？"

"你……你想干吗？"易耀罩突然有种不祥的预感。

"放心，这只是两件防御法器，七阶的！"

单靠两件法器他们就可以闯进去？而且他并不缺法器，这两件虽然品阶高，但一看就是女子用的。

"这两件当然不够！"时夏嘿嘿一笑，"来，把衣服脱了！"

"啊？"

"口误，我是说你把手上的戒指摘了。"

"戒指？"他低下头一看，接着眼中一亮，"你是说……"

"嗯。"


"掌门师兄，护山大阵怕是要撑不住了。"厉剑峰峰主元溪一边极力支撑阵法，一边有些无奈地看向中间的人。

掌门元照抬头看了看早已是强弩之末的护山阵法，转头看向旁边各峰的师弟们问道："两位老祖呢？"

几人交换了下眼神，纷纷低下了头，一脸黯然。

元照叹了口气，摇了摇头："难道说我玉华派真的命数已尽？元照真是愧对师尊所托……"

"掌门师兄不必自责，"丹霞峰峰主元霞道，"这群魔修本就是有备而来，布下血屠大阵就是为了破坏我玉华派的护山大阵，我等能支撑到现在已属不易了。"

"罢了！"元照再次叹了口气，回头看了看最远处的一座浮峰，收回正支撑护山大阵的手，唤出了本命法器，也示意所有人停手，"事已至此，就与这群魔修拼了，就算倾尽我玉华全派之力，也绝不能让魔修踏入秀凌峰一步。"

几位峰主相互对视了一眼，然后齐齐回道："是！"

众人一齐收回手，各自唤出法器。

少了几人的灵力支撑，护山大阵崩溃得更加迅速，终于抵挡不住血屠大阵的侵蚀，应声而破。几人脚下阵眼之处的金光消散了，而那满天的血云直接朝玉华派落了下来。

元照祭出法器，双手结印，放出一个护御的结界，把聚集在主峰的弟子都笼罩在其中，能抵挡一时是一时。

眼看那血云就要下来吞噬众人，大家更是早生了与魔修同归于尽的想法。突然，轰隆一声雷响。一道雪白的闪电破云而出，一下劈在了血屠大阵之上。雷电是阴邪之物的克星，而血屠大阵本就是利用血怨之气汇聚成形，这一劈之下，直接把这个恐怖的阵法打散了，化为了淡淡的血雾。

众人都惊呆了。

"这个是……雷劫？！"元照有些不敢相信自己的眼睛，用力擦了擦，抬头看了好几眼天上滚滚的雷云，才敢相信刚刚那道真的是雷劫，而且是晋升元婴的九重天雷。

有人在这里结婴？

谁这么有想法？在战场上结婴，还直接引下雷劫。

玉华派的人表示心情很复杂。

没等几人反应过来，两个影子出现在众人眼前。两人周围还有未散的雷压，隔着血雾看不太清楚，但那度劫的定是两人之一。

众人正待看清楚，下一道雷已经轰隆一声劈了下来。元照心中一紧，虽说雷劫可以驱散血屠大阵，亦能克制魔修，且这两人一看也是前来相助的，但这里是玉华派内，雷可不长眼睛。他正担心雷会不会劈到派中弟子，只见那两人中的一人突然一脚把另一人踹出好几十米远，一道女声传了过来："要死啊！小屁孩儿你到底哪边的？上那头劈去！"

随着那人被踹飞，劈下的雷也顿时一歪，轰隆一声打在了主峰之外，顿时空气中的血雾又消散了几分。而那个女子已经冲出了血雾，毫发无损地出现在他们的面前，并露出了她的脸。

"哟，老头，好久不见！"时夏朝元照招了招手。

"是你！"不单是元照，在场的各峰峰主也吓了一跳，为什么会是她？！她不是魔尊的妹妹吗？为什么要帮玉华派？几人心中一惊，忍不住握紧了武器。

元照连忙伸手示意各位峰主不要轻举妄动，其他人不知道，他却知道五十年前两位师祖亲自交代将她安排入无妄境，而且要自己多加照拂。只是她进入后就再没出来，如同他苦命的儿子一样。但他隐隐觉得，她的身份恐怕另有隐情。

"你……为何会在这里？刚刚那雷劫是你引下的？"

"当然不是！是你儿子引的。"时夏往后指了指。

"儿子？"

前方传来一道熟悉的声音："爹！"

169

元照当即一脸激动，他的儿子真的还活着！

"儿……呃……"眼前这个是什么？

只见血雾后飞来一人，浑身都是未散的雷压，一身玉华派弟子的白衣有些脏污，但在大战中很正常；衣角还有焦煳，挨了雷劫也很正常；脸色紧绷，大敌当前更是正常。唯一不正常的是，他堂堂七尺男儿为何要在头上扎上两个冲天髻，而且用的还是红头绳？这也就算了，为啥他头上还一边插了一朵绢花啊？孩子他娘，托个梦告诉我，短短五十年，儿子到底经历了啥？

"爹……各位峰主……"

看着那个一脸激动地朝他飞过来的少年，元照忍不住瞥了旁边的时夏一眼道："这……真是我儿子？他头上……"

时夏重重地点头："哎呀，那是两件防御雷劫的法器，多适合他呀！"

"爹！"易耀罜终于飞了过来，打量了他一圈问道，"您没事吧？"

"没事。"元照忍住吐血的冲动，从儿子的造型中缓过神来，正色问，"我儿，到底是怎么回事？你二人怎会在此？你这是……结婴了？"

易耀罜正要回答，天上的雷云再次涌动起来，下一道天雷将至。易耀罜连忙指向时夏道："爹，没时间解释了，我先把雷引走。其他的让姓夏的告诉你吧！"

说完，他再次御剑飞了出去。众人只好把视线转向时夏。

"我也没时间解释。"时夏摊了摊手，拉住元照问道，"元照，后池呢？"

她刚刚看了一圈，别说是后池，就连毕鸿的身影也没看到。她不禁有些担心，难道他们真的失踪了？可后池不是不可以离开玉华派吗？

"太师祖他……"元照下意识地看向秀凌峰的方向，眉头瞬间紧皱，正要开口，突然一声吼叫划破长空。

那声音极大，明明不是很尖锐，却隐含着一股巨大的威压，如钢针一般直接钻入耳朵之中，令人不禁气血翻涌。她一不小心就吐了一口血。

"不好！"元照脸色发白，眉头紧皱，"还是让它出来了，怕是太师祖他……"

后池！时夏心底一沉，转身御剑朝秀凌峰的方向飞了过去。

# 第八章　妹妹的上古魔兽

毕鸿不止一次向她提过，玉华派的锁魔阵中关押着一只上古魔兽，有吞噬天地之能。如今玉华派被魔修逼到这个份上，后池与毕鸿却不见踪影，只有一个可能——封印被破解了，魔兽跑出来了。

毕鸿说过，后池就是那个封印的阵眼，如果封印破除，那么后池……

时夏越想越着急，越想越心慌，飞得更快了。

一靠近秀凌峰她就感受到一股从未有过的压抑气息，空气中更是充斥着浓浓的血腥气，令人不禁气血翻涌，却又意外地有种熟悉的感觉。

她直接飞向峰顶，突然一道道白色剑光冲天而起，数百把如高山般灵气汇聚的巨剑出现在空中。轰隆隆几声响，巨剑从天而降，直直地插入海里，似一根根连接天地的光柱，散发着骇人的剑气，一时间把原本昏暗的天际照得一片光亮，就连那一道道雷都似乎失去了颜色。法符漫天飞舞，梵音隐隐回响在天际。

时夏心口紧了紧，这阵法的气息是后池的！她加快速度，直接朝峰顶最亮的地方飞去。直到到了峰顶她才看清后面的情况，顿时愣住了。

之前元照看向这边，她还以为后池就在这秀凌峰上，现在才发现他们是在秀凌峰后面。因为秀凌峰根本容纳不下那只魔兽！她从来没有见过这么大的兽，若它没有一直挣扎的话，看上去像是一座高山。它浑身布满黑色的鳞片，长有四足，头似豹却长着一对长长的獠牙，头上有一对巨大如山脊的角，直接弯到了背上，而大角旁边又分别长了四只尖锐的小角，向前方延伸，四足上更是燃着四团紫色的火焰，后面拖着一条紫色火焰形成的长尾。

虽说她已经见过不少妖兽了，在无妄境更是遇到过兽潮，但跟这只一比，其他的瞬间弱了。就单论个头，它随便趴下都能压死一片。

此时它已经被刚刚出现的剑阵压制住了。上百把巨剑直接插在它周围，上空更是出现了一个巨大的法阵，空中也有数不清的灵剑正攻向它。它的身上密密麻麻地插了不少的灵剑，天上巨大的法阵也在慢慢降下，魔兽承受不住了，伏跪下去。

时夏四下寻找，这才看到不远处的天空中站着一个白色的身影，他一手结印，一手持剑，只是衣上鲜血点点，似乎受了重伤。

"后池！"她忍不住叫了一声。

空中的身影一顿，有些难以置信地回过头来："夏夏？"

他刚要过去，被压制住的魔兽却突然站了起来，一声吼叫再次响彻云霄。时夏只觉得脑海中一阵刺痛，张口吐了几口血，眼前一花，意识开始模糊，丹田快要碎裂开来。

一股清气顿时传入体内，及时稳住了她的丹田。她一抬头，却对上了毕鸿那张气呼呼的脸。

"你过来干什么？"他瞪了她一眼，又急又气，"早不回来晚不回来，偏偏这个时候回来！"

时夏也有些后悔，就她这修为，的确不应该跑过来。但是……

"封印破了，我担心……"

"算了！现在出去也来不及了。"他咬了咬牙，看着正不断挣扎的魔兽，"我得配合师尊专心封印，这魔兽被封印了上万年，戾气太重，不能近身。我没时间照看你，你待在这里不要乱动。"

时夏擦了擦嘴边的血迹，点了点头，退后一步，站在毕鸿身后，尽量不影响他结印。

毕鸿没再多说，双手再度结印，唤出万千灵剑，朝着魔兽进攻，削弱魔兽的精力。而上方的后池一直保持着刚刚的样子，没再移动一下。虽然后池看上去跟以前一样，但不知道为什么，时夏就是能看出，这个剑阵后池维持得很辛苦。

时夏心口闷闷的，很难受，偏偏半点忙都帮不上。毕鸿说这只魔兽的戾气太重，所以它只是吼一声她都受不了，更别说是……

等等！戾气？

她细细地看了看那只魔兽，果然它周身围绕着一股淡淡的黑气，像极了暮玄仙府里那群鬼魂身上的气息。之前她的灵气可以驱散鬼魂的黑气，那能不能驱散这只魔兽身上的呢？

她正想着，被阵法压制着的魔兽再次发飙，开始用头上的角用力地撞击周围的剑阵。它力道极大，每撞一下地面都跟着晃动起来，发出轰隆隆的回响。

一下，两下……

终于那巨大的剑身上咔嚓一声出现一条裂痕，与此同时，前面的毕鸿喷出一口血。

在空中结印的后池身形一晃退了一步，眉头紧锁，虽然脸色没变，但想必伤得更重。

而这一撞之下，原本被封在阵里的戾气直接从裂痕溢出来，化成一道道黑色的风刃破空而来，所经之处更是飞沙走石、罡风猎猎，眼看就要打在重伤的毕鸿身上。时夏直接调出体内的纯阳灵气，同样化成一道风刃，迎着那道黑色风刃攻了上去。

只听吱的一声，两道风刃顿时消失，像是从来没有出现一样。

时夏顿时兴奋了，真的有用！她的纯阳灵气可以克制魔兽身上的戾气。

这就好办了！

"丫头，那是……？"原本打算硬抗的毕鸿愣了愣，回头看向后方。

她没时间解释。魔兽撞击得更厉害了，压制它的剑阵上已经出现了多条裂痕，再这么下去，剑阵马上就会崩溃。她一把将毕鸿从身前拉到身后，道："毕鸿，麻烦你帮我护法。"

"啊？！"

未等他回应，时夏深吸一口气，调动出所有的灵气。

"丫头，别胡闹！"毕鸿有些担心，"你虽然可以驱散戾气，但修为不足，就算用光灵力也无济于事。"

"相信我！"时夏回头定定地看了他一眼。

毕鸿一愣，没再开口。

时夏把灵气压缩成一个白色的气团，然后把灵气一丝丝地聚集上去，气团越来越大……

毕鸿说得没错，她修为低，灵气有限，而这只魔兽大得跟一座山一样，戾气遍布全身，就算她用光灵气也不可能完全缠绕住整只魔兽。但她可以用撒的呀，谁让她有个绝佳的播撒工具呢？

眼看着灵气团聚得差不多了，时夏把灵气引到魔兽上方的法阵之上，然后心念一动，把剑意融入其中。

"后池，打开剑阵！"她大声朝后池喊道。

后池毫不迟疑，开了剑阵。时夏趁机把带着剑意的灵气团放了进去，然后直接发动。

顿时轰隆一声响，剑阵之内散开一阵白雾，像是有人从上面撒下大片面粉似的，纯白的灵气顿时撒向整只魔兽。

魔兽发出一声惨叫，痛苦地倒在地上翻滚起来，身上的戾气一点点退了下去。时夏这才发现这只魔兽的鳞片原来不是黑色，而是深绿色。

"好……好厉害的'萝卜'！"毕鸿睁大眼睛，原来丫头的"萝卜"还能这样用！

魔兽的叫声越来越弱，挣扎的力度也越来越小。趁此机会，剑阵上方的封印法阵终于落了下来。魔兽无力反抗，身形被阵法淹没，四周那股压抑的气息也慢慢消失了。

时夏松了一口气，心想：这回不会再跑出来了吧？

吼……

更大的吼叫声响起，整个玉华派都晃动起来，只见刚刚还完全没有反抗之力的魔兽突然全身发出一道青色的光芒，原地复活了，直挺挺地站了起来。魔兽身上的青光越来越亮，直到整个身躯都笼罩在了青光之中，然后……它竟然开始变小了！只见那山一样高大的巨兽居然一点点缩小，短短三息不到就缩小了一半多，直到变成了山羊大小才停止。

"这是怎么回事？"时夏和毕鸿都惊呆了。

后池："这才是它的本相。"

话音刚落，缩水版的魔兽突然张大了口，没有发出声音，嘴里却出现了一个旋涡状的气流。只见哗啦一声，四周的剑阵应声而碎，化成无数光点，全被吸入它的口中。

它居然这么轻易地破了法阵，果然浓缩的是精华吗？

一直维持着阵法的后池身形一晃，嘴角溢出了一丝血。

那只魔兽却突然纵身一跃，张开大嘴露出满嘴尖牙，凶悍地朝后池扑去。

后池！时夏猛地瞪大了眼睛，心顿时提了起来，忍不住大喊："站住！有本事冲爹来！"

这只是她情急之下的自然反应，没想到那龇牙咧嘴的魔兽当真停了下来，一边低吼一边猛地转头看向她，微顿了一下，铜铃般的双眼瞬间睁大了几分，紧接着毫不犹豫地朝她扑了过来。

"夏夏！"后池想要追上来，却已经来不及了。

毕鸿飞身去挡，却直接被它一爪拍开。时夏只觉得一阵劲风扫过，巨大的黑影落在她面前。它张开血盆大口，露出森森尖牙，然后……抱住了她的大腿，口吐人言。

"爹爹！"

时夏有种五雷轰顶的感觉。她一个少女，什么时候生了这么大个魔兽啊？

而魔兽正开心地在地上翻滚着，一边滚一边喊："爹爹！爹爹！爹爹！"

时夏想静静！

魔兽滚了好几圈，见时夏不理它，可怜兮兮地瞅了她一眼，突然前腿离地竖了起来，伸出两只爪子扬了扬："爹爹，抱抱！"见她依旧没反应，它眼底生出一圈水雾，再次扬了扬爪道："抱抱……"

到底发生了什么？谁来解释一下？

见她还是不动，魔兽干脆主动扑了过来，眼看着就要把她扑倒，身侧白光一闪，后池突然飞了下来，一脚把它踹了出去，顺手把时夏搂进了怀里。

妹妹是他的，谁都不能抢，魔兽也不行！

可能是没有防备，魔兽被踹得咕噜咕噜滚了两圈才停下，怒吼一声爬了起来，先狠狠地瞪了后池一眼，然后转头委屈巴巴地看着时夏，像在告状。它看了一会儿，见时夏一点儿反应都没有，终于忍不住大哭起来。

这真的是刚刚那只恐怖的上古魔兽吗？

"别哭了！"时夏忍不住道。

那只魔兽瞄了她一眼，哭得更起劲了："爹爹……爹爹……"

时夏："我不是你爹！"

"就是……"它滚了过来，两只爪子紧紧地扒住她的衣角道，"有爹爹的味道……就是爹爹！"

时夏心想：你身上才有禽兽的味道！

"丫头。"毕鸿也一脸震惊地看着时夏道，"他这是……认你为主了？"上古魔兽不是最桀骜不驯的吗？

"都说不是了！"时夏有些头痛，"这到底是什么魔兽啊？"

"桃桃。"它主动抬起头，一双眼睛忽闪忽闪地瞅着她道，"爹爹，我是桃桃。"

桃桃？那是什么鬼？

"饕餮，上古魔兽，性情暴虐贪吃，有吞噬天地之能。"后池冷冷地瞅了那只魔兽一眼，道。

"饕餮！"时夏一惊，"不会是龙生九子的那个饕餮吧？"

"的确传闻它有龙族血统，但也不能算龙族。"

它缠着自己难道是因为她体内的龙珠？它把她当成龙了？！当初她见到的那条龙的确是一条公龙。那从某种意义上来说，她好像……真的是它爹啊！

她不想要这么凶残的儿子！

像是看穿了她的想法，后池捏了个诀，随后屈指往魔兽的额间一点，顿时一滴鲜红的血从它的额心渗了出来，浮在后池的指间。后池转身拉起时夏的手，把血点在她的手腕上。过了一会儿，她的手腕上立马浮现了一个小小的兽形图案。

"如此，它便无法伤你。"

"这是……契约？"

"嗯。"他点头，抬起手习惯性地摸向她的头，却突然身形一晃，就要倒下去。

"师尊！"毕鸿脸色大变。

"后池！"时夏一惊，连忙扶住他问，"你怎么了？"

"别慌！一会儿就好。"

"哪里好了？你到底怎么了？后池，后池……"

"夏夏。"

"啊？"

"叫哥哥！"

下一刻，他用尽了全身的力气，整个人朝她倒了过来。

"后池，哥！哥……"时夏彻底慌了，一颗心七上八下的。

"快扶师尊坐下。"倒是毕鸿冷静下来，盘腿坐在后池身后，开始调动灵气给他疗

175

伤。但后池的脸色完全没有变好，反而越来越苍白。

过了一会儿，毕鸿才睁开眼睛，脸色越发难看。

"怎么样？"时夏忍不住问道。

"魔兽破除封印，师尊因为被阵法反噬本就受了重伤，又强行启动剑阵再次封印魔兽，刚刚又助你与这魔兽达成契约，现已经脉尽断，伤及元神。"

"元神……"时夏只觉得心间一疼，道，"怎么会这么严重？这封印之前不是加固过吗，为什么会轻易就破了？"

"我也不知道魔修用什么法子解开了封印。"毕鸿咬了咬牙道，"而且当时师尊刚好分离了神识，未及时察觉，所以才让魔修乘虚而入。"

分离神识，难道是因为她？她只觉得心像被刺了一样，生生地疼。

"我会尽力帮师尊修补经脉的，只不过元神……"他皱了皱眉道，"就只能看师尊自己了。"

毕鸿闭上眼，正打算运功，突然听得后方轰隆一声巨响——主峰的方向传来一股浓郁的魔气，显然是那边发生了什么。

"又是那些可恶的魔修！"毕鸿一脸气愤，"要不是他们，师尊怎会……"

时夏只觉得一股无名火从心底生出，烧得她十分想揍人。

"毕鸿，你先替后池疗伤，我去看看。"

说着也不等毕鸿回应，她直接御剑飞向了主峰，顺便带走了魔兽。

主峰那边已经打成一片了，由于易耀罩的雷劫，血屠大阵完全被废。虽然少了这个优势，但魔修此次准备得很充分，不光是人数上，实力上也比玉华派差不了多少，有十几名元婴期的魔修，所以两边一时僵持不下。玉华派的元婴虽然也不少，但硬拼下去也只能两败俱伤。

领头的女魔修一身紫衣，时夏觉得有点儿眼熟，细一看，这不是在暮玄仙府外想抢亦回轮的那个魔修吗？她怎么会在这里？而且看样子，她是魔修里修为最高的，与她对战的正是玉华派掌门元照。她手里拿着一把黑色的扇子，每挥动一下就有一团团黑色的魔气溢出，那魔气分外厉害，落地便腐蚀出一个个大坑，发出轰隆隆的响声，想必这滔天魔气就是她唤出来的。

时夏直接唤出剑意，配合落星辰的剑招，朝那群魔修扔了过去。一排排剑意轰隆隆地炸了一片。

突然的变故惊得众人纷纷避开，回到自己的阵营。

"你怎么回来了？"元照神色复杂，急切地问道，"太师祖他们……"

"放心吧，没事，都解决了。"

元照松了口气，朝后看了看说道："那他们……"

"他们暂时还过不来。"

元照失望地点了点头，转头看向空中的魔修。刚刚的连环爆炸令所有人都退了回去，各自抱团站在两边。筑基期的剑意对元婴修士来说完全没影响，只不过场中浓郁的魔气却瞬间消退。玉华派众人的脸上露出欣喜之色。

"哼，居然有人可以驱散我这葵罡扇的魔气。"空中那个紫衣魔修冷冷地扫了时夏一眼，说道，"可惜只是个筑基期的弟子，本座还不放在眼里。"她笑得越发得意，用食指绕了绕身侧的发丝，一脸妖媚地看向元照道："元掌门，我看你们还是乖乖束手就擒吧！兴许我还能饶玉华派一干弟子的性命。"

"魑姬，你纠集魔修犯我玉华，意欲何为？"元照沉声问道。

"意欲何为？"魑姬冷笑一声道，"当然是看你们不顺眼了，你们玉华派仗着自己是第一仙门，趁我们尊上不在，四处追杀我们魔修，还不许我们报复吗？"

"哼，我派弟子行事向来光明磊落，从不挑起事端，杀的都是该杀之人。"元照一脸正气地道，"若是你们魔修不作恶，又怎会遇到我派弟子？魑姬，你如今聚众犯我玉华，就不怕仙门联合清剿魔修吗？"

"联合？哈哈哈哈哈……"魑姬突然大笑起来，不屑地道，"元照老儿，你当真以为其他仙门会管你们的死活吗？玉华派被我们围剿了三天，可有哪一派前来相助？"

元照眉头紧皱，玉华派其他人也纷纷沉下脸，因为她说的是事实。

"元照，你就死了这条心吧，各派仙门只是看起来和气，其实是一盘散沙。"魑姬讽刺道，"什么同气连枝，都是说着好听而已，他们巴不得你们灭门，好坐上第一仙门这位子。你想让他们来支援，做梦去吧！"

元照紧握双拳，仍一脸坚定地道："即便如此，我玉华派也由不得你们魔修放肆。"

"你们就别垂死挣扎了。"魑姬冷冷地看了他一眼道，"仙门都是道貌岸然、自私自利之徒。以往我等群龙无首，不得不四处躲藏，现如今少主回来了，不只是你玉华派，以往的账也得一笔一笔讨回来。"

"少主？"元照一愣，魔修中什么时候出了个少主？

"哟，看来你们还不知道？"魑姬笑得一脸得意，"你以为随便什么人都可以号令群魔？当今世间，除了魔尊，能号令所有魔修的就只有刚刚回来的尊上的亲妹妹，我们的少主——时夏。"

"喀喀喀……"时夏被自己的口水呛到了，一阵猛咳后道，"你说什么？"

"这次命我等进攻玉华派，布下血屠大阵的正是少主！"

一时间，元照和其他峰主齐刷刷地看了过来。

"看我干吗？不关我的事！"我才从秘境回来好不好？

"有少主在，你们这些仙门修士一个都跑不掉。"

"喂，你别乱说！"时夏急了，"时夏什么时候说过要进攻仙门了？"

"闭嘴！"魑姬不满地瞪了她一眼道，"少主的英明决断岂是你们能理解的？一个小小的筑基期弟子，这里哪轮到你插嘴？"

玉华派众人："……"

小小的筑基期弟子时夏："……"

"我劝你们还是老实降了。"魑姬不可一世地道，"不然，若是少主来了，别说区区一个血屠大阵，就算是诛灵阵、灭绝阵等上古阵法也不在话下。"

元照和其他峰主再次齐刷刷地转头看向时夏。

"瞅啥瞅？我一个都不会！"

"少主连上古魔兽的封印都解得开，你们是没有胜算的。"

封印？

"魔兽的封印是你们少主解开的？！"时夏上前一步确认道。

"哪里用得着少主亲自出手？"魑姬瞄了她一眼，想起了什么，冷笑一声道，"不过那阵法倒是精妙，少主花了不少时间才研究出解印之法。不过这是值得的，谁让你们那位后池老祖是我们唯一的威胁呢？只是后池现在恐怕……哈哈哈……"

魑姬笑得越发嚣张。

一想起昏迷了的后池，时夏心底的火就噌噌往外冒。她直接提剑砍了过去。

"别……"元照想阻止已经来不及，时夏已经飞出去了。

魑姬根本没把时夏放在眼里，一挥手里的扇子，一道道黑气汇聚成团，直接朝时夏飞去，瞬间就把时夏罩住了。魑姬冷笑道："一个筑基修士也敢跟本座动手，不自量……"

她话还没有说完，时夏直接从那团黑气里冲出来，一脚踹在她的肚子上。

魑姬压根没有防备，被时夏踹出十几米远。她连忙稳住身形，难以置信地道："这怎么可能？"她明明打中了！

时夏可不管魑姬蒙不蒙，直接飞身追上去，完全忘了自己手里还拿着剑，只顾着对她拳脚相加。

时夏从未像现在这么愤怒过，眼前不自觉地浮现出后池那张苍白得没有一丝生气的脸。他原本是一个霁月清风的人，虽然看起来冷冰冰的，却从一开始就用整颗心温暖着时夏。

魑姬居然把他害成那样。时夏的脑海中只剩下一个念头——揍她！

魑姬生生地挨了好几拳，连忙用法术防御，可是无论如何都不起作用，法术一碰到对方就自动消散了。

"这不可能！"魑姬简直不敢相信自己的眼睛。更离奇的是她发现自己体内的灵气居然驱动不了了。

"怎么回事？你到底是什么东西？"魑姬神色一凛，后退闪躲，但完全没用。她生生地挨了几拳，虽无大碍，却觉得比被法术攻击了还疼。她堂堂一个元婴修士，居然被一个筑基弟子伤到了，当即怒了："可恶，你这个……"她正要骂时夏，却迎面挨了一拳。

她惨叫出声，有些错愕地摸了摸脸："啊！你……你竟敢打我的脸！我跟你拼了！"

她生气，时夏更生气："你敢害我哥，我不打到你生活不能自理就不姓时。"

一时间，一场仙魔对战变成了最原始的肉搏战，还是女子单打赛。

众人一脸蒙。

时夏对这种拳头间的较量一点儿都不陌生，还跟老哥学了不少阴招。再加上她又算是剑修，体力尚可，而且她的纯阳体质本就压制魑姬，所以明显是她在单方面打对方，而且专朝脸上打。

不一会儿，魑姬不单是鼻子歪了、眼圈青了、嘴角破了，头发也被抓掉不少。

"大护法！"空中的其他魔修总算察觉到了她的异状，开始放法器攻击时夏。

元照也不是吃素的，直接祭出武器，铛的一声挡下了对方的法器，飞身挡在时夏前面。玉华派众人也纷纷握紧手里的武器，飞身上前。

魑姬见状，总算找回了理智，连忙退后了好几步，跟时夏拉开距离，却发现身上的灵力又能调动了，顿时神色一凛，转头一脸震惊地看向对方："你到底是谁？"

时夏冷笑一声道："我是谁？我是你爹！"她扬起拳头，想继续揍魑姬，突然脚下一沉，差点儿一个跟头栽下去。

一道熟悉的童声响起："爹爹是桃桃的！"

紧接着一声巨吼传来，一直安静地缠在时夏腿上的魔兽突然龇牙朝众魔修大叫一声。一时间狂风大作，朝魔修吹了过去，硬生生把所有魔修逼退了几十米，更有一些修为不足的直接被吹飞了。

桃桃不抱大腿了，直接爬了下来，身形见风就长，瞬间大了好几倍，朝魑姬露出长长的獠牙吼道："讨厌你，吃了你！你是抢我爹爹的坏蛋！"

它再次张大嘴，一声长啸响彻云霄。这时它嘴里旋涡状的气流又出现了，整个玉华派都地动山摇，无论是山石还是树木纷纷拔地而起，朝它口中飞去。

"魔兽饕餮！"魑姬脸上闪过一丝慌乱，咬咬牙，转头朝身后的众魔修道，"撤！"说着也不管众人，转身御剑飞走了。

她这一走，魔修少了领头羊，也明白了这魔兽有多厉害，除了一些因抗拒不了吸力而不能动弹的魔修，能逃的都逃了。

来势汹汹的魔修们就这么莫名其妙地跑了……

某只魔兽还张着嘴吞食着一切，眼看有来不及逃的人要被它吃进去，时夏扬手一巴掌朝着它黑黑的脑袋上一拍，说道："行了，别吃了！"

桃桃哦了一声，被她拍回了原本的大小，十分委屈，然后身子一翻，露出软软黑黑的大肚皮，开始在地上打滚："爹爹……摸肚肚……"

旁边的元照神色复杂地看了她好几眼道："时……呃……夏……呃……姑娘，这到底是怎么回事？"刚看她的腿上确实扒着一只灵兽，他也没在意，哪个修士没养过灵兽？可谁知道那居然是魔兽饕餮，她居然收服了上古魔兽。但饕餮为什么会叫她爹？

179

时夏看着又开始往她腿上爬的魔兽，无奈地道："别问我，我想静静！"

攻入玉华派的魔修竟然打着她时夏的旗号杀进来了。就连元照都三番五次地上秀凌峰问着同一个问题："你真的叫时夏吗？你家祖上是姓时吗？时冬是你哥吗？你确定一定以及肯定？"可是无论她怎么解释，元照那怀疑的眼神就没变过，估计觉得她肯定不是魔尊的妹妹吧！

"魔修虽然已经退了，但想必不会善罢甘休。短短百年他们居然有了如此实力，今后修仙界怕是不会太平了。"元照看了看殿中端坐的各峰主、长老，凝重地说道。

"没错……"厉剑峰峰主元溪叹了一声，紧皱眉头道，"就这几天便有不少在外历练的弟子传回消息，魔修频繁出现在各仙城，闹出不少事端。想必他们的目标不单是玉华派，而是整个仙门。"

"那可有魖姬和那个少主的消息？"丹霞峰主元霞忍不住急声问道。

元溪摇头道："魔修退出玉华派后就不知所终，那么多魔修像凭空消失了一样，更别说那个根本没露面的少主了。"

"那个少主到底是何人？"

"不管是谁，能放出血屠大阵，绝不是泛泛之辈。"元照沉声道，"实力恐怕远在魖姬之上。"

这话一出，殿中众人的脸色顿时一白。

"在魖姬之上？"元溪更是激动地站了起来，"魖姬已是元婴后期，那个少主莫非……是化神？"

元照点了点头道："就怕不止如此。"

众人的脸色更加难看了。

"若真是如此，怕是又要出一个祸乱世间的魔尊了。"

"这可怎么办？如今太师祖重伤未醒，师祖又受伤未愈……"元霞紧了紧手心，一脸纠结地道，"虽说魔修这回退了，但不能保证他们不会去而复返，使出更厉害的阵法。掌门师兄，你可有什么应对之法？"

"有上古魔兽饕餮在此，魔修短时间内不会回玉华派了，只不过……"元照沉着脸道，"就怕他们趁机攻打其他仙门，到时魔修日益壮大，纵使有饕餮怕也是……"

"那怎么办？"元霞急了。

元照咬了咬牙，突然转身朝时夏行了个礼，一脸希冀地道："太师叔祖，您可有什么高见？"

"啊？！"正打着瞌睡的时夏一愣，顿时傻了眼，"太师叔祖？我？"她什么时候成玉华派的太师叔祖了？

"太师叔祖，魔兽饕餮是您的契约兽，击退魔修的也是您，想必此事您有高见，还请太师叔祖指教。"元照脸不红气不喘地把这个烂摊子推到她的头上了。其他人也像突然想起了这件事，一双双亮晶晶的眼睛齐刷刷地看了过来，齐声喊道："还请太师叔祖指教！"

"我啥时候成你们的太师叔祖了？"

"此事毕鸿师祖已经跟弟子解释过了。"元照义正词严地道，"您是后池太师祖的妹妹，自然是我等的太师叔祖。"

时夏一把拉着元照背过身，压低声音道："喂，老头，你把我从秀凌峰拉下来参加这个什么会，到底是想干吗？"

"太师叔祖，我派遭此重创，太师祖和师祖又身受重伤，论辈分也只有您可以替我们拿主意了。"元照笑得一脸和善。

时夏白了他一眼道："你们又不是不知道我是谁，前阵子还嚷嚷着我是魔女呢！你就不怕我直接把玉华派卖了？"

"太师叔祖说笑了。"元照笑道，"若你真要对我玉华派动手，刚才就不会放出魔兽救我们了。不怕您笑话，在太师祖醒之前，只有您的那只魔兽可以庇护我派了。"

"你就是想把这烂摊子推给我是吧？"

"太师叔祖，这不是没有办法吗？"元照的笑意更深了，"若是魔修知道拥有饕餮的人是我派的太师叔祖，就算有十个胆子，亦不敢侵犯我玉华派。就算他们要对其他仙门动手，也是需要考量的。"

"你把我当靶子？！"

元照苦笑道："太师叔祖言重了，您也知道魔修向来忌惮后池太师祖，如今若知道他重伤，一定不会善罢甘休，必会想尽办法针对他。明枪易躲，暗箭难防啊！但若有您在，魔修首先注意到的必定是您。"

时夏沉默了，的确如此。这都已经三个月了，后池还一点儿反应都没有，她的确很担心，若是再出事……

"那你直接把消息传出去就行了，干吗拉我来这里？"

"弟子这不是想让大家熟悉一下太师叔祖，以免产生误会吗？"他回答得一本正经。

"算了。"时夏挥了挥手道，"放心，在后池醒来之前，我是不会离开这儿的，魔兽饕餮也是。"

"多谢太师叔祖！"元照郑重地行了个礼，神情中多了几分真心，"有太师叔祖在，就算那个少主再厉害，我派也有一战的余地。唉，没想到魔尊消失近两百年，又出现了这么一个魔头。"他突然又想起什么，忍不住问道，"对了，太师叔祖，您确定您叫时夏吗？"

"滚！"

元照正打算说什么，一个胖胖的白色身影突然冲了进来。

毕鸿飞了过来，喘着气朝时夏道："丫头，快，跟我回去秀凌峰！那只魔兽发疯

181

了，你快回去管管。”

"咋了？"时夏一愣。

毕鸿拉着她往外走，着急地道："它都快把整个秀凌峰吃了。"

时夏心一沉，跟着他往外走去，元照和其他峰主也跟了上来。

还未到达，她远远地就看到原本灵气缭绕的灵山像是失去了颜色，四周居然出现了一丝丝灰暗的气体，像是整个山峰的灵气一下子被抽光了。更重要的是，原本巍然屹立的山峰像是被人从侧面切了一块，起码少了五分之一，形状显得极为怪异。她突然有种不祥的预感，加快速度飞了过去。

只见山峰的缺口处正趴着一只圆滚滚的魔兽，正是喜欢抱着时夏大腿的桃桃。它的体形大了几倍，正抱着一块大石头吭哧吭哧地啃着，石头不到片刻就被啃光了。它却没有停止，将旁边的树几口吃光了，又开始疯狂地啃食别的东西，眼底隐隐闪着诡异的红光。

"桃桃！"她忍不住叫了一声。

专心啃食的桃桃一愣，转头看了她一眼，恢复了理智，唤道："爹爹……饿！"它歪了歪头，又转身大口地吃了起来，每吃一口身形就大一分。

"吞食天地？"元照脸色一白，看着前方越来越大的魔兽道，"原来饕餮真的可以吞食天地。"

众人的脸色也变了，脸上浮现出几丝慌乱。

时夏突然想起之前后池说的话，饕餮性情暴虐，贪吃！可为什么它前几个月都没事？

"这到底是怎么回事？"时夏转头看向毕鸿，之前它还好好的，怎么突然就恢复本性了？"刚刚发生了什么？"

"我也不知道。"毕鸿摇了摇头道，"我只是察觉锁魔阵的位置有异动，便前去察看，回来后它就变这样了。"

"锁魔阵……"时夏总觉得哪里怪怪的。

眼看着秀凌峰又缺了一块，而桃桃则变成了卡车大小，元照焦急地说道："太师叔祖，这可如何是好？"

"桃桃！"时夏咬咬牙，直接飞了过去，一把按住了它的头，并且引动了身上的契约压制它，"快停下！"再这么下去，别说是秀凌峰，整个玉华派都会被它吃光的。

桃桃直接趴在了地上，眼里疯狂的红光暗了一些，立刻泪眼汪汪地说道："爹爹……饿，桃桃饿……"说着还不忘伸出爪子把四周的一切往嘴里塞。

"别吃了！"她加大力气，直接把它的嘴给合上了。

"爹爹……"它呜咽一声，眼泪直往外流，委屈地道，"饿……好饿……"

时夏心软了，手不自觉地松了松。它立马起来，又开始吞食了，只是会避开时夏和众人站的位置。所以它是有理智的，只是……饿狠了？莫非吞食是它的本性？那谁养得起这么一头魔兽啊？

等等！养？

时夏心头一动，想起被手机吸进去的无妄境显示出来的名字好像就叫"养料"，难道是指这个？

她立马掏出了手机，点了一下"养料1"那行字，屏幕一亮，顿时有一颗白色的珠子出来了，发出柔和如月光一样的光辉。

刚刚还拼命吃着的桃桃突然愣住了，猛地回过头来，两只眼睛一下瞪圆了，看着时夏手上的珠子，激动地叫了两声："丹丹……桃桃的……"

看来时夏猜得没错。

时夏把珠子取下来递过去。桃桃立马趴下张开大嘴，那颗白色的珠子像有意识一样，直接飞进了桃桃的嘴里。

一时间白光大亮，桃桃整个身子都亮了起来，原本黑漆漆的鳞片像是瞬间被刷了一层新漆一样，全变成了白色。从头到尾，桃桃除了蹄子和尾巴上的火焰，完全变了个样。但那光没有消失，反而越来越亮，直到覆盖它全身。整只兽被白光笼罩，整个天际被照成了一片雪白，她下意识地闭上了眼睛。

过了一会儿，白光才退去。巨兽不见了，桃桃原本坐着的位置出现了一个五六岁大的小孩儿。小孩儿光着屁股坐在地上，一头雪白的头发披在脑后，头顶还有两只尖尖的小角，身后拖着一条蓝色的尾巴，小脸白皙红润。它茫然地朝四周瞅了瞅，然后……打了个饱嗝。

这是咋回事？它怎么连物种都变了？

"化……化形了！"毕鸿难以置信，没听说过魔兽也可以化形啊，时夏到底给它吃了什么？

桃桃摸了摸圆滚滚的肚皮，瞅了瞅时夏，给了她一个灿烂无比的笑容："爹爹……抱抱！"它依旧四肢着地，手脚并用地朝她走过来，走了两步就动不了了，接连打了好几个饱嗝，一副吃撑了的样子。它皱了皱眉，突然张口吐了。白光一闪，一块大石头出现在地上，正好是桃桃刚刚吞下去的一块。

"丫头，你刚才给它吃了什么？"毕鸿好奇地问道。

"无妄境。"

"无妄境？！"毕鸿猛地瞪大眼睛道，"不会是我想的那个无妄境吧？"

"就是那个！"时夏点头，又加了一句，"是我上次进去的那个。"

众人一时无语。

别人进无妄境历练寻宝，带回的要么是灵药，要么是灵宝，时夏居然直接把整个无妄境都带回来了？她要不要这么"变态"？关键是她怎么能将无妄境喂给魔兽？

从某种意义上来说，桃桃还真是吞食了一个天地。

"好了，看来已经没事了。"时夏朝其他人挥了挥手道，"皆大欢喜啊！"

元照开始怀疑自己把玉华派的希望放在她身上的决定是否正确。

紧接着，桃桃吐得更起劲了，一道道白光闪现，刚刚被它吃下去的石头、树木还原了。

"乖！"她忍不住摸了摸桃桃的头。

"它还吞了秀凌峰的灵脉！"毕鸿忍不住提醒她，那个才是最重要的。

时夏转头看向饕餮道："桃桃，把灵脉放出来。"

"嗯。"桃桃乖乖地点了点头，却没有张口，反而转身撅起了白嫩嫩的屁股。

一连串有节奏的轻响传来，一缕缕白色的轻烟从他的屁股处飘出，瞬间弥漫了整个秀凌峰。刚刚还灰蒙蒙的浮峰一时间灵气充裕，尤甚以前。

十秒后……

"毕鸿，我觉得我们应该搬个家！"

"师叔高见，主峰风景不错，不如现在就搬！"

"好主意！"

"我去找师尊。"

元照心想：主峰不是我家吗？

后池醒了。在整整昏睡了三个月后，在时夏都忍不住想找魑姬算账的时候，他总算醒了过来。

时夏拉着毕鸿给后池检查了好几遍，确认后池没啥问题后松了口气。不过，她总觉得他好像有后遗症，具体表现为时时刻刻看桃桃不顺眼。就像现在，后池和桃桃已经站在那儿对视一个时辰了，一个天真无邪、站都站不稳的胖娃娃，一个白衣如雪、冷若冰霜的冰美男，各自站立一方却宛如天涯与海角，中间充斥着不可调和的低气压，隐隐还会闪过噼里啪啦的电光，大战一触即发。

对此，时夏只想说一句："能让我从茅房里出去吗？"

"爹爹！"桃桃眼睛一亮，手脚并用，蹦起来想往她的身上扑。

后池眼神冷厉，不动声色地移动了一下右脚，准确无误地踩住了某条蓝色的尾巴。啪的一下，桃桃毫无悬念地摔在了地上。

后池气定神闲地收回脚，一本正经地唤道："夏夏。"

时夏撇撇嘴，拉着两人快步走出几里远，才叹了口气问："你们这么急找我干吗？"

后池一愣，眼里闪过一丝茫然：糟糕，我只是想防止这只兽抢妹妹，根本没想好理由怎么办？

"是毕鸿找你！"后池顺手朝一路跟过来的某人一指。

"啊？！"毕鸿一愣，"谁说的？我脑子不正常才会来茅房附近找……"

后池转头看了毕鸿一眼。

"呃，"毕鸿话锋一转，"没错，我的脑子就是有些不正常。"

他补充道："我说丫头啊，是这样的，关于锁魔阵的事，我觉得还得跟你商量商量。"

"你不是跟元照商量过了？"

"呃，锁魔阵原本封印的是桃桃，现在它是你的魔兽，我自然要跟你商量。"毕鸿死活编了个理由，"之前桃桃突然吞食秀凌峰，绝对是有原因的。"

时夏回头看向地上的桃桃，它正打算爬起来，还没站稳，尾巴却再次被某人踩住，啪的一下又摔了下去。时夏无语地看向某个一本正经地做着坏事的人："哥，欺负小孩儿，你好意思吗？"

后池的眼睛亮了亮。他这才收回脚，满意地摸了摸时夏的头道："乖，再叫一声哥哥听听！"

"……"

后池上前一步，有意无意地隔在了桃桃与时夏之间，这才看向徒弟道："当初我加固锁魔阵时料定饕餮本性贪食，若冲破封印必会吞食一切，所以在锁魔阵上留了一道禁制——即使饕餮破封了，仍旧封印住它吞食的本性。"这也是他为何会放心地让饕餮与时夏结成契约的原因。

"师尊的意思是……？"毕鸿一惊，猛地睁大了眼睛。

"有人在魔兽破封后动了锁魔阵。"

魔修撤走后，派中早已戒严，第一时间修复了护山大阵，严禁人员出入。

如果说有人动了锁魔阵的话……

"是派中弟子。"后池直接道，声音仍淡淡的。

毕鸿的脸色却完全黑了，牙齿咬得咯咯响，一脸愤恨，转身御剑往外飞去："我去找元照。"他必须把那个叛徒揪出来！

其实时夏早就觉得魔修围困玉华派的事有问题，先是桃桃的封印被破，再是那个血屠大阵，好似魔修对玉华派了解得极透彻一样，没想到还真的有内奸。

不知道毕鸿是怎么跟元照商量的，几位峰主当天就联手再次加固了护山大阵，禁止任何人外出。

毕鸿前去查看锁魔阵后就再没回来，整个玉华派都格外紧张，除了后池与桃桃。

时夏不知道后池怎么了，醒来后格外幼稚，虽然仍冷着一张脸，脾气却越来越像桃桃。只要桃桃敢往她的身上爬，他就敢把它往下扒，还会踩桃桃几下。

桃桃是幼兽，说话不利索，每次都被气得嗷嗷叫，一见后池就龇牙咧嘴。按理说桃桃作为有神族血统的魔兽是不会输给化神期的后池的，却每次都被后池吃得死死的。时夏觉得有必要跟那个在欺负小朋友的路上越走越远的"便宜哥哥"谈谈人生。

此时，玉华派上空却突然出现了异象，一团团黑漆漆的云笼罩住了整个玉华派。云层之中雷声滚滚，就连护山大阵也一阵晃动，从上空自动开了一个缺口。

"这是……咋了？"

"劫雷。"后池皱了皱眉解释道，"有人结婴。"

结婴？时夏愣了愣，用神识感应了一下，从主峰传来熟悉的气息。

"是易耀罡！"时夏一惊，"他不是已经结婴了吗？劫雷也劈过了呀！"

"天道是公平的。"后池看了她一眼，摸了摸她的头，沉声道，"劫雷是对修士道心与修为的考验，不能代受。上次劫雷虽降，但多数劈在血屠大阵与魔修的身上，自然不能算是他的雷劫，所以天道才会再次降下劫雷。任何人结婴都一样，九九八十一道天雷，一道都不能少，况且对方是雷灵根，这劫雷比起其他人怕是只强不弱。"

原来如此。难怪这三个月来她都没有见到易耀罡那小子。

上空那一团团雷云层层叠叠越来越厚，整个天空都暗了下来，连空气都隐隐变得压抑起来。时夏不免有些担心："那个小屁孩儿不会有事吧？"

"我在他体内的时候已帮他锻炼过神识了。"后池沉声回答，"结婴而已，除非道心不稳，生了心魔，不然应该无妨。"

时夏放了心，易耀罡虽然想得有些多，但修行是极为认真的。

眼看着第一道劫雷就要落下，后山的方向却传来一声巨响，一条火龙冲天而起，顿时整个护山大阵都晃动起来。

"是锁魔阵的方向。"后池沉声道。

后山的方向火光冲天，那条火龙似乎引动了什么，连着整个玉华派都震动了几下。突然的动静惊动了众人，天空中划过数道身影，已经有不少人往那边赶去，隐隐还能看到各峰峰主的身影。

"我们也去看看。"时夏拉住后池，正要御剑，第一道天雷轰隆一声落了下来，直直地打在了在主峰的应劫之人身上。夜空瞬间被雷光照亮，又缓缓地暗了下去。

"等等！"时夏身形一顿，没来由地觉得慌乱，回头看了看主峰峰顶的方向道，"算了，我们不去了。"

后池疑惑地看了她一眼。

"各峰峰主都去了那边，出不了大事。"时夏看了眼后山，再抬头看向峰顶道，"可这里只有易耀罡一个人，我不放心。再说劫雷之下，护山大阵已经打开，若是……等等！"

时夏猛地睁大了眼睛，突然想到一个可能："调虎离山！"

她转身往峰顶飞去。后池随她一起飞了上去，脸色也沉了几分。

刚刚那个唤出火龙并触动护山大阵的人很可能就是这回排查的叛徒。

玉华派三个月前就关闭了护山大阵，不准任何人进出，很明显那个人一直留在派中。他触动后池下的禁制，让桃桃激发贪吃的本性，想必都是为了破阵逃出去。这会儿锁魔阵那边闹出这么大的动静，也是这个原因，也就是说这个人自己没能力破阵，现在唤出火龙只可能是……想借雷劫的阵法缺口出去。

易耀罡很危险！

时夏飞得越发快了。

重重的雷压充斥着整个峰顶，与上次不同，这回的劫雷落得又快又急，一道接一道，方圆百米范围内全成了焦土，而易耀罡的身影就在那一道道雷光之中。

强大的雷压和几乎要化为实质的雷灵气压得时夏喘不过气来，她的心口传来一阵闷痛。后池顺手扶住她，送了一丝灵气护住她的心脉，她这才好受了一些。

"现在不能过去！"后池皱了皱眉道，"不然他将功亏一篑。"

时夏一愣，这才想起雷劫是不能代受的。再者这雷压太强了，她要是过去，估计直接会被劈成渣，但是……

"那个叛徒一定就在附近。"她没有发现任何身影，正打算四处找找，却被后池一把拉住。

"不必。"后池微侧过身看向右方道，"在那儿。"

话音刚落，刚刚还是一片雪白的石壁突然晃动了两下，有什么从里面直接飞出来，迎着天雷的方向飞去。

"他想跑！"时夏惊呼一声。

下一刻，后池身影一闪，已经到了上空，单手结印一挥袖，那个身影就咚的一声摔回了原本的石壁之上，轰隆一声直接把石壁给砸碎了。下一刻一道寒光从碎石里飞出，直接向她逼近。

时夏压根没时间反应，后池赶回她身边把她往后一拉，再一挥手，那个身影又咚的一声摔回了碎石堆里。过了一会儿，一个带着怨恨的熟悉面孔才从里面爬出来。

"太师祖，你为何要阻止我，为何要站在魔修那边？"

"元吾！"时夏一愣，这不是当初那个把她扔下悬崖的人吗？他不是失踪了吗？

"闭嘴！你没资格叫我的名字！"元吾瞪了她一眼，满脸恨意，"我只恨当初在绝魔崖只将你扔下去，没有亲手杀了你，才让你这个魔女……"

他话还没说完，突然脚下一软，直接跪了下去，吐出一口血，像是被什么压住了一般，难以置信地看向后池："太师祖你……"

一声寒意十足的质问响起："你曾扔她入绝魔崖？"

后池的身上噌噌地冒着寒气，连脚下都开始一点点结冰。

时夏从来没有见过后池这么恐怖的样子，忍不住打了个寒战。

"是我又怎么样？"元吾冷哼一声，死死地瞪着时夏，"没想到她居然能活着从那里出来！果然是个魔女！我恨不得将她碎尸万……"他话没说完，已经直接被压制在地上，连抬头的力气都没有。

后池身上的寒气更重，化神期的威压继续释放着，四周的空气好似都被抽空了一样，气氛格外沉重。后池缓缓地回过头来，看向时夏问道："他说的可是真的？"

时夏被他看得一抖，笑着说："那啥……都是过去的事情了……"

后池直直地盯着她半晌，沉声问："为何不说？"他的心底没来由地生出一股火气，却又舍不得向眼前的人发泄。

时夏的心顿时一沉，她回来后的确没有把曾经掉进绝魔崖的事说出来，一是因为她确实没什么事，二是因为孔阳。她下意识地隐瞒了那件事，所以毕鸿和后池只知道元吾将她带出玉华派，并不知道元吾曾经想置她于死地。

现在她有些心虚，过了一会儿才道："我不是怕你担心吗？再说，我完全没事啊！"

后池没有回话，只是直直地看着她，看得她有些发毛，只好低头、低头再低头，不知道该怎么办。

"对不起。"

"啊？"时夏吃惊，不是应该她道歉吗，怎么他先说了？

她正要抬头，一只大掌却压在她的头顶上一阵揉搓，瞬间把她的头发搓成了一个鸡窝。紧接着她就被他拉到身后去了。

地上的元吾仍不甘地大吼道："为什么？太师祖为什么要帮这个魔修？"

"她不是魔修！"后池厉声回道。

"那又怎样？"元吾不忿地说道，"你别忘了她是时夏！你是我玉华派的太上老祖，怎么能受她蛊惑？她可是魔尊的妹妹！"

"她是我的妹妹！"他一字一句地回道。

元吾一愣，像是被他的话惊到了，接着越发激动地挣扎起来："这怎么可能，太师祖怎么能与魔尊为伍？像她这么无恶不作、丧心病狂、满手血腥的人，应该人人得而诛之才对。"

时夏眉头一皱，真的生气了："我做过什么丧心病狂、人人得而诛之的事了？你说！只要你说出一件，不用你动手，我自刎谢罪！"

元吾身子一僵，脸色变换了几次，最终冷哼一声道："魔尊之名，天下皆知。你身为他的妹妹，哪能不做恶事？"

"意思就是你根本说不出来，是吗？"

"你……"

"你当然说不出来，因为根本就没有！但是……"时夏话锋一转，"你的恶事我倒是知道得一清二楚，你不仁不义、不忠不孝，世间的恶事你做尽了。"

"你胡说！"他激动地挣扎起来，却仍被后池压得死死的。

"我胡说？"时夏冷笑一声，一件件细数起来，"你勾结魔修是为不忠，背叛师门是为不孝，滥杀无辜是为不仁，残杀同门是为不义。这四件恶事你哪件没做？你就是不忠不孝，不仁不义！"

"我没有，我没有……"他瞬间脸色惨白，用力地摇头道，"不，不是！"

"不是？你敢说锁魔阵的封印不是你破除的？血屠大阵不是你带人布下的？如果魔

修围困玉华派之事你没有参与，那你又为什么会出现在这里？"

元吾无言以对。

"这可是真的？！"元照突然从空中飞了下来，后面跟着各峰峰主及长老们。想必他们也发现中计了，刚赶过来，恰好听到她刚刚那番话。

元照上前两步，难以置信地问："小师弟，她说的可是真的？"

"这……这不关我的事！"他顿时一脸慌乱，用力地摇头否认道，"我只是听说时夏回了玉华派，想报复她，没想对付玉华派。我也不知道那个是血屠大阵。那个人说只要我解了封印，牵制住太上老祖，就能帮我报仇，是他骗了我！"

"你……糊涂啊！"元照气得脸都白了，其他人也一脸愤恨。

"我没有错！"元吾仍旧嘴硬，再次瞪向时夏道，"我只是为了报仇！她是魔尊的妹妹，你们怎么可以包庇她？若不是太师祖一直护着她，我又怎么会出此下策？父母之仇不共戴天，我做的都是对的！"

"元吾！"元照忍不住上前，愤怒地问，"你知不知道这次命魔修围攻我玉华派的是何人？就是你口中魔尊的妹妹时夏！"

"时夏？"他脸上闪过一丝喜色，指着时夏道，"果然是她！我就知道她是个魔女，你们还不快杀了她？！"

"你还不明白吗？"元照长叹一声，一脸失望，"若你眼前的人就是带领魔修的人，如今又怎么会好好地站在这里？"

"那……"他眼神飘忽，一脸惊慌。

"你眼前的这个人非但没有围攻玉华派，还救了我派上下。她根本就不是魔尊的妹妹，而是太师祖的妹妹，是我玉华派的太师叔祖！"

时夏尴尬地想：呃，魔尊真的是我哥！

元吾不敢相信，摇着头，发了疯似的说："不……不可能！你在骗我！我不可能找错人。她肯定是时夏，不然怎么可能从绝魔崖上来？你们都在骗我！"

"师弟……"元照皱了皱眉。

元吾突然狂笑起来："哈哈哈哈……你们这些懦夫，不敢得罪魔尊，所以编这种谎话来骗我。"

"魔女！"他突然转头瞪着时夏，身上溢着魔气，"是你！是你毁了我的一切。今天纵使是死，我也要你付出代价。"虽然动弹不得，他仍笑得一脸得意。

时夏心一沉，猛地转头看向前方雷劫之中的人，顿时倒吸了一口凉气，只见一丝黑气不知道什么时候绕在了易耀罡的身上，而最后一道劫雷当空劈了下来。

已经来不及了，原本可以游刃有余地抵御劫雷的人直接被劈得吐了一口血，防御的结界更是应声而碎。易耀罡的身上皮开肉绽，但八十一道劫雷还没有劈完，他这种情况，根本接不下全部的天雷。

"你做了什么？"元照脸色一变，再不复刚刚那语重心长的样子，着急地抓住元吾

189

道，"你对我儿做了什么？他可是你从小看着长大的师侄。"

"哼，什么师侄？！"元吾笑得疯狂，"死之前总要拉个垫背的，我亲眼看到他和那个魔女一块回来！与魔女为伍，他也不是什么好人，想必早就已经坠入魔……"

啪！时夏再也忍不住，一巴掌甩了过去，重重地打在元吾的脸上。

元吾蒙了，想不到她会动手，怒火中烧。

时夏却直接扬起手，完全不顾周围人的眼光，干脆利落地左右开弓。顿时整个顶峰都回荡着啪啪啪的巴掌声。直到他不再还口，时夏才停下来。

"只有内心肮脏的人，才会觉得别人跟你一样不堪。元吾，你给我听清楚，先前的误会我不生气，你三番五次对我动手我也不生气，因为我压根没把你放在眼里，你这种人根本不值得我浪费时间。你口口声声骂我是魔女，那你呢？你想过你现在是什么样子，想过你都做了些什么吗？"

元吾的嘴角被她打得流血。他顶着一张肿成猪头的脸，张口就要反驳。

她直接打断，没给他开口的机会："别说你是为了报仇！就你这种智商，你的亲人就算活着，也会被你气死！你连自己真正的仇人都不知道，就在这里胡乱报复。我要是你父母，都不愿有你这么一个忘恩负义、是非不明的儿子！"

"住口，住口！你个魔……"

啪！她又给了他一巴掌："你才给我闭嘴！"时夏这次是带着灵气打的，"你不是要报仇吗？不是说我是魔女吗？你冲我来就好了！易耀罣做错了什么？跟我一块回来的就不是好人？跟我一块的人多了，你怎么不去找其他人？你不就是看准元照是你师兄，他是你师侄，玉华派是你师门，他们可以包容你吗？你就是个小人，窝里横算什么本事？！"

"我没有！我没有！"他使劲摇着头，不知道是说给她听还是说给自己听。

"没有？"时夏冷笑一声，直接抓着他的头发，迫使他抬起头，指着四周道，"睁大眼睛看清楚，现在的玉华派还是你以前的师门吗？"由于血屠大阵，玉华派到处都是被腐蚀出的血坑与断壁残垣，即便过去三个月极力修补，仍收效甚微，早不复当初仙山福地的样子。

元吾下意识地想要别过头，时夏却不让。

"不是……我不是……"他反驳的声音越来越弱，刚刚还甚是嚣张的脸上露出恐惧之色，连身子都颤抖起来。

"看清楚了吗？玉华派现在这样，都是你害的！"时夏对他连半点儿同情心都不剩了，把他扔在地上道，"你不是说我无恶不作、满手血腥吗？可现在作恶的是你，满手血腥的也是你。你看看自己的手，上面沾的都是你同门的鲜血，你晚上睡得着吗？"

"不……不是……"他抖得更厉害了，整个人缩成一团，嘴里仍嘀咕着找借口，"没有……我做的是对的……"随后他便晕了过去。

"罣儿！"不远处传来元照的惊呼声。

"罩儿……"元照急得团团转。

劫雷中心的易耀罩已经很不好了，身上被劫雷劈得皮开肉绽，全是血迹，勉强保持着入定的姿势，气息微弱，眉宇之间有一股黑气。他虽然闭着眼睛，额头却冷汗直冒，眉头皱了又松，似被什么困住了一样，身上的修为也忽高忽低。

"他这是怎么了？"时夏回头看向后池。

"道心已乱，心绪不稳，已生心魔！"

"是刚刚那丝魔气？"

后池点头，不禁皱起了眉。历劫最忌道心不稳，而魔气最易勾起人的欲念，很明显刚刚元吾发出的那丝魔气引发了对方心底阴暗的情绪，并在天雷的考验下无限放大。

"就没有办法停下这天雷吗？"时夏有些着急。

"劫雷已下，没有暂停的道理。"

时夏紧了紧手心，突然眼睛一亮："要不把劫雷引到别处，像上次一样？"

她话音一落，不单是后池，就连元照和众峰主也沉默了。他们相互看了看，元溪才解释道："太师叔祖，刚刚那几道雷已经让罩儿伤了根基，若是不能成功历劫，他的修为怕是会回到炼气期。就算重新修炼回来，他也会留下心结，下次恐怕就……"

引雷的方法不是没有修士试过，只是但凡第二次历劫都会产生心结，甚至心魔，所以第二次劫雷只会比前一次更难，至今没有修士成功过。易耀罩虽说也是第二次历劫，但前一次是为了拯救门派而特意为之，心思坦荡、神思清明，所以不存在心结一事。若是这次他们中途把雷引到别处，恐怕易耀罩这一生的修为会停在金丹期。

"那怎么办？"时夏下意识地抓了旁边后池的衣袖一把。

后池一愣，原本冰冷的眼神瞬间柔和了，伸手摸了摸她的头道："他如今陷于心魔之中，也不是全无知觉的，只要将他唤醒，直面天雷，他想必可以顶住最后几道劫雷。"

唤醒？所以刚刚元照才一直喊着他的名字吗？

时夏回头瞅了瞅易耀罩，发现这完全没用。易耀罩的脸色越来越差了。

又一道天雷劈了下来，这回易耀罩连打坐的姿势都维持不了了，扑倒在地。

"只有对方心里最在意的事才能将对方唤醒。"后池道。

他最在意的事？时夏想了想，上前一步朝易耀罩喊了起来："易耀罩，醒醒，别输给心魔！你不是说元婴的劫雷对你来说小菜一碟吗？我连位置都选好了，你就给我看这个？"

她原本只是想试试，没想到地上的人突然动了动手臂。

"有效果，有效果！"元照激动地回过头来，看向她道："太师叔祖，您接着喊！"他眼里充满乞求。

时夏心里一喜，看来激将法有点儿用，继续道："易耀罩，说好的你是修仙界第一天才呢？你就这样？连雷劫都度不过去，你丢不丢脸啊……"

她噼里啪啦一顿骂，怎么损怎么来。对方慢慢有了反应，动了动手，似乎要爬起来，只是又一道劫雷劈了下来，直接把他劈了回去。他彻底没了反应。

九九八十一道天雷，还差最后一道。元照已经忍不住，捏了一个诀，打算看情况不对就冲出去，替儿子扛下最后一道天雷。

时夏也很着急，看着滚滚翻动的雷云，已经有白光闪现了。她一咬牙，死马当活马医，扯着嗓子喊道："易耀睪，你要是再不起来，信不信我现在就嫁给你？反正你也反对不了！"

地上的人几乎立即站了起来："我才不要娶你！"

轰隆一声，最后一道天雷劈下来，易耀睪在最后一刻撑起结界挡住了天雷。

一时间，雷云散尽。

满场浓郁的雷压化为灵气，纷纷涌入易耀睪的体内。他身上深可见骨的伤口正以肉眼可见的速度愈合，眉宇间的黑气也尽数消散，整个人散发着元婴修士的气场。

成功了！时夏长长地舒了口气，但是……这种浓浓的不爽感是怎么回事？这臭小子最在意的事原来是这个？我就这么不招人待见吗？

元吾重伤昏迷后被关押在罚戒堂，到现在都没醒来。清了叛徒后，玉华派进入了修复时期，处处都是忙着修复门派的弟子的身影。荣升为太师叔祖的时夏倒是闲得慌。

易耀睪结婴也有两三天了，时夏却一直没见到他的身影，听说他在主峰峰顶闭关，心里有些不爽。这个没良心的，历劫都不忘嫌弃她，好歹来道个谢吧！再怎么说她也算救了他，还不止一次。

时夏又想了想自己的等级，越想越憋屈，决定去峰顶找元照聊聊人生。

她刚到峰顶就看到崖边站着一个人，穿着玉华派统一的白衣，双手背于身后，正四十五度角仰望天空，一副思考人生的样子。

时夏忍不住踹了他一脚："小屁孩儿，干吗呢？"

易耀睪一个没站稳，差点儿从峰顶栽下去，顿时化身为愤怒的小鸟："姓夏的，你……"

他说到一半，突然停住了，像是想起了什么，脸色一变，居然毕恭毕敬地朝她拜了下去："见过太师叔祖。"

时夏一愣，伸手摸了摸他的头道："你没病吧？"

他拼命压住翻白眼的冲动，一本正经地道："弟子多谢太师叔祖相救之恩。"

时夏忍不住逗他："怎么，想清楚要娶我了？"

"你想得美！我……"他气冲冲地道，又立马愣住了，整张脸都黑了，认真地道，"太师叔祖莫要开弟子的玩笑，以前我不知道您的身份，所以才多次无理，还请太师叔祖见谅。"

"行了，你也别端着了。"时夏白了他一眼，一巴掌拍在他的肩上，"你不是在闭关吗？跑到这儿来干什么呢？"

易耀罡皱了皱眉，没有回话，叹了一声，转身继续看着峰下，像是受了什么打击，显得死气沉沉的。

"怎么，心情不好？"时夏拉他在一旁的石头上坐下，笑道，"有什么不开心的事，说出来让我开心开心吧！"

易耀罡瞪了她一眼，却也没有像以前那样炸毛，过了一会儿才长长地叹了口气，沉声道："姓夏……太师叔祖，你说人为什么可以变得这么快？"

时夏嘴角一撇："喀喀……你说元吾？"

"之前我虽然没说话，但你们说的话我都听到了。元吾师叔……他原本对我很好的。我们修为相当，他与其说是我师叔，更像是我大哥。之前他失踪，我也一直在找他。可我没想到他居然会……我把他当大哥，他却想让我入魔。你说……到底是为什么？"

她叹了口气，认真地道："这就是人，总会变的。只是有些人纵使变也能守住底线，有些人却守不住。"

"底线？"

"做人不能没底线！"

他愣了愣，叹了一口气道："你说得对，做人不能没底线。修仙久了，我们都快忘了自己还是个人啊！"

时夏没有回答。他看着峰底半晌，再次开口道："姓夏的，你说……我是不是很没用？"

"啊？"时夏一愣，能说是吗？

"我从小就是变异雷灵根，大家都说我是天才。我十岁筑基，不到三十岁就结丹，现在不足百年便结婴，有时候我甚至觉得没有什么是我做不到的。"

他这是要向她吐槽身为天才的烦恼吗？

"直到我遇到你……"他话锋一转，"在你身上，我感觉到从未有过的挫败感。"他瞪了她一眼，有点儿咬牙切齿地道，"你的修为只是筑基，却连兽潮都挡得住，我堂堂金丹还要靠你救。"

原来这小子是"嫉妒"她……

"当时我确实不甘心，所以那五十年，我努力修行，想要超过你。我好不容易结婴，可你转眼却收服了上古魔兽。"

时夏默默地想：那也不是我收的啊！

"这次劫雷，我以为十拿九稳，却险些把命搭进去，救我的还是你。"

时夏心想：难道我救错了？

"抵挡兽潮、拯救门派、收魔兽、查叛徒……好像我无论做什么，都被你远远地甩在后面。"他整个人都蔫了，"我有时觉得我这个天才只是个笑话，我为什么事事都追不上你？姓夏的，你到底是不是人啊？"

"而且，要是我再强点儿……是不是就能在小师叔犯错前阻止他，是不是玉华派就不会被魔修围攻，是不是这一切……就不会发生？"明明是阳光普照，他却仿佛陷入了深深的自我厌弃当中。

时夏叹了一口气，伸手用力地揉了揉他的头发："小子，这不是你的错。人家要犯错，你是没办法左右的，别用别人的错误来惩罚自己。"

"可是……我在筑基期时若也跟你一样强，也不至于……"

"没有人是完美的，我也一样。"

他一愣，下意识地反驳："你除了丑，还有别的缺点吗？"

时夏扬手就朝他的脑后重重地拍了一下，白了他一眼道："首先，我不丑好吗？你眼瞎了！其次，我也是人，是人就有缺点。"

他一副洗耳恭听的样子。

时夏撇了撇嘴，开始掰着手指头自我反省："我怕鬼，胆小，脾气暴躁，还是'懒癌'晚期。我自私，虚荣，戒心高，有着我们那个地方的人都有的毛病，虽然重视生命，却不是因为我有多善良，而是我从小受的教育使然。我会在心里画小圈子，其实不太会轻易接受一个人。"

"姓夏的，你……"易耀罡突然睁大了眼睛。

"还有后池，我虽然已经接受他做我哥，其实在心里对他还有些排斥，无法把他当成我真正的哥哥。我一面享受着他对我的好，一面又无法坦诚相待……"

"你……"他一脸震惊，伸手指着她，似要说什么。

"我很坏吧？"时夏笑了笑，越说越觉得自己毛病很多，"其实我常常偷偷给自己找借口，认为嘴上叫了一声哥就算对他好了。见到他受伤我会生气，见到他难过我也会难过，但其实我自己清楚，这些都是有限的，如果真是我哥，我估计早就跟对方拼命了吧。"

"不是……太师叔祖……"

"让我说完！"这些话憋得太久，她突然想全倒出来，"我对这个世界有排斥感，无论是人还是事，还是别的，我从来没有把自己放在其中，一直都以旁观者的姿态看着一切。我一直告诉自己我不属于这里，其实说到底，我只是太自私，不想负责任罢了。"

"太师……"

"不说不知道，越说越觉得自己太坏了！你说我现在找后池说清楚还来得及……"

"夏时！"易耀罡终于忍不住了，一把抓住她的肩，大声吼道，"你快看看自己啊！"

"啊？"时夏一愣，低头一看，"我怎么在发光？"

她全身发着白光，而且越来越亮，像个电灯泡一样，四周的灵气也不知道什么时候浓郁得吓人。

"这……这……这是咋了？"

"你没发现你刚刚顿悟了，马上要结丹了吗？"

"啊？啊！结丹！"她慌了，"结丹要怎么弄啊？"

易耀罡脸一黑，突然觉得之前那个认为她很厉害的自己是傻子。

时夏正手忙脚乱时，身侧白影一闪，后池瞬间出现在她旁边。他捏了个诀，伸手往她的额心一点，她体内的白光就全收了回去。

"走！"他直接抱起时夏，也不管旁边的易耀罡，飞去了一间闭关用的石室，顺便布下了好几个引灵阵法。

"后池……"

"别说话。"他神情凝重，解开她额间的法印，沉声交代道，"夏夏，你现在必须结丹，平心静气，引气入体，把神识中的灵气压缩成形，这样金丹自成。"

不知为何，听到他的声音，她有些慌乱的心顿时平静下来。她深吸一口气，闭上眼睛，按他说的方法，将四周突然多起来的灵气引入神识之中。

她这才发现一直阻碍她增长修为的那堵墙没了，心境分外开阔，就连以前只能感觉到的神识现在也能看到全貌了。她试着感应那个跟吉祥物一样的龙珠，龙珠居然有了反应，在她的驱使下神识里左右移动起来。龙珠里有东西，细一看居然是一条小小的白龙。白龙每游动一下，龙珠上便有字符或影像闪现，速度太快，她没来得及看清。

源源不断的白色灵气挤进神识之中，时夏这才想起自己在结丹，忙停下对龙珠的探查，开始引气入体。

与以往增长修为时的痛苦不同，这回她像是泡在温水中一样，浑身舒服。神识中的灵气越来越多，而龙珠突然开始在中间旋转起来，每转一圈就把灵气圈进去一点儿，而且速度越来越快。不一会儿灵气就形成了一个旋涡，向中间的一点汇聚而去，慢慢凝结成形。那个旋涡越来越大，就连新引入的灵气也纷纷被带了进去。龙珠这才停了下来，飘到了一角，安静地浮在那里。慢慢地，旋涡的中心出现了一颗如芝麻大小的珠子，随着灵气增多，有变大的趋势。

不知道过了多久，那粒芝麻终于长成了弹珠大小，灵气涌入的速度也慢了下来。

这就是金丹？她好像没做什么，就结丹成功了？！

龙珠比她更兴奋，绕着结成的金丹一圈又一圈地转着，还时不时撞撞它，一副找到了新玩伴的样子。时夏好奇地打量着那颗珠子，突然发现金丹上有一道浅色的痕迹，居然是一条龙。除了不能动，这条龙长得跟龙珠里的龙一模一样。龙珠这是给自己找了个同伴吧？

时夏睁开眼，发现后池就坐在旁边。后池见她醒来了，眼神柔和了一些，习惯性地摸了摸她的头，夸道："很好！"

"为什么我觉得这次结丹特别容易？"时夏忍不住问道。

"你刚刚顿悟了。心境到了，金丹自成。"

"心境？"是指她刚刚想通的事吗？她转头看了看后池，心顿时一沉，忍不住开口道："后池，我想跟你谈谈。"

"等会儿再说。"后池拉着她出了石室，抬头看了看天空道，"你的雷劫将至。"

雷劫？！她竟然忘了这回事。

果然，刚刚还一片晴朗的天空现在已经雷云滚滚，四周有种说不出的压抑感。时夏想起之前易耀堇的惨状，不由得心里一凉。

"这雷不会跟易耀堇的那次一样厉害吧？"

"按理说金丹的雷劫不如元婴。"

时夏一抖："要是不按理说呢？"

"雷劫的强弱是由历劫之人的修为程度决定的。修为越强，灵根越纯粹，雷中凝聚的灵气就越多越强。所以一般单灵根的劫雷比多灵根的强，变异灵根最强。"易耀堇是变异雷灵根，灵气本就纯粹，所以结婴时便引下了九重天雷。

"你直接说我会被劈成渣不就行了？"雷灵根都那样了，她这纯阳灵根还能有全尸不？

"夏夏……"后池显然也想到了这一点，有些担心地握了握她的手，"要不……这回咱们不劈了？"

"算了！"时夏把后池推开一些，道，"不就是个雷劫吗？我不信我撑不过去。"

她盘腿坐下，专心地等着雷劫。

后池紧紧地盯着她，终于忍不住说了一句："哥哥在这儿！"

时夏表情镇定，但心里很焦虑。

那云层中的光越来越亮，灵气越来越强，天色越来越黑，声音越来越大……终于，轰隆一声巨响，一个巨大的影子落了下来，然后咚的一声砸在了她的头上。她的头上顿时起了一个包。

时夏有些机械地转过头，看着那块从她的头顶落下的脸盆大小的白色晶状物，半晌回不过神来。

为什么是冰雹？说好的雷劫呢？

时夏还没反应过来，天上却再次响起轰隆轰隆的声音，一块接一块的冰雹嗖嗖地往她的头上砸。她急了，下意识地往旁边躲，可那些巨型冰雹像是长了眼睛一样，块块命中。

"夏夏……"后池也被这诡异的雷劫弄蒙了，回过神来就想上前。

"别过来！"时夏伸手阻止，深吸了一口气，咬牙切齿地道，"我……顶——得——住！"

冰雹哗啦啦地往下砸，不一会儿直接把时夏埋在了冰堆里。直到最后一块球桌大小的冰块啪的一声砸下，给地上的冰堆加了个盖，天上的重重雷云才散了。

"夏夏……"后池这才上前把时夏挖了出来，看到她没事后松了口气，顺手给她施了几个法术，瞬间无论是头上的包还是被砸伤的腿立马恢复了原状。

"这劫雷倒是奇特。"后池瞅了瞅四周的晶体道，"压力惊人，威力倒是不如普通的劫雷。"

"不如普通的？"时夏嘴角一撇，顿时爆发了，"就算不如普通劫雷，但我觉得人格受到了侮辱，心灵受到了伤害，身体受到了摧残，还不如被雷劈呢！哥……我委屈……宝宝心里苦啊！"

后池一愣，忙抱了抱她，表示哥哥在。

"为什么你不告诉我还有下冰雹的？"

后池拿起一块"冰雹"一看，道："这……不是冰雹。"

"不是冰雹是什么？"

"这是灵石。"

"啊？！"时夏惊呼出声，"存储灵气的灵石？修仙界的通用货币？"

"嗯。"他点头，仔细看了看道，"而且是极品灵石。"

"极品！"时夏的眼睛一下亮了，她顿时觉得腰不酸了、腿不疼了，四周的风景都赏心悦目了，一把抱起灵石道，"哥，宝宝心里不苦了。"

197

# 第九章　妹妹的"打假"之旅

后池给她更新了存储装备——一枚大容量的储物戒指。时夏把所有的灵石都装了进去，本想着跟大家分享分享，顺便算玉华派一份。但后池不同意，原因是像她这种情况还是不张扬的好，免得引来祸端，她同意了。

她想了想，就把结丹前一直想说的话跟后池坦白了，包括自己的来历、手机上的任务、老哥留下的信息等。她决定彻底接受这个亲人。

后池淡定地应道："嗯。"

时夏心里不平衡了："你就没有想说的吗？"

后池瞅了瞅她，过了一会儿才加了一句道："手机是何物？"

好吧，你总算还有点儿好奇心。

时夏立马掏出自己的手机道："这就是手机。"

"有何用处？"

"这个可厉害了。"时夏骄傲地道，"这是一件高级'法器'，在我们那个世界，无论多远都可以用这个通话交流。"

"传音符？"

"比那个厉害。这个不单可以传音，还能看到影像。"

"留影符？"

"这个还可以上网，所有问题都可以从里面找到答案，简直就是百科全书，居家旅行必备'法器'。"

"那此物可以联系上魔傻……时冬？"

"呃，现在不行。"

"为何？"

"这里没有信号，手机的所有功能都要有信号才能用。"

"那它现在有何用？"

时夏嘴角一撇，心酸地回道："没错，它就是没什么用！"

后池皱了皱眉，严肃地看向她的手机道："你是说那个名唤'系统'之人改动了你这件无用的法器，而你去暮玄仙府与无妄境都是因为它？"

"可以这么说。"她顿了顿道，"虽然不知道这些任务的目的是什么，但好像每个任务都跟我老哥有关。"

"魔……尊也有这个法器？"

"有，虽然颜色不同，但都是……"时夏一惊，猛地抬起头道，"你是说……"

他点了点头，道："既然系统可以改造你的法器，自然也能改造他的。他之所以去那些地方，恐怕跟你一样。"

时夏突然想起了暮玄仙府里那个奇怪的盒子，它被摔碎后立马出现了虚空裂痕。她一直以为是盒子的问题，现在想来那个虚空裂痕可能一开始就存在，盒子只是封住它的道具。另外，无妄境里那个压缩了整片海域的阵法也是出现在秘境中心的"聚灵之地"。这些好似都是有人刻意为之，而这个人明显就是她老哥。

"可是系统这么做的目的是什么？"时夏有些想不通，"这些事谁都可以做，为什么大老远地把我们从别的世界拉过来，还分两个人完成？我老哥现在又在哪儿？"

"我亦猜不透此人的目的。"他沉默半晌道，"但魔……尊的行踪定与攻上玉华派的魔修有关。"

"你是说那个山寨少主？"

"嗯。"

"可是魔修现在退得干干净净，那个少主也没出现，我们上哪儿找人去？"

"有个人一定知道。"

"元吾！"时夏一把拉住后池，激动地说道，"那还等什么？走，我们去罚戒堂！"

时夏一路飞向剑峰，直奔最下方的罚戒堂。

剑峰上都是剑修，剑修普遍会铸造，所以剑峰中心埋有异火，方便弟子铸器。异火凶猛，修士若靠太近，会受到致命的伤害。罚戒堂的地牢因此就设在这里，一共有十八层，越往下，异火的威力越强，对修士的压制力越大，而元吾就被关在底层。

她跟峰主元溪打了声招呼，去了关押元吾的地方。时夏一进去，漫天的热气就扑面而来，地面到处都是滚烫的熔岩，把四周照得一片火红。熔岩的中心立着一根石柱，上面有个高台，直径五六米的样子，高台上阵法重重，元吾就关押在那儿。

时夏直接飞了过去。元吾仍旧保持着几天前的样子，脸上青一块紫一块的，已经看不出人样了。见到他们过来，他惊了一下，下意识地夹紧了双腿。

时夏不由得反省自己当初是不是下手有点儿狠。

"你来干什么？"元吾瞪了她一眼道，"来看我的笑话吗？"

"那啥……我有个问题想问你。"时夏道，"你知不知道当初利用你的那个魔修的线索？"如果她猜得没错，那人应该就是少主。

"知道又如何？不知道又如何？"他冷笑一声，转过头，不想搭理她。

"知道你就告诉我呗！元吾，你好歹曾经是玉华派弟子，不会真的希望魔修卷土重来，对付玉华派吧？"

"就算如此，我又为何要告诉你？"

"那你告诉他。"她把身后的后池拉了过来，"大不了我不听就是了。我捂上耳朵行吗？"

元吾顿时怒了："你要我吗？魔女！"

"唉！事到如今，你还坚信我是所谓的魔女吗？"

他愣了一下，脸上闪过一丝挣扎之色，却仍嘴硬道："哼，江山易改，本性难移。"

"哎，我就不明白了，"时夏上前一步，认真地问道，"我以前是不是得罪过你？你怎么就认定我不是个好人？"

"哼！你敢说自己不是魔尊的妹妹？"

"我哥是魔尊，我就一定是坏人？你敢说你祖上三代没人做过坏事？按你的说法，你是不是也不是什么好人？"

他噎住了，似乎也觉得自己的话没什么说服力，却又不甘，低下头喃喃地道："你懂什么？我若是……若是能找到魔尊，又何须……这一切都是你哥害的，都是他！"

时夏冷笑道："找不到他，你就来找无辜的人报仇？考虑到你的智商，我还真怀疑魔尊杀了你父母的事是不是真的。"

"住口，我当时就在场，亲眼所见的怎么可能会有假？"他突然暴怒。

时夏有些疑惑，打量了他一眼道："那就奇怪了，如果魔尊真像你说的那么凶残，他都杀你全家了，为啥不连你一块杀了？"

"我怎么知道？！"他怒吼，"魔尊向来无恶不作，虽然我爹娘已经是元婴修士，却仍不是他的对手。当日我赶到绝魔崖的时候，亲眼看到魔尊趴在崖顶，而我的父母……却掉了下去。他之所以不杀我，想必也是……"

"等等！趴？"时夏打断了他的话，"你是说……你并没有看到他直接动手？"

"四周并无其他人，除了他还有谁？！"

"我明白了。"她心里断掉的那根线突然接通了，直接捏诀解开了他身上的阵法。

元吾身形一松，差点儿摔倒，却死撑着站了起来，朝她冷笑一声："怎么，想替你哥赎罪吗？我告诉……啊！"

他话还没说完，时夏直接用力一推，把他从石柱之上推了下去。他被封住了灵力，又受了重伤，根本不能反抗，笔直地倒向下方的熔岩。

他难以置信，身子直往下落，眼看着就要葬身于此，却突然手间一紧，两脚悬空地挂在了石柱的边沿。他抬头看向上方正趴在边上拉着他的时夏，愤怒地道："你干什么？要杀便杀！你要这种手段，我是不会……"

"是这样吗？"时夏却问道。

"啊？"元吾一愣。

"我问你，你看到的魔尊是跟我一样趴在崖顶吗？"

他没有回话，像是明白了什么，眼睛越睁越大，眼里闪过难言的情绪。

时夏已经知道答案了，直接把他拉了上来，拍了拍身上的泥土，怜悯地看向整个人都傻了的元吾，一字一句地道："现在你应该明白了吧？只有白痴在推人下去后才会趴在崖边往下看。魔尊不是杀你父母的凶手，正好相反，他当时可能是想救人，可惜跟你一样晚了一步。"

元吾坐在地上半天没有反应，像是接受不了这个事实，急促地喘息起来，慌乱、不信、惊诧、悔恨、自责等情绪浮现在脸上。元吾猛地摇头道："不……不可能，他是魔尊，怎么会救人？我明明看见……明明……"

他越说声音越低，像是自己都无法说服自己。

"承认吧，元吾，你从一开始就恨错了人。"

自从时夏一针见血地点出元吾复仇的漏洞后，元吾整个人都崩溃了，一直精神恍惚。她想问的话完全没问出来，只好打道回府。

三天后，元溪突然跑来说元吾想见她。她想了想，拉着后池又去了一次。

相比上次，元吾的情绪明显稳定了很多。

"你说的那个少主，我也不知道在哪儿。"未等她发问，他就主动交代了，"不过我曾经无意中听他们说起要找一件神器，那件神器好似在东边靠近凡界的某个地方，那个冒牌少主一定在那里！"

"你知道是什么地方吗？"

他摇了摇头道："我只知道他们要找的神器叫混元神铁。"

混元神铁？她怎么觉得这个名字怪怪的？

"还有……"他皱了皱眉，有些犹豫地道，"那个人……非常危险！我连她的真面目都看不清，曾经想用还真石探查她的修为，但失败了。她的修为恐怕不在你哥之下。"

时夏倒吸一口凉气，就连旁边的后池也皱起了眉，还真石连化神修为都可以探出来，居然探不出那个少主的修为？那对方是有多可怕？

"若你真的要找她……得做好准备。"

"嗯，我知道了！"时夏点了点头，打量了他一眼道，"我还有个疑问，你为什么这么确定我就是魔尊的妹妹时夏？"虽说这是事实，但她好歹跟哥哥有百年的时差，而且当初没半点修为，从未修炼过，就连元照他们现在都把这当成一个玩笑了。只有元吾，自始至终对她的身份深信不疑，就连现在也没改口。

"我见过你的画像，自然知道是你！"元吾道，"当初在林中见你时你满身泥污，我没立即认出来，后来你来到玉华派后我才确认。"

"画像？什么画像？"

"那是一张小像……"元吾像是想到了什么不能理解的事，皱着眉头道，"那小像虽只有手掌大小，但画得极……传神，还有颜色，与真人无异，我亦是第一次见那样的画像。"

"手掌大小……"难道是照片？她又问道："你在哪里看到的？"

他没回话，只是转头看向她旁边的人。时夏顺着他的视线看向后池。

"夏夏，我们现在就去找那个少主吧。"某人一本正经地建议道，完全没有被拆穿的窘迫，说着就要御剑。

时夏直接把他拉了回来："你有我的画像？"

"没有！"他坚定地摇头，声音洪亮、字字铿锵，却下意识地握紧了右手，"我没有跟时冬抢画像，我的储物戒指里一张画像都没有。"

时夏叹了口气，直接道："是你拿出来，还是我自己拿？"

后池静静地站了一会儿，虽然脸色没变，她却觉得他整个人都蔫了。他直直地盯了她好久，最终磨磨蹭蹭地从储物戒指里掏出了一张十寸左右的卡片。那还真的是一张照片。

时夏接过一看，照片上是一个十七八岁的少女，正趴在课桌上睡觉，头发乱蓬蓬的，口水更是流了一桌，要多狼狈有多狼狈。

时夏嘴角一撇，顿时有种想杀人的冲动。她记得这张照片，是高三那年老哥来教室接她时偷偷拍的，还借此嘲笑了她好几年，没想到老哥居然把它带到这个世界来了。

说起来，他们到底是怎么从那张睡得变形的脸里认出她的？

"没收！"她把照片收入了自己的储物戒指，决定一出去就"毁尸灭迹"。

见她完全没的商量，后池身形一闪，唰的一下飞走了。

他真生气了？是小孩儿吗？时夏无语，唤出飞剑打算追上去。

"等等！"元吾突然开口，犹豫了一会儿才道，"之前的事……对不起。"

"你要道歉的对象不是我，"时夏没有回头，沉声道，"而是玉华派那些无辜牺牲的弟子。"

他嘴角动了动，像是想说什么。时夏没兴趣再听，直接御剑飞走了。其实元吾想说，当初他看到的画像好像不是那一张。

后池心想：少了一张画像好心疼，还好当初抢了一沓！其他的一定要藏好了！


时夏原以为找魔修的踪迹肯定要花一番工夫，没想到刚回秀凌峰，元照就着急地找上了门。

"两位师祖！"他快速地行了个礼，看向后池道，"太师祖，当初您命我立的那个魂牌碎了。"

"魂牌？"时夏一愣，魂牌是每个弟子入门时取了心头血立下的，可直接显示主人的身体状况，若是魂牌有异，代表本人遇到了危险。她问道："看你这么着急，到底是谁的魂牌？"

"就是当年太师祖救回来的那名武修男子。"

"武修……"时夏想了想，忙问道，"是龙傲天？他怎么了？"

"魂牌已碎，必是受了危及生命的重伤。"元照皱眉道，"而且魂牌之上灵气尽失，阴气显现，定是魔修所为。"

时夏的第一反应就是御剑往龙城飞去，但她还没出发就被元照拦住了。

"两位师祖！"元照有些犹豫地道，"如今魔修刚退，若两位都不在派中，怕是……"

时夏瞅了后池一眼，商量道："要不……我一个人去？"

后池默默地看着她，心想：不要，妹妹丢了怎么办？

想了想，她只好把某只正在打瞌睡的"腿部挂件"拎了起来，转手塞进了元照的怀里。

桃桃立马不干了，对着元照张开了嘴，作势要往他的身上咬去。

"桃桃！"时夏立马摸它的头，阻止道，"乖乖地留在这里，我办完事马上回来。你要好好看家，知道吗？"

"爹爹……"它的眼里顿时泛上泪光，一副被抛弃的可怜样。

"听话！"时夏揉着它的小脑袋安抚了半天，桃桃才点头同意。有它和毕鸿在，玉华派的安全应该没什么问题。她这才与后池一同飞向龙城的方向。

她着急去龙城，不单是因为龙傲天，还因为突然想起了元吾的话。元吾说那个少主正在凡界找一样东西，而龙城就在凡界与修仙界的交界处。她越想越心急，用尽全力御剑。

后池皱了皱眉，直接把她拉到了自己的剑上，速度果然比她自己快了不止一倍。

后池一直没有开口说话。时夏一开始还没在意，只是隐隐觉得背后有一股寒气传过来。她转头瞅了瞅他乌云密布的脸，忍不住解释道："龙傲天好歹与我们共患难过，我不能不去救他。

"他是朋友，不是哥哥，你生什么气啊？

"我没想认别的哥哥。

"真的没有！

"龙傲天就是跟我们一块去暮玄仙府的人，你不会才想起他是谁吧？"

后池只花了一刻钟，两人就飞到了龙城附近。

时夏远远地看到前方有一大片黑气笼罩着整座城，空气中浮着一股让人不舒服的气息。她心中一沉，立马隐身，飞近一细看，却发现那股黑气突然消失了，空气中那让人不舒服的气息也没了。城内仍如她上次见到的一般繁华，城门口更是人来人往。

203

她满心疑惑，想去龙傲天的城主府问问情况，刚要进城门，后池突然脸色一变，伸手将她拉了回来。

　　"夏夏！"

　　城门中间突然像水波一样飘荡出一圈圈涟漪，连着四周进出的人，整个龙城像被投入石子的水面一样，一圈圈地荡漾开来。

　　时夏吓了一跳，虽然被后池拉了一把，可还是晚了。只见她从脚部开始，身体一块块分解，化成粉飞入那一圈圈波纹之中。

　　"这……这……这是怎么回事？哥……"这场面实在是太惊悚了，她眼睁睁地看着自己的身体逐渐消失。

　　"夏夏！"后池一急，接连用了好几个法术，然而并没有用。她身上消失的部分越来越多，他干脆抱起她，打算远离龙城。

　　"等等。"时夏一把拉住他道，"奇怪……我一点儿也不痛。"

　　后池一愣，也冷静下来，打量了一下四周道："幻境！"

　　"啊？"

　　"夏夏，整个城是一个向外的反向幻境，你正被拉入幻境之中。"

　　"那怎么办？"时夏有些心慌，身体消失的部分越来越多，眼看着就要全被吸进城内了，心底突然浮现了几个字，"是幻天阵！哥，这是幻天阵！"

　　"我明白了。"后池沉声交代道，"你进去后不要乱动，我去找阵眼，然后去接你。"

　　时夏只来得及点了下头，就被吸入了幻天阵。

　　与外面不同，城内一片昏暗，阴风阵阵、魔气漫天，到处都是巡逻的魔修，人数多得惊人，修为大多在金丹以上。

　　时夏倒吸了一口凉气，没想到当初从玉华派撤退的魔修都会聚在这里了。这么多魔修，她怎么打得过？

　　时夏转身找了个角落待着，自我安慰道："没事的，没事的。"她只要待在这里不被发现，静静地等待后池来救自己就行了。

　　时夏的背后传来一阵兵器出鞘的声音。她转过身，背后果然站着一群魔修。

　　"你好大的胆子，敢擅闯魔城！说，你来这里干什么？"领头的黑衣男子问道。

　　时夏尴尬地道："哈哈哈……如果我说我是来旅游的你们信吗？"

　　他们显然不信！那个魔修冷哼一声，捏了个诀，一掌朝她打了过来。时夏只觉得胸口一痛，被他打得倒退了两步。

　　"仙门怎么尽派你这种喽啰出来？"男子鄙视地瞪了她一眼，转头朝旁边的人招了招手道："把她关到地牢去吧！"

　　"堂主，不杀她吗？"旁边的魔修问道。

　　"蠢货！"男子白了队友一眼道，"仙门向来会对弟子下追踪的法术，杀了她，我们魔城的位置岂不暴露了？等攻下众仙门，再杀她不迟。"

"还是堂主高见！"那人恍然大悟般地点了点头。

"行了，带下去吧！"男子挥了挥手。

一个魔修上前来，推着她往前走去。他们还没走几步，迎面又走来一队魔兵。刚才还一脸高傲的堂主神色一喜，立刻迎了上去，对着最前方的紫衣魔修行了个礼道："哟，这不是四护法吗？您怎么来了？"

紫衣男子瞄了他一眼道："碰巧抓到一个闯进来的仙修，顺便送过来。"

"还有一个！"堂主的脸色变了变。

时夏心头一紧，不会是后池吧？

那个紫衣男子扬手一挥，一个白衣男子顿时被推了出来。

易耀罡！怎么是他？时夏猛地睁大了眼睛，这小屁孩儿是什么时候来的？

"多谢四护法相助。"那个堂主顿时冷汗涔涔，显然没想到居然进来了两个仙修。

"岳堂主不必客气，你的小失误，我是不会报告给少主的。"紫衣男子笑着拍了拍堂主的肩膀，话里却有点儿威胁的意味，边说边转头看向时夏，"你不是也抓到一个……"他话到一半又停住了，脸色一变，扬了扬手，把五花大绑的易耀罡推了过来，"此人就交给岳堂主了，本护法还有事，先走一步。"

"那属下就不远送了，四护法慢走！"那姓岳的堂主顿时松了口气。

送走紫衣男子后，堂主擦了擦头上的冷汗，对众魔修道："带走！"

他们直接把时夏和易耀罡扔进了地牢，临走前还踹了易耀罡一脚。

等众人走远，时夏才把地上的易耀罡拉起来，问道："你怎么来了？不是说要闭关吗？"

"还不是因为你？"易耀罡瞪了她一眼道，"爹说你和太师祖要来龙城找寻魔修的踪迹，他担心你们只有两个人，所以……所以就派我来支援。"

"编！继续编！"时夏白了他一眼。你说谎的时候能不脸红吗？

他脸色一白，过了一会儿才道："我是偷偷跟来的。"

"你跟着我们干吗？你知不知道这儿有多危险？"

他低下头，过了一会儿才有些不甘不愿地道："你个金丹期的都不怕，我怕什么？再说……再说我可不想落在你后面。我也没想到这里会有这么多魔修。"

"那你是怎么进来的？你在外面没看到后池吗？"

"我到这儿的时候刚好看到你被传进来，一急也摸了一下城墙……"

时夏叹了口气，去解他身后的绳子。

"算了，你别白费力气了，这绳子上有魔气，我灵力被封，你是解不……"

绳子断了。

"你……你……"易耀罡难以置信地问，"你不是被封了灵力吗？"你为什么还能解开绳子？

"有吗？"时夏一愣，这才明白那个堂主打她那一掌是为了封她的灵力。

"现在怎么办？"易耀罡站了起来，快速扒下身上的绳子。

"目前整个龙城都在幻天阵里，此阵只进不出、牢不可破。后池在外面找阵眼，我们要等他破完阵才能出城。"时夏仔细瞅了瞅牢门上的金色阵法道，"先逃出这个地牢再说。"

易耀罡点了点头，也仔细地打量起牢门来。

这个地牢的阵法十分古怪，从牢门开始直接分出道道金色的光线，笼罩住整个牢房，牢门中间偶尔还有各色的光芒流过，无数不知名的法符飞舞着。

"这好像不是魔气凝结的阵法，倒是有些……像灵气！"易耀罡有些惊奇地上前一步道，"魔修居然也会用灵气结阵？！而且这好似还不是同一种灵气……"

"遮天阵！"

"啊？"

"遮天阵是上古金、木、火三系融合的阵法，没有解阵令牌不能打开，可阻挡化神期修士的攻击。"

"上古阵法！那东西不是早就失传了吗？"易耀罡很疑惑，"你怎么认出来的？"

"啊……对哦！我怎么知道？"时夏也有些蒙，刚刚脑海里突然就蹦出了这三个字，就像之前认出幻天阵时一样，"算了，不是在意这种细节的时候，我们还是想想怎么出去吧。"

"你不是说没有令牌化神期修士都破不开这个阵法吗？"他有些泄气地指了指牢门道，"总不能指望天上掉下块令牌吧？"

啪嚓一声，一块玉牌掉了下来。时夏和易耀罡面面相觑。

易耀罡捡起玉牌，往牢门上一按，那阵法一闪，瞬间暗了下去，还真的解开了！

"姓夏的，这……"

"不管了，先逃出去！"

时夏拉着他就往门口走，刚走了几步又停了下来："门口有人！"而且都是金丹修为的魔修。易耀罡被封了修为，他们根本没有胜算。

"怎么办？"易耀罡握紧双手道，"要是有别的出口就好了。"

他话音刚落，身后突然哗啦一声，牢门的石壁上亮起一排火盆，直往深处去。紧接着吱呀一声，深处的石壁突然打开，露出一条黑漆漆的通道。

不会吧，这里还真有其他出口？

"不会是陷阱吧？"易耀罡忍不住四下看了看，但周围完全没有其他人。

"我们都被抓了，谁还会那么闲再设一次陷阱？走吧！"

两人谨慎地走进了那个黑漆漆的通道，刚进去，墙面哗啦一声合上了。时夏伸手唤了一团火苗出来照明，慢慢往深处走去。

一开始她还以为这里只是谁挖的一个秘密通道，进来后才知道里面有多大。这里地形复杂，岔路多得令人头晕。她一开始还能记住几条，后面已经完全蒙了。那个神秘人像是有意引导，每到一个道口，就会亮起一团火苗，帮他们指引方向，直到……

那个引路的人也迷路了！

"姓夏的。"

"干吗？"

"这条路我们刚刚是不是走过一次？"

"不是一次，是三次！"

"啊？你怎么知道？"

"废话！我已经第三次被这块石头绊倒了好吗？"时夏扶着墙爬了起来，一脚踢开地上那块坑了她三次的石头。

话音刚落，正在岔道口假扮引路明灯的那团火苗抖动了一下，原本指着中间那条路，现在却犹豫地指向左边。

时夏嘴角一撇，道："那条路堵住了，是死路。"

火苗抖了一下，嗖的一声飘到了右边的通道处。

"右边是个熔岩坑。"

火苗又晃了晃，坚定地回到了中间。

"中间那条我们才走过，"时夏控诉道，"你这是迷路了吧？"

火苗顿时吱的一下小了一半，一副心虚不已的样子。

"你到底认不认识路啊？"

吱，火苗直接缩成烛光了！

"你不认识路就早说啊！"时夏深吸了一口气，努力压下心底累积了三个时辰的怒意。

"姓夏的，现在怎么办？"易耀罡有些担忧，这地下跟迷宫似的，他们不会一直被困在这里吧？

"我用神识试试！"时夏闭上眼睛，调动灵气，放开神识。一时间方圆百米的情况印在了她的脑海里。可即使是这样，她也无法看清这个迷宫的全貌，里面大得惊人，而且不少地方已经坍塌堵死。

她仔细地一条条通道看下去，两刻钟后睁开了眼睛，顿时有些站立不稳。

"你没事吧？"易耀罡连忙扶住她。

时夏深吸了一口气，缓解了因过度使用神识而产生的眩晕感，直接使了个土系法术，一掌打在右侧的墙面上。灵光一闪，土层开始一层层裂开，顿时露出一条新的通道。

"这里还有条路，走这条试试。"说着她直接走进去，易耀罡毫不犹豫地跟上，那团火也屁颠屁颠地跟了上来。

这条隐藏的通道比刚才的路宽了一倍，地上铺的全是石砖，砖上还刻着统一的花纹。不知道是不是错觉，她总觉得这条路有点儿眼熟。

他们走了几十米，前面隐隐有了光亮，不远处出现了一道门。

"太好了，是出口！"易耀罡眼中一亮。

"快！我们出去！"时夏兴奋了，小跑到门边，激动地一把拉开门，只见前方出现了一个白光闪闪的……屁股！

这是什么情况？一眼望去，上百个光溜溜、赤条条的汉子齐刷刷地转过头来，高矮胖瘦，各种类型应有尽有。时夏隐隐听到脑海中一声炸雷响，感觉鼻间有不明液体流下。

三秒钟后……

"对不起，我走错更衣室了！"她及时捏住鼻子，假装淡定地转身。

可惜来不及了，铛的一声，两把剑交叉横在了时夏面前，挡住了她的去路。

"听我解释，我不是故意的！"

全场安静！

"其实我……是来旅游的，你们信吗？"

全场寂静！

"这里风景不……错……"

全场死一般地寂静！

"其实我什么都没看到。"

一直处于离线状态的易耀罡这才反应过来，默默地捂住了她的眼睛。

"你们是什么人？为何会从那里出来？"右边拿剑的胖子反应过来，恶狠狠地质问道。

她还没来得及想借口，不知道是谁惊呼了一声"他们是仙修"。众魔修脸色一变，齐齐取出武器围了上来，吼道："抓住他们！"

时夏很无语，这些人有时间拿武器，就不能把衣服穿上吗？

"敢闯魔城？不知死活！"胖子魔修冷哼一声，就要劈过来，却被人打断了。

"发生了什么事？吵什么？"一个紫衣男子突然推门进来，冷冷地扫了在场的一众裸男一眼，"叫你们来这儿是淬体的，不是让你们聊天的，吵什么？"

"见过四护法！"裸男们齐齐向门口的人行了个礼，脸上不由得露出畏惧之色。

时夏细一看，进来的就是之前捉住易耀罡的人。她心一凉，这回惨了！

"四护法！这两个仙修突然闯进了淬体阵，而且是从后面的遗迹迷宫过来的，我们担心是仙门派来的。"胖子连忙解释道。

紫衣男子转头看了他们一眼，挥了挥手道："行了，这两个人我押去地牢，你们继续淬体！"

胖子战战兢兢地抱拳应了一声是，把易耀罡和时夏往门口一推，临了还瞪了两人一眼。

那个紫衣男子示意时夏他们跟上，就转身出了门。直到出了那个所谓的淬体阵，易耀罡才收回捂着她眼睛的手。

前面走着的紫衣男子突然脚步一顿，停在了原地。

他咋停了？不是还没到地牢吗？时夏正疑惑，脚边猛地一紧，刚刚还邪魅狂狷、不可一世的紫衣护法突然一把抱住了她的大腿，痛哭流涕："少主啊，您总算回来了，属下等得您好苦啊！"

这是什么情况？剧本上没写啊！

"属下再也不要离开您了，以后生是您的魔修，死也是您的魔修！"

时夏："喂，你没病吧？"

"少主放心！就算是为了主上，我也一定会救你出去的。"

时夏："你到底是谁啊？"

"少主，您还记得当年天宸派山下的黑煞吗？我就是黑煞啊！"

时夏："不好意思，不记得！"

他愣了一下，继续道："少主您真的不记得我了吗？当年我们在天宸派山下见过，您当时还带着那只护山灵兽呢！"

"护山灵兽……那只飞天猫？"时夏的脑海中闪过一些影像，她惊呼道，"是你？"这不是当初被元吾抓到玉华派的那个魔修吗？

她忍不住退后一步，质问道："你又想干吗？"

"少主，您别误会！我当时并不知道您就是主上的妹妹，才会对您无礼的。"他仍旧死死地抱着她的大腿道，"从玉华派逃出来后，我多方打探少主的消息，却没想到在这里见到您，这就是缘分啊！"

"打住！"她疑惑地道，"为什么说我是你的少主？你又为什么要找我？"

"您是前魔尊的妹妹，自然就是属下的少主。"他双眼发光地道，"找您当然是为了让您重新统率群魔了。"

"你们不是有一个统领魔修的少主了吗？"

"哼，那就是一个冒牌货。"黑煞冷哼一声，十分鄙夷，"他才不是少主，虽然他装得很像，手里又有主上的信物，但我还是看得出他是个假的！"

"你怎么知道？"

"因为……"他一脸严肃地道，"他是个男的！"

"啊？"

"一个男的怎么可能是主上的妹妹？"

呃……她竟然无言以对。

"他瞒得了别人，瞒不了我。"他得意地道，"虽然他用了特殊手段装成女人的样子，还让其他人都察觉不出来，但我黑煞当年也算跟着主上见过世面了，勾搭的女修没有一千个也有八百个。就他那点儿演技，不是我吹，就算他放个屁，我也能闻出他是男是女！"

时夏："……"

"少主，此处多有不便，不如我先带您到安全的地方？"

"在此之前……"她低头看了他一眼道，"你能先放开我的腿吗？"

"哦！"黑煞一愣，这才放开了手，有些尴尬地笑了笑，"少主，这边人少，请往这边走。"他指了指前面。

"姓夏的……"易耀望扯了扯她的衣角，担忧地道，"你真的相信他？"这可是魔修。

"总不会更糟吧？"

他没有骗他们的必要，之前从地牢出来想必也是他的手笔。而且比起担心这些，她有更想知道的事："黑煞，我向你打听个事。"

时夏一问，黑煞立刻变身为话痨，恨不得连祖宗十八代都交代一遍。

按黑煞所说，他之所以救她不单是因为他曾经是魔尊的部下，更是因为魔尊对他有救命之恩。至于现在城中那个所谓的少主到底是什么人，黑煞也不清楚，只知道这人是突然出现的，而且修为深不可测。

此人一来就召集了大批魔修，并且亲手布下了多个淬体阵。只要进入此阵，魔修的修为就能得到大幅提升。所以她之前见到的魔修最少都有金丹修为。有了这么一个逆天的阵法，魔修们自然欣喜若狂，慕名投奔而来的魔修也越来越多。

黑煞对这个淬体阵却多有忌惮，修行本来就是逆天而行，想要提升修为从来不是这么简单的事。这个淬体阵绝对不简单。再加上少主偶尔奇怪的行为，例如占据这个一无是处的凡城，还有命人进攻玉华派，甚至还布下了一些早已失传或是闻所未闻的阵法，更重要的是这些都是灵气法术，不是魔修会的法术。这让黑煞越来越怀疑那个冒牌货的真正目的。

"少主，你都不知道，那个冒牌货每日还会偷偷选十名身强体壮的修士，让人午夜时分送入他房里，也不知道干了什么。"

时夏："你怎么知道？"

"我看见的啊！"他神秘地道，"那天晚上我巡逻时碰巧瞅到了。你说……她要是个女的，晚上叫十个八个男子进房也不奇怪，但他是男的，大晚上叫一堆大老爷们进去干吗？"

"……"

"我听魔尊说过，"他眼里的八卦之火熊熊燃烧，"有些男修有……那种爱好！少主你说……不会是真的吧？"

"问我干吗？我又不是男的！"

"说得也是！"黑煞点了点头，然后默默地看向易耀罡。

易耀罡一脸蒙。

"你也别问他！"时夏直接把易耀罡拉到自己的身后道，"人家还是个孩子呢！"

黑煞一脸失望，走到一堵不起眼的墙前，触动了一个机关，顿时阵法大亮，地面缓缓陷了下去，出现了一条暗道。黑煞指了指暗道，道："少主，您说的那个人应该就关在里面。"

时夏眼睛一亮，原来龙傲天关在这里！幸好有黑煞，不然她还真的找不到。

"不过……此人是那个冒牌货亲自下令关到这里的，此处不是由我管辖，我也不知道里面的情况，您要有心理准备……"

"嗯，谢谢！"时夏点了点头，快步朝里面走去。

这个地下通道没有多深，却有一条长长的走廊。他们小心翼翼地走了一阵，尽头有一个土系的传送阵。她犹豫了一下，三人一起进入阵中。

时夏只觉得整个人快速地往地底去了，不一会儿便到了一个陌生的地方。这里像是一间倒塌的地下殿宇，到处都是断壁残垣，有点儿眼熟。她未来得及细看，耳边却传来一阵滴答滴答的声音。她下意识地转身，才发现在正中央亮着一个阵法，一个浑身是血的人被悬挂在半空中。他披头散发、衣衫褴褛，一条条火红的铁链从阵法之中伸出，缠绕到他的身上，勒入骨肉之中。那滴答声居然来源于他身上滴下的血，而地上早已被染成一片血红了。

　　时夏倒吸一口凉气，甚至不敢确定龙傲天是否还活着。

　　她双手紧握，正要上前，背后却突然传来一个妖媚的女声："哟，这不是四护法吗？"

　　不远处的阵法中走出三个人。

　　"魑姬！"黑煞一惊。

　　魑姬带着两个魔修走了过来，冷笑道："黑煞，你怎么有空到这里来了？"

　　黑煞立马镇定下来，上前一步，有意无意地挡住后面的两人道："我随便逛逛，顺便来看看你。"

　　"看我？"魑姬冷哼一声，扫向他身后的两人道："你带着两个仙修来看我？"

　　时夏想骂人，怎么是她？真是冤家路窄！

　　"是你！"魑姬认出了时夏，二话不说唤出武器就向时夏劈了过来。

　　时夏及时躲开，黑煞也唤出了那把黑漆漆的扇子挡住了魑姬。

　　"黑煞！"魑姬恶狠狠地瞪了他一眼，"你这是要维护仙修吗？"

　　"魑姬，她才是我们的少主，魔尊真正的妹妹！城中的那个是假的。"黑煞认真地解释道。

　　"一派胡言！"魑姬更加恼火，又一掌打了过来，黑煞只能闪身回避。魑姬朝着后面的两人一挥手道："通知城内，黑煞叛变，抓住他们！"

　　"魑姬！"黑煞还想再劝。

　　"别浪费口舌了！"时夏直接唤出剑雨，毁了之前进来的传送阵，阻止对方报信，"这女的之前跟我有仇，是不会放过我的。现在只有一个办法了，收拾她！"

　　时夏直接冲向另外两个魔修，吩咐道："易耀罡，你去救人！"

　　易耀罡点头，飞往空中斩断了阵中的铁链，扶住只剩一口气的龙傲天，喂他服下丹药。时夏不由得庆幸，还好黑煞帮易耀罡解开了灵力的封印，现在三对三，他们只要在援兵赶来前出去，也不是没有胜算。

　　"你们以为可以逃出去吗？"魑姬大笑起来，轻蔑地看了三人一眼道："仙修也就罢了，黑煞你什么时候也这么天真了？"

　　她话音一落，突然一阵铺天盖地的威压笼罩住整个空间。

　　除了时夏，黑煞和易耀罡双双跪了下去，张口吐出血。

　　"化……化神！"黑煞猛地睁大眼睛道，"你居然突破到了化神！"

　　"所以我才说你天真！"魑姬笑得越发得意，"谁是少主又有什么关系？只要能让我等提升修为，对方不是少主又如何？"

"你……"黑煞气极。

魑姬看向唯一没事的时夏，眼神一寒，厉声道："你果然没事！上次在玉华派我就觉得奇怪，看来不单是法术，连化神威压也对你没用，你想必真的身怀异宝！"

时夏没有回话，只是退回队友旁边，不着痕迹地传了一些纯阳灵气过去。

"如此看来，我更不能放你走了！"魑姬唤出法剑，直接攻了上来。

魑姬居然不用魔气了，时夏对剑法可不免疫啊！时夏刚要使用落星辰，突然地面一阵晃动，原本唤出血色链条的阵法也叮的一声碎了。又一阵地动山摇，顶上断开一条裂痕，两块山体往两个方向移动，无数山石哗啦啦地往下滚落。众人站立不稳，哪里还顾得上打斗？都纷纷御剑躲避山石。

上方已经完全塌陷了，时夏一眼就看到了那个笼罩住龙城的巨大玄天阵。只是它不再牢不可破，而像一块被扯破的塑料薄膜一样，开始出现一个又一个洞。一袭白衣远远地立在空中，身后有万丈光芒，顿时把昏暗的龙城照得一片明亮。

"后池！"时夏一直提着的心瞬间落下。她正要过去，一个身影突然从城中冲出来，朝后池飞了过去。那人极快，她甚至没来得及看清楚那人的长相，耳边就传来叮的一声响。一股冲击力朝周围扩散，像一把无形的利刃，一瞬间整个龙城所有的房屋、树木齐齐拦腰截断，连未散尽的玄天阵也瞬间消失，更有来不及躲避的魔修生生被那冲击波砍成了两截。

时夏反应过来时，后池已经站在她的身前，手里拿着一把通体纯白的剑，一脸寒意地看着对面。

时夏看向魑姬，魑姬身前也多了一个女子。那人一身青衣，衣衫上绣着一团团似云似火的花纹，戴着一张蝴蝶面具，身量不高，身材凹凸有致，手里还拿着一支玉笛，想来就是那个少主。

青衣人突然开口，声音轻灵："没想到在这么偏远贫瘠的大陆上居然还有大乘期的修士。"

大乘期是什么？时夏和她的小伙伴都蒙了。

"不过，就凭你们几个人能逃出去吗？"青衣人眯了眯眼，冷笑一声。

城里的魔修都赶过来了，把几人围了个严实，而他们只有五个人。

后池沉着脸举起了手中那把寒气四溢的剑，一字一句地道："试试！"

他手间一转，直接把剑插入地上，刹那间冰封千里！除了青衣人和魑姬，其他魔修都被封在了冰层之下。

龙城秒变冰原。

那个所谓的少主顿时黑了脸，目光一冷，直接飞身攻了上来。后池也迎了上去，两人的动作都太快，一时间只能看到空中一青一白两道光影，两人对战产生的剑气如利刃一般飞向各个角落。城内被毁得不成样子了。现场地动山摇，一片片房屋与树木倒塌，就连地上的冰面也不时出现一道道几米深的裂痕。黑煞连忙召出了防御结界。

时夏握住龙傲天的手腕察看伤势，这才发现他全身经脉尽断，身上的修为也被废了，若不是丹田还有一丝灵气吊着，早已经没命了。她顿时气得想骂人，掏出九转还魂丹喂他吃了下去，才见他的脸色好了点儿。她还来不及松口气，突然一道阴冷的气息扑面而来，她条件反射地侧身，顺手抓住了刺过来的东西，手上却猛地传来一阵刺痛。魑姬的脸出现在时夏眼前，而时夏手里抓的正是魑姬刺过来的剑。

"夏时！"易耀罜一惊，直接一道雷劈了过去。

魑姬及时抽回剑，侧身躲过了那道雷。

"黑煞，看好龙傲天！"

时夏直接起身跟易耀罜一起反击。魑姬冷笑一声，眼里精光一闪。

魑姬知道魔气对时夏没用，便一边用剑术挡住时夏的攻击，一边用魔气对付易耀罜。偏偏时夏的右手刚刚被那一剑刺得太深，时夏就算驱动灵气，短时间内也无法恢复，使不出落星辰。

没过多久，易耀罜已经满身伤痕了。时夏一咬牙，忍痛用右手持剑，直接出招。剑气化为一条巨龙，朝魑姬扑去。

正在捏诀的魑姬一惊，不得不放弃偷袭易耀罜，转身躲开那条巨龙。其实这条龙只是看起来可怕，金丹期的剑气怎么伤得了化神期的修士？时夏只是为了逼退魑姬而已。

"易耀罜，"她转头看向旁边的人说道，"还记得无妄境的噬水兽吗？"

他顿时明白了她的意思，直接催动全身的雷灵气，双手结印，使出了他在秘境中学的天降术，一掌打入地上的冰层中，一时间紫色的电光布满龙城。

刚退开的魑姬直接被卷入雷光之中，惨叫了一声，顿时被满地的紫色雷电淹没。虽说她的修为比易耀罜高，但他用的是天降之术，引下的是五行天雷。无论是仙修还是魔修，最忌惮的就是天雷。而魔修本就是以杀入道，身上的杀孽重、怨气深，修为越高，被劈得越狠。

地上的雷光整整亮了半分钟，魑姬被劈得皮开肉绽，趴跪在地大口大口地吐着血。她不像之前那般淡定了，恶狠狠地盯着他们，一副恨不得把两人生吞的表情。

天上缠斗的两人也分开了。

"哥！"时夏上前几步，打量了后池一眼问，"你没事吧？"

后池回过身，伸手摸了摸她的头道："无妨。"

她细一看，他的确没有受伤，只是身上的寒气更重了一些，剑上的白光更亮了。

"哼！倒是我小看了你。"青衣人冷笑一声，表情有些忌惮。青衣人伤了手臂，右肩到手腕处红了一片。

"少主……"魑姬唤了一声。

青衣人低头看了她一眼，眼神一冷，骂道："废物！化神还打不过几个元婴，我要你何用？"说着居然一把抓住了魑姬的头，手中红光闪现，魑姬还没反应过来，转瞬之间就化成一团黑灰，风一吹就散尽了。

魖姬不到两秒就命丧于此人之手，在场的人不由得睁大了眼睛。而杀了人后，那青衣人身上的伤瞬间好了。那人握了握手，有些嫌弃，喃喃地道："养了这么久，居然只能吸收这么点儿灵力，真是浪费了我的阵法！"

"阵法！"黑煞脸色惨白，激动地上前两步道，"你假装少主，布下淬体阵，就是为了吸收我们的灵力为你所用？"

"看来魔修也不尽是蠢人嘛！"青衣人冷笑一声，似乎不想再装下去，拿下脸上的面具，微一转身，身形就开始慢慢变换，不到片刻便从一个妙龄少女变成了一个瘦高的男子。他的五官长得很端正，看起来像个敦厚之人，如果眼里不是盛满了算计与欲望的话。

"我本就是仙修，你们这些魔修死不足惜。"

"你……"黑煞气得脸都红了。

"能让我跨界过来利用，你们应该感到荣幸才是！"

"跨界？！"时夏一惊。

"哼！你们这些生存在边缘地区的修士恐怕根本不知道真正的修仙界在另一片大陆吧！"

另一片大陆？这世上还有另一片大陆？

"在这里，你们一辈子都无法突破化神，就别做升仙的美梦了。"他鄙视地扫了众人一眼，视线停在了后池的身上，神情一冷，"你倒是一个例外，不过本尊……最讨厌意外！"

他微眯眼睛，双手开始结印，却不是向着他们，而是蹲下身双掌触地。顿时整个龙城的地面都亮起白光，一个铺满了整个城的阵法突然发动，把四周的一切照得一片雪白，而地上被冰封的魔修开始随着冰水融化。

时夏一惊："他想吸收冰下所有魔修的功力！"

后池已经飞了出去，一剑挥向了阵法中心的人。可惜已经晚了，那人身形一闪，就算离开了阵眼，大量的白光还是朝他汇聚，顷刻之间全涌入了他的体内。他身体的各个部位扭动、肿胀、鼓动了一阵，很快又恢复原状。一时间无边的威压铺天盖地般压了下来。

黑煞的结界应声而碎，时夏只觉得心口一痛，直接被压趴在地上，无法呼吸。还好后池及时退回，再次撑起结界，她才缓过来。

地面在那恐怖的威压下一片片塌陷，直到整个龙城都陷了下去，露出地下一大片眼熟的破旧殿宇。而那殿宇的样子，时夏觉得有点儿熟悉……

时夏灵光一闪，猛地往底下看去，这……这不是暮玄仙府吗？为什么暮玄仙府会在龙城的下面？

等等！她当年进暮玄仙府的时候好像是通过一个特殊的传送阵进去的！莫非暮玄仙府一直都在龙城里，只是她当初爬上来后就被后池捡回去了，并没有注意？

"哈哈哈……"天上的人突然狂笑起来,"原来下方秘境中说的吸灵功法是真的,我果然没来错!那么混元神铁一定在这里!"

"待在这儿。"后池拍了拍她的头交代了一句,身形一闪,飞上了天空。他一挥手中的剑,万道剑气就朝对方攻击过去。

时夏不免有些为他担心,对方的实力太强了,她现在都心有余悸。而且那人一开始的目的就是龙城,准确地说是龙城下方的暮玄仙府,就连那个吸灵功法好似也是在里面找到的。

为什么她上次来没有发现这个害人的功法?还有那混元神铁到底是什么?

等等!混元?当初她给龙傲天的那本秘籍好像就叫《混元秘籍》,那个功法不会就是那玩意儿吧?

时夏连忙把手机掏出来,点开那个 App,上面没有任何特殊提示。

"恩……人?!"龙傲天醒了,微微睁开眼睛。

"你怎么样?没事吧?"她蹲下身,放下手机,打算扶他起来。

他却突然想起了什么,猛地推开她的手道:"你……快走!他要抓你,快……"

"原来是你!"龙傲天话还没说完,空中传来一个阴冷的声音,那人惊喜地看向时夏,贪婪地道:"拿走混元神铁的就是你,交出来!"

他突然转身,硬接下后池的攻击,反手一掌,顿时一股凌厉的掌风朝她袭来。

"夏夏!"后池一转手中的剑,剑气形成的白色巨龙在最后一刻冲向那道掌风,让它偏离了原本的轨迹,却刚好双双击在了她放在旁边的手机上。

她隐约听到了什么碎裂的声音,不由得惊呼:"我的手机!"

下一刻,清脆的开裂声诡异地回响在天际,明明声音不大,却清楚地传入了每个人的耳中。

她的手机屏幕上出现了几条黑色的裂纹,而且这纹路蔓延得极快,瞬间遍布整个地面,向空中延伸,呈四方形把所有人包裹其中。周围瞬间漆黑一片,她只觉得眼前一黑,意识直接抽离,昏了过去。

> 终端出现致命性毁损,执行强行实体绑定;
> 检测到不明对象 5,启动自动清除程序……
> 对象判定原生智慧生命体,质量守恒,清除失败。
> 启动二阶段修复作业,目前进度 10%,
> 目的地传送中:5……4……3……2……1……
> 到达目的地!
> 隐藏:监测者任务进度 0。

# 第十章　妹妹的门派大比

"快看，她是人形！"

"昨天还没有呢，突然就冒出来了！"

"她不会是土豆吧？"

"胡说，我们土豆也是长叶子的好吗？"

"那是萝卜吗？"

"嗯，有可能！我仔细看看。"

时夏被吵醒了，隐隐觉得身边围了不少人，吵得她头痛。她皱了皱眉，用力睁开沉重的眼皮，入目的却是一片雪白。

她忍不住往后仰了仰，才发现那是一张放大的脸，脸上白里透青，只有一只眼睛和一个嘴巴，还有一双小得跟豆子一样的眼睛，鼻间还能闻到一股奇异的萝卜味。她四周围了一圈像是白菜、土豆、羊、狗、鸡、鹅、兔的生物，却个个体型巨大，长相奇特。

"妖怪啊！"她吓了一跳，条件反射地拔腿就想跑，却发现全身僵硬，根本动不了。她低头一看，是谁把她埋土里了？她正打算调动灵气，却发现它们跑得比她还快，嗖的一下就没影了，留她一个人在坑里。

天哪！那些都是些什么鬼？

她懒得想了，努力从坑里抽出一只手，想要爬出来，无奈被埋得太深，折腾了几次都没成功。突然，她的身前伸来一片翠绿的叶子。

"要……要帮忙吗？"她抬头一看，只见一只单眼萝卜正颤颤巍巍地从石头后伸过来一片叶子，一副想帮忙又害怕的样子。

216

时夏愣了愣，点了点头，抓住那片看起来很脆弱的绿叶，却没想到那叶子还挺结实，一下就把她给拉了出来。她这才松了口气，拍了拍身上的泥土，朝石头后面的大萝卜笑了笑说："谢谢啊！"

那只萝卜一愣，有些害羞地低下头，不一会儿就从一只白萝卜变成了红萝卜："不……不客气！"

哟，这还是只害羞的萝卜！

时夏一瞬间什么害怕的情绪都没了，转头打量四周，发现这里是一处仙山福地，而且四周的灵气十分充裕，难怪萝卜也能成精。

"这里是什么地方？"

"这里是山上。"萝卜回答道。

"什么山上？"

萝卜摇头。

"那离玉华派有多远？"

萝卜还是摇头。

得，看来精怪的智商不高，她还是得找个人问问。

"那个……"萝卜扭了扭头上的叶子，好奇又兴奋地看了她一眼问，"我是萝卜精，你……你是什么精啊？"

"我不是什么精！"时夏肯定地说道，"我是人！"

话音刚落，她明显听到各处隐藏的身影齐齐倒吸了一口气。

"人？"萝卜原本羞红的脸唰的一下变得惨白，整个萝卜都颤抖起来，"你是人，那你……你……你吃萝卜吗？"它问得小心翼翼，一副下一刻就要晕过去的样子。

呃，她能说在玉华派那会儿吃得还挺多的吗？不过看它的样子，她坚定地摇了摇头道："不！我从来不吃萝卜！"

萝卜精顿时长长地舒了一口气，用头上的叶子擦了擦眼泪，转头朝四周大声道："听到了吗？她不吃萝卜！"

下一刻，草丛中，大树后，石头下，纷纷传来大松一口气的声音。

接着，一个软软的声音传了过来："人，我是兔精，你吃兔子吗？"

时夏摇头。于是，一只白白胖胖的兔子兴奋地朝她蹦了过来。

之后，其他精怪也纷纷发出了询问。

"我是鹅精！你吃鹅吗？白色羽毛的这种。"

"不吃！"

大白鹅出来了。

"我是羊精，你吃羊吗？四条腿的那种。"

"不吃！"

山羊出来了。

"我是鸡精，你吃鸡……"

"我只吃味精！"

鸡出来了。

"我是……"

"我辟谷好多年了，什么都不吃。"

于是所有的精怪都出来了。

数量之多，队伍之庞大，时夏都觉得自己进了某个生鲜活禽市场。为什么会有这么多精怪？它们是来这儿开会的吗？偏偏这些精怪还十分热情，围着她叽叽喳喳地问各种问题。

"人，你叫什么？人精吗？"

"人，你从哪儿来的？为什么会种在这里？"

"人，你喜欢喝露水吗？我们白菜地里有很多。"

"人……"

时夏有些头痛，深吸了一口气，一本正经地回道："首先我不吃东西，也不喝露水；其次我是掉到这坑里了，不是种在这里；最后我不叫人精，我是人，准确地说我是个女人——有胸的那种！"

时夏骄傲地挺了挺胸。

众精怪恍然大悟。

"女人，你什么都不吃，那不是跟山上的仙人一样？你也是仙人吗？"萝卜好奇地问。

"仙人？"时夏问道，"这里有仙人？"难道是修士？

"嗯！"它重重地点点头道，"仙人住在山顶，每天都会下山来看我们。呀……快看，仙人来了，一定是来接你的！"

她转头一看，果然看到天上御剑飞来一人，满身灵气，看不穿修为，是个一身蓝衣的……小孩儿！

时夏擦了擦眼睛，那个小孩儿看起来十来岁，小脸圆嘟嘟的还透着红，看起来十分可爱，让人想捏捏他的小脸蛋。但他绷着一张脸，眉头紧皱，给人一种装大人的感觉。

他停在离她不远的空中，睁着圆圆的大眼睛，上下打量了她一眼，突然开口道："师父要见你！"

"啊？！"时夏一愣，你师父是谁啊？

"你去了就知道了。"似乎看出她心中所想，他也不多说，单手捏了个诀，扬手朝她一挥。

时夏只觉得身形一轻，不受控制地朝他飞去。她下意识地想用灵力摆脱他的控制，却发现反抗不了。直到她落在他的剑上，才恢复对身体的掌控。

这个小朋友的修为在她之上！

时夏还没反应过来，小孩儿直接御剑往山顶飞去，而下方的各精怪则热情地向她挥手道别。

不到片刻他们就落在了一座殿宇前。那个殿宇不大，看起来年代久远，屋顶上装饰的石雕还缺了一半，看起来有点儿破旧。

"小朋友，你师父是谁？为什么要你带我来这儿？"时夏忍不住问道，"还有这是什么地方？告诉姐姐好吗？给你糖。"

小孩儿一顿，回头看了她一眼，小脸仍旧绷着没什么表情，也没回答，直接向殿内走去。

"哎，等等，到底要上哪儿啊？"时夏没办法，只好跟了上去。

那小孩儿个子小小的，走得倒挺快，等时夏赶上时，人已经进了殿内。

他抱拳毕恭毕敬地行了个礼道："师父，我已经把人带来了。"

时夏这才发现殿中还有一个人，正背对着他们。那人看起来是个男子，周身围绕着一层淡淡的光辉，一身天蓝色的长衫，长发披散在身后，光是背影看起来就仙气四溢，让人不由得生出一种敬仰之情。

纵使见多了修士的时夏都不禁愣了愣，仿佛见到了真正不染尘埃的仙人。

小孩儿抱着拳半晌，那人却没有回应，似在沉思。

"师父，她就是您说的那个人。"

"师父，您说得没错，的确有人进山。"

"师父，山下只有她一人，弟子没有发现其他人的踪迹。"

"师父？"

时夏心中一紧，这是下马威吗？她不由得认真地看了过去，然后……听到了一阵此起彼伏的呼噜声！

"……"

时夏很抓狂，小孩儿显然早已经习惯，淡定地直起了腰，放下了手，从袖口掏出一个土豆，再甩了甩手，扬手就朝对面那人的后脑勺扔了过去，动作之连贯，目标之精准，力量之匀称，显然经过了多次实战练习。

咚的一声，土豆正中目标。

"哎呀！"一声惨叫响起，土豆反弹了一下，咕噜噜地滚了回来。小孩儿淡定地捡了起来，淡定地放回衣袖，然后淡定地抱拳，恭恭敬敬地道："师父，人已经带到了。"

时夏心想：刚刚发生了什么？这是师徒的正确相处方式吗？

前方的白衣男子总算转过身来，剑眉星目、俊朗不凡，给人如沐春风之感，眉间一点朱砂更是瞬间可以吸引人的眼球，如果他不是在擦着口水的话。

他摸了摸后脑勺，眼里闪过一丝迷茫。

"师父，人我已经带来了。"小孩儿镇定地又说了一次，态度恭敬得好似刚刚用土豆砸人的不是他。

"嗯。"白衣男子点了点头，看向门口的时夏，突然咧嘴一笑，那叫一个热情灿烂。

她眼角一跳，有种被狼外婆盯上的感觉。

"我察觉山下来了生人，没想到是个小姑娘。"

"你好！"她扬了扬手，打了个招呼。

"你结丹了？"他笑得越发灿烂，和善地道，"小姑娘叫什么呀？"

"时……呃，夏时！"她临时改了口，想起自己的目的，认真地问，"前辈，我能问一下这里是什么地方吗？"

"哎呀，这个不重要，等会儿再说！"他笑得眼睛眯成了一条线，说道，"小姑娘，我看你一身土灵气，想必是土灵根吧？"

土灵根？难道是因为刚刚被埋在土里，所以她下意识把灵气全转为土灵气了？她回道："呃，算是吧。"

"如此甚好。"他的眼神更加温柔了，他满意地点点头道，"好吧！我决定了……如你所愿，就收你为徒。"

"啥？"时夏一愣，我不是来拜师的啊！

"你的修为虽然弱了些……"他继续道，"但好在灵根不错，假以时日不是没有机会成功。"

"不是，其实我没……"

"从今日起，你便是我青云第三十八代弟子，我就是你的师父。"

"不对，我没……"

"我法号子书，是这青云派的掌教真人，门下共四名弟子，你旁边的便是你的三师兄肖真。"

"你听我说完……"

"你可以行拜师礼了。"

"啊？"

扑通！她突然膝盖一软，身体不受控制地跪了下去，咚咚咚地磕了三个响头。

"嗯，不错！"子书满意地点了点头。

她这是被强迫了吗？

"入我门中，俗世名讳就不能再用，为师给你取个法号吧！"

"那个……"

"你乃肖字辈弟子，我门下弟子是按'吾忘真我'四字命名，刚好轮到你是个'我'字，今后你就叫肖……"

"削你妹啦！"

"嗯，你满意就好，就这么决定了！"

谁满意了？"你不要一直自说自话啊！我……"

"真儿，你是师兄，今后她的修行就交给你了。"

"是！"

"喂，都说我不……"这事好歹要经过当事人的同意吧？

"为师要继续闭关了，你们下去吧！"

"什么？等一下！"时夏急了，正想上前，那个叫子书的一挥衣袖，她只觉得身形一轻，整个人飞出屋外。殿门嘭的一声死死地关上了。

这是什么情况？

"我真的不是来拜师的，开门啊！"她敲得手都痛了，里面却一片寂静，五秒钟后传来了震天响的呼噜声。

时夏欲哭无泪。她只是想问个路，怎么莫名其妙就拜师了？

"师父没睡醒是不会出来的。"旁边的肖真淡定地提醒了一句，默默地掏出了衣袖中的土豆，使了个火诀烤熟，然后掰了一半给她，"吃吗？小师妹。"

现在是吃烤土豆的时候吗？

"算了，我要回去！"

"山下有阵法，没有师父的令牌，谁也出不去。"

她是被困在这里了吗？

"那怎么办？"

"等师父醒。"

"那他什么时候醒啊？"

"不知道！"他皱眉想了一下，"不过上次是十年前。"

时夏只想去炸了这个房子。


时夏"被"招生了。而且这个修仙学校实行的是全封闭式教育，别人进不来，他们也出不去。经过肖真介绍她才知道，这个山叫青云山，这个学校叫"青云修仙职业技术学院"，简称"青云派"。学校有近十万年的历史，可谓是整个大陆最古老的门派。青云派曾经桃李满天下，弟子万千，高手如云，开山祖师更是近十万年来飞升仙界的唯一一人。

然而，如今青云派，"校长"加"职员"加"老师"共计一名，"全校学生"四名，也就是说全派上下只有五个人！时夏终于明白掌门为何一定要收她为徒了，敢情人数太少，拉她来"撑业绩"的！最直接的证据就是，肖真也是这么被骗上来的。

关于她现在的位置她也问了一下，结果有些出乎意料。肖真说青云派位于天泽大陆以东，幻海以北的消灵之地。时夏惊呆了，她从来没听说过什么幻海，什么消灵之地。

她又打听了一下第一仙门玉华派，肖真却一脸疑惑地表示没有听过，而且天泽大陆也没有什么第一仙门，一流世家和仙门倒是不少，但统御众世家的是天意盟。在幻海之外还有一块大陆，那里有座佛光寺，寺中皆是修为极高的佛修，悬壶济世、慈悲为怀，传闻一直在抵御化外魔族攻入天泽大陆。

她听得一脸蒙，过了一会儿才反应过来，自己又换地图了。

那后池和易耀罡呢？他们有一起过来吗？

时夏有点儿慌。她细想了一下被传送时的情景，好像是因为后池和那人同时击中了她的手机，莫非是那个时候触发了什么换地图的功能？

等等！她昏过去之前好像听到一阵奇怪的电子音，隐隐约约记得什么致命性毁损、实体绑定之类的。"致命性毁损"是指手机，那"实体绑定"是指什么？不会是她吧？

她顿时有种不祥的预感，下意识地盘腿坐下，闭上眼睛内视，从头到脚仔细地打量了一遍自己的身体，并没有发现异常，直到进入自己的神识……

这些到处乱飘的图标是什么？为什么她的神识里会莫名其妙地多出这么多东西？

等等！这些图标不是她手机里那些 App 的图标吗？淘宝、天猫，连泡泡龙和切水果都在！中间那个"仙"字不就是那个"流氓 App"吗？它们为什么会出现在这里？

突然那个"仙"字 App 亮了一下，一个半透明的屏幕画面跳了出来，飘在正中央。屏幕上出现了一行字，机械的电子音同时响起。

002："您好！002 号非典型性备用版临时程序为您服务！"

002 号是什么？为什么会在她的神识里说话？非典型性又指什么？

像是看出了她的疑问，电子音再次响起。

002："002 号是由原代码系统延伸编著，以防终端在不可抗情况下强行终止，为执行者提供临时技术支持的备用程序，002 号生成于时空历 5 亿兆 8541 年 3 月 5 号 21 点 46 分。"

系统？！果然是它！

"好吧！那为什么其他 App 也在？"

002："002 号严格执行系统设定的法则，无法主动干预或影响初生电子文明。"

呃，所以它就将所有的 App 放到她的神识里了吗？

"算了，那你干吗突然把我传到这个世界？"

002："002 号程序没有界面传送功能，只有空间转移功能！"

"什么意思？"时夏一惊，"你是说我没有穿越到另一个世界，还在本来的修仙界？"

002："执行者原本的坐标是 A1 界面 0 号区域，目前的坐标是 A1 界面 1 号区域。"

谁是执行者？她吗？

她记得之前在龙城时那个人说过，真正的修仙大陆在另一个地方。肖真说这里是天泽大陆，还说这里是什么消灵之地，可这里的灵气明明比玉华派强好几倍，难道天泽大陆就是那人口中真正的修仙大陆？

"那你把我传来传去的目的到底是什么？"

002："002号将引导执行者完成任务。"

"这些任务到底有什么作用？你到底想干吗？"

叮！

002："权限不足，无法查询！"

"那之前跟我一块的其他人呢？不会只有我一个人被传过来了吧？"

002："权限不足，无法查询！"

"有没有搞错？"时夏怒了，"那你告诉我，我做了这些任务后还能不能回去？"

002："权限不足，无法查询！"

它重复着这一句话！

"你真的不说？"

002："权限不足，无法查询！"

"好！"时夏深吸了一口气，瞅向某个正在乱飘的绿色图标道，"你说你无法主动干预或影响其他 App 是吧？"

002没有回答。

时夏笑了："谢谢你提醒我这件事！"她心念一动，那个绿色的图标顿时飘到了中央。绿光一闪，一个新界面出现——360手机卫士。硕大的"查杀病毒"四个字出现在中间。

它不就是个病毒吗？她杀杀毒不就行了？

果然，旁边一直刷着同一句话的界面抖了一下，那毫无起伏的电子音再次响起。

"少女，请稍等！002号已经获得了查询权限，立即为你解答。"

"不好意思，我现在不想知道了。"

"等等！少女！美女！仙女！"

"叫我女王大人！"

"女王大人！"

时夏："……"

"女王大人，请不要冲动。我是因你而生的辅助程序，将毫无保留地为你提供服务！"

时夏深吸了一口气，默默地关了杀毒软件，问道："说吧，把前因后果仔仔细细地给我交代了！"

"好的女王大人，没问题女王大人！"

"说吧，你和那个系统的目的是什么？"时夏问道，"为什么要把我送到这个世界，那些任务又是什么意思？"

002："您是002上层程序系统选中的执行者，您所有行动的目标只有一个！"

"啥？"

它停顿了一下，紧接着屏幕上出现了四个硕大的红色字样：世界和平！

时夏无语。

002："女王大人，您就是为世界和平而来的，让我们一起努力做任务吧！"

"你能再扯点儿吗？"鬼才会相信这些话好吗？她再次打开杀毒软件……

002："等等，女王大人，002说的可都是真的！"

"编，你继续编！"

002："002号的程序并没有说谎功能，您前两次都成功拯救这个界面了。"

"啥意思？说清楚点儿！"她拯救了这个界面？

002："请您仔细想想，之前的任务中，若您没有参与会有什么后果？"

"你是说那个虚空裂痕会毁灭世界？"

002："那不是虚空裂痕，那是时空缝隙。"

"时空缝隙？"

002："界面与界面之间并不是直接相连的，每个世界都生于混沌、存于混沌，且不同于混沌。"

"说人话！"

002："每个生命界面相当于一个星球，一个星球与另一个星球之间隔着无尽的真空宇宙，而这个真空宇宙，就是界面混沌。所谓时空缝隙，就是在这个星球上划开了一条通向宇宙的通道，若是不及时修补，整个界面会如破了洞的气球，迷失在无尽的混沌之中。"

原来是这样，难怪就连后池的阵法都封不住那个洞。

"那玉华派那次的饲养任务又是怎么回事？"

002："那是一只染上界面病毒的感染体。"

"啥？桃桃？它不是饕餮吗？"

002："那只生物意外感染了来自混沌的特殊病毒，并且出现了类似混沌的吞噬现象。女王大人带回来的物品正好能克制这种病毒，并让生物产生抗体。"

敢情她带回来的是一支疫苗啊！

"那个叫养料的东西不是压缩了整个秘境吗？如果只是疫苗，用得着这么大吗？"

002："病毒虽然对人无效，但疫苗生成过程有风险，为防止病毒大面积扩散，疫苗需要在封闭空间进行培育，以免交叉感染。"

哦，原来无妄境是个疫苗研究室。

"那我哥又是怎么回事？为什么两次任务他都会事先到达那里？他不会和我一样有这样的任务吧？"

002沉默了一会儿，吱吱吱的电流声不断传来，似乎在计算什么，过了一会儿才回答。

002："是的，他是系统选中的另一名执行者。"

她就知道！

"你是跟我们姓时的有仇吗？"

002："002号暂未装备仇恨程序。系统是经过全面推算与基因核查才最终确定了执行者，而拥有相同血缘的人基因质量最为相似。"

这意思就是他们跟时家杠上了对吧？

"好吧，先不说这个，我哥的任务应该跟我一样吧？那为什么不让他一次性解决，反而让我再去一次？"而且看那些留言，他明显完成得很轻松！

002沉默了一会儿，随后道："理论上来说，执行者应该位于辅助的位置。每个界面的漏洞应由界面自行修补，才能达到持续稳定发展的良性目的，一号执行者就是进行的辅助作业。"

"你说的自行修补是什么？怎么补？"难道这个修仙界面还有自愈功能？

002："自行修补的范围包括存在于本界面的一切物质。人，妖，魔，仙，鬼，动植物，只要是诞生于本界面的都可以。"

"我哥不行吗？"

002："跨界操作容易产生排斥反应。"

难怪老哥会出现在那两个地方，那个盒子应该就是暂时压制时空缝隙的，只等着这个界面的人去彻底修补。

她问道："如果是这样的话，你们找本界面的居民不就行了，干吗拉我过来？"

002："自行修补计划失败了。"

啥？

002："女王大人还记得进行任务之前曾多次时空穿梭吗？"

时空穿梭？"送快递？"时夏一惊，"难道说那些人……"

002："那些收件人都是系统计算之后觉得最有可能完成修复的人。"

"我送的那些不是'金手指'吗？"

002："那些都是修复作业必备的道具，但所有人的修补任务都失败了！而且由于道具缺失，后期执行者又无法彻底解决问题，只能使用临时的修复工具，所以便出现了二号执行者。"

"我？"

002："是的，女王大人！自行修补失败后，系统默认您为二号执行者，并自动将您传送到只有初级修复任务的0区。"

敢情之前她去的是个新手区。

"他们不知道那是拯救世界用的吗？系统没告诉他们吗？"

002："本界面无法兼容任何智能程序，我们不能直接出现。"

"你们不能直接说，那好歹给个使用说明书吧？"

002："无论是002号还是我的上级程序系统，都没有直接干预界面智慧生物发展的权限。"

"为什么你们可以干预我？"

002："女王大人的界面文明发展趋势与 002 号的存在形式有 90% 的相似度，可以进行兼容。"

"滚！"我只想做个安静的美少女好吗？"照你这么说，我现在要把以前那些送出去的快递一个个收回来，才能进行修复？"

002："是的，女王大人！"

"敢情我还要回去找那些收件人，告诉他们我送错人了吗？"

002："时间只能顺移，不能逆转，女王大人每次送完道具后都会进行一次顺移的时空穿梭，对您只有一瞬，世间已经是沧海桑田。不用担心，按照惯例，大部分道具并不在初始对象的手里。"

时夏嘴角一撇，东西不在收件人的手里，这不是更糟糕了吗？

"那我上哪儿去找那些东西啊？还有，就算找到了，我怎么向人要？他们会给我才怪吧？"

002："002 号具备道具搜索与智能推算功能，您有问题随时找我，不用担心！"

时夏有些心累，长叹了一口气道："你先告诉我下一个'金手指'在哪里。"

002："目前不知道，不过系统会在合适的时间提示 002 的。"

"也就是说，现在不会有新的任务，除非你搜索到新道具或是系统通知了你？"

002："女王大人的猜测十分正确，请收下 002 号的膝盖！"

时夏无奈地道："你有膝盖吗？"

002："女王大人，攻击对方的缺点不是淑女的行为，会伤害到对方的自尊。"

时夏："滚！"


时夏在青云派待了十多天，掌门还是没醒，大殿门关得紧紧的，要不是外面有阵法挡着，她还真的会炸了这座殿。

经过 002 证实，后池等人的确跟她一块过来了，但不知道降落的具体位置。

后池与易耀罡修为高，时夏倒不太担心，最担心的是龙傲天。龙傲天被废了修为，还受了重伤，再加上他性子耿直，在强者为尊的修仙界还不定会发生什么事呢。

她越想越担心，犹豫着要不要打个地洞出去时，青云山来了个人——一个珠光宝气、红光闪闪的……"红包"。他穿着红衣，腰间别着一个"￥"符号的配饰。

肖真说这个人是他们的二师兄，肖忘。肖忘是青云派掌门的第二个弟子兼门派的"财政部部长"，专职在外经营一些有特色的产业，来维持门派的正常开支。

他看起来有些不开心，对她这个新来的师妹也只是点了个头，表示认识了。他长叹了一声，一脸纠结地把一张玉牌扔在了桌上，眉头皱成了"川"字。

原来百年一次的门派大比要举行了，一流仙门灵乐派邀请各派弟子前去比赛。门派大比是天泽大陆的传统，就像奥运会一样，不过是百年一届。各个仙门都会去露个脸，实力强的仙门是为了证明实力，实力弱的仙门则是表明自己还存在。

天泽大陆的仙门都受天意盟庇护，以防化外魔族作乱。而门派大比的另一个功能则是户籍调查，每个门派的人都会去签到、留名。每个门派最少要有两名弟子参赛，青山派除了掌门，只有他们三人有资格参赛。但肖忘走不开，肖真经验不足，她是刚入门的新人，剩下的"萝卜""白菜"只能卖萌。没错，她后来才知道，那些萝卜精、白菜精原来也算是青云派的弟子。

听到这儿，时夏立马自告奋勇地表示，门派兴亡人人有责，这个大比她去定了。

二师兄盯着她犹豫了半晌，实在没办法，勉强同意由她和肖真代表青云派前去观光……咯……比赛。临走前他还反复交代，输赢不重要，直接认输都可以，但一定要记得签到！

时夏拍着胸脯保证，随后牵着肖真下了山。

一走出护山大阵，她就深深地吸了一口自由的空气，顿时觉得天也蓝了，水也清了，草也绿了，连肖真的小脸蛋都分外可爱了！


到了灵乐派时夏才发现天泽大陆的修仙事业发展得有多好，光是接待处就有十几个，密密麻麻地站满了前来参赛的修士。

这里的每个人都是高手，身上灵气四溢，更有不少人看不出修为深浅。

肖真签完到后，那个负责接待的修士看了一下名册上的名字，疑惑地问："青云派？"

他愣了一下，没再说什么，给了时夏他们一人一个腰牌，指着一个传送阵道："进去吧！大比期间你们就住在黄字壹壹零号院。轮到你们上场的时候自会有人通知。"说完就继续招待别的修士去了。

时夏没多停留，拉着肖真往那边的传送阵走去，刚要进阵，天空突然传来一阵音乐，随即有人高声传音道："天音派，梵天尊者到！"

一时间，天上出现大片祥云，一声鸟啼划破长空。刚刚还仙雾缭绕的灵乐派瞬间像是掀开了幕布一样，护山大阵全开，露出后面一眼看不到头的仙山福地。

时夏这才看到灵乐派的全貌，如果说玉华派是一处仙境的话，这灵乐派简直就是一座天宫，处处飘浮着各式的宫殿和浮峰，峰上还有白色的水幕从天而降。整个门派霞光满天、仙气缭绕，不时还有各种灵兽穿梭其中。

天空传来了第二声鸟啼。

灵乐派缓缓飞来了几十个人，除了领头的那人身着紫衣，其他人的服装都是统一的白底蓝纹。这些人一来，原本吵吵闹闹的接待处瞬间安静了。修士们纷纷抱拳向空中行礼，所有人齐齐矮了半截。时夏四下瞅了瞅，为了表示合群，立马也跟着抱拳弯了弯腰。

可空中这些人明显是灵乐派的高层领导，连个眼神都没有给下面的人，御剑停在空中，似在等待什么。

果然！不到片刻，第三声鸟啼响起，天空一暗，飞来了一个巨大的身影。

时夏抬头一看，哇，好大的鸟啊！那鸟一身青色羽毛，还长着一根根长长的尾羽，她的心里顿时浮现出几个字：青鸾，灵兽，有凤族血统。

咦，等等！为啥她会知道这些？她还没想明白，那只青鸾已经朝灵乐派的高层飞了过去。

她这才看到巨鸟上还站着一群人，是一群十分漂亮的女子。其中有个身穿冰蓝色衣衫的妹子，虽然看起来冷冰冰的，美得像是活在画里的人，但给了时夏一种……熟悉的感觉。

"梵天尊者，有失远迎，还望见谅！"领头的紫衣高层迎上前抱拳道。

"袁掌门客气了。"红衣女子点头回了个礼。

原来紫衣人是灵乐派袁掌门。

"请！"袁掌门侧身让出了一条路。

梵天尊者也没有客气，直接驱使青鸾飞了进去。袁掌门与前来迎接的众人也跟着飞了进去，去了远处最大的一座浮峰。

"没想到天音派梵天尊者亲自来了。"

"果然是一流仙门，连出场都这么有气势。"

"刚刚那只是圣兽青鸾吧？居然有人能驯服它！"

"她身后的就是传说中的冰仙子吗？她也来参加大比？"

"看来梵天尊者这回是来给徒弟撑场面的。"

"冰仙子之能，哪里用得着师父撑场面？"

众人你一言我一语地谈论起来，眼里都是羡慕。

原来天音派是一流仙门。时夏瞅了瞅那些人离去的方向，唉，这就是豪门跟平民的区别啊，人家有掌门亲自接待，而他们签到都要排队。

"女王大人，002 检测到您的内存中有个备用资料库。"

刚要出传送阵的时夏脚步一顿，一把把肖真给拉了回来，连忙内视神识。

"啥意思，什么备用资料库？"

只见那个从"仙"字变成了"002"字样的 App 图标突然飘到了金丹边的白色珠子上面，一个半透明的屏幕弹出，上面出现了一个红色的箭头，直指着下面的珠子。

002："备用资料库（提示：与执行者基因不匹配）。"

"龙珠！"时夏一惊，"这是个资料库？"

002："该物质里存储了大量界面资料，现已发生泄露。"

泄露？等等！她记得当年那条龙把这个龙珠给她的时候，可是说过这是龙族的传承之物。所谓的传承，不都是指教学资料、使用说明之类的吗？这么一想，龙珠还真的是龙族的通用资料库啊！难怪她刚刚直接认出了那只青鸾，而且在龙城的时候也突然就知道了那个阵法是玄天阵。原来这些都是龙珠告诉她的！

"这个资料泄露后对我有影响吗？"

002："暂未发现不良影响。"

"那就懒得管它了！"

002："好的女王大人，备用资料库已成功授权安装！"

叮！透明的屏幕直接关闭了，又变回了那个图标，和其他 App 一样在神识里飘荡着。

总有一天，她要把这个流氓软件删除了！

"师妹。"肖真突然拉了她一下。

"怎么了？"她立马退出神识。

"能不站在这儿吗？"他指了指脚下。

时夏低头一看，刚刚只顾着内视，忘了自己还在传送阵里，已经来来回回被传送五六遍了。就连旁边的修士都频频回头，看着半天不动的两人。

时夏硬着头皮笑道："大门派的传送阵，就是不一样啊！"


时夏拉着肖真快步走出传送阵，前面是一排一模一样的独立小院，里面是同样的三层小楼，不少已经住了人。她照着腰牌的数字一路找了过去。

107——108——109……到了！

咦，这是怎么回事？

她反复看了看手里的号牌，是黄字壹壹零号没错啊！可里面为什么会有人？还是一个身着粉色衣裙的姑娘，身材娇小，长发如瀑，光是背影就清新脱俗，也不知道正面会多么惊人。

可能是听到门口的响动，粉衣女子缓缓回过头来。

这一转身，时夏被吓了一跳，手里的腰牌啪的一声掉到了地上。

说好的漂亮姑娘呢？为什么这人是半透明的？

时夏当机立断，拉着肖真转身就走。

"师妹。"关键时刻，肖真却唱起了反调，"我们的住处的确是这里，为什么走？"

"你……你……你没看到吗？"时夏拼命给他使眼色。

肖真瞅了瞅院内的人，说道："看到了，许是跟我们同屋的住客。"

"你没看到……什么……吗？"

"什么？"肖真觉得莫名其妙。

难道他看不见？！

"两位道友。"这么一耽搁，女子已经走了过来，停在离他们两步远的位置。

叮！她的脑海里突然响起提示音。

"道具已锁定！"

229

啊？！

"两位可是这次住在此院之人？"女子朝两人一笑，看上去温和大方。

时夏却觉得从头到脚起了一层鸡皮疙瘩，因为随着女子笑容弧度的扩大，她那半透明的脸上也发生了变化。时夏看到了她的牙、骨头，甚至整个头骨，难道她的笑容是调整透明度的开关吗？

时夏脑子已经糊成了一团，内心却在疯狂吐槽："002，这到底是怎么回事？这人就是道具吗？还有，为什么她是透明的？"

002："检测到对象的形体内有道具，目前的状态推测为道具效果！"

"也就是说真的有快递在她身上？是什么道具？"

002："表面无法判断，请进行深层扫描。"

扫描？想扫她也没有工具啊！

叮！

她的眼前突然出现了一个一人高的长方形界面，刚好迎面盖在了透明女子的身上，对方毫无反应。而长方形的中间，一根绿色的细线正自上而下地落下来。长方形的上方写着三个大字"扫一扫"！

叮！

002："扫描完毕，资料分析生成中，请稍候……"

这还真能扫啊？她来的不是仙侠世界，是未来世界吧？

002的声音一落，眼前的扫描界面就消失了，时夏的神识内恢复了平静。

"道友！道友？"见时夏半天不回答，透明女子连连唤道。

连肖真也扯了扯时夏的手，并主动答道："我们的腰牌写的的确是这里。"

"原来如此！"女子松了口气，不好意思地微微低头道，"我姓杨名兰芝，是灵乐派弟子，以往入门之时住的就是此院落，一时怀念所以回来看看，打扰两位道友，还望见谅。"

"没……没关系。"

"相逢即是有缘，不知两位道友如何称呼？"她和气地问道。

肖真看了看时夏，继续道："我是青云派弟子肖真，这是我的师妹肖……"

时夏一秒钟回神，一把捂住了肖真的嘴："我叫肖……时！嗯，肖时！"她选择忘掉青云派掌门起的"肖我"这个名字。但是，肖时这个名字还是感觉怪怪的。

肖时！肖时……消食？！

"肖时？"杨兰芝脸上闪过一丝什么，立马恢复了之前那温柔的样子道，"原来是肖道友！"

"我一看肖道友就觉得亲切。"她突然从身侧拿出一物，递给时夏道，"肖道友初来我灵乐派，若有不便之处，尽管来找我。我就住在离这不远的御兽阁，此物就当交个朋友如何？"

那是一个玉佩，看着品阶不高，却有防御和传音的功能。时夏愣了一下，现在修仙界流行送见面礼吗？可自从上次结丹发财后，她就把法器什么的扔在秀凌峰了，现在穷得只剩钱。

"肖姐姐放心。"看出时夏在犹豫，杨兰芝解释道，"这只是兰芝闲来无事自己炼制的，算不上什么稀罕玩意儿。就当是个信物，方便肖姐姐来御兽阁找我。"

既然不用回礼，那时夏就放心了，伸手收下，说道："谢谢啊！"

"姐姐喜欢就好，天色不早，兰芝就不打扰姐姐休息了。"她抬头看了看天，道，"明日便是金丹期大比的初赛，看姐姐身姿不凡，定能一举夺魁。兰芝在此恭祝两位旗开得胜。"

"承你吉言，再见！"时夏挥了挥手。

杨兰芝没有多停留，对她笑了笑，御剑飞走了。

瞅了瞅那飞走的身影，时夏心里划过一丝怪异的感觉，忍不住道："小真真，灵乐派的人都这么自来熟吗？"

肖真一愣，小脸皱了皱，对突然落在自己头上的外号有些不满，却仍跟小大人一样回道："灵乐派是一流仙门，向来自视甚高，门中之人与别派的弟子私交不深。"

"那她为啥……"时夏扬了扬手上的玉佩，"难道她想抱我的大腿，所以提前贿赂我？"

"她是元婴期修士！"肖真毫不犹豫地打击时夏道。

时夏道："难怪刚刚我看不穿她的修为。等等，你是怎么知道的？"

肖真一脸理所当然地道："因为我是化神期修士！"

时夏惊呆了，手里的玉佩掉了下去。

"化神期！那个……化神期？！"

"有很多个化神期吗？"

"你才多大啊？"

"我三岁筑基，十岁结丹，结婴后不想重新塑体，所以才一直都是现在的样子，这不是很正常吗？"

"等等！你是化神期的话，那肖忘师兄和师父呢？"

"二师兄是化虚中期，师父是大乘初期。"

"化虚？大乘？"她疑惑了，"化神以上还有别的境界吗？"

"自然！"肖真下意识地握了握拳，心想：这个新师妹怎么什么都不知道？看来他这个师兄任重道远。

经过肖真介绍时夏才知道，原来新地图开启的是全民修仙模式，而真正的修仙境界分为炼气、筑基、金丹、元婴、化神、化虚、大乘、度劫、出窍、飞升十个境界，只有达到了飞升期后才能破碎虚空，飞升成仙。

难怪这里的人她没一个可以看穿修为，原来……

叮！

002："扫描结果已分析完成。"

时夏一愣，找了个角落蹲下来，开始内视。原本002说扫描十分钟后出结果，后来却说数据复杂要深入分析，害时夏等了一夜。

002："道具已确认为'火种'，请尽快回收。"

"火种？"时夏回忆了一下，好像是送过一个打火机，不会是那个吧？她问道："她把打火机放在哪里？"

002："火种已被对象融入体内！"

融入身体？不会吧？那东西是从哪里塞进去的？

"我要怎么回收啊？"

002："道具融合留下的接口印记在对象的第三根肋骨的位置，请尽快与道具无缝接触，方便程序回收。"

肋骨？时夏低头一看，问道："那不就是胸吗？这让我怎么接触？"

002："请尽快操作，不然道具会再次对对象加深影响。"

"影响？什么影响？"

002："道具'火种'拥有无限刷新功能，会对对象的记忆区资料进行反复模拟、刷新，却以燃烧对象的灵魂为代价！"

"你是说'火种'会要她的命？"

002："准确地说是会消磨她的灵魂，直到灵魂消失。随后'火种'会自动转移到下一个目标体内。"

"这个快递这么凶残？"难怪那个姑娘是透明的，时夏忙又问道，"什么叫模拟、刷新？"

002："对象可以看到未来的无数种可能性。"

"她可以预测未来？！"

002："准确地说她不是预测未来。'火种'影响的是深层记忆区，对象会坚定地相信'火种'呈现的未来曾经发生过，而且过度依赖'火种'，把现实看成新生。"

"你是说，她会以为自己重生了？"

002："女王大人的这个比喻很准确。"

"那……她预测的未来是正确的吗？"

002："'火种'出自系统，品质有保障。"

"照这么说，她已经把'火种'当成让自己重生的神器了，而且融入她的身体里了？"

002："是的，女王大人要相信自己的能力，对象主动接触您就是证明！"

她觉得疑惑："可为什么她专门来我呢？"

002："002搜索到对象记忆中关于女王大人未来的资料。"

"什么？！"

002："肖我，真名时夏，门派大比金丹期第一名，笪源天尊之妹。"

杨兰芝果然知道自己的身份！可是她不应该是魔尊之妹吗？笪源是谁？

"这样看，她认为我就是这个资料中的人，还有可能是个将来很厉害的人，所以特意提前跟我搞好关系，但关系再好，她也不会轻易地把'金手指'送给我吧？"

002："002号将竭诚为您服务。"

时夏翻了个白眼："还有，这个资料一看就很有问题吧？门派大比第一？我就是来签到的，还是金丹期修士中修为最低的，能拿到第一才是见了鬼吧！"

叮！

002："已开启幸运加成，有效期：5个小时！"

幸运加成是什么？

突然，一个少年重重地摔在时夏面前。时夏吓了一跳，立马退出神识，瞅了他一眼。只见他一身血，到处都是伤痕，被揍得鼻青脸肿。他累极了，单手撑着地面重重地喘着气，倔强地向她的右侧伸出另一只手，似要抓住什么。

时夏这才发现，不知道什么时候自己的旁边多了一面红色的小旗子，少年要抓的就是这个。可惜他摔得比较远，手又不够长，抓了好几次都没抓到。

时夏拔出小红旗，刚要递给他，突然听得场外一声通报响彻全场。

"青云派肖我胜出，进入金丹五强！"

什么？时夏瞅了瞅手里的小旗子，再看了看恨不得杀了她的少年："我说我不是故意的，你信吗？"

少年的眼神更加冷厉了。他咬牙切齿，一字一顿地说："肖——我！我云霖记住你了，改日再战！"

"要不我还你？"

"哼！"少年掏出一颗丹药吞下，强撑着爬起来，一步一拖地走了。

"等等！你听我解释！"她真的不知道拔下旗子就赢了比赛。

难道这就是幸运加成？这也太扯了！

下场后她才知道，因为参赛人数太多，金丹期的初赛选拔采取的是混战模式，按人数平均分配到五个场次，只要是掉出场外就算输，直到剩下最后一个。但为了让大家积极应战，避免同门之间相互帮忙，一起留到最后的情况，开场一个时辰后场内会随机出现一面胜旗，谁能得到胜旗，谁就是这一场的优胜者。

时夏就是那个走了狗屎运的人。开始时由于要内视，她随便找了一个视线的死角，大家都没注意她。偏偏胜旗刚好落在她手边。当她看到另外四场的优胜者伤得不成人样，只有她连一根头发都没掉时，心情很复杂……趁着幸运加成还有效，她是不是应该去买张彩票？

233

可是很快时夏又刷新了对幸运加成的认识。五强的决赛是单打独斗，但一对一时多了一个人，所以他们抽签。她毫无悬念地抽到了轮空，直接晋级，莫名其妙就变成了三强之一。之后，另外两名三强人选在晋级赛中，有一个因为身受重伤，当即被送回门派养伤去了。于是，她就这么进了决赛。

看着对面谨慎地盯着自己，一看就不好对付的对手，时夏琢磨着该以什么方式认输才能显得有格调时，对面的汉子突然灵力不继，直接昏倒在地。

"金丹期魁首，青云派肖我！"

时夏心想：谁能解释一下今天都发生了什么？

"师妹……"肖真看了她半晌，一脸复杂地问，"你怎么做到的？"

"如果我说我啥也没做，你信吗？"

"……"

百年一次的门派大比，对于各派来说都是一件盛事，特别是一流仙门。要知道这样的大比，只有实力雄厚且能服众的仙门可以做到。灵乐派虽说是一流仙门，但也是第一次接到天意盟的通知，可以举办此届的门派大比。这不单是天意盟对灵乐派的信任，更是灵乐派实力的体现。

作为掌门的玄机自然觉得扬眉吐气，分外欣喜。各派也都派出了精英弟子前来参赛，算是给足了玄机面子。就连天音派的梵天尊者也亲自率众前来。更让玄机得意的是，此次获得前三名的弟子中数他派中的人最多，人员也与他想的相差无几。他不免生出一股自豪感，笑着扫了一眼殿中每个境界的前三名弟子，又看向旁边带弟子前来参赛的各派长老，得意地道："真是英雄出少年，没想到这次大比能涌现这么多资质、悟性都极佳的晚辈修士，真是各派之福啊！"

其他长老齐齐黑了脸，皆听出了他话中的炫耀之意，但在这大殿之中又不得不附和。

"今年前三名中大多是灵乐派弟子，灵乐派有福气，玄机掌门收了一批好弟子啊！"

"哈哈哈，莫掌门过奖了。"玄机笑得越发得意，"我也只是叮嘱门人尽力而为，进不进前三倒不必勉强。"

其他人的脸色更不好看了，玄机这话说得，好像别的门派没尽全力一样。

玄机知道适可而止的道理，没再刺激别人，看向殿中前排的人道："你们几个就是各场的魁首？"

前排的人齐齐抱拳行礼，时夏有样学样地跟着回了一声："是！"

"好好好！"玄机看向最右边一个，许是为了面子，开始认起人来，"这位化虚期的魁首，想必就是梵天尊者的高徒，冰仙子，夏玉心吧？"

"玄掌门！"夏玉心抱拳回应，即使被认出，仍旧神色未变。时夏细一看，正是那天在鸾鸟上看到的姑娘。

"嗯。"玄机点了点头，没有半分怠慢的样子，又看向第二个人，一一认了下去。

"化神期的魁首，是本派凌剑堂的姜泽？"

"正是，见过掌门。"

"嗯，不错！"他又转头看向下一个，"那第二名可是姜泽的师弟暮千杨？"

"是，见过掌门。"

"元婴期的魁首，是凌符堂的顾天白？"

"见过掌门。"

他一个个认了过去，众人这才反应过来，他问的都是灵乐派弟子，这明摆着就是炫耀啊！可大家又不能明着阻止他指点这些晚辈，只能咬牙听了下去。

玄机一路点到最后，视线定在时夏的身上……

"金丹期魁首，是……呃……是……"玄机神色一僵，脸上的笑容维持不住，在脑海里搜索了一圈，也没搜出跟这张脸对上号的名字来。一路扬扬得意，最后却踢到铁板的玄机一脸尴尬："这位修士是何门何派？"

"哦，我是青云派的！"时夏回道。

青云派？天泽大陆有这个门派吗？玄机的脸再次僵了，偏偏又不好承认自己孤陋寡闻，他只好咳了两声，回归正题道："首先，祝贺各位获得本次大比的前三名。我灵乐派说到做到，本次的奖励便是送你们进入化外秘境。"

他这话一出，场中的人纷纷露出兴奋之色。

倒是时夏愣住了，又是秘境，没人跟她说奖励是这个啊，她还以为来领灵石的呢！她很忙，能不去吗？

"化外之境虽然机遇不少，但也危险重重，能走多远就看你们自己的造化了。"玄机扫了众人一眼，向旁边的一个长老使了个眼色，"为防意外，我等会以你们的灵气为引设下传送阵，危急时刻可送你们出秘境。将你们的名讳与灵气属性一一报上来吧！"

于是殿中之人一个接一个地通报起来。

"姜泽，木系。"

"暮千杨，火系。"

"陶婉，水系。"

"夏玉心，风系。"

"宋向平，土系。"

"顾天白，金系。"

"时夏，中文系。"

众人愣住。


从 002 那儿知道杨兰芝的"金手指"是预测未来，而且脑海里已经自带重生剧本

235

后，时夏陷入"论如何完美地回收送错的快递"这个严肃的论题之中。

首先，时夏得找到对方身上的那个火种印记。可是印记长在人家胸口，她要怎么自然而然地接触到呢？

"师妹……师妹……四师妹！"肖真忍不住推了推旁边的人。

"啊？啥事？"时夏瞬间回神。

"你怎么了？都笑半天了。我刚才说的你都记住了吗？"

"呃，你说了啥？"

"算了，反正你小心为上，拿着！"他长叹一口气，转手把一个储物袋塞给她。

"这是啥？"

"化外秘境危险与机遇并存，我也没想过你能进去，所以事先并没有准备。这是我的储物袋……"他有些愧疚地道，"里面有丹药和法符，我手上只有这些了，兴许也能派上用场。"

时夏顿时觉得心里暖暖的，不由得道："小真真。"

"干……干吗？"肖真有些紧张。

"姐姐好感动……"她忍不住蹲下身子，一把抱住他，对准他的小脸猛蹭，"你真是个暖心的小弟弟！"

"我是你师兄！你……你放开我，这样成何体统？"某人努力地想从她的怀里挤出来，未果。

时夏："哎呀，抱抱，别害羞！"

肖真："肖——我！"

"姐姐疼你还来不及，怎么舍得削你？你乖乖的！"

"……"

"哈哈……你们的感情可真好。"身侧传来一阵笑声，一身白底蓝纹长衫的杨兰芝走了过来，笑得一脸温柔。

时夏抖了一下，放开肖真，朝她打了个招呼："嘿，杨道友，又见面了。"

"姐姐叫我兰芝就好。"杨兰芝笑得更灿烂了，"刚刚在大殿匆匆一瞥，我还以为认错人了呢！原来真的是肖姐姐，没想到你竟然是金丹魁首，真是太厉害了。"

时夏还未来得及回话，杨兰芝身后却传来一个不屑的声音。

"厉害什么？运气好罢了！"一名穿着与杨兰芝同样服饰的男子正恶狠狠地瞪着时夏。

"师弟，不得无礼！"杨兰芝回头轻斥了一句。

男子这才闭嘴，不甘地转过头，临了还瞪了时夏一眼。

时夏一愣，这人是谁啊？他怎么好像特别讨厌自己的样子？

"我师弟性子直，还请姐姐不要见怪。"杨兰芝略带歉意地笑了笑，指了指前方道，"其实我过来是想问问，这化外秘境凶险，姐姐可愿与我同行？"

"好呀！"时夏立马点头，正愁没机会接近杨兰芝呢！

原本那个秘境时夏一点儿都不想去，但后来知道杨兰芝也会去，才改变主意。

"有肖姐姐在真是太好了！咦，秘境开了！"

杨兰芝指了指前面，只见刚刚还一片平静的广场上突然亮起一个大阵法，阵法之中有一扇巨大的石门正缓缓升起。那门高有十几丈，宽有几丈。门从中间分为两半，左边是纯白色，右边是墨黑色。只听见轰隆一声，门打开了，里面亮起白光，打开了一道传送门。

"此门只能维持一个月，请各派弟子务必在此之前回来。"灵乐派掌门玄机真人大声道，"若是遇到危险，可及时发动你们手上的传送符。"

众人齐齐回应："是！"

玄机点了点头道："去吧！"

大家这才朝门的方向走去，走入那片白光之中。

这次去的人不多，前三名一共才十二个人，加上灵乐派内定的几名精英弟子，也就二十人左右。众派虽然对灵乐派临时加人的决定有些不满，但也没办法，谁让这是别人的地盘呢？

时夏朝肖真挥了挥手，随后拉着杨兰芝愉快地跟了上去，边走边跟杨兰芝聊天，拉近两人的关系。

"我说兰芝妹子，我们也算是朋友了吧？"

"那是自然。"

"那互相了解一下呗！"

"好啊！"

"你有什么爱好啊？平时喜欢摔跤吗？上半身不穿衣服的那种。"

"呃，还好！"

"那冬天喜欢赖床吗？下半身不穿衣服的那种。"

"我晚间一般入定。"

"哦，喜欢游泳吗？全身都不穿的那种。"

"……"

时夏以为这个秘境跟无妄境一样，在森林里打打怪兽升升级就行了，没想到那个门直接把他们传到了一片荒芜之地。

一眼望去，到处都是焦黑的土地，温度也瞬间提升了好几十摄氏度。若不是有灵气调节体温，人早就受不了了。天空中飘着白色的物质，她原以为是雪，伸手接住后才发现那是灰烬。远处有多座高耸入云的火山，山上正源源不断地喷着岩浆，把半边天空都烧得一片火红，而地上也形成了一条条岩浆河流，朝四处蔓延。

时夏愣住了，这是她第一次见到真的火山，还不止一座。

"不愧是化外秘境，就连灵气也浓郁了不少。"杨兰芝道，"就算在原地修炼十几日，怕也能抵得上平常修行几年。"

时夏仔细感受了一下，发现空气中的灵气确实浓得快要化为实体了。

"只不过这里看起来十分凶险，原地不动必定不好，不知会出现什么。"她看向时夏道，"肖姐姐，你看我们应该怎么选？"

"我觉得这里有这么多火山，有火山的地方就……一定有温泉！"时夏一把拉着杨兰芝的手说，"要不我们去泡温泉吧，不穿衣服的那种！"

杨兰芝很无语，觉得这个肖我怪怪的，一点儿都不像上辈子传说中的那个人。但想到自己的目的，杨兰芝立马压下心底的怪异感。她这一趟必须跟着肖我，更何况肖我的身后还站着那个人。

"嘁，什么温泉！"一直站在杨兰芝身后的男子冷笑一声，鄙夷地看了时夏一眼道，"果然不能指望你这种小门派出来的人，这里可是化外之境，是上古神魔的战场，这些地火都是由神族的神息形成的，焚烧万物，哪会有什么温泉？"

"战场？"时夏一愣，这个她真的不知道。

"的确如此。"杨兰芝变回之前温和的样子，解释道，"正因为这里还残留着神魔的气息，所以才被上古神族封印起来。只有我灵乐派的法器玉无忧能暂时打开这个秘境。"

"原来如此。"难怪听到前三名的奖励是这个，其他人会这么兴奋。

"而且这里毕竟是上古神族的战场，随便一件法宝对修士来说都能称为神器。"

"哦……"这么说来，他们这次入秘境还真算得上是天大的奖励了。

"不过大机遇也有大风险，这里有神器，当然也有魔物。"杨兰芝想起了什么，脸色沉了沉说道，"所以大家还是结伴同行吧，也好有个照应。"

时夏点了点头，四下看了看，果然刚刚进来的人已经三三两两地结成了小队。她前方的一队人数特别多，有半数以上的人，正围着一个人说着什么。中间的那个人正是这些人里修为最高的，是梵天尊者的弟子，人称"冰仙子"的夏玉心。夏玉心才十六七岁，样貌显得有些小，但的确无愧于"冰仙子"的名号，是个地地道道的小美人。

察觉到时夏的视线，夏玉心突然转头看过来。时夏习惯性地笑了笑，朝夏玉心扬了扬手。

夏玉心先是眼睛一亮，但突然又低下了头，好像有些慌乱。夏玉心周围的人还在热情地说着什么，似乎想邀请她同行。她修为高、长得美，自然是人人争抢的对象。不过她从头到尾都冷着脸，之后直接转身唤出飞剑，嗖的一下飞走了，也不顾后面失望的众人。

其他人陆陆续续出发了，而杨兰芝还一副等着时夏做决定的样子。想了想自己的任务，时夏随便找了个方向，也御剑上路了。

再三考虑后，时夏觉得应该跟杨兰芝说实话。时夏本就是个藏不住话的个性，而且这件事本身也不是什么坏事，再加上她觉得杨兰芝不是什么坏人，说不定能理解呢？

"兰芝妹子！"想到这儿，时夏直接停在了空中。

杨兰芝一顿，与旁边的少年一起停了下来，转头问道："肖姐姐，怎么了？"

时夏深吸一口气，直截了当地说道："我有件事想告诉你。"

"什么？"

"其实我一直都知道你是……"时夏刚要坦白，突然轰隆一声，整个秘境一阵晃动，她话没说完，身形不稳，差点儿直接从剑上掉下去。

时夏强行稳住脚下的剑，定睛一看，只见四周的火山像是突然受了什么刺激一样，猛烈地喷发出来。火山口喷出一道道熔岩柱，直冲云霄，天空像着火了一样，变得一片通红。一时狂风大作，风刃如刀，朝四方肆虐。乘着风势冲上云霄的熔岩化成一个个火球，铺天盖地地砸向每一个角落。只见一道道火光似流星一样划过天空，然后越来越大，越来越大……

"快躲开！"时夏顺势往旁边一闪，躲开擦身而过的巨大火球。下一刻，轰隆一声，火球砸在了地上，出现了一个十几米宽的大坑。

"肖姐姐，这是……"杨兰芝的脸色有些发白。

"我也不清楚。"时夏摇了摇头道，"这火球满天都是，也不知道什么时候会砸下来。我看大家还是撑起结界吧，以防万一！"

杨兰芝点了点头，连忙捏诀撑起结界，另一个少年也是。

果然，不一会儿，又有同样由熔岩形成的火球接二连三地从天上掉落。那熔岩里包含着浓郁的火灵气，生生让原本就是焦土的地上再次燃起了大火，地面顿时化成一片火海，他们只好尽力左右闪躲。

那些火球掉了整整半个时辰，才有停下的趋势。可他们还没来得及松口气，又迎来了新花样——地震。

地面裂开了，那一道道裂痕宽得跟大峡谷一样，地面被分割成了各种形状。

地面晃动得更加厉害了，但对于会御剑的人来说，地震比天上下火球来要轻松得多，因为他们会飘啊！

"任务目的地地图已开启，任务三发布：请重新设置源火。"

"地图《火燃之源》解锁中……"

"10……9……8……"

"3……2……1……开启！"

她还没反应过来，刚刚震开的地面裂缝中发出一道刺眼的红光。时夏原本悠闲地飞在空中，却突然觉得体内灵气一空，身体一沉，唰的一下朝那条裂缝栽了下去。

"救命啊！"时夏不会飞了！

"肖姐姐。"杨兰芝一惊，正打算救人，刚靠近裂缝一点儿，体内的灵气瞬间消散。杨兰芝脸色一变，又退了回来。

眼看失去灵气的时夏就要一头扎进深不见底的峡谷，突然一条白色的长绫飞了过来。时夏只觉得腰间一紧，及时被拉了回去，下一刻已经站在峡谷边上了。

时夏松了口气，连忙回头想道谢，却看到了那个一身冰蓝色长衫的小姑娘。时夏有些惊讶："是你啊！"

"你……认得我？"小姑娘一愣，眼里顿时一亮。

"当然啊！你不是冰仙子吗？他们都那么叫你！"

"哦。"冰仙子眼里的光黯淡了些，上下打量了时夏一眼，像是在确认什么，过了一会儿才收回长绫，微微低下了头。

"谢谢啊！要不是你，我就掉下去了。"时夏称赞道，"时机抓得刚刚好。"

"真……真的吗？"冰仙子猛地抬起头，眼里闪闪发光，原本雪白的脸上红了红。

时夏用力点了点头，心想：看来这个冰仙子也不是很冷嘛，人漂亮，心肠又好，而且看起来挺害羞的。

"肖姐姐。"杨兰芝和那个少年也飞了过来，一边靠近一道，"你没事吧？"

"放心，没事。"时夏挥了挥手。

"哼！其他门派的弟子果然没一个有用的。"少年鄙夷地看了时夏一眼，冷哼一声道，"明明知道地下那光有问题，居然也不知道躲开。"

这个少年一路都在鄙视时夏！时夏不理他，他还来劲了！对这种人，时夏忍不了。

时夏正要上前反驳，身后的人却先一步开口道："你说什么？"声音瞬间冷厉。

杨兰芝两人这才看到时夏身后的人，脸色发白，齐齐抱拳对夏玉心行礼道："见过夏师叔。"

灵乐派与天音派向来交好，门下弟子皆以师兄妹相称，而夏玉心是化虚修士，修为高他们太多，杨兰芝等人自然要称夏玉心一声师叔。

"云霖师弟刚才没注意师叔在此，所以口不择言，还请夏师叔见谅！"杨兰芝连忙解释道。

"你的意思是，我不在这里，你们便可以乱说了？"夏玉心道，"我还不知道什么时候在灵乐派弟子的眼里，其他门派之人全是无用之辈了。这话我还真得好好问问贵派掌门！"

她这话一出，云霖的脸色更白了。他不想因一句话引起两个门派间的嫌隙，连忙道："我……我不是这个意思。"

"不是这个意思，是什么意思？"

"我……"他抬头看向时夏，咬了咬牙道，"我与她有些私怨，所以才想在口头上讨些便宜。"

时夏感觉无辜中枪了："少年，我……认识你吗？"

"你不会不记得我了吧？"少年猛地睁大眼睛道。

"呃……"

"我是云霖，这个名字你总记得吧？"

时夏摇头。

"你……"他气得脸都绿了，"我就是金丹初赛上那个被你抢了旗子的人，这事你总记得吧？"

时夏一愣，想起来了。

"哦……是你啊！"她恍然大悟，"不好意思，你脸上的伤好了后越来越像个人了，我没认出来。"怪不得他从见面开始就没完没了地找她的碴儿呢！

云霖冷哼一声，仍气呼呼的，但又碍于夏玉心在场，说不出什么损人的话来。

说起这事，时夏还真有点儿理亏。况且他们现在在秘境里，还出了些意外情况，不是内讧的好时机。时夏道："那你说吧，你到底想怎么样？给个话，我们把这事了了，行不？"

"我就是不甘心输给你！有本事你就跟我堂堂正正地比一场。"

"行啊！"时夏点了点头道，"不过要等出了秘境以后。"

"一言为定！"

时夏点头。

两人约好后，云霖一改那阴阳怪气的语气，能好好说话了。但不知道为什么，夏玉心看他的眼神仍冷冷的，似乎对他十分不满。

"对了，小夏妹子，你怎么会在这里？"时夏记得刚刚她是人群里走得最早的那个，现在不应该到他们的前面去了吗？

夏玉心愣了一下，看了她一眼，立马低下头。

"不得对夏师叔无礼！"云霖皱了皱眉，对时夏的那声"小夏妹子"有些不满，"怎么能叫……"

"可以！"夏玉心却突然点头，还带着几分急切，像是怕时夏以后真的不那么叫了。

在场的几人都愣了一下，还没想清楚，突然一声巨大的响声从不远处传来。时夏回头一看，那个方向是……

"秘境传送门！"

# 第十一章　妹妹的源火之劫

"快看那边……传送的石门！"云霖发出一声惊呼。

他们飞得慢，没有离出口处太远。时夏远远地看到好几个火球直直地朝石门砸去。

"过去看看！"时夏唤出法剑，朝那边快速飞去。

可是已经来不及了，他们只能眼睁睁地看着那十几丈高的门轰然倒塌，缓缓朝阵法内沉了下去，直到完全消失。门下的阵法也越来越暗，等他们赶到时，整个阵法都消失了。

"石门……消失了！"云霖瞪大了眼睛，瞬间脸色惨白地说道，"这……我们要如何回去？难道要被困在这里？"

"云师弟，小心！"杨兰芝身形一闪，一把拉开愣在空中的人，躲开头顶掉下来的火球，"这种时候怎么可以分心？"

云霖一脸绝望："可……没有石门，我们回不去了啊！"

杨兰芝皱了皱眉，回头看向时夏道："肖姐姐，你看现在该如何是好？"

"只能等了。"时夏仔细打量了一下原本阵法的位置，发现地面已经被震开了，一条裂缝直接从中穿过，"这石门不单是因为刚刚掉落的火球，更是因为地裂破坏了阵法才消失的。灵乐派中必定也察觉到了，应该会想办法再次打开阵法的。"

"可是刚刚我们已经看到了，那门被毁了。"云霖仍紧皱眉头道，"就算阵法在也没用啊！"

"放心！"时夏拍了拍他的肩道，"我看那门虽然损毁严重，但门内的光没有消失，这证明它的传送功能并没有受到影响。只要阵法重开，我们还是能回去的。"

她说完，两人的神色却越发凝重了，就连夏玉心也下意识地皱了皱眉。

"怎么了？"难道她猜错了？

"肖姐姐你有所不知，"杨兰芝沉声道，"这石门虽然可以连通化外秘境，但出现的位置不是固定的。"

"你是说就算灵乐派再次打开阵法，门也不会出现在这里？"

"不止如此。"云霖接口道，"要唤出石门必须要有我派的玉无忧，启动此物需要充足的灵力。这次打开石门之前，玉无忧已经在聚灵阵放了近百年，却也只贮存了大半灵力，最后用了几十块上品灵石才补足灵力开启石门。"

"难道就没有快速充电，呃，补充灵力的方法吗？"

"除非有人把玉无忧带到灵力充足的地方，像此秘境，灵力远胜于天泽大陆，倒是可以快速补充灵力，或是花费更多上品灵石！"可就算是一流仙门也没那么多上品灵石可用。

一时间，四人都沉默了。

"事已至此，着急也无用。"杨兰芝突然出声道，比起众人，她好似没有受到被困的影响，"我相信掌门一定会想办法救我们出去的，与其在这里干等，不如继续修行。"

她转头看向时夏道："肖姐姐，不如我们去你刚刚要去的地方吧？"

"啊？"时夏一愣，"我没有……"我没有要去的地方。

叮！


"源火设置地点已搜索完毕，请携火种尽快前往。"


一张豆腐块似的地图出现在时夏的脑海里，上面还贴心地在她和目的地之间画了一条线。

"好吧，我有要去的地方。"她就是这么一个反复无常的人。


时夏已经不是第一次被困在秘境里了，所谓一回生二回熟，这次明显淡定了很多。而且002说过，这个秘境就是任务地图，据以往的经验来看，每个任务完成后，地图就会消失，到时他们自然就出去了。现在最重要的是找到那个任务点。

因为人只要靠近地上的裂缝，身上的灵气就会突然消失，所以他们不能御剑，只能步行。

"肖姐姐，你出秘境后可有什么打算？"许是走路太无聊，杨兰芝假装不经意地问道。

时夏摇了摇头道："我也不知道，应该会先回青云派吧！"谁知道下个任务什么时候发布？

"都说历练最磨炼心性，姐姐结丹不久，不打算出去历练一番吗？"

"我不怎么喜欢出门。"

"姐姐说笑了，我等修仙之人，哪有不出门历练的？"杨兰芝一脸不认同，"若要得证大道，锻炼心智必不可少。越是凶险越是易得机遇，我听闻幻海以外有一处失落大陆最是凶险，不知姐姐可曾去过？"

"没有！"时夏摇了摇头道，"你去过吗？"

杨兰芝一愣，眼里闪过一丝什么，过了一会儿才摇了摇头道："我自然……也没去过。"她张了张口，好似想说什么，过了一会儿又转移话题："我看姐姐的心法与你那位小师兄并没有相似之处，不像同出一门，是我看错了吗？"

"你没看错，我刚加入青云派没几天，我们的心法不一样很正常。"

不过，时夏心想：我来灵乐派后有用过什么心法吗？

"哦？难道姐姐您也出自修仙世家？"杨兰芝一脸惊喜，"不知是哪一位世家？"

"不是啊！"时夏摇了摇头。

"那姐姐身边一定有很厉害人，师父或是亲人。"她笑得越发灿烂，"否则一般修士都会在筑基之前加入仙门或是投身世家，不会轻易决定心法的。"

时夏突然觉得杨兰芝说话越来越绕，回道："没有啊，我孤家寡人，身边哪有什么亲人？"

杨兰芝一愣，勉强笑了笑说："姐姐说笑了，若不是亲人所授，你怎么会心法？"

"我自学的啊！"

"什么？！"

"我曾经到过一个试炼阵，在里面领悟的心法，并不是别人教的。"

"是……是吗？原来如此！"杨兰芝笑了笑，没有再问下去，脸色有些难看。时夏明明就是那个人，为什么跟记忆中不一样？杨兰芝心底生出一股慌乱感，忍不住再次开口道："肖……姐姐，若这个秘境被封死，你……真的没有什么应对之法吗？例如找外面的人接应之类的？"

"接应？除了我那小师兄，还有谁能接应我？"看杨兰芝一脸忧心的样子，时夏忍不住又加了一句，"你别担心，车到山前必有路。我想灵乐派是不会扔下我们不管的。"

杨兰芝低下头，似乎听进去了，但脸色仍不是很好。

时夏本想再说几句，却被人撞了一下，回头一看，是一直默默跟在后面的夏玉心。夏玉心走得有些急，两人正好撞上了，时夏习惯性地给了她一个大大的笑容。

夏玉心一愣，立马低下头，耳朵红红的。

时夏不由得心头一软。她回过头继续赶路，夏玉心却突然伸手拉住了她一侧的衣角，低着头看不清表情，时夏只能看到夏玉心头顶发间的一个旋。

时夏以为她是担心出不去，心底没来由地涌出一股责任感，索性牵住她往前走："没事的，小夏妹子别怕！"

夏玉心僵了一下，立马顺着时夏往前走，低声应道："嗯。"

时夏以为自己能保护夏玉心，没想到一路上都是夏玉心在保护她。峡谷要塌了，夏玉心拉住她；天上有火球掉下来了，夏玉心撑开结界；地上的熔岩漫上来了，夏玉心唰的一声扔了个水诀过去。夏玉心反应迅速，攻击准确，时夏感觉自尊心受到了一万点伤害。其他两人格外沉默，特别是杨兰芝，一直一副心事重重的样子。不过时夏倒是很放心。毕竟这回来秘境的都是各派的精英弟子，所以无论如何，灵乐派都会想尽办法把人救出去。只是时夏没想到人会来得这么快……

那名袖口绣着祥云图案的青衫男子出现在空中时，时夏还没来得及吐槽这种时候居然还有人敢御剑，就明显感觉到杨兰芝神色一僵，目光冷厉地盯着上方的人，手更是微微地颤抖着。

杨兰芝这是咋了？

"下方的可是梵天尊者的弟子夏玉心？"那人突然开口，随意地扫了下方一眼，目光定在夏玉心的身上。

夏玉心皱了皱眉，道："是！"

"我乃天意盟霍铭。"

"天意盟？霍铭真人！"云霖惊呼出声。

真人？这是一个大乘期的修士！他是怎么进来的？

"你被困此地之事我天意盟已知晓。"霍铭跟看不到其他人一样，只看着夏玉心道，"我受你师父所托，划破虚空来此接你回去。"

"真人是来救我们的吗？"云霖一喜，一扫之前颓废慌乱的样子，"连天意盟都来了，我们有救了。"

"此事乃是我个人之事，与盟中无关。"霍铭皱了皱眉，继续道，"我只是受梵天尊者所托救她的徒弟，并没打算插手其他事。"

云霖一愣，笑容僵在脸上："真人，你……你不打算带我们出去吗？"

"笑话。"霍铭冷哼一声，"尔等以为划破虚空是这等简单之事？我只受托救她一人出去。"

"那其他人怎么办？掌门不可能不救我们！"云霖不可置信地说。

霍铭皱紧眉头，颇为不耐烦地道："其他人与我何干？带一个人尚且困难，又怎能带上其他累赘？况且，等玉无忧灵力充足后，你们自然可以出去。"

难道其他人就这样被放弃了吗？等玉无忧灵力充足，岂止百年？云霖顿时脸色惨白。

"夏玉心，你身上应该有你师父给你的聚灵法器。"霍铭继续道，"还不快拿出来？我需要此物辅助才能划破虚空。"

"哼，霍铭真人还真是冷血无情！"夏玉心还未来得及回答，杨玉芝冷不丁开口，话里都是讽刺的意味，"这种不顾他人死活、自私自利、不择手段的人，整个天意盟应该也只有你一人了。"

霍铭神色一冷，那一直仰着的头总算低了下来，冷冷地看向杨兰芝道："你是何人，竟敢诋毁本真人？"

"我说的全是事实！"杨玉芝冷笑一声，眼里满是仇恨，恨不得与对方同归于尽，

"怎么，霍铭真人敢做不敢当吗？"

"放肆！"霍铭愤怒地瞪了她一眼，也顾不得在场还有其他人，身上大乘期的威压就向众人释放过来。一时四人都慌了一下，夏玉心握了握抓着时夏的手，挡在了时夏的面前。可是意料之中的威压并没有降在众人身上，霍铭与他们之间刚巧隔着一条裂缝，所以那威压一放，瞬间被裂缝吸收了，一点儿效果都没有。

"哈哈哈……什么真人？"杨兰芝见状，脸色更加冷了，咬牙切齿地道，"靠着旁门左道堆积起来的修为，也敢如此自称？天意盟只能养出你这种败类！"

"住口！"霍铭彻底被激怒了，"黄口小儿，也敢口出狂言！今日我就替玄机教训你这不知天高地厚的弟子。"他一挥手，身边顿时出现一排排灵剑，即便隔着老远，时夏也能感受到凌厉的剑气。

霍铭想御剑直接飞过来，却忘了中间隔着一条裂缝，刚飞到边缘，灵剑唰的一下消失了大半，霍铭更是跟冬瓜似的直往下栽。他立马稳住身形后退，才避免掉到深不见底的峡谷中。

霍铭狼狈地落地，恶狠狠地瞪向杨玉芝，说出了一句经典名言："你给我等着！"

气势汹汹的大乘修士瞬间变尿，开始四处找路，想要过来找人算账。

霍铭绕了半天也没成功。杨兰芝大笑出声，满满都是大仇得报的快意。

时夏都忍不住回头看了她一眼，之前没看出来她是这么冲动的性子啊！而且看她的样子，与其说是故意为之，更像积压已久，冲动而为。难道在杨兰芝"之前"的记忆里，跟这个人有仇不成？

"霍铭，你作恶多端，连老天都不帮你！"杨兰芝越发得意，讽刺道。

"你……"隔得老远的霍铭气得脸都绿了，"小小元婴弟子，居然敢数次诋毁霍某的清名。"

"清名？你有什么清名？！"杨兰芝不屑地冷哼一声，咬着牙一字一句地道，"你敢说你现在的修为是靠自己修炼上去的？"

那边找路的霍铭脚步一顿，脸上闪过一丝慌乱，立马又恢复原状，只是看杨兰芝的眼神中带了几分杀意。能修到大乘期的修士，哪个不是私下有些手段的？但这是他的秘密，对方又是如何得知的？

"连养炉鼎这种事都做得出来，你们天意盟跟魔修有何区别？"

这话一出，不单是杨兰芝，就连旁边的夏玉心和云霖也一脸震惊。

"胡说！"霍铭露出受辱的表情，"我何曾养过炉鼎？"

"养没养你自己知道！"杨兰芝压根不在意他的答案，一副早已看穿他在狡辩的样子。

"啥叫炉鼎？"时夏忍不住问道。

杨兰芝瞬间脸色发白，手不自觉地握得更紧，却仍咬牙回答道："他们将女修禁锢起来，通过强行阴阳交合，采补对方体内灵力的方式增长修为，这些被采补的女子便

246

是炉鼎。水灵气柔和，所以这些女修大部分有水灵根，特别是……单一水灵根！"

修仙界还有这么重口的事？那些人简直禽兽不如！

"肖姐姐！"杨兰芝抬头一脸认真地看向她，像是想从她身上得到认同一样，"像他这样的败类，根本就不配活在这世上，若让他出了秘境，他必会祸害更多人。"

"啊？"时夏一愣，"你的意思是……？"

杨兰芝眼中一亮，跃跃欲试道："我们绝不能放过他！"

"呃，杨妹子……你没发烧吧？"时夏嘴角一撇，忍不住摸了摸她的额头，现在是谁不放过谁啊？

"肖姐姐……"杨兰芝拉下她的手，顿时急了，"你现在放过他，他以后可不会放过我们！"

"要不……我们先跑？"时夏劝道。

"你难道要坐视不管吗？"杨兰芝神情一冷。

"妹子……"时夏长叹了一声，"你好像忘了，我只是个金丹修士。"他们四个加起来也打不过人家啊，时夏想管也管不了。

杨兰芝愣了一下，嘴角扯出一个不自然的笑容，低头沉思了一会儿，下定决心一般道："肖姐姐……其实我早就看出你不是普通人了。"

呃，难道她是个特殊的肖姐姐？

"兰芝知道姐姐有所隐藏必定有自己的原因，兰芝猜测您的修为也一定在金丹之上。"

"啊？"时夏无奈。

"妹妹平生最痛恨霍铭这种人，只要姐姐替我杀了这个人，兰芝必定尽我所能报答你。"

"为什么？"时夏皱了皱眉，看向她的眼睛，认真地问，"因为你前世跟他有仇吗？"

杨兰芝一愣，眼睛猛地睁大了。

时夏长长地叹了口气道："你这么痛恨炉鼎这个词，是因为在你知道的前世中，你也是其中一个吗？"

"你……"她难以置信，猛地后退了好几步道，"你怎么会……"

"我一直都知道。"

"难道你也是……"

"不是！"时夏摇头打断了她的话，"我没有重生，你也没有！兰芝妹子，你有没有想过，你知道的那些前世的记忆可能根本就不存在，所谓的前世只是你身上的那个东西给你的错觉？"

"不可能！"她一脸慌乱，下意识地捂住了胸口，"我不知道你是怎么知道我的事的，但那些事情……那些……根本不可能是假的！"她明明记得那人施加在她身上的屈辱，更记得临死时刺入胸口的那一剑，还有那种求死不能的绝望感，那些都像昨天才发生的事，怎么可能是假的？

"你骗我！你骗我！"

"唉，兰芝妹子，时间是不可以重来的！我知道你体内有什么，不过它绝对不是你想象中的好东西。"时夏认真地道，"它之所以让你有重生的错觉，那是因为它正在燃烧你的灵魂，你若不及时摆脱它，会魂飞魄散的。"

"不可能！"杨兰芝用力摇头，连连退了好几步。

"难道你从来没有怀疑过那些多出来的记忆吗？"她继续劝道，"你确定所谓的前世真的存在吗？现在发生的事跟你知道的未来真的一模一样吗？"

"一辈子那么长，我怎么可能每件事都记得？！"她争辩道，"但是我记得的那些事都是一样的，那是我的前生，我确定经历过。"

"那我呢？"时夏反问道，"你故意接近我，也是因为我跟你前世的记忆一样吗？"

"你……"她愣住了，眼神有些飘忽。

"我在你的前世中出现过吗？我是什么角色？"

杨兰芝沉默了一会儿才缓声道："你……你是笪源天尊的妹妹，而且……是大乘期的修士。"

这话一出，所有人都愣住了，包括时夏。

"兰芝妹子……"时夏摇了摇头道，"我根本不认识笪源天尊，更不可能是他的妹妹，还有……我不是大乘期的修士。"

"这不可能！"杨兰芝越发不信，"你是金丹魁首，若不是隐藏修为，怎么可能……"那日比赛后，她曾远远地看过时夏一眼，时夏毫发无损。

"呃，关于这个问题我想你师弟更清楚。"时夏看向杨兰芝身后的云霖道，"我之所以能赢，是因为初赛时胜旗就出现在我旁边，所以我就顺手……"

"就算如此，那其他比赛呢？"杨兰芝固执地问道。

时夏叹了一口气，看来自己得抖出一筐的黑历史啊！

"五强是因为我抽签抽到了轮空，三甲是因为有优胜者在比赛时受了重伤，而最后一场比赛，对方刚上台就晕倒了。"她抓了抓头道，"我得了魁首纯属运气好，并不是因为隐藏了修为。"

"不可能……"杨兰芝用力地摇着头，好似这样就能否认时夏的话。她怀着最后一丝希望转头看向旁边的云霖。可惜云霖也点了点头道："虽然我不明白你们在说什么，但是……没错，她的确是这样赢得魁首的，所以我才想与她一战，分个胜负。"

"若你还不信，可以自己来看。"时夏直接伸出手，任由杨兰芝探查修为。杨兰芝却犹豫了，直直地看着时夏的手臂，迟迟没有上前，身侧的手微微颤抖着。

"其实这种事稍微打听一下就知道了，你当真没有发现，这次金丹的前三名中，后面两位是第四名和第五名补上来的吗？"时夏继续道，"你是太相信前世的记忆了，还是……早已经察觉到不对，却不肯承认呢？"

一段强加的记忆要变成真的哪有这么简单？杨兰芝又那么敏感，不可能没有察觉到所谓的前世有不对的地方，只是她太沉迷于未卜先知的状态，不愿意清醒过来。

"住口……住口！"她仍不信，眼里更是带了些愤恨，"我已经得到新生了，就算有些事与记忆里的有所不同，也是有可能的。那些记忆都是真的！我不会……让上辈子的悲剧再发生一次，这是老天给我的机会，让我重来一次的机会！"

她越说越激动，突然想到了什么，看向时夏的眼神带上了戒备和恨意，质问道："你……你要抢它是不是？所以你才会说这些！"

"兰芝妹子！"时夏皱了皱眉，叹了一口气道，"对！我的确想要你身上的东西，因为它本就是从我的手里出去的。它不像你想象中那样有益，会让你魂飞魄散。"

"哼！你果然在骗我！你就是想骗我的法宝！"她像是想通了什么，冷着脸凶狠地道，"你别做梦了！我不管你是谁，为什么会知道我的事，但除非我死，不然是不会把它交给你的。"

"兰芝妹子……"

"住口！"她狠狠地瞪了时夏一眼，直接唤出剑，"亏我还以为你跟别人不一样，没想到你们是一丘之貉。以前我是单一水灵根，才会被人欺凌，就连师门也……"她脸上的恨意更深，冷笑一声，话里都是凄凉的味道，"你知道吗？就因为我以前是水灵根，我敬爱的师尊居然亲自把我送到霍铭那个禽兽的床上。我上辈子是生生地被霍铭折磨死的！我如何能不恨？"

"……"

"可是现在不一样了！我现在是火灵根，甚至不用拜那个恶心的人为师！"她握了握手中的剑，神情越发疯狂，"我是灵乐派的入室弟子，再也没有人可以轻视、侮辱我！"

原来火种改变了她的灵根。可是……那些都不是真的啊！

"你所谓的前世根本不存在，只是未来的一种可能性。你不能因为不存在的事……"

"闭嘴！"她疯狂地大喊道，"那些都是真的。我的灵根改变了，我和以前不一样了！我不会把它交给你的！"

"火种不是你想的那么简单！虽然我现在还不知道具体原因，但它是用来修复这个世界的，若是一直放在你那里，那整个世界都有可能崩溃。"

"你别……你知道它是什么？"她话到一半又停住，缓缓放下手中的剑，"你说的可都是真的？！"

"我没有骗你，无论是它会让你魂飞魄散，还是它本来的作用，我说的每一句都是真的。"时夏立马举手发誓，"我知道现在火种已经融入你的身体了，只有我可以帮你取出来。"

"这个世界真的会崩溃？那……我要它……有何用？"她皱了皱眉，一脸纠结，沉默了一会儿才咬了咬牙道，"你要如何取出来？"

时夏顿时松了口气，上前两步道："很简单！只要……"

她刚要解释，刚刚还一脸迷茫的杨兰芝神色一凛，突然朝她挥出一掌。

时夏只觉得胸口一痛，整个人被打飞出去，吐了一口血，还未来得及反应时，背后袭来一阵劲风，铺天盖地的灵威朝她压来。

"夏姐姐！"夏玉心惊呼出声，瞬间脸色惨白，直接捏诀划出一道风刃朝杨兰芝攻了过去。随后夏玉心飞身而起，不顾旁边深不见底的裂缝，在时夏的背后迅速凝结出风盾，挡住来势汹汹的攻击招式。但风盾瞬间被破，余波还是重重地打在了时夏的背上，顿时一股钻心的痛传遍五脏六腑，时夏像被撕裂了一样。

时夏直直地朝裂缝中的无底深渊掉了下去，这时才看清后面怒气冲冲地赶来的霍铭，而杨兰芝已经消失在原地。

时夏还以为自己说服了杨兰芝，没想到她是装的，只为用自己挡住霍铭的攻击，好争取逃跑的时间。

时夏眼前一黑，掉入峡谷，失去意识的前一刻隐隐看到夏玉心毫不犹豫地跟着她跳了下来。

夏玉心是不是傻啊？


时夏醒来时四周一片漆黑，只有上方飘着一小束灵力火苗，身边蹲坐着一个一脸担忧的少女。见她醒来，少女用力地揉了揉眼睛，前来察看。

"夏姐姐，你醒了！怎么样，有没有哪里不舒服？胸口还疼不疼，手脚能动吗？是不是还有别的地方我没有注意到？"夏玉心慌乱地四下察看起来，一副生怕时夏下一刻就咽气的着急模样，完全没了之前高贵冷艳的冰仙子的感觉。

时夏叹了口气，拉着她颤抖的手说道："我没事，妞妞！"

夏玉心一愣，整个人像是被定住了，眼睛越睁越大，里面闪过欣喜、兴奋、吃惊以及依恋之色，泪水哗啦啦地往外流。

"你……你记得……"

时夏心中一软，忍不住摸了摸她的头道："傻妞妞，这世上除了你还有谁会叫我夏姐姐？"

夏玉心终于忍不住，一头扑进她的怀里大哭出声："姐姐……你认得我……姐姐以为再也见不到你了。姐姐……"

"好了，好了！先放开我行不？"时夏拍了拍她的后背。

"我不……"她耍起了小性子，"我想抱着姐姐！"

"要抱可以，但麻烦你放开我的胸好吗？"


妞妞不愧是高级"玩家"，疗伤技能一流，时夏的伤很快就好了。

至于妞妞为什么会在天泽大陆，她说是因为当初被带回门派的时候被现在的师父抢走了。当时梵天尊者意外渡过幻海，刚巧遇到了带着新弟子回门派的御音派一行。

天音派跟御音派都是擅长音攻的门派，而妞妞是风灵根，最适合这类法术，于是梵天尊者直接抢了个徒弟回去。由于两个大陆之间隔着变幻莫测的幻海，海上的罡风更是猛烈，就连大乘期修士都不敢轻易进入其中，所以妞妞没有机会告诉时夏这件事，一直修炼到现在。

"不错啊，妞妞。"时夏夸奖道，"才这么些时日不见，你都是化虚期修士了。"

"姐……"妞妞吸了吸鼻子，止住眼泪，却仍抱着她不肯放手，"我只是按师父教的修行罢了，再说都一千年了，我已经算慢的了。"

"啥？"时夏一愣，"一千年？"

她猛地站了起来，开什么玩笑？为啥就一千年了？难道是……

"002！"她立马联系002。

002："女王大人十分明智，猜测完全正确，切换地图时自动开启了时空跳跃功能，目测时限为一千年。"

她真的穿越了，而且一穿越就是一千年！

"姐，姐？"见她半天没有回话，妞妞忍不住拉了拉她的手问道，"你怎么了？"

时夏苦笑一声道："没事，我只是突然发现我跟不上时代了。"

妞妞一愣，觉得莫名其妙。

时夏连忙挥了挥手，转移话题道："我们还是先离开这里再说吧。"

"刚刚我用神识探查过这里，这地方无边无际，根本无法辨别方向。"妞妞指了指上空道，"而且上方好像有什么阻隔灵气的东西，我的神识一上去就消失了。"

时夏抬头看去，上空果然漆黑一片。她们现在待的地方虽然可以用法术，但灵气微弱得几乎没有。细一想，天上那层黑色的东西应该就是裂缝中可以消除灵气的东西。

"我也不知道该往哪儿走了。"

"我……可能知道。"

"啊？"妞妞一愣。

"先走走看。"时夏直接转身往右侧走去，脑海中002给的任务地图并没有消失，只是那条引导路线变了形状，终点还是同一个。她们顺着这条路走一定可以出去。

妞妞没有迟疑，连忙跟上，时不时唤出火球照明，以防两人走散。

她们差不多走了两个时辰。

"夏姐姐，前面有光！"

她们加快脚步走近一看，才发现那是一堵由火红的熔岩堆砌而成的石壁，上不见顶，下方则直接隐于黑暗中，那石壁上还爬满了一道道如同岩浆流过的痕迹。

她们绕着石壁走了一会儿也没发现出口，可地图上指引的就是这个方向啊！

"夏姐姐，那是什么？"突然，妞妞惊讶地指着石壁上方。

时夏抬头一看，只见正上方的石壁上有岩浆形成的纹路，更有一个接一个的法符文字流淌在旁边。

"这好像是一个阵法，可是……"姐姐皱了皱眉道，"这上面没有灵力，又不像法阵，应该是靠这特殊的熔岩结成的，就是不知道是什么阵。"

"炎裂封绝阵！"

姐姐一惊："姐姐认识？"

"嗯！"这也是龙珠资料库告诉她的，"炎裂封绝阵是神族的封印术，一般用在火灵气旺盛的火山等地，以山内自身的火灵气结阵，可以封住世间一切有灵之物，并且只要熔岩不熄，此阵就不会灭。"

"姐姐居然识得神族的封印阵。"妞妞的眼里顿时星光闪闪，一副"不愧是我姐"的骄傲样。

"略懂，略懂！"这年头做姐姐总要有点儿本事嘛！

"那姐姐你知道如何破阵吗？"

时夏神色一黯："呃，这是个问题……"

"这阵法跟别的阵不同，没有阵眼。"时夏咳了一声，指了指上面的字符道，"看到上面的字符吗？那是一个旁门，方便布阵者自己出入的。但是此门只有正确引动上面的字符才能生成进入的阵眼，只要一个法符的顺序错了，就会被这阵法攻击。"

"也就是说没有法符口令进不去？"

"嗯。"时夏也有些傻眼，这里的法符有上百个，从里面找出正确的排列，简直不可……

叮！她的脑海里传来熟悉的提示音，下一刻面前凭空出现一个长度逐层递减的弧形物体，下方还写着四个大字——蹭网神器。

002，你搞什么鬼？为什么她的蹭网神器App会自己跳出来？

002："检测到不可逾越的障碍，辅助程序启动，经检测此应用可以解女王大人的燃眉之急。"

燃眉之急，蹭网神器？！这玩意儿有什么用？她又不是来这里蹭网的！

002："嘀！检测到满格无线网络信号，密码破解中……"

这里竟然有无线网？不会吧？！

不到一分钟，嘀的一声，图标旁边突然出现了一个绿色钥匙的图。

这还真的有用啊！

002："破解完毕，密码读取中……"

后面紧跟着一排法符字样。

002："此次用时43秒，您的破解速度打败了78%的用户。请联系官网给个好评，谢谢！"

时夏："……"

"这可怎么办？"姐姐还在担心，围着石壁走来走去，一脸焦急地说道，"这里的法符这么多，到底哪几个才是正确的呢？"

"左边第三个、第五个，右边数第六个，上边一排的第五个，下面一排的第九个，就这五个字符。"

妞妞一愣，有些震惊："夏姐姐，你怎么看出来的？"

时夏嘴角一撇，哈哈一笑道："我是姐姐嘛！"

妞妞立马按照她说的依次按了那几个法符。

果然，只听见咔嚓几声，原来紧密贴合着的石壁像是被人从中扒开了一样，朝两侧张开，露出一条火红的通道来，一股炙热之气扑面而来。

时夏掐了个防御法诀，隔绝了两人身上的热气，说道："我们进去吧！"

她们踏入通道的瞬间，那个入口也恢复了原样。路越走越宽敞，一开始只是小道，慢慢变成了双人并行的通道，后来变成了单车道，然后成了双车道……四车道……八车道……

浓郁的灵气充斥着四周，甚至不用引导就会自主地往她们的体内钻，而且大部分是火灵气。时夏是阳灵根，任何灵气对她来说都差不多。但妞妞是风灵根，根本承受不住这么多火灵气，头上隐隐渗出汗珠，呼吸也沉重起来。时夏不得不停了下来，给她传了一些自己的灵气过去，形成一个结界挡住了四周的火灵气。

"姐……"妞妞委屈地喊了她一声，脸色好多了。

"没事吧？"

"嗯。"

"那继续走吧，记得先把体内的火灵气转换为风灵气。"

妞妞点了点头，乖巧地笑了笑，像小时候一样抓住了时夏的衣角，跟上她的脚步。

时夏看了一下脑海中的地图，不远了，前面的路已经很宽了，隐隐能看到尽头。时夏长长地舒了一口气，总算到……

"呔！来者何人？"突然一声呵斥传了过来，"要想从此过，留下买路财！"

"谁？"妞妞一个箭步挡到了时夏身前，警惕地看向前方。

诡异的是前面并没有任何人的身影，过了一会儿只听到轰隆一声，四周的石壁突然动了，一块接一块火红的岩石从上面滚落下来，开始堆砌成形。不到片刻，一个用熔岩组成的石人就出现在她们眼前。

那石人十分高大，刚刚还宽得跟操场一样的地方，瞬间就显得拥挤了。

"大胆凡人修士，竟敢擅闯圣地！"石人大喝一声，怒视着两人道，"真是不知死活的贪婪家伙，今日本座就教训教训你们，让你们知道火焰为什么这样红！"

说着它猛地一跺脚，顿时地面开始塌陷，并向着她们站的地方延伸，很快她们就没了立足之地。

"姐！"妞妞及时唤出剑，拉住时夏就飞了起来。

地面已经完全塌陷了，一块块石头直直地掉了下去，落入一片火红的熔岩之中。这里似乎是火山的中心，时夏与妞妞只能御剑停在空中。而刚刚的石人变大了好几倍，双腿直接踩入那滚滚岩浆之中。它突然扬手朝身后的石壁上重重一拍，顿时四周摇晃得更加厉害了，一块块人一样高大的火红岩石如下雨一般从上方掉落，带着浓郁的火灵气，一时间仿佛连空气都着火了一般。

姐姐毕竟是化虚期修士，瞬间结出了结界，带着时夏在空中左右躲避起来。那火球看似吓人，其实根本碰不到她们。

石人似乎也察觉到了这点，主动出击，伸手朝她们拍打过来。可惜它实在太笨重了，根本赶不上姐姐御剑的速度。它拍了几次，像是恼了，突然大吼一声，四周的火球掉落得更快了。石人朝她们猛扑过来，想用身体把她们困住。姐姐却身形一转，直接从它的手臂下钻了出来，顺势捏了个凝冰诀，化出一个巨大的冰凌反手朝石人的背后打了过去。

只听见吱的一声，石人身上的火顿时熄了大半，并且因脚下重心不稳，扑通一声掉入了熔岩之中。

"可恶！"石人从岩浆里爬了出来，身上的火焰更甚，大吼道，"愚昧的凡人，你们成功地惹怒我了。"说着它双手成拳用力地敲着石壁，顿时上方的火球掉得更猛烈了。然而这并没有什么用。

原来它只会这一招啊！

"姐姐，你把我放下吧，专心对付它吧！"

"姐！"她有些担心地回过头。

"放心。"时夏摸了摸她的头道，"只是躲几个火球，我自己御剑没问题。"

姐姐犹豫了一下，这才点了点头。

时夏唤出法剑，飞到一边，专心看姐姐作战。

没有时夏在身边，姐姐少了几分顾忌，手间一转，顿时一把红色的古琴出现在手上。她单手轻轻拨动古琴，音乐声化为千百道冰凌，密密麻麻地朝对面攻了过去。

这回轮到石人躲避了。可惜它身形巨大，动作迟缓，躲得了这处，躲不过那处，不一会儿身上到处都扎上了冰凌，身上的火也灭了大片，一时间惨叫声响起。

"啊……可恶，你这愚昧的凡人。"

"哎呀，我的屁股！"

"嗷嗷嗷……住手，再射我就发火了！"

"我饶不了你！快停手，听到了没？"

"哎呀……疼！"

这果然是一场毫无悬念的战斗啊！

"啊啊啊……"石人突然蹲到下方滚滚的岩浆里，好似被逼急了，居然开始大口大口地吞食岩浆。而它火红的身体慢慢变成蓝色，直到全身都被蓝色的烈焰包围，身形顿时缩小了数倍。

它突然腾空而起，张开大口朝姐姐吼了一声，顿时一团蓝色的火焰从它的嘴里喷出，瞬间化成一只蓝火凤凰朝姐姐扑了过去，姐姐身边的冰凌瞬间融化了大半。

"小心!"时夏心中一紧。

妞妞脸色一变,想躲开那只蓝火凤凰,但它不同于之前的火球,凡是它飞过的地方都会燃起大片蓝火,焚烧着周围的一切,就连那石壁上的火石也一点点地熔化了。

妞妞躲得很辛苦,而她的音攻化出来的无论是冰系还是水系的法术都被蓝火凤凰熔化,一时拿它没有办法。

"妞妞,用你擅长的风系攻击试试。"时夏高声提醒道。妞妞是风灵根,并不擅长水系法术,这只蓝火凤凰明显是灵气聚集而成,既然不能以水克火,就只能以灵克灵了。

妞妞一愣,立即明白过来,手里的琴音顿时高亢激昂起来,一道道饱含风灵气的风刃噼里啪啦地朝空中的蓝火凤凰打去。

凤凰发出一声啼鸣,火焰组成的身躯顿时被撕裂开来。

妞妞一喜,琴音越发急促了,随着一个重音响起,顿时一道巨大的风刃发出,直接把蓝火凤凰斩成了两截。

成功了!

"哼!蠢货!"下方久久不动的石人突然发出一声冷哼。

时夏顿时有了种不祥的预感。

果然,只见被斩成两半的凤凰瞬间化为两只,一只继续扑向妞妞,另一只……朝时夏扑去!

"姐!"妞妞瞬间脸色惨白。

时夏的脑海中一片空白,躲是来不及了,只能条件反射地撑起防御结界,可压根挡不住那只蓝火凤凰。她眼睁睁地看着凤凰张开嘴,疯狂地朝她扑来,结界很快破碎,下一刻蓝火就要将她烧成灰烬。可就在这时,一道白光毫无征兆地从她的体内迸发出来,蓝火凤凰瞬间消失,好似从来没存在过一样。

时夏有点儿蒙,摸了摸脸颊,隐隐觉得有些发烫,一个细小的法阵慢慢隐了下去。

这是什么情况?

同一时间,千里之外的灵峰之中,一袭白衣的身影愣了一下,布着万年寒冰的脸上眉头紧皱。他微抬起右手,只见掌心出现了一道浅浅的烧伤印记,这是……同心印发动的迹象?

时夏打量了一下全身,完全没事。

"这不可能!"石人猛地睁大眼睛,不敢相信。它的本命源火伤不到那个化虚修士就算了,为什么连那个小小的金丹修士也没事?这不对劲!

"姐!"妞妞飞了过去,上上下下地打量了时夏一遍,确认她没事后,紧绷着的脸才舒展了一些。妞妞想起刚刚的事,顿时怒气高涨,身后的发丝一根根浮起,浑身的风灵气像是被什么激发出来一样。妞妞回头瞪着还在熔岩里的石人,一字一顿地道:"你——竟——敢……"

"姐……"

时夏还没说完，姐姐已经转身朝石人飞去，一挥手间狂风大作，一条条龙卷风凭空出现，像吸尘器一样，瞬间把下方的岩浆吸得干干净净。整个山体都猛烈地摇晃起来，而姐姐就站在那数条龙卷风中间。

姐姐简直威武霸气！时夏都忍不住给她点赞。

少了熔岩，石人身上的蓝色火焰顿时变回了刚刚的红色。它似乎也被这大场面吓住了，没出息地缩了一下道："你……你想干吗？"

姐姐怒气更盛，满脑子都是蓝火扑向夏姐姐的画面，又一挥手，顿时一道光从她的体内飞出，瞬间凝结成一只巨大的铜钟。

这是……剑意！

哇！时夏一脸激动，没想到姐姐居然有这么厉害的剑意。姐姐是音修，这么大的钟，不知道会发出什么样的攻击。时夏有种吾家有女初长成的欣慰感。

"你竟敢伤我姐！"姐姐完全被气着了，身形一闪就站在了那巨大的剑意之上，然后……抢起巨钟朝石人丢了过去！

"……"

这么大口钟原来是用来砸的？关键是……这还真的有用啊！

"别打……好疼……救命啊！我错了！"石人抱头鼠窜。

已经变身为暴力萝莉的姐姐没停手，很有节奏感地跟在后面追着道："叫你打我姐，叫你欺负她！我不打得你半身不遂就不跟姐姐姓夏……"

时夏："……"

姐姐整整追着石人砸了一个时辰，整个空间都回荡着对方求饶的惨叫声。时夏停在空中，硬是没敢吱声阻止。

直到石人从一个身高几十丈的巨人被姐姐砸成了一米不到的侏儒，像碎石一样瘫在地上，姐姐才气喘吁吁地停了下来，委屈而担忧地回头唤了时夏一声："姐……"

犹豫了一会儿，时夏慢慢竖起了大拇指："干得好！"

姐姐身形一闪回到了她身边，变回了那个乖巧的少女，一把搂住时夏的腰："姐，你没事吧？吓死我了。"

被吓到的不是你，是那个石人吧？时夏的心情很复杂。

石堆里发出震天响的哭声，一团小小的紫色火焰从石堆里飘了出来，浮在离地十几尺的位置，哭得撕心裂肺。

"火灵？！"时夏一愣，没想到石人的本体居然是火灵。异火在机缘巧合下能产生灵智，而这些产生灵智的异火就是"火灵"。只是异火都很难见到，更别说火灵了。

"知道人家是珍贵的火灵，你们还欺负我？"火灵一边掉火星，一边号啕大哭，"人家不就是想吓吓你们吗？你们居然这么对我，还把我好不容易做出来的身体弄坏了……你们是坏人修，我讨厌你们……"

"别哭了，刚才明明是你自己跳出来的，反倒怪我们了？"时夏无奈，它的画风也转变得太快了吧？

"我不管！"火灵一下喷出两团紫色火焰，哭得更伤心了，"我是火灵，这里的一切都是我的，我有特权。你们赔我的身体！"

它的声音十分尖锐，时夏下意识地捂住了耳朵。

妞妞也被它弄烦了，眉头一皱，声音变得冷厉："闭嘴！"

短短两个字，火灵哭声骤停，只敢一点一点地往下掉火星，完美地诠释了什么叫欺软怕硬。

它小声委屈地道："本来就是，那可是大人给我做的身体，我攒了一千年的灵气才能驱动，现在全毁了……"

时夏嘴角一撇："那你就别出来瞎逛啊！"

见回话的是时夏，火灵立马哼了一声，一改之前的小心翼翼，死要面子地道："算了！看在大人的分上，本大爷就不跟你们这些凡人一般见识了，你们赶紧走吧！"

火灵身形一抖，瞬间化成一团蓝火朝身后的石壁飘去，原本布满火石的石壁上缓缓出现三个洞口。

"你们走中间那个就可以回到地面了！"火灵不情愿地道，"赶紧走……我还要继续拼身体呢！"

时夏仔细看了看那三个洞口。妞妞皱了皱眉道："姐，我们就这么放过它？若是……"

"火灵本来就是灵气化灵而生，不死不灭。除非我们找到它的本源异火在哪儿，不然根本伤不到它。"

妞妞回头瞪了火灵一眼，这才跟着时夏飞向那三个洞口。

时夏先瞅了瞅中间那个据说是出口的洞口，那是一条缓缓向上的路，看起来的确是通往上方的。然后时夏又瞅向右侧的洞口，那条路是往下延伸的。她正要细看，火灵不知道从哪儿蹦了出来，气呼呼地道："看什么看？都说了中间那条是出口，你们看这条干吗？这里面可什么都没有！这里没有三个房间，我也没把灵石藏在里面，一颗都没有哦！"

原来里面有三个房间的灵石。

知道自己说漏了嘴，火灵愣了一下，原本紫色的火焰唰的一下变成了深紫色，恼羞成怒地道："赶……赶……赶紧走，快离开这里。我不是吓你们，这里有很可怕很可怕的东西，别说是你们凡人，就算是仙界之人也不一定挡得住！我……我可是为你们好！"

时夏为它的智商叹了口气。时夏对灵石真的不感兴趣，于是十分干脆地转身，走进了……左边的通道。

火灵这回是真的愣住了，两秒钟后才唰的一下挡在时夏面前道："不行！你……你怎么会走这边？"

时夏叹了口气道："你特意点明中间是出口，还不惜告诉我们右边有三个房间的灵石，却只字不提左边是通向哪里的，傻瓜也知道左边有问题吧？"最重要的是，时夏脑海中的地图明明白白地告诉她，要往左转。

"你们不能进去！"火灵顿时紧张起来，"里面的东西不是普通人可以应付的，赶紧回去。"

好吧！时夏百分之两百确定里面就是她要修复的东西了。

"如果我们非要进去呢？"

火灵的火焰顿时猛烈起来，紫色又出现了，灼热的气息隔着结界她们都可以感受到。火灵说："想要进去，除非从我的尸体上踏过去！"

你的尸体不早就被砸碎了吗？

时夏叹了一口气，从储物戒指里掏出一块脸盆大的极品灵石，随手扔了过去。

嗖的一声，刚刚还正义凛然的火灵身形一颤，嗖的一下朝灵石扑了过去，抱住灵石啃了起来。

果然，刚生灵智的灵体对灵石都没抵抗力。

火灵的态度大变："这是极品灵石……两位大人要去哪里啊？只要是这座山的事，没有小灵子不知道的……好吃好吃！大人，还有吗？"

时夏指了指通道："这里面的到底是什么？"

火灵一边啃着灵石一边道："那拾猪人的称水之地（那是主人的沉睡之地）！"

"主人？"

"主人就是创造我本体的人啊！"火灵哑巴了一下，不再啃石头，转而用火焰把灵石包裹住，"大人把主人放在这里，是为了让她看守这方地界，不让下面的东西跑出来。"

"下面的东西？"时夏一愣，"什么东西？大人又是谁？"

"我也不知道，大人没说。"火灵晃了晃火苗，"不过这条路上有大人设下的路障，只有大人认可的人才能见到主人。"

时夏皱了皱眉，直接往里走了过去，这条路倒是很明亮，而且是笔直的。不一会儿她就看到了那个所谓的路障，只见石壁上密密麻麻地铺满了各色心形图标，有上百个之多，而且颜色各异。看清楚石壁上的东西时，她觉得额头的青筋一下裂开了。

路障？这不就是"十字消除"游戏吗？更关键的是，为什么背景图片是她？而且是她六岁那年换牙门时拍的照片。

她瞬间明白那个所谓的大人是谁了。

时冬，你给我出来！我保证不打死你！

"夏姐姐，这上面的小孩儿……"

"不认识，从来没见过！"时夏咬牙切齿地道，上前两步，泄愤似的戳着"十字"，消掉上面的心形图标，直到整张相片完全露了出来。

姐姐更好奇了，视线在时夏和石壁上来回切换，不由得开口道："姐……"

"别说话，我想静静！"她要想想怎么收拾那个欠收拾的人！

时夏花了十分钟，终于把石壁上的"十字"消除完了。

"原来你就是大人说的有缘人啊！"火灵拖着脸盆一样大的灵石滚了过来，露出"原来如此"的表情，"你终于来了，赶紧进去吧，主人的力量快撑不住了。"

什么撑不住？时夏正要问，那石壁突然哗啦一下碎了，但她的相片仍浮在空中。她这才发现那相片并不是画在石壁上的，而是投影在空中的。

一道熟悉的男声响起："你便是执行者二号吧？你终于来了！恭喜你在裂缝崩塌前赶到。你好！我是你的前辈，一号执行者。"

时夏浑身一颤，这个声音是……

"老哥！"

时夏四下找了找，没有发现任何人的身影，原来那声音是从相片的方向传来的，相片的下方有一个留音阵。

"是大人的留言！"火灵身形晃了晃，有些兴奋。

时夏却心底一空，隐隐有些失望。原来只是留言，老哥不在这里。

"二号，你能出现在这里，证明已经通过了新手地图的初级任务考验。"那个声音继续道，"突然穿越到陌生的世界一定很不适应吧？你放心，系统答应过，完成所有任务后会送我们回原来的世界。不过以后的任务会更加艰难，希望你能尽早与我会合。我们怎么说也是同事了，虽然是没有工资的那种。"

看来他完全不知道穿越过来的人是她，把她当成了跟他一样的倒霉蛋。这番耐心的解释像极了一个细心开导着后辈的长者，只不过正经不过三秒……

"但也不是完全没有福利的。"他话锋一转，瞬间兴奋起来，"你看到面前的那张相片了吧？那可是我特意留下的福利。怎么样，好看吧？可爱吧？告诉你个秘密，这可是我的妹妹，亲妹妹！一般人我都不给看，便宜你了！不过我警告你，你可不要对我妹妹有什么幻想，不然我揍你。我跟你说，我妹妹可喜欢我了，六岁开始就搬着小板凳想给哥哥做饭！你都不知道她叫哥哥的时候有多甜……"

"……"

姐姐一脸复杂地看向时夏道："夏姐姐，这人真是你……"

"我不认识他！"时夏立马否认，"也不知道是从哪儿跑来的神经病，帮我看看怎么关掉这个留言……"

"唉！我知道你这种没妹妹的人是不能理解的。哦，忘了跟你说，我的任务进程在你前面，你看到这条留言时也不知道我在哪里，所以我在裂缝崩塌点设了一个通灵阵，你可以用那个联系我。"

可以联系上老哥？！时夏正准备关阵的手一抖。

"但那东西我也是第一次用，有没有用我也不清楚。你看着办吧。"

什么叫看着办啊？

259

"就这样吧，你赶紧把两界的裂缝彻底封上吧！不然冥界的怨气跑出来也是个麻烦事。"

"冥界怨气？"什么鬼？那个什么裂缝不会是人界与冥界的裂缝吧？

"对了！"他想起什么，"你顺便解决一下历史遗留问题，等会儿见！"

"什么历史遗留问题？喂……"时夏着急地上前一步，可眼前的相片突然暗了下去，不一会儿就消失了，老哥的声音也再没响起。

时夏的眼前再次出现了一条笔直的通道。她正要上前，整个山体突然晃动起来，似乎有什么东西要从地底喷涌出来。

"有人动了，主人！"原本一心一意啃着灵石的火灵一惊，紫色的火焰一下变成了幽幽的绿色，扔下灵石就钻进墙里消失了，看来是提前赶过去了。

时夏心一沉，与身侧的姐姐交换了一个眼神，也快步往通道尽头走去。

晃动持续了一会儿，又停了下来。她们也赶到了通道尽头，眼前顿时豁然开朗。前方是一个巨大的深坑，一眼看不到边，坑中到处都是翻滚的岩浆。而在深坑的中央，一根由纯粹的火灵气凝聚而成的红色石柱挺立着，石柱上方有一个高台，上面不时闪动着白色的光，隐隐还能听到打斗的声音。

地图显示，那高台就是目的地。但她们前方已经没路了。时夏正着急时，前方白光一闪，出现了一个传送阵，阵形的下方还是时夏的相片……

时夏嘴角抽搐，忍住想揍人的冲动，拉着姐姐走了进去。

果然白光一闪，她们就到了石台上，还未等阵法的光褪去，一个熟悉的声音传了过来。

"师弟，你对付这只火灵，我去拿那只灵兽蛋。"

"杨妹子？"时夏一抬头就撞见了伸手过来的杨兰芝。

"是你们？！"杨兰芝一愣，眼里闪过一丝惊讶，紧接着却是掩饰不住的狂喜，双眼发亮地看向她们身后。

顺着杨兰芝的目光看过去，时夏这才发现身后放着一个足足有一人高的白色巨蛋，蛋上还不时流动着金色的纹路。

"你出现在这里，那么……"杨兰芝双眼放光，喃喃自语道，"一定是的，果然我的记忆都是真的！"

时夏皱了皱眉，难道杨兰芝接近自己就是为了这只蛋？

叮！

002："到达最终目的地，请尽快开始作业。由于操作失误，临时封补程序发生泄露，损坏度90%。"

临时封补？

时夏还没想明白，杨兰芝突然出手，唤出灵剑朝她们攻了过来。姐姐早有防备，手间一动，化出一道结界挡住了杨兰芝的攻击。随后姐姐唤出那把古琴，琴声一响，一道道风刃就朝对方反攻过去。

杨兰芝不得不退后躲避。

"你不是说我的记忆是假的吗？"杨兰芝转头看向时夏，冷哼一声，"那你现在拦我又是为何？现在发生的事跟我记忆中的一模一样。"

时夏皱了皱眉道："我不管你是怎么想的，这东西你真的不能动。"按地图和002的提示，这颗蛋明显就是老哥用来替代火种、临时封住两界裂缝的东西。

"哼，你终于不再装了？"杨兰芝露出"我早已经看透你"的表情，"什么世界崩溃、魂飞魄散，那只不过是你想抢我身上的神器的借口。"

"我说杨妹子……"时夏长叹一口气，"先不说我说的是不是谎言，但信任只建立在平等互助的朋友之间。你把我打入缝隙时，我们就已经不是朋友了。你现在用信任来反讽我，不是有些可笑吗？"

杨兰芝脸色一黑，看她的眼神越发凶狠："找死！"她一只手捏诀，另一只手紧握着长剑全力一挥，顿时化出一条火龙，呼啸着朝时夏她们飞来。

"姐，你让一下！"姐姐脸色一寒，上前一步。

"哦。"时夏完全没有意见，老实地退到后面，"加油，姐在精神上支持你。"

姐姐回头给了她一个笑容，小脸红了红，挺直腰走了出去，一只手抱琴，另一只手快速地拨动着琴弦。上百道风刃从姐姐的手间飞了出去，砍向空中那条火龙，不到片刻火龙就被风刃砍散了。

姐姐的琴音却没有停，反而越发凌厉、急促。两人的修为毕竟差了很多，很快杨兰芝就撑不住了。

"师姐！"一直专心对付火灵的云霖一惊，分了神，也被火灵的紫色火苗扫到，整只左手都燃烧起来。他连忙用水诀灭火，可手上已经皮开肉绽了，只能带着杨兰芝退到一旁。

"肖我……"云霖咬咬牙，扶住同样受伤的杨兰芝，眼里闪过一丝痛意，道："我们好歹是一起进来的，真的要如此针锋相对吗？"

时夏皱了皱眉，姐姐却先一步开口道："笑话！这事因谁而起你难道不知道吗？"姐姐指着杨兰芝道，"你这话不应该问我姐，应该问她！"

云霖语塞，想起之前杨兰芝一掌将时夏打入裂缝之事。

"师弟，你不用跟她们废话，都是些卑鄙小人！"杨兰芝仍一脸不屑，突然抬头看向上方道："你既然已经追来了，难道打算一直在旁边看戏，不想出去了吗？霍铭！"

时夏一惊，顺着她的目光看去，只见一身玄色长衫的男子出现在上空，正是霍铭。

这两人怎么搞到一块去了？杨兰芝不是口口声声说两人有血海深仇吗？他们这么快就和解了？

"哼，我道你甩开我，非要到这个鬼地方是要找什么稀世珍宝，没想到短短半刻钟就弄得这么狼狈。"霍铭冷笑一声，"看来你所谓的预知未来，也不是那么准确啊！"

杨兰芝的眼里飞快地闪过一丝恨意。她咬了咬牙，指着空中的紫色火团道："那可是异火化灵而成的火灵，此物的价值你该知道吧？"

霍铭果然眼睛一亮，看向浮在空中的火灵。

"只要你帮我杀了她们两个，火灵就是你的！"杨兰芝继续道，"你不是需要夏玉心身上的东西才能回天泽大陆吗？这岂不是一举两得？"

霍铭眯了眯眼睛，大乘期的威压瞬间释放，笑道："这个交易倒是不错。"

妞妞一惊，立马退了回来，抱紧手里的琴，戒备地看向空中道："你……不是师父派来接我的！"

"不愧是梵天尊者的弟子，倒有几分眼色！"霍铭的眼中闪过一丝精光，"不错，我的确不是来接你的，我是为了你手中那件可以助我划破虚空的法器而来。既然你已经知道了，我就更不能放过你了！"

话音刚落，他放出的威压更重了。时夏脚下不稳，直接被压跪在地，心口一疼，金丹都似乎要炸裂开来。

"姐！"妞妞抓住她的手唤出结界，隔绝了对方的威压，时夏这才好受了一些。妞妞的脸色也不是很好，她与霍铭之间毕竟实力悬殊。

霍铭没有因此放过她们，双手结印，唤出了万千剑阵，无数把半透明的灵剑顿时占据了上空。他挥袖一甩，那万千把闪着寒光的灵剑就朝着她们飞驰而来。

眼看着下一刻就会被插成刺猬，妞妞尽力拨动古琴，随着铮的一声高亢的琴音，风刃在最后一刻发出，击碎了正面袭来的数百把灵剑。一把没被挡住的灵剑重重地插在了时夏脚侧，划出一道深可见骨的伤口。时夏痛得倒吸一口凉气，抬头看了看前面的人，顿时睁大了眼睛："妞妞！"妞妞伤得比时夏更严重，由于站在前面，挡住了大部分攻击，身上被灵剑划出了数十道伤口，满身血痕。

"姐，我没事！"她咬牙站了起来，尽力维持着结界，却已力不从心。

"都这样了，怎么可能没事？"时夏心头一紧，怎么办？

打？她们完全没有胜算！讲理？对方不会听。

霍铭再次捏诀，发动了第二次攻击。眼看着灵剑铺天盖地飞了过来，她们根本躲不掉。

时夏想要站起来，刚一动，那股威压直接将她压趴在地上。

这么诡异的重力完全不科学！

咦，等等！重力？威压的表现形式等同于重力。物理老师告诉我们，抵抗重力的最佳方法就是旋转产生离心力！

时夏心念一动，直接调动体内所有灵气，让灵气围绕在两人周身，驱使它急速旋转。

果然，下一刻她身上的压力减轻。千钧一发之际，她拉住妞妞就地一滚，躲开了来势汹汹的漫天灵剑。随着周身灵气的运转，她们身上的威压已然消失。

这还真的有用啊！

"怎么回事？"霍铭一脸震惊，再次放大了威压，想要压制两人，但威压还未到两人身上就被时夏高速运转的灵气弹了回去。

"这怎么可能？！"他不敢相信，"你们居然可以挡住我的威压？！"

"不好意思。"时夏嘿嘿一笑，"我家物理老师万寿无疆。"

霍铭冷笑道："倒是有几分本事。不过就算你们能挡住威压，也别想活着出去！"

他直接唤出一把法剑，身形一闪，出现在她们身后。时夏只闻一声破空之音，泛着寒光的剑就快要碰到她的脖子了。

"姐！"妞妞顺势一拉，带着时夏退到十几丈之外。妞妞想上前对敌，一步跨出灵气圈，立马又被威压压得身形一晃。

时夏立马拉住她的手，传音过去："妞妞，用灵气护住周身，朝一个方向急速运转。"

妞妞眼中一亮，点了点头。她照做后，发现果然有用，立马冲了出去。

慷慨激昂的琴音再次响起，万千风刃飞舞于空中，挡住了对方的剑阵，加上有时夏在一旁辅助，她们一时也没落入下风。可妞妞毕竟是化虚期修士，与对方差了个大境界。时夏的修为就更低了，时间一长，她们渐渐不敌，身上或多或少添了新的伤痕。对方却一脸轻松，还时不时出言讽刺几句，仿佛在耍她们玩。

时夏越打越着急。

"站住，不许接近主人！"火灵突然发出一声疾呼。

她回头一看，只见刚刚还受伤倒地的杨兰芝不知道什么时候到了那高台上，正欲抱起上面那颗一人高的蛋，眼里满满都是贪念。

火灵急得跳脚，紫色的火团呼啦一下变大了两三倍，朝着杨兰芝扑了过去。

杨兰芝冷哼一声，发出一道水流，火灵顿时被淋得熄了一半，吱的一声变成了小小的一团。

"住手，杨兰芝，别动那颗蛋！"那可是封印啊！时夏心中一急，转身往那边飞去，却被云霖拦住了。

杨兰芝没有抱起蛋，反而取出一滴心头血，滴在了蛋壳上。那滴血被蛋壳吸收了。杨兰芝的脸上露出得偿所愿的疯狂之色，她笑得肆意而张扬："哈哈哈……灵兽，这只度劫期的灵兽是我的了！"

"度劫期？"

众人一愣。

正在对战的霍铭脸色顿时难看起来："你骗我！"

那颗蛋一开始他就看到了，只是没在意。他是大乘期修士，而天泽大陆中最高级的灵兽也只能达到十阶，相当于化神期，这种灵兽对霍铭没什么用。杨兰芝又特意提醒他火灵的存在，让他误以为最重要的是火灵，他没想到那蛋里居然有一只度劫期的灵兽。

"霍真人何出此言？"杨兰芝冷笑一声道，"你又没问我这蛋里是什么灵兽。再说我已经与这只灵兽蛋结成契约，真人就算杀了我，它也不会改认你为主人的。"

"你……"霍铭的脸都黑了。

杨兰芝没再理他，更用心地盯着那颗蛋，眼神越发痴迷："有了它，我看何人再敢小看我！只要吸收了这滴心头血，它就是我的了……只要……"

她还没说完，那滴已经渗进蛋壳的红色血珠突然从蛋里飞了出来，吧嗒一声掉在地上。

杨兰芝这是被一颗蛋嫌弃了吗？

"这不可能！"杨兰芝一脸慌乱，试了好几次，却一直跟刚才一样。

那颗蛋不接受杨兰芝的心头血，好有个性！

"哈哈哈……"霍铭一边挡住姐姐的攻击，一边嘲笑道，"这只灵兽蛋不肯认你为主，还是让本真人来吧！"说着他就转身朝中间的高台飞了过去。

杨兰芝一把抱住了眼前的灵兽蛋。

时夏倒吸一口凉气，惊呼道："不要动！"

可时夏还是晚了，杨兰芝已经顺势一把抱起了灵兽蛋。

叮！

002："临时封补程序全线崩溃，两界裂痕开启。"

蛋离地的那一刻，轰隆一声，由火灵气凝聚成的高台瞬间倒塌。刚刚还一片火红的空间突然像是熄灯了，暗了下去，就连那些滚烫的熔岩也像是凝固了一样，停止翻滚，变成了深灰色。

现场寂静得只能听到各自的呼吸声。

断裂的声音响起，地面震动起来，似乎有什么正要喷涌而出。突然一道尖锐凄厉的惨叫声响起，直冲云霄。那声音十分特别，像是含着世间无尽的痛苦一般，尖锐得让人心神不宁。而这一声后，万千道同样的声音响起，一道黑光破土而出，直冲云霄，黑光中隐隐飘浮着千万张狰狞的鬼脸。凄厉的鬼叫声顿时回响在每一个角落。

整个世界陷入昏暗，气温骤冷，一丝丝寒意直往骨头缝里钻。

"姐姐！"刚刚还飞在空中的姐姐突然掉了下来，时夏连忙接住她，却发现她一脸颓败之色。

"姐……"姐姐尽力睁开眼睛，身体颤抖起来，"那黑光……能吞噬灵气！"

时夏一愣，这才发现从地底冲出来的黑光正一点点地渗入姐姐的体内。这就是老哥说的冥界的怨气？可为什么她没事？难道是因为灵根？

时夏立马传了些纯阳灵气护住了姐姐，果然那些黑光不再靠近姐姐了，姐姐的脸色也好了很多。

而其他人……只会比姐姐更惨。

# 第十二章　妹妹的无敌剑意

"这……这是什么？走开！"离她们不远的霍铭突然发起疯来，挥着手里的剑，用力地砍着眼前的黑气，然而并没有什么用。他的身上像被泼了黑色的颜料一般，每多一个墨块，他身上的部位就消失一部分。而且墨块正在不断扩张，吞噬着他的身体，很快他就站立不稳，倒在地上抽搐起来。

不知道是不是修为越高，这些怨气的反噬就越强，另一边云霖的情况比霍铭和妞妞好很多。他及时撑起了结界，所以黑气并未接触到他。但他现在只是在勉强支撑，额头上渗出不少汗珠，脸色惨白，用不了半刻那黑气就会冲进去吞噬他的身体。

可其他人再严重也比不上杨兰芝。

"这……这是怎么回事？放……放开我！"杨兰芝一脸恐慌，扭动着身体拼命地挣扎着。在她身上，一个跟她一模一样的淡淡的影子正被拖出体外。

时夏一惊，那是杨兰芝的魂魄！首先是手，一只半透明的手脱离身体，随后迅速被周围的怨气吞噬。杨兰芝发出撕心裂肺的惨叫，右手臂顿时失去活力，直接垂了下来。她用另一只手拼命地在空中挥舞着，然而并没有什么用。紧接着是她的腿，半透明的灵体刚一离体，就被啃食得干干净净。

"啊！走开……"她身形不稳，直接摔在地上，十分狼狈，"为什么？为什么会这样？走开……走开！"

眼看她整个魂魄都要被拖到体外，时夏皱了皱眉，从储物袋里取出法器玉玲珑，扔了过去。白色的铃铛瞬间变大，化成半透明状，把杨兰芝笼罩在里面，杨兰芝的魂魄这才回到体内。

时夏又捏了一个诀，用自己的灵气支撑起一个防御的阵法，把所有人都罩在里面，暂时隔绝了这些黑色的怨气。

众人这才得到了一丝喘息的机会。

"这……这到底是怎么回事？"杨兰芝茫然无措地看着自己没有知觉的手脚，眼里的恐惧越来越深，转头急切地问时夏，"为什么？为什么只有我会这样？我的手……我的脚……"

"我早就说过，火种会吞噬你的魂魄。"时夏叹了一声，"这些黑气是来自冥界的怨气，冥界本就是亡灵转生之地，来自冥界的东西当然最喜欢魂魄。你的魂魄不稳，所以才会被它们拉出去吞噬了。"所以其他人伤到的都是肉体，只有她伤到的是魂魄。

"你是说我的魂魄被吃了？"杨兰芝猛地瞪大眼睛，用力地摇着头道，"不！这不可能！"她试着抬起自己的手，却发现无论怎样努力，右手都毫无反应，脚也一样。她又试着用灵力察看伤势，却发现灵力一运转到右手上就自动消失了，好像身体完全没有那部分一样。

"不……怎么会这样……"魂魄被吞噬，这可不是受伤这么简单。魂魄一旦受伤，就算她投胎转世，今后生生世世都是个残疾人。她的脸色顿时惨白如雪，全身都颤抖起来。她吼道："不，不是！那明明是拯救我的神器，怎么会让我魂魄不稳？你骗我！"

"你爱信不信！"时夏懒得跟这种人废话，直接收了她身上的阵法和法器。

下一刻，她的身体再次被黑气撕扯起来。她脸色骤变，朝阵内走来："不……救我！救我！"

时夏再次用玉玲珑稳住了她的魂魄，上前几步蹲下身去，一把抓住她的衣襟。

"你……你想干什么？"她恐惧地看着时夏。

时夏瞄了她一眼，两只手用力一扯，刺啦一声把她的衣服扯开了。

"啊！放开我！"她拼命挣扎起来，叫得十分惨烈。

"闭嘴！"时夏瞪了她一眼，趁她受伤，直接捏诀定住了她的身体，"我也是女的，你叫什么啊？"

杨兰芝没有说话，只是瞪着她。

"行了，你身上有的我都有！"她扫了一眼杨兰芝，"不管你愿不愿意，反正火种我取走了。"早知道对方是这种人，时夏一开始就应该直接动手，不然哪来这么多事？

果然，杨兰芝的胸部下方有一个红色的火焰标记。

时夏一巴掌拍了下去。

叮！

002："发现修复道具，提取中……"

"等等……"杨兰芝不能动，只能紧紧盯着她道，"你拿走了它，那我怎么办？我不想再成为炉鼎，不想再过一遍那样的生活……"

时夏终是忍不住，长叹一声道："杨兰芝，我不想跟你争辩你的记忆是不是真的，但就算你曾经有前世，那也是过去的事了。人不能活在过去，只有活在当下才能创造

266

未来。你别被那些回忆困住了,多看看前面的风景吧!"

杨兰芝愣了愣,眼神慢慢黯淡,眼泪止不住地往下流,像是终于接受自己并未重生的事实:"可是……可是我忘不掉。既然不属于我,那又为什么让我提前知道那些事?我做错了什么?我宁愿从来不知道那些。"她从十岁起就知道自己将来会变成别人的炉鼎,所以一直在努力地改变自己的命运。如果那些事不是真的,那为什么要让她知道?为什么让她觉得自己有改变命运的机会,却又夺走它?

时夏皱了皱眉,下意识地联系上神识:"002,火种消失后,宿主会怎么样?"

002:"魂魄的消耗不能恢复,只能自行休养。"

"那记忆呢?那个重生的记忆。"

002:"深层资料库为永久记忆区,不能更改,但002可以帮对象屏蔽,请问是否执行?"

"执行!"

002:"异常资料库屏蔽中……"

"既然这些记忆让你痛苦,那就忘了吧!"

杨兰芝愣了一下,抬头看向时夏,眼里有震惊、欣喜等情绪,但只有一瞬,立马又淡了下去,变成了茫然和疑惑。这时,一团指甲盖大的火从杨兰芝的身体中飘出来,是如墨的黑色。

时夏收回手,朝火种张开掌心,那团火乖乖地飘到了时夏的手心上。

002:"道具回收完毕,资料库屏蔽完成。"

杨兰芝身体一软,晕了过去。

时夏回头看看在场的人,他们都失去了意识。除了妞妞和云霖,另外两人想必都受伤不轻,杨兰芝少了一手一腿,霍铭……多半废了。

时夏的灵气恐怕也撑不了多久,她瞅了瞅手里的火种,转身往地图上标的封印点走去。地点正好就在刚刚消失的红色石柱的下方,那里的黑气是最密集的区域。她咬牙硬闯了进去,把手里的火苗用力地往那个缺口处一拍,那喷涌而出的黑气瞬间止住了。而且从那个缺口开始,原本一片灰暗的空间逐渐亮了起来,大片大片的熔岩再次燃烧,四周的石壁都化为了水,慢慢化成了一片熔岩海。

糟了,下面还有人呢!

时夏慌了,赶忙跑回去,掏了半天才从肖真给她的储物袋里掏出一个大些的飞行法器,拎着几人直接飞出了火山口。

出来后时夏才发现,不单是火山内化成了一片火海,整个大地全变了样。之前满地裂开的缝隙里填满了红色的熔岩,正发着耀眼的红光。

她下意识地升高看了看,觉得那些光看着有点儿眼熟,而且裂缝的形状连起来……像个法阵!

整个大地的裂痕居然是一个巨大的法阵!这也太厉害了吧!

地面的红光越来越亮，突然空中一阵扭动。时夏觉得这个世界在缩小！

刚刚还在远处的荒山突然消失了！

时夏慌了，他们怎么办？

她正想着，一道道白色的裂痕出现在空中。她还没看明白，白光就出现在她身后，一股吸力传来，一下把她身边的几个人吸了进去。

他们这是被传出秘境了吗？果然还是可以出去的，真是太好……才怪啊！

为什么她还在这里？明明她站在人群的最中间，其他人出去了，为什么她没有？

整个秘境开始急速收缩，不到片刻，原本广阔的天地缩小到只有方圆十米左右，而且在不断缩小，其他地方一片空白。

按照惯例，每个秘境崩溃前都会把外来物弹出去，就像无妄境。所以等秘境崩溃后，她也是可以出去的，完全不用担……

为什么停下来了？持续缩小的秘境突然停住了，地上还是滚烫的熔岩，天上还是蓝天白云，除了只有六七米的活动范围和她这个活人，一切都消失了。

任务不是已经完成了吗，为什么她还在这里？就算这里灵气浓郁、风景优美，就算……

苍茫的天涯是我的爱，绵绵的青山脚下花正开……

咦，哪里怪怪的？这声音不是手机铃声吗？

时夏四下找了找，那熟悉的铃声从右侧的岩石下传来。她捏了个诀把石块挥开，才发现下面躺着之前高台上的那个蛋。刚刚杨兰芝在慌乱之中松了手，没想到它滚到这里来了。

不过蛋上那复杂的金色条纹不见了，取而代之的是一个绿色的滑动条，上面用中文写着几个字："请滑动接听……"

这个蛋壳还带触屏功能吗？

时夏按住滑动条划了过去，几秒钟后，一个熟悉的声音传了出来。

"喂，是二号吗？你总算联系我了，这都几百年了，我还以为你出了什么意外呢！"那边重重地松了一口气，"你应该知道我是谁吧？我也是执行者，时冬！你叫什么？算了，现在不是说这些的时候，我只有两分钟的时间跟你通话。这个电话能自动拨通就证明你已经补上了冥界和人界的缺口，到了天泽大陆。但是……无论你出去后在什么位置，立刻来幽冥之海与我会合。"

"我……"

"你听我说完，我在这里遇到一个特别欠揍的傻子，任务进行不下去了。你赶紧来帮我抽他的！见面后再跟你说具体的。"

"但……"

"我知道你现在的心情，排斥是正常的。说实话我刚被传到这个世界的时候也感觉自己太倒霉了，但这是我们回去的唯一办法，多倒几次霉……你就习惯了。"

"……"

"你不用急，等做完这些任务就可以回去了。"他加大音量，"我可是一定要回去的，还有妹妹要照顾呢。说起我妹妹，你看到我留的福利了吧？她是不是特别可爱？你说，我要是不回去，她被什么莫名其妙的小子拐跑了怎么办？我比你还急呢！所以你赶紧过来知道吗？喂？你还在吗？老弟？二号？喂……"

"哥。"

"我还以为你……"他滔滔不绝的声音一顿，"夏夏？"

"嗯。"

"夏……夏？"他提高声音，又问了一遍。

"嗯。"

"夏夏！"他的音量猛地提高，尾音还变调了。

"老哥，是我。"

那边顿时传来一阵物品哗啦落地的声音，紧接着是一阵怒气冲天的咒骂声。

"夏夏……怎么会是你？你就是二号执行者，你也穿越过来了？"

"看来是的。"

"啊？"

好吧，果然是她哥，总算联系到他了，时夏心里松了一口气。

"老哥，你在哪里？"

"我在……"他突然想起什么，有些着急地道，"不行，夏夏，你千万不要过来，我现在……"

"什么？"他话还没说完，通话突然中断了，"老哥？老哥……"

她细一看那个蛋，发现它又变回之前布满金色条纹的样子。

时夏心想：刚才老哥好像说他只有两分钟，这是通话时间到了？

她仔细研究了一下蛋，没有发现它有任何拨号或是充值的地方，不得不放弃。她知道老哥现在在幽冥之海，虽然不知道他为什么后来又叫她别去，但她无论如何都得去一趟。


老哥的声音消失后，秘境的出口打开了。

时夏正打算出去，突然一个熟悉的声音从身后传了出来："等等，你可不能就这么走了。"

她回头一看，只见那颗蛋上突然飘出一团紫色的火苗。

"火灵！"时夏一愣，"你怎么跑到蛋里去了？"

"我本来就是因主人而生的异火，回到主人身上有什么奇怪的？"它晃了晃回答道。

"你的主人是这颗蛋？"时夏有些好奇，"它到底是什么灵兽？"这种能封住怨气、打通电话，还能生出异火的灵兽，她还真没听说过。

"我的主人才不是灵兽这种肤浅的东西。"火灵有些不屑地哼了一声，"她可是凤族中最高贵的红莲火凤，炎凤，哪是兽类可比的？"

"凤凰！"时夏一惊，不是吧！这里面躺着一只神族？！

"不然谁的本命源火可以压制冥界的怨气？"火灵骄傲地晃了晃火苗，过了一会儿又似乎想到了什么，有些急切地道，"不说这个，现在冥界的裂痕被封上了，主人也不用再压制怨气，可以破壳出生了。不过凤族破壳向来艰难，需要辅以与自身属性不同的纯洁灵力才能孵化。这里只有火灵气，其他属性的灵气很稀薄，现在又找不着别的同族，人修，我看你刚刚用的灵气不错，能不能帮我主人破壳？"

"你让我孵化它？"她指了指那颗蛋。

"嗯。"火灵点了点，"主人可是神族，你孵它出来，它一定会报答你的。"

"报答倒不用。"时夏摇了摇头道，"它封住怨气这么久，也辛苦了。我只是输些灵力，算不上什么。"

她拍了拍胸口上前一步，抱起地上的蛋，调动灵力输送进去，刚输了一会儿，蛋上的金色纹路开始发光，蛋也微微地抖动起来。她连忙把蛋放下，心里不免有些激动，这可是传说中的凤凰啊，也不知道长什么样。

过了一会儿，只听咔嚓一声，蛋壳裂开了，一片片往下掉，露出一个小一点儿的……蛋壳？

这是什么情况？

"为啥还有一层蛋壳啊？"

火灵也有些意外，飘上来看了看才道："那个……凤族向来爱护子嗣，蛋不同，也是……正常的！"

"这哪里正常了？"

时夏又输了些灵气进去，果然不一会儿，蛋又开始晃动了。

咔嚓一声，第二层蛋壳裂开，然后……露出了第三层蛋壳。

她继续输送灵力，然后，第四层……第五层……第六层……

她孵的不是蛋，是神兽牌的套娃吧？

"火灵！你确定不是在玩我吗？"这都第八层了，一人高的巨蛋已经变得巴掌般大小，时夏的灵力都快用完了。

"下一层……下一层就出来了。"火灵也有些心虚。

时夏把最后一丝灵力输了进去，心想：再孵不出来，我就不玩了。

这回总算有些不一样了，咔嚓一声，蛋壳的缝隙里露出了一根火红的羽毛。她心中一紧，不由得屏住呼吸……

"叽……"

鸡？！

蛋壳完全被顶开，一只毛茸茸的小黄鸡从里面爬了出来。

为什么会是鸡？说好的火凤呢？

"主人！"火灵立马兴奋地飘了过去，停在了小黄鸡的头顶，瞬间紫色的火苗化成了跟小黄鸡的毛色一样的黄色火焰。

"它真的是红莲火凤？"这分明就是一只鸡吧？除了尾巴那里有一根红色的羽毛，它连毛都是黄的好吗？

"当然是真的！"火灵嘚瑟地晃了晃，"火凤在凤族中也是难得一见的，是最美的凤凰！"

"算了，它已经孵出来了，现在可以了吧？"

"嗯。主人现在还是只幼凤，外面太凶险，这本就是主人的空间，火灵气充足，主人待在这里最好了。"

原来这里是小黄鸡的空间，难怪只是缩小，没有崩溃。

小黄鸡终于爬出蛋壳，睁开眼睛，歪着头看了时夏一眼，拖着长长的尾音，疑惑地叫了一声："叽。"

它睁着一双圆溜溜的大眼睛，迈着小爪子，似乎想朝她走过来，却一脚踩空，从那堆高高的碎蛋壳里咕噜噜滚了下来。

时夏忍不住伸手挡了一下，阻止它一路滚下去。

小黄鸡一愣，立马用毛茸茸的脑袋蹭着她的掌心。

"乖！"她直接把它抱了起来，放回那堆蛋壳里，顺便给它顺了顺毛。比起火灵，这只小黄鸡乖巧多了，眯着眼舒服地叫了几声，就再也不动了。

时夏起身朝着出口走去，刚要出去，脚下突然被撞了一下。她回头一看，正是滚成了一个球的小黄鸡。

它抬起头，冲她甜甜地叫了一声。

它又滚出来了？她只得又把它抱了回去。

可她刚转身，它又咕噜噜再次滚了过来。

"叽！"这回它叫得更甜了。

这是……缠上她了吗？早听说鸟类有雏鸟情结，凤凰不会也有吧？

时夏皱了皱眉道："听话，你不能跟着我！"这么小的神兽，出去不被人疯抢才怪，她可护不住。

"叽。"它的声音顿时沉了下去，露出被抛弃的可怜样。

"不行！"

"叽……"它蔫了，伸出爪子抓了抓她的衣袖。

时夏摸了摸它的头，松开它的小爪子，再次转身走向出口，背后却传来小黄鸡一声比一声可怜的叫声。

"叽……叽……叽……"


灵乐派掌门玄机真人最近很忧伤，作为灵乐派的大家长，将门派发扬光大是他不可推卸的责任，所以他一直抓紧一切机会在各门派面前使劲嘚瑟，呃，不对，是使劲展现

271

门派的实力，还不惜提前开启了门派私有的秘境，当成大比前三名的奖品。他原想着经过这次大比，灵乐派的声望一定会迈上新台阶，没想到事与愿违，脸都被打肿了。

原本好好的秘境突然崩溃了，虽然没有造成大量人员伤亡，但开启秘境必备的镇派之宝玉无忧却随之碎裂。这意味着从此以后再也没人能进入秘境了。一想到这点，玄机真是悔得心肝脾肺肾都疼。更关键的是，根本没人知道秘境崩溃的原因。

玄机忧伤地看着一个接一个被弹出来的弟子，寻思着想个什么借口把这些弟子都留下来，再逐一仔细询问，没想到秘境里弹出一个意想不到的人！相对于其他全须全尾的弟子，这人反常地伤得只剩一口气。

玄机仔细一看，刚好瞄到此人的袖口绣着的图案，顿时脸都黑了。玄机回头看了看在场的其他门派长老，他们也很震惊。

此人的袖口有祥云图案，这可是天意盟的标记！而且此人用的是金线，那可是长老才有的颜色。天意盟的长老啥时候进去的？而且他还伤得这么重。

玄机有点儿慌。

天泽大陆虽然全民修仙，门派众多，但论实力、论资本，真正的领头羊不是这些一流仙门，而是由四大世家掌控的天意盟。现在天意盟的人突然出现在灵乐派，还伤成这样，到时对方要是找他要交代……

这不会一开始就是天意盟的阴谋吧？玄机一抖，瞬间脑补了一场大戏。他越想越觉得有可能，越想越心慌，顾不上满地的弟子了，转头交代了几句就回了大殿，紧急召开高层会议去了。

所以当时夏准备了一堆腹稿，想着怎么解释她这种进一个秘境毁一个秘境的特殊体质时，却只看到空荡荡的广场和唯一来接她的肖真。

"走吧，师妹。"肖真走过来，拉着她的手就往回走。

"等等！"她低头瞅了瞅一脸淡定的肖真，问，"难道就没人想问问里面发生了什么事吗？"

肖真抬起头道："你知道里面发生了什么事吗？"

"呃，不知道。"我知道也不能说啊！

"哦。"他点了点头，认真地问，"可以回去了吗？"

时夏摸了摸鼻子上的灰，把话吞了回去。

"对了，"她四下看了看，问道，"你有没有看到妞……夏玉心？就是那个冰仙子。"

"她是梵天尊者的徒弟，自然是跟着师父回去了。"肖真理所当然地道。

好吧，时夏忘了人家还有一个厉害的师父，再不迟疑，牵着肖真就往之前的小院飞去。

时夏在小院里待了两天。她出秘境那日，灵乐派就关了山门，禁止所有人外出。她隐隐感觉到，整个门派都弥漫着紧张的气氛。

时夏正想着他们什么时候会来向她了解情况的时候，妞妞来了。

"姐……"她软软地叫了一声，眉头却皱成了一个"川"字，"我师父说要见你。"

妞妞的师父？梵天尊者！她找自己干吗？

时夏满心疑惑地跟着妞妞飞到了主峰后的一座浮峰上。

灵乐派给梵天尊者安排的客房明显高级了不止一个档次，灵气充裕，就连路边长着的都是灵草。而且这个院落占地面积极大，时夏跟着妞妞七拐八弯地绕了半天，才隐隐看到前面有了房屋的影子。

"姐……"妞妞突然一顿，神色复杂地看了她一眼，瞅了瞅前面隐在浓雾中的房子，纠结地道，"要不咱不去了吧？我跟师父说你下山回去了，或是有事出门了……"

"为什么？"

"姐，我师父这人……很……"她皱了皱眉，想了半天才想到合适的形容词，"特别！"

时夏问道："吃人吗？"

"那倒不是。"妞妞摇了摇头。

"哦，那我就放心了。"

"姐，你不知道……反正，我觉得你还是不要见的好。要不……我跟你一起走吧？"她拉起时夏转身就往回走。

"啊？！"

时夏还没反应过来，突然身后传来一阵开门声，一道威严的声音传了过来："来了就进来吧。"

妞妞轻嘶一声，一脸跑慢了的懊悔模样，只好带时夏继续往前走。

"玉儿，你不用进来了。"那道声音继续道，"去后院帮为师看看青鸾吧！"

"师父……"

"放心，我会好好跟她说的。"

妞妞的眉心顿时打了结。她回头担心地看了时夏好几眼，才不甘不愿地抱拳退了下去："是！"临走前还给了时夏一个"小心些"的眼神。

时夏不免也有些担心，妞妞的师父不会真的吃人吧？

时夏直接穿过浓雾走了进去，才发现那是一个十分精致的竹楼。竹楼前种了满池灵荷，空气中都是清新淡雅的香气。

"我这徒弟向来性子淡，没想到也有对人这么上心的时候。"那个声音再次响起。

时夏这才注意到池边的石椅上坐着一个人。明明是一身红艳如火的艳丽衣衫，却生生让她穿出一种超凡脱俗的感觉，却又带着几分上位者的霸气。她的面容不如妞妞精致，但气度不是别人比得上的。

"嘿！"时夏习惯性地想挥手，立马忍住了，入乡随俗地行了个礼，"见过尊者。"

"嗯。"她点了点头，脸上看不出太多情绪，上下扫视时夏一眼，"你便是玉儿说的夏姐姐？"

"呃……对！"其实时夏姓时。

"哼，又是姐姐。"梵天尊者脸色一冷，"玉儿这孩子吃过一次亏，怎么还是不长记性？修仙之人本就该淡漠亲缘，她偏偏老记着你。"梵天尊者皱了皱眉，一脸惋惜，再次看向她时，神情严厉了不少，"我今日叫你来是想让你记住，不管你是她的谁，玉儿如今是我梵天的徒弟，你若敢打什么坏主意，也要看我答不答应！"

梵天尊者话音一落，一丝威压就朝时夏放了过来，不至于让她难受，却足以震慑人。

这是怕她带坏了姐姐，所以给她个下马威吗？看来姐姐拜了个护犊子的好师父啊！

"放心吧，我不是坏人。"

"最好不是。"梵天尊者收了威压，想起了什么，眼里闪过一丝厌恶，"玉儿是我的亲传弟子，将来必大有所为。我可不想她像上次一样被所谓的亲情蒙蔽，又遭了暗算。"

兄妹？时夏一愣，猛地睁大眼睛道："你说的是轩林？他也来了这片大陆？"

"你也认识那人？"她转头看过来，眼里的厌恶更深，冷哼一声，"我当初见他苦苦哀求，又自称是玉儿的哥哥，便带他回来，没想到他心术不正，堕入魔道。"

原来轩林最后成了魔修？

"玉儿对你极为信任。"梵天叹了一声道，"希望你不要像轩林一样，为了一门心法就对自己的妹妹下毒手。"

"心法？"时夏一愣，"你说的……不会是《音杀诀》吧？"

梵天猛地回头，惊讶地看向她："你怎么知道？！"那部心法的名字玉儿只告诉过她，连轩林也不知道。

"哦，那心法是我给她的。"时夏不在意地挥了挥手。

"你？！"

"是啊！"时夏习惯性地往储物戒指里掏了掏，"我这里还有《天降术》《玲珑诀》《天宸术》《清心诀》，你要来一本吗？"

梵天愣了半刻钟才回过神来，身上的防备感顿时消除："原来……倒是我小人之心了。"她没想到玉儿的心法是对方给的，而且对方还有这么多……存货！

不得不说，梵天的心情很复杂。"喀喀……罢了。"梵天颇有些尴尬地咳了咳，语调柔和了很多，"我们还是说说秘境里的事吧。玉儿的伤刚好，我还未来得及细问她。你给我说说，里面都发生了什么？"

终于有人问她了。时夏立马把准备好的话说了一遍，适当地隐藏了关于修复任务的事。

梵天越听脸色越阴沉："你是说，霍铭借我的名义骗玉儿的法器，还想杀你们灭口？"

"嗯。"

"混账！"她啪的一下打在石桌上，顿时把桌面拍成了两半。

时夏吓了一跳，她的画风要不要跳得这么快？

"敢动我的徒弟……"她像只被点燃的炮仗，起身就往外冲，"本尊现在就去废了他！"

"呃，他不是已经废了吗？"

梵天脚步一顿，脸色更加难看了："可恶！我咽不下这口恶气！"

原来梵天尊者脾气这么暴躁。

"他现在只剩一口气了，你总不能阉了他吧？"时夏随口道。

"好主意，我这就去阉了他！"

时夏吓了一跳："啥？你还真去啊？"

"喂，那个啥姐姐的……"

"我？"时夏问。

"我看你挺顺眼的，要不……一块去阉？"

"不……您别客气！"

"走吧，这样有个伴，晚点儿主峰的人多就不好下手了！"

"……"时夏想拒绝，可以吗？


第二天，了解真相后的灵乐派瞬间挺直了腰杆，再也不怕天意盟找他们要交代，反而去找天意盟要交代了。堂堂天意盟长老偷偷摸摸地进入灵乐派秘境，还意图伤害别派弟子，这事做得也太不光彩了。玄机当机立断打算先下手为强，拉上各派有威望的长老们做证，一群人浩浩荡荡地带着重伤的霍铭出发去了天意盟。

时夏一开始还担心灵乐派迟早会找她问话，毕竟秘境突然崩塌可不是一件小事，更何况这个秘境还是属于灵乐派的私人财产，怎么着都跟她有些关系。但真相又实在有点儿难以解释，她总不能告诉他们，自己是为了拯救世界才毁了那个秘境的吧？估计人家当场就把她当神经病给灭了。偏偏当时的目击证人太多，她想假装跟自己没关系都不行。她怀着忐忑不安的心情等了五天，结果没人管她！

这不科学啊！妞妞就算了，是自己人。杨兰芝的记忆被002屏蔽了，她估计记不得什么。但云霖醒来后也没有提到她，这就让她有些想不通了。至于霍铭，他一直没有醒，不知道是因为伤得太重，还是灵乐派压根就不想让他醒。反正她就这么被众人遗忘了。

直到有弟子前来通知，山门已开可以离开时，她都有些反应不过来。这就完了？

"这位道友，真的没我什么事了？"她忍不住向通传的弟子确认。

那弟子上下瞅了她一眼道："难道你还有什么事吗？"

275

"没……没事。"时夏立马牵着肖真御剑下山了。

少了一件麻烦事，她顿时觉得心情都舒畅了。

"师妹，你着急回去吗？"肖真转头瞅了瞅飞快地御剑的时夏。

"当然，要回家了啊！"妞妞昨天已经向她告别了，跟着梵天尊者去了天意盟。关于幽冥之海的事，她出秘境当天就向人打听过，遗憾的是根本没人听过这么一片海。她抱着试试看的心态问了梵天尊者，亦没有答案。但梵天猜测那应该是幻海以外的某个地方，兴许靠近幻海的门派会知道。

正巧，青云派就位于幻海边缘，她得赶回去问问那个不靠谱的掌门，赶紧去找老哥。

"回家？"肖真愣了一下，像是对她的回答很认同，紧绷的小脸也放松了不少，"门派的确算我们的家。"

呃，她不是说这个。

时夏懒得纠正，顺手摸了摸他的头，突然想起一件事，直接把身侧的储物袋递了过去："对了，这是上次你给我的储物袋，虽然没用上，但还是谢谢你。还你！"

肖真点点头，伸出手想要接过，突然倒吸了一口气收回手，惊呼道："好烫！"他手一抖，袋子直接掉了下去。

时夏立马御剑向下飞，手疾眼快地在袋子落地前接住，又飞了回去。

"烫？"她摸了摸袋子，冰冰凉凉的，"不烫啊！"她瞅了瞅肖真被烫红的小手，疑惑地打开了储物袋。

"叽……"一个毛茸茸的小脑袋冒了出来。

"小黄鸡！"这不是炎凤吗？它怎么会在储物袋里？

小黄鸡很兴奋，睁着圆溜溜的眼睛看了看她，低头直往她抓袋子的手上蹭。

"你怎么跟来了？"

它蹭了两下，似有些不满，伸出两只短短的小翅膀，抱起她的手在自己的头上按，顿时满足了："叽叽。"

"师妹，这是……？"肖真一脸疑惑，为啥储物袋里有只鸡啊？

时夏嘴角一撇，随口解释道："秘境的土特产。"

"土特产……"肖真瞅了瞅小黄鸡，忍不住伸出了手。他还未触到对方的羽毛，一直乖巧的小黄鸡瞬间炸毛，身上的黄色绒毛一根根竖起，跟猫一样发出一声威胁似的叫声，头上那团火灵化成的毛也竖了起来，一副"敢碰我我就啄死你"的样子！

"炎凤！"时夏及时喊了一声。

"叽……"小黄鸡立刻变得乖巧了，继续蹭她的掌心。

时夏叹了一声，一把拎起小黄鸡："你怎么来了？不是说让你好好待在那里吗？"

小黄鸡挥了挥翅膀，讨好地看了她一眼，像是要解释什么。

"赶紧回去！"时夏沉声说道，"你还太小，不能留下来，快回自己的空间去。"

"叽……"它的声音顿时低了下去，耷拉着脑袋，一脸伤心。

"装可怜对我没用。"

"叽叽。"

"卖萌也不行！"

"叽。"它的眼睛蒙上一层水汽。过了一会儿，它想到了什么，有些激动地叫了起来，还拼命地扭着脖子转头去够自己的屁股。偏偏它太圆润，够了好几次都没够到。

时夏只好从空中飞下来，把它放在地上。它这才够着自己的屁股，将尾巴上唯一一根红色的羽毛拔了下来，然后走到时夏面前，伸长脖子递了过来。

"叽！"

时夏无语，它这是……贿赂她吗？

"我不需要羽毛。"

"叽。"

"真的不需要！"

"叽……"它的叫声隐隐带上了哭腔。

时夏忍住想要留下它的心，咬牙摸了摸它的脑袋道："听话，等你长大就可以出空间了，快些回去，别随便出来。"

神族的能力向来是随着年龄增长的，新出生的神族很弱，连自保的能力都没有，估计随便一个修士都能抓到它。偏偏它们的成长期十分漫长，几万年到十几万年不等。所以所有神族出生时自带一个空间，会在里面待到成年才出来。

"叽……"小黄鸡还在挣扎，抓了抓她的衣袖。

"回去。"她尽量板起脸。

炎凤这才失望地收回爪子，挥着爪子凌空划了一下，身后不远处瞬间出现了一条一寸长的白色缺口。它一步一回头地走了过去，进去前还不忘用水汪汪的眼睛看了她好几眼，直到发现她确实没有改变主意的意思，才伤心地蹦了进去。

时夏松了口气，带着因为被鸡嫌弃而有点儿难过的肖真飞回门派去了。


时夏以为自己完美解决了火凤的雏鸟情结，回到青云派后才知道自己太天真了。

作为二师兄，肖忘对归来的两人极为热情。

"小师妹，听闻你得了这届的金丹魁首。"他憨厚的长脸笑成了一朵花，"太好了！我青云派已经很多年……不对，是从来没有得过门派大比的名次。如今你得了金丹魁首，就是一块活招牌，想必以后会有更多修士加入我派。"他一副"招生有望"的激动表情，"有了弟子，就再也不怕穷得揭不开锅，连买瓶下品的聚灵丹都要跟人讨价还价几个时辰了。"

原来青云派已经穷到这种地步了吗？戒指里装着一座灵石山的时夏有点儿愧疚。

"对了！"她想起灵乐派发的东西，立马从戒指里拿出一个黑色的储物袋说道，"这是本次大比分发给获胜者和门派的奖励，我也不知道是什么。"由于秘境崩塌，灵乐派承诺的奖励自然不作数了，这储物袋是她下山时灵乐派补发的。

"我看看。"肖忘二师兄示意她把里面的东西拿出来。

时夏一一拿出，摆了满满一桌。由于她修为低，里面大多是丹药，还有一些法符。

"这是三十个中品灵珠一颗的结婴丹和五十块中品灵石一颗的定神丹，适合师妹。"他两眼放光地看向其中两个瓶子，转头又看向其他东西，"这是十块下品灵石一颗的上品聚灵丹，十五块中品灵石一张的五品雷火符，二十三块中品灵石一张的六品疾风符……"

时夏心想：不愧是门派的"财政部部长"，好清楚市价。

"灵乐派果然大手笔！"他的目光最后停在一个褐色的瓶子上，"这个丹药倒未曾见过，想必十分特殊。"

他皱了皱眉，又用神识探了探，仍没弄清里面是什么。于是，他直接打开瓶子往下一倒。黄光一闪，一坨比瓶子大了好几倍的黄色巨型团子啪的一声掉到桌上，隐隐还能看到两只嫩黄的小爪子微微颤动着。

这只小黄鸡什么时候又钻瓶子里去了？

"不愧是一流仙门！"肖忘惊呼一声，"居然能炼制出如此巨大又灵气充裕的丹药！"

肖真和时夏齐刷刷地看向他。二师兄，你确定不要配副眼镜吗？

"但这是何丹药？"说着他伸手抓向那个巨型的黄色团子。

然后……

"叽！"麦毛团子毫无悬念地在他的手上啄了一口。

他的手顿时鲜血直流："不愧是一流仙门，连丹药也生了灵性！"

肖真："……"

时夏："……"

一直待在桌上假装自己不存在的小黄鸡抬头看了时夏一眼，然后往时夏的方向走过来，小脑袋直往她的手下钻。

"二师兄，这是一只灵兽。"肖真实在忍不住说出了事实。

肖忘越发惊讶地看向炎凤道："不愧是一流仙门，居然还直接奖励灵兽。"

时夏已不想说话了。

"这是几阶灵兽？"肖忘捂着受伤的手，仔细地打量了炎凤一圈。

"大概……零阶吧。"按神族的身份来说，灵兽的品阶根本够不上吧。

肖忘愣了愣，转头看了时夏一眼，一副了然于心的样子："原来是只观赏性的灵兽，灵乐派也算有心了。"他叹了一口气道，"要是可以直接换成灵石就更好了。"

"二师兄，门派很缺灵石吗？"

"何止是缺？"他给了她一个一言难尽的表情，向她详细地分析起门派的现状来。

总的来说，青云派占了一块鸡肋之地，灵气稀薄，修炼费劲。虽然这里的土灵气十分纯粹，种的东西特别好养活，是精怪灵兽的绝佳生存之地，但由于靠近幻海，一般高阶一点儿的精怪灵兽也不敢靠近，所以物资匮乏，这也直接导致青云派"招生"困难。没有弟子就没有人力，没有人力就没有生产力，恶性循环的最根本表现就是——穷！一贫如洗！

"不就是因为灵气弱吗？多种几条灵脉就是了。"掌门种一条灵脉应该没什么问题吧？

"哪有那么容易？"肖忘摇了摇头道，"养一条灵脉要消耗的灵石不计其数，而且皆需上品灵石，青云派哪有那么多上品灵石？"

"门派没有我有啊！"时夏扬了扬戒指。

"算了，师妹。"肖忘不以为意，"你的心意师兄心领了，但养灵脉不是这么简单的事。"

"要多少，你开个价！"时夏拍了拍胸口，豪气地道。

小黄鸡也应和地挺了挺胸。

"四师妹，别开玩笑了。"

"我真的有！"

"唉……"肖忘拍了拍她的肩道，"门派之事只能慢慢来。你以为这灵石会从天上掉下来？"

看来是时候让你看看啥叫土豪了。时夏直接打开储物戒指，正打算掏出里面的灵石，一直在旁边帮腔的小黄鸡突然朝她递过来一根红色的羽毛。

"谢谢……"时夏下意识地顺手接过，羽毛却瞬间化作点点红色的光芒从她的手里消失，顿时一股蓬勃的灵力传遍全身。

她隐隐听到耳边传来什么声音。

龙珠资料库瞬间在她的脑海里显出几个字——共生契约达成！

时夏看向旁边的肖忘道："二师兄，你想看天上掉灵石吗？"

"啊？！"

下一刻，一股铺天盖地的灵力从她的身上迸发出来，红色的光芒冲天而起，原本就年久失修的殿宇瞬间被灵力夷为平地。

"师妹……"肖真一愣，下意识地想去拉时夏。

"三师弟！"肖忘及时反应过来，拉着肖真闪身躲到了十几丈之外，"她突破了，暂时别靠近。"

"突破？"肖真一愣，回头看过去，只见时夏整个人都被包裹在浓浓的灵气里，山顶被那恐怖的灵压夷为平地，而且灵力还在疯长。

肖忘觉得有些奇怪，四师妹不是金丹期修士吗？她就算突然领悟，修为突破，顶多也只是升到元婴期而已，这恐怖的灵压是怎么回事？这简直比当年师父迈入大乘期

279

时的动静还要大。

而时夏忍不住爆粗口了，为啥神族的契约本体是一根毛啊？还有，为什么突然有这么多灵力涌进她的身体？关键是她还没有感觉，修为却像是坐了火箭一样嗖嗖嗖地增长。

金丹……元婴……化神……化虚……大乘……

时夏有点儿慌，有种明明只读了初中，人家却给她发了张大学毕业证的不踏实感。

"小黄鸡……"这到底是怎么回事？

小黄鸡扑腾一下，满足地滚进她的怀里，一边打滚一边挥了挥翅膀指着她的手臂。

时夏撸起袖子一看，只见上面不知道什么时候多了一个红色羽毛状的图案，上面还流动着红色的光芒。这是……刚刚的那片羽毛？

"叽叽……"小黄鸡扇了扇翅膀，像是在解释什么。可惜时夏一句都没听懂。

时夏原地坐了两天，四周那浓郁的灵气才完全被她吸收进体内，修为直接从金丹期升到了度劫期。

她隐隐觉得现在的状况是因为那个契约。级别升得太凶猛，直接导致她从元婴期过渡到度劫期的灵石劫雷也一次性砸了下来。哗啦啦的声响后，灵石遍布青云派的各个角落。

这么多灵石，别说养出一条灵脉了，足够养出一条灵河了。

肖忘看了她十分钟，愣是没反应过来，最后才弱弱地问："师……前辈，您老实说，您是不是石仙转世，由灵石修炼成仙的那种？"

"我是锤子修炼成仙转世的你信吗？"

"哈哈……前辈真爱开玩笑。"肖忘笑了笑道，"不过这满山的灵石，您真的决定留给本派了吗？"所有一流仙门的灵石加起来都不及这里的一半。肖忘仿佛看到了青云派从此走上巅峰的日子。

"你不是说缺灵石吗？"时夏不在意地挥了挥手。

"多谢前辈。"肖忘向她再次行了个礼。

自时夏的修为稳定后，肖忘把她当菩萨供了起来。他坚定地以为她是隐藏了修为的大乘期修士，毕竟没有人的修为可以直接从金丹期直升到度劫期。

"对了，肖真师弟已经去请掌门了，门派内有这么大的动静，他应该醒了。"

时夏这才想起那个站着都能睡着的掌门，觉得可以问他关于幽冥之海的事。

不一会儿，肖真御剑从大殿的方向飞了回来，难得还未靠近就一脸急切地朝他们大喊："二师兄，不好了！师父被大师兄抓走了！"

时夏下意识地问："你家大师兄贵姓？是何方妖怪啊？"

"肖吾这个叛徒，他还敢回来？"肖真还未回答，肖忘的脸已经黑了，满是痛恨之色。肖忘立马唤出飞剑道："赶紧追上去！他往哪边去了？"

"我……我也不知道。"肖真摇了摇头，着急地说道，"他们突然消失在房里，我刚好看到……"

"可恶！"肖忘着急地在原地来回踱步，"这可怎么办？师父现在……"

肖真也紧皱眉头。

"我试试。"时夏直接放开神识，瞬间方圆百里的情况尽收眼底。片刻她便感觉到一股熟悉的灵气："他们没走，就在青云派的……大殿之下？"那里似乎有隔绝神识的东西，连她都看不清具体情况。

"那是护山大阵的阵眼所在！"肖忘一惊，像是想起了什么，"不好！"转身就往那个方向飞去。

时夏与肖真对视一眼，立马跟了上去，可他们还未靠近大殿，整个青云派突然一阵晃动，像是被什么强大的力量整个拔了起来，开始缓缓升上天空。刚刚掉了满山的灵石同一时间亮了起来，像是被什么吸引了一样，飘了起来，开始自动排列组合，不一会儿就在空中形成了一个巨大的法阵。

时夏觉得这个阵法看起来有点儿眼熟，细一看，这不是当初龙城那个吸灵用的淬体阵吗？


巨大的红色法阵出现在空中，原本如水晶一样的灵石也被染上了那妖艳的红色，大殿的位置出现了一个大坑，坑里有人影，人数还不少，更有浓厚的黑色魔气源源不断地冒出来。

里面似有黑影一闪，两道身影同时从坑中飞出，出现在空中。青衣长衫的正是掌门，此时他一改之前满脸倦容的样子，眉头紧皱，神情凝重地看向前方。而对面一身黑衣的男子，正是当年出现在龙城的冒牌货。他为什么会出现在这里？而且修为居然也是度劫期，之前还是大乘期。

掌门受了伤，身形晃了一下，嘴角溢出血。

"师父！"肖忘、肖真担心地飞上前扶住他。

"大师兄，你怎么可以对师父出手？"肖忘怒火中烧地瞪着对面的男子。

"哼，什么师父？"对方冷笑道，"你们哪个不是被他骗入师门的？凭我的资质，何必留在这样三流都不算的门派？"

"肖吾！"肖忘气得脸都绿了，"青云派虽然不是一流门派，但我们当初入门之时自身如何，你可还记得？若不是师父收留并倾囊相授，别说是加入其他仙门，我们怕是早就死了。而且师父从未阻拦门人改投其他门派，你怎可恩将仇报？！"

"闭嘴！"肖吾有些不耐烦地道，"什么倾囊相授，你们怕是不知道吧？你们的好师父手上留着一本不出世的上古秘法，明明靠此秘法可以傲视整个天泽大陆，他却自私地藏了起来。青云派破落成这个样子，就是他一手造成的。"

"你胡说！"

"是不是胡说，问问你们的好师父不就知道了？"

青云掌门没有说话，张口吐了一大口血。

"师父！"肖忘和肖真慌了。

"扶他下来！"时夏在地上喊了一声，顺便迎上去把了把掌门的脉门，用灵力一探，才发现他灵气溃散、经脉尽断。她忙掏出一颗九转还魂丹道："吃下去！"

"你……"掌门皱了皱眉，一脸疑惑，心想：这位前辈……是谁啊？

"是你？"倒是还停在空中的冒牌货认出了她，眼里闪过一丝警惕，"你是当年坏我好事的那几个修士之一。没想到你也到这边了，几千年不见，你竟也到了度劫期。"

"抱歉，没心情跟你叙旧！"时夏没空理他，直接催动灵气帮掌门化开丹药，直到掌门的脸色好看一些后才停下。

肖吾的脸色却有些难看了。但他对时夏有些忌惮，眼神流转了一会儿才继续看向掌门道："宁子书，我今日来只为取那本功法，只要你把它给我，我就饶了你青云派一干弟子的性命。"

"肖吾……"掌门宁子书站了起来，长叹一声道，"这么多年你还是执迷不悟，擅自改修魔道，你可知从你甘心堕落于魔道开始，就不适合这套功法了？"

"哼，道法三千，修魔抑或是修仙，只是方法不同，万法皆是道。"肖吾冷着脸道，"你别以为我不知道，当初赠你这本功法的人也是魔修。"

"肖吾，你与他不同，他虽为魔修，但心中自有正道。"

"住口！"肖吾突然怒了，身上的魔气暴增，整张脸都狰狞起来，"说到底你就是怕我的修为超过你，无论我多努力，你都未想过把那功法传给我。说什么为我好，全是谎言！"

宁掌门没有说话，只是深深地皱起了眉。

"若不是我在幽冥之海找到机缘，修为也不可能升得这么快。"

"幽冥之海？"时夏心间一动，不由得问道，"你去过幽冥之海？"

"是呀！谁能想到那样的地方也会有好东西？"肖吾冷笑一声，像是想起了什么，笑得越发阴沉，"这还得感谢师父当年给我提供了那么多线索！"

时夏猛地转过头，掌门也知道幽冥之海在哪里？！

"你处处压制我，可到头来，我的修为还是超过了你。"

"你……唉！"宁掌门叹了一声，眉头皱得越发紧了。

"宁子书，识相的就赶紧把功法交出来，别以为你请了一个度劫期修士帮忙就万无一失了。"他冷冷地看向旁边的时夏说道，"度劫初期而已，我未必会怕她！"

说着肖吾的威压就朝他们压了过来。

时夏皱了皱眉，立马捏了个诀，护住在场的师徒几人，但四周的山石却在对方的威压下瞬间化为飞灰。

肖吾说得没错，虽然他们同是度劫期修士，但对方是中期，而她是初期，若真动手，她绝对是被打的那个。

不过没关系，虽然打不过，但她可以装啊！

"你不怕我，那怕我哥吗？"时夏上前一步，挺直腰板，尽力做出一副嚣张样，却在心里道：不要慌，不要慌！

"你是说……上次那个修士？"

那人上次已是大乘期，现在的修为只会更高。

肖吾脸色一变，却很快恢复正常："哼！你以为我会信吗？若真是如此，我进入青云派时你们怎会无人察觉？"

"你以为我们真不知道啊？"时夏白了他一眼道，"只是懒得理你罢了。"

肖吾神色一沉，顿时有些慌，问道："你到底是什么人？"

时夏一笑："怎么，你之前在龙城冒充我，还不知道我是谁吗？"

他愣了愣，猛地睁大眼睛，难以置信地看向她道："你……你是时夏！"

时夏默默地握紧了背在身后的手，没有回话，却笑得更深，微微抬起头……仰望天空。

"那你哥是……？"

"你现在修了魔，不应称我一声少主吗？"没错，这个名号虽然在这个大陆没什么知名度，但肖吾一定知道。

果然肖吾脸上的表情越发复杂了，好似在衡量她话中的真实性，过了一会儿才露出阴森的笑，道："既然如此，我自是没有得罪尊上的道理，今日就暂且放过他们。"

"那其他人呢？"时夏转头看向被重重魔气覆盖着的大坑。刚刚她就注意到了，那黑色的魔气挡得住别人，挡不住她的灵根，那坑里还绑着数十人。

肖吾的眼里瞬间划过一丝杀意，又生生地消失。他道："不愧是少主，居然可以看穿我的魔气屏障。好！就算是给少主一个面子，这些人我都放了！"

他一挥手，重重魔气散去，坑内出现了几十个衣着各异的修士，皆是仙修，有男有女。他们的修为都不低，最低的都是大乘期修士，看着有点儿眼熟，特别是最中间的那个女修士……

"梵天尊者！"这不是妞妞的师父吗？

时夏一惊，顾不得想肖吾是不是真的妥协了，往坑中飞了过去。

"小心！"她的背后传来一声惊呼，耳侧一阵疾风扫过，她下意识地召出灵剑一挡。哐当一声，一道风刃顿时被劈散。

"哼！你果然是骗我的！"肖吾冷笑一声。什么哥哥？她根本只有一个人。

肖吾再没了顾忌，身形一闪拉开数十尺距离，接连发出数道风刃。他刚才只是试探，这次明显威力大增，那风刃顿时长到几丈高，分为两路，一路向她，一路朝着宁子书他们飞去。

宁子书重伤，肖忘和肖真根本挡不住。时夏一咬牙，直接使出落星辰，剑气瞬间化为长龙，呼啸着卷上了两边的风刃，掉转方向朝对方反攻过去。

肖吾冷笑一声，看着朝自己飞来的剑气化成的长龙，身形一闪又退后了十几丈，眼看躲不开了才捏诀唤出万千把灵剑，挥散了剑气。他扬手控制那些灵剑攻击，却不是向着她，而是向着宁子书。

时夏不得不飞身过去帮忙。

肖吾笑意更深，双手紧接着结印，刚刚飘浮在空中的灵石突然发出红色的光芒，瞬间串联起来。

时夏只觉得心底咯噔一声，有种不祥的预感："快出去！"她救起身边的三个人，朝肖吾的方向冲去。

可惜还是晚了，红光大盛，一道红色的光幕凭空出现在空中，像一个半透明的红色玻璃罩，将浮在空中的青云派笼在里面。

"哈哈哈……"肖吾发出一阵癫狂的笑声，"又多了几个材料，我的修为更进一步了！"

"师父，这怎么办？"肖忘皱眉看着眼前的红色阵法。

"先救人再说。"宁子书说着直接朝下方的大坑飞去。

时夏飞向了最中间的梵天，只见他们都被一条条法符串联起来的锁链束缚着，不能动弹，体内似有灵气一样的东西不断地溢出来。时夏直接召出灵剑斩断了那些锁链，一直紧闭着眼屏气凝神的众人这才睁开了眼睛。

梵天尊者是第一个醒来的，看到三人愣了一下问道："徒弟的姐姐，怎么是你？！"

呃，啥叫徒弟的姐姐，这人压根没记住她的名字吧？

"你怎么会在这里？你的修为……"梵天尊者猛地睁大眼睛，接着一脸了然地道，"原来你隐藏了修为，难怪能将那样的功法传给玉儿。"

"先不说这些。梵天尊者，你们怎么会被抓？"

梵天尊者脸色一黑，皱着眉道："我等本要去天意盟，谁知在路上中了魔修的暗算，被封住了五识，醒来后便在此处了。"

时夏转头看了看其他人，还真的是当初前去天意盟要说法的灵乐派一行。她四下找了找，却没有看到妞妞，心间不由得一紧，问道："妞妞呢？"

"你是说玉儿？"梵天解释道，"当日我等中计时已尽力把小辈弟子们送出去报信，如今怕是早将此事通知各门各派了。"

原来妞妞回去报信了，时夏松了口气。

"这里到底是何地？"被困的几十个人都醒过来了，有人问道。

"此处是我青云派。"身为掌门的宁子书上前一步解释道，并把刚刚发生的事都讲了一遍。

"抓我们的魔修原来是你的弟子？"灵乐派掌门玄机皱了皱眉道，"没想到一个名不见经传的门派，居然能养出这样的大魔头。"

"是在下教导无方。"

284

"岂止是教导无方？"另一名大乘期修士冷哼道，"所谓上梁不正下梁歪，掳走各派大乘期长老之事，我可不相信以他一人之力能做到。"

这话一出，立马引起了众人对青云派的怒火，他们七嘴八舌地讨伐起青云派来。

"没错，一个人修为再高，也不可能计划得这么周全。"

"指不定就是青云派所为，不然何必大老远地将我等掳到此地？"

"大家别信他，还不知道会不会有其他阴谋呢！"

看着群情激愤的众人，时夏有些无语，现在不是应该想办法逃出去吗？现在的情景是怎么回事？偏偏青云派的几人都嘴笨，宁子书气得脸都涨红了，却又不知道该如何辩解。

"梵天尊者！"一个中年修士转身向梵天恭敬地行了个礼道，"这几人包藏祸心，不得不防，此事您看该如何处理？"

梵天一愣，心里清楚这些人只不过因为被抓面子上过不去，才故意为难青云派的。但……这群人是瞎了吗？他们没看到自己旁边还站着个度劫期修士吗？

"对了，我记得当初大比那个金丹魁首也自称来自青云派。"玄机突然想起来了，一脸气愤道，"现在想来，她定是青云派派去的探子。那个金丹修士现在在哪里？叫她出来对质！"

时夏嘴角一撇，直接朝他释放威压，玄机啪的一下就被压在了地上。

"你好，我就是那个金丹修士。"时夏蹲了下去，看向地上的玄机道，"你找我？"

玄机睁大眼睛，难以置信地道："度……度……"他想说话，却只能蹦出这么一个字。

时夏转头看向在场的其他人，淡淡地道："你们谁还有疑问，不如直接来问我，不用问我师父。"

在场众人齐齐白了脸，冷汗直往外冒，过了一会儿才有人哆嗦着回话道："原……原来是度劫期前辈，是我等鲁莽了。"

"派中竟然有度劫尊者，那魔修能有此能耐也……不足为奇。"

"是呀，请前辈见谅！我等不是有意冒犯的。"

刚刚还气焰嚣张的众人顿时怂了。时夏这才收回威压，感慨这东西比讲道理好用多了。

"行了，徒弟的姐姐……"梵天拍了拍她的肩，有些着急地道，"别理这些人了，说说现在到底怎么回事。你可知那个叫肖吾的为何要将我们抓到此地？"

"估计是因为这里灵石多吧！"时夏指了指周围道，"方便他布这个阵。"

"这是……何阵？"众人纷纷抬头看向天空。

"此种阵法倒是从未见过，不是魔修阵，更不像是仙修的阵！"

众人猜测了一会儿，把目光集中到修为最高的时夏和梵天两人身上。

"幻天阵！"时夏直接给出了答案，"此阵只进不出，而且阵眼在外面，只能从外

285

部破坏。"

"这么说，我们只能等待各派救援了？"梵天道。

"恐怕情况更糟。"时夏指了指头顶那个金色的法阵道，"头顶这个阵法，我也不知道它叫什么，但是……它可以吸食修士的修为。"

"吸食修为？"众人纷纷白了脸，这世上竟然有吸食修为的阵法！

"可恶，原来那人把我们抓到此地是为了这个！这位尊者……"爬起来的玄机一脸恭敬地向时夏行了个礼，完全没了刚刚的嚣张样，"尊者既然知道这阵法如此歹毒，可有破解之法？"

"没有！"

"那尊者可知道这阵法以何种灵气立阵？"

"不知道。"

"那尊者可知道这阵法的属相？"

"我不会阵法啊！"

玄机有些无语，你到底怎么修到度劫期的，阵法不是基本功吗？

"此阵既然是为吸食修为而下，为何……肖吾一直没有发动？"宁子书冷不丁地开口道。

时夏一愣，这阵在头顶悬了好半天，肖吾为什么还不发动？他到底在想什么？

"各派的支援到了！"

时夏正想着，天际突然出现很多人影，正飞快地御剑而来，大多是大乘修为。他们虽然服色各异，但可以看出皆是各派的长老，旁边穿着天蓝色衣衫的正是一脸着急的姐姐。

"终于来了！"

众人纷纷松了口气，正打算上前，天上一直没有动静的金色法阵突然启动，一股沉重的威压顿时压向所有人，就连时夏也脚下不稳，单膝跪了下去。

他们全身有了股无力感，什么东西正一丝丝地从身体里流出来。

"我等的修为……"玄机猛地瞪大了眼睛。

"师父！"刚刚到达的姐姐一急，转头又看到了时夏："姐？！"姐姐立马朝她们飞来，其他赶来的修士也冲过来营救。

时夏灵光一闪，心底咯噔一声，喊道："别过来！"

来不及了！

红光大盛，刚刚还只是串联在一起的一圈灵石突然爆裂开来，红色的粉末向四周扩散，笼罩住众人，刚刚还牢不可破的阵法直接扩大了一圈。

后面的人反应过来，急速后退，一些大乘修士冲了出去。但冲在前面的修士就没那么幸运了，直接被红光吞到了幻天阵里，包括在最前面的姐姐。

时夏咬牙站了起来，及时御剑接住脱力掉下来的姐姐。

原来这就是肖吾迟迟不发动阵法的原因，他想一网打尽！

"哼，没想到还有漏网之鱼！"肖吾再次出现在空中，比起之前，身上的魔气更浓了。他转头看向阵中的众人，冷笑一声道："不过倒也无妨，等我收了你们的修为，再吸收他们的也不迟。"

"你……你究竟是何人？"死里逃生的修士们再不敢贸然上前，忌惮地看着肖吾。

肖吾却没有回答，捏了一个诀，幻天阵内的阵法顿时更亮了，众人连惊呼都来不及，体内的修为就被哗啦啦地抽了出去。

时夏急了，怎么办？突然她的怀中有什么拱了拱，一个毛茸茸的鸟头探了出来。

"小黄鸡，你怎么又出来了？"

等等！空间？小黄鸡总能准确地找到她的位置，难道是因为那个？

时夏一愣，立马传音给小黄鸡道："炎凤，麻烦你帮个忙。"

炎凤立马乖巧地点头。

时夏不再犹豫，直接调动灵气引发手上那个羽毛状的契约印记。果然脑海中隐隐看到一处空间，她直接将空间引了出来，瞬间盖住了阵法内所有人——她把所有人传进了炎凤的空间。

随后，时夏让炎凤打开另一扇门，把人传了出去，只是将那扇门设定在阵法之外。

不出时夏所料，片刻之后所有人到了阵法之外，身上的威压瞬间消失，修为也稳定下来。

"这怎么可能？你会划破虚空之术？"肖吾一副难以置信的表情，看向时夏的眼神像是淬了毒。

"呃，对呀！"她就是这么"不要脸"，反正忽悠坏人不要钱。

"哼，倒是我小看了你。"肖吾虽未惊慌，脸色却越发阴沉。

"肖吾，"宁子书叹了一声，沉声道，"如今我等出了阵法，你已无胜算，束手就擒吧，切勿一错再错。"

"错？"肖吾冷笑道，"我错在哪里？这天下的修士为了飞升哪个不是用尽手段？这世间从来就是胜者为王、强者为尊，你又凭什么指责我？"

宁子书脸色一沉，握紧了身侧的手。

倒是一旁的灵乐派掌门玄机忍不住上前一步道："好你个魔修，死到临头还不知悔改！你掳我们到此，还意图用邪法吸取我等的修为，你这种魔头人人得而诛之。"

"说得倒是冠冕堂皇。"肖吾不以为然地道，"你们这些人又有谁的手上是干净的？按照你们的说法，我杀了你们也不过是替天行道。"

"一派胡言。"玄机气得脸色涨红，"我等仙门中人，向来行得正坐得端，哪像你们魔修这般歹毒？"

"魔修歹毒？魔修、仙修只是修炼方法不同而已。若这套吸食他人修为为己所用的功法落到你们手里，你们估计也会跟我一样，装什么高尚呢？！"

287

"你……"玄机气得跳脚，在场众人的眼睛却纷纷因为刚才的话亮了几分。

"行了，"肖吾转头看向宁子书道，"宁子书，我还是那句话，只要你把那本上古功法拿出来，今日之事就此作罢，我甚至可以用这幻天阵和那可转移修为的功法与你交换。"

肖吾这话一出，众人齐刷刷地看向宁子书。

上古功法？青云派掌门的手里居然有一本上古功法？而且对方还不惜用转移修为的功法交换，那宁掌门手上的这本到底有多厉害？

宁子书沉默了一会儿，神情越发凝重，最终闭眼长叹一口气，无奈地道："肖吾，你果然从未相信过我，我说过那本功法不是你可以修炼的。"

"哼，现在还在找借口！"肖吾脸色一寒，狠狠地瞪向宁子书。

"肖吾，此物乃是友人所赠，他从未提及修炼之法，凭你亦是参透不了的。"

"别用你的想法来定义我！"肖吾不耐烦地道，"你参不透不代表我也参不透。"

"宁掌门，不必与他多言！"旁边一个青衣修士插嘴道，"上古功法绝对不能落入这魔修之手。"

"没错！"其他人纷纷响应。

"他这次敢劫持我等，要是学了更厉害的功法，还不定会如何。"

"没错，今天绝对不能放过他！"

众人纷纷唤出各自的法器，一副随时准备冲上去算账的样子，又忌惮对方的修为迟迟没有上前，反而转头看向时夏与梵天尊者。

"一群蝼蚁！"肖吾冷冷地扫了众人一眼，眼中闪过一丝讥讽，"你们还真以为出了阵法就安然无恙了？"

时夏："你什么意思？"

"难道你们没有感觉自己的身体有什么不妥吗？"

话音刚落，刚刚从阵里出来的人脸色一白，纷纷开始调动灵气内视。

"我的修为……正在流失！"

"灵力……灵力被封住了！"

时夏也调动了一下灵气，发现自己没事。她仔细一看，与她一同进去的宁子书、肖忘、肖真三人也没什么问题，但之前那些被锁住的人全都慌乱无措。

"你在那些锁链上动了手脚！"

"只不过提前多布了几个阵法而已，效果倒不错！"肖吾伸出一直背在身后的右手，只见上面有一丝丝红色光线正没入他的手心，"提前吸取的这些修为已经足够对付你们了。"

他将手握紧，光线加速没入手心，他的修为也急速增长。

"不好，快阻止他！"玄机正要上前，一股沉重的威压顿时铺天盖地地朝众人袭来。时夏觉得全身一沉，而其他人纷纷趴跪在地上，就连梵天尊者也身形一晃，单膝跪地。

"师父！"妞妞也是一惊。

288

时夏立马捏诀唤出结界，护住众人，再传了一丝灵力到梵天的身上，助她稳住修为。时夏回头看向其他人，他们的脸色比梵天更差，更有人直接降了一个大境界。

肖吾狂笑出声："逃出阵法又如何？今日你们注定全死在这里！"

这剧情也反转得太快了吧？

其他前来支援的没有受伤的修士也纷纷唤出结界，飞身朝肖吾攻了过去。

一时间满天都是法术与阵法，肖吾忙着吸收修为，并没有出手，结印唤出一个防御阵法护在周身。众人比他的修为低太多，法术用尽也没能伤到他一分。

时夏心一沉，明白只能拼了，交代道："妞妞，看好你师父！"她正要飞身冲出去，却被人拉住了。

"肖我，等等！"

"我不叫肖我！"

总算想起这个度劫期修士是自己刚收的四弟子的宁子书愣了一下，沉声问道："你本名……当真叫时夏？"

现在是问这种问题的时候吗？她虽这么想，但还是点了点头。

"如此，那这本功法传与你最合适。"只见他手间一转，将一本包裹得严严实实的书递了过来。

"我？！"不单是她，在场的众人都惊呆了，视线齐刷刷地汇聚到那本书上。

"宁子书！"就连还在吸收修为的肖吾也气得咬牙切齿，"你居然要将功法给她！"

"为什么？"时夏疑惑地问道。

"此物本就是我一友人所赠。"他沉声道，"其中玄妙，千年来我一直无法参透。我这友人曾经与我说过他有个妹妹，也唤时夏。不管是不是你，将此物传你也算不枉我与他相识一场。"

时夏嘴角一撇，问道："你那友人……不会叫时冬吧？"

宁子书一惊："你如何得知？"

时夏瞅了瞅那本书，顿时将线索全都连了起来。难怪肖吾会去龙城，并说在暮玄仙府找到了老哥留下的东西，还冒充她，原来肖吾的师父宁子书是她哥的好友啊！

这么说来，肖吾之所以半路改修魔是受了老哥的影响？而且他还从宁子书平日的言语中推断出老哥留在各地的法术，所以才学会了这个吸收别人修为的法术以及幻天阵！

人家的哥哥都是宠妹高手，她家的只会坑妹妹。

"肖吾现在的法术源于我那友人，非同小可，此物便交给你！"宁子书把书放在她手里道，"据友人说这是一部土系功法，或许能助你一二。"

他说得慎重，时夏都忍不住有点儿激动。这可是老哥留下的功法，肯定很厉害！更何况这还是一本土系功法，当初她在无妄境最先学、最擅长的就是土系功法。

她小心翼翼地掀开上面包裹着的一层层布，下意识地屏住了呼吸，慢慢打开了最后一层布，露出里面白色的封面，只见上面端端正正地写着：地心引力。

"……"

说好的厉害的土系功法呢？

她转头瞅了瞅旁边一脸真诚的宁某人："这书……能不要吗？"她顺手将书递了回去。

宁子书一愣，正要接过，身后突然袭来一股冷意。时夏条件反射地侧身躲过，手上却一空。那本《地心引力》到了肖吾的手上。趁他们说话的工夫，肖吾已经调息完毕摆脱了众人，修为也直接从度劫中期上升为度劫后期。

"哈哈哈哈哈……"他狂笑道，"这本功法终于是我的了。"

"……"她该夸他好学吗？

他第一时间将功法收到了储物袋中，反手挥袖，扇飞了几名攻上来的修士。

"不能让他拿走那本功法！"宁子书一脸担忧，打算撑着受伤的身体攻上去。

"我来！"时夏拦下他，毫不迟疑地加入战局，直接使出落星辰。剑气化成一条长龙，朝对面呼啸而去。

肖吾神色一凛，挥手化出一个风盾挡在了那龙形剑气前面，说道："你当真要护着这些人？你应知道自己打不过我，何必送死？看在你刚刚识相不收那功法的分上，你若就此罢手，我可既往不咎。"

"不好意思！"时夏剑招未停，大声道，"背叛师门这种事我学不会！"剑气长龙瞬间化成了几十条，从不同的方向飞了过去。

"冥顽不灵！"他手间一转，唤出一把黑色的法剑，凝聚灵气朝周围用力一挥，打散了大部分剑气，"既然你执意找死，我就送你一程！"

一时间他身上黑气四溢，原本充满灵气的青云山顿时阴冷起来。

魔气！时夏心底的烟花顿时盛放，就怕你不用呢！

肖吾身上的黑气越来越浓，时夏正准备放出剑意，但他突然手间一动，用灵气布下了一个防御结界。随后，肖吾双手结印唤出两道黑气，化成长鞭朝这边甩了过来，长鞭过处生出道道细细密密的黑色风刃，到眼前时已然是一堵风刃墙了。

时夏只能一边撑起结界，化剑气为龙，尽力挡住那些风刃，一边御剑躲避。

"啊！"身侧突然传来一声惨叫，只见刚刚还在围攻肖吾的修士被那黑色的风刃击中，胸口化出一道深可见骨的伤痕。那风刃却未因此停下，反而附在对方的伤口之上，如强力硫酸一样迅速腐蚀着对方的身体。其他人想过去救人已经来不及了，片刻之间，对方已经变成一具白骨。

在场的修士顿时脸色发白，愈加小心地躲避着那些风刃。那风刃实在太多，又有几个修士躲闪不及，被黑刃击伤。这回他们倒是当机立断直接斩断了受伤的部位。

时夏心一沉，没想到度劫期的魔气这么可怕，这样下去其他人真的会变成"炮灰"，该怎么办？

她正想着，那两条黑色的长鞭已经袭到了眼前。她立即后退两步，把灵气引到手中的灵剑上，朝那黑色长鞭砍去。有了纯阳灵气的长剑瞬间锋利百倍，一斩一个准，直接把那魔气化成的长鞭砍成两段。她反身朝另一根又是一剑，两条黑色长鞭掉落在地，像是有生命般地翻腾两下，下一瞬却钻入地底消失了，而周围的草木瞬间枯了一圈。

时夏心底划过一丝怪异的感觉，来不及细想，肖吾已再次发动攻击。

"倒是有几分本事。"他冷笑一声，"但不知道接下来你能不能挡住。"

他再次结印，这次化出了四条魔气形成的长鞭。

时夏运行灵气，加快速度朝肖吾飞了过去，想赶在那长鞭化出风刃之前将其斩断。

对方自然看出了她的意图，身形一闪，退到十丈之外，再次拉开了距离。她只来得及斩断一根，黑色的风刃如约而至。

时夏一咬牙，拼了！她一转手中的剑，化出万千把灵剑，迎向那诡异的风刃。她顺势再转身斩断一根，继续追了过去。

这回众人有了防备，没人再被那硫酸一样的风刃伤到，只是躲得有些狼狈。

等时夏斩断所有的黑色长鞭，肖吾脸色一冷，唤出更多魔气，化成一条条鞭子。

时夏想骂人了，但也只能迎上去，几次下来倒是找出了一些规律。那风刃虽然变态，但她的灵气正好可以克制它，所以她只需用落星辰的最后一招，尽力化出更多灵剑，就可以消除那些魔气。于是，她一边斩断那些长鞭，一边不着痕迹地拉近与对方的距离。

肖吾虽用魔气攻击，却用仙法化出了防御的结界。她虽然可以抵御魔气，但想要对付他，必须找机会突破他的结界。

可能因为时间拖得太久，肖吾开始不耐烦了。他再次挥手，化出数条魔气长鞭，这回不再针对众人，反而朝不远处的时夏攻去。

好机会！

时夏心中一喜，微一侧身，迎着其中一条长鞭飞了过去。果然，那长鞭一碰到她，魔气就自动消散了。下一刻她已经到了肖吾面前，全力使出剑招，朝他的防御结界用力砍去。随着铛的一声响，火花四溅，她瞬间觉得一股强大的灵力从剑上反弹回来，整个人直接被弹了出去。

一阵腥甜涌向喉咙，她顿时吐出一口血。

"姐！"正在帮师父疗伤的妞妞脸色一白，担心地唤了一声。

"没事。"时夏按了按胸口，"我……挺得住。"

"哈哈哈……蠢货！"肖吾冷冷地看了她一眼，讽刺地道，"你这点儿修为我还没看在眼里，你还真以为我与你对战用得着布防御结界？这只是个反弹阵法罢了！"

反弹阵法？他是故意引她近身的？！

"时间也差不多了。"他话锋一转，露出阴森的笑容，"我就不陪你们玩下去了。"

时夏："你什么意思？"

"是时候送你们上路了。"肖吾冷笑一声，收起周身的阵法，双手结了一个复杂的印，两掌朝下方打去，手上的几条黑色长鞭拉长，插入地面，"阵启！"

突然，满山的灵石再次亮起红光，前方青云山上那个幻天阵应声而碎。红光照亮了整个天际，地面上出现了一个巨大的金色法阵。

她只觉得全身一沉，再次半跪了下去，而周围的修士也被压在了地上。他们体内的灵力突然一股脑地往阵法中流去。这就是那个吸取修为的阵法！他是什么时候布下的？

那被魔气腐蚀过的枯草圈中浮出各种法符文字，时夏一惊："你把灵气融入魔气，利用刚刚的长鞭布阵。"难怪刚刚魔气化成的长鞭一断就钻进地下去了，他是不想暴露附着在上面的阵法。

"看来你还不算太笨。"肖吾冷冷地道，"不过现在明白已经晚了。"

他浮在半空，加大了阵法的威力。

时夏这会儿连跪都跪不住，身上的灵力流失得越发快，顿时悔得肠子都青了，早知道阵法这么重要，当初一定向后池好好学习。

她感觉自己的修为隐隐有倒退的趋势，不懂老哥为何发明这种法术，还把这么危险的东西留给别人。而老哥给她的却是一本没啥用的《地心引力》，这要她怎么办？

等等！引力……土系……

她隐隐觉得灵光一闪，一个大胆的想法冒了出来。是呀，有什么吸力比得上重力？又有什么土系功法可以强过地心引力？

肖吾一直没有落地，很可能是因为他站的那个地方就是阵眼。修士之所以可以飞行，是因为灵力的反作用力与地心引力抵消了，如果这个时候重力增加……

她不再阻挡身上的灵力流失，反而驱使全身的灵气进入地下，包裹住方圆几十米的地面，然后模拟引力的产生，直接把周围地面的重力提高了十倍。

啪的一声，刚刚还高高在上、不可一世的肖吾直接从天下栽了下来，啃了一嘴泥。金色阵法应声而碎，她身上的压力全消。

"这不可……"肖吾一副不可置信的表情。

时夏没有给他反应的机会，调动全身灵气放出剑意，空中顿时出现了一个巨大的——"萝卜"。

肖吾话还没说完，轰隆一声巨响，瞬间被炸飞。一朵蘑菇云直冲云霄，连着四周的一切化为乌有，面前尘土飞扬。

时夏赢了……

# 第十三章　妹妹的功过之论

时夏松了口气，身形一软直接倒了下去。

"姐！"妞妞不知道什么时候到了她旁边，顺手扶了她一把。

"你们没事吧？"时夏回头看了一眼，只见众修士正从防御阵法中走出来，还好，一个都没少。

稳定住修为的梵天也走了过来，撑着受伤的身体，伸手结印帮时夏调理内息。

时夏顿时觉得好受了点儿："谢了，妞妞的师父！"

梵天："应该的！是你救了我们……那魔修可制伏了？"

时夏刚想点头，玄机怒气冲冲地走过来道："尊者，那魔修如此恶毒，可不能就这么放过他！"说着硬撑着捏了个风诀，把眼前的灰烬吹散。

"这……这是……"玄机一愣。

只见眼前出现了一个巨大的深坑，前面方圆几里的地面都炸没了，形成了一个一眼望不到边的荒芜盆地。

时夏也被吓到了，没想到在度劫期修为的加持下，她的剑意居然这么强大。

"那魔修还没死，在里面！"不知谁朝着坑中喊了一声。

时夏转头看去，果然坑底隐隐能看到一个残破的身影，周围还飘浮着几丝黑气。

众人立即朝那个方向飞了过去，飞近了时夏才看清，肖吾虽然没死，但也只剩喘气的份了。他全身经脉尽断，身子被炸得皮开肉绽，隐隐还能看到森森白骨，手也断了一只。只是他脸上怨毒的表情没有变，双眼通红，直直地盯着时夏，一边吐血一边还不死心地问道："你……你刚刚破我阵法的，到底……是何法术？"

时夏想了想，老实地回答道："应该是……物理吧！"

知识就是力量!

肖吾一愣,更不甘了,正要继续开口,却被旁边怒气冲冲的众修士打断了。

"这种魔头,不必与他废话,杀了便是。"

此话一出,众人纷纷掏出法器,想上前把地上的人千刀万剐。

"阿弥陀佛。"一声佛号自天际响起,短短的四个字像是带着无限的清灵之气,如清流一般流过众人的心头,瞬间洗净了所有的暴戾之气。

众人无端怒火全消,抬头看去。

只见一人身着白色袈裟,自天际踏步而来,每走一步脚下便盛放出一朵洁白的莲花。这个人四五十岁的样子,看起来十分和善,眉宇间像是隐着万千慈悲,让人不由得心生敬畏。刚刚还义愤填膺的众人纷纷退开,任由他落在人群中。

"阿弥陀佛……"和尚双手合十,看向在场的众人道,"贫僧法号济尘,敢问各位施主,此人可否交与在下处理?"

敢情这个人是来救肖吾的!时夏下意识地皱了皱眉。

兴许是被和尚华丽的出场镇住了,也可能是因为刚刚那一声佛号洗净了怒意,听到这样的要求,众人并没有发火。

"这位大师有所不知,此人乃是魔修,以邪术将我等掳到此地,意欲吸取修为害众人性命。"玄机沉声解释道,"他刚刚连伤了数名修士的性命,我等也只为讨回一个公道。"

此话一落,众人的怒意再次袭上心头,却因为不知眼前这个和尚的深浅,没有直接动手,只是握紧了手中的法器。

"阿弥陀佛。"和尚再次唱了一声佛号,"各位,正因此人误入歧途,四处作恶,贫僧才更要将他带回去教化,以期他能早日醒悟。"

"和尚说得倒是轻松。"有修士生出几分不满,"你是谁啊?"

这话提醒了众人,他们全都怀疑地看向眼前的和尚。

"没错,从来没听说过什么济尘,你莫不是那魔修的同伙吧?"

"这魔修杀了这么多人,不能就此放过。"

"是呀,就算你真的是将他带回去教化,万一他恢复后你又降不住,他再跑出来报复我等怎么办?"

众人越说越激动,一副想立即永除后患的样子,更有人话里话外开始挤对这个突然出现的和尚。

济尘仍是那副慈眉善目的样子,不紧不慢地开口道:"各位施主请放心,贫僧乃伽蒂寺修行弟子,正是为度此人而来。"

伽蒂寺?在场众人一脸茫然,正欲细问,一声急唤从空中传来:"上师!"

一道蓝影划过,身着蓝衣的中年男子出现在众人面前。他袖口那枚金色的祥云图案十分明显,赶得急中带喘。

男子一出现，在场众人的脸上齐齐闪过惊讶的表情。

"顾盟主！"玄机唤了一声。

"玄掌门！"那个男子也是一惊，似乎没想到这里有这么多人，忙朝众人打招呼："梵天尊者，李掌门，暮长老……"

众人也纷纷向他行礼回应，态度十分恭敬，就连一向自傲的梵天尊者也朝对方行了个礼。

"这位尊者是……？"那个蓝衣人好奇地看向时夏，眼里闪过一丝惊讶，天泽大陆什么时候又出了一位度劫期尊者？

"我叫时夏。"

他客气地点了点头道："在下顾择，天意盟盟主。"

原来他就是天意盟盟主，难怪众人对他这么客气。

顾择似乎有更重要的事，顾不得跟她客气，直接上前向那和尚行礼道："济尘上师，您刚驾临我天意盟，却突然改变主意，可是发生了什么急事？顾某能否帮上忙？"

"顾盟主，"济尘点了点头，看向地上的肖吾道，"贫僧此次渡海皆因这位肖施主而来。贫僧与他在千年前有过一面之缘，当日本想将他引回正途，但他入魔太深，今日还做出此番恶行，贫僧这次想将他带回伽蒂寺教化，还请各位施主同意。"

"伽蒂寺！"顾择眼睛一亮，转头向旁边的修士打听了一下情况，立马拍着胸脯扬声道："各位放心，济尘上师自幻海之外的伽蒂寺而来，乃出窍期佛修，我相信这魔修交到他手里最是合适。"

"出窍期！"在场的人纷纷惊呼出声，那可是半步飞升的境界。要知道整个天泽大陆都找不出一个出窍期的修士，况且人家还是佛修。

佛修与仙修不同，修的是累世功德，能到这种境界之人，必定福缘无数。难怪刚刚他光凭一声佛号就可以化解众人心中的戾气。

众人这才松了口气，之前的疑虑顿时全消，再没有人阻止济尘。

"谢过各位施主。"济尘客气地点点头，转身对肖吾道，"肖施主，贫僧说过，这世间之事早有定数，只有心存善念才能脱离红尘，摆脱命运之苦。心中有恶，必会业火焚身。如今……你可悔之？"

肖吾冷笑一声，依旧嚣张地道："臭和尚，又是你！什么善恶全是屁话，这世间本就没有正邪之分，只有实力才是最大的话语权。你要杀便杀，别白费口舌了。"

济尘摇了摇头，长叹一声道："如此，贫僧只有先行带你回伽蒂寺，待有朝一日你放下心中执念，再来赎这累累罪孽。"

说着，济尘手间一转，一个白色的葫芦出现在手上。他拔出上面的塞子，念了一声佛号，想将对方收入法器。

"等等！"时夏忍不住拦住了济尘。

济尘动作一顿，转过头问道："不知这位施主还有何事？"

295

"只是拿个东西而已。"她快步走过去，直接把肖吾身侧的储物袋取了下来，挥了挥手道，"行了，你装吧！"

济尘蒙了，在场的其他人却惊住了，直勾勾地看向她手中的袋子。更有人忍不住惊呼："魔头的储物袋，莫非刚刚那吸人修为的阵法在里面？！"

"吸人修为？"顾择也是一惊，带着些指责看向时夏。

"没错，这里面兴许真的有那两种阵法，所以……"她扬了扬手里的袋子道，"绝对不能留下来！"

时夏用手指点了点一直趴在她肩上不肯进空间的炎凤道："来，小黄鸡，吹口气试试。"

炎凤歪了歪头，乖乖地张口吐出一团火焰，把储物袋烧成灰烬，烧完立马邀功似的回头看她。

"不错，口气挺重的！"时夏摸了摸它的头。

众人这才明白她的意图。的确，那样的东西留下来，怕会直接引起修仙界的混战，毁了才是最好的。众人痛惜地看向她手里的灰烬，那样奇特的阵法……可惜了。

济尘不为所动，反而有些好奇地看了一眼站在时夏肩上的炎凤，接着又上上下下仔细地打量了时夏一会儿，看得时夏都有些发毛了。

"这位女施主，贫僧可否问你几个问题？"

"爱过；不约；我没妈也不救你。谢谢！"她脱口而出。

济尘那悲悯的神情瞬间迷茫，立即又和善地道："在下是想问女施主，你气息平和，可是曾经修禅？"

"没有！"她摇头。

"那便是施主心有菩提，相由心生了。"他一脸欣赏地道，"施主有此造化，可曾想过修佛？若你有此念，在下倒是可以引荐一二。"

"从来没有！"她用力地摇头。

济尘一愣，没想到她会回绝得这么快，继续道："施主有如此福缘，为何……"

"因为……"时夏深吸一口气，认真地道，"光头长得丑！"

全场寂静，这理由也太直白了吧！

时夏："颜值即正义！"

济尘愣了愣，再次道："施主何必执着这些？"

时夏重重地叹了一口气，拍了拍他的肩道："唉，没办法，你没美过，你不懂！"

济尘双手合十的动作抖了一下，一时竟找不到话回答，只得高声唱了一遍佛号："阿弥陀佛，善哉善哉！"

他不再劝她，转身再次拿出葫芦装肖吾去了。

时夏也没管他，转身就走向后面的宁子书道："掌门，我有个问题想问你。你知道幽冥之海在哪里吗？我有很重要的事要去那里找一下你的那位……故友！"

宁子书一愣，有些为难地道："此地我也只是从故友口中得之，具体……"

"你不知道具体方位吗？"

他摇了摇头。

"女施主问的可是幻海以南的一片幽冥水域？"用葫芦装完肖吾的济尘突然开口道，"若是那处，倒是距离我伽蒂寺不远。"

时夏一秒钟闪了回去，亮起星星眼抓住了他的手道："回程的路上你需要一个'腿部挂件'吗？会喘气的那种。"

时夏跟着济尘回伽蒂寺，飞了一段时间后，济尘突然飞向了一个岛。

时夏戳了戳前面突然停下的济尘问："我说济尘大师，你不是要回伽蒂寺吗？来这个岛干吗？""阿弥陀佛。"济尘仍是那副悲悯众生的神情，缓声道，"此处到伽蒂寺还有一天路途，这里是幻海之上唯一安全的岛屿，我们可在此休整一天，养足精神继续上路。"

"哦。"原来这是个长途休息站啊！

"时施主放心，此岛的居民十分友善好客，必会收留我等，在下的弟子也在此地等贫僧。"

"你还有弟子？"原来停在这里是要中途载客啊，你早说嘛！

"我那弟子修为尚浅，所以我才将他安置在此。"

时夏点了点头，对那弟子有了几分好奇。

可能是因为位于幻海之中，这岛上的光线不是很强，却十分热闹。他们刚走了一段路就看到不少人。这些人长得有些奇特，皮肤黝黑。一开始她还以为是黑种人，细一看却发现他们的脚指头并不是分开的，而是长着跟动物一样的蹼，脖子上还有跟鳃一样的器官。她的脑海里顿时浮现出两个字——渔人。

这些居然是生活在深海中的种族，并不是人类。

这些渔人对济尘很友善，甚至有些敬畏，远远地看着他们走来，纷纷停下了手中的活，朝济尘躬身行礼。

济尘似乎已经习惯了，朝路边的渔人点了点头，继续往岛中走去。

岛屿不大，他们走了不到一刻钟就看到了一个村庄，一片土墙茅草房出现在眼前，那些渔人也更多了。

"师父，您回来了。"

他们刚进村，一个高大的身影就朝这边跑了过来。

这就是济尘的徒弟？这魁梧的身材跟瘦成一道闪电的济尘不搭啊，他要是多点儿头发，倒是跟龙傲……

"怎么是你？！"这人还真是龙傲天！

"恩人！"龙傲天一愣，瞬间认出她来，脸上浮现狂喜之色，一把抓住她上下打量道，"你怎么会在这里？"

"我正想问你呢！你什么时候当和尚了，伤好了吗？"当初他可是被肖吾折磨得只剩一口气了。

"那点儿小伤，早好了。"他哈哈一笑，突然想起什么道，"当时就是师父救了我，治好了我的伤。"

时夏转头看向旁边的济尘。

"原来施主与门下弟子认识。"济尘开口道。

"是呀！"龙傲天兴奋地解释道，"师父，她就是我说的那位恩人，没想到我们还能再见！"

"两位有此缘分，再会也是迟早之事。"济尘和善地笑了笑，神情越发慈悲，抬头看了看天道，"天色不早，两位不如进屋叙旧？"

"对对对！"龙傲天笑着侧开身子，引他们走向前方的一间茅屋，"恩人、师父，我们进去说！"

一进院济尘就主动去了旁边的茅屋，一副不想打扰他们叙旧的样子。龙傲天则拉着时夏在桌前坐下，感慨道："没想到会在这里遇到顺风恩人。"

"都这么熟了，能不叫我顺风吗？"

"好。"他点点头道，"若是恩人不嫌弃，我就称你一声'快递妹子'吧！"

"……"敢情在你眼里我就摆脱不了这个职业了是吧？

"对了，快递妹子，你怎么会跟师父在一起？"

时夏叹了一口气，把遇到肖吾的事给他说了一遍。他越听眉头越紧，脸上闪过复杂的情绪。

"原来当日屠我龙城的人还活着。"他深吸了一口气，双手合十，低声念了句佛号，"阿弥陀佛！如今他被师父抓住也算罪有应得，至少以后不会继续害人了。"

时夏瞅了瞅他光亮的头顶，还有这动作，顿时觉得十分违和，问："对了，你怎么突然出家了？你不是一直嚷嚷着要找个妹子成家吗？"

他一僵，抓了抓头笑道："我是自愿跟师父修佛的，你也知道当时我修为尽毁，而佛修没有灵根的限制，只修功德，所以我才转入佛门重修，法号'光亮'。"

嗯，这头的确很光、很亮！

时夏这才注意到他现在居然已经是化神期修士了："不错啊！这么快你就到化神期了。"她用力拍了拍他的肩膀。

"我哪里算得上快？"他憨憨地笑了笑道，"花了一千多年才到化神期，已经算慢的了。"

"一千多年！"时夏一惊，猛地站了起来，"这怎么可能？你来这片大陆一千年了？"

"是啊！"他点了点头道，"我伤好后本想去找你，可修为太低根本穿越不了幻海。

这次也是师父相护，我才来到这岛上的。"

时夏心里有些乱，自己明明是几个月前到的，为啥龙傲天跟她到达的时间不一样？而且之前肖吾认出她的时候也说多年不见，难道跳跃时间的只有她一个人？

"那后池和易耀罣呢？你有没有看到他们？"

龙傲天摇了摇头道："你是我这千年来遇到的第一个熟人。"

时夏不禁有些担心，想快点儿找到后池和易耀罣。

"快递妹子，你别担心，总会找到他们的。"龙傲天安慰道。

外面传来敲门声，来人焦急地道："渔人族族长求见上师！"

屋内两人都愣了一下，相互看了一眼。龙傲天起身打开门，只见外面站着一个满头白发的老头，脸上都是岁月留下的褶子，正急得原地踏步。老头见门开了，眼睛顿时一亮，赶紧上前朝龙傲天行礼道："光亮上师，我听闻令师济尘上师已经到了岛上，可是真的？"

"我师父的确到了。"龙傲天点了点头。

"上师在就好！"族长松了口气，脸上的褶子都松弛了不少。

"你这么急，到底发生了何事？"龙傲天问。

"唉，是这岛上的结界！"族长解释道，"上师也知道，我们这岛之所以能存于幻海之中，正是因为曾有一位大能路经此地，在整个岛上布下结界，所以幻海的罡风才刮不到这里来。但这么多年来，这结界越来越弱，随时有崩塌的可能，上次多亏济尘上师路过，才稳住结界。刚刚族人来报，说结界又有异动，已经有了裂痕，所以我才着急请上师过去看看。"

济尘帮渔人们修过结界，难怪人人都对济尘这么恭敬。难怪她一路遇到了各种强风大浪，又是阴气又是罡风，但一到这岛上却突然全消失了，原来这岛是笼罩在结界里的。她抬头瞅了瞅天上，感觉不到半点儿阵法的波动，看来当初布这结界的人极为厉害啊！

"既然如此，事不宜迟，我这就去叫师父。"龙傲天转身就往刚刚济尘进入的房间走去，在外面敲了好半天门，里面却半点儿动静都没有。

时夏也忍不住上前敲了敲门道："济尘大师？"

屋内同样寂静。过了一会儿，一道带着轻喘的声音自屋内响起："请进。"

时夏有些奇怪，依言一把推开门，却看到那和尚大叔正盘腿坐着，仍一副悲天悯人的样子，只是脸上带着一丝诡异的红，眉宇间多了几分疲惫之色，那白色的裟裟松松垮垮地挂在身上，露出大片肌肤，显得有几分魅惑。更重要的是……他的身下居然压着一个浑身赤裸、连条裤衩都没有穿的汉子！

时夏隐隐觉得一道天雷劈在头顶，瞬间呆住了。

两秒钟后……

"对不起！"她反手抓住门框干脆利落地退了出去，顺势把跟在后面的龙傲天等人挤了回去。

"进来吧……"济尘突然出声道。

她脚下一崴，差点儿一个跟头栽了下去，机械地转过头道："不好吧……"

"无妨。"济尘顺了口气道，"已经结束了。"

"啊？这么快！"前后也才十来分钟而已啊！

济尘已经整理好了衣衫，示意他们进来。

"好吧。"没想到你是这么开放的和尚。

时夏与后面一脸蒙的两人往屋内走去。她的眼神不受控制地看向床上那个汉子，顿时一惊，这不是肖吾吗？！时夏立刻转头看向济尘道："大师，你的口味略重啊！"

济尘却仍是那副标准的悲天悯人的表情，突然扬手往肖吾身上一挥，轻声念了一句什么，床上的人身上闪过一道阵法的光芒，慢慢转醒。

这是……春回阵！

时夏一惊，这才发现肖吾身上的伤已经全好了，连条伤痕都没留下，断掉的右臂也完好如初。

"你……帮他治好了伤？"

难怪刚刚他迟迟没有开门，原来是在为肖吾疗伤。他不是要把肖吾带到伽蒂寺关起来教育吗？

"阿弥陀佛。"济尘看出她的疑问，解释道，"我佛慈悲，肖施主伤势过重，若再不医治，怕是会落下永久的病根。"

时夏皱了皱眉头，有些不舒服，这个理由也太牵强了吧！做和尚的都这么悲天悯人吗？不过人既然已经交给了他，她也不好多说。

肖吾睁开了眼睛，先是一愣，随后猛地坐了起来，抬起失而复得的右手看了看，眼里闪过一丝欣喜，又检查了一下其他地方，突然脸色一白，盯着济尘道："我的修为……你对我做了什么？"

"阿弥陀佛。"济尘不紧不慢地道，"贫僧已经治好了你身上的伤，只不过肖施主你伤势过重，修为降低实属正常。"

肖吾咬了咬牙，眉头紧皱，也不知道在想什么。

"施主，还望你早日回头，不要再继续作恶。"济尘沉声劝道，顺手把旁边一套白色的僧衣递过去，"这世间之事皆有因果，你以往种下太多恶因，此番才得以恶报，切勿执迷。"

肖吾直接接过他手里的衣服披上，眼里闪过一丝不屑之色："哼！照你这么说，那些死在我手里的人也是事先种下过恶因，所以才会遭此恶果。那我杀他们又有何错？"

"善有善报，恶有恶报。他们若是曾种下善因，来世自然会有福报，众生皆平等。"

"笑话，如果真如你所说的众生平等，世人为何出生就有灵根的差异？"肖吾越发不屑，完全没有悔改之意，"什么来世，什么福报，我向来只信自己，不信来生！只要我足够强，谁能报复得了我？"

"世间一切名利、修为皆为虚妄，你又何苦执着？你落得今日之地，还看不破眼前的迷障？不谋其前，不虑其后，不恋当今，当是真正的解脱啊！"

肖吾不耐烦地说道："臭和尚，你就别白费口舌了，就算你治好我的伤，我也不会感激你。你度不了我，这辈子我都不会随你修佛的。"

济尘想让肖吾修佛？时夏下意识地皱了皱眉，这仙修和佛修可不能随意切换啊！况且肖吾以前杀了那么多人，身上戾气重，要是修佛，估计会成为佛修界数一数二的老大难吧！

"唉……"济尘摇了摇头道，"万法缘生，皆系缘分。缘起即灭，缘生已空。你与我佛有缘，终有一天会理解的。"

"是吗？"肖吾冷哼了一声，明显不信。

"凡事自有定数，像你如今之事，又如渔人一族之劫难。"

"上师……"前来求助的族长终于想起自己的目的，激动地道，"上师莫非已经知道结界的事了？"

济尘站了起来，缓声道："我入岛时就察觉到岛上的结界有异常。"

族长一急，跪了下去，恳求道："还请上师想办法救救我族。"

"族长不必如此。"济尘扶起老者，眉宇间的悲悯之色更重，长叹一声道，"不是贫僧不肯，而是无能为力。渔人族原本就生活在深海中，如今怕是到了回去的时候了。"

这话一出，族长的脸色瞬间惨白，一副快要哭出来的样子："我族的确可以生存在海中，但是幻海海底何其凶险，不然我们的祖辈当年也不会随那位大能搬到岸上生活。"

"渔人祖辈能避过一劫，乃是与那位大能有缘，而如今怕是缘分已尽。"

"那怎么办？"渔人族族长越发伤心了，脸上的褶皱又添了好几条，"我们在此岛生活了上千年，早已无法适应深海了。况且族中还有尚在襁褓的小儿，若是贸然下海……"他越想越心急，幻海里凶兽遍地，不说深海的那股阴气，光凭海上的罡风就足以要了他们的命。

"阿弥陀佛，这结界最多还能撑半个时辰，族长还是早做打算吧。"

"半个时辰！"族长越发绝望了，这点儿时间，就算现在举族搬迁也来不及啊！

时夏心里也有些不好受，虽然跟这些渔人没什么接触，但也无法眼睁睁地看着他们被灭族。

时夏问："济尘，真的没有其他办法吗？"肖吾那半死不活的样儿，他都能全须全尾地救回来，"你上次不是补过一次结界，要不再试试？或者先布个其他阵法支撑一会儿，让他们撤离也行啊！"

济尘双手合十，沉声道："这都是定数！"

时夏："……"

301

"谢过上师，我这就去召集族人。"渔人族族长向济尘行了个礼，转身失魂落魄地出了门，整个人都散发着绝望的气息。

"等等！"时夏的心沉了沉，她忍不住追上去道，"族长，我跟你一块去。虽然我没法修补那结界，但是帮渔人们挡挡海上的罡风，争取些时间让大家撤离还是可以的。"

龙傲天一愣，立马快步走过去道："没错，我也去帮忙吧。"

济尘看了她一眼，也点头道："如此，贫僧也尽一点绵薄之力。"

渔人族族长脸上的愁容这才缓和了一些。他一脸感激地道："多谢两位上师，还有这位……"

"叫我时夏吧。"

"时上师。"

"呃……"我不是光头。

"那我跟龙傲天先去通知村民，济尘大师你安置好后再来支援吧！"时夏指了指屋内的肖吾，随后跟着族长快步向村中而去。

渔人族族长的效率还挺高的，半个时辰不到，村前就站满了大大小小几百号渔人。兴许是族长事先说过现在的情况，大多数渔人只是简单地背着包袱，都一脸愁容，但看向他们的眼神是感激的，甚至每个前来的渔人都会事先向他们行礼道谢。

时夏更想帮帮这个淳朴知恩的种族了。

族人集合得差不多了，族长组织大家向着海边移动。渔人排成长队，自觉地把妇女、儿童、老人护在中间。

可未等人员到齐，异变就来了，只听咔嚓几声，刚刚还什么都没有的空中突然出现一道白色的裂痕，像是有什么东西碎了一样，紧接着一道猛烈的罡风狂扫而入，呼啦啦的声音响彻岛屿，带着浓厚的阴气。

时夏与龙傲天一左一右站在队伍两边，用法术挡住那些突破结界的罡风，而济尘则唤出一个防御的阵法，把渔人们护在里面。

空中的裂痕越来越多，罡风越发猛烈，如果刚刚只是微风的话，现在刮的就是龙卷风了。时夏也不知道这些罡风是怎么形成的，虽然看起来阴气浓郁，但她隐隐感觉到这跟普通的阴气有所不同。连她这种专克阴寒的体质都有点儿受不住那风的侵袭，一丝丝寒气直往骨头缝里钻，每增一分，时夏就觉得体内的灵气散了一分。

之前在海上，只有她一个人时，她还能支撑住，现在要护住上百号人，就觉得体力不够用了。其他两人也是。龙傲天的修为本来就低于他们，而济尘刚刚给肖吾疗伤，消耗了太多灵力。时间一久，三人都有些吃力，可渔人们距离海边还有一段不近的距离。

时夏一剑打散了一道飞向人群的罡风，额头上满是汗。

一直趴在她肩上的炎风担心地叫了一声，伸出翅膀朝她扇了扇，小眼睛眨巴眨巴的。自从与时夏结成契约后，它就再也不肯回空间了，一直跟着她。

时夏心头一软，拍了拍它的头说："没事！"再次冲向另一道罡风。

它又叫了几声，用小鸡翅拍了拍胸口。

"你想帮我？"用你的小鸡翅？

它点了点头，突然蹦了起来，头上火灵所化的毛一下竖了起来，见风就长，变成了一道巨大的蓝色火焰。蓝色火焰似利刃扫向四周，一时间数道罡风尽散。

时夏和她的小伙伴都惊呆了，小黄鸡挺厉害的啊！

一招之后，炎风头上的火灵瞬间缩小，变回原来的样子。它似乎累极了，蔫蔫地趴在她的肩上不动了。

好吧！它厉害是厉害，就是技能调息的时间有点儿长。

"哈哈哈，真是天助我也，原来这岛上布的是离返阵！"一个阴冷的声音自天际响起。

时夏的心猛地一沉。

肖吾突然凌空出现在上方，笑得极为猖狂，眼里全是兴奋之色。

为什么他会在这里？时夏猛地回头看向济尘道："你没有把他关起来？"

"阿弥陀佛。"济尘轻皱眉头，马上又恢复了悲天悯人的神情，抬头看向空中的人道，"肖施主，你许诺过贫僧，若我真能视你如常人，你便随我修行。你如今此番作为又是为何？"

"哈哈哈……"肖吾满是嘲讽地瞪了他一眼道，"蠢货！我只是不愿再被关到那法器中，你居然也信？！真是没有见过像你这般好骗的和尚，你和千年前一样蠢。"

济尘仍是那副波澜不惊的悲悯神情，长叹一声道："贫僧真诚待你，只为让你早日走出迷障。"

"真诚？"肖吾笑得越发得意，"我看你是愚蠢！你不觉得自己很可笑吗？千年前我屠城时被你发现，只不过说了几句悔改重修的话，你居然真的放了我，还说要度我成佛！"

千年前？时夏一愣，难道济尘之前说的与肖吾有一面之缘就是这件事？济尘曾经见到肖吾屠城！

"真是可笑。"肖吾笑得越发放肆，"我压根就没想过悔改，因为……我根本就没有错！"

肖吾突然双手结印，结了一个十分复杂的阵法。

时夏顿时有种不祥的预感，肖吾想干什么？

下一刻，满是裂缝的空中突然出现一个个金色符文，在空中游走起来。刚刚闯入岛上的罡风突然消失了，一个巨大的阵法如天幕一样盖住了整个小岛。肖吾身上的魔气暴增，而那原本是金色的符文开始扭动变形，慢慢变成了血色。不到片刻，整个岛

303

屿都被笼罩在一片血色之中。

血域！

时夏的心顿时沉入谷底。她转头朝人群飞去，高声喊道："用所有灵力布下防御阵，快！"

师徒两人一愣。济尘先反应过来，双手结印，布下金色的防护结界，盖住下面所有人。

下一刻，天上的阵法发动了，那片血色的天空开始有如血般的液体渗出来，瀑布一般倾盆而下，流动得十分缓慢，带着令人窒息的血腥之气，流淌向整个岛屿。红色液体所到之处，草木尽数枯萎，水土干涸。只是几息之间，整个岛屿就变了一副模样，宛如地狱。

血域，用灵力强行造出的一方天地，由于天地依布阵者的灵气而生，所以在这个范围内，血域的主人是绝对的支配者。

这个阵法需要强大的灵气，但偏偏这岛上原本布的是离返阵。与血域相同，离返阵也是直接开辟出一个空间，但这个阵没有阵眼，完全是依照地形引天地灵气入阵，这样灵气就会生生不息，保持空间的运行。

肖吾就是看出这一点，直接把离返阵改成了血域。再加上他原本就是魔修，与这幻海中的罡风属性相同，于他更加有益。现在这情况，时夏他们根本阻止不了肖吾。

济尘脸色惨白，额头上满是汗，终于支撑不住原地坐下，闭上眼一边支撑着结界，一边打坐调息。

"龙傲天。"时夏拉过旁边干着急的人道，"你去让所有村民往结界的中心走，尽量缩小抱团的范围。"人越集中结界的范围越小，济尘也可以减轻些压力。

龙傲天瞬间明白了她的意思，立马转身去办了。

她在济尘的背后坐下，调动自己的灵气传了过去，直到他的脸色好看了些才停手。

"多谢施主。"济尘朝她点了点头。

"用不着谢我，现在也只有你可以布阵了。"时夏抬头看了看还在淌血的天空，皱了皱眉问，"话说回来，你到底为啥要放那个祸害出来啊？"

"众生平等，贫僧只能引导他向善，不能限制肖施主的自由。"

时夏嘴角一撇："你不会……一开始就没想过把他关一辈子吧？"

济尘没有回答，只是慈悲地看向空中的人。

时夏忍不住爆粗口了，之前怎么没发现济尘这么奇特呢？

"反应倒是挺快……"肖吾发动阵法后飞了下来，脚下并没有御器，周身的魔气越发浓了。

她已经看不穿肖吾的修为了。

"我看你们能支撑到几时！"肖吾冷哼一声，扬手一挥，一个熟悉的阵法再次出现在时夏眼前。

"又是这个阵法！"他还有完没完？怎么布来布去都是这个阵？

"没想到放过仙门那些废物，却换来一个出窍期的佛修，这笔买卖倒也划算。"

"阿弥陀佛！"济尘抬头看向空中的人道，"肖施主，你早已罪孽加身，如今又何苦再造杀孽？"

"什么杀孽？"肖吾冷笑一声道，"别忘了，要不是你多管闲事，我也不会到这里来造杀孽。"

济尘没有因此生气，继续劝道："这世间因果报应，终有一日会应在己身，放下屠刀，方能立地成佛。"

"怎么，你还想度我？"肖吾像是听到了什么笑话，冷笑出声。

"世间无不可度之人。"

肖吾满脸不屑地道："我原以为只有仙修才会满口假仁假义，没想到你们佛修也一样。"肖吾神色一沉，突然朝人群伸出手，一道黑色的魔气穿过了结界。

"小心！"时夏出声提醒，但已经晚了，一个渔人已被魔气缠住。肖吾手间一转，下一刻那个渔人就到了肖吾的手上。

"我改变主意，不想那么快杀你了。"肖吾手一紧，那个渔人顿时化成飞灰。肖吾挑衅地看向济尘："我倒要看看你究竟要如何度我！"

"阿弥陀佛！"济尘站起来，向前走了几步。

"怎么，放弃了？"

"施主心中的杀戮之心太重，若是杀人可以让你回头，贫僧愿舍身成全。"济尘脸上的悲悯之色更浓，他像极了寺庙里的佛像。

"师父，不可！"龙傲天连忙上前阻止。

"光亮，古有佛陀舍身饲虎，若为师之死真能唤醒他心中的善意，那也算功德一件。"

"可是师父……"

"为师意已决。"他轻轻闭上眼睛，一副随时舍生取义的样子。

时夏觉得有些奇怪，肖吾没说要杀济尘啊！

肖吾眼睛一眯，眉宇间闪过一丝恼怒之色，说道："和尚，你当真不怕死？"

济尘神色不变："我佛慈悲。"

"好！"肖吾瞪了他一眼，怒气更盛，转头看向下方其他人，冷笑道，"我就先杀了这里所有人，再杀了你，看你还怎么维持这伪善的面具！"

"这些渔人没有修为，就算你杀了他们，也没有任何好处，平添杀孽罢了。"

"就算是杀孽，我身上也不缺这几条。你不是说众生平等，无论我做过什么，你都会待我如常人吗？我看你还能不能说出这种话来。"

"众生平等，贫僧的想法从未变过。"

"好，那你就给我好好看着。"

305

"阿弥陀……"

"停！"这对话时夏实在听不下去了，瞅了瞅这两位"演员"道，"那啥……你们有完没完？别当其他人都不存在好吗？"

刚刚肖吾要杀的是渔人吧？现在济尘不是应该想尽办法阻止肖吾，保护好渔人吗？他们怎么又扯到度人、舍生上去了？

"济尘，你不会真的认为这变态还有救，想放过他吧？"她指了指空中的肖吾道。

"世无不可度之人。"他还是那句话。

"你没发烧吧？"时夏深吸一口气，压下心底那快要喷出来的怒气，"你不觉得我们应该先阻止这个变态，打破这片血域出去再说吗？"她和济尘合力的话还是有希望的啊！再说她还有炎凤呢！

济尘说出的话却让人想发飙："贫僧已决定不再插手此事。"

时夏下巴都要惊掉了："他想杀了所有渔人，你要感化人也要看情况再说啊！"

"一言一行皆是修行。"济尘沉声道，"世间一切早有定数，贫僧本就是世外之人，不应插手世俗之事。"

"那你为什么插手肖吾的事？"

"他身有佛缘。"

时夏深吸一口气，用力握紧拳头："佛缘是谁？你叫它出来，我跟它聊聊！"

"倒是忘了还有你这个臭丫头。"肖吾看向时夏，瞬间想起了之前的事，眼底闪过一丝杀意，"便先从你开始吧。"

肖吾扬手一挥，顿时四周流淌的血液如同有了生命一般，化为条条血色冰凌朝她飞了过来。

时夏一惊，立马调动体内的灵气，想继续用地心引力这招，却发现没有任何效果。

"快递妹子！"龙傲天拉了她一把，一掌打掉了空中的几条血色冰凌。

她竟然忘了这里是肖吾的空间！在这里连物理定律都不管用了。

眼看那血色冰凌越来越多，时夏和龙傲天不得不闪身冲出结界，躲开对方的攻击，以免牵连里面的渔人一族。

可她刚侧身，那些血色冰凌就嗖的一下掉转方向朝她追了过来。

她只好御剑在空中躲避，做出各种高难度的闪避动作。

血凌越来越多，追得越来越急，而且带着罡风的气息。也不知道这个血域到底是怎么运行的，阵法知识为零的她完全没办法。

肖吾冷笑一声，一副看垂死挣扎的猎物的表情。

时夏躲得越发困难，再这样下去不被戳成马蜂窝才怪。她拼命静下心来观察，这些血凌太诡异，法术打过去不但完全没反应，还全被吞没了。而且血水全部流动着，随时会化为血凌戳中她。

等等！流动。

她细一看，这阵法怎么那么像当初无妄境的那些试炼阵内的阵法？只不过这里不止一个，而是有五个。

五……五行！时夏一惊，这血域是当初那五个阵法的综合体？！要想破阵必须毁掉阵眼，血域的阵眼是布阵者本身，但这个血域是别的阵转换过来的，难道阵眼在别的地方？

她连忙分出一丝神识，抓住迎面而来的一条血凌，然后顺着其中一条血流的轨迹逆流而上，找寻中心阵眼。

她终于找到了！阵眼在肖吾的右后方！

她直接唤出剑意，朝肖吾砸了下去。

"哼，还想来这招！"肖吾冷哼一声，脚下出现千百条血流，如绷带一样瞬间把她的剑意绑了个严实，剑意顿时变成了一个哑弹。

剑意与她神识相通，时夏强忍住心口的剧痛，直接引爆了剑意。可她全力放出的剑意也伤不到肖吾半分，只是让他往旁边退开了几步。

不过，他退了就行！

时夏趁此机会，全力朝阵眼方向飞去，唤出万千灵剑直击空中某空无一物的位置。

"你！"肖吾脸色一变，眼里闪过一丝慌乱，她怎么会知道阵眼的位置？

小黄鸡突然激动地叫了起来。

被困住的龙傲天也突然急唤："师父！"

时夏用余光一扫，发现肖吾唤醒了所有血流，却并不是要阻止她破阵，反而全力攻向地上结界中的众人。肖吾想让所有人死在血域中！

这个小人！

阵眼近在眼前，时夏全力一击就可以破血域而出，但下面那几百人也死定了。

她要怎么办？

阵眼的位置随时会换，时夏若错过这次机会，之后可能就再也找不到了。而那些渔人与她素不相识，甚至还不是人类。她该破阵还是救人？答案很明显，自然是救人啊！

时夏一咬牙，转身控制着灵剑朝下方的结界处挡了过去，身形一转，持剑挡在了结界上。随着哐当几声，最大的几条血流被打散。

"哼，蠢货！"肖吾得意地冷笑一声，手间法印一换，那些散落的血流突然化成血凌，齐齐朝她攻了过来。

她心底咯噔一声，想支起结界却已经来不及……

"叽！"趴在她肩上的炎凤暴躁地蹦了起来，头上火灵所化的毛化成蓝色火焰包裹住它全身，见风就长。一声凤啼划破长空，一道由火焰组成的凤凰身影冲向天空，瞬间把攻向时夏的血凌焚烧一空，把整个空间照得一片光亮。凤凰很快消失在空中，火凤再次化成小黄鸡，无力地掉了下来。

"炎凤！"时夏连忙伸手接住它。

它累极了，眼睛都睁不开了，用小脑袋蹭了蹭时夏的掌心，缩成一团晕了过去。

"刚刚那是……凤……凤凰！"肖吾愣住了，脸上闪过狂喜之色，"世上居然还有神族！"他紧紧地盯着时夏的手，眼里都是贪婪之色，"没想到这回还能得到一只神族的幼兽，这可真是天意！有了凤丹，这世上还有谁能奈我何？哈哈哈……"

时夏心间一颤，立马用灵力联系手上的契约。她就知道让炎凤待在外面，迟早会发生这样的事。

"把它的凤丹给我！"肖吾双眼赤红，手间一握，抓住旁边一根血凌化成长剑，直接朝她冲了过来。

时夏用剑一挡，一股阴寒之气钻入体内，使她喷出一口血。时夏一边护住炎凤一边躲避，不知道是不是因为炎凤晕过去了，迟迟联系不上炎凤的空间，只得闪身尽力与肖吾拉开距离。

"哼，我看你往哪里躲！"他脸色一沉，再次召出满天血凌。血凌如下雨一样落了下来，而下方正是渔人一族。

"阿弥陀佛。"沉默了半天的济尘终于有了反应，随着佛号响起，身上发出一道白光，朝四周扫了过去。白光过处血凌尽数消失，无一落入结界之中。

这和尚总算出手了！

时夏松了口气，趁此机会拉着龙傲天回到结界中。

"快递妹子，你没事吧？"龙傲天担心地看了她一眼。

"暂时还死不了。"时夏立马趁机打坐调息。

"臭和尚，你不是说不插手吗？果然你们佛修跟仙修一样，都是假慈悲。"肖吾冷冷地瞪着济尘。

"阿弥陀佛。"济尘道，"贫僧确实说过不插手破阵之事，却无法对你再造杀孽视而不见。肖施主，放下屠刀，立地成佛。"

肖吾冷笑一声道："不插手破阵，又想护他们安全，你想得倒美！可惜在这血域当中，就算我不动手，他们也会受不了这血煞之气。"

时夏转头一看，果然在场的渔人脸色都很不好，不少人已经连站立都有些困难了，一些体弱的更是直接晕了过去。

"和尚，我看你一个人都救不了。"肖吾笑得更加猖狂。

"阿弥陀佛。"济尘没有理他，盘腿开始念经。一道道金色的梵文出现在结界上，不断地游走着，血煞之气立刻减轻了不少。

"居然把自身的修为融入结界。"肖吾咬了咬牙，冷哼一声，"我看你能支撑多久。"

济尘闭上眼睛，对肖吾的挑衅完全不在意，一副就算牺牲自己也在所不惜的神情。

"师父……"龙傲天一脸担心，想劝又不知道怎么开口，急得皱着眉向时夏求助。

时夏皱了皱眉，济尘不惜耗尽生命劝对方从善，这种牺牲精神的确很高尚，可人家肖吾完全没有被触动啊，反而更加偏激了！济尘这种行为只能感动他自己。

不行！济尘有耐心劝下去，她可没有！她下意识地握住了手上的契约印记，用神识唤道："小黄鸡听话，快醒醒。"

肖吾在空中等了半天，确认济尘是铁了心地与他耗到底后，怒气越来越盛，却又苦于突破不了这布满梵文的结界，看向对方的眼神越来越怨毒。

肖吾突然转头看向抱着炎凤的时夏，眼里闪过什么，阴笑出声："济尘，你不是想让我修佛吗？我想过了，我身上的确杀孽重重，修为再高也注定不能飞升成仙。"飞升时的因果劫雷他是绝对撑不住的。"也罢！我可以答应你重修，也可以放过这些渔人，更可将离返阵交出来，助这些渔人重建家园，当场散去一身修为，拜你为师从头再修……"

济尘终于睁开眼睛，抬头看向他。

肖吾笑得更深了："不过我有一个条件。"

时夏心中咯噔一下，顿时有种不祥的预感，抱着炎凤的手紧了紧。

"我要那颗凤丹！"肖吾指向时夏怀里的小黄鸡道，"凤凰的内丹可以焚尽业火，更可以燃尽我心中所有的恶念，从此邪魅不生。你不觉得这样才是真正地度我吗？"

济尘沉默了一会儿，然后转头看向时夏，眼里似有什么，又似什么都没有。

时夏微微一笑，咬牙一字一句地道："你要是敢应，我就敢发飙！信不信我分分钟变成第二个肖吾？"

"快递妹子，不要对师父无礼。"龙傲天有些为难地上前一步道，"别急，你先把话听完。"

时夏深吸一口气，压下心头的怒气道："好！"她倒要听听济尘要怎么说。

"阿弥陀佛。"济尘眼睛微眯，满脸悲悯地道，"救人一命，胜造七级浮屠！肖施主已有悔改之心，正所谓回头是岸，世间多一个善者便少了诸多罪孽。如今众人性命系于你一身，时施主是有慧根之人，心怀慈悲，何不成全肖施主？"

这话说得好似她不答应就等于灭了大家的生机一样。

果然，他这话一出，求生的本能让在场的渔人纷纷满含希冀地看向她。

"成全？"时夏觉得好笑，"敢情你觉得你们的命是命，其他人的命是命，甚至连肖吾那个变态的命都是命，偏偏我家炎凤的命不值钱是吧？我家炎凤做过什么坏事，跟你们有什么关系，要用它的命来换你们的命？而且它刚刚强行化形，挡住了那个变态要杀你们的血凌！"她越说心越凉，上下扫视了济尘一眼，像是才认识他一样，"现在……你却让它把内丹交出来？你到底有多不要脸，才能提出这种要求？"

她转头扫视在场的众人。他们似乎也想起了刚刚的事，一接触到她的视线，便愧疚地看向别处。

"快递妹子……"龙傲天越发为难，瞅了瞅她，又回头看了看师父，张口想劝，却又不知道该说些什么。

"阿弥陀佛，原来施主是担心灵宠的性命。"济尘仍旧是那副慈悲的表情，像是完全没有听到她刚刚的话，闭上眼，缓缓地叹了口气道，"若是如此，只要施主救得这方渔人百姓，贫僧愿以全部的修为护住灵宠的性命。"

"师父，不可！"龙傲天脸色一变，第一个反对。就连渔人们也激动地劝说道："上师，我等怎么能承受您这么大的恩情？"

"上师慈悲之心，我族永远铭记，今日就算是灭族我等也认了。"

"是啊，我们渔人一族也是有骨气的！"

他们越说越激动，虽然话里没有提她，但终是生出了不满，就连龙傲天都下意识地朝她皱了皱眉。

"阿弥陀佛……"济尘高唱佛号，没有回应，只是静静地等着她的答案。

时夏嘴角一撇，转头看向眼前仍慈眉善目、悲天悯人的济尘。从到这个小岛开始就有的那股违和感终于得到了证实，她之前居然真的认为他是个慈悲的大师。

时夏微微一笑，目光冷厉地道："我希望你们搞清楚几件事。第一，我家炎凤不是灵宠，虽然它只是一只幼凤，但也是凤凰，是神族。你们别把它与灵宠、玩物之类的混为一谈。要论身份，这世上所有人加起来，都比不上它。所以，请你们不要偷换概念！第二，"她转头看向四周隐隐对她生出敌意的渔人们道，"交不交炎凤的内丹跟愿不愿意救你们是两码事，济尘是否牺牲自己更是与我和炎凤毫无关系，这个锅我们不背！不要以为牺牲就是高尚，拿着自己的命威胁别人牺牲自己，这不是善良，这是道德绑架。"

"肖施主……"济尘皱了皱眉，明显不认同她的话。

"我不喜欢别人打断我！"时夏转头看了他一眼，继续道，"什么叫牺牲？是个人按照自己的意愿自我奉献的一种精神，而不是将人绑住手脚推到火堆里，还在旁边说一句'没关系，烧完你就烧了'。这不是牺牲，这是变态！济尘，你觉得献出自己全部的修为护住炎凤就好了吗？你有没有想过炎凤的感受，它愿不愿意？先不说你的全部修为是否比得上它的内丹，就算可以，你把人家好端端的一只手砍了，回头再把自己的手接给它，还期待它为这只新手感到骄傲吗？"

"阿弥陀佛……"济尘目光一沉，又立马恢复原样道，"行善可积德，因果有福报。施主明明可为，却又不肯为之。这世间缘分本不分什么该或不该，若是今日施主能日行一善，救得众人性命，乃是大大的功德。"

"大师，这话我原样还给你！渔人一族真的是我不救吗？"

他一愣，眼里闪过一丝什么。

"你不会忘了吧？明明一开始我们合力就可以破阵出去，你却口口声声说不插手，错失了这个机会。现在怎么又变成我不愿意救大家了？"她有些好笑地看向他道，"在你的眼中，难道只有牺牲我家炎凤才算是救人，靠自己的力量反而不行了？"

这话一出，大家才纷纷想起济尘刚刚那奇怪的举动，原来当时有机会破阵吗？那

310

为什么……

"快递妹子，师父不是这个意思。"龙傲天有些着急地拦住她。

"那是什么意思？"她还真想弄清楚济尘的意思。

"快递妹子……"

"龙傲天，我们是朋友，我不想跟你吵。你维护自己的师父，我可以理解。我们分开千年，有了隔阂，我也理解。但这件事关系炎凤的性命，希望你不要插手，好好听着就行了！"

"师父……"龙傲天来回看着两人，左右为难。

"我佛慈悲……"济尘仍双手合十，不紧不慢地道，"施主，贫僧以为救渔人一族是善，度肖施主亦是善，贫僧救人之心从未更改，在在下眼里众生一样。"

"你的意思是说，今天你非要让肖吾修佛不可？"

"行善积德，导人向善，是贫僧之职。"

"那就说说这个行善的事，大师觉得自己的所作所为都是善事吗？"

他没有回答，只是又念了一句佛号，意思很明显。

"你真的以为有了凤丹肖吾就能改过自新？"

"人性本善。"

"人性这种东西，从来就没有绝对的善恶！你以为有了凤丹他就会安心修佛，从此变成一个好人？不，他只是看到了凤丹的力量而已。至于修佛、修仙、修魔，他根本不在乎。就算他现在跪在地上忏悔，我也半个字都不会相信。他唯一后悔的是没有早日发现这条路而已。"

"施主不应否认向善之心，只要他肯皈依，我佛从不拒有缘人。"

"是，的确有人能回头，有人能真心悔改，但这人绝不可能是肖吾！真正回头根本不需要凤丹，忏悔这件事是发自内心的。"

济尘这回真的皱起了眉，眼里闪过不满的情绪，看向她道："施主福缘甚深，心胸为何如此狭隘？度他一人便能免去世间诸多苦难，这份功德怕是累世难积。你又何必一再推辞，不愿帮他一把，帮世人一把呢？"

"功德？"时夏一愣，上下扫了他一眼道，"你真的是在帮世人吗？"

"若他改过自新，不再作恶，世人自然就免了多余的苦难。"

"那为什么千年前他屠城时，大师不帮他呢？"

他愣住了，连那句佛号都忘了说出口。

"若大师千年前就阻止了他，那后面的杀孽是不是不会发生？你当时为何不阻止他？"

"那时肖施主游走在正邪之间，并不如今日这般疯狂。"

"所以你就放任他杀人？"

他脸色一变，没有回答。

"还是说……你觉得当时的他身上的罪孽不够深，若那时度他，你的功德积得不够多？"

"放肆！"他的脸上终于露出怒气，一股威压扑面而来，逼得时夏下意识地退了两步。

"快递妹子！"龙傲天也怒了，一把拉住她的手，气呼呼地道，"你怎么可以这样说？我师父是德高望重的高僧、多世修行的好人，怎么可能为了功德故意放纵恶人？"

时夏皱了皱眉，看着已经闭上眼念着经的济尘，心中更加怀疑了。

她道："是与不是，当事人最清楚。"

"顺风快递妹子！"龙傲天更恼了，抓着她用力地一握。时夏吃痛，挣了几下，他这才意识到，连忙放开："抱歉！我不是……唉，反正我不准你这么说我师父，不允许任何人污蔑他！他救过我的命，是我的恩人。"

时夏一愣，缓缓地转头仔细地看着龙傲天，过了一会儿才道："我曾经也是。"

"叽。"炎凤终于醒了，小脑袋拱了拱时夏的手心。

一直在外看戏的肖吾眼睛瞬间亮了，直直地看向炎凤道："和尚，你可要快点儿决定，不然这结界撑不了多久。"说着肖吾手间一转，满地的血红液体化为血凌一齐攻向结界。

结界上的金色符文暗淡下来，结界隐隐有崩塌的趋势。

济尘完全失去了耐心，直接指责时夏道："施主，在下行事向来无愧于心，对得起佛祖，对得起天地良心，就算你对贫僧有诸多误会，现在也请以大局为重。"

"无愧于心？"时夏嘲讽道，"那你有没有想过那些被肖吾杀死的无辜受害者？你是否无愧于他们？"

济尘一愣，瞬间皱起眉。

"我不知道你所谓的慈悲是什么，你放任肖吾，明明知道他在造孽却不阻止他，还在我面前谈什么良心？"时夏真的怒了，"别再跟我提什么大局，从你千年前放过肖吾的那一刻开始，你就成了他的帮凶。他杀的每一个人，造的每一份孽，都有你的功劳。你看到了他满身的罪孽，那有没有回头看看自己的身后到底站了多少冤魂？"

"荒唐！别人作的孽怎可算在我的头上？贫僧修的是累世功德。"

"功德？如果所谓的功德就是牺牲一堆普通人的性命造出一个魔头，再满足你们引人向善的虚荣心的话，我倒是想问问你们的佛祖，这样的功德他给得安心吗？"

"放肆！"济尘脸上闪过一丝慌乱，怒道，"区区凡人居然敢随意编派佛祖，功德与罪孽怎能混为一谈？"

"是功是孽，你问问自己的良心。"

"罢了！"他低声念了句佛号，"你无须狡辩惑众，今日非常时刻，若施主执意不肯，贫僧也只能得罪了。"

"你想干什么？"时夏心中一紧。

济尘一挥手，她只觉得身体一沉，被庞大的威压压制在了地上，怀里一空。

糟了！

小黄鸡发出慌乱的叫声，瞬间被送出结界，落到了肖吾的怀里。

"不要！"时夏拼命想站起来，伸手去抓炎凤，却一次次被压到地上。

"哈哈哈……上古神族……"肖吾一掌从炎凤的体内掏出一颗红色的珠子，再甩手一挥，炎凤顿时像一块破布一样被甩了下来。

"炎凤！"时夏紧紧地盯着那掉下来的身影，撕心裂肺，用尽力气站起来接住了它。刚刚还活力四射的小黄鸡已经被鲜血染红，伤口处正流着血，鲜红的色泽刺痛了时夏的双眼。她的手不受控制地颤抖着，视线都有些模糊，她哽咽地唤道："炎凤……小黄鸡……"

她赶紧拿出九转还魂丹，连用了好几个法术，才止住它身上的血，为它留住一口气。

"叽……"

"别怕，没事……没事的……"时夏全身都在颤抖，努力地说着自己都不相信的话。

"阿弥陀佛，此灵兽以身驯魔，功德无量。"济尘语气平静，好像刚刚将炎凤扔出去的不是他。

"功德？"滔天的怒火顿时迸发，燃烧了时夏所有的理智。她的脑海里充斥着一个从未有过的念头——杀人！

"去你的功德！"她咬牙站了起来，全身的灵气不受控制地迸发，"济尘，我要你的命！"她唤出法剑就冲了过去。

济尘脸色一沉，挥手唤出一个屏障挡住她，根本没有在意她的攻击，道："施主不要执迷不……"

刺啦一声，他话还没说完，时夏的剑直接穿过屏障刺在了他的身上，一时血花四溅。

济尘一惊，连忙后退，却发现胸前直接被划开一道深可见骨的伤痕。他一脸惊异地道："这怎么可能？"她一个渡劫期的仙修怎么能穿透他的法术？

时夏却管不了，什么法术，什么剑法，通通被高涨的怒火焚烧得干干净净。她举着剑再次冲了过去，疯狂地砍向他，眼前反复闪现着小黄鸡现在的样子，越想就越恨济尘这个伪君子，脑海里只有一个想法：我要打死你！

济尘一开始还想用法术抵挡，却发现完全没用。时夏一近身，他身上的法术就完全消散了。不一会儿，他的身上出现了多道伤痕，脸上那悲天悯人的神情再也维持不住，慌乱地问："这怎么可能？你到底是什么人？"

时夏一脚踢了过去，用上十分的力气，直接把济尘踹出十几米远。她举起手里的剑再次冲了过去，一脚踩在他的身上。

"快递妹子，不要！"龙傲天急了，拦在她面前。

"滚开！"她威压一放，瞬间把龙傲天甩了出去，手起剑落，一剑插入了济尘的胸膛。

"啊！"济尘发出一声惨叫，血喷溅而出。

"不好意思，插歪了！"时夏的恨意却消不下去，她直接拔出剑，对准心脏的位置正欲插下。突然，整个大地一阵晃动，结界外的肖吾发出一声惊呼："这怎么可能？怎么会这样？"

时夏稳住身形，抬头一看，只见肖吾整个人跟一只被煮熟的虾一样，冒着阵阵热气，仿佛正被什么烤着。他痛苦地抠着自己的嘴，似乎想把刚吞下的凤丹掏出来，神情越来越痛苦，连御风飞行都无法保持，像喝醉了一样在空中四处乱飞，嘴里还发出痛苦的声音。

"不，快停下。我不要凤丹了！快停下！"他一头栽了下来，落到满地鲜血中，却仍不忘往这边爬，"快停……停！我不想……死！"

时夏心头一紧，猛地回头看向炎凤的方向，果然它正发着红光。

它要……自爆内丹！

"小黄鸡！"她扔下手中的剑飞了回去，抱起地上的小黄鸡，道，"不要这样，快停下！"

内丹在肖吾那里，小黄鸡虽然受了重伤，但至少能活着，如果自爆的话……

但神族是何等骄傲的种族，怎能忍受自己的内丹在别人身上？所以它宁愿自爆。

"炎凤！"

轰隆一声巨响，肖吾整个人炸裂开来，尸骨无存。爆炸的余波朝四周扩散，血色的空间同一时间碎裂，小岛重新出现，却只剩一片荒芜，就连四周肆虐的罡风也消失了。所有血红的颜色全消失了，除了炎凤身上那依旧刺目的血色。

"叽……"它缓缓睁开眼睛看了时夏一眼，最后蹭了蹭她的手心。

它眼里的光越来越暗，直到完全消失。

它缓缓地合上了眼睛。

"炎……凤……"时夏感到心顿时空了，眼里起了雾，看不清东西，眼泪不受控制地往下掉。

"快递妹子……"龙傲天撑着被她打伤的身体走了过来，"师父也是为了大家，请你别……"他想解释，话到一半又停下，最终说不下去了。

时夏顺了顺炎凤带血的羽毛，深吸一口气道："龙傲天，这就是你拜的师父吗？"

他一愣，过了一会儿才道："师父他……是个好人！"

时夏有些想笑，转头看了他一眼道："龙傲天，不，光亮大师，你还记得龙城吗？"

他僵住，过了一会儿才开口道："师父救过很多人，并不像你想象的那样，你别误会他！"

"误会？"时夏冷笑一声，"刚刚他把炎凤扔出结界，也是我误会了他吗？"

龙傲天愣了一下，过了一会儿才低声辩解着连自己都不太相信的话："这是为了……大局。"

"哈哈哈哈……"她笑得肚子疼，"请问刚刚是所谓的大局救了大家吗？"

他说不出话来。

"济尘，你说自己不是为了功德，只是为了佛缘，是吗？那我就告诉你一件'开心的事'吧！"时夏转头看向旁边的济尘，有些恶意地道，"炎凤不是普通的凤凰，而是火凤，千年来镇守在阴阳两界的交界处，防止冥界怨气入侵人间。"

济尘猛地睁大眼睛，一副不可置信的表情。

"换句话说，是它拯救了整个人界。"她直直地看向济尘道，"它是救世的功臣！你刚刚逼死了一个救世者，我想问这份救世功德你要怎么还？"

"不……不可能！"济尘慌张地摇着头，无法接受这个事实，死死地盯着炎凤道，"这只是一只幼凤，就算是神族，也不可能身负那么大的功德！不，这不可能！"

"幼凤？"时夏冷笑一声道，"你以为它是如何变成一只幼凤的？"

济尘一愣，整个人瘫在地上，全身不住地颤抖起来，不断地道："不！不可能。"

佛修修的是因果，也最信因果。济尘之所以有恃无恐地让别人牺牲来救人，只不过是看穿了救了大部分人的功德会掩盖逼死一个人的过错，而且这份功德会算在他的身上，就算是来世也会气运加身。所以他根本不惧别人牺牲，更不惧自己牺牲。

可这次不同，炎凤是救世者！时夏不知道这份功德有多大，但济尘就算救了再多的人，也抵不过救世之功。这份"过"同样会记在他的身上，他生生世世都别想成佛！

尤前 ◎ 著

亲爱的

下 册

青岛出版社
QINGDAO PUBLISHING HOUSE

# 第十四章　妹妹的失忆哥哥

"你骗我！"济尘有些疯狂地瞪向时夏，哪还有半点儿慈悲的样子？

"骗你？"时夏冷冷地道，"你有什么值得我骗的？你以为刚刚我是如何打赢你的？"他伤了炎凤，因果直接应在了他的身上，所以她才能轻而易举地把他揍成猪头。

"你这满口胡言的黄口小儿。"他爬了起来，运气一掌打了过来，掌风还没到就在半途消散了，他慌乱地看着自己颤抖的手，"不……我修行十世，不可能就这么没了，我能成佛……我能成佛。"

他喃喃自语，不知道是说给别人听还是说给自己听，眼里全是疯狂之色："对，我要成佛了！过了这一世，我就能成佛了！哈哈哈哈……"

他越发癫狂，转身飞出了小岛，往那满是罡风的海面飞去。

"师父！"龙傲天一脸着急，正要追去，脚步一顿又回头看向时夏，愧疚地道，"快递妹子，刚刚我……"

"我不怪你！"她深吸一口气，抱起地上只余一丝气息的炎凤说道，"你是他的徒弟，当然站在他那边。我们千年不见，我以为见到了老友，没想到……你已经不是当年的龙傲天了。"

"快递妹……"

"龙傲天！"时夏声音一冷，一字一顿地道，"从现在开始，我们不再是朋友！"

他一愣，猛地后退了一步，眼神复杂，最后咬了咬牙道："我回头再向你解释。"说完追着消失的济尘离去。

时夏深吸一口气，用力擦了擦眼睛，调动所有灵气传入炎凤的丹田之中。接着，时夏用她特殊的灵气在炎凤的体内凝结出一颗内丹，转换成火灵气。这样在她的灵气消耗完之前，她都能留住它的命。再加上她本就是纯阳灵根，炎凤又与她有契约在身，不会抗拒她的灵气，她这样做应该可以成功。不对，她一定要成功。

灵气运转得越来越快，直到她抽出全身的灵气，那颗内丹才慢慢凝结成一团。灵气流失，一股无力感瞬间席卷全身，她咬了咬牙保持意识，告诉自己现在还不能晕，得把灵气转换成火灵气。

可全身的灵气已经空了，她只能探出神识，强行探入它的丹田。几乎是同时，炎凤的神识本能地反抗，一股刺痛感传入她的脑海。她只觉得气血翻涌，血从口里喷了出来。神识的伤不同于身体，这种痛像是直接打在灵魂上的。她几乎要撑不下去，视线模糊起来。她只好放慢速度，顺着它的神识绕了上去，缓缓地向它的丹田靠近，这无疑是一种折磨，而且是慢性的。

不行！她不能放弃，还差一点儿，就差一点儿！她拼命在心里打气，终于，神识探到了它的丹田，开始一点点地转化灵气。灵气由白色的一团慢慢转换成了红色的，脑海中的痛却到了极限，一阵眩晕感席卷全身。她眼前一阵发黑，知道自己撑不住了，神识里传来咔嚓咔嚓的声音。

一直沉默的 002 也发出了急促的警告声。

"警告，警告！生命体征出现异常，请立即停止自杀行为！请立即停止！"

可这种时候她怎么能停？她停下炎凤就死定了！

终于，那团白色的临时内丹完全变成了红色。

她松了口气，直接瘫在地上，可神识的裂痕却越来越大。

"警告，警告，神识受损度 80%，请尽快修复，请尽快修复！"

她要怎么修复？灵气被抽空了，她哪来的力气修复？她的意识越来越涣散，她隐约看到一个白色的身影从天际飞过。这是她的错觉吗？她怎么感觉这个人长得有点儿像那个"便宜哥哥"？

"哥？"她下意识地喊了一声，下一刻直接晕了过去。

那个一闪而过的身影却猛地一顿，停在了空中。

"师父，怎么了？"身侧一身青衣、体形特殊的修士问。

白衣男子皱了皱眉："有谁在唤我？"

"啊？"

下一刻，那个人直接转身朝后方的岛屿飞去。


时夏再次睁开眼睛的时候已经在床上，脑海中空白了一瞬，才慢慢想起之前发生的事，猛地坐了起来，惊呼出声："小黄鸡！"

她连忙转身要起床，却看到床边站着两个人，右边那个白衣如雪的身影格外眼熟。

"后池？"她愣了一下，顿时眼睛一热，一股委屈的情绪涌上心头。或许是跟后池分开了太久，她吸了吸鼻子，不管不顾地伸手抱了过去："你怎么才来？！"

她隐隐听到旁边有抽气声，怀里的身影僵了一下，轻轻挣了挣。

"哥！"

他顿时不动了。

"我都要被欺负死了！你到底去哪里了？说好的做彼此的后台呢？"时夏报复似的把眼泪、鼻涕抹了他一身，"对了，炎凤！"她立马起床，四处找了找，"我旁边的那只凤凰呢？就是长得像鸡的那只。"

后池皱了皱眉，却没有回答。

"你说的可是那只灵兽？原来那是只凤凰啊！"倒是一旁的青衣男子一脸惊奇地解释道，"姑娘莫急，它已经被师父放到益灵池了。它刚失了内丹，益灵池可以暂时锁住它外泄的灵气。"

时夏这才松了口气，上下打量了眼前的青年一眼。后池什么时候又收了个徒弟？依旧是个……横向发展的徒弟！后池是对胖子有执念吗？

"那炎凤现在怎么样了？"

"无性命之忧，但一时半会儿估计醒不了。"

她有些担心，抓着后池紧张地问："后池，你有没有办法修补它的内丹？"

后池看了她良久，缓缓地抽出被她抓着的手，脸上闪过一丝怪异的神色，回道："有！"

"真的？"时夏着急地问，"怎么补？"

"师父……"旁边的青衣男子急了，似乎想说什么。

后池皱了皱眉，认真地看着她道："不过在此之前，你需回答我一个问题。"

"什么问题？"

他眉头紧皱，上下打量了她一眼才道："你……是谁？"

"……"


笪源觉得这个从幻海捡回来的女修有些……蠢。

虽说她修为远不及他，但好歹是个度劫期的修士，身侧还跟着一只神族的凤凰，按理说这样的人在下界很难找到对手。偏偏笪源捡到她的时候她只剩一口气，就连那只神兽也被夺了内丹。她到底有多蠢，才能混成这样？

更奇怪的是，她身上居然有与他相连的同心印！这种印术属于魂契，在受印者遭受危及生命的致命伤时，此印便会发动，将伤害直接转移到施术者身上。所以，此术有可能是施术者自己种下的，可是他完全没有印象了，而且施术对象还是这么蠢的女修。

他心有疑惑，干脆将人带回了拈霞峰。他一探她的伤势才发现她体内的灵力已近枯竭，似乎一瞬间强行把灵力抽空了一样，神识受损，连灵根都在崩塌的边缘。他再

319

晚一步，此人便回天乏术了。

他的心底无端生出一股恼意，想也没想就帮她疏导经络，引入灵气。他本打算稍微治疗一下，待她醒来再问清楚，结果治着治着就过头了。他不但直接把她的伤治好了，还鬼使神差地耗费真元，替她稳住了修为。就连那只凤凰，他也顺手扔进了益灵池。

直到徒弟清茗一脸惊讶地看着他，他才意识到自己好像太上心了，于是把正欲掏出来的还魂丹默默地塞了回去。

三天后，这个女修总算醒了过来，却开口叫了一个陌生的名字。

后池是谁？他从未听说！不过看她的样子，他没来由地有些烦躁。难道这世上真有如此相像的两个人？

"我名唤笪源。"他终于忍不住自我介绍道。

"啊？"她愣住了，心里猛地一沉，一种从未有过的慌乱感袭上心头，"后……后池，你别吓我，我是时夏，你妹妹时夏！你别玩了，这种失忆梗早就不流行了！"

笪源皱了皱眉，再次道："我叫笪源！"

时夏愣了半天，看他完全没有开玩笑的意思，瞬间像霜打的茄子一样蔫了。

"你……真的不认得我？"

笪源皱了皱眉，冰块一样的脸上仍旧没有任何表情，厉声问："你身上为何会有同心印？"

"同心印？"时夏疑惑地道，"什么是同心印？"

他捏诀化出一面水镜，再一挥衣袖。时夏只觉得脸颊微微发热，一个白色的古朴且复杂的印记顿时出现在她右边的脸蛋上。她的脸色沉了下来："这只乌龟是谁画的？"


后池失忆了，时夏不开心！

一开始她还怀疑自己认错人了，两人虽然长得一模一样，但对她的态度完全不同。后池表面冰冷，但内心住着一个傲娇的小公主，笪源则从里冷到外。她不禁怀疑笪源是不是后池失散多年的双胞胎兄弟，但002扫描后告诉她，眼前这个一脸冰冷地看着她的人就是后池。而她脸上那只乌龟也是后池当初画上去的。难怪之前他总喜欢捏她的脸。她原本以为这只是他无意识的小动作，没想到他在偷偷画这个。她有种把人拖出去揍一顿的冲动，但看着眼前这个记忆全无、一脸冰冷的人，又挥不出拳头，不敢那么放肆。

时夏怂了，心里有种莫名的憋屈感。

"你是说你是我认的义妹，还是我主动认的？"笪源皱了皱眉，神色有些古怪。

"嗯嗯嗯。"时夏用力地点头道，"可能时间上会有差异，但我们被传到这个大陆的时候分散了，你应该比我早来一千年。"

他的眉头皱得越发紧了。

"你要是不记得我，那对玉华派以及徒弟毕鸿有印象吗？对了，还有我的另一个哥哥，他叫时……"

"罢了。"笪源打断她的话，脸色仍冷得似冰，看向她的眼神既不生气也不欢喜，淡淡地道，"若是你不想透露来历，也不必勉强，这同心印我自会帮你解除。"

"你不相信我？"时夏一愣，睁大眼睛看向他，心底泛起酸涩，难受得很。

"我修行万年，所经历之事虽说没全部记得，但收下义妹并结下同心印之事，又怎会全无印象？"

"万年？！"时夏一惊，"你到这边已经一万年了？"002，这跟说好的不一样啊！

叮！

002："不同对象传送时存在一定误差。"

这差得太多了吧？而且他为啥会失忆啊？

时夏很着急，一把抓住他的手道："你听我说，我不知道时间会差这么多，我真的是你妹！"

笪源没有回答，低头瞅了瞅被抓住的袖子，脸色一冷，然后缓缓地将她的手从自己的手臂上拂了下去。

"你伤势未愈，明日我再来解咒。"说完他转身出了门。

时夏瞅着空空的双手愣了愣，看着离去的身影，忍不住开口唤了一声："哥！"

那白影一顿，没有停留，继续往前走去。

"等一等！"时夏忍不住追了过去，挡在他前面道，"不管你信不信，我说的都是实话，没有骗你。"

他总算停下来了，抬头看了她一眼，冷冷地应道："嗯。"他的脸上没有一丝表情，似乎对她的话根本不感兴趣，只是不满她挡在自己前面。

时夏觉得心痛，往旁边挪了一步，放他离开，却在他走过的一瞬间下意识地拉住了他的衣袖。

他再次看了过来，带着几分恼意。

时夏压下心底涌出来的情绪，咬了咬牙道："你刚才说有办法救炎凤，是不是真的？"

他沉着脸点点头，回了一个字："嗯。"

"那……你能不能告诉我怎么救？"见他的脸色更冷了，她不禁又加了一句，"当然是在解了同心印之后。"

"可以。"

"谢谢。"时夏松了手，他这才继续向前走去。

片刻后……

"等等！"

"还有何事？！"

"你好像走错了。"她指了指前面道，"那边是悬崖……没路了。"

那身影停了一秒，然后掉转方向，身形一闪，消失在原地。

时夏则怔住了。

002说空间穿梭因个人不同，会有不同的影响。所以龙傲天、肖吾跟她有一千年时差，后池更离谱，跟她隔了上万年，而且失忆了。她现在不敢想易耀罡会变成什么样。

对于后池的变化，时夏真的没法适应，他对她跟对路边的石头没两样。但她想了想，两人分开那么久，龙傲天都变了，别说后池只是失忆，就算真的忘记了她也很正常。

时夏决定先冷静下来，毕竟人已经找到了，目前最重要的是救回炎凤。

笪源很准时，说第二天来，一大早人就出现在门口了。他仍旧冷着脸，见到她时下意识地皱了皱眉，带着点儿让她很不爽的嫌弃感。

她默默地想：等你找回记忆，看我怎么嫌弃你！随后她微微一笑，领他进屋，顺手倒了一杯茶递过去。

"后……呃，笪源。"她临时改了口，"现在可以告诉我怎么样才能救炎凤了吧？"

他伸手接过茶杯，捏在手里转了转才沉声道："凤凰乃是神兽，凤丹是它的本源。纯正的灵气虽然可以暂时保住它的性命，却不能令它完全恢复，除非……"他一顿，直直地看向她道，"除非有与它同本同源的内丹，才可替代它原本的凤丹。"

"同本同源……"时夏愣了愣，猛地睁大眼睛道，"你是说我体内的龙珠？"龙族不也是神族吗？

"嗯。"

"我现在就拿出来。"她一喜，刚要进入神识，却想起自己不会，忙问道，"呃，要怎么拿？"

他皱着眉道："凝聚神识，心随意动。"这么蠢的人真的是他的妹妹吗？她果然是骗他的！

时夏深吸一口气，连忙内视，按他说的办法凝聚神识，包裹住那颗挂在正中间的白色珠子，心念一动。果然，下一刻那颗龙珠就出现在她的手心。

"给！"时夏直接将龙珠递过去道，"接下来怎么做？"

笪源一愣，看了眼手里的珠子，望向她的眼神有几分诧异。在帮她疗伤的时候，他就发现了这颗龙珠。龙珠与凤丹不同，里面包含着龙族所有的传承之物，而这颗龙珠早已经染上了她的颜色，时日再长一些，里面的东西必会成为她的一部分。他只是试探着说出可以救那只幼凤的办法，没想到她会这么轻易地交出来。

"你可知这龙珠在你体内再炼化百年，你将得到龙族所有的传承之物？"

"是吗？这我不知道。"时夏一愣，难怪当初孔阳塞给她时说这是好东西，她不在意地挥挥手道，"哎呀，那些东西不重要啦！快救炎凤吧！"

他捏了捏手里的珠子，又道："若是有了这些东西，你飞升指日可待，甚至会走到更高的位置。"

"然后呢？"时夏道，"飞升是什么？可以吃吗？"

"不能。"

"哦，那赶紧救炎凤吧。"

笪源一时不知道该说什么，瞅了她一眼，再次确认道："你当真要用龙珠救它？"

"当然！"

"为何？"

"你不是说这东西可以救它的吗？既然可以救，为什么不救？再说我把炎凤当成亲人，它都那样了，我还管什么龙珠啊？不管用什么方法，我都得救它。"要是不够，她不介意回去打劫孔阳同学，"况且……我身边就只剩这只鸟了。"

笪源愣住了，看她低头沉默的样子，心里顿时有些慌，一股从未有过的不明情绪涌上心头，不自觉地伸出了手。

"对了，这东西到底要怎么用？"时夏突然抬头，瞬间就从低落的情绪中走了出来。

他的手停在半空，脸色顿时冷了下来。他猛地站了起来，紧了紧身侧的手，无端生出些恼意，把珠子塞了回去，一言不发地往外走去。

"哎，你怎么走了？把话说完，这东西到底怎么用？"

笪源脚步一顿，回头看了她一眼，道："龙珠中宿有龙魂，消散龙魂后，放入那幼凤体内即可。"

龙魂？那是什么？

"龙魂要怎么消散啊？"

"五百年之期一到，龙魂自动消散，或是……"他皱了皱眉，似乎想到了什么麻烦的事，"利用五行之气进入龙珠内，消除这龙生前的执念，随后龙魂自然消散。"

"进入龙珠？"她怎么进？"笪源，我……"她正要细问，那人却已经不见了人影。

笪源疾步回到峰顶的石室，站了一会儿，才缓缓低头看向自己的掌心。他刚刚是怎么了？居然忍不住想摸摸她的头，他明明对她一点儿印象都没有。

怪事！

笪源说只有先消散龙珠里的龙魂，才能救小黄鸡。而消散龙魂只有两种方法，等它自己消掉，这需要五百年。但从她吞下这颗珠子起，满打满算不到一百年，还余四百年，这肯定不行。那就只能由她进入龙珠，消除这条龙的执念了。于是问题来了，她该怎么进去？

这是个难题！她只能求助于周围唯一的活人——笪源的徒弟。

"那啥……我说重阳啊，有个事请教一下。"

刚进门的圆润男子嘴角一抽，无奈地道："时夏尊者，我叫清茗。"

"不要在意这种细节啊，清明、重阳也没差多少啦！"

清茗叹了口气，把手上的丹药递过去，说道："尊者问吧。"

时夏连忙拿着龙珠凑了过去，问道："笪源说只有利用五行之气才能进入龙珠，这是啥意思？"

"兴许是五灵术吧。"清茗想了想才沉声道，"此术十分特殊，需要金、木、水、火、土五种不同的灵气同时施术，而且灵气要不差分毫，个人很难完成。"

"也就是说，要找齐五行灵根的人一起施术才可以？"

"是的。"清茗点了点头。

"我去哪里找这五个人啊？而且全要单灵根的。"时夏有些郁闷，在这里几天，除了他们师徒两人，就没见到第三个活人。

"时夏尊者别急，拈霞峰虽然只有我跟师父两人，但我们仙剑门的弟子不少。"

"仙剑门？"

清茗一愣，诧异地看向她道："你不知道我师父是仙剑门的太师祖吗？"他一副"你怎么可以不知道"的神情，道，"我们现在所在的拈霞峰虽然离门中有些距离，却也是仙剑门的地界。只是师父喜欢清净，所以才会住在这里。"

时夏哦了一声，原来笪源现在在的门派是仙剑门。她问："笪源很厉害吗？"

"那是自然！"清茗骄傲地道，"师父可是修仙界唯一一位飞升期的修士，而且以他的修为，早就可以飞升上界了。"

不愧是她哥，厉害！

"就算门派人多，但单灵根的人向来少，更何况还要找五个不同品种的。而且人家又不会主动送上门……"

她一顿，猛地睁大眼睛看向不远处飞来的人，四十岁上下，一身和清茗同款的青衣，更重要的是他周身溢着金色的灵气。

金系单灵根！

原来还真有人送上门来！


最近仙剑门出了一件大事，他们打了上万年光棍的太师祖笪源天尊居然主动从幻海带回来一个人，还是个女人！

而且笪源天尊亲自为这个女人疗伤，寸步不离。掌门诸正和全门的小伙伴都惊呆了。这还是那个冷着脸，对所有人不假辞色，只会用眼神杀死近身的人的天尊吗？

就算是诸正，只要靠近他，他都会面不改色地将诸正扔下峰去。对他心心念念了

324

几千年的玉灵仙子段灵尊者几十年前主动放弃了，与门下的师兄双修，现在连孩子都有了。天尊却还单身，简直白长了那样一张脸。

就在诸正忍不住怀疑他是不是有什么特殊的爱好时，人家一声不吭地带了个姑娘回来。全门上下好奇得抓心挠肝，但又不好闯进拈霞峰一探究竟。于是众人讨论决定，由他这个掌门代表大家去满足一下好奇心。

诸正好不容易寻了个时机，死皮赖脸地求清茗师叔带他上拈霞峰，终于看到了那个传说中可以降服天尊的女子。诸正远远地看了一眼就惊呆了，她居然跟清茗师叔一样，是个度劫期的尊者。她修为好、身份高，还是神族凤凰的契约者，长得……呃，这不重要！反正从哪方面来说，她都是个配得上天尊的女子。

诸正有点儿激动，正打算上前套近乎，那女子突然激动地跑过来，热情地拉起他的手道："我看你骨骼清奇，是千年难得一遇的修仙奇才，要不要和我一起愉快地玩耍啊？"

诸正呆了，这是什么情况？他瞅了瞅旁边的清茗道："师叔……"

清茗明显没有接收到他的信号，把师父交代要送的丹药放在桌上，完全没有插嘴的意思。

诸正顿时心里一沉，有些手足无措。他不会一出场就挖了天尊的墙脚吧？

他连忙解释道："这位……尊者，我有妻子！"

"哦？那你妻子是什么灵根？"

"单一木灵根……"

"太好了！"她把他的手抓得更紧了，"你妻子在哪里？我们可以一起愉快地玩耍啊！"

"啊？！"诸正直接傻眼了，"可……我连儿子都有了！"

"你儿子是什么灵根啊？"

"火灵根。"

她的眼睛唰的一下亮了。她用力地握了握他的手道："大哥，你们真是幸福美好的一家，不要犹豫，请带上我一起玩耍。"

诸正快哭了，这位尊者怎么不按套路出牌呢？天尊会杀了他的！

"这……不好吧？"

"没关系的，用不了多久，不用介意！"

"尊者要不要再考虑考虑？其实筥源天尊也是单灵根，还是变异冰灵根呢！"他真的不想挖墙脚。

"这个我早就知道了。"她不在意地挥了挥手道，"冰灵根完全没用。"她要的是五行灵根。

诸正："……"

"咱们还是聊聊你的妻子和儿子吧！"时夏心情大好，一手搭着他的肩道，"还没问你怎么称呼啊？"

"在下乃仙剑门掌门诸正，见过尊者。"

"原来是诸大哥。"

"不敢！"

"我叫时夏，做个朋友！"她带着他往来的路上走，边走边说，"对了，你有没有兄弟姐妹、亲戚朋友之类的，有其他属性的单灵根的？"

"我师弟诸清是单一土灵根。"

时夏深吸一口气，没想到这么快就凑到了四个。她感激地抱了抱这个雪中送炭的诸大叔道："诸大哥，你绝对是我的真爱啊！"

诸正一愣，脸色唰的一下青了半边："时夏尊者，要不你再考虑一下？"

"哎呀！没时间考虑了，你赶紧带我去找其他人吧！"

"等一下！"诸正抵死不从，"尊者，你要慎重啊！"

"你们要去哪里？"突然一道冷冷的声音响起。

诸正心底咯噔一声，一股寒意自脚底瞬间传遍全身。他脚下一软差点儿跪了下去，僵硬地转过身道，"太……太师祖。"

"笪源。"时夏高兴地朝笪源挥了挥手道，"早上好啊！"

笪源看了两人一眼，视线停在时夏紧抓着诸正的手上，眉头下意识地皱了皱，没来由地觉得有些碍眼。他忍住想上前拉开两人的冲动，厉声道："我说过，你伤势刚愈，三日之内不宜动用灵气，这是要去何处？"

"找人啊！"时夏解释道，"清茗不是说那个五灵术要五行单灵根的修士同时施术才有用吗？我现在已经找到四个了。"

"五灵术？"他皱眉瞪了旁边的清茗一眼，没事多什么嘴？

清茗全身抖了一下，心想：师父的眼神怎么怪怪的？难道我说错了？

"有什么问题吗？"时夏担心地问道。

"没有。"笪源直接朝她走了过来，伸手一把拉着她，带她御剑飞走了，"一同去。"

时夏一愣，这人昨天还对她爱答不理的，怎么突然这么热心了？但她转念一想，算了，没人比他更清楚那个五灵术，有他同去更好。

笪源用力地握了握她的手，想了想又松了，心底那股莫名的火气这才消了下去。偏偏笪源找不到生气的原因，只是没来由地看旁边战战兢兢的诸正很不顺眼，突然想揍诸正。

笪源看不透这个顺手捡回来的人，原以为她跟其他人一样，觉得他修为高，想找他庇护自己。但她找的理由未免有些可笑，居然说是他的妹妹。他修行一万七千五百余载，遇到前来依附的修士不知凡几，倒是第一次听到这般奇特的借口。但为何一看她那专注信任的眼神，他心里居然会生出一丝认同之意，鬼使神差地想答应她的任何请求？

回过神来时，笪源有些吃惊。他怎么会对一个才见过面的人产生这样的想法？这很不对劲。莫非这女修会蛊惑人心的法术，连他都无法抵挡？

笪源心一沉，当即决定在调查清楚之前离她远一点儿。于是他故意晾了她几天，想看看她究竟有何目的。可她除了每天去益灵池看那只凤凰，就是养伤、修炼、打听进入龙珠的方法，甚至在得知要集齐五种灵气的修士后，立马拉住刚上山来的诸正，还高兴得跟捡到宝似的。

笪源有些不爽，她有必要那么开心吗？她对他都没有那么笑过！

笪源不开心，于是全程板着脸，放冷气，仇视所有人。

坐在仙剑门大殿等诸正回来的众人没等到八卦，却迎来了那位神龙见首不见尾的太师祖本人。众人还未来得及平复激动的心情，就被他冰冷的神情冻傻了。

诸正在某人寒意十足的目光的注视下向众人介绍了时夏的事，临了才指了指旁边一位男子道："尊者，这位就是我的师弟诸清，土灵根的那个。"

时夏立马上前握住了对方的手道："你好，土兄，我叫时夏！"

诸清一愣，他不姓土啊！

他忍住缩回手的冲动，任由她握着上下晃了晃，才回道："见过尊者。"

他刚说完就收到太师祖越发冰冷的眼神，不禁一抖，难道太师祖觉得他不够诚恳？他连忙抱拳回了个礼道："尊者放心，只是五灵术而已，在下必定全力以赴。"

"太好了，谢谢！"时夏松了口气，"一会儿就麻烦你了。"

"义不容辞！"他自信地挺了挺胸，默默地瞄了一眼旁边的某人。咦，太师祖的脸色为啥更黑了啊？

眼看某人脸色越来越冷，诸正迅速介绍了一下木灵根的妻子和火灵根的儿子，然后建议道："尊者，事不宜迟，如今人已经齐了，不如这就回拈霞峰施术吧？"

"不是还差一个水灵根的吗？"这里才四个人。

诸正嘴角一抽，道："太师祖是冰灵根，对水系法术怕是无人比之更擅长。"

时夏一愣，冰灵根确实是水灵根变异成的，但是……她回头瞅了瞅笪源道："笪……"

她刚要开口，眼前的人却先一步拉着她出了大殿，冷冷地扔下两个字："回去！"似乎不想在这儿多待一秒。

时夏还以为五灵术有多复杂，没想到五人刚站好位置，笪源扔出龙珠，只是在空中画了几个法符，短短两息时间，龙珠白光一闪，一个白色的洞口赫然出现在空中。

"这么快？"她突然有种失落感。

"此龙珠有了你的气息，只有你可安全进入其中。但龙魂乃龙族生前执念所在……"笪源看了她一眼，皱了皱眉道，"里面呈现的一切均是此龙生前所念，具体会出现什么无人知晓。你当真要进入其中？"

"不是都已经打开了吗？"时夏指了指那个白色的入口道，"总得进去看看。"

"那可是神族的领地，凶险程度怕是超出你的想象。即便你能找着龙魂，想要消除它，亦不是那么简单之事，若是陷入其中怕是再也出不来。"

"我知道！"时夏抬头看了看入口道，"但炎凤需要这个珠子，多凶险我都得去。"

"为了一个兽类，值得吗？"

时夏笑了笑，说道："炎凤是我的亲人，我救它不是应该的吗？哪有什么值不值得？"

笪源愣了一下，没有再劝，但看向她的眼神很不赞同，良久才冷哼了一声，甩袖道："随你！"

既然她执意找死，他拦着也没用。再说，他与她相识不过十天，她要救谁都与他无关。

时夏朝入口走了两步，深吸一口气，刚要进去，想了想回头看向四周结印的几人说道："那个……谢谢大家了，接下来我自己进去就行了。对了，后池……"她本想说几句，但想到他什么都不记得了，话到嘴边又变了："算了，回来再说吧，再见！"

说着，她直接朝中间的那圈白光走去。

眼看她的身影一点点没入那白光之中，笪源的脸色越来越冷，心底没来由地生出一股恼意。他从未见过如此不顾死活的人。更让人生气的是，她求他帮忙会死吗？她当他一个飞升期的修士是摆设吗？虽说那龙珠上只有她一人的气息，但他也没说没别的办法啊！她居然问都不问一句，直接一个人进去了。

时夏的身影完全没入那道白光之中，入口也越来越小，眼看着就要恢复成龙珠的大小。

诸正等人收回结印的手，转头看向正中间的人说道："太师祖，我等……咦，人呢？"


"笪源！"时夏看着突然出现在自己身边的人，惊奇地问，"你怎么进来了？"

笪源脸色一黑，瞪了她一眼道："不——知——道！"鬼知道他为何要进来？他反应过来时，人就已经在这里了。

时夏嘴角一撇，转头瞅了瞅他那不爽的神情，忍不住笑了笑道："哥，谢谢！"

他愣了一下，眉头皱了皱，神情却越发冰冷，似乎想要反驳，但最终没有开口，有些气恼地往前走去。

"跟上！"

"好！"时夏立马屁颠屁颠地跟了过去。

"跟紧了，不要乱跑。"

"好的大王，没问题大王！"

"我是笪源！"

"是，笪大王。"

"……"

周围的白光散去，时夏只觉得眼前的景致一转，一片蔚蓝的大海顿时出现在眼前。好大的海，不知道龙魂到底在哪里。她正想着对付龙魂的一百零八式，突然一道浑厚的男音自身后响起。

"姑娘，今天天朗气清、惠风和畅，不如陪小王做些快活的事情，也算不负如此良辰美……啊！"

时夏想也没想，回身一脚踢了过去。然后她隐隐听到咔嚓一声，什么东西碎裂了。她回头一看，只见一个黄衫男子双脚交叉，一脸青紫地弓身捂着某个不能描述的部位。

"你……你……"他一手捂着下身，身体抖得如风中残烛，另一只手指向她道，"人修……果然阴险。"

说完男子发出一声龙吟，化身成龙直冲云霄，身形却越来越淡，最终消失。一颗纯白色的珠子缓缓从天上飘落，落在她的手心。

时夏愣在原地半晌，僵硬地回头道："笪源，刚才那个……不会就是龙魂吧？"

"应该……是！"

"那它刚刚……"

"消散了。"

"……"

虽然只是一缕残魂，但它也太弱了吧？它到底是怎么消散的？！

时夏有些抓狂，眼前的景致又一转，下一秒他们已经回到了拈霞峰。

"师父，时夏！"清茗一脸惊喜地迎上来，"诸正他们刚走，你们这么快就出来了？到底是怎么消除那龙魂的？"

时夏嘴角一抽，跟笪源对视一眼后拍了拍清茗的肩，语重心长地道："重阳，你还小，还是不要懂这些为好。"

"……"


龙魂消散后，龙珠上那条游动的龙纹就消失了。时夏立马把龙珠传入了炎凤体内，原以为它会马上清醒，它却突然发出了一阵红光，周身升起一道屏障。接着它被那道红光包裹了一层又一层，然后变成了一个蛋。

笪源说炎凤受伤太重，融合新的内丹需要一些时间。

时夏松了口气。炎凤没事了，她也是时候解决一下别的问题了。首先她要找笪源好好聊聊。她向来性子直，不喜欢猜来猜去，想跟笪源把话说清楚。

时夏再次看了池中的蛋一眼，转身朝笪源的石室走去。不一会儿她就到了石室，远远地看到了室中的两个身影。他们好像在谈论着什么。

她快步走了过去，刚要开口，一道劲风朝她扫来，带着渗入骨髓的寒意。

"什么人？！"

时夏一愣，迎着扑面而来的风刃，完全忘了闪躲。下一瞬另一道风刃却先一步从侧面袭来，直接吹散了攻向她的那道风刃。

"怎么是你？"笪源从屋内走了出来，皱了皱眉头，沉声道，"你找我？"

"啊？嗯！"时夏点了点头，还没回过神来，下意识地往他的身后看了看，室内却空无一人，"刚刚那个人是谁啊？"她怎么觉得那个人有点儿眼熟？

"什么谁？"笪源一脸疑惑。

"就是刚刚跟你说话的那个人！"那道风刃就是对方发出的吧！

"刚才屋里就我一个人。"笪源有些生气地指了指她身后的一块石头道，"你怎可这般鲁莽？我这处设有禁制，擅自越过就会触发，刚才若是我晚来一步，你怕是已经受伤了。"

她回头瞅了瞅，果然那石头上有阵法发动的痕迹，说道："抱歉，我没注意。"

"你找我何事？"他问。

时夏这才想起自己的目的，上前一步道："我想找你聊聊人生，你有空吗？"

他脸上仍没有什么表情，只是迈了一步，引她往屋内走去。

时夏立马跟了上去，在屋内的桌前坐下，自己倒了一杯茶。她清了清嗓子，这才把自己穿越以来发生的每一件事都跟他说了一遍，包括换地图后造成的时差问题。

"事情就是这样。"时夏总结道，说完猛喝一口水，"所以说我之前受伤，完全是为了救炎凤。"不管你信不信，我还是觉得应该把事情跟你说清楚。

"伽蒂寺？"

"对，我被济尘害惨了！"

笪源脸色沉了沉，心中生出一股恼意，原来她和那只凤凰受伤是因为这个。他下意识地控制住莫名生出的想冲过去算账的情绪，回头瞅了瞅身侧的女子。

时夏继续道："所以我并不是为了抱你的大腿才说我是你妹妹的，要抱我就抱世界首富的大腿去了。"

"世界首富是谁？"

"我爹！"时夏顺口回道。

"哦。"

"那啥……我发誓我说的都是真的。"时夏回到正题，尽量严肃认真地道，"答应我，给彼此一点儿信任好吗？"

笪源没有回答，只是静静地看了她一会儿，看得时夏都有些不自在了，才缓缓地伸出手在她的头顶揉了揉。

"就这样吧！"他长叹一声。

时夏蒙了，就这样是哪样啊？你说清楚啊！

"你且安心待在拈霞峰。"他沉声道，"无人敢闯入这里。"

"然……然后呢？"这是相信她的意思吗？

"无事就安心回去修炼吧！"他似乎想起了什么，皱了皱眉道，"你修为虽然尚可，但法术实在太差，阵法更是薄弱。"说着他突然屈指在她的额头上一点，顿时大段文字与图形一股脑地涌入她的神识，清晰地印在了她的脑海中，"这是一些阵法符印的入门资料，你尽快熟悉，若是有不明之处，可来问我。"

"哦。"她点了点头，下意识地把脑海里多出来的知识分门别类。

"无事就先回去吧。"

"好，谢了。"时夏点头，一边消化脑海中的知识一边往外走，刚到门口突然反应过来，她是来认亲的，不是来拜师的！

她回头看了看仍然面瘫，神情却缓和了不少的笪源，问道："那啥……你这算是认我了吗？"

他没有回答，仍静静地看着她，手动了动又放了回去。

看来他还是有些怀疑自己啊！时夏咬了咬牙，主动指了指自己的脸道："要不你先把这同心印解了吧？"

她话音一落，笪源却瞬间神色一冷，扬手嘭的一声把门关上了。


清茗觉得自家师父最近有些反常。

师父原本从来不轻易下山，一心一意待在拈霞峰，却突然想去幻海那头的天泽大陆看看。这就够不可思议了，关键他还在飞了一半的时候从一个岛上抱了个女修回来，而且之后就直接回来了，完全忘了要渡海的事。师父嘴上说这女修伤势太重，怕是活不了，转头就花了三天三夜，日夜不休地把人给救了回来。平日诸正跪着求他他都懒得给的丹药，这会儿一股脑地拿了出来，还再三交代自己每天送过去，美其名曰，既然救回来了，就不能白费了这三天的灵力，给她吃点丹药稳定伤势。谁家稳定伤势会把丹药当糖吃？这些丹药救回十个同样重伤的人都够了好吗？

女修说是师父的妹妹，师父表面不信，回头却去了益灵池，又为她的灵兽顺了一遍灵气，还把救治的方式告诉了她。她真的要进龙珠去救灵兽，他又气愤难平，觉得此人不知死活，表示绝对不会帮她打开入口。结果一看她找别人帮忙，师父又气呼呼地冲出来，硬要凑上一脚。师父说不挡着她找死，转眼却利用同心印跟着她一起进去了。

清茗觉得这些都可以理解成他家师父年纪大了，总有那么一段时间缺心眼……呃，不正常。

但奇怪的是，清茗刚开口提醒自家师父同心印的事，师父居然当场发飙了。

好吧！这人也救了，兽也好了，同心印也不想解了，那就算了。结果师父又操心起她的修为来。那部《阵法宗典》当初他可是求了好久，一直到大乘期后，师父才肯传授于他。这会儿师父居然眼都不眨，一下就教给人家了，到底谁才是徒弟啊？

"师父，您是打算收她为徒吗？"

笪源一愣，下意识地反驳道："谁说我要收徒？"她成了徒弟岂不是比自己低了一辈？不喜欢！

"那这阵法……"

"无须多言，为师只是让你看着她，你照做便是。阵法不如其他法术，若无人看管怕是连布阵之人也会陷入阵中。"笪源一脸严肃地道，"你比她早涉及阵法之术，虽然不济，但指点一二还是可以的。"

清茗觉得膝盖中了一刀。他还想问为啥他初学的时候没有人在旁边看着？果然新来的就是不一样。

"可是师父，这《阵法宗典》里的各种阵法皆出自您之手，若您不给她一个正当的名目，将来她在外之时，怕是会造成误会。"

"我拈霞峰的人，谁敢动？"笪源声音一冷，寒气四溢。

"可别人不知道她是拈霞峰的人啊！"清茗壮着胆子提醒道，"不说别人，就算是仙剑门的弟子，若见时夏姑娘用了您的阵法，估计也会误会她是偷师，不会觉得那是师父所授。"

笪源皱了皱眉，似乎在思量。

"师父既然把她收入拈霞峰，至少该让人知道她是何身份。"清茗劝道。

笪源点了点头："确实要有个身份。"笪源回头看了他一眼，沉声道，"那你就叫她……师叔吧！"

"是……啊？"清茗蒙了，她不是师妹吗，啥时候成师叔了？

"师……师父，你不会真的要认她做妹妹吧？"

笪源舒展了眉头，"哥哥"这个词倒是挺入耳的。但想起她说还有一个哥哥，笪源的心里又有些不甘，他再次皱眉摇头道："不是。"

清茗有点蒙，不是徒弟、不是妹妹，那是什么？

"师父……"

"嗯。"

"你觉得我直接叫师母如何？"

"……"


炎凤变成蛋已经两天了，虽然还没醒来，但气息越来越平稳，看来用不了多久就能恢复了。闲来无事，时夏开始研究笪源传入她神识里的那些阵法知识。

她刚看就被巨大的信息量惊住了。而且据笪源说这些好像只是入门，那修习阵法的门槛也太高了吧！

她花了几个时辰才将那些信息理顺，细看才知道所谓的阵法其实是将灵气、环境等因素以特殊的方式排列组合，使其产生不一样的效果。简单来说，阵法就是将不同的元素重新组合，产生特定的化学反应，小到没什么杀伤力的幻境，大到造出一个完整的空间。

阵法分为阵形、阵印、阵意及阵眼。阵形指整个阵里的形态。阵印指灵气运行的轨迹。她平时在阵中看到的那些法符、文字之类的都是阵印。而阵意就是阵的中心思想，即整个阵要实现的功能，比如攻击、迷幻、防御等。阵眼相当于阵法的后门，也是阵法的中心与起源地。布阵之人通过阵眼结阵并离开阵法，避免将自己困在阵中。

时夏首先把布阵的基础知识看了个大概，忍不住想自己试试。

说做就做，她立马引动灵气布阵。结阵看似简单，想用灵气结成想要的阵法却极为不易。灵气到体外后极易消散，如果速度不够快，结阵就失败了。

她在心里把想要布的阵法演练了好几遍，却还是赶不上灵气消散的速度。她全神贯注地提升速度，总算有了点儿成效，仍只够结成半个阵形。本着熟能生巧的心思，她练习了几十遍，结阵的速度终于勉强赶上灵气的速度了。

阵印总算完成，接下来就是阵意了。作为一个新手，她直接从幻阵开始练习，想了想干脆做了一个迷宫。她回想了一下各种迷宫的样子，然后用木灵气一一进行复制各条路，由于做得太忘我了，差点儿把自己都绕进去。确认迷宫足够复杂后，她才从出口一步步退了出来。

此时，整个山顶都被巨大的迷宫占据了，到处都是闪光的法符。

清茗远远地看到那些法符，想起自家师父的话，心头一紧，希望她千万别出什么问题。他快步奔了过去，还不惜用上了灵力，刚好看到走出迷宫的时夏。清茗松了口气，大跨步走了过去，扬起十二分的笑容说道："未来的小师……"话还没说完，突然脚下一个闪光消失在原地。

刚出阵的时夏蒙了。刚刚有人在叫她吗？

她四下瞅了瞅，没看见人，只看见那个占据了整个山头的阵法，满意地点了点头。

天色不早了，她是时候去瞅瞅炎凤了，于是转身离开了峰顶。

陷入阵中的清茗愣住了。

他这是被困住了吗？没关系，区区一个幻阵还困不住他，待他找出阵眼……

等等！阵眼呢？这个幻阵居然没有阵眼？！她到底是怎么结成的？


"弟子诸诚求见太师叔祖。"门外传来一声恭敬的男声。

时夏嘴角一撇，自从那天跟笪源聊完人生后，整个仙剑门上下都叫她太师叔祖。原本她以为笪源恢复记忆了，结果叫了一声哥哥后，对方仍旧一张冷脸，她才知道自己想多了。

"你找我啊？"时夏打开门，瞅了瞅门口的男子，觉得有些陌生。

"太师叔祖。"诸诚一脸焦急地道，"您可有见到清茗师叔祖？"

"清茗？"时夏一愣，确实好几天没看到清茗了，"我没见到他。"

"这可怎么办？"诸诚更加着急，突然想起了什么，抬头道，"如今清茗师叔不在，可否劳烦太师叔祖通知太师祖去前殿一趟？"

"怎么了？"

"伽蒂寺的济空住持来了，想与太师祖商议千年一期的天渊之日。"

"伽蒂寺？"时夏一惊，那不是济尘所在的寺院吗？

"是的。往年此事都由清茗师叔祖出面，但今年伽蒂寺的住持亲自前来，说这次的天渊之日不同于以往的，得由太师祖亲自出面不可。"诸诚有些不满地皱了皱眉道，"弟子原本想先询问师叔祖的意见，可惜等了三天也没等到他。"

"那你为啥不直接找笪源？"

诸诚脸色一黑，有些尴尬，道："太师祖……不喜弟子打扰。"

"我带你去找他吧！"时夏一边想着伽蒂寺的事，一边往笪源的石室走去。

他们还未到石室，笪源就自己出来了。

笪源冷冷地看了诸诚一眼："走吧。"

时夏手疾眼快地拽住笪源的衣袖道："那啥……允许围观吗？"

虽然来的人不是济尘，但她对伽蒂寺确实有些好奇。

笪源看了她一眼，视线慢慢下移，定在她拽着的衣袖上。他微微皱了皱眉，似乎不满她抓得太紧。

"抱歉。"时夏一笑，立马松了手。

下一刻，他眉头皱得更紧了，眼神瞬间冷了下来，还不满地瞪了她一眼。

诸诚正想说点儿什么缓和一下气氛，笪源却扬手一挥飞了起来，捎上旁边的时夏。时夏重心不稳，直接往前扑了过去，条件反射地死死抱住了笪源的手臂。笪源明显僵了一下，却仍旧面无表情地往前方飞去。

那么问题来了，这会儿她是松还是不松呢？


时夏以为仙剑门大殿离拈霞峰很近，出来后才知道两者中间居然隔了一片海。

以笪源的修为都足足飞了半个时辰才到，而诸诚早就看不到人影了。

远远的空中飘浮着一块如山般高大的巨石，形状酷似一把利剑。那巨石表面光滑，反射着耀眼的光，上面只有三个大字——仙剑门。石山后面隐隐可以看到许多浮峰、殿宇。

笪源飞到最高的主峰之上，停在大殿前，随后走了进去。

坐在主位的正是掌门诸正。

诸正见到来人，神色一喜，立马迎上来恭敬地行礼道："弟子见过太师祖！"他又看向时夏道："见过太师叔祖。"

话音刚落，殿中的众人都起身行礼："见过太师祖、太师叔祖。"

时夏下意识地回了一句："辛苦了！"

全场静默。

就连笪源都回头看了她一眼。

时夏嘴角一撇，默默地往右边挪了一步，躲在笪源背后。别客气，我把主场还给你！

"顺风妹子……"一道熟悉的男音在殿内响起，打破了尴尬。

时夏抬头一看，龙傲天正一脸惊讶地站在大殿右侧。

龙傲天向前一步，似乎想说什么，又因顾忌场合而退了回去。

时夏看了看殿内，没有济尘。

站在龙傲天前面的同样是个白袍僧人。如果说济尘走的是慈悲路线，那这个和尚走的就是亲民路线。他满脸笑容，眼睛都眯成了一条线，一副老好人的样子，极易让人产生信任感。时夏都有些怀疑伽蒂寺收门徒是不是专看脸了。

"见过笪源尊上。"济空朝笪源行了个礼，转头看了时夏一眼，眼里闪过一丝好奇，上下打量起来。

笪源皱了皱眉头，脸色冷了下来，下意识地挡在时夏身前，隔开济空的视线。片刻后，笪源径直走到主位上坐下，冷冷地问："何事？"说完还抽空回头给了她一个"自己找位子坐"的眼神。

时夏四下看了看，立马坐到下首唯一空着的椅子上继续围观。

"回太师祖，"被占了主位的诸正站到笪源的右侧解释道，"济空住持是为千年一期的天渊之日而来。"

"尊上，"济空接口道，"天渊之日将至，贫僧近日发觉寺中阴暗之气渐浓，连净生莲也压制不住，想必此次天渊之日的暴发将更加严重，仅以我与清茗尊者之力怕是……"

"此事我已知晓，你们不必去了。"

"尊上要亲自处理？！"济空神色一喜，忙道，"贫僧先行谢过尊上，在下必当全力协助。"

"不必！"笪源皱了皱眉道，"我一人去即可。"

"这……"济空愣住了。

"天渊之日到底是啥？"时夏有些好奇，忍不住戳了戳站在旁边的弟子问。

"回太师叔祖，"旁边的人弯下腰解释道，"幻海以东的伽蒂寺附近有一片被封印的海域，每一千年会暴发一次阴暗之气，形成不同于天地五行的诡异气息，此气灭绝生灵。阴暗之气暴发的那一天便是天渊之日。"

时夏点了点头，难怪大家会那么紧张。

"尊上，弟子虽然不才，但也希望为众生尽一份心力。"济空极力解释道，"况且弟子千年前也曾前往封印，必能助力几分。"

笪源丝毫没有合作的意思，厉声道："碍事！"

335

济空一时不知道说什么，笑容都僵了几分，仍硬着头皮自荐道："天渊之日向来由我伽蒂寺负责，弟子又怎可袖手旁观？况且阴暗之气的封印之处也只有贫僧知晓。幽冥之海这么大，尊上恐怕很难找到。"

"幽冥之海！"时夏一惊，猛地站了起来，一把拉住济空道，"你说封印之处在幽冥之海？"那不是老哥在的地方吗？

"正是。"他点了点头。

时夏急忙道："笪源，我……"

"不行！"

她还啥都没说呢！

"幽冥之海内阵法重重，恐怕……"笪源看了看时夏，补充了一句。

她这是被鄙视了吗？

"此事就这么决定了。"笪源站起来沉声道，"三日后，我一人前去。"

"笪源……"时夏想跟他讲讲道理，突然地面一阵晃动，大殿摇晃起来。

大殿中的人都变了脸色，面面相觑道："发生了何事？"

众人皆一副莫名其妙的表情。

"快看外面！"不知是谁喊了一声。

殿外突然出现大片红光，时夏心里一沉，有种不祥的预感。众人顾不上讨论了，纷纷起身出门。

只见东方的天空，一道红色的光柱破海而出，直冲云霄，隐隐还能听到阵阵刺耳的呼啸声。那声音似悲似泣，且尖锐异常，就算隔得很远，仍刺得人耳膜痛。

时夏捏诀用灵气阻隔那刺耳的声音，回身一看，身边的仙剑门弟子个个脸色惨白，更有甚者已经七窍流血。

"打开护山大阵！"诸正脸色一变，忙给身侧的师弟师妹使了个眼色。几位长老也反应过来，同时结印。顿时一张透明的屏障出现在空中，将整个仙剑门包裹在里面，这才减轻了大家的不适感。

所有人都变了脸色，忌惮地看向空中的红光道："那到底是什么？"只是一个声音就能伤人于无形。

"那个方向是……"济空上前一步，顿时一脸慌乱，"那是伽蒂寺的方向！莫非……是幽冥之海的封印破了？明明还没到天渊之日，为什么会？笪源尊……"

他话还没说完，身侧的身影一闪，笪源已经消失在原地。

"尊上……"济空急了，朝红光的方向追了过去。

两人一走，修为稍高一些的人也待不下去了，纷纷御剑朝着东方那漫天的红光飞去。时夏结了个印，布下了防御那道声音的结界后也跟了上去。

他们越往那个方向靠近，红光就越盛，颜色也越浓，天空被遮天蔽日的血红色占据了。

他们飞了大概半个小时才来到那红色光柱附近，近看才发现那光柱巨大，如海一般宽广，而且有扩张的趋势。而原本鲜红的血色这会儿浓郁得接近黑色，像暗红的幕布一样遮住了里面的一切。

光虽然在扩张，但好似被什么禁锢住了，上面不断传来巨大的撞击声，一个个狰狞的模样不断出现在那暗红的光幕上。那些撞击出的印子，有大如高楼的，也有细小如针刺的，但样子皆十分恐怖，不像人也不像兽，连眼耳口鼻都分辨不出。

"那……那些是什么？"人群中有弟子颤抖着问道。

没有人回答，因为无人知道。

"幽冥之海……"济空紧紧地盯着前方，合十的手下意识地颤了颤，"真的是幽冥之海！师父说得没错，那个上古封印真的破了……"

"济空住持，可有什么方法修复封印？"诸正着急地问。

"没用了……"济空摇了摇头道，"家师曾经说过，幽冥之海里封印的是不属于三界、不容于阴阳五行的妖邪之物，根本没有能克制它们的东西。如今封印已破，除非修复，不然人间都将遭遇灭顶之灾。"

一时全场寂静，大家的脸色齐刷刷地变得惨白。

"笪源呢？"时夏问道。

众人一惊，这才发现最早过来的笪源并不在这里。

"太师祖不是早就过来了吗？怎么会……"

济空猛地睁大眼睛，转头看向眼前的血幕，难以置信地说："难道笪源尊上进去了？可封印已破，里面的气息可灭绝生灵，就算修为再高也……"

后池有危险！

# 第十五章　妹妹的时空线索

时夏的心一沉，她想也不想，一咬牙直接御剑冲了进去。

"顺风妹子！"龙傲天一急，也跟了进去。

"光亮……"济空想阻止已经来不及了，长叹一声道，"阿弥陀佛，我不入地狱谁入地狱？"随后也走入了血幕中。

时夏只觉得眼前一黑，耳边传来什么流过的声音，下一刻眼前的血色消失得干干净净，一同消失的还有赤、橙、黄、绿、青、蓝、紫！

为什么所有的颜色都消失了？为什么里面会是黑白色的？为什么就连身上的衣服都变成灰色了？

时夏连忙从储物袋里掏出一块红色火石，火石果然也成了灰色的！

这到底是咋回事？

下一刻，龙傲天也着急地从血幕中穿了过来，喊道："顺风妹子，你等……"

他话没说完，一抬头眼睛瞬间睁大了，惊呼道："妹子，你……你怎么掉色了？"

时夏嘴角一撇，说道："你才掉色，你全家都掉色！"

"咦？"他低头一看，更加惊讶地道，"我……我怎么也和你一样掉色了？刚刚还没呢。"他慌张地拉了拉自己的衣衫，又抬头看向她问，"这是怎么回事？"

"此处不在天道之内。"紧接着进来的济空道，"如今幽冥之海的封印已破，血幕内的东西被封印之物吞噬，再不在天地五行之中，这里发生任何事情皆有可能。"

"包括掉色吗？"龙傲天问道。

"嗯，包括掉色。"济空一本正经地回道。

"行了，别管什么掉不掉色了，"时夏挥了挥手，转头看了两人一眼道，"话说回来，

338

你们进来干什么？"

"伽蒂寺本就是为镇守幽冥之海而存在的。"济空一本正经地道，"此乃苍生之难，施主尚有救世之心，我等自然也有责任救苍生于水火。"

"苍生？"时夏下意识地想起了济尘，忍不住反问道，"你确定是为了苍生，不是为了功德？"

"顺风妹子……"龙傲天脸色一沉，想起了在渔人岛发生的事，想反驳却又不知道如何开口。

济空完全没有生气，反而扬起了那招牌似的笑容回道："施主怎么会这么想？我等皆是为解决此处危机来的，这个目的不会变。至于是拯救苍生，还是为了救世功德，二者有区别吗？"

"有！"时夏点头道，"顺手救人还是特意进来救人是有区别的。"

"施主是不信贫僧所言？"他笑道。

时夏撇了撇嘴。

"唉，好吧！"济空叹了一口气道，"那我就换一种更让人信服的说法。"

啥意思？

"我之所以进来是因为……"他看着她一本正经地道，"外面的血幕上又没写着谁的名字，我进不进来有谁管得着吗？"

济空说得好有道理，时夏竟无言以对。

这个和尚跟之前遇到的不一样，有点儿厉害啊！

"以我等之力不足以修复封印，此处凶险，还是先找到笪源尊上为好。"济空怼完时夏，又一本正经地提议道。

"哦……"时夏有些反应不过来，济空已经往前走去了。

她本就是来找后池的，只好跟了上去。

里面很大，一眼望过去只有黑白两种颜色，就连四周的景致都像是逼真的素描，看起来分外别扭。令时夏意外的是，此处十分宽广，仿佛无边无际。

时夏不认识路，只能跟着济空飞，一行三人御剑飞了好半天，别说是笪源，连个虫影都没有发现。

"那啥……济空，还有多远？"她忍不住问道。

济空回头看了她一眼，低头沉思了一会儿才认真地道："不知道。"

"你不是认识路吗？！"还有，为啥你不知道还回答得这么理直气壮？

"贫僧不认识啊！"他一脸无辜地说道。

"你不是说伽蒂寺守了这个封印几千年吗？"

"是啊！"

"那……"你别告诉我几千年你都没进来过！

339

"姑娘有所不知，如今封印已破，这幽冥之海早已不是原来的样子。"他长长地叹了一口气，一脸忧伤地道，"就连贫僧也辨不清方向。"

那你刚刚瞎飞什么？她觉得心好累。

"没有别的方法吗？"

"有是有……"济空为难地道，"若是有与笪源尊上灵气相通的法器或是符印，兴许可以用索灵阵找到他的方位。"

索灵阵？那好像是专门用来追踪锁定灵气的阵法。

"不知姑娘身上有没有与笪源尊上灵气相通的物品？"

时夏嘴角一撇，这个……还真有！她身上唯一与后池灵气相通的就只有脸上那个王八印了。

难道她要顶着一只王八找人？不要！

"姑娘？"见她久久不回答，济空催促道。

时夏咬了咬牙道："我试试……"

她深吸了一口气，闭上眼睛催动灵气结阵。索灵阵虽然是一个简单的阵法，但由于第一次结阵，她试了好几次都没有成功。过了一会儿，一个白色的法阵才缓缓浮现在他们眼前，阵中的灵气朝四周扩散。她直接触了一下脸上的同心印，瞬间那只占据了半张脸的王八就出现了。

白色阵法中出现了淡淡的影子，虽然看不清楚，但好在确认了笪源的方位。

"在东边！"

时夏睁开眼睛，掉转方向往东边飞去。济空与龙傲天也一左一右地跟了上来，时不时转头看她一眼，十分好奇。

"妹子……"

"干吗？"

"你脸上的印记是……？"

时夏深吸了一口气，一本正经地忽悠道："这是笪源研究出来的防御阵法，修仙界最新款，我是第一个受益人，你不懂！"

"哦……"龙傲天点了点头，眼神却沉了沉，"笪源尊上对你真好，这样我也……"

时夏皱了皱眉，刚要回头，济空却笑眯眯地插嘴道："尊上生性淡漠，没想到也会施展同心印，看来姑娘与他关系匪浅啊！"

原来和尚认识这个印记。

"他是我哥。"她顺口回道。

哥？济空愣住了，难怪仙剑门上下称她为师叔祖，可笪源尊上什么时候多了个妹妹？

"不知姑娘怎么称呼？"济空忍不住问道。

"我……"

她还没来得及回答，龙傲天却抢先介绍道："住持，她便是我说过的恩人，顺……"

"时夏！"她立马打断道，"我叫时夏。"

"时……什么？！"济空一愣，猛地睁大眼睛看向她，"你再说一遍？"

"时夏，时间的时，春夏秋冬的夏。"时夏看了他一眼，"有什么问题吗？"

济空的神色变了变，他转头打量了她一眼，似乎想起了什么，却摇头道："没……没什么。"

时夏皱了皱眉，问："济空，你不会……"认识我老哥吧？

她刚想要问清楚，旁边的龙傲天却突然大声道："那是什么？"

时夏回头一看，只见天空突然出现了一个白色的物体，物体巨大，几乎占据了半边天空，边框却只有几根黑色的线条，那东西居然是平面的，像是画在天上的一样，此时正缓缓地往下掉。随着它不断下降，原本安静得连鸟叫声都没有的黑白空间里突然响起刺啦声。

这东西怎么那么像画图工具里的橡皮擦呢？

"快看，森林消失了！"龙傲天一副不可置信的表情，指着远处，只见那形体落下的地方，原本一片宽广的林地瞬间变成了一片空白，像是被抹去了一样。

这还真是橡皮擦！

"那东西飞过来了！"龙傲天大声喊道。只见刚刚还安静下落的橡皮擦突然加速，唰唰几下就把他们后面的黑白地界擦得干干净净的，且正迅速往这边移动。

时夏倒吸了一口气，喊道："快跑啊！"

她转身催动灵气，急速往前方飞去。

另外两人也反应过来，用尽所有力气御剑向前。

巨大的橡皮擦经过的地方，无论是花草树木，还是山川河流，都瞬间消失，像从来没有存在过一般。

他们四周消失的东西越来越多，橡皮擦也离他们越来越近。时夏心里一紧，这是什么鬼地方啊？这里明明是三维世界，为什么会被二维工具擦掉？

"快看那边。"济空指着前方大声道。

时夏顺着济空指的方向看了过去，只见右侧的天际出现了一条金色的地平线。

金色！

"那边是出口。"时夏招呼后面的龙傲天，随后往那边飞去。

他们越靠近那边，金光就越明显。时夏这才看清那是阳光的颜色，在一片黑白中格外显眼。看来那就是这片黑白世界的尽头了。

"快，赶紧出去。龙傲……咦，人呢？"一直跟在她后面的龙傲天不见了。她这才想起他的修为远不及自己与济空，自然飞不过他们。她心一沉，仔细一看，才发现几百米开外有个身影正往这边飞来。而他身后正是那个要命的橡皮擦，而且只差一点儿

341

就要碰到他了。

时夏想骂娘，一咬牙，转身又飞了回去。

"时姑娘……"济空也停了下来，顿了顿，长叹一声，跟着她飞了回去。

就在橡皮擦贴上龙傲天的前一刻，她顺手一捞，拎起人转身就飞远了。

"恩人……"龙傲天难以置信地看着她。

"你是白痴吗？跟不上不会吱一声吗？"时夏瞪了他一眼。

"我……"龙傲天动了动嘴，想说什么，但最终没有出声，只是微微低下了头。

现在不是算账的时候，时夏尽力拉开与橡皮擦间的距离。但因为还带了一个人，她无论怎么用力，与橡皮擦之间的距离也只有四五米远。

关键时刻济空赶了过来，从另一边抓住了龙傲天，说道："放开灵气，一同御剑。"

时夏立马照做，浓郁的灵气顿时传了出来，三人脚下的剑瞬间加速往前疾飞出去。他们总算把橡皮擦远远地甩在了后面。

"吓死我了……"她这才长长地舒了一口气。

"谢谢。"龙傲天一脸愧疚地道，"是我太慢……"

"算了。"她松开他的衣领，叹了一口气，转过头道，"你没事就……你的手呢？"时夏猛地睁大了眼睛，看向龙傲天的右侧。

"手？"龙傲天这才发觉自己少了右臂，脸色一白，"这……怎么会？我一点儿都不痛。"

"许是被后面那物吞噬了。"济空沉声道。

"那个橡皮擦？！"

"时姑娘知道那是何物？"济空一惊。

"也不算知道。"时夏摇了摇头道，"只是觉得它长得很像我以前见过的一种东西——画画时用来擦掉笔迹的橡皮擦。"

"画画？"济空皱眉沉思起来，"这么说起来，这方地界的颜色的确很像是在画中。"

时夏再次瞅了瞅龙傲天，提醒道："你先用灵气封住手臂的经脉，等出去再修复吧。"

龙傲天点了点头，调动灵气，下一刻脸色却更加苍白。他道："我……感应不到手臂周围的经脉了。"

"此处特殊，光亮的手又是被那不明之物吞噬的，想必不能修复了。"济空摇头道。

"没……没关系。"龙傲天笑得有些僵硬，指了指不远处的出口道，"我没事。现在更重要的是赶紧离开这里。"

"嗯！"济空认同地点了点头道，"到前面就安全了。"

时夏紧了紧身侧的手，回头看了看快追上来的橡皮擦，有些犹豫："可是出去后他的手就再也找不回来了。"

"说得也是。"济空摸了摸自己的光头，建议道，"那要不……给他再画一个吧？反正这是画中。"

时夏与龙傲天同时呆住。

济空开始一本正经地胡说八道："此地如此像在画中，那我们身在其中，把失去的手臂画回来也属正常。"

时夏："我刚才只是随便说说而已啊！"

"试试又何妨？总不能让他这般出去。"济空撸起袖子，跃跃欲试道，"死马当成活马医吧！"

济空大笔一挥，直接往龙傲天的右臂画去，原本空缺的地方突然出现了一道黑色的墨迹。

刚才还一脸颓然的龙傲天瞬间狂喜道："我……我能感觉到经脉了。"

不会吧，这还真有用？！

"嗯。"济空点了点头，一脸了然地道，"果然不出我所料。"

你纯粹是蒙的吧？

时夏回头看了看快要逼近的巨大物体，一边捏诀一边催促道："橡皮擦快来了，赶紧画，画得像一点儿。"

"姑娘放心，贫僧素来喜爱抄经绘画，自认画技尚可，保管又快又像。"济空拍了拍胸膛，再次提起画笔，唰唰唰地在龙傲天空缺的部位画了起来。时夏刚捏完一个诀，就听到他出声道："好了！"

这么快？时夏一喜，这才不到三息，济空果然画得又快又……像个鬼啊？

"你画的是火柴人吗？"时夏感觉嘴角抽搐起来，指向龙傲天右边两根黑漆漆的火柴棍。

"喀！近年经抄得多了，画技有一点点退步。"

时夏已无力吐槽，冷着一张脸。

"善哉善哉，出家人不打诳语，我说的都是真的！"

"笔给我吧。"她觉得心好累。

时夏接过画笔，深吸了一口气，在火柴棍上细细地涂了起来，顺便添上手掌、手指等。

"哇……"济空惊讶地看着她道，"真是人外有人，施主的画技简直出神入化啊！"

这就是小学水平的画技好吗？

"贫僧修行几千载，自认画画功底还算入流，没想到还有姑娘这么厉害的人。"

"……"等我画完再吐槽你。

"不知夏夏姑娘师承哪位大家？"

"……"小学老师。

"他日可否教一教小僧？其实小僧的基础很好。"

343

"……"

"施主别不信啊，刚刚只是发挥失常，要不我再画给你看？"

"滚！"

"哦。"

眼看橡皮擦越来越近了，时夏加快了速度，还剩最后三根手指。

"顺风妹子……"龙傲天有些着急，"要不算……"

"闭嘴！"时夏没有抬头，画得更快了，终于在最后一刻画完，"走！"

一直在准备的济空没有迟疑，御剑急速地往那片金光飞去，转眼间就进了那片金光。时夏下意识地往后看，后面的黑白世界消失了，四周都是温暖的金色，远处有绿色，隐隐还能闻到阵阵花香。

"这回又是什么？"时夏有些迟疑。这幽冥之海中有这么正常的景色正常吗？

"倒没有感觉到什么异常。"济空上前一步仔细看了看道，"这里离幽冥之海中心还有一段距离，不过还是得多加小心。"

时夏点了点头，深吸了一口气，直接向前方的绿色新世界飞去。

"顺风妹子……"龙傲天突然出声，一脸纠结地看了她一眼，紧了紧身侧的手，上前道，"上次我……"

"出去再说吧。"时夏打断他的话，"我现在只想赶紧找到后池，没时间聊人生。"

"后池？"

"就是笪源。"

"原来如此，你……找到他了。"他一脸了然，脸色却越发沉重，着急地解释道，"我只想你知道，我一直都记得你的恩情，你救了我的命这点永远都不会变。"

"龙傲天……"时夏回头认真地看向他，心底顿时生出一股无力感，忍不住停下脚步，叹了口气道，"你看，这就是我跟你的不同之处。我自始至终都把你当成朋友，而你却只把我当成恩人，友谊可以长久，可是恩情总有还完的一天。"

"顺风……"

"到了。"济空突然出声，指了指前面道，"前面应该就可以出这片金光了，但那边不知道会出现什么。夏夏姑娘，你跟在我身后，万事小心。"

时夏有些意外地点了点头，没想到这和尚还挺有绅士风度的，不由得道："谢谢！"

"阿弥陀佛，理当如此！"济空笑着转头对龙傲天道，"光亮，你在前面探路。"

"是！住持。"

敢情不是你走前面啊？你作为一寺住持的脸面呢？

似乎接收到她鄙夷的目光，济空一脸认真地道："贫僧这是为了前后兼顾。"

时夏嘴角一抽。

三人走出金光的一瞬间像是进了另一个世界。整个画面都鲜活起来，眼前是一大

344

片花海，空气中弥漫着浓郁的花香，天空中闪着如极光一样的柔美光线。这幅景致美得有些不可思议。

时夏有种走错房间的感觉，紧绷的神经突然放松了，连耳边都仿佛响起了柔和的背景音乐——钢琴曲《星空》。

"这是什么声音？"济空问。

啊？原来这不是幻觉，这里真的响起了音乐！

"奇怪，居然感应不到声音的来源。"济空一脸警惕，连龙傲天也防备地皱起眉头。

"小心点儿吧！"时夏提醒了一句，转头看向旁边的龙傲天，问道："你的手怎么样了？"

只见刚刚在黑白空间画上的手臂一走出金光就自动转换成三维立体的了，除了墨水用得不对，整只手黑漆漆的外，其他跟另一只手臂没什么不同，只是隐约比左边小了一些。

龙傲天举起胳膊活动了一下，欣喜地道："已经没事了。"

"你可以试着调动一下灵气，有了灵气滋养，用不了多久应该就恢复如常了。"

龙傲天点了点头，立马开始调动灵气。

济空凑近一步仔细看了看那只黑漆漆的手，一本正经地道："没想到画出来的手还真管用啊！"

时夏嘴角一撇，敢情你刚刚真的是瞎猜的啊？

"唉……"济空遗憾地叹了口气，嘀咕道，"早知道就画点儿灵石带出来了。"

"你一个和尚要灵石干吗？"时夏白了他一眼。

济空一僵，立马双手合十道："阿弥陀佛，赶路要紧，我们快走吧！"说着迅速飞入了花海。

不得不说这个新地图的风景真的很美，就连这开了满地的花，每朵都像是精心挑选出来的一样，再加上还自带让人身心放松的背景音乐，时夏有种戴着耳机走在植物园里的错觉。

再好的风景，他们看久了也会审美疲劳。这花海好似无边无际，他们御剑飞了十来分钟，眼前除了花还是花，耳边也循环播放着同一首音乐。

"这地方到底有多大啊？"他们走了这么久，听着音乐都快睡着了。

时夏心想：无论哪首都行，能不能换一首节奏快点儿的？

结果背景音乐还真的换了。时夏一惊，正疑惑时身后突然传来一股湿意。

"小心！"时夏用力一掌推开前面的两个人，御剑猛地往后疾退。

下一刻，地面猛地升起一道水柱，擦着三人而过，直冲天空。

345

"你们是什么人？敢闯入这里！"一个带着怒意的女声响起。只见那水柱之中缓缓出现一个手持钢叉的女子，她穿着一件样式奇怪的衣服，不中不西、五颜六色。关键是她全身的肌肤居然是蓝色的，身后还扬着一条鞭子一样的尾巴，像一只……蓝精灵。

"你们这些入侵者好大的胆子，也敢闯进这里来？！"女子看起来十分气愤，怒意满满地瞪着他们道，"今天就让你们有来无回。"说着她举起钢叉低声念起了什么。

片刻，那水柱中分出一道水流，直直地朝时夏打了过来。

时夏身形一转，往后一退，避开了那道水流。

刚刚被她推开的济空脸色一沉，与龙傲天一起快速御剑飞了过来，着急地上下打量了她一眼道："夏施主，你没事吧？"

时夏摇了摇头，刚才那道水流可能只是警告，她躲得很轻松。

济空和龙傲天松了口气，转头看向水柱中的人，道："这到底是什么怪物？居然可以口吐人言。"

"你也不认得？"时夏一惊。

"此种肤色的……从未见过。"

时夏还以为那是修仙界不知名的本地居民呢，原来不是啊！

"哼，居然能躲开我的全力一击，你倒是有点儿本事。"蓝精灵冷哼一声道。

全力一击？你在逗我？

"接下来可没这么简单了。"蓝精灵更加愤怒地瞪着他们，又念起咒语来。这次的咒语明显比刚刚的复杂，她足足念了两分钟，随后扬手一挥，大吼道："受死吧！"

时夏心头一紧，下意识地唤出灵剑。济空便扬手竖起了防护结界，把三人包围起来，紧张地看向前方的人。

只见蓝精灵周身的水柱一阵晃动，然后哗啦一声射出三道跟刚刚一模一样的水柱。水柱划出一道弧线掉入下面的花海，连时夏他们的一根头发都没碰到。

"……"

这是在浇花吗？

"可恶！"蓝精灵脸色发黑，像是受到了反噬，捂住胸口喷出一口血，更加凶狠地道，"你们居然连我最强的杀招都能挡住，难怪敢闯入此地！"

他们好像什么都没做！蓝精灵不会只有这一招吧？

"今天就算拼了这条命，我也要杀了你们。"蓝精灵举起手中的钢叉，然后……又喷了四道水柱过来，"拿命来吧！"

这回水柱的射程更近，喷了不到两丈远，就刺溜一下掉到了下面的花海里。

站在四丈之外的三个人："……"好寒碜的反派！

蓝精英的头顶闪过一道黄色的光，隐隐有文字出现："反伤1000"。文字转瞬即逝。

时夏擦了擦眼睛，是错觉吗？蓝精灵的头顶怎么可能显示这个？这又不是游戏！

"你们……"蓝精灵的表情更加痛苦了，周身的水柱直接碎了。她摔到了地上，似乎受了很重的伤。她一边喷血，一边极不甘心地看向空中的三人道："你们这些恶徒……可恨我……技不如人。我做鬼……也不会放过……"她话还没说完，头一歪，再没了声响。

三人呆在原地。

"顺……时夏妹子，这人……"龙傲天回头看了时夏一眼，指了指地上的蓝精灵，又指了指自己的头道，"这里是不是有点儿……？"

"嗯。"时夏认同地点了点头。

等等！蓝精灵的头上好像又出现了什么东西，好像是一行字。时夏定睛一看，只见上面写着"胜败乃兵家常事，大侠请重新来过"。

"快看周围！"济空指着四下的花海惊呼，"其他颜色没了，又变成黑白色了。"

这个黑白场景没有维持多久，下一刻，随着一声惊呼，世界重新亮了起来。

"艾丽雅……"又一道水柱从地面冲了出来，一只男性蓝精灵扑向地上的蓝精灵，表情绝望而哀伤。空中的背景音乐突变，变成了哀乐。

时夏嘴角一抽，这是进入剧情了吗？这地方到底怎么回事？


"艾丽雅……你醒醒啊！"男性蓝精灵歇斯底里地喊着怀中人的名字，哭得肝肠寸断，刚刚还阳光明媚的天空突然乌云密布、雷声滚滚。

"艾丽雅，你怎么可以离开我？不！"男性蓝精灵晃着怀里的人，用悲恸欲绝的声音道，"你快醒醒，我真的后悔了……"

"那个……"时夏忍不住开口道。

男子却猛地抬头瞪着空中的三个人："是你们！你们杀了她。"

"不……"我们真的什么都没干！

"艾丽雅这么善良，你们居然下得了手。"

"我说……"她明明是被自己反伤的！

"别想狡辩，你们这些丑陋的异族。"

"那个……"你别人身攻击啊！

"杀人偿命，我要让你们给她陪葬。"

"可是……"

"今天你们一个都别想离开这里！"男子咬牙切齿地道。

"你听我……"

"艾丽雅，你怎么这么傻？"

时夏其实只是想提醒一句，那蓝精灵根本没死，还有 10% 的血量呢！

"艾丽雅……我早该见你的，不应该让你镇守这里。我其实早就喜欢上你了。"

"都是我的错。因为我是你的师父，所以我才一直不敢承认。你不要离开我……你走之后我如何独活？"

敢情这还是一段师徒虐恋啊？时夏立马想象出一场相爱相杀的大戏来。

"艾丽雅，你知道吗？我第一次见你的时候……啊！"他还没说完，突然惨叫一声，直接晕了过去。他身后站着不知道什么时候飞过去的济空。

"要殉情就赶紧的，废话这么多！"济空拍了拍衣袖，淡定地道。

时夏心想：这人真的是和尚吗？这么暴力！不过好想给他点个赞。

"时间紧迫，我们快走吧。"济空重新飞了起来，向两人招了招手。

时夏点了点头，刚要跟上，龙傲天却拉了拉她的衣袖，一脸惊骇地道："时妹子，快看下面。"

她顺着龙傲天指的方向看过去，只见那两只蓝精灵的周围刚刚还是花海，现在突然像破碎的玻璃一样开始片片散落。时夏的耳边传来东西碎裂的声音，而且范围越来越广，最终蔓延到整个世界。

"这是怎么了？"时夏心头一紧。

"刚刚那两人应该是支撑此处天地的支柱。"济空皱了皱眉，条件反射地唤出了一个防御阵法，道，"如今他们受伤，这地界自然就会消失，变回幽冥之海本来的样子。"

果然，一转眼花海就消失了，蓝精灵也不见了，露出大片荒凉阴暗的景象。他们的耳边还能听到罡风的呼啸声。

"后池！"时夏心头一动，顺着同心印的指引，转头看向右前方道，"他在那边。"

时夏直接御剑朝感应的方向飞了过去，济空和龙傲天立马跟了上来。

时夏飞得很快，却被一大片如龙卷风一样的东西挡住了。那股龙卷风连接天地，绵延十几里，把半边的天都圈在了里面。时夏能感应到后池就在前方不远处，但那龙卷风似乎有什么特殊的力量，人一靠近就会被弹回来。她隐约能看到里面有细密的黑色风刃，四周都是刺骨的阴寒之气。

"这到底是什么风？"时夏硬闯了几次都没闯进去，捏的几个法诀也完全被弹了出来。

"是九天玄阴阵。"济空扶住又一次被弹回来的时夏，面露凝重之色，"没想到连这个阵法都……九天玄阴阵是天下至阴至寒之阵，法阵之下不容任何灵气，你这样硬闯是进不去的。"

"可后池就在这风后面。"而且她隐隐觉得那边出了事，心里没来由地有些慌乱。

济空沉着脸从身侧掏出两道紫色的法符道："此符是家师赐予我的隐灵符，只有两道，可以抵御阴寒之气。不过在九天玄阴阵下，这符大约只能坚持三息。"

"三息？"那不是跟三秒钟差不多？

"嗯。"济空继续解释道，"所以我们得尽力冲进去。"

时夏点了点头，接过他手里的法符道："谢谢。"

"应该的。"济空笑了笑，转头看向后面的龙傲天："光亮，你修为较低，在此等我们回来。"

龙傲天看了两人一眼道："你们万事小心。"

时夏把法符贴在身上，深吸了一口气，准备飞了。

"夏施主，一会儿我先引动法符击散一路上的阴风利刃，你一定要跟紧我。"济空一脸认真地交代道，好像极怕她被阵法所伤一样。

"好。"时夏有些疑惑地点了点头，心底有一丝怪异的感觉，忍不住道，"济空，我们以前是不是认识？"

"啊？"他一愣，摇了摇头道，"未曾。"

"哦……"这是她的错觉吗？她怎么感觉进幽冥之海后，这个和尚就特别照顾她？

"准备好。"济空布下防御结界，然后引动了身上的法符，"走！"说着跟离弦的箭一样，冲向前方巨大的黑色龙卷风。

时夏没有迟疑，立马跟了上去。

在法符的加持下，他们这次果然没有被弹回来，而是一头扎了进去。前方一片漆黑，四周呼啦啦地刮来大片黑色的风刃，耳边尽是结界与风刃撞击的声音。

一秒……二秒……三秒……时间到！

她身上的法符立刻化为齑粉。

眼看两人就要被四周的黑色吞噬了，济空一掌打出一道金印，暂时驱除周围的风刃，终于赶在最后一刻冲出了九天玄阴阵。

时夏长长地松了一口气，总算出来了，但还未来得及彻底放心，前方的济空突然停了下来。时夏一个急刹车，差点儿一头撞上去，忙问道："怎么了？"

济空睁大双眼，直直地看向前方，欣喜若狂地唤道："师父！"

和尚的师父？时夏一愣，顺着他的视线看了过去，霎时心口一紧，狂喜之情如万马奔腾般从心底涌了出来。她有些难以置信地睁大眼睛，下意识地喊出声："老哥！"

前方穿着蓝衣长衫的人僵了一下，然后猛地回头，万分惊讶地道："小妹，你怎么……"

他话还没说完，下一刻她便看到此生难忘的一幕，一把长剑直直地从他的胸前穿刺而过。她甚至能看到剑尖之上泛着的寒光，而哥哥身后便是持剑的后池。

时夏只觉得脑海中嗡的一声，四周的一切仿佛都消失了，心上挨了一记重锤，瞬间支离破碎。

"哥！"她疯狂地飞了过去，接住那个掉落的身影。

"哥……哥……"她甚至不敢呼吸，只能叫着他，声音却止不住地颤抖着。

他像是累极了，看了她一眼说："别……"眼睑却还是慢慢地合上了。

时夏不敢叫他，也不敢动，甚至不敢去想刚刚发生了什么，脑海中一片空白。只要她不想，这一切就不是真的。对！她还没有找到老哥！老哥向来不让人省心，哪能这么轻易地被她找到？不会！老哥不会的……

虽然她这样想，但抱着的身躯越来越凉。

"师父！"济空不知什么时候跪在了旁边，这个整天笑眯眯的人，脸上早已布满泪痕。

"你哭什么？"时夏控制不住地吼他，下意识地抱紧了怀中的人道，"我哥没事，他不会有事的！

"我哥那么能打架，从小到大就没有输过，他怎么可能有事？

"他那么机灵，从小就坑我，这次……这次一定也是骗我的。

"还有……他从十五岁开始就一个人撑着公司，那些老奸巨猾的人没一个是他的对手。

"他那么厉害……我哥那么厉害，怎么可能会有事？

"他答应过我的，爸妈没有了……没关系，我还有哥哥……"

"小师叔……"济空抬头看向她，想劝又不知从何劝起，犹豫了很久才道，"你不要难过。"

"我没有！"时夏条件反射地反驳，好像这样能否认刚刚发生的一切，"我没有……他答应过的……他答应过的。我哥没事……"

她再也忍不住了，眼泪夺眶而出，模糊了整个世界，眼前走马灯似的闪过关于老哥的一切。

她刚记事时，他调皮捣蛋，总欺负蛋；她五岁后，他又教她如何欺负别人；父母的葬礼上，他抱着不明情况的她哭成了泪人，却认真地告诉她"别怕，你还有哥哥"；上学后，同学给她写情书，二十几岁的他跑到小巷子里堵人家初中生……

这一幕幕鲜活的场景像是昨天发生的，就连她的耳边都回响着他的话。

"小妹啊，将来有一天你要嫁人了，老哥就可以安心了……不过，老子一定要揍残那个拐跑我妹的浑蛋！"

言犹在耳，她甚至还记得，说完这句话后他被捏在手里的烟头烫得上蹿下跳的样子。她明明记得这么清楚，明明哥哥就在眼前，怎么可能……怎么可能就……没了？！

"夏夏……"笪源上前一步，眉头紧皱，伸出手似乎想说什么，手伸到半空又停住了。

时夏一僵，视线落在他右手那把洁白如玉的长剑上，咬牙道："是你！"

她心里的恨意瞬间疯长，毁天灭地的想法顿时浮现："我杀了你！"

她扬手唤剑，调动所有灵气朝前方的人攻了过去。一时间剑影层叠，满天都是白色的剑影，道道都带着迫人的杀气。

"落星辰？！"笪源一惊，闪身后退，躲开已经逼到眼前的剑，一边抵挡一边沉声解释道，"夏夏，你等……"

时夏完全听不进去，眼里反复闪现的都是后池一剑刺穿自家老哥的画面。时夏眼里的怒火越来越旺，想毁了这一切！

剑光更加密集，灵气宛如暴动了一般疯狂地从她的身上溢出来，扫向每一个角度，就连四周阴寒的罡风也被这狂乱的灵气逼退，消失于无形。

"夏夏！"笪源一惊，有些焦急地道，"快停下！"她的灵气失控了。

可时夏已经完全失去了理智，剑法更是杂乱无章。她专注地往他的身上砍，没有任何顾忌，完全是不要命的打法。可他们的修为毕竟差得太多，即便笪源只是闪躲，她也碰不到他分毫。

时夏的灵气越来越狂乱，再这么下去，她会走火入魔。笪源扬手捏了一个诀，一个束缚阵顿时出现在她的身后。

"放开我！"她的脚动不了，手却仍舞着剑招，甚至直接放出了剑意，顿时千万颗萝卜炮弹密密麻麻地出现在天空。

"夏夏！"笪源脸色一沉，身形一闪出现在时夏的身后，抓住她结印的手，顺势往后一转，把她死死地扣在了怀里。

"放开！"

"夏夏，事情不是你想的那样。"

"你敢说我哥不是你杀的？"

"他……"笪源一僵，眉头皱得更紧，缓缓点头道，"是。"

"我要你的命！"心里的最后一根弦瞬间崩断，束缚着她的阵法应声而碎，那满天的炮弹终于接到了命令，晃动着要掉落下来。

突然，一直守在时冬旁边的济空发出一声惊呼："师父！"

时夏一僵，回头看去，只见济空旁边安静得像是睡着了的人全身突然发出阵阵白光，身体越来越淡，如同萤火一样散落开来。

"老哥！"时夏一慌，转身想要飞回去。

那散落的萤火却形成了一个旋涡，急速地旋转起来。

"小心！"笪源一把将时夏拉了回来。

下一刻，四周的空间一阵扭动，旋涡的中心出现了一个白色的洞。那洞像是打开了一个缺口，四周的罡风像受到牵引一般瞬间被吸了进去，一时间地动山摇，一切都在扭动，无论是花草树木，还是日月星辰都被吸入。那缺口跟黑洞一样贪婪地吞食着一切。

时夏甚至还能看到进入幽冥之海时遇到的那个黑白世界，还有那片花海，都被吸了进去。但奇怪的是，他们没事！

那洞口好像屏蔽了在场的三个人，身边的东西飞速消失，他们却没移动分毫，就连离洞口最近的济空也安然无恙。

这种异象足足持续了一刻钟，几乎把幽冥之海的一切都吸了进去。整个场景也发生了翻天覆地的变化，之前一片荒凉的地界不见了，蓝天白云及大海出现在他们面前，海平面上还能看到初升的骄阳洒下的大片金光。

"这是……"济空一脸茫然，就连时夏跟筐源也被这突然的变故惊住了。而之前那个白色的洞口越来越小，慢慢朝上空飞去，最后化为一个黑色的点。

时夏的耳边转来一阵破空之声，那黑点直直地落了下来，时夏不自觉地伸手去接。啪的一声，那黑点落在了她的手上。她定睛一看，那是一部手机，跟她的同一型号，只不过是黑色的。这是老哥的手机。

时夏心里的痛意瞬间又开始泛滥。

手机铃声突然响了起来，屏幕上显示着"未知号码"四个字。

时夏下意识地接了电话，一个熟悉的声音传了过来。

"啊？不是吧！自己的号码居然能打通？"

时夏不由得屏住呼吸，轻声唤道："老……哥？"

"小妹，怎么是你？你来幽冥之海了？我告诉你，这里很危险，黑漆漆的，到处是要命的罡风，你千万别进来啊！"

时夏愣住了。

这到底是怎么回事？


再次睁开眼睛，时夏只觉得脑海里一片空白，愣愣地看着屋顶半晌没回过神来。

"哟，醒了！"门口传来某人的声音，她的视野瞬间被一个硕大的灯泡占领，那刺眼的光简直可以亮瞎人眼。

时夏下意识地眯了眯眼，往里面挪了挪。

"身体怎么样？有没有哪里不舒服？"来人十分自来熟地坐在床沿上，顺手拿起桌上的瓶子，倒出一颗丹药递了过来，问道，"吃吗？上品补气丹，还是萝卜味的哦。"

萝卜味是什么鬼？时夏摇了摇头。

"好吧。"他十分不客气地把丹药塞进了僧袍里，"那我帮你收着。"九品的丹药可不常见。

"济空？"时夏这才想起眼前这个人是谁，"你怎么会在这里？这是哪里？"

"不是吧，小师叔？这里是拈霞峰，你的房间。"济空皱了皱眉，伸手摸了摸她的额头道，"难道睡太久睡傻了？"

"谁是你师叔？"她直接拍下他的手。

"你是我师父的妹妹，当然就是我的师叔啊！"他理所当然地道。

时夏一愣，之前发生的事一股脑地涌了出来："老哥！"她心里一慌，立马四下找了起来，"手机呢？"

"你是说那个吗？"济空指了指窗台。

果然，窗台上躺着一部黑色的手机。她连忙拿起手机，翻开通话记录一看，第一行显示着一个未知号码。

这是真的！她的确接过这么一个电话。

当时她灵气暴走，完全凭着一股恨意死撑着，接到电话后瞬间松懈下来，所以直接被灵气反噬得晕了过去。现在细想起来，她只觉得所有的事成了一团乱麻。

"我晕了多久？"她转头看向济空问道。

"三个月。"

这么久了！

"我晕过去后，手机有没有再响过？"

"没有。"济空摇了摇头道，"你晕过去后还死死地握着这件法器，三天后才松开。这东西我也不会使用，所以一直放在这里未曾动过。"

"没响过？"这不对啊！如果真是老哥，他不可能只打一个电话过来。除非他……打不了！

"小师叔，"济空瞅了瞅她手里的手机，有些犹豫地问，"此物真的可以联系上师父吗？他现在在哪里？他……没事吧？那天我们看到的那个人是不是……"

"我不知道。"她比任何人都想知道真相。

她明明看到后池杀了老哥，后池也承认了，可一转眼老哥的电话却直接打了过来。这到底是怎么回事，她还真弄不清。

"小师叔，这法器只有你会用，你现在能不能用它找找师父的位置？"济空着急地道。

"我倒是想找……"时夏皱了皱眉，可手机显示的是未知号码，她想回拨过去都不行。她试着拨了几个号，无一例外全都显示"无服务"，这里压根儿就没有信号。

等等，当初老哥打过来的时候好像还挺惊讶，说了句"自己的号码居然能打通"。而这个又是老哥的手机，难道……

时夏心间一动，脑海中浮现一个疯狂的想法。她攥紧拳头，深吸一口气，直接在手机上拨打本机号码。这回手机不再提示"无服务"，而是响起了"嘟"的一声，电话通了！

时夏一喜。下一刻，一道女声从电话里传了过来："你好，你所拨打的电话正在通话中，请稍后再拨。"

这是怎么回事？

之前她接到的电话应该是老哥用自己的电话拨打了自己的号码。按说打自己的号码一定会出现占线的情况，所以通了后老哥才那么惊讶地说出那句话。但那时老哥的手机明明就握在她的手里，那他又是用什么打的？

时夏越想越乱。

"怎么样，小师叔？"听见里面有声音传来，济空立马凑了过来，"找到师父的位置了吗？刚刚的声音是怎么回事，是师父留下的信息吗？"

"信息？"时夏一愣，对啊！电话占线，但还有短信呢。

她立马编辑了一条短信："老哥？"

她将信息发给了本机号码，果然显示发送成功。她握紧拳头，死死地盯着手机，等着回复。

三秒……五秒……十秒……二十秒……

手机没有反应，短信也没有回应。

她有些灰心，下一刻手机却发出一连串嘀嘀声，一条条短信蹦了出来。

"啊啊啊啊，小妹是你吗？小妹，小妹……"

"我是哥啊，你的亲亲亲哥啊！你在哪里？"

"我居然忘了还有短信，白白打了几个月自己的号码，没一个打通的，还是夏夏聪明，不愧是我妹。"

短信真的有用！时夏心里顿时狂喜，手机却还在响。

"对了，小妹你千万别来幽冥之海，这里太诡异了，那些阴寒之气不知道是从哪里冒出来的。这样下去别说是幽冥之海，只怕周围整片海域都会被牵扯进去。我被困了好几个月，这会儿才冲出来，小妹你别乱跑，等哥来接你啊！"

"小师叔……"济空隐隐猜到这是师父传来的信息，却看不懂手机上的汉字，只好推了推她，着急地问道，"是师父吗？他在哪里？"

时夏松了口气，欣喜之余，心底没来由地闪过一丝怪异的感觉："他说被困在幽冥之海的阴气中，刚刚才脱困。"

济空："幽冥之海的阴气不是散了吗？"

"散了？！"

"是啊！"济空点了点头道，"那天我们回来后幽冥之海就变回以前的海域了。不仅如此，就连幻海上的阴气罡风也消失了。"

他们回来后？不就是三个月前？那老哥遇到的阴气是从哪里来的？

"难道还有别的地方有残余的阴气？"

她还未来得及想清楚，手机却再次响了起来。

"小妹，快给我一个坐标，哥哥现在就来接你。"

时夏立马把自己的地址发了过去。

信息发出还没三十秒，一条短信又回了过来。

"仙剑门？拈霞峰？那是什么门派？我没听过啊！小妹你再说得详细点。"

时夏皱了皱眉，原来仙剑门这么没名气吗？看起来不像啊！

"师父怎么说？"

"老哥说他要过来，但不知道怎么来仙剑门。"

"这个简单！"济空拍了拍胸口提议道，"师父曾在离此处不足百里的一处断崖石室中闭关百年，亦是那时救下了我并收我为徒。你就说出我们师徒初遇的地方，师父肯定找得到。"

时夏立马改了一下集合地点，发了过去。

不一会儿，短信又回了过来。

"徒弟？什么徒弟？我没收过徒弟啊！"

时夏一愣，猛地转头看向济空，上下扫视了他一眼。

"怎么了？"济空被她看得心里发毛。

"我哥说……他没收过徒弟。"

"怎么可能？！"济空立马跳了起来，掏出一串佛珠力证，"你看，此物就是当初师父收我时给我的，上面还有他的法印呢！"

时夏仔细一看，只见那串珠子上写着一行细小的汉字：帅哥时冬赠。

这还真是老哥的字。那这短信又是怎么回事？

她正想着，短信又传了过来。

"说起来，我刚刚还真的在山崖上捡到一个小孩儿。他可能被吓坏了，我问了半天他也不说话，穿得破破烂烂的，现在还一直跟着我呢！济空这个名字倒是挺适合他的，那就叫他济空吧。"

"正好我这儿有一串佛珠，给他拿着他就更像个小和尚了，哈哈哈……我真是天才！"

等等！山崖……小孩儿……佛珠！

时夏的心猛地一沉。她用力拽住济空，着急地问："济空，告诉我，你是什么时候遇到我哥的？"

济空愣了愣，思索了很久才道："应该有……六千多年了吧！"

六千年！时夏愣住了，有种被雷击中的感觉。

难怪她明明拿着手机，老哥的手里却还有一个；难怪他说被困在幽冥之海的阴气里几个月；难怪他不知道仙剑门在哪里；难怪他说没收过徒弟……

原来他们之间隔了六千年！

原来，老哥在六千年前！


时夏意识到一个很严重的问题，如果电话那头是六千年前的老哥，那她在幽冥之海看到的那个老哥又是谁？难道是现在的老哥？！两个老哥都是真的！那也就是说老哥真的已经……

她心里一慌，顿感一阵刺痛。她深吸一口气，拼命稳住那几乎要崩溃的情绪，让自己冷静下来。既然她可以联系上六千年前的老哥，那么就还有补救的方法，还有机会阻止这一切发生。况且这中间还有很多事情没有理顺，例如老哥为什么去幽冥之海，在那里又发生了什么，为什么老哥消失后幽冥之海就恢复了原来的样子等。这些疑问别说是她，就连老哥本人也是一问三不知。她隐隐觉得这是所有事情的关键，了解了这些，兴许就能解开穿越以来的所有疑问。偏偏她完全不知道从哪里查起。

济空适时地提醒她，伽蒂寺的净生莲是当初老哥给他用来压制幽冥之海的封印的。他们去伽蒂寺或许能找到些线索。时夏当即决定离开仙剑门，跟济空一起去伽蒂寺看看。

她走之前去看了炎凤。不知道是不是因为契约的关系，时夏昏迷后，本来早该破壳的小黄鸡至今还是个蛋。时夏没办法扔下它，从济空那里拿了个灵兽袋，把炎凤装了进去，方便随身带着。

"夏夏。"

刚走出门，她就听到一个熟悉的声音，带着些犹豫与迷惘。

时夏心头一震，下意识地握紧了手，深吸一口气才转身看向那个白衣如雪的身影。

她醒了三天，仙剑门内排得上号的人组团围了她一圈，该来的、不该来的都来了，唯有笪源没来。现在，他终于现身了。

他还是老样子，冰冷的脸上看不出什么情绪，只是眉心比以往收拢了几分。他站在离她几步远的地方直直地看着她，似乎想说什么，张口却只喊出她的名字："夏夏……夏夏……"

时夏咬了咬牙，第一反应是冲过去抽他，却拼命忍住了。

她问道："你恢复记忆了？"

笪源一愣，眉头皱了皱，接着摇头道："没有。"

"那你叫什么夏夏？"我跟你又不熟！

"只是……觉得应该这么叫。"笪源有些恍惚，像是遇到了什么不明白的事，目光扫向她手里的灵兽袋，眉头瞬间皱成了川字，"你要走。"

他说的是肯定句。时夏也没想隐瞒，直接点头道："嗯。"

笪源沉默了，直直地盯着她手里的炎凤，良久才沉声问："什么时候回来？"

时夏隐隐觉得心被刺了一下，却仍强装平静地道："不回来了，我打扰你很久了，是时候离开了。"

他又沉默了。

时夏站了一会儿，也不知道还能说什么，正打算告辞，他却急忙道："我并不知晓……你要找的人是他。"

她脚步一顿，沉声应道："嗯。"

"我不知道他就是你哥。"

"嗯。"

"那天的事，不是你看到的那样。"

"嗯。"

"我之所以出手是因……"

"因为我哥让你那样做。"时夏直接打断他的话。

笪源一惊，睁大眼睛看向她："你知道？！"

356

"猜得出来。"时夏深吸一口气道，"那天我去找你学阵法时，屋里的那个人就是我哥吧？你跟他认识很久了？"

他缓缓地点头道："近万年。"

"他找你就是为了让你杀他？"

"是。"

"为什么？"

"他未曾提及，只说这是他此生唯一的请求。"

"所以你就答应了？"

"是。"

老哥为什么要这么做？她总觉得这盘棋越下越大了，忙问："他还有没有提到别的事？"

"没有。"

"哦……谢谢。"看来唯一的线索就是那净生莲了，她得赶紧去伽蒂寺看看。

时夏刚要转身，笪源却突然出现在她身侧，伸手拉住了她："夏夏。"

她回身问道："还有事？"

"我也……"

"不行！"她直接拒绝。

"夏夏……"他的心情瞬时低落到谷底。她隐约看到了后池委屈的样子，他说："你恨我。"

"说不上恨。"她心头一痛，却摇了摇头道，"我只是不知道怎么面对你。你顾大局之仁，解决幽冥之海的封印；你顾朋友之义，应请求才动手；你念兄妹之情，救灵气暴走的我。理论上来说，于公于私我都没理由恨你。但是……"她深吸一口气，转身看向他的眼睛，直接说开了，"那是我哥啊！那是与我血脉相连的哥哥。他没了……我还管什么大仁大义？就算这是他亲自求来的，我也接受不了。我心里过不了这个坎！就算还有补救的方法，就算知道他还活在六千年前，我也无法当什么都没有发生过。我控制不住地把这一切都归罪于你。我知道我可能有些无理取闹，或是迁怒了你，可是对着你，我除了迁怒还能干什么？"

"夏夏。"

"你给我闭嘴！"她压下愤怒的情绪道，"你问我恨不恨你，我倒是想恨你，更想像在幽冥之海一样跟你拼命。可是……只要一想到你是后池，我就动不了手，什么都干不了！"

"……"

"所以，你最好一辈子不要恢复记忆，离我远远的，不要让我再看到你！不然，我见你一次打你一次！"

说完，她直接唤出灵剑，催动灵力，用最快的速度朝山下飞去。

357

笪源站在原地看着那慢慢消失的身影，久久未动。半晌，他缓缓摸向心口的位置，不知道为什么，觉得那里空空的。明明他完全不记得她说的事，也不记得自己有一个妹妹，可为什么听到她那些话却有种丢了很重要的东西的感觉？

他的眉头越皱越紧，最后拧成了结。

他身影一闪，下一刻消失在原地。


伽蒂寺位于仙剑门以东，刚好处于幻海与幽冥之海的中间。

时夏刚飞下山，远远地就看到济空站在一棵歪脖子树上朝她招手，光滑的头顶跟灯泡似的。

"小师叔，这里这里！"

时夏直接飞过去，左右看了看道："怎么就你一个人，龙……光亮呢？"

"他一个月前就回寺了。"济空解释道，"寺中似乎发生了什么事，传讯急召所有弟子回去。你当时昏迷了，不知道这事。"

醒来后，她还真的没看到龙傲天。

"那你怎么还在这儿？"她上下看了他一眼。

"师侄这不是担心小师叔你吗？"他笑了笑，拍拍她的肩膀。

"担心我？"时夏怀疑地看了他一眼，说得好像她的命是他救回来的一样。

"喀，那啥……"济空好像也想到了这点，连忙转移话题道，"小师叔，你的灵兽带来了吗？"

"嗯。"时夏举起手里的灵兽袋。

"小师叔为何这么在乎这只灵兽？"济空好奇地问，"这是几阶灵兽啊？"

"不知道。"炎凤还真说不上等级。

"师侄对灵兽倒是有几分了解，"济空以为她不会鉴定，自信满满地拍了拍胸脯道，"只要知道种类就能说出几分。不知道小师叔这只是什么品种？"

"哦，它是只凤凰。"

济空一时不知道说什么，有拿神兽当灵宠的吗？这一定是个笑话。

时夏懒得解释，催促道："赶紧走吧，天要黑了。"说着她直接御剑飞了起来，济空连忙跟上。

时夏心里装着事，一路上都不想说话。倒是济空的嘴就没停过，他把与老哥相关的事一五一十地给她抖了个干净，言语间掩不住对她老哥的崇拜之情。时夏都忍不住怀疑他认识的老哥跟自己想的是不是同一个人。

"小师叔，你不知道师父有多厉害，当时幽冥之海突然暴发灭绝生灵的阴气，吞噬了大半个天泽大陆，幻海就是这么产生的，所有人都不敢靠近，只有师父有勇气，孤身冲了进去。"

"……"他没了解情况就冲进去，这不是勇敢，是傻吧？

"小师叔，你不知道，师父出来后，所有人都对那阴气束手无策，只有他猜出至净之物净生莲可以压制阴气。"

"……"嗯，这估计是系统发布的任务。

"小师叔，你不知道，那净生莲乃是佛门圣物，听说能洗净世间一切罪恶，却从来没人见过它，只有师父找出来了。"

"……"系统应该有地图指引。

"小师叔，你不知道，师父心怀慈悲，来世上就是为了拯救世间。"

"小师叔，你不知道，师父可想念你了，你的画像他都随身携带，一带还带一沓，从五岁到二十五岁的全有，我偷偷看到过几张。"

"小师叔，你不知道，师父早就交代我了，要是见到你一定要看好你，不然你随随便便被什么浑小子拐跑就糟了。"

"小师叔，你不知道……"

"济空……"时夏打断他的话，长叹了一口气。

"啊？"济空一愣。

"你老实说，你是不是看上我哥了？"

"啥？"

"抱歉，我哥喜欢女人，所以亲友路线你是走不通的。"时夏安慰地拍了拍他的肩膀。

"……"济空顿时呆住了。


两人紧赶慢赶，终于在半个时辰后到了伽蒂寺。时夏早有心理准备，知道这里必定有不少佛像，却还是被眼前的景象惊住了。与修仙门派一样，伽蒂寺也由一座座浮峰组成，却更有格调。

正中间是一座巨大的浮峰，其余小浮峰统一浮在主峰的下方，极为整齐。更惊人的是，主峰正面有一尊巨大的佛相，双手合十、宝相庄严，而下面的浮峰刚好组成一朵莲花的模样。远远看去，就像是佛像坐在莲座上，浮在空中一样。

时夏忍不住发出一声赞叹，大手笔！

"到了。"兴许是因为到了自己的地盘，济空又恢复了之前严肃正经的样子，指了指主峰道，"小师叔，这里就是伽蒂寺。我是这里的住持，你尽管放心住下。你要查什么便让弟子去做，无人敢质疑。"

时夏突然想起了济尘，犹豫着要不要仗势欺人一下，但想了想，还是决定先办正事。她抬头看了看主峰，顺口问："对了，净生莲在哪里？"

"净生莲是我寺至宝，自然放在……"济空顺手指向主峰的佛像，眼睛猛地睁大，惊呼，"峰顶的佛光怎么不见了？！"

"什么佛光？"时夏问。

359

"峰顶的佛光。"济空一脸焦急地解释道,"净生莲自带佛光,放在主峰峰顶的净世阁,刚好在佛像印堂的位置,平时都有佛光透出,今日却……"

时夏抬头看了看,现在佛头不但没有光了,还因为后面的草木生长得太茂盛,飘着一片显眼的绿。

"定是出事了,小师叔,我们赶紧过去吧!"济空催动脚下的法器,朝那个方向飞去。

时夏跟上。

可他们还未到主峰,突然空中闪过一片金光,一个半透明的金色罩子挡住了两人的去路。

"护山大阵?"济空疑惑地说道,"寺中为何会开启这个阵法?"

下一刻,似乎察觉到有人触阵,一个穿白衣的小和尚飞了过来,看见两人后脚下一个踉跄,一脸惊骇地朝后高喊道:"济……济空回来了!"

这一喊,整个伽蒂寺像是被人捅了的马蜂窝一样,飞来大批光头,有拿念珠的,有拿木鱼的,有拿法铃的……来人个个满脸愤怒,一边飞过来一边高喊:"你个盗宝妖僧,居然还敢回来?抓住他!"

"……"


"发生了何事?"济空看向正前方两个领头的和尚道,"戒空、戒心,你们这是为何?"

"住口!"对方更加愤怒,但又不敢动手,只得厉声道,"你个勾结魔修的妖僧,还敢送上门来?今日你休想离开伽蒂寺。"

说着他扬手一挥,上百个佛修顿时把济空和时夏围了起来。

济空皱了皱眉,高声道:"各位同门,贫僧执掌伽蒂寺数千年,自问一心向佛,从未做过亏心之事。今日我刚从幽冥之海回来,并不清楚寺中发生了何事。你们要抓要罚总得给在下一个缘由。若确实是在下之过,贫僧自当一力承担,绝无怨言。"

他这话一出,刚刚还怒气冲冲的众人脸上纷纷出现犹豫之色。济空毕竟是伽蒂寺的住持,余威犹在。

倒是正前方那个叫戒空的光头急了,大声道:"大家不要被他蛊惑,别忘了戒痴和戒嗔两位师兄的下场。"

他这一提醒,大家齐刷刷地瞪向济空,脸色白了几分。

"戒痴、戒嗔二人怎么了?"济空继续问。

"你还敢问?!"戒空厉声道,"两位师兄向来尊你敬你,没想到你居然对他们做出如此禽兽不如之事。"

禽兽不如?这话有歧义,她会想歪的。

"你对他们做了啥?"时夏转头问济空。

"我也不知道啊！"济空更蒙了，"我根本没碰过他俩。"

"真的？"

"真的！"

"这是我亲眼所见，你还想狡辩？！"戒空一脸悲痛地道，"当日他们都已经死在了你的手里，可你还……还……"

还怎么了？时夏越听越激动，默默地转头看向济空。

济空嘴角一抽，提醒道："小师叔，我俩是一起回来的。"

"不必多言，今日我便替两位师兄除了你。"戒空转身向四周的弟子扬声道："各位同门，今日绝不能让这个妖僧逃了。"

"戒空……"

济空想要解释，但对方不想再说下去了，率先结了一个法印。其他人见状，也纷纷结印吟唱起了佛法。一排排法符朝上空飞去，空中顿时出现一个巨大的金色的卍字符，带着重重的威压朝中间两人压了下来。天地间回荡着一声声梵音，令人气血翻涌、心神不宁。

时夏毕竟是度劫期修士，济空是出窍期修士，而这些和尚虽然人多，但修为最高的也不过是度劫初期。那个卍字符压下来时，济空只是双手合十，轻念了一句"阿弥陀佛"，瞬间就压住了那梵音。济空的周身出现一层半透明的铜钟形状的结界，直接把头顶的卍字符击碎了。结界越来越大，向四周扩散。

原本围在四周的弟子顿时慌了。他们刚刚联手布下的阵法瞬间崩溃，还有人直接受到反噬。原本信心满满的众人一下蔫了。

就在这时，一道金光从远处飞来，直接打散了济空的结界。同时，一道有些耳熟的男声响起："济空师兄当真如此不念同门之谊？"

"师叔来了！"众弟子一喜，纷纷看向声音传来的方向。

时夏下意识地循声看去，来人身着裸肩的黑色长衫，身上画着各种古怪的黑色符文，鸟窝似的发型十分抢眼，背后背着几根树枝一样的东西。

时夏当时就震惊了，寺里都是光头，怎么还有造型这么有个性的和尚？

"师弟。"济空皱了皱眉，脸上闪过戒备之色，沉声道，"我离开三个月有余，未听寺中召令及时回寺确实是我之过，但他们说的残杀同门之事我并未做过。"

"济空师兄，苦海无涯，回头是岸！你大错已成，切勿一错再错。"那人笑了笑，完全不听济空解释，认定济空有罪，"还请师兄看在这么多年同门的分上，交还戒痴、戒嗔二人的魂魄。"

"魂魄？"济空一惊，"他们二人被摄了魂？"

"师兄，伽蒂寺不介意弟子改修其他门派，但杀人摄魂之事实在太损阴德，乃魔道所为。师兄莫要自甘堕落！"

"我说过，不是我做的。"济空道。

"证据确凿，师兄的所作所为皆呈现在了净世阁的留音壁上，派中多数弟子亲眼见到了。"

"留音壁？"济空一愣，"这怎么可能？"

"师兄……"那人叹了一口气，下一刻话锋一转，"我等佛修虽不会轻易制造杀孽，但你的所作所为实在天理不容。若你执意不交出那两人的魂魄及本门的法宝净生莲，那就莫怪师弟不念同门之情了。"

"什么？净生莲也丢了？"

对方没有回答，算是默认了，沉声道："还请师兄与你的这位同谋随我去戒律堂一趟。"

时夏没想到还有她的事，悄悄传音问济空："咋办？"

济空沉着脸道："我师弟也是出窍期修士，我的修为虽高他一些，但……"

时夏明白了，若他们此时动手，绝对讨不到便宜。

"那要跟他们回去吗？"

"此事不简单，他们现在已经定了我的罪，我们回去也查不出真相来。"

"那……"

"小师叔放心，我有办法。"他给了她一个"包在我身上"的眼神。

时夏一愣，难道事情还有转机？

"师弟……"济空长长地叹息一声，上前一步，严肃地道，"其实这事……"他说到一半却停住了，突然一脸震惊地看向前方："师父，你怎么来了？！"

众人一惊，纷纷回头看了过去。

时夏下意识地也想回头，突然手上一紧，整个人被拉着往前急速飞去。

"走！"

众人："……"

时夏："……"

这就是济空的办法？他直接说跑路会死啊？


济空拉着时夏一路狂飞，为了躲避后面气势汹汹地追来的和尚，弄得十分狼狈。好不容易甩掉追兵，两人已经累瘫了。

济空一屁股坐在地上，重重地喘气，道："那群孙子，枉我为寺里做牛做马这么多年，他们翻脸就不认人了！"

"你还说呢！"时夏翻了个白眼，"你这个住持当得也太失败了吧？说下台就下台！"

"唉，一定是我平日太善良了。"济空长叹一声，摸了摸自己反光的头，一脸沉痛地反省道，"没想到他们一直都在嫉妒我惊人的美貌、帅气的容颜。"

"你要脸吗？"时夏无语，转移话题道，"说吧，你打算怎么办？"

按刚刚那个情形，他们最少可以确定两件事：第一，净生莲被偷了；第二，偷净生莲的人伪装成了济空，还杀了两名弟子。

"留音壁上有我的影像，我现在是有理也说不清了。"

"你可以让仙剑门的人给你做证。"他们在仙剑门待了三个月，很多人可以做证。

"这件事没这么简单。"济空皱了皱眉，"这三个月来我一直在拈霞峰，那里加上你我一共才四个人，而且伽蒂寺距离仙剑门也不算远。此事明显就是有人故意栽赃。"

济空说得是！拈霞峰的确人少，若对方认为济空可以作案后再返回，他们也无法反驳。

"况且……"济空皱了皱眉，一脸困惑地道，"这次回来后，我总觉得寺中之人怪怪的。"

"哪个人怪怪的？"

"好像都有些……"他想了想，随即甩了甩头道，"我也说不上来，算了，或许只是一种错觉吧。"

时夏突然想起一个人，说："对了，你是不是得罪过那个杀马特？"那人好像一直在针对济空。

"杀马特？"

"就是那个一身黑衣露着肩，发型像是被雷劈过的人。"

"黑衣？"他一脸茫然地道，"我寺弟子只着僧袍，没有着黑衣的，小师叔你是不是记错了？"

"别逗了。"时夏挥了挥手，"其他人还叫他师叔呢。"

"师叔？你说的不会是……济尘师弟吧？"

"济尘？！"时夏一下跳了起来，"你是说那个杀马特是济尘？"这变化有点儿大啊！

"嗯。"济空点了点头道，"刚才领头的确实是济尘，但……他刚刚穿的跟我们一样，是白衣僧袍！"

"怎么可能？我又不是色盲……"时夏心一沉，睁大眼睛道，"你是说，他在你眼里穿着白衣？"

"是啊！"济空点头。

"那头发呢？对了，他背后还背着几根像树枝一样的棍子？"

"小师叔，我们可是正规的和尚庙，哪有留头发的？"说着济空还拍了拍头，"你瞧这儿，真的没毛。"

时夏有种被雷击中的感觉，这是咋回事？那个人真的是济尘，而且穿着白衣？可她明明……

这种事情济空没有必要骗她，那就只有一个可能——她看到的人跟济空看到的人不一样。

363

难道是她的眼睛出问题了？可她的眼睛再怎么有问题，也不可能自带切换功能吧？更关键的是，济尘跟她有过节。他不说对她恨之入骨吧，但见到她后绝不会像刚刚那么平静。

"小师叔？"见她久久不说话，济空疑惑地问道，"你怎么了？"

时夏皱了皱眉，干脆把当初跟济尘的事详细地说了一遍。

她原以为济空作为住持，多少会为对方说几句话，没想到他一听完就怒了："济尘那个臭和尚居然敢这么对你，要是早知道这样，当初他回寺的时候我就应该灭了他！"

"呃……"他这个反应不对啊，她道，"我废了他十世的功德，你就……不生气？"

"生气，当然生气啊！"济空理所当然地道，"他这么坑你，只废了他的功德太便宜他了！"

时夏见他越说越气，转移话题道："接下来怎么办？"

济空立刻转移了注意力，沉默半晌后突然激动地道："小师叔，关于净生莲的事，我有个主意，您老人家要不要听听？"

# 第十六章　妹妹的潜龙之渊

济空告诉了时夏一件很重要的事，当初老哥去找净生莲时，同行的还有一个人，这个人就是济尘的师父，一个名叫莲墨的佛修。如果他们想了解净生莲的事，问此人或许是个不错的选择。

时夏觉得有些不靠谱："你都说他们是师徒了，而且你身上还贴着叛徒的标签，她能告诉我们吗？"

"小师叔请放心，"济空毫不在意地保证道，"莲墨尊者向来心思纯净，我们如果诚心相求，尊者不会推辞的。"

"真的？"为啥她觉得这个理由很牵强？

"莲墨尊者是师父多年的好友，此事关系师父，尊者一定会告诉我们的。"

"是吗？"

"当然！你可是师父的亲妹妹，她一定会盛情款待你的。"

"你确定？"

"放心吧，小师叔！"

"好吧，再信你一次。"时夏现在也没别的办法，只好御剑随济空往潜龙渊飞去。

潜龙渊远在极东的边境之地。两人虽然修为都不低，但由于要躲着伽蒂寺的追兵，不得不特意收敛气息减速飞行，花了两天时间才赶到目的地。

不得不说潜龙渊真的是一个适合闭关的好地方，青山绿水，风景美不胜收。时夏瞬间觉得心情好多了，如果没看到接下来的一幕的话……

"济空。"

"在。"

"你确定莲墨跟我哥很熟？"

"当……当然。"

"生死之交？"

"呃，是吧。"

"她会热情招待我？"

"或许……"

"那么……"时夏深吸了一口气，指着入口处石壁上那一排斗大的字道，"你能解释一下上面写的'姓时的与狗不得入内'是什么意思吗？"

济空嘴角一抽，尴尬地擦了擦脑门上的汗说道："小师叔，其实……弟子已经几千年没有见过这位尊者了，或许……可能……似乎……时代不同了！"

"这差别也太大了吧？"老哥到底做了些什么？

济空干巴巴地笑了笑说道："要不……我们回去？"

"何人擅闯潜龙渊？"他话还没说完，一道洪亮的声音自身后传来。

时夏心底咯噔一下……

石壁旁边刚刚还层层叠叠的树丛似乎突然活了过来，自动朝两侧分开，片刻就出现了一条由藤蔓花草组成的绿色通道。

一股清风吹来，通道里顿时飘落满天花瓣，直朝他们飞了过来，却在即将到达时夏身边的时候停住，团团飞舞，眨眼间化成一名身着白衣红裙的女子。

时夏愣了一下，感慨这个出场好有格调啊，这妹子长得跟加了电脑特效似的。

等等！妹子？莲墨不是佛修吗？

时夏刚要询问，济空已经上前一步，毕恭毕敬地对莲墨行礼道："弟子见过莲墨尊者。"

"济空？"莲墨尊者似乎认出了来人，脸上闪过一丝异样的表情，瞬间冷下脸道，"几千年不见，你胆子越来越大了，敢随便闯到潜龙渊来。你那不省心的师父呢？"

不省心……时夏嘴角一抽，心想：确实不省心。

"尊者有所不知，弟子这些年也未曾见过家师，一直在找他，可惜没有找到。"

"你还没找到他？"莲墨一惊，眉头一下皱了起来，"这都几千年了，他到底去了哪里，怎么会找不到？你到底……"她话到一半又停住，似乎想起了什么，立马恢复冷漠，跟刚刚急切的人不是她一样，"算了，这么久了，谁知道他去哪儿了！像他那种背信弃义、忘恩负义、无情无义的小人，最好永远不要回来！"

时夏好想知道老哥到底怎么背信弃义、忘恩负义、无情无义了……

"这么多年了，你也别再找了。伽蒂寺的事多得依仗你，再说他要是不想现身，你找也没用。想当初我陪他出生入死取得净生莲，那般待他，他还不是……"她像是说不下去了，重重地哼了一声才道，"反正这样卑鄙无耻的人简直人人得而诛之！姓时的没一个好人！"

时夏："……"所以说老哥到底对你做了啥？

"对了，你既然没找到那浑蛋，来潜龙渊干吗？"莲墨这才想起正事，转头问道。

"其实弟子此次前来正是为了净生莲之事。"济空正了正神色，开始一本正经地胡说八道，"想必尊者已有感应，幽冥之海的危机已解。可是原本在寺中的净生莲突然被人盗走，弟子担心那盗宝之人与幽冥之海的封印有什么联系。事关天下苍生，弟子这才特意登门拜访尊者，想问问当年您与家师取得净生莲的事。"

时夏听完嘴角一抽，这个理由编得……人家会信才怪。

"原来如此！"莲墨点了点头。

莲墨还真信了？难怪济空说她心思纯净。

"净生莲之事……说来有些长，进去说吧！"莲墨转身正打算往里走，眼神扫过时夏，脚下一顿，一脸惊讶："咦，怎么还有一个人？你是何人？"

敢情莲墨从头到尾无视了她。

"这是弟子的一位故友。"济空连忙上前解释，"刚巧在路上遇到，就一起过来看看。"

"你也能交到女修做朋友？"莲墨一惊，看向时夏。

时夏被看得浑身发毛，啥意思？佛修不能交女朋……不对，女修朋友吗？

"算了！只要不是姓时的浑蛋就行，进去吧！"莲墨没有要解释的意思，问道，"对了，你叫什么？"

"我叫……顺风快递。"

"顺风快递？"莲墨皱了皱眉道，"这个名字倒是奇怪，还从未听过'顺风'这个姓。"

"……"

"罢了，走吧！"莲墨一挥手，顿时眼前的绿色通道变成了可以并行三人的宽度。

莲墨先一步走了进去，时夏与济空跟着。那通道看着深不见底，时夏还以为要走很久，谁知道踩入的一瞬间，眼前立刻换了一幅场景。前面是大片桃林，一树树桃花争相开放，连成了一片粉色的花海，清风吹过，满天都是花瓣。时夏瞬间有种到了桃花源的感觉。

莲墨带他们往桃林深处走去，穿过层层叠叠的桃林，眼前出现一片碧绿的草地。这草地看起来有几百米宽，形成一个完整的圆形，上面似乎刚刚浇过水，草叶上还挂满了水珠。地面上时不时有一阵白光闪过。

"此处是……？"见莲墨停在草地上，济空忍不住问道。

"你们不是想问净生莲的事吗？"莲墨解释道，"当初我与……那浑蛋就是在这潜龙渊里发现佛宝净生莲的。"

"你是说这里就是潜龙渊？"

莲墨摇了摇头，指了指上空道："准确地说，上面才是潜龙渊。"

时夏抬头一看，瞬间蒙了："湖……湖！"

天上居然有个湖！湖水映着绿色，一片波光粼粼，难怪刚刚地上一闪一闪的，原来是湖水反光。时夏忍不住伸出手，居然没有水掉下来，这不科学！

"关于净生莲的事，我亦只知道是在此处发现的。"莲墨沉声道，"当日幽冥之海暴发，那浑蛋只说这里有东西可以助他封印幽冥之海，至于他到底是怎么知道净生莲在这里的，我也不清楚。"

时夏紧了紧身侧装着手机的储物袋，看来这个净生莲还真是系统发布的任务。

"那师父可有说过要怎么封印幽冥之海，封印之后又怎么办？"济空急声问。

"他不是传给你了吗？"莲墨皱了皱眉道，"找到净生莲的地方有一个天渊之印，他便是凭此暂时封印幽冥之海的。"

"天渊之印？"时夏一愣。

"就是之前封住幽冥之海的灭灵之气的封印。"济空解释道，"净生莲以前的确是封印的阵眼，不过这封印每一千年会削弱一次，每次削弱之后需要重新加固，那加固之日便是天渊之日。"

原来之前济空去仙剑派说的天渊之日指的是这个。

"不过那也只是暂时压制，现在幽冥之海恢复原状，那些罡风、阴气也彻底消失，用的肯定不是这个封印。"

时夏心里一紧，看向莲墨："尊者，济空的师父有没有提到，除了天渊之印还有什么方法可以解决幽冥之海的问题？"如果时夏能知道这些，就能明白老哥为何让笪源杀掉他了。

"这我怎么知道？"莲墨白了时夏一眼道，"若有一劳永逸的办法，我们当初何苦去找净生莲？况且……"她似乎想到了什么，脸色一变，咬牙切齿地道，"从潜龙渊出来后，那人便不见了，简直就是过河拆桥。亏我还为了他……"她越说越气愤，整个人像要喷出火来，深吸一口气才厉声道，"要是让我再见到他，不将他五马分尸、挫骨扬灰，难消我心头之恨！"

看来这仇结得有点儿深啊！

"对了，"莲墨想到什么，眯着眼睛怀疑地看向他们道，"幽冥之海的问题不是已经解决了？此事难道不是他所为？你们……不会合起伙来骗我吧？"

时夏心里咯噔一下，这猜得也太准了吧？

"尊者误会了。"济空连忙坚定地摇头道，"弟子的确没有见过家师，不然净生莲失窃，我何必来问尊者？尊者若不信，可以感应一番，看看净生莲是否还在伽蒂寺。"

莲墨再次扫了两人一眼，勉强信了济空的话。时夏长舒了一口气。

"罢了，我就知道这些，你们若想找更多线索，就去潜龙渊一趟。"

"潜龙渊？"时夏抬头看了看头上的湖，顺口问，"那里能进去？"

"平常自是进不去的，不过……"莲墨双手一转，一个手掌大的沙漏便出现在她的手上。

"刚好这潜龙渊的钥匙就在我手上，有这个便能进去。"莲墨转头看向他们，嘴角浮现一丝意味不明的笑意，"怎么？你要进去吗？"

"尊者说笑了。"时夏还未回答，济空抢先拒绝道，"谁不知道这潜龙渊乃是上古时期龙族战俘的流放之地？我等小小修仙之辈，哪敌得过能与神族为敌的对手？当初就连师父也是因机缘获得神族之物，身上带有神族的气息，才敢冒险一试的。"

"算了。"莲墨挥了挥手，一副送客的样子，自顾自地转身往后走，边走边道，"那我也帮不了你什么了，你可以走了！不过……"刚跨入后面那片桃林，她突然话锋一转，转头死死地瞪着时夏道，"她得留下！"

啥？时夏还没反应过来，莲墨突然一转手里的沙漏，沙子顿时唰唰地往下掉。

时夏脚下一松，整个人就失重般往上飞，直往上空的湖面砸了过去。莲墨满含恨意的声音传来："你这个贱人，以为换个名字我便认不出你了吗？去死吧！"

这是什么情况？！

"小师叔！"济空一急，想要拉住她，刚一伸手自己也飞了起来，反而扯着她掉得更快。眼看就要砸到湖面上了，时夏一咬牙，一只手抓着济空，另一只手凝聚出一道灵气长链，顾不得找方向，直接顺手甩了出去。她手间一紧，缠住了！

时夏心里一喜，用力一拽，有希望，有希望，有……

咦，链子怎么又松了？啊？那是什么？！

一个红白的身影突然顺着时夏的手迎面朝她砸了过来。时夏只觉得脸上一痛，眼前顿时一暗。

湖面响起了咚咚咚的声音，三人砸了下去。

须臾，他们眼前的景色变了。三人都蒙了，相互大眼瞪小眼。

现场诡异地安静了两秒钟。下一刻，莲墨突然暴起，身形一闪退开好几丈远，紧接着扬手一挥，顿时一条火龙带着迫人的威压朝两人冲了过来。

这人怎么说变脸就变脸？时夏心里一紧，想唤出结界抵挡。济空快她一步，单手打出一个法印，法印瞬间变得与人一样高，直接打散了飞过来的火龙。巨大的火焰变成零散的火苗掉在地上。

"尊者，你这是为何？"济空沉声质问。

"为何？"莲墨却更加气愤，转而死死地盯着时夏，冷哼一声道，"我潜龙渊的规矩你不清楚吗？难道还要我跟你再说一遍？"

"尊者……"济空连忙解释道，"我这朋友虽然姓时，却不是什么奸恶之辈，此次进谷只为净生莲之事，还忘尊者见谅。"

"她何止是姓时？"莲墨眼睛微眯，上下打量时夏一番，愈加怒气横生，"不管你姓什么，今日你得死在这里！"

说着她再次捏诀，只见刚刚被打散的火苗再次疯长，居然化为了上千条火龙，呼啸着朝两人冲了过来。

济空一惊，不得不唤出结界，一边挡住来势汹汹的火龙，一边后退道："尊者，这是个误会！"

莲墨充耳不闻，手上的法术不停，威胁道："你敢护着那个小贱人，我连你一块杀。"

"尊者，不是你想的那样，她与您素不相识，您又何必……"

"闭嘴！你当我老眼昏花，认不出这个狐媚的贱人？今日不杀她，难消我心头之恨。"

"尊者……"

"受死吧！"

两人越打越火热，一直站在旁边的时夏被晾在一边。

时夏抽了抽嘴角，有种被两人扔下的错觉。"呃，那啥……"她忍不住举了举手，道，"这位莲姑娘，能解释一下我到底做了什么吗？"

莲墨转头瞪着她，恨恨地道："你这贱人，做过什么自己知道！"

"我不知道啊！"她真的不知道。

"本尊不屑跟你说话。"莲墨冷哼一声道，"今天我便要亲手杀了你，让时冬那个浑蛋后悔终生。"

莲墨没打算继续解释，双手捏诀，刚刚还在天上飞舞的几条火龙突然停下了动作，纷纷飞了回去。一段段似经文般的吟唱声从莲墨的口中溢出，她周身出现了无数法符，出窍后期的威压铺天盖地地袭来。

"红莲业火！"济空脸色一白，立马回到时夏旁边，也念出一段段悠长的法诀，全力抵挡起来。

时夏心里一紧，正打算唤出结界防御，眼神一转就看到莲墨周身的火一时间化为了一朵朵火焰红莲，连成了一大片火海。就连莲墨身后的天空也翻起了火焰巨浪，燃烧着整个天地。

时夏只觉得心头咯噔一下，睁大眼睛，颤抖着指着莲墨的方向，惊呼："火……火……火……跑啊！"说完顾不得济空有没有念完法诀，一把拽住他，奋力御剑往后飞去。

见两人飞远，莲墨嘲讽地说道："没想到那浑蛋选了这么一个贪生怕死之徒，区区火莲业火，竟畏惧至此……"

她话还没说完，背后突然袭来一阵灼热之气，忍不住回头看去。那是一道巨大的火墙，吞没了整个天空，正朝这边吐着火舌。而且那火格外独特，只是气息就让人有种灵魂都要被烧了的感觉。她整个人都呆住了，明知道要躲开，脚下却怎么都挪不开步子，明明那火还没有烧到她身上，她却觉得心口灼热难当，鲜血突然从眼耳口鼻处流出来。

　　眼看下一刻她便要葬身在这片诡异的火墙里，突然腰间一紧，一道灵气聚成的锁链缠上她的腰，将她拽着朝远处飞去。

　　时夏一手拎着济空，一手拎着莲墨，顾不得方向，只是玩命地往前飞。后面那火墙本来就追得紧，时夏中途又折回去一趟，逃起来就更艰难了。幸好济空及时反应过来，调动灵气帮忙，才勉强拉开一点儿距离。

　　时夏着急地四下打量，想找一个可以藏身的地方，可是一眼望去一片荒凉，连块大点儿的石头都没有。咋办？她一边御剑一边想办法，飞了半刻钟，眼前终于出现了一座巨大的山峰。那山高耸入云，上面有不少宫殿，却没有一座完整的，远远望去一片断壁残垣，似乎荒废许久了。

　　"那里有个洞！"时夏指了指山脚的一处。

　　济空立马往那处飞了过去，直接冲进了洞里。他们刚刚进去没多久，火墙就追到了，冲天的热浪逼进洞口，瞬间洞口的岩石化成红色的熔岩往里漫延。

　　幸好这洞极深，他们一路往里躲，岩石熔化的速度也慢了下来。直到洞里的石壁再也没有变红，他们才停下来。


　　时夏心里放松了些，喘了几口气，却被右边的人推了一下，差点儿摔倒。

　　"放开！"刚刚还被吓傻了的莲墨突然一把推开时夏。

　　莲墨嘴角还有血迹，似乎受伤不轻，一脸愤恨地瞪着时夏道："不用你假好心。"

　　"莲墨尊者！"济空顿时生气了，"刚刚可是小师叔救了你。"

　　"哼，谁知道她有什么企图。"莲墨仍一脸不屑。

　　"尊者……"

　　"别以为这样我就会放过她！"

　　"莲墨尊者别太过分！"

　　"怎么？你想替她出头？"

　　"她是我小师叔。"

　　"那她更该死！"

　　"尊者慎言。"

　　"你还想跟我动手？别以为本尊受伤了就怕了你们。时冬那浑蛋也只能教出你这种徒弟，果然姓时的没一个好东西，祖上都是……"

　　莲墨越说越难听，时夏脸色一沉，直接朝莲墨的右脸狠狠地抽了过去。

　　莲墨那张脸上顿时浮现一个鲜红的巴掌印。

　　"请你好好说话。"

　　"你……"莲墨后知后觉地摸了摸自己的脸，不可置信地说道，"你敢打我？"

　　"我敢！"

啪！时夏反手朝莲墨的左脸抽了过去。

"你……你这个贱……"

啪！买二送一！

"可恶，贱……"

啪！节日促销！

"我不会放过……"

啪！优惠酬宾！

"啊！我杀了……"

啪啪啪……

一时间，洞里都是巴掌声。完全被这一幕震住的济空默默地退后好几步……

直到对方嘴里再没一个脏字蹦出来，时夏才停了手道："不好意思，我这人脾气不好，不喜欢动口。现在你能好好说话了吗？"时夏甩了甩抽得有些酸痛的手，指了指旁边的石头，示意莲墨坐下，问道，"你为什么这么恨我？"

莲墨的脸已经肿成了包子，看向时夏的眼神却仍似淬毒的箭，偏偏她受了重伤，一点儿灵气都调动不了，完全没有反抗之力。

"哼！"莲墨冷哼一声，直接转过头，一副不想理会时夏的样子。

时夏也不生气，直接抱拳用力一按，发出一声脆响。

莲墨控制不住地抖了一下，又觉得这样太丢脸，转头更加凶狠地瞪着时夏："你……何必明知故问？"

"我明知什么？"明明就是莲墨在针对她，还把他们推到这潜龙渊来。

"别假装了！"莲墨更加气愤地道，"要不是你，他又怎么会一去不返？"

"他？"时夏一愣，"你说的不会是时冬吧？"

"哼！"莲墨直接转过头，哼了一声。

"你在潜龙渊是为了等他回来？"

莲墨愣了一下，一副被人说中心事的样子。

时夏睁大眼睛，上下扫视起莲墨来，肯定地道："你喜欢时冬！"

"谁喜欢他了？"莲墨直接反驳，怎么看都有点儿恼羞成怒，"像他这么背信弃义的人，一消失就是几千年……谁会……谁会……"

这人还真跟老哥有一腿啊！时夏默默地看着济空：你咋不早说？

济空脸色一白。他也不知道啊，说好的纯洁的友谊呢？

"你喜欢他，那杀我干吗？"莲墨不该讨好她吗？

莲墨神色一冷，又用那种放毒箭的眼神看向她道："如果不是你勾引，他又怎么会离开这里？"

"勾引？"难道她以为自己是情敌？"莲墨，你误会了，我跟他不是那种关系，我是他……"

"误会？"莲墨冷笑一声，"你敢说你不是时夏，不是他口中的夏夏？"

"我是时夏，他的确也叫我夏夏，但……"

"哼，他整日叫你的名字，连做梦都想找到你，担心你会被人伤害。就这样，你还说跟他没有关系？"

"是有关系，但我们是……"血缘关系啊！

"他连你的画像都随身携带，还一带就是几十张，逢人就拿出来念叨你多好，还说这天下没有比得过你的女子。"

画像？照片？

莲墨越说眼神越沉，还带着自嘲般的笑意："哼，说什么会护我安生，一找到你的线索立马走得干干净净。他绝情至此，你可别说你们是兄妹！"

"我们是兄妹啊！"

"哼！"她一副"你继续编"的表情。

"真的……你没发现我也姓时吗？"

"废话少说。"莲墨明显不信，转头道，"如今虎落平阳，你们要杀便杀，不用在这里编假话骗我！我只恨没有手刃那个负心汉。"

时夏："……"

"尊者，你误会了，她的确是我小师叔，是师父的亲妹妹。"济空忍不住道，"而且师父离开是为了封印幽冥之海，这些年来并没有跟小师叔重聚。"

"你跟她是一伙的，当然帮她说话。"莲墨道，"你们别白费心思了，这潜龙渊只进不出，我也没有办法出去。况且这里多的是异象天险，我死了，你们也别想逃出去。"

这是做好了同归于尽的打算吗？老哥到底对人家做了什么？


时夏从小就知道自家老哥有个毛病——炫耀妹妹。

她还是婴儿的时候，他就抱着她跟整个小区的小伙伴炫耀了个遍。等她会走路了，他便牵着她满社区嘚瑟。更不用说她上学后了，他逢人就拉着她得意扬扬地说："看，这是我妹，可爱吧？你一定没有吧？我有！"说完他再大笑几声，也不管别人是什么表情。

她本以为这种情况在她上大学离开家乡后能稍微好转，但他却"退而求其次"，拿着她的照片继续炫耀。无论是亲戚朋友、合作伙伴甚至是公司的保洁阿姨，只要是能搭上话的，他的第一反应就是掏出照片问一句："你知道我有个妹妹吗？"这直接导致她很难交到新朋友，因为每次她还没有介绍自己，对方就抢先道："时夏，我知道你，你哥跟我提过！"

时夏一开始还觉得无语，后来就习惯了。但是她没想到，换了一个世界，还会因为老哥爱炫耀妹妹而被坑。

时夏和济空整整解释了半个时辰，还联系了六千年前的老哥亲口做证。可惜由于时间差，后池压根儿不知道莲墨是谁。莲墨完全不为所动，一副"你们两个休想骗我"的表情。

时夏表示有点儿心塞，只好放弃解释，决定先解决眼前的危机，从潜龙渊出去再说。

莲墨虽然说这里只进不出，但也不是绝对的，老哥找到净生莲后不是也出去了吗？虽然莲墨也不知道他用的是什么办法，但终归还是有希望的。

外面有火墙，他们自然无法从那边出去。三人休息了一会儿，直接往深处走去，先探探这个洞再说。可谁知这一走就是半个时辰，这个洞深得不可思议，越往里走越宽敞，四周的石壁上时不时会有一两块发着蓝色光芒的石头，把洞内照得一片敞亮。

时夏有点儿激动，觉得这洞说不定就是通往山峰中心的。她正这么想着，眼前突然出现了一堵泛着蓝光的石壁，拦住了去路。

"没路了？！"时夏上前仔细看了看。

这洞怎么看都像是特意开凿出来的，而且越往里越宽，明显是从里往外打通的，怎么会突然没路了呢？

济空也有些傻眼，在四周看了看，没发现阵法或是幻术，顿时有些泄气："小师叔，这如何是好？走回去吗？"

"唉，现在也没别的办法了。"

几人刚要转身，突然一声啼鸣破壁而来。

那声音十分独特，尖锐得如利刃一般，瞬间刺入时夏的脑海。她只觉得头痛欲裂，全身的灵气骤然失控暴走，张口就吐出一口血来。一种无法言说的疼痛感传来，灵魂似乎要随着那声音破体而出。

灵魂！

"这声音摄魂！"时夏反应过来，盘腿坐下，厉声提醒道，"快！封住五识，抱元守一，全力护住元神！"

济空也明白过来，立马坐下封住五识再调动全部灵气护住元神。他的修为本就比时夏高，并没有受什么伤。倒是一旁的莲墨因为重伤不能调动灵气，只能勉强封住五识，元神越发不稳，不到两息就七窍流血了。

时夏咬咬牙，伸手抵在她背后，分出一半灵气传了过去。莲墨身形一顿，眉头立刻皱了起来，却并未反抗，让时夏的灵气顺利地进入体内，护住了元神。

那奇怪的声音不知道是从哪里传来的，足足响了一刻钟才停下。好在他们三人都没什么事。

济空站起来，边捏缩地诀边道："这里是死路，待在这里太危险了，我们还是赶紧离开吧。"

"嗯。"时夏点了点头。

"愚蠢！"一直没有开口的莲墨突然嘲讽道，先朝济空冷笑一下，转头看向时夏时眼中却闪过一丝复杂的神色，之后又傲娇地道："谁说这里是死路？"

时夏和济空都一愣："啥意思？"

"亏你们修行这么久，那里……"莲墨不耐烦地指了指前面的石壁道，"那后面明显有水声，你们听不到吗？"

水声？有水声代表有出路！时夏立马靠了上去，把耳朵贴在石壁上，仔细地听了一会儿，却丁点儿声音都没听到。时夏不由得道："没有啊！"

"小师叔……"济空嘴角一抽，提醒道，"用灵气感应一下就知道了，不用贴到石壁上去听。"

"呃……"时夏忘记自己会仙法了。

济空伸出一只手放在石壁上，调动灵气感应，片刻后惊讶地道："那边果然有很浓郁的水灵气，想必里面空间极大。只是距此有十丈左右远。"

"那还等什么？"时夏一喜，把灵剑掏了出来，"开挖吧！"

"直接挖的话，动静太大估计洞会塌。"济空不赞同地摇摇头。

"那咋办？"

济空想了想道："师父曾教过我一个水引阵，可以在水脉之上传送，应该可以把我们直接传送过去。"

阵法？她不擅长这个，没有发言权。

"交给你了，光头师侄！"时夏拍拍济空的肩膀道。

济空嘴角一抽，能去掉"光头"两个字吗？

他深吸了一口气，双手结印。不到片刻，一个圆形的法阵出现在前面的石壁上。

"也不知里面是什么情况，小师叔，我先过去，你万事小心。"他转身交代，见她点头才扬手在周身布下防御结界，向前走去，消失在法阵里。

时夏也召出结界，回头看了一眼身边的莲墨，想起她不能调动灵气，顺手也给她布了一个结界。

莲墨似乎完全没想到时夏会这样做，睁大眼睛道："你……"

"啥？"

莲墨的嘴张合了好几次，她似乎想说什么，最终没有说下去，反而冷哼一声，用力转过头，一副又气又恼又纠结的样子。

时夏没管她，直接走入传送阵。


白光一闪，时夏眼前瞬间换了一片天地。

如莲墨所说，里面的空间很大，放眼望去一片蔚蓝，时夏有种到了水晶龙宫的感觉。这里是一片水的世界，到处水波浮动，而且这里的水流分外奇特，好像不受引力控制，前后左右天下地上，皆是缓缓流动的水，四周更是呈螺旋形升至上空，而他们站的地方刚好就是旋涡中间。

"这里是……？"

时夏还没从这场景中回过神来，紧跟着进来的莲墨却一惊，不可置信地看着四周。

"这怎么可能？"莲墨上前走了几步，像是在确认什么，"怎么会通往这里？入口明明不在这儿！"

"尊者，你来过这儿？"济空忍不住问。

莲墨皱了皱眉，犹豫了一会儿才点头道："没错，我来过这里，此处就是当初我和……你师父找到净生莲的地方。"

净生莲！

时夏一惊，仔细一看才发现前面不远处的确漂浮着几片莲叶，隐隐还能感觉到上面纯净的灵气。时夏本就是来找净生莲的线索的，没想到阴差阳错刚好到了这里。不知道老哥有没有在这里留下什么？

"小师叔……"济空也一脸惊喜。

"过去看看。"时夏朝莲叶的方向走了过去，济空立马跟上。莲墨皱了皱眉，还是跟了过去。

这里虽然到处都是水，但水并不深。时夏越靠近那边，空气中独属于莲荷的灵气就越浓烈，带着一股清幽宁静的感觉，好像可以抚平人们内心所有的负面情绪。

"这灵气……果然是净生莲。"济空肯定地点了点头。

时夏上前两步，仔细看了看，那莲叶很少，总共也就七八片，样子跟普通的莲叶差不多，中间戳着一根光秃秃的莲秆。

"这个……"时夏有些疑惑，如果当初净生莲真的是长在这里的话，为什么这秆子还会戳在这里，不应该早就枯萎了吗？

"净生莲是天地孕育的至纯之物。"似乎看出她的疑惑，莲墨解释道，"上古之时此莲花就存在了，生长速度极为缓慢，几千年的时间于它也只是一瞬间。"

原来是它新陈代谢太慢。

时夏再次看向那莲叶，除了确认净生莲可以驱除阴邪之气外，并没有发现任何线索。难道她找错方向了？

"小师叔，怎么办？"济空有些泄气。

"算了，想来老哥也没想到我们会来这里。"她说道，"先想办法出去再说吧。"

"嗯。"

"恐怕没这么简单。"莲墨看了他们一眼，道，"就算有出去的方法，你们怕是也没机会了。"

时夏一愣，问道："啥意思？"

"哼，你们既然知道这是净生莲生成的地方，难道不知道凡是异宝皆有其守护灵兽？"

守护灵兽？莲墨是说这里有守护灵兽？！

像是在回应莲墨，一声长啸突然响起，巨大的声响使整个水晶宫都晃动起来。

这个声音好耳熟，不会是……

"守护净生莲的乃是上古龙魄。"莲墨道。

原来水晶宫里真的住了龙！

龙啸一声大过一声，四周原本静静流动着的水突然沸腾了，咕嘟咕嘟地冒着泡。一道巨大的影子出现在四周的水幕上，身形越来越大，慢慢形成了长条的龙形。

"何人敢动我龙族之物？"一道浑厚的声音回荡在水晶宫，带着满满的怒意。

时夏只觉得心一沉，惨了，来者不善啊！

"光头师侄……"时夏转头看向济空道，"咱们能跟它讲道理吗？"

济空："……"

"没用的。"莲墨看了时夏一眼，道，"镇守这里的只是龙的残魄，里面并没有多少灵智，它是不会听你们解释的。"

时夏："……"

"早在进入这里时，龙魄就发现我们了。"莲墨冷冷地道，"除非战胜龙魄，不然根本躲不掉。"

水幕上的龙影终于破水而出，它足足有十几米长，三四米粗，全身透明，龙须跟水波一样抖动着。它看上去极为愤怒，飞向上空盘踞到三人的头顶。

时夏一咬牙，唤出法剑。济空也立马布下防御结界。

吼……

巨龙张口，又是一声震耳欲聋的龙啸。刚刚还站在时夏旁边的济空和莲墨突然都跪了下去，伏在地上无法动弹，结界也应声而碎。

"犯我族者，诛！"那个声音再次响起，巨龙也直接朝他们俯冲下来。

眼看就要被一口吞掉，时夏心里一紧，一手拎起一个人，往后急退了好几十米，总算躲开了龙口。

他们站稳后，莲墨不可置信地看着时夏："你……你怎么会？"

就连济空也一脸惊讶地问："小师叔，你没事？"

"我应该有事吗？"

"不是，小师叔，你没感觉到吗？"

"啥？"

她还没来得及细问，巨龙的声音再次传来，带着几分疑惑："你居然可以抵挡吾的龙威。"

龙威？时夏一愣，有这种东西吗？她完全没感觉到！难道济空和莲墨刚刚就是因为这个才不能动的？

"区区凡人怎么可能……？"那条龙有些暴躁，狠狠地瞪着她道，"你究竟是什么东西？"

377

它好好的骂什么人呢?

"凡人,速速报上名来!"

这是想聊聊的意思吗?时夏心中一喜,立马热情地上前一步道:"龙先生你好!我叫时夏,时间的时,夏天的夏!"

时夏说完,四周安静了一秒。

"时……"刚刚还威风凛凛的巨龙瞬间僵硬,嘴巴上下抖动,"时……时……时……"

它像是受到了惊吓,半天也没说出个所以然来,嘴却越张越大,然后下巴就化成水掉了下来。

她的名字有这么可怕吗?

下一刻,它嗖的一下从空中飞了下来,身形转眼缩到了人的大小,颤抖着朝她磕起头来。它一边磕头,一边声泪俱下地喊道:

"对不起!我错了!请不要揍我!

"时夏天福永享,寿与天齐,千秋万代,一统江湖。

"天下只有时夏好,除去时夏都是鸟!

"时夏是全天下最好的妹妹,时冬是全天下最好的哥哥!

"时夏一定会回到哥哥身边,兄妹双双把家还。"

…………

时夏:"……"

济空:"……"

莲墨:"……"

这是什么鬼?

"小……小师叔,它怎么了?"济空忍不住问道。

"你怎么知道?"时夏嘴角一抽,突然想起了什么,问那条龙道,"我哥对你做了啥?"

地上的龙停下了,微微抬头,眨巴了两下眼睛,用略带讨好和疑惑的声音叫了声:"喵?"然后重复之前那些夸奖和道歉的话。

"时夏是电,时夏是光,时夏是唯一的神话……"

众人呆住。

看来这缕龙魄真的没多少灵智啊!

"莲墨尊者,你可知一二?"济空转头看向唯一可能知道内情的人。

可惜对方也不知道:"时冬比我早进入这里,我到时那龙魄已经被他驯服了,我没看到过程。"

"算了。"时夏不在意地挥了挥手道,"它这样总比攻击我们好。"

反正这种事时夏猜也猜得到,无非是它一开始说了自己什么,然后被老哥修理了

378

一顿。

时夏转身四下看了看，目光被不远处的莲叶吸引。她道："我们四处看看，没准儿还有另一朵净生莲呢！"这里说不定还有出去的线索。

"哼！异想天开。"莲墨冷哼一声，嘲讽道，"净生莲是佛界至宝，集天地灵气应运而生，怎么可能会……"

她话还没说完，一刻都不敢放松默默夸着时夏的龙突然叫了一声，紧接着又粗又长的龙尾往后面的水幕一甩。那水幕顿时如珠帘一样哗啦一下朝两侧打开，露出后面的另一片空间。只见里面也满满都是水，却被一片绿色铺满，而绿意之间立着的正是一朵朵七彩流转、佛光闪闪的净生莲。

莲墨怔住。

"小师叔，这……"济空不由得用力揉了揉眼睛，不可置信！

时夏也惊呆了，说好的佛界至宝呢？这么大批量生产真的好吗？

那龙魄谄媚地朝时夏叫了一声，然后四腿一蹬，露出白肚皮，在地上扭来扭去，一副求夸奖的模样。

"咳……"时夏道，"那啥……谢谢你告诉我们这些，你走吧，我们不会欺负你的。"

那龙魄听到后，跟得到特赦一样，立刻跳了起来，吱溜一声钻进水里不见了，生怕时夏会改变主意。

"去看看。"时夏直接往那片莲池走去，另外两人也跟了上来。

济空走到最近的一朵莲花跟前，用灵气探了探，惊呼道："真的是净生莲！"这里的莲花跟伽蒂寺的一模一样，只是灵气更加浓郁。

"你们俩是佛修，摘几朵留着防身吧。"时夏建议道。

济空和莲墨对视一眼，没跟她客气，各自上前摘了一朵闪着佛光的莲花。这花对他们的修为的确有很大的帮助。

时夏是仙修，加上本就是纯阳之体，灵气已经至纯至净，净生莲对她没有什么意义。趁两人摘花，时夏沿着池边仔细观察了一下，发现这池子还真大，但除了净生莲，没有其他生物，一眼望去除了花就是叶，偶尔有长得比较着急的，只留下一个绿色的莲蓬。

这里有没有莲子？她下意识地拨过来一个莲蓬，一瞧，还真有莲子，而且颗粒饱满。

她的第一个想法就是，这莲子能吃吗？

她默默地转头看了一眼正专心采着莲花的两人，快速抠了一颗莲子捏在手里，想尝尝味道。

她原以为要吃这东西得费一番功夫，没想到这莲子意外地好剥，轻轻一捏就开了，露出里面白嫩的莲子肉。

不愧是佛界至宝，一看就很好吃！她正打算神不知鬼不觉地将莲子放进嘴里，突然腰间猛地一沉，脚下一个趔趄，哗啦一下滑进了水池。

这报应来得也太快了吧？

"小师叔！"济空立刻赶了过来，伸手把她从水里拉了出来，急切地问，"你没事吧？发生什么了？"

他给她施了个去尘诀，随后疑惑地扫了她一眼。

"我啥都没干！"时夏一抖，心想：偷吃这种事，打死都不能承认。

济空皱了皱眉，突然震惊地指着她道："小师叔，你……你……"

"我都说了，我啥都没干！"你要相信我。

"不是，小师叔，快看你的储物袋！"

啥？她低头一看，惊呼："怎么变得这么大了？"

刚刚还扁扁的袋子突然变成了篮球大小，而且有越来越大的迹象，这是怎么了？

不对，这个袋子……

"炎凤！"

时夏终于想起这是装着小黄鸡的灵兽袋，立马把袋子取下来，掏出里面的蛋。果然，蛋有了变化，原本洁白的蛋身发着淡淡的光，一行行复杂、古朴的金花纹出现在蛋壳上。

这情景有点儿眼熟啊……

"它要出来了。"时夏大喜，等了这么久，小黄鸡总算要回来了，"济空，麻烦帮忙护法。"

灵兽出世向来凶险，而且需要大量灵气，这里虽然灵气充足，但她还是不放心。

"好。"济空点了点头，直接在蛋周围布下几个引灵阵法，坐在阵法中央。

时夏坐在另一侧，紧紧地盯着中间的蛋。

莲墨跟他们不熟，看了两人一眼，没兴趣参与，皱着眉转身走开了，却有意无意地停在了刚刚进来的位置，以免有什么东西进来打扰。

这回没用多久，蛋壳上就出现了裂痕，裂痕慢慢蔓延到了整只蛋。时夏深吸一口气，做好了长时间奋斗的准备。

"叽！"一块蛋壳猛地被顶了起来。

咦，破壳程序什么时候简化了？等等！品种怎么也变了？

只见蛋内先伸出两只莲藕般的小手，然后一张圆嘟嘟的小脸出来了。

说好的小黄鸡呢？怎么出来的是个人？难道当初时夏拿错蛋了？

蛋里的小人儿睁开眼睛，刚看到时夏就激动起来，拼命往外爬，一边爬还一边着急地叫道："叽……叽……"

这叫声……

好吧，这就是那只小黄鸡！难怪炎凤这么久没出来，居然在蛋里化形了。

时夏立马伸手把炎凤抱了出来，顺手掏出一件法衣给炎凤套上。法衣自动缩小成了适合炎凤身体的尺寸。

炎凤有些不习惯，看了看身上的衣服，抬头看了时夏一眼，随后一头扎进时夏的怀里满足地蹭了起来。

时夏这才仔细地打量起怀里这个小孩儿。炎凤看起来五六岁，头发特别长，直接拖到了地上，全身肉乎乎的，除了额心有个淡淡的火焰印记，跟其他小孩儿没什么区别。

"小师叔，这就是你所说的……"济空一脸惊奇地看了看时夏怀里的小孩儿，忍不住伸出手，想摸摸炎凤的头发。

"吼……"一直很安静的炎凤却突然发飙，猛地转头瞪着济空，神族的威压瞬间释放出来，出声道，"滚！吃了你哦！"

济空没防备，被吓得一屁股坐在地上。

"叽……"炎凤回过头看着时夏，瞬间变回萌萌的小女孩儿。

小丫头不但会说话了，还有两副面孔呢！不过……时夏喜欢！

炎凤朝济空做了个鬼脸，一把抱住时夏的脖子，满意地蹭了起来，边蹭还边字正腔圆地叫道："爹爹……"

"……"

"小师叔……你……"

"没有！"时夏立刻道，一把将趴在身上的人扒了下来。

炎凤似乎还没意识到事情的严重性，迷茫地看了她一眼，歪了歪头，目光定在时夏的右手上，眼睛顿时一亮，兴奋地跳了跳道："爹……"

时夏手疾眼快，连忙捂住了她的嘴，严肃地道："叫——姐——姐！姐姐！"

"姐？"炎凤犹豫了一会儿才疑惑地叫出一个字。她年纪小，注意力很快转移到别的地方。她紧紧地盯着时夏的右手，着急地跺了跺脚，还咽了咽口水，道："这个……这个……"

时夏摊开手心，这才想起手里还捏着那颗莲子，问："你想要这个？"

"嗯。"她用力地点头。

"给！"时夏直接把莲子塞到了炎凤的手里。

炎凤的眼神更加亮了，双手小心翼翼地捧着那颗白色的莲子，一脸谨慎地捧到嘴边，一口吃进了嘴里。她没有咀嚼，直接吞了下去。

吃了莲子的炎凤特别高兴，再次扑进时夏的怀里蹭了起来。

时夏满意地摸了摸它的头，突然发现有些异常："济空，你觉不觉得……炎凤好像长高了？"

济空一愣，上下看了看炎凤，然后用灵气感应了一下，随即点了点头道："的确，它的灵力也增加了好几倍。"

"难道净生莲的莲子可以提升炎凤的修为，促进它长大？！"这是修仙界的催生剂？

"刚刚它吃的是净生莲的莲子吗？那应该错不了！"济空点了点头道，"神族与这净生莲一样诞生于上古时期，能有这种效果也属正常。"

"那我多喂它几颗，它是不是就长得更快了？"火灵说过，炎凤本来是一只成年凤凰，只是因为多年来镇守冥界的缺口，才会变成现在这个样子。

"不可！"济空摇头道，"它现在的身体不能承受太多莲子的灵力，一次吃太多怕是有暴体而亡的风险，等它完全吸收了莲子的灵力再说。"

时夏点了点头，转头看了看满池莲花，眼珠一转道："那我多采些给它备着，你也去采你的莲花吧！"

"好。"济空这才转身继续挑莲花去了。

时夏抱起炎凤，掐了个凌水咒，直接走在水面上，采起莲子来。


师出有名，时夏采起莲蓬毫不手软，一见到莲蓬就摘下扔进储物袋里，从池塘这头一直扫荡到了对面。

"小师叔，你好了吗？"济空和莲墨一起走了过来，都有些兴奋。他们手里都拿着两朵净生莲，看了她还没来得及扔进储物袋的莲蓬一眼，济空顿时有些不好意思："这净生莲实在难得，朵朵都散发着佛光，我们有些无法抉择，便多采了一朵。师叔就采了一个莲蓬吗？"

时夏面不改色地道："嗯，只采了一个，够了。"

"我们在这头没发现什么异常，"莲墨皱了皱眉问，"你在那头可有发现什么线索？"

糟了，刚刚采莲采得太高兴，她把正事给忘了："要不我们再去看一遍？"

"罢了。"莲墨叹了一口气道，"我们当初都没发现这片莲池，这边哪里会有线索？"

济空突然道："小师叔，你的脸怎么这么红了？"

"不会吧！"时夏一愣，"我说谎从来不脸红的。"

"……"

"是上面！"莲墨指向头顶。

只见原本由水组成的蓝色空间突然变成一片红色。不对，这是真的火，水上照着火光，似乎正在被烘烤。不断有水滴从上空掉下来，透过水幕，火苗也越来越清晰。

"是刚刚的火墙！"时夏急忙道。

头顶的水墙越来越薄，眼看着就要被火给蒸发了。

吼……

刚刚跑了的龙魄突然从水里冲了出来，直接冲向上空的火墙。刚刚化开的水幕瞬间厚了几分。

他们还没来得及放心，突然火墙里传来一道低沉的男声："哼，不自量力。"

被挡住的火变成了诡异的蓝色，水墙立刻化开了，蓝色的火焰向下方冲了过来。

济空和莲墨突然腿一软，跪了下去。

"你们怎么了？"

"我……也不知道。"济空满头大汗，似乎受到了压制，连说话都分外困难，"好像……是威压！"

又是威压！那火墙里到底是什么？为什么连龙魄也挡不住它？还有，她刚刚明明听见有人说话，这会儿却看不到半个人影。

她习惯性地御剑闪躲，却发现无路可退，上方被火堵死了，旁边都是水墙，完全没有出路。她勉强撑起一个防御阵法，但压根儿没用。四周的水越来越少，上面的火苗已经快喷到他们的脸上了，那满池的莲叶都开始燃烧起来。

三人看后一脸心疼，早知道就多采点儿莲花了。

那火终于落了下来，时夏的阵法也碎了。

刚刚冲上去的龙魄惨叫一声，瞬间化为水汽。

"龙……"时夏心一沉，怀里的炎凤却突然激动起来，用力朝天空大叫一声。随后，一只半透明的凤凰幼身出现，把那蓝色的火焰逼退了几尺。

"咦？"那个低沉的男声再次响起，带着些疑惑，"怎么会……"上空的火苗也停顿了一会儿。

但很快，火苗又顺着莲叶朝他们扑了过来，旁边池子里的水全被烤干了。时夏只觉得脚上一热，被火燎到，瞬间跟被剜走了一块肉一般痛。

千钧一发之际，他们眼前的空间一阵扭动，空中突然出现了一个白色的口子——划破虚空！

对啊，她怎么把这招忘了？不过……貌似她也不会。

她来不及惊讶，那口子里突然伸出一只手，拉住她用力一拽，直接把她拉了出去。

"炎凤抓紧。"她一手抱着炎凤，另一只将灵气化为藤蔓甩了出去，缠住地上的济空和莲墨，用力一拉，将两人也拉了出去。

直到所有人都出来，口子消失，彻底隔绝了火苗，时夏才松了口气。

下一刻，她一头撞进了一个熟悉的怀里，然后……炎凤、济空、莲墨一个接一个地扑进了那个人的怀里。

原本一脸淡然的人瞬间皱起眉，冷意泛滥，一时间仿佛冰封千里。他冷酷而严肃地道："滚！"

时夏他们瞬间一抖，齐刷刷地往后退了五尺。

对面那人愣了愣，看向时夏，冰冷的眼神又柔和下来。他抬了抬手又放下，有些不知所措地道："不是你。"他说完紧紧地盯着她，眼中满含期待。

再抱抱好不好？她仿佛从他的眼神里看到了这样的信息。

她瞬间回神，瞪了眼前的人一眼："你不老实地在家里待着，来这里干吗？旅游吗？"

救她的居然是笪源！

她四下看了看，现在应该还在潜龙渊里，问道："你进来干吗？"

他的神情完全没有变化，眼神却明显沉了下去，过了会儿才回道："你在这里。"

明明是跟以前一样的语气，她却隐隐听出了委屈、难过的情绪。她摇了摇头，压下那股莫名的情绪，带着怒气回道："我来这里关你什么事？"

"夏夏……"他叹了口气，上前一步，作势要拉她的手。

她的脑海里突然浮现他一剑刺穿老哥的画面，她下意识地挥手，用力地拍下他的手道："别碰我！"

他愣了一下，僵在原地。

"呃……"济空有些尴尬地冒出来，打断两人道："笪源天尊，好久不见！您既然有办法进入这潜龙渊，不知可有出去的方法？"

笪源没有回答，甚至连个眼神都没给他，对他的话更是充耳不闻。

济空突然觉得心塞，转头看向旁边的人，委屈地唤道："师叔……"

时夏嘴角一抽，只好别扭地把济空刚刚的问题重复了一遍："你知道出去的方法吗？"

"嗯。"笪源点头，眼中一亮，好像在说"妹妹，快问我怎么出去"。

她觉得今天的笪源怪怪的，犹豫地问道："怎么出去？"

他立刻唤出自己的灵剑，上前拉着她站到灵剑上，道："走！"

时夏下意识地想挣扎，但想到他是在帮自己又忍住了，随他站在了剑上。济空和莲墨一喜，立马御剑跟在后面。

不知道是不是怕后面的人跟不上，笪源飞得并不快，还绅士了很多，抓着她的手一直没有松开，甚至特意支起结界护在她周身。

时夏心里那种怪异的感觉越来越强烈，却没有半点儿反感。她不是向来最讨厌男人身上的汗臭味？连老哥打完球扑过来，她都会一脚踹开，为什么现在不想甩开他？难道她刚刚被火苗吓傻了？还是因为她现在有求于他？

时夏突然觉得自己有些矫情，明明跟他有仇，该跟他划清界限，偏偏又做不到，念着他以前的好，一边纠结一边接受他的帮助。

她低头看了看脚下通体纯白的灵剑，瞳孔猛地一缩，这剑……

"笪源，这剑……"这不是他在玉华派时用的剑吗？他失忆后用的是一把褐色剑身的灵剑。

笪源回过头来看向她，眼里闪过一丝委屈，沉声道："你不喜欢，便换了。"

她不喜欢？

时夏一愣，眼前再次闪现他用那把长剑刺穿老哥胸口的场景，宛如一桶冷水当头泼下，猛地惊醒。

她这是在干吗？接受仇人的帮助？她明明一开始就想好了，不再跟他扯上任何关系，为什么会这么自然地接受他的帮助？她在想起哥哥的时候矫情地拒绝一下，在没想起的时候又像什么都没发生过一样，一边在心里唾弃他，一边又心安理得地跟着他走。她什么时候变成这样的人了？！

"停下！"一种没来由的恐慌感袭来，她直接大声叫停。

笪源一惊，正准备停下，时夏却先唤出灵剑，直接飞了下去。

"夏夏！"笪源立马追了过去。

济空和莲墨被吓了一跳，跟着时夏落了地。

"小师叔，你怎么了？"济空边飞下来边问。

时夏正深呼吸，脸上带着恐慌与庆幸之色，旁边的笪源却脸色阴沉。

"抱歉，济空、莲墨，不能跟你们一块上路了。"时夏压下突然生出的情绪，立马调整心态道，"你们先走吧，我自己会另外想办法的。"

"啊？！"济空一愣，问道，"为什么？笪源尊上不是知道出去的方法吗？"

"为了尊严！"

"啊？！"济空又傻了，小师叔有这种东西吗？

"总之你们先走吧，我会自己找出路的。"

"小师叔！你……"见她态度坚决，济空急得在原地踱步，不得不向笪源求助道："笪源尊上，您看……"

笪源对济空的话没有任何反应，直直地盯着时夏，全身释放着冷气，但眼神依旧柔和。过了一会儿，笪源才唤道："夏夏……"

他的声音没有什么起伏，时夏却听出了满满的哀求之意，那微眯的眼睛清楚地写着"妹妹听话，不生气哦……"

"滚！"时夏刚平静下来的情绪瞬间爆发，深吸一口气，咬牙道，"笪源，我说过的，我没有原谅你，也永远不会原谅你。那个坎我过不去！"

他全身僵硬，不知所措。


济空总算明白了她反常的原因，皱着眉头，有些纠结，但想到现在的处境还是劝道："小师叔，我知道您的心情，但是此一时彼一时，此处这么凶险，我们还是先离开这里，等出去再说其他事。"

"不，迟了！"时夏定定地看向笪源，坚定地道，"我既然已经做出决定，就应该继续走下去。如果因为遇到了危险就放下那些事，还心无芥蒂地利用对方，那我算什么？我的决心算什么？我老哥又算什么？"

"笪源，"她深吸一口气，上前两步道，"我之前跟你说过的每一句话都是认真的。你的帮助我不能接受，这不仅是对我哥的尊重，也是对你的尊重。

"请你离我远远的！"

话音一落，笪源瞬间眉头紧皱，眉宇间染上怒意。

"不行！"他突然上前一步，伸手搂住她的腰，用力地把她拉到身前，动作熟练，"你是我的。"他说完顿了一下，又加了两个字，"妹妹！"

紧接着他直接御剑飞了起来，朝刚刚的方向飞了过去，放在她腰间的手下意识地紧了紧。

他动作太快，时夏还没来得及反应就被带上了天。

她反抗道："你放开我！"

"不放！"

"你抓我干什么？"

"危险，出去！"

"我危险关你什么事？"

"你是我的妹妹！"

"呸……谁是你妹啊？！"

"你是！"

"到底放不放？"

"不放！"

"笪——源！"她再也忍不住了，怒气翻江倒海般涌了上来，"我说过的吧？别让我再看到你，不然……我见你一次打你一次！"

说完她抡起拳头往他的脸上挥去，还专往眼睛、嘴角等脆弱的地方打。

他不仅没躲，更没用灵气防御，任她往脸上招呼。不一会儿，他的脸颊肿得老高，彻底没了人样。

不知道是不是她打得太狠，他御剑的速度慢了下来，没多久他们真的落到了地上。可能是因为她一直挣扎，落地时他还晃了一下，一直紧搂着她的手也松了一些。时夏趁机用力一推，想要逃开，笪源的手却立刻一紧又把她搂了回去。她没站稳，一头撞进他的怀里。下一刻，一只大手抚上她的头顶。他长叹一声道："夏夏……听话。"

"滚！"放开我，你这个浑蛋！

"到了。"

她一愣，这才发现前面立着一块石壁，石壁上画着一个法阵，上面的法符文字极其复杂，显得很古老，而且她看不懂。

"这是……"

"这里通往出口。"

时夏嘴角一抽，怀着最后一丝希望道："那还有没有其他……"

"没有！"笪源直接打断她，临了又加了句，"这是唯一的出口。"

她顿时有种想杀人的冲动，之前那些话白说了！说好的原则呢？尊严呢？底线呢？他居然强行把她带到了出口，还是唯一的出口。

片刻后，济空和莲墨也追了上来，看了两人一眼，顿时愣住了，显然是被两人像连体婴一样的造型吓到了。

"小师叔，你……你们这是……"

"不知道！"时夏冷冷地道。

"你跟尊上现在是……"什么关系？

"不认识。"

"啊！那为什么……"为什么你们要抱在一起？

"天气凉，取暖。"你管得着吗？

"呃，可现在是夏……"

"闭嘴！"

"哦。"

她努力过，但根本摆脱不了笪源，这人上辈子是牢头吧？

济空默默地看了两人好几眼，勉强移开视线。倒是莲墨对两人过度亲密的姿势很反感，先瞪了她一眼，冷哼一声才转过头，眼里全是鄙夷之意。

"难道这里便是出口？"济空也注意到前面石壁上那个醒目的法阵，神色一喜，仔细地看了看，又皱起眉道，"这似乎是个传送阵，这种法符文字我只在某些上古遗迹上看到过，但驱动的方法已经失传了。"

这话一出，莲墨的脸色也变得很难看。两人研究了半天，不得不回头看向修为最高的笪源。

"尊上，不知您对此阵可有研究？"


笪源走向石壁，伸出两只手点在石壁上，轻声念了一句什么，法阵瞬间亮了起来。上面那些古朴的文字像活过来一样开始游走，阵法的光芒越来越亮，并向中间汇聚，直到形成了一个白光状的入口，他才放下手。

他转身回到时夏身边，道："阵法已启，可进。"

时夏心想：我可以揍人吗？

"这个阵的另一头便是出口吗？"济空仔细地在阵法周围看了看道，"事不宜迟，那火墙也不知何时会追到此地，我们赶紧动身吧！"

时夏感觉到空气中的火灵气格外躁动，想来那火墙可能真在附近。

"贫僧先行探路吧！"济空主动提议道，说完深吸一口气，直接走了进去。时夏原本还想挣扎一下，笪源直接把她拉了进去。

眼前白光一闪，下一刻时夏就到了另一个世界。这里生机勃勃，目之所及全是绿意，他们脚下是一片草地，周围是一排排整齐的树木，林间还开着各色不知名的花，十分漂亮。这地方与其说是森林，倒不如说是被人精心培育出来的公园，中间还有一条向前延伸的像道路一样的草地。

原来刚刚那个上古阵法真的是传送阵啊！

"不是！"笪源突然出声，似乎猜出她的想法，低头解释道，"不是传送阵，是界位阵术。"

界位？啥意思？

"界位阵！"济空惊呼一声，不可置信地回过头来道，"天尊是说这里是由界位阵开辟出来的一方天地？"

笪源皱了皱眉，似乎对济空插嘴之事极为不满，但还是点了点头。

济空更加惊讶了，所谓界位阵术，其实是利用阵法直接创造出一个地方，里面自成一方天地，那些上古秘境便是由此产生的。

"这界位阵术早已失传，没想到居然能在潜龙渊中见识到。"济空看向笪源的眼神带了些许兴奋，"更没想到笪渊尊上竟然能驱动这样古老的阵法。"

笪源这回没有回话，指了指前方不远处，看向时夏道："那就是出口。"

时夏懒得理他，直接向那个方向飞去。她心里憋着气，一路上都没有开口，更懒得看旁边的人一眼。她没想到笪源居然会强行拖她进来。她终究还是欠了他的人情，以后除非她愿意做个忘恩负义的小人，不然注定跟他牵扯不清。

她越想越恼火，每一步走得都像泄愤一样，有种想找人干架的冲动。

而旁边的某人像得了多动症一样，时不时扭头看一眼她的情况，但时夏一直在生气。

正当时夏眉头紧皱，即将控制不住情绪时，一颗脑袋突然凑到她的面前。她吓了一跳，差点儿一头撞上去。

"你干吗？"

见她停下，笪源干脆站到她面前，眉头紧皱，略显忧愁地说道："别……皱眉。"哥哥会心疼的。

"……"

他似乎极不愿意看到她现在的表情，伸手摸向她的眉心道："夏……"

时夏下意识地躲开了。

他的手僵在半空。下一刻，他眼里的光一下暗了，眼底隐隐泛着水光。

时夏嘴角一抽，说道："你到底想干吗？"

笪源直直地看向她，过了一会儿才问道："你……不开心？"

"废话！"

"很生气？"

她直接翻了个白眼。

"夏夏。"他咬了咬牙，像是下定了决心，突然将两根食指放在冰块一般的脸上，然后缓缓往上一推，把嘴角拉成了一个诡异的角度。他用眼神示意她：看我看我……

时夏很蒙，你突然做鬼脸是啥意思？

"你想装鬼吓我吗？"

笪源整个人像被雷击中了一样，愣在原地，一副深受打击的样子。

她猜错了？那他也不用这么伤心吧？再说，明明是他幼稚地拉脸吓她啊！她都没生气，他伤心什么啊？

等等！一个想法浮上心头，时夏问："你刚刚不会是……在笑吧？"

笪源身体一颤，表情不变，内心却在疯狂吐槽：明明以前自己这样笑，妹妹都会很开心的。

时夏心想：他刚刚还真是在笑啊！


时夏觉得笪源有些奇怪，而且隐隐有想尽办法讨好她的意味。明明之前她离开仙剑派的时候他还一脸冰冷，即使不想她下山，也没有强行挽留。但现在他的态度变了，不仅如此，他完全像是变了一个人，变得像是……

"找到了。"前面突然传来济空欣喜的声音。

时夏向前看去，这才发现草地的正中央突然出现了一扇巨大的石门。济空和莲墨已经到了门边，正调动灵力想将它推开。

那门镶嵌在一扇巨大的石壁之上，门上刻着跟之前那个界位阵一样的古怪法符，四周围绕着好几条黑色的锁链。济空和莲墨使出了吃奶的劲，但那门仍旧纹丝不动。

"奇怪。"济空皱了皱眉，仔细打量着石门道，"这门上根本没有灵力，应当没有被施术，怎么会推不开呢？"

"你们不先把锁链砍断再推吗？"时夏忍不住问道。

那链子将门锁得那么紧，他们怎么可能推开？

"锁链？什么锁链？"济空一愣，迷茫地问。

"就是门上黑色的那几根啊！"她指着门道。

济空与莲墨对视一眼，摇了摇头道："小师叔，这就是一扇普通的石门啊！"上面什么都没有。

时夏一惊，那么粗的几根锁链，难道他们看不见？

不对，那不是锁链！她仔细一看，缠在门上的是一团团扭动的黑气，如同有生命一样，正附在门上蠕动着，看起来十分恶心。就连刚刚推门的济空和莲墨的身上都沾上了些许黑气。

"快回来。"时夏心里一紧，立马上前拉着两人离开门边，两人身上的黑气这才散开。

"小师叔？"济空从她的神情里看出事情不对劲，忙问道，"你看见了什么？"

时夏皱了皱眉道："我也不知道那是什么。"但她能感觉到那黑气好像很兴奋，想缠上两人。

"异界阴气。"笪源突然开口，看向时夏的眼神多了几分严肃，接着道，"此物诞生于至阴至寒之处，无形无状且噬魂，常人根本察觉不到，只有至纯至净之物才可将其驱散。"

至纯至净？难道是因为她的灵根太特殊，所以只有她看得见？

"噬魂！"济空脸色发白。世间居然有这么可怕的东西？世间万物要是没了魂魄，可就彻底消失了，那看不见的东西居然可以噬魂？

"这可如何是好？"济空有些着急地道，"若不驱散这些阴气，我们怎么回去？"

"你们不是有净生莲吗？"笪源冷冷地道。

"对哦！"济空这才想起来，净生莲不就是至纯至净之物吗？

济空忙道："多谢尊上提醒，我差点儿忘了。"

他立马掏出净生莲。莲花一出现，石门上原本越来越浓郁的黑色猛地一缩。济空双手托着净生莲往门边走去。一时间，那些黑气像遇到天敌般疯狂地扭动起来，挣扎着逃离。但它们没有挣扎多久就被净生莲散发出来的光驱散了，片刻后消失殆尽。

"小师叔？"济空看不到那黑气，只能回头向时夏确认。

"已经没有了。"

济空这才松了口气，调动灵气去推石门，刚刚还纹丝不动的门吱呀一声朝两侧打开，里面射出一道白光，一道椭圆形的口子出现在门后，四周像是被强行撕裂一样，空间都有些扭曲。

"破碎虚空！"莲墨一惊，"这怎么可能？"

时夏也有些惊讶。潜龙渊是独立于修仙界的一处上古秘境，是神族的流放地，只进不出，单凭凡人的虚空之术根本无法破开，所以莲墨一开始才说他们根本出不去。但眼前的出口明显就是从外部打开的，而且看样子已经存在很久了，是谁这么厉害？

"事不宜迟，我们赶紧出去吧！"济空指了指出口。

莲墨也点了点头，跟着济空走向出口。

"慢着！恐怕没这么简单，还有件事需要确认一下。"时夏伸手拦住两人，唤出灵剑指向身后一直没有动的人问道："你到底是谁？"

笪源一愣，似乎没想到她会突然翻脸。

"夏夏……"

"住口！"时夏皱了皱眉道，"你到底是什么人？为什么要装成笪源的样子？你有什么目的？"

济空疑惑地走回来道："小师叔，你这是……"

"别装了！"时夏握紧手里的剑，心里越发警惕，"潜龙渊的钥匙一直在莲墨的手里，笪源根本没来过这里，是如何知道这里有别的出口的？刚刚的上古阵法，为什么你能打开？还有，你怎么知道我们身上有净生莲？"他身上的疑点太多，她不得不怀疑他的身份。

此话一出，济空和莲墨的脸色也变了。他们走了回来，站在时夏的身后，隐隐摆出对敌的阵势。

　　笪源没有回答，直直地看着时夏，眼中的光一点点熄灭，看着有些……委屈？

　　"夏夏……"笪源身形一闪，下一刻就到了她的跟前。

　　时夏立刻想和他保持距离，但已经来不及了。笪源直接把她拉进怀里，一只手抚上她的头顶，无奈地道："听哥哥的话，乖乖的！"

　　他的话里满是关心，时夏有些恍惚，忽然觉得或许是自己想多了。

　　笪源继续道："现在的我维持不了出口多久。听话，赶紧出去。"

　　时夏这才回神道："放开我！"

　　"小师叔！"济空见她被抓住，想冲上来救人。笪源眉头一皱，脸色瞬间冷了下来，直接扬手朝济空一挥。一阵狂风突然袭来，济空都没得及反抗，就跟旁边的莲墨一起被扇进了那道白色的出口，顷刻不见了身影。

　　"济空！"时夏一惊，更加用力地挣扎起来，但完全没办法挣开他。

　　他抱得紧，还安慰似的拍着她的背，道："妹妹乖啊！"

　　她从来没这么憋屈过，感觉尊严受到了践踏："你给我放开！你到底是谁？"

　　"我是后池啊！"他回答得坦荡。

　　"放屁！你当我瞎啊？你怎么可能……"

　　等等，他说的是后池，不是笪源。

　　"你恢复记忆了！"

　　"记忆？"他一愣，似乎在回想什么。

　　趁他愣神，她直接抽手一推，往后退去。然而她忘了手里还拿着剑，锋利的剑直接划破了左手，疼痛感瞬间袭来……

　　咦，她不痛了？她卷起衣袖一看，左手完好无损，没有任何伤痕，反而脸颊微微发热，这是……同心印！

　　对面的人同时卷起衣袖，手上却有一条长约三寸的疤痕，无论是角度、形状还是位置都和她刚刚划的一模一样。这怎么可能？

　　他看着手上的伤，也愣了一下，随即有些了然，低声道："原来是这样来的。"

　　"你……真的是笪源？！"时夏有些蒙，刚刚还以为他身上的同心印是假的，结果现在同心印发动了。

　　"不，我是后池。"他认真地回道。

　　"废话，笪源不就是后……"她猛地睁大眼睛看向对面的人，"你是什么意思？"

　　他眼里的笑意更深了。他上前摸了摸她的头，欣喜地道："叫哥哥。"

　　她一巴掌拍下他的手，追问道："你到底有没有恢复记忆？"

　　他失望地收回手，委屈地摇了摇头道："现在……可能还没有。"

"啊？"这是什么意思？

"应该要再过一阵子……"他想了想才接着道，"具体时辰我也记不清了。夏夏多抱抱我的话，我就可以很快想起来。"

什么叫多抱抱？有这种治疗失忆的方法吗？

"还具体时辰呢，说得好像你经历过……"她突然顿住，猛地看向旁边一脸坦然的人，一把拽住他的胳膊，把袖口卷上去仔细看那道伤口。那是一道三寸左右的伤痕，颜色有些浅，像是年代久远的旧伤。她刚刚还以为是他用了法术，所以伤口愈合得快，现在转念一想，难道……

"后池。"

"嗯。"

"你刚才说现在的你没有恢复记忆，那以后的你呢？"

他沉默了一会儿，点了点头道："恢复了。"

"那你记得当初在玉华派，每天晚上会做什么吗？"

他眼睛一亮，问道："夏夏想听故事了吗？"

他果然知道！

"你是什么修为？"

"真仙。"

时夏只觉得脑海中轰隆一声，整个人如同被一道惊雷击中似的。真仙？修仙界最高的修为只是飞升期，根本不可能到达真仙期。

"最后一个问题！"她不死心地扬起一根手指，盯着他的眼睛问，"你是现在的笪源，还是以后的后池？"

他没有回答，眼里满是笑意，摸了摸她的头，骄傲地道："夏夏真聪明，这么快就看出来了！"我妹妹果然很棒！

"你真的是……？"

"嗯。"

"多久？"

"三千年后……"

现在大家这么容易穿越吗？

# 第十七章　妹妹的定情初吻

"夏夏，叫哥哥！"他一脸期待地看向她。

时夏嘴角一抽："你为什么会出现在这里？"

"夏夏让我来的。"

"我？"时夏一愣，难道是未来的自己？可是为什么来的是后池？

她仔细看了前方一脸坦荡的人一眼，心里顿时觉得有些别扭。未来的自己跟他关系很好吗？

"呃，那啥，之前那件事，我们后来……和解了吗？"未来的她那么没有原则吗？

"之前？"后池一脸茫然，一副完全不知道她说的是什么事的样子。

她好想打人怎么办？

"算了，不说这些！如果你真的来自三千年后，那能告诉我一些事吗？"

"好。"

"伽蒂寺的净生莲到底去哪儿了？我哥发生了什么事？他在哪儿？我还能……再见到他吗？"

"夏夏……"他皱了皱眉，有些纠结，"其实这些你马上就能知道。"

"马上？"

"嗯，很快！"他习惯性地摸了摸她的头，"提前知道这些对你没什么好处。不过若你真想知道……"

"算了！"时夏挥挥手，改变了主意，"你还是不要告诉我好了。"

他说得没错，提前知道未来的事没什么好处，没准儿还会起反作用。

她坚定地道："所有问题，我都会自己找到答案。"

话音一落，后池看向她的眼神充满自豪。

他点头道："好。"妹妹就是觉悟高，一点就透！哥哥真想抱抱她！

眼看他的手又开始不安分，时夏嘴角一抽道："再动手动脚，信不信我翻脸？"

他的手一僵，眼里的光顿时暗了。

时夏叹了口气，看着眼前面无表情，但心已碎成渣儿的人，顿时有些纠结，不知道该用什么态度面对这个来自未来的他。

"出口要关上了。"后池皱了皱眉，从刚刚的打击中回过神来，看向前方道。

时夏转头一看，果然那条被破开的虚空口子开始晃动，而且正在慢慢缩小，心不由得一沉。

"时间不多了。"后池恢复严肃的神情，转头对时夏道，"夏夏，赶紧出去吧！"

"好。"她点头，没有半点儿犹豫，直接朝出口走去。

她刚要跨入出口，却发现身边的人突然不动了，不由得唤道："后池？"

他只是平静地看着她。

时夏心里一沉，问："你不跟我一起出去？！"

"我还去不了那边。"他温柔地道。

"为什么？"

他摸了摸她的头，道："时间本不可逆转，潜龙渊漂泊于三界众生之外，夹于天地法则的缝隙之中，所以我才能出现在这里。"

这意思是说，他只能出现在潜龙渊？

"那你怎么出去？"

"我自然有我的办法。"

"什么办法？"你别诓我！

"放心！"他用力地揉了揉她的头发道，"我会回到属于我的时间，你不用担心。只是……我不能陪你回去了。"

"真的？"她怀疑地道，"你真的不会有事？"

"自然。"他重重地点头。

时夏这才放心。

"现在的我维持不了出口多久。"他看了看更加不稳定的出口道，"临走前，夏夏能答应我一个要求吗？"

"什么？"

"叫声哥哥。"

"……"

"要不抱抱？"

"滚！"他还真是不死心啊！

后池遗憾地叹了一口气，十分失望。

那个出口再次扭动了一下，发出了咝咝咝的声响。她真的得走了！

她回头看了一眼还在散发着"我失望、我委屈、我要安慰"的气息的人，还是不忍心，转身抱了抱他。

身前的人先是一愣，下一刻整个人气息突变，全身都洋溢着兴奋、满足的气息。

"我走了，谢谢！还有，你要好好的。"

他沉默片刻，道："嗯。"妹妹在担心他呢！

他用双手紧紧地搂住她的腰，随后道："夏夏，再答应我一件事好吗？"

"哥哥。"时夏叫道。你的心愿我全都满足，行了吧？

后池一愣，随后低声笑了起来。下一刻她的头被人抬了起来，她撞上后池深不见底的目光，里面满得似要溢出来的情感让她瞬间有种被淹没的感觉。

"夏夏，你是我的妹妹，唯一的妹妹！无论我是否记得，你都是！所以答应我……请对现在的哥哥公平一点儿，好吗？"

时夏心间一颤，没来由地有些心虚。

他似乎并不想要她回答，缓缓地低下头。下一刻，她只觉得嘴上一凉，后池的双唇已经准确无误地印上了她的唇，带着些许凉意的唇舌正熟练地描绘着她的唇形，似乎此前做过千百遍一般。她只觉得轰隆一声，脑海里瞬间空白，还未来得及反应，就被身前的人一把推进了出口，眼前瞬间被白光覆盖。

她整个人都僵住了，直到出了潜龙渊还没有从那突兀的一吻中回过神来。

刚才她是被占便宜了吗？！而且那个人还自称是她的哥哥？


时夏有些纠结，后池最后说的那句话让她有些蒙。她没来由地生出一股心虚感，特别是出秘境后看到正极力支撑着出口的笪源时，这种心虚感更盛。

那天从潜龙渊出来后，他们直接到了幻海这头的灵乐派。

潜龙渊是上古之地，想要破碎虚空不容易，除非有同样的上古之物为引。而整个天泽大陆跟上古扯得上关系的就只有灵乐派的派镇之宝玉无忧了。

想当初她代表青云派参加门派大比，最后的魁首奖励就是进入上古秘境，而灵乐派的上古法宝玉无忧就是打开秘境的钥匙。虽然那个秘境其实是炎凤自己的空间，但玉无忧确实有连接上古之地的作用。

他们能出来，完全是因为有人在灵乐派用玉无忧打开了潜龙渊的缺口，但她没想到这个人居然是笪源。难怪后池催她出来时一直说现在的他维持不了出口很久，原来他指的不是自己，而是外面的笪源。

时夏的心情有些复杂。如果是秘境内那个三千年后的后池想救她出来，她可以理解，可笪源……明明前不久她才跟笪源翻脸，笪源却还是不惜破碎虚空来救她，这是为何？

时夏越来越看不清笪源或是说后池这个人了。本着想不通就不想的原则，她决定对他避而不见。她需要时间来理一理这团乱麻。

"姐，你不高兴吗？"身侧突然传来一个声音。

时夏吓了一跳，回头一看，问道："妞妞，你啥时候来的？"

时夏从潜龙渊出来后，妞妞感应到了她的灵气，也来了灵乐派。

"我都来一个时辰了。"妞妞叹了口气，掰着手指算着，"看见你叹了十三回气，皱了三十六次眉，拔了方圆三丈的草地，还骂了五十六次娘。"

"呃……"你要不要算得这么清楚？

"姐，你到底怎么了？"妞妞担心地看着她。

"没事，有些事情想不通而已。"

"想不通？"妞妞一愣，凑得近了些问，"什么事啊？"

时夏瞅了瞅妞妞清醒的眼神，莫名地就想跟她商量商量："妞妞，我问你一个问题。"

"嗯。"

"如果有人对你像亲人一样好，救过你很多次，却杀了你唯一的亲人，你会怎么办？"

"姐，你被人欺负了？"她的眼睛一下瞪圆了，怒气噌地冒了出来。她扬手一挥，瞬间唤出一口比她还高的铜钟，扛起来就大声道："姐，告诉我他是谁，我这就去砸死他！"

"等等！"时夏连忙拉住妞妞，"别激动，我只是随口一问。"

"哦。"妞妞有些失望地放下铜钟，下一秒变回女神模样，想了想道，"姐姐的问题好奇怪，如果这个人真心对你好，又怎么忍心杀你唯一的亲人？"

可他就是杀了啊！

"我举个例子你就明白了！"时夏继续道，"如果……我是说如果，有一天我……杀了轩林，你会恨我吗？"

妞妞一愣，似乎被她问蒙了，眼神立刻黯淡下来，过了很久才自嘲地说道："姐姐要是不说，我都快忘了……曾经还有个哥哥。"

时夏心里一沉，突然想起当年妞妞被轩林抛弃时强忍着不哭不闹的样子，顿时有种想抽自己嘴巴的冲动，忙道："妞妞，对不起，我只是……"

"没关系！"她不在意地摇了摇头，长舒一口气，笑着道，"他的事我早就不在意了。当初我决定入仙门时，就下定决心，从此与他便是陌路人。只是，姐姐你为什么要杀他啊？"

"不不不，我没想杀他，只是打个比方。"时夏连忙解释道，"如果你遇到这种情况的话……"

妞妞沉默片刻，沉声道："我不知道。轩林虽然抛弃了我，但毕竟与我血脉相连。所以，万一有一日他遭遇不测，我无法见死不救，更不会主动害他。而姐姐……"她

396

转头看向时夏，道，"妞妞早已把姐姐当成亲姐了。我小时候发过誓，长大后一定会好好保护姐姐，绝对不会像轩林一样。"

"所以……我肯定不会怪姐姐。因为我相信你无论做什么都有你的道理。姐姐不是滥杀无辜之人，若有一日真的杀了他，那也一定有非杀他不可的理由，而且这个理由绝对足以说服我，因为……"她咧嘴笑了，露出两颗小虎牙，有些得意地道，"我相信姐姐绝对不会故意让我为难。"

时夏猛地一震，隐隐有种拨云见日的感觉，突然明白了后池说的那句话的意思。

"我明白了。"时夏直接站起来往外走去。

妞妞一愣，问道："姐，你去哪里？"

"解决点儿历史遗留问题！"时夏说完，直接御剑往峰顶飞去。

后池让她对现在的他公平一点儿。时夏现在想想，后池说的公平，应该指的是他跟老哥。两个都是哥哥，可是时夏明显更倾向于老哥，甚至在看到笪源刺出那一剑后直接找笪源拼命，根本没有询问缘由。她一直觉得这样没问题，毕竟时冬是她亲哥，两人血脉相连。她从小被时冬带大，时冬对她来说亦兄亦父，岂是别人比得过的？

没错，她在这么想的时候，其实就把后池划为"别人"了。她口口声声叫后池哥哥，却在面对时冬时不由自主地把后池划出去。她明明知道后池不是那样的人，也从来没有做过伤害她的事，甚至一再帮她，她却连解释的机会都没有给他。说到底，她根本没有把后池跟时冬放在一个位置看待过。

她终于明白听到后池那句话时那股莫名的心虚感从何而来了。她直接翻脸，连解释的机会都不给他，真是个浑蛋啊！

想通后，她豁然开朗，御剑时也快了几分。她知道自己不能再逃避了，无论后池跟老哥发生过什么，她都欠后池一份信任。

她急着说清楚，直接飞到笪源暂居的屋前，用力地一把推开了房门。

"笪源，我们聊聊……"她被眼前的一幕惊到了，声音戛然而止。

"夏夏？"屋内的人回过头来。

她果断地转身，望天！

"有事？"

"有，不过……"

"嗯？"

"你能先把裤子穿上吗？"

"……"

她瞎了……

时夏是真没想到笪源这个时候会在屋里换衣服，而且先脱的还是裤子，导致她一开门就看到两条白花花的大长腿。

397

她突然想起出秘境时后池那个意味不明的吻，现在想想，感觉好像还不错。

等等！她不是来跟笪源讲和，决定从此跟他做对相亲相爱的好兄妹的吗？他们的关系应该是纯洁的。嗯，她不能被他的美色迷惑。

"夏夏。"

"啊？"

"腰带递给我好吗？"

腰带？她四下一看，果然旁边的椅子上放着一根白色的腰带，正是他平常系在腰上的那根。她的脑海里顿时闪过刚刚看到的画面，大长腿……大长腿……

她突然感觉脸有点儿烫……

"夏夏？"见她一直不动，笪源忍不住又唤了一声。

时夏立马伸出手，拽着腰带就往背后递了过去："给给给。"

她决定回去就念一百遍《清心咒》。

她在原地站了五六分钟，直到后面的动静越来越小，才问道："好了吗？"

"嗯。"

她这才松了口气，调整了一下呼吸转过身去，顿时嘴角一抽，他的裤子是穿好了，但是……

"你怎么把上衣脱了？"

笪源拿起床上的一件衣服，一边穿一边坦然地看向她道："要换自然得换一身。"

他说得好有道理，她竟无言以对。

"有事找我？"他认真地看向她，眼神坦荡，没有半点儿别扭或暧昧的意味，仿佛刚刚发生的事再平常不过。

她甩了甩头，抛开那莫名的情绪，准备跟他好好谈谈："笪源，其实我……那是什么？！"

她转眼看到他刚刚换下的衣服，只见上面有一块块红色的痕迹，心一沉，惊呼道："这是……血！你受伤了？"她现在才察觉屋内满是血腥味。

笪源抚了抚衣角，仍面无表情地道："无妨！"

"吐血吐成这样了，还无妨？"她道，"是不是因为强行划破虚空？"她心头一紧。以他的修为，天泽大陆根本没人可以伤他，只有可能是因为那个阵法。

"暂时而已，不必……"他话还没说完，又吐出一口血，刚换上的衣服又红了一片。

"后池！"时夏这会儿是真的慌了，把住他的脉门察看起来。她越看越心惊，他体内的灵气正四处乱窜，经脉没一条完好的。

"不用担心。"他收回手，淡定地道，"小伤而已。"

时夏有些难受，鼻子一酸。

见她不信，笪源继续道："只是经脉受损，不日便好了。"

那叫受损？那叫经脉尽毁好吗？

"划破上古之境，有所反噬也属正常。这已是最好的情况了。"

"……"

"放心，无事的！我的……"

"笪源！"

"嗯？"

"闭嘴！"

"哦。"

她直接拉他坐下，盘腿坐在他身后，调动灵气传入他的体内，开始帮他梳理四处乱窜的灵气。她真想不通，他都伤成这样了，为何不赶紧闭关调理？他觉得天天吐血好玩吗？

"夏夏……"他突然出声，声音沉沉的。

"干吗？"正集中精力梳理灵气的时夏没好气地回道。

他犹豫了一下，接着道："你之前说是我妹妹，我是信的。"

"嗯。"

"只是，我想不起来了。"

"嗯。"

"我还不是后池。"

"嗯。"

"不过，我总会想起来的。"

"嗯。"

"那你……还是要走吗？"

她愣了一下，顿时找到了他不赶紧疗伤的原因，心底那种酸涩的感觉又冒了出来。她深吸了一口气，缓声道："等你好了，我们一块走。"

身前的人僵了一下，很久才听出她话中的意思，猛地转过身来说："夏夏，真……"

他还没说完，一口热血就不受控制地朝她喷了过去。

时夏嘴角一抽，咬牙切齿地道："果然，我还是应该砍了你……"

笪源："……"

一个月黑风高的夜晚，时夏一脸蒙地看着那个努力从围栏的间隙中挤过来的人。他一面拼命往里挤，一面朝她使眼色，让她别出声。她不吱声，然后默默地看了半小时，直到……

"小……小师叔。"

"干吗？"

"拉……拉一把，我好像卡住了。"

时夏长叹一声，这才上前拽住他的衣领，一脚踩住围栏拉了起来，但费了九牛二虎之力，还是拉不动分毫。她只好捏了个诀，用灵力使劲一拽，才把他拽了出来。

济空一屁股坐在地上，摸着肚皮痛得龇牙咧嘴，回头看了一眼围栏道："谁这么无聊？连围栏上也布了阵法。"

时夏白了他一眼："你大半夜不睡觉，来这儿看星星呢？"

"我还不是为了小师叔你？"他幽怨地看了她一眼。

"我？"

济空爬起来，拉着时夏就往外走，还催促道："不说了，事不宜迟，我们趁现在没人，快走吧！"

眼看他又想从围栏间爬出去，时夏直接把人给拉了回来，问道："上哪儿去？"

"当然是离开这里！我都打听好了，现在这个点逃出去，绝对没人能发现。"

"等等！"时夏一脸蒙，"说清楚，发生了什么事？我们为什么要逃？"

"当然是为了避开笪源。"他理所当然地道。

"……"

"小师叔你忘了？师父可是被他杀的！虽然他这次救了我们，但谁知道那浑蛋在打什么鬼主意？我们还是赶紧离开吧！"

时夏瞅了瞅他愤愤不平的脸色，说道："之前在潜龙渊也没见你对他有意见啊！"

"那不同。"他挥了挥手道，"我又不傻，怎么能当时跟他翻脸？万一跟着他有一线生机呢？况且是他自己要帮我们的。"

你说得好有道理，我竟无言以对。

"虽说他救了我们，但小师叔可别被他骗了。师父说过，他这人颧骨横张，额如凸镜，一看就是个孤独终老的克妻相，不是个好相与的。"

"你啥时候还兼职看相了？"

"这不重要，关键此人唇削、脸薄、情不外表，眉宇间还带有一股寒气，乃是薄情寡义之相。"

"呃……"你确定那不是面瘫？

"你别看他平时一副道貌岸然、无欲无求的样子，私底下还不知道在打什么鬼主意呢！"他似乎想起了什么，四下看了看，压低声音一脸神秘地道，"我听说他修仙上万载，别说是道侣了，拈霞峰连只母兽都没有出现过，这简直不像话，你说可怕不可怕？"

"其实……"

"他不是佛修，上万年却连妹子的手都没摸过，这简直就是变态啊！"

"你等……"

"珍惜生命，远离变态，小师叔！"

"他……"

"迟了就来不及了，变态的人连修为都是变态的，要是被发现了，十个你我加起来估计都干不过他。"

"可是……"

"小师叔不用担心，今天我都准备好了，只要不用灵力，他绝对发觉不了。"

"你确定？"

"当然！"他拍着胸脯保证道。

"但他已经发现了怎么办？"

"什么？这不可能！"济空一副不可置信的表情，说，"我可是特意收敛了气息徒手爬上山的，他是怎么发现的？"

时夏嘴角一抽，抬手指了指刚从屋内走出来的白色身影道："我想他是看到的！"

济空："……"

什么都听见了的笪源："……"

现场诡异地安静。


一分钟后……

"哈，哈哈，哈哈哈！笪……笪源尊上。"济空嘴角抽了抽，迅速讨好道，"尊上好，您也出来赏月啊？好巧……"

下一刻，济空被拍到围栏上。

济空不但没收敛，还扯着嗓子道："小师叔快跑，不用管我！笪源，你有本事就冲我来，欺负我小师叔算什么男人？"

时夏心想：看来不得不管了。

"济空……"时夏长叹一声，示意笪源解开围栏上的阵法，将济空放了下来。她将之前老哥的事、自己的疑惑还有以前后池的事原原本本地给济空讲了一遍。

济空听完，眉头皱了皱，一副复杂的表情，看了她一眼，确认道："你是说他杀师父，是师父自己事先要求的？"

"呃，这么说也可以。"

"你信？"济空一副"你是不是傻"的表情。

"我信！"事实上这件事一开始是她自己猜出来的。

"为什么？"济空的神情更复杂了，"那天我们明明亲眼所见，怎么可能……小师叔，师父可是你哥啊！"

她握紧身侧的手，认真地回道："后池也是！"

济空没有说话，倒是旁边的笪源转头看向她，眼神瞬间柔和了。

济空沉默了半晌才道："按师父的个性……倒是真有可能提这种要求！但师父这样做的目的是什么？"

"不知道，但我觉得一定与幽冥之海和伽蒂寺的净生莲有关。"

济空点了点头，神色总算多了些认同，抬头看了笪源一眼，脑海里再次浮现师父的身影，心里还是有些不爽，不由得提议道："小师叔，师父的事的确要查，但是我觉得也没必要与笪源尊上一起查，不如我们先……"

"姐！"济空话没说完，突然一道清脆的女声传来。

蓝光闪过，一群蓝色的冰蝶从天而降，化为一名蓝衫少女，她倾国倾城的脸上布满担忧之色。

济空瞬间愣住了。

"我刚刚感应到你这边有强大的灵气波动。"妞妞一把拉起时夏的手，上下扫了她一遍，确认道，"姐，你没事吧，发生了什么？"

"别担心，只是商量点儿事情。"时夏笑了笑，想起刚刚的话题，继续道："济空，你刚说我们先……"

"先……要一起行动！"济空立刻接话，大义凛然地说道，"小师叔，我想好了，人多力量大，要查清楚当然人越多越好。"

时夏总觉得他刚才要说的不是这句话。

济空上前一步，眼睛突然亮得跟灯泡似的，直勾勾地看向妞妞，笑道："这位姑娘也是要同行的吧？姑娘贵姓？师出何门？找了道侣没有？你好，我叫济空，未婚！"

众人无语。

见妞妞不回话，济空再接再厉道："我见姑娘灵气纯粹、悟性极高，不如让我指点你……"

他话还没说完，妞妞习惯性唤出一口铜钟，顺手砸了过去："滚！"

下一刻，济空第三次被拍进了围栏里。


济空看上妞妞了。

"小师叔，弟子的终身幸福你管不管？你可是我的亲师叔啊！"济空吼道。

"你又怎么了？"

"亲师叔，关心下一代要从精神世界开始，你可要帮我！"他吼得越发大声了。

时夏嘴角一抽，动了动已经僵直的大腿道："帮忙就帮忙，你先放开我的腿！"

济空吸了吸鼻子，这才松开手，认真地说："小师叔，弟子无意来烦你，只是有一事相求。"

"说！"

"济空自小无父无母，后来遇上师父，才算有了亲人。后来师父失踪，上千年来弟子孤苦伶仃、无依无靠，独自支撑伽蒂寺这么多年。"他越说越哀怨，"纵使如此，弟子也一直谨记师父的教诲，严守幽冥之海的封印，几千年来不敢离开半步。直到遇到您，弟子肩上的重担才算卸下。弟子因此尊您、敬您、护您，从不敢有半点儿违抗之意。弟子一生从未求过什么，只有……"

"停！说人话。"

"弟子喜欢夏姑娘，想娶她为妻。"

时夏翻了翻白眼，上下打量了他一圈，冷冷地问："你不是佛修吗？"

他脸色一变，周围的气氛变得紧张："师叔以为我是为什么才修佛的？要是找得到媳妇，我至于出家吗？再说，我可以还俗啊！"他一本正经地道，"师叔，你要为我做主啊！"说着他习惯性地想抱她的大腿。

时夏立马往后退了一步。

"有想法就去追，我又没拦着你！"她虽然是妞妞的姐姐，但感情这种事只要妞妞本人同意就行。

济空一听，脸顿时垮了下来，生无可恋地说道："我倒是想追，但……夏姑娘完全不给我机会。"

"为啥？她有说理由吗？"

他脸色一白，咬了咬牙道："她说……说……说我……"

"啥？"

他支支吾吾了半天，才挤出三个字："长得丑！"

"啊？！"

"难看！"

"呃……"这理由时夏简直无法反驳啊！

"小师叔，我该怎么办？"

"这个……济空啊，"时夏叹了口气，"不要灰心，妞妞她……"

"嗯？"

"说得有道理啊！"

"……"

"要不，你换个人喜欢？你人虽然长得丑，但没准儿有人眼瞎呢？"

"弟子此生只喜欢一个人。"

得，这孩子还死心眼了。

"小师叔，弟子别无所求。"他一脸愁容地道，"只希望师叔现在能陪我去一趟。她不见我，但肯定愿意见师叔。"

时夏皱了皱眉，朝济空叹了口气："济空，你喜欢她，我不反对。若你们有缘能在一起，我也乐见其成。但感情是你们两个人的事，我不会偏向你们任何一人，更不会仗着自己的身份，强迫任何一方。你是我哥唯一的徒弟，是我认可的师侄，但妞妞也是我的妹妹。她幼时遭到亲人的背叛，所以对我的感情不同一般，且事事不违背我的心意。只要我开口，她就不会拒绝，但是……"时夏脸色一冷，"如果你因此想让我开口，说服妞妞接受你的感情的话……我会打断你的腿！"

济空一愣，沉思了一会儿才郑重地道："小师叔放心，师侄没有利用师叔的意思，更不会让您在她面前帮我说好话。我愿以真心换真心。我请师叔出面，也不是为了此事，再说……"他脸色沉了沉，一脸挫败地道，"夏姑娘现在还不知道我的心意呢！"

"等等！"时夏嘴角一抽，"你是说……你还没告诉她你喜欢她？"

"是啊！"

"那你这么多天在干吗？"

"我每次见到夏姑娘，还没开口，她就嫌弃我，然后掏出铜钟把我拍飞了，还次次都往峰顶这边拍。"

"……"

"我又舍不得对她出手。"他一脸纠结地道，"我听闻夏姑娘想在下个月闭关冲击大乘，她资质虽好，但未免操之过急，我有些担心，所以想让您去看看她。"

"冲击大乘的确有些早，但……"时夏皱了皱眉，犹豫地转头看向屋内正打坐调息的人。这些天她一直在帮笪源调理受损的经脉，但不知道怎么回事，每次帮他压下暴动的灵气后，第二天灵气又会乱成一团。她花了一个多月才修复了大半。

济空顺着她的视线看了屋内一眼，瞬间明白了她的顾虑，眉头一下皱了起来："小师叔是担心他的伤？"他对笪源依旧有偏见，"经脉损毁的伤修复起来并不难，这都一个多月了，他怎么还没好？小师叔你可当心，没准儿有诈！"说完他一脸嫌弃地瞪了笪源一眼。

正闭眼调息的笪源突然睁开眼睛，目光如两道寒光，嗖嗖地射了过来。济空被盯得身体一抖，下意识地躲在时夏的背后。

时夏见笪源醒了，心头一喜，快步走进去问："你醒了，怎么样？"说着她习惯性地伸手把住他的脉门。

笪源转头看了她一眼，先是一愣，眼睛立刻亮了。他愣了一会儿才有些不确定地道："夏夏？"

"嗯。"时夏也没关注他的神情，道。

"夏夏？！"

"嗯？"

"夏夏……"

"怎么了？"时夏抬起头，心想：他的身体不会又出了什么问题吧？

他的眼神顿时如水般轻柔。他没有回应她，眼里的光缓缓地收敛起来，只是嘴角扬起一个微不可察的弧度。

"小师叔……"济空在外面等得有点儿着急，探头问。

"知道了。"时夏挥了挥手道。

笪源看向门口，眼神骤然变冷。

济空被看得心里一惊，不自觉地往门外退。

时夏仔细察看了一下笪源的经脉，见他体内的灵气安定下来，松了口气，站了起来。

"你要走？"笪源皱了皱眉。

"妞妞好几天没上来看我了，我有些担心。"

他眼神黯然，下意识地道："她没事！"

时夏一愣："你怎么知道？"

他愣了一下，没有回应。

时夏也没在意，顺口道："我去看看她，马上就回来。你的经脉已经好得差不多了，好好休息，不要随意动用灵气。"

笪源没有反对，只是直直地看着她，不说话。

时夏急着去看姐姐，直接转身往门外走去。

"小师叔，快。"见她起身，济空笑着边招手边催促道，"放心吧，他命硬着呢，还是去看夏姑娘要紧。"说完还挑衅地瞄了屋内的人一眼。

时夏刚要跨出门口，突然背后传来吐血的声音。她回头一看，只见笪源的嘴角挂着一丝血迹，床案上出现了一片血迹！

"笪源！"时夏吓了一跳，立马折了回去。

他体内好不容易修复的经脉又有断裂的迹象，她立马盘腿坐在他身后，对济空道："你先去，我一会儿就过来。"

济空皱了皱眉，总觉得哪里不对劲，仔细看了看笪源苍白的脸色，只好转身下山了。直到济空御剑离开峰顶，笪源才满意地闭上眼睛。


时夏看着床榻，顺手捏了个去尘诀，问道："好点儿了没？"

笪源睁开眼睛看向她，缓缓点头："无妨。"

瞅了瞅他仍旧苍白的脸色，时夏下意识地掏了掏储物袋，找了半天才掏出一个新鲜的莲蓬，问道："要不吃几颗莲子补补？"

笪源一愣，问："净生莲子？！"

"嗯，在潜龙渊里采的，不知道对你有没有用。"

他闻言眼睛亮了，看了她一会儿才沉声道："传闻净生莲只长于极净之地，千年发芽，万年生根，百万年开花，千万年结子，再万年成熟。其莲生佛性，乃传说中的佛门至宝。"

"这么稀罕？"她催促道，"那你赶紧吃，铁定有用。"

他的眼里隐隐闪着柔光。他伸手把莲蓬往她那边推了推道："夏夏，我的身体已无大碍。"东西虽好，但他不是佛修，吃了也浪费。不过他好开心，妹妹关心他！

"你且……"他刚想拒绝，突然一个火红的身影从时夏的身后蹿了出来。

405

两只小手直接搭在他正欲推拒的手上，一双泛着金光的眼睛直勾勾地盯着那个莲蓬。

时夏一喜："炎凤，你醒了？！"

"吃……吃……"炎凤的注意力集中在时夏手中的莲蓬上。

眼看炎凤就要够到莲蓬了，笪源突然以迅雷不及掩耳之势抽走了时夏手上的莲蓬，塞进了自己的储物戒指里，临了还瞪了一脸呆滞的炎凤一眼，好像在说：妹妹给我的，小动物走开！

时夏心想：你不是不要吗？

炎凤整整愣了五秒，随后着急地朝笪源叫唤。

笪源完全没有回应。

炎凤像是被惹毛了，长啸一声，身上闪过一阵火焰，瞬间变成了一只被火焰包裹的凤凰，不管不顾地朝笪源扑过去。

"炎凤！"时夏吓了一跳，一把抓住炎凤，"不许胡闹，他有伤。"

炎凤没能挣脱，身上的火焰灭了，叫声都哀怨起来。

时夏对炎凤道："你近期不能吃莲子了。"济空说过，这莲子虽然是好东西，但对于有佛性或是修佛的人来说效用太猛。炎凤之前吃了一颗，便睡了一个多月，吃太多后消化不良怎么办？

炎凤全身的羽毛都垂了下来，一副生无可恋的样子，随后气呼呼地钻进了灵兽袋。

时夏转头看了看笪源，竟然觉得他心情很好，脸色突然好了很多。时夏试探地问："还有哪里不舒服吗？"

"没有。"没人跟我抢妹妹，我舒服！

"经脉呢？还有没有哪里不妥？"

"并无。"没人跟我抢妹妹，我很好！

"丹田呢？"

"无妨。"没人跟我抢妹妹，我一切顺利！

"那看来全好了？"

"嗯。"没人跟我抢妹妹，我太开心了！

"那就好！"时夏松了口气，"我去看姐姐。"说完直接起身往外走去。

笪源：他现在再吐一次血还来得及吗？

时夏最终还是没去找姐姐，因为姐姐自己来了。

姐姐是跟济空一起来的，飞得有些急。

他们一落地，济空就对着时夏大声道："小师叔，我们得赶紧离开这里。"

"又怎么了？"

"戒空来了！"

"戒空！"时夏一愣，"是谁啊？"

济空嘴角一抽，提醒道："我寺戒字辈的大弟子，就是当初在伽蒂寺前指控我残害同门的那个。"

时夏实在想不起来了，换了个思路道："你是说伽蒂寺的人追到这边大陆来了？"

济空掏出一块玉牌说道："这是伽蒂寺外出弟子的名牌，可以感知百里之内同门的位置。"

时夏一看，那玉牌上果然隐隐闪着几个蓝色光点。

"他们应该有四五个人。我感应到了戒空的灵气，他应该离这里很近。"

"他们怎么知道我们在这里？"

"这我也不知道。伽蒂寺向来收徒严格，弟子并不多，像这样一次派出这么多弟子的情况极为少见，兴许不只是为抓我而来。"

"就算不是来抓我们的，也不见得是什么好事。"时夏对那群和尚没什么好感。

"的确如此，而且……"济空紧皱眉头说道，"我感应到戒空的修为好像增长不少，应该是顿悟了。"

"那他现在是什么境界？"

济空摇了摇头道："这我还感觉不出来。"

"出窍期！"笪源突然起身，扫视众人一眼，转头看向窗外，冷冷地道，"前面有四道陌生的灵气，修为最高的是出窍期佛修。"

"什么？人已经到灵乐派了？"济空一惊。

"其他几人……"笪源继续道，"一个大乘，两个度劫。"

他们的战斗力提升得也太快了吧？

"小师叔，怎么办？"

"呃，你说我们现在跑来得及吗？"

他们显然来不及了。门外一名灵乐派弟子恭敬地朝几人行礼，大声道："各位尊上，派中有贵客驾临，掌门请诸位往主峰大殿一叙。"

时夏跟济空商量了一会儿，决定还是直接去前殿探探情况，大不了见势不妙立马逃跑。

至于笪源，时夏决定让他在屋里待着。笪源受了重伤的事不能让对方知道。

对于这样的决定，笪源既没反对也没有同意，只是盯着时夏半晌，直接转身进屋，嗙的一声把门关上了。

时夏深吸一口气，与济空和妞妞一起朝主峰的方向飞去。

屋内的笪源很郁闷，心想：妹妹不肯带我玩，伤心！

时夏这是第二次来灵乐派的主峰大殿了，上一次还是她成为金丹期魁首前来领奖的时候。不知道为何，她总觉得比起上次来，此时的大殿看起来阴暗了不少。

瞅了瞅旁边难得一脸正经的济空，时夏不禁打起了十二分精神，做好了随时开打的准备。他们御剑而下，直接朝大殿门飞去，眼看着就要到门口，刚刚一直耍着小脾气的炎凤突然从灵兽袋里蹿了出来。

炎凤不但没有变回人形，反而跳到时夏的肩上，五爪成钩抓得她肩膀一痛。它全身的羽光根根炸开，连着它头上的本命灵火都蹿了出来，蓝色的火焰顿时盖住了全身，双眼死死地盯着门内，嘴里还发出与以往皆不相同的威胁的声音，像是随时准备出去拼命。

"炎凤！"时夏一惊，还从来没有见过炎凤这么紧张的样子。

"怎么了？"济空和妞妞也停了下来，担心地看向炎凤。

"我也不知道，它突然……"时夏话到一半，耳边传来一个熟悉的声音，只觉得浑身一震。

002：警告！发现入侵者！发现入侵者！

时夏的眼前也出现了一排排醒目的红色字符。

002：警告！发现入侵者！

这是什么情况？！

"姐！姐！"见时夏半天没动，妞妞伸手推了推她。

时夏这才回过神来，眼前的文字也消失了。只是在她视线的右上方仍醒目地挂着一个惊叹号，红得刺目。

"002，你活了？"时夏试着唤了一下系统。自从她在幽冥之海见到老哥后，002就消失了，别说是发布那些奇怪的任务了，就算时夏主动开口，002也完全没有反应。时夏没想到002这会儿突然蹦出来了，连忙问："这个警告是什么意思？谁是入侵者？"

她等了一会儿，脑海中再没有传来其他声音。难道它又死机了？

她连忙掏出老哥的手机看了看，只见屏幕上也只有一个红色的惊叹号。

时夏紧张地收好手机，抬头看了看前方，殿里似乎有些暗。

时夏刚踏出一步，一股阴冷的气息扑面而来，仿佛瞬间能把人吞噬。她心中一慌，猛地往后退了好几步。

"怎么了？"济空疑惑地问道。

"里面……"时夏正要解释，却发现那股阴冷的气息消失了。

难道是幻觉？

"姐，你怎么了？"妞妞回过身来，担心地说道，"要不我们不去了？这些天你一直在帮笪源尊上疗伤，想必灵力损耗极大。"

"那倒没有……"时夏摇了摇头。

"不过……"时夏抬头看了看几十米开外的大殿，有种不祥的预感，觉得还是小心点儿好，"济空，我有个主意……"

408

大殿中坐满了人，不仅有灵乐派的高层领导，还有其他门派的掌门、长老，修为皆是大乘以上。

时夏他们三人刚进门，迎面走来三个白衣修士，齐齐朝时夏行了个礼："见过师叔（太师叔祖）！"

时夏吓了一跳，生生止住了脚步，他们是谁啊？

最前方身材过度丰满的男子侧头往她的身后看了看，问道："师叔，师父怎么没下来？"

师父？时夏一愣，仔细一看领头的胖子，一个名字浮上心头。

"哦……重阳啊！"这不是笪源的胖徒弟吗？

胖子脸色一黑，纠正道："师叔，我叫清茗。"

"差不多啦，不要在意这种细节。"时夏再看清茗身后的两人，不正是当初帮她用五灵术救炎凤的金灵根和土灵根吗？时夏随即热情地挥了挥手道："金兄，土兄，好久不见啊！"

诸正："……"

诸清："……"

时夏："对了，你们怎么来了？"

"当日此处开启的阵法破碎太古虚空，引得四方灵山动荡，潜龙渊也因此崩塌。"清茗解释道，"诸正与诸清本是来调查此事的，却发现了师父的灵气，所以我也随之一块过来了。"谁知道他家师父却在峰上设下阵法，除了时夏、济空以及最先赶到的妞妞几人，其他人都进不去。清茗只好在灵乐派等着。

清茗有些担忧地问："师父他……"

"放心吧，他没事！"时夏拍了拍他的肩膀。

清茗这才松了口气。

"两位尊上来了，有失远迎、有失远迎！"灵乐派掌门玄机迎了出来，一边笑着向他们行礼，一边引着他们往殿内走去，"几位里面请。"

时夏四下看了看，除了灵乐派的几个人穿着统一的服饰外，其他人服饰各异，一看就是从别的地方来的，而且都是生面孔。只是前方正中间站着的一个男子有些眼熟，他旁边站着的居然是莲墨。

见他们进来了，莲墨不客气地瞪了时夏一眼，转而继续跟旁边的人说话。莲墨旁边端正地并排站着四个……杀马特！

这是什么情况？！那四个人跟当时在伽蒂寺前与济空争执的人打扮得一样，裸肩的黑色长袍，胸口有一片古怪的黑色符文，发型是爆炸款，背后还有黑色的条状物。

她不由得起了一身鸡皮疙瘩。

玄机乐呵呵地看向济空，像是完全不知道济空与伽蒂寺的恩怨，道："刚巧天意盟前些日子也来了几位伽蒂寺高僧，想来几位必是同门。此番正巧顾盟主带着几位高僧前来，所以在下特意通知大师过来一见。"

"果然是他们。"济空看了对面一眼，给时夏传音道，"小师叔，我开始了。"

啊？他开始啥？

"大师，不知这四位是您……"

"你们四个！"玄机的话还没说完，济空突然双手叉腰一声暴喝，"你们几个欺师灭祖的玩意儿，看我不把你们打得生活不能自理！"济空说着扬手结印，直接唤出本命佛珠，朝对面四人砸了过去……

济空这一击看着吓人，实际上没使用多少灵力。那边四人只轻轻一挥手捏了个法诀，就把济空的本命佛珠打了回来。离四人最近的莲墨脸色一黑，率先发难："济空，你干什么？"

济空接过佛珠，仍一副气得不行的样子，却没有再次出手，看着四人，咬牙切齿地道："干什么？自然是清理门户！"

"清理门户？"莲墨一愣，回头瞅了瞅四人问道，"此话何意？"

济空颤抖的手指着四人："你……你问他们，他们做过什么自己知道。"说完还冷哼一声转过头，一副看都不想看到那四人的样子。

可是，他一转头就偷偷向时夏传音："小师叔，怎么样，我演得像吧？"

"呃，略显浮夸。"时夏冷冷地道。

没错，这是他们一开始就商量好的对策。这里可不是伽蒂寺，他们与其等着被这群人冤枉，还不如先下手为强。

莲墨脸色一冷，转头看向离自己最近的一个和尚，问："济尘，你来说说，到底发生了什么事？"

时夏这才认出那人居然是济尘。比起上次，济尘的修为貌似又增长了，全身被黑色笼罩，只是以前那悲天悯人的神情不见了，布满了黑色条纹的脸上不见怒气，平静得可怕，就像看不到场中的骚乱一样。

"师父，"济尘转头看向莲墨，语调平缓地道，"我也不知他话中何意，不过济空杀害同门，盗走寺中至宝净生莲，目前已经被逐出伽蒂寺。他才是本寺的叛徒！"

"你……你居然颠倒黑白！"济空立马更加愤怒地道，"我身为伽蒂寺住持，净生莲本就在我的手上，何必去盗？此事明明是你们四人趁我不在，做下恶事，如今居然还反咬一口？"

"你所做之事，伽蒂寺的留音壁上有显示，何必多番狡辩？"

"到底是谁做的恶事，你们心里清楚。伽蒂寺距此何止万里？其间还隔着幻海，你如何乱说都行。"

"此事不是你所为，你又为何出现在这里？"

济空再次冷哼，义正词严地道："若不是怕你们几个叛徒为祸世间，我何苦入世？"说完，他还双手合十，郑重地喊了一句佛号，一副慈悲的样子。

不得不说，济空正经起来还是挺唬人的。众人虽然听得有些晕乎，但看济空一脸气愤，又拼命压住火气的样子，觉得他不像叛徒。反观其他四人，一开始就一副面无表情、有恃无恐的样子，别说是气愤了，连皱眉等表情都没有出现过，平静得有些过头了。

时夏心底划过一丝诡异的感觉，总觉得哪里不对。

"怎么又有残杀同门之事？"莲墨来回看着两人，问，"伽蒂寺到底发生了何事？到底是谁做的？"

"莲墨尊者，"济空没有回答，只是恭敬地行了个礼道，"佛曰，种其因，得其果。济空身为住持，门下之人走入魔道，贫僧难辞其咎。当日之事是何人所为，在下已不想再辩，但今日誓必捉拿孽障。是善是恶，无论因果，贫僧一力承担。"

说着他又掏出那串佛珠，大有不顾一切，坚决跟恶势力斗争到底的样子。他明明没有争辩一句，却又句句在说对方就是叛徒。时夏不禁有些佩服。

果然，莲墨看向济尘的眼神瞬间就带上了点儿怀疑，皱了皱眉，义正词严地道："你放心，若济尘真的做了什么恶事，我必不会姑息。但现在事情还不清楚……"

"那啥……莲墨尊者，"时夏忍不住上前，添了一把火，"你可知当初我们为何要去找你？又是因何一定要冒险入潜龙渊？济空又为什么会跟我一块去？如果真像他们说的，是济空残杀同门盗走了净生莲，济空又何必冒着生命危险再进潜龙渊？"

莲墨沉默了一会儿，脸上立马染上怒气，转头看向旁边的人，斥责道："济尘，你居然敢做出此等恶事！"

一时间，众人纷纷退后，与那四人拉开距离。

莲墨被气得不轻，直接扬手一挥，唤出法器，当场就想清理门户。

可那法器还没有碰到济尘，济尘周身突然闪过一道黑光，莲墨的法器居然凭空消失了。

"这怎么可能？！"莲墨一副不可置信的表情，他居然能缴了自己的法器？

反观被孤立的四人，仿佛完全没有发现众人转变了态度，仍整齐地直立着，表情木然，像是被定了身。

这也太淡定了吧？时夏心底那种怪异的感觉更重了。

莲墨一击不中，迅速捏了一个诀，顿时地面金光大盛，一个巨大的卐字法阵浮现，一串串法符从中飘出。上空出现一个半透明金罩，直接朝四人落了下来，想将四人困于阵中。

"尊者，我来助你！"屋内众人也反应过来，纷纷祭出了法宝，争先恐后地想要擒住四人。一时间大殿内飞舞着各式各样的法器，一起朝四人攻去。

原本还一动不动的四人突然双手合十，动作整齐，张口发出一声长音："啊——"

那满屋的法器瞬间消失，就连莲墨布下的那个金色法阵也不见了。

"我……我的法器！"

"这怎么可能？"

"他居然能同时缴了这么多人的法器？！"

众人面面相觑，脸上浮现慌乱之色，更有些人因为祭出的是本命法器而被反噬得吐了血。

"这是什么功法？"济空也没想到对方会这般厉害。

"不！不是功法。"时夏盯着那四个人道，"是他们身上的黑光！"刚刚她看到了，四人身后突然发出一圈黑光，直接把众人的法器吞下去了。

"黑光，什么黑光？"济空一脸茫然。

"就是他们背后的……"时夏话音一顿，"你看不见？！"

济空还未回答，莲墨已经冷哼一声，继续道："哼，阴气如此浓重的功法绝不是佛门心法，看来济空说得没错，你果然做了背叛师门之事。今日我便清理门户。"

莲墨再没保留，直接放出出窍期的威压，原本华美的大殿在她的威压之下轰隆隆地倒了一片，顷刻间变成一堆碎木。莲墨结印唤出武器，打算冲上去。但刚刚还义愤填膺的众派犹豫了，一是打不过，二是清理门户是门派的家务事。

时夏原本也没指望其他人帮忙，先发制人只是为了让莲墨站在他们这边。莲墨是出窍期，加上济空，即便对面有四个人，他们也能赢。

再说之前他们说的话也不全是瞎编的，济空的确没有杀同门弟子，也没有盗净生莲，这事说不定就是济尘做的。只不过济尘明明失去了十世功德，为什么这么快就恢复了修为，还更强了？这点她真的想不通。

"小师叔。"济空回头看了她一眼。

时夏点了点头，唤出灵剑，又看了看也唤出了武器的妞妞，嘱咐道："妞妞，你留在这里！"

妞妞一惊，不情愿地说："姐，我……"

"听话！"时夏打断她的话，随莲墨朝济尘等人冲了过去。

妞妞咬了咬牙，最终还是留在了原地。

即使济空和莲墨联手放出比之前强十倍的法印，济尘他们也没有移动一步，仿佛压根儿不把这些放在眼里。眼看如同主峰大小的法印垂直而下，同样的事发生了。济尘四人仍双手合十，拍了一下，发出同样一声长音："啊——"

那声音如空谷回音一般，瞬间传遍了整个主峰。不知为何，明明只是四人同时发出的，时夏却好像听到了千万道声音，似万鬼齐鸣，令人浑身发抖。那道黑光同一时间从四人的背后发出，法印瞬间被吞没。

济空和莲墨惊呆了。

但那黑光没有消失，反而射向济空和莲墨的方向。

"济空！"时夏手间一转，刚唤出的万千剑阵直接转了个方向，挡在了济空面前，阻止那道黑光把济空也吞了。她原以为自己的灵剑也会像法器一样被黑光吞掉，却听见铛的一声，那黑光居然被她的灵剑挡了回去，猛地缩到了四人背后。

咦，这是啥情况？

时夏来不及细想，侧身一看，却发现一条漆黑如墨的触手正缓缓地朝莲墨伸去，而那条触手正是济尘背后那不断游动的如蛇一般的东西。原来那不是装饰啊？！

莲墨毫无反应，扬着法器想冲过去。

"小心前面！"时夏心里一紧，出声提醒道。但那黑色的触手已经扎进了莲墨的胸口。莲墨身形一顿，胸口的位置顿时出现大片黑色，瞬间蔓延至全身。紧接着，莲墨的胸口生出一条条黑色的藤蔓，朝她的身上缠去。

"这是什么？"莲墨这才发现异样，低头盯着自己的胸口惨叫一声，用力抓下那些藤蔓，却被更多的藤蔓缠住。

顷刻间她半个身子都被藤蔓缠住，脸上也出现了一条条黑色的纹路，形状跟济尘等人脸上的有些相似。

"莲墨！"时夏与济空立马朝她飞了过去，却不知该怎么帮忙。眼看她就要被藤蔓吞噬，突然她的身侧出现一道刺眼的白光，原本缠住她的藤蔓瞬间退了下去，就连胸口那根触手也被逼了出来。她身侧的储物袋里缓缓飞出一朵七彩流转、佛光闪闪的莲花。

这不是在潜龙渊采的净生莲吗？！

"啊……啊……"一阵痛苦的嘶吼声突然传来。

时夏回头一看，只见刚刚还一脸淡定的济尘等人突然像是看到了什么恐怖的东西，抱头怪叫起来。四人的叫声一声比一声凄厉，背后那如蛇一般的触手也疯狂地舞动起来。

"那……那是什么东西？"捡回一条命的莲墨震惊地看向四人。

"你看得见？"

"这……这是人吗？"回答时夏的是济空，他也惊恐地道，"他们四个怎么会变成这样？那黑色的东西到底是什么？"

时夏一震，回头一看，只见旁边围观的人也一副惊恐的表情。明明刚刚只有她看得到，为什么现在大家都看到了，难道是因为净生莲？

"啊……啊……"净生莲的佛光越来越盛，四人的样子也越来越痛苦。众人纷纷白了脸，整个主峰回荡的皆是那古怪的惨叫声。

"吼……"突然那叫声一变，四人身后那一条条如蛇一样的触手突然从几人身上飞出来，朝人群飞去。

时夏的心一下提到了嗓子眼，转头大声提醒道："快跑！"她手间一转，唤回全部灵剑，朝那分离的触手攻去。

众人这才从恐怖的叫声中回过神来，可是已经来不及了，那触手已经飞了过来，瞬间化为千万条，似潮水一般涌了过来。

他们可没有净生莲！

"落星辰。"一道带着寒意的男声响起，万千灵剑如星辰般从天而降，朝着潮水般的触手而去，瞬时触手全部被斩落，片刻便化为黑雾消散于无形。

这剑法……

"夏夏。"熟悉的声音在时夏的身侧响起。

下一刻，时夏的头顶落下一只手，她的发丝瞬间被揉乱。时夏松了口气："笪源。"还好他来得及时，不然他们全得完蛋。

等等！

"那四个人呢？"她回身一看，只见那四个人已经不见了。

"应该逃了。"济空一脸沉重，看了她一眼道，"小师叔，你觉得刚才那四人练的是什么功法？那种气息绝不是佛修能有的，莫非……他们堕入魔道了？"

要知道佛修从一开始修的就是功德、仁心，所以一旦入魔就会修为尽毁，想要重修，必要付出千百倍的代价，所以佛修改魔修几乎是不可能的。

"不是魔修。"笪源肯定地道，"应该说那四人已经不再是修士了。"

"不是修士？啥意思？"时夏有点儿蒙。

笪源转头看向她，皱了皱眉道："我从那四人的身上感觉不到生人的气息。"

这话一出，几人都愣住了。

"不是生人，难道是死人？"莲墨问。

"这不可能！"济空拿出一块玉牌反驳道，"伽蒂寺弟子的名牌上皆封存有本人的一缕生魂，魂散牌毁。我的名牌能感应到他们，就证明他们身上同样有这么一块完好的名牌，而且名牌的主人还活着。那四人如果不是魔修，也绝不会是鬼修。"

只有鬼修身上才会没有生人的气息，除非……

济空一惊，猛地转头问道："难道刚刚那四个人并不是我派弟子，是别人窃取了名牌冒充的？"可那四人明明认识他，而且济尘还认了莲墨这个师父。

笪源没有回答，表情却分外严肃。

时夏觉得脑子里一团乱麻，心里那股不祥的预感越来越强烈。

"先下去吧。"济空指了指下方一片混乱的人群道，"我觉得今日那四人来此，目的可能不仅是抓我。"

时夏点了点头，四人这才一起飞回了人群。

经此一事，刚刚还一团和气的众人现在已经吵翻了天。

"顾盟主，这到底是怎么回事？你得给我们一个交代。"

"顾盟主，我派好意邀请天意盟前来，为何你带四个……"

"那样阴寒的气息，定是魔修，难道天意盟已经与魔修为伍了？"

"人是你们带来的，天意盟必须给个说法。"

"……"

"各位道友少安毋躁！"东道主玄机的声音传了过来，吵闹不休的众人这才停了下来。

"顾盟主……"玄机朝着中间的人行了个礼问道，"我知此事你也始料未及，但那四人那般模样，必不是正道修士。人是盟主带来的，还望盟主详细交代这四人的底细。"

玄机这话一出，众人纷纷点头。

时夏跟旁边几人对视一眼，加快脚步走了过去。

她这才看到被团团围在中间的人，这一看心却猛地一沉。

只见中间站着一个中年男子，青色长衫，一脸正气，的确是那个她有过一面之缘的天意盟顾盟主，一切好像都很正常。唯一不正常的是他的脑后正缓缓地飘出一根触手，而且正慢慢地伸向灵乐派掌门玄机的右手。

"小心！"时夏一急，直接朝两人放了一个风系法术。

两人正拱手行礼，毫无防备，没来得及放下手的玄机直接就被扇了出去，嘭的一声砸在大殿那扇巨大的铜门上。

众人还来不及同情玄机，就听见时夏喊道："快走开！他跟那四个人是一样的。"

语音刚落，刚刚还围得密密实实的众人瞬间退后，还有人惊恐地御剑飞远了。

几乎是在众人退开的瞬间，顾盟主脑后的触手疯长，层层缠住了他那张自始至终都没表情的脸，大片黑气从他的身上散发出来，和之前的四人一样，只是并没有那么浓郁。

"济空，莲墨！"时夏转头唤道。

两人已经拿着净生莲朝顾盟主砸了过去。

一时间七彩的莲光大盛，瞬间把那黑气驱散了。那凄厉得无法形容的惨叫声再次传了出来。这个声音持续了半分钟才消失，黑气也随之消散。

场中咚的一声倒下一具尸体。

"解决了？"济空收回净生莲，看了看眼前的尸体道，"没想到这人也是……咦？"他话到一半又停住，上前几步道，"怎么会没有头？"

"我看看！"时夏立马快步走了过去，果然地上只有一具无头尸。她突然想起顾盟主只有头后有一只触手，黑气比较弱，而之前的四人却满身都是黑色的。顾盟主像是……还没成熟？

还有，无论是那四个人还是顾盟主，神情都平静得惊人，就好像……没有任何感情！

"唉，没想到顾盟主也练了这种魔功！"玄机终于爬了回来，看了地上的无头尸一眼，摇头叹息一声，一脸惋惜。

"这真的是天意盟盟主吗？"

415

"当然。"玄机肯定地说道。

时夏皱了皱眉。

"小师叔，你是不是发现了什么？"济空问道。

"我还不确定。"她摇了摇头，继续问道："玄掌门，顾盟主有没有可能被夺舍？"

玄机摇头道："他的修为没变。夺舍之人神魂不稳，就算成功修为也会降低，所以他不可能被夺舍。"

那就是说这是本人，那济空刚才提出的假扮的说法就不成立。难道这世上真有这么奇怪的功法？

可"入侵者"又是什么意思？002不会无缘无故发出这种警告。

"刚刚多谢尊者相救之恩。"玄机一脸感激。

"别客气，就当我交房租了吧。"毕竟我在这里住了这么久。

"呃……"

"对了，你的手没事吧？"她瞅了瞅他的右手，之前那黑色的触手已经缠到他手上了。

"尊者放心，只是血气有些受阻而已。"玄机单手捏了个法诀往右手拂去，似想治疗手臂，却突然一愣，"咦？！"

他脸色一变，手上的动作顿时急切起来，又捏了好几遍法诀，垂着的右手仍旧没有反应。他不由得惊呼："这怎么可能？！"

他又试了好几次，右手依旧没有反应。济空和莲墨见状，也忍不住出手了。但不知为何，明明是最简单的治愈法术，几人都试过了，却半点儿效果都没有。

"我……我的手！"玄机一脸慌乱。

时夏也一脸蒙。

笪源上前一步直接扣住了玄机的脉门，探了一丝灵气进去，突然皱起眉头，念了一句法咒才松开了手。

"他的魂体被撕裂了，丢了一部分。"

"魂体？"济空惊呼，"魂体可是灵魂！"灵魂少了一部分，难怪他的手治不好。

笪源转头看向地上的尸首，再次念了个法咒，扬手一挥，顿时一个半透明的影子从尸身上飘了出来，只是那影子只有四肢没有头，不一会儿就消散了。

"这是顾盟主的魂魄？"玄机一脸震惊。

"没有头，这怎么可能？"济空的神色更凝重了，"人死后魂归冥界，就算身体再怎么惨烈，魂魄也应该是完整的。"

"难道……"莲墨也猜测道，"刚刚那黑气连灵魂也可以切割不成？"

"不。"笪源紧皱眉头道，"不是切割，是吞噬。"

吞噬！

时夏只觉得脑海中叮的一声，瞬间明白了002说的"入侵者"是什么意思。

这原来就是一场仙侠版的《异形》啊！

真正的凶手应该就是附在济尘等人身上的黑色的东西。她并不知道那是什么，但那些东西可以寄居在人身上，看样子还能得到对方的记忆与修为，继续扮演对方。最要命的是，它们以灵魂为食物，所以刚刚玄机才被碰了一下，手就没了。那东西还可以感染其他人，她记得上次在伽蒂寺外看到济尘的时候，只有他一个人是那样的，现在却已经有四个了。

难怪伽蒂寺的净生莲会丢失，这对异形来说是克星的东西，肯定要提前毁了！

而002之所以会提示"入侵"也是这个意思。这种吞噬灵魂的东西要是继续存在于这个世上，可能用不了多久，整个世界就会完了！

时夏心里一紧，立马把自己的猜测跟济空他们都说了。几人听完，脸色顿时变了。玄机把刚刚跑掉的各派掌门、长老们叫了回来，将时夏刚刚的话又说了一遍。

大家的脸色都很难看，紧张、担忧、恐惧、质疑，各种表情都有。一时间现场诡异地安静。

过了一会儿才有一个掌门模样的人站出来说道："照上师所言，这世上没有别的方法可以辨别出这些……这些异形？而且只有佛门至宝净生莲可以对付他们？"

济空点了点头道："现在看来，是这样的。"

"这可怎么办？"众人急了，"我等不是佛修，就算这世上净生莲随处可见，也不能使用！而且……要是不止那四个人被附身怎么办？"

"是啊！一旦被这东西附身，连最亲近的人都分不出真假，要是……"他话说到一半，突然顿住了，脸色瞬间惨白，"糟了！天意盟！"

众人脸色瞬间变了，顿时反应过来。

济空直接高声道："去天意盟！"

在场的修士纷纷御器朝天意盟的方向飞去。时夏立马跟上。

她不敢想天意盟现在的情形，只是催动灵剑飞得更快，那东西可是吃灵魂的，希望赶得及！

她越想越急，有些不知所措。以前那些任务，她就算失败了，大不了让自己遭殃。但这回她要是处理不好，可能这个世界就完了。更关键的是，她还没找到那个不省心的哥哥呢！

突然她的手一紧，一股暖意顺着手心传了过来。她转头一看，只见笪源突然飞到了她的身侧，没有转头，却紧紧地握着她的手。她的心忽然安定下来，心里暖暖的。她张了张口，想说点儿什么，半天才挤出一句话："亲，你知道并行也算交通违章吗？"

"……"

# 第十八章　妹妹的"异形"大战

大家急急忙忙赶到天意盟准备打一场硬仗，却扑了空。

整个天意盟一个人都没有，就连飞禽走兽之类的也没有，安静得没有一丝生气。

"这……这到底是怎么回事？怎么会一个人都没有？"

"就算天意盟全派迁居也不可能不留下一点儿痕迹，连传送法阵都未见到。"

"天意盟可有几千弟子，这些人到底去哪里了？"

大家的脸色沉了下来。他们一方面担心那些失踪的人，一方面担心那恐怖的魔物。

时夏也蒙了。她正想着，济空的身上突然发出一道白光，幻化成一只白色的鸟儿飞了出来，绕着他飞了一圈，立马又消失了。

"不好！"济空脸色一变，神情从未如此难看过。

"怎么回事？"她问道。

"是护山大阵！"他扬手唤出了本命法器，回答道，"就在刚刚，伽蒂寺的护山大阵开启了。"

"护山大阵？"时夏一愣，"什么意思？"护山大阵不是每个门派都有吗？他为什么这么着急？

"小师叔，伽蒂寺的护山大阵与其他门派的不同，是当初师父布下的，与人无害，但跟幽冥之海的天渊封印是一样的，只有特定的人才能触发！"

"你是说……济尘他们回了伽蒂寺？"

"嗯。"

"走！"时夏直接御剑朝伽蒂寺飞去。

在场的众人交换了一下眼神，纷纷跟了上去。

由于幻海恢复了正常，海上没有了阻挡人的罡风，众人飞得很快，不到两个时辰就赶到了伽蒂寺，却被眼前的一幕震住了。

这里正是她上次看到的那处寺庙，但与上次佛光满天的景象不同，此时的伽蒂寺正隐于一片黑气之中，阵阵阴寒之气从里面散发出来，百里之外都能感觉到。

好在那些黑气全被锁在一个巨大的透明的封印里，那封印几乎盖住了方圆上百里的地方，高得直入云霄，但即使这样，里面的黑气仍层层叠叠、浓郁如墨，还时不时有一根根如触手一般的黑色物体撞击着那封印，发出一阵阵撞击声和凄厉刺耳的惨叫声。

叮！

002："系统升级成功！"

突然她的耳边传来一阵熟悉的提示音。

002："事态紧急，强制任务发布：驱逐非法入侵者！"

002："任务时限，五小时！"

002："倒计时进行中！"

这突然蹦出来的任务是怎么回事？时夏内视后发现，本来飘满了图标的识海只留下一个巨大的红色倒计时，时间正一分一秒地过去。

"002，这到底是怎么回事？什么叫强制任务？002……"

可是无论她怎么在识海里呼叫，002都没有任何回应。她连忙掏出老哥的手机，手机居然黑屏了，她按开机键也没有反应。

这是什么情况？

"这……这里面全都是会附身的魔物！"有人认出那撞击着封印的触手，惊呼道。

众人脸色一白，纷纷往后退了好几步。

"快看，里面有人！"一个修士指向封印内的一处。

仔细一看，里面果然还有不少人影，只是那些人似乎没了意识，如游魂一样四处游走着。

"赵真人，启长老……那是天意盟的人！"有人认出了里面的人，想进去救人。

"等等！"时夏一把拉住对方，提醒道，"他们被控制了！"

众人脚下一顿，连忙退了回来。

"这可怎么办？"玄机苦着脸道，"魔物是找到了，可这么多，怎么办？"

"是啊，我等不是佛修，也不知该如何对付这东西！"又一位长老道。

"就算有净生莲，数量如此之众，也是……杯水车薪。"

"这封印不知能撑多久，要是里面的魔物全跑出来，怕是……"

他没有说下去，但众人的脸上都露出几分惊恐之色。

一个掌门心生退意："此事……关系重大，我看……还是从长计议！"

话音一落，除了仙剑门的几人外，众人纷纷点头道："对，还是找到应对方法了

419

再来。"

"没错，回去再说。"

眼看这群人就要被吓回去，时夏正想阻止，一个满含嘲讽之意的声音响起："荒唐！"

她回头一看，说话的人居然是一路都没有开口的妞妞。

妞妞上前一步，冷冷地扫了众人一眼，怒气冲冲地道："回去？你们的脑袋被门挤了吗？"

呃，妞妞有点儿暴躁。

"你们是不是瞎？难道看不出来这封印根本支撑不了多久，不出三个时辰便会被冲破？到时这些噬魂的怪物跑出去，遍布天下，你们能躲到哪里去？"

"……"

"大家也明白数量了，这可是灭世浩劫。"

"可是我们不是佛修，又没有净生莲，根本对付不了！"有人小声反驳道。

妞妞冷笑一声，嘲讽地说道："我看你不但没有净生莲，还连种都没有吧？"

"你……"那人气得涨红了脸。

"废话少说！"妞妞直接道，"是男人就跟这些魔物拼了！"

时夏默默地抹了把汗。其他人沉默了，脸上隐隐出现羞愧之色。

半盏茶的工夫后……

"夏贤侄说得对！"玄机第一个回应道，"哪有遇难而退的道理？"

"没错。"又有人响应道，"大不了跟这些魔物拼了！左右都是个死，还不如拼一拼。"

"没错，拼了！我留下。"

"我也留下。"

众人激动起来，战意十足。

玄机示意大家安静，朝济空行了个礼，道："上师，为今之计，先要想个退敌之法，选出个牵头之人。"

可能因为一路上都是济空带的路，众人隐隐有以他为首的趋势，问道："不知上师可有什么良策？我等定马首是瞻。"

济空为难地摇了摇头，净生莲一共才四个，他一时间还真想不出什么好办法。

玄机又看向众人问："各位道友可有办法？"

大家纷纷低下了头。

眼看士气又低落下去，时夏忍不住道："那个，我觉得吧……"

"好！"她话还没说完，玄机激动地道，"就交给尊上了，但凭吩咐！"

全场其他人顿时齐刷刷地朝时夏看了过来。

时夏心想：我没说要带队啊！济空到底怎么回事？

时夏抬头看了看封印内满满的黑气，又想想识海里那越来越逼近零的倒计时。她有预感，要是这倒计时归零了，会发生她不能承受的事，于是不得不咬牙，默默地担起了这个重任。

"来，我们商量一下。"她向众人招了招手，看向旁边的师侄道："济空，你刚才说这个封印跟当初幽冥之海的天渊封印是一样的是吧？"

济空点了点头道："当初师父的确是这样说的。我也不知他为何要在寺中布这么个大阵。"

济空虽不知道，但时夏猜得到。这估计也是系统发布的任务，也就是说系统早就料到会有这种情况发生。

时夏现在终于明白幽冥之海里封印的是什么了。当初在上古之地，老哥跟她通话时，一再强调让她千万别去幽冥之海，想必他面对的就是这些东西。他怕她受伤所以才临时改变主意，拒绝她去找他，而他一定也想到了解决方法，甚至笪源刺的那一剑，也是他计划中的一环。现在出现在伽蒂寺的这些所谓"入侵者"，应该跟老哥在幽冥之海里封印的是同一种东西。

"我记得你当初说过，这种封印每千年要修复一次是吗？"她继续问道。

"是的。"虽然不明白她为什么这么问，济空还是回答道，"天渊封印比这个更广，遍布整个幽冥之海，每千年灵力衰竭之时便需往阵眼输入大量灵气持续阵法，此事仙剑门的道友尤其是笪源天尊最清楚。"

仙剑门的众人点了点头。

一个人灵力有限，以往天渊之日，仙剑门的人都会一起去封印。

"小师叔，你不会是想加强这个封印，防止里面的东西冲出来吧？"

"嗯。"她的确有这个想法。

"这恐怕……很难！"济空指了指一片漆黑的伽蒂寺，沉声道，"幽冥之海的封印是将魔物封印在阵法里面，这里的明显已经跑出来了，所以现在的阵法只能暂时锁住这些东西，而且封印的阵眼在寺的正中央。"也就是说他们要加强阵法就必须先冲进去，"而且施术的同时不能被打扰，阵法需要的灵力很大，就算成功了，怕是……"

技术难度太大，他们就算进去了也有可能出不来。

"要是不需要出来呢？"

"啊？"这是啥意思？

时夏笑了笑道："你跟莲墨一共有四朵净生莲是吧？你匀一朵给我，我进去转一转！"

济空、莲墨同时一愣，紧接着眼睛同时一亮。他们异口同声地道："环灵阵！"

"嗯！"这是时夏唯一熟练且知道怎么用的阵法。

环灵阵虽然是个鸡肋的阵法，唯一的作用只是让灵气在阵中循环往复、生生不息。

但有了净生莲就不一样了。如果他们把净生莲放在封印的阵眼上，然后将灵气导入封印之中，灵气或多或少会带上些佛光。这时济空他们在外面同样用净生莲布下环灵阵，两个阵法的佛光会相互呼应，自然会顺着封印法阵遍布每一个角落，循环往复且生生不息，到时大家自然可以大摇大摆地走出来。

济空把这个办法一说，众人原本面无表情的脸上终于有了些生气。

"既然如此，那就按尊上说的办！"玄机当即道。

"等等！"莲墨皱着眉头，担忧地道，"这个办法虽然可行，但是要想摆这么大的环灵阵，最少也要三个人合力。可这里能控制净生莲的人……"只有两个！

时夏心一沉，竟然忘了这回事，怎么办？

"我来！"时夏身侧的人上前一步道，"我可以用净生莲布环灵阵。"

"姐姐？"时夏吓了一跳，忙问道，"你能使用净生莲？"

"嗯。"她点了点头，"姐，你放心！我最近学了一些佛法，布个环灵阵应该没问题。"

佛法？时夏嘴角一抽，转头盯着济空，想问他偷偷对姐姐做了什么。

济空一愣，冲她一笑："就……教了一点点……真的，我保证！"

他当初看姐姐急着提升实力，怕她走火入魔，所以自作主张地教了她一些佛门功法，以便让她静心。

时夏再次瞪了他一眼，一巴掌拍到他的肩上，说："虽然我一直不看好你们，但这回……你干得好！"

济空一愣，顿时开心了。

"那就这么决定了。"时夏直接拍板，"济空、莲墨、姐姐，你们三个在外面布阵。其他人跟我冲进去，给阵眼注入灵力。"

"我……我等全要进去吗？"人群中立即有人变了脸色，迟疑地说道。

一位掌门模样的老者上前一步，道："尊上，老朽有句话不知当讲不当讲。"

"不知道就不要讲！"

时夏直接打断他的话，他们再犹豫下去，好不容易鼓足的士气估计又要低落下去了。

"出发！"她接了济空递过来的净生莲，转身朝封印的方向冲了过去。


时夏没走多远，眼前猛地一黑，一股阴寒之气从四面八方涌了过来，一个劲地往骨头缝里钻，冷得她不禁一抖。下一刻，她手间一暖，一股暖流从手心蔓延开来，瞬间驱散了那股寒意。一个身着白衣的身影出现在她的身侧，这个人正是笪源。

时夏抬头瞅了瞅他，道："谢了。"

他没有回答，只是习惯性地摸了摸她的头，眉眼弯了弯，眼里透出柔和的光。

紧接着，其他人也冲了进来。

那股黑气似乎察觉到了这边的动向，顿时大片触手状的物体朝人群拥了过来。

众人纷纷唤出法器，时夏也唤出灵剑准备冲上去。

旁边的人却拉了她一下，把她护在身后，自己上前一步，单手结印，周身立即出现一个阵法。他扬手一挥手中纯白如雪的剑，顿时一条龙自剑中幻化而出。巨龙长啸一声，朝那黑色触手攻去，顿时扫出一条干净的通道。

随后，他转身朝她伸出手道："走！"

时夏一把拉住他的手，朝后面的人喊了一句，就朝着这条暂时清出来的道御剑飞去。众人立马跟了上来。

但周围的黑气实在太多，那一条条黑色的触手也无所不在。而且除了净生莲，其他法术攻击好像对它们没有任何作用。它们顶多被暂时打散，下一秒又会恢复并再次攻击时夏他们。

还时不时有被控制的天意盟弟子攻击过来，这些弟子虽然没有被完全控制，但使用的法术也是货真价实的。时夏他们并不占优势，只能勉强应付。

笪源一直守着时夏，那些黑气还没到她身边就被打散了，时夏因此十分清闲，只负责处理漏网之鱼。

龙啸之声再次响起，笪源拉着时夏继续往里冲。

时夏抬头看了看身边的人，终于忍不住叫了一声："后池。"

原本站得笔直的人脚下一歪，差点儿从剑上掉下去，好不容易才稳住身形。他不敢回头，身体僵硬得跟雕塑一样，良久才忐忑地低声道："夏夏……"

"你是什么时候想起来的？"

"一……个月前。"

"你的伤呢？"

"全好了。"

"哦。"一个月前，正是她反反复复帮他修复那些损毁的经脉的时候。而且每次她想处理别的事时，他的经脉就出问题。她还觉得奇怪，他的修为这么高，怎么会有这么脆弱的经脉？原来这人是故意的！

她深吸一口气，压下想揍人的念头。

"夏夏。"他的声音更低了，"我……"

"闭嘴！"她直接瞪了他一眼，"回头再收拾你！"

后池心想：妹妹好像真的生气了，怎么办？

四周的黑气又聚集起来，他们的速度自然也慢了下来。他们距离阵眼越近，那些黑气和触手就越多。他们原本还可以御剑飞行，之后只能步行，甚至有人一时不慎受了伤。终于，前方的黑气多得他们根本无法前进了，后池放出的剑气也没法再驱散这么浓的黑雾。她用神识探了探，阵眼离这里还有百米左右。

现场时不时传来有人被黑色触手击中后惨叫的声音。

"用灵气护住全身，特别是头。"她急忙提醒道。头是命魂所在，只要命魂在，就算灵魂不完整，也不至于魂飞魄散。众人立即照做。

如果他们硬拼过去，不可能没有伤亡。时夏有些着急，不知道该怎么办。

就在这时，原本躲在灵兽袋里的炎凤钻了出来。它好像刚睡醒，揉揉眼睛，朝时夏伸出两只小手，可怜兮兮地冲她叫了一声："爹爹，抱抱！"

时夏心想：你把前面两个字吞回去！

炎凤好像这才看清周围的情况，愣了一下，眉头一皱，突然发出像是威胁的低吼声。炎凤像是看到了什么让它痛恨的东西，身上火光一闪，顿时变回鸟的样子，羽毛根根竖起，直接从灵兽袋里飞了出来。

"炎凤！"

时夏来不及阻止，炎凤已经冲了出去，身形瞬间变大，不一会儿变成了一只巨大的凤凰，全身布满红色的火光，长啸一声冲向那黑气。

顿时一片红艳如血的火焰以燎原之势从它飞过的地方燃起。时夏心里有些慌，却见满天黑气一碰到炎凤的火焰就立刻退开了，连原本只能被打散的触手也被火焰烧得发出一阵阵惨叫声，听起来十分瘆人。

"凤……凤凰。"其他人蒙了，这可是上古神兽！

倒是仙剑门的几个人很淡定，因为早就见过了。

"这火……红莲业火！"清茗惊呼道。

红莲业火跟净生莲一样是传说中的东西，只是业火焚尽一切罪孽，而净生莲则净化一切。

时夏没想到红莲业火跟净生莲都能克制这黑气，当即决定回去后给炎凤多准备几袋瓜子。

"走！"后池提醒道。

众人这才回过神。路已经清出来了，他们立马往阵眼的方向飞去。

不远处的地上亮着一个法阵，只是那法阵像是被什么破坏了，白色的光有些昏暗。

时夏抬头看了一眼还在天上愤怒地飞着的炎凤，大声道："炎凤，绕着阵眼飞！"

炎凤长啸一声，显然是听到了她的话，改变方向绕着阵眼飞了起来。顿时一圈圈火浪在阵眼四周燃起，瞬间隔出一个安全区。时夏取出净生莲，放在阵眼之上。

莲花刚落地，原本快要破损的阵法顿时一亮，恢复成灵力十足的样子。

"好了。"她转头看了一眼众人道，"接下来把灵气注入阵法。"

众人点了点头，虽然个个神情疲惫，有的甚至在中途就受了伤，但再没有人多说什么，纷纷在阵眼四周坐下，顺着法阵毫无保留地把自己的灵气输进去。大家都拼了！

时夏抬起头，有些担心地看了一眼空中的火凤。虽然红莲业火可以克制这些黑气，但炎凤毕竟是一只没成年的小凤凰，也不知道能撑多久。

一只手突然落在她的头上，后池淡定地道："我去，你放心。"

她心里一慌，不由得一把拉住他的袖子："哥……"

"夏夏，"他突然低下头，缓缓凑近，重重地抵上了她的额头，直直地看着她道，"相信哥哥。"

他温柔的气息直接打在她的脸上，时夏瞬间蒙了。看着近在咫尺、一张一合的唇瓣，她只觉得脑海里嗡的一声，某些刻意忽略的记忆突然闪现出来，脸顿时红了起来。过了好一会儿她才想起他贴得太近了，一把推开他："说……说话就说话，贴那么近干吗？去吧！我恩准了，赶紧去！"

后池被她推得后退一步，有些委屈地看着她。

她顿时觉得脸更红了，催促道："还愣着干吗？快去啊！再不走我踹你。"

后池这才御剑飞了起来。

时夏深吸一口气，压下心底那咕噜咕噜像冒泡泡一样涌上来的不明情绪。

嗯……潜龙渊里的那个吻并不能说明什么，小时候她也经常被老哥亲。后池跟老哥一样。她和后池只是纯洁的兄妹关系，绝对是这样的！

她忘掉那突然冒出来的不明情绪，伸手捏碎手中的传音符，通知外面的三人可以布阵了。之后她直接盘腿坐下，将全身的灵气传入净生莲中。

没错，是净生莲而不是阵法。净生莲虽然在阵眼上，但也只能使阵眼周围的灵气染上佛光。要想让所有传入阵中的灵气都带上佛光，只能让灵气从莲中走过，再传入阵法。

净生莲没有任何属性，注定了不能与任何单一灵气相融。而佛修修的并不是灵气，而是功德，所以只有佛修才能驱动净生莲。但净生莲不能与单一属性的灵气相融，不代表不能与全属性的灵气相融。

她灵根特殊，算是全属性的光灵根，虽然净生莲不能为她所用，但也不会拒绝她的灵气。她要做的就是把佛光从净生莲里引出来，然后把阵中的灵气转换成跟她一样的光属性灵气。这样佛光自然会顺着同样的灵气走向整个阵法。这是个大工程。

她沉心驱使灵气从净生莲中传入阵法，再缠绕上阵中其他人的灵气，将其慢慢地转化成光属性。佛光也顺势而入，不一会儿阵眼周围的阵法光芒大盛，原本白色的阵法瞬间变成了金色的，一串串法符飘了起来。原本方圆只有四五米范围的阵法开始慢慢向外扩张。

"有效果，有效果了！"众人顿时一片喜色，输入灵气时更卖力了。

同一时间，在外面布阵的三个人也结阵完毕，三道金光从封印外破空而入，直接连接到了阵心的净生莲上。第二个环灵阵正式激活，阵内的灵气带着佛光开始循环往复。

地上的金光更盛，直接形成一个圆形的光柱，瞬间把众人头顶那片浓郁的黑气驱散，似乎在黑夜里生生撕开了一道口子。

突然，声声凄厉的惨叫声响起，像是万鬼齐鸣，尖锐得直接刺入大脑。众人一时不察，当即有人神魂不稳，张口吐出血来，刚刚扩大的阵法瞬间缩小了半寸。

眼看阵法就要维持不住，几柄灵剑突然从天而降，直接落在众人周围。剑鸣破空之声暂时压住了那凄厉的惨叫声。

后池出现在上空，结了一个印，一剑斩落一团攻上来的黑气，厉声道："我暂时封闭你们的五识。"说完四周的灵剑开始绕着众人旋转起来。

下一刻，四周声音全消。众人这才松了一口气，继续传输灵气，时夏也忙着转换阵中的灵气。

终于，阵法从炎凤的保护圈往外蔓延，向四周扩展，佛光的光柱也进一步扩大。

四周的黑气开始慢慢地消散，那些黑色的触手也在接触到佛光的第一时间消失。

阵法里的佛光越来越多，四周明亮的地界越来越大，她不需要再转换灵气，灵气就可以自动染上佛光了。

炎凤体力不支，飞了回来，自己爬进了灵兽袋。阵法扩大后，后池也回到时夏身边，与众人一起输送灵气。

时夏感觉体内的灵气支撑不了多久了，其他修士也差不多，皆一脸被吸干的颓废样。只有后池还在源源不断地输送着灵气。即便是这样，也没有人收手，差一点儿……只要让佛光布满整个伽蒂寺，他们就赢了！

眼看胜利在望，突然，一座佛塔里散发出大量黑气，一道诡异的声音传了出来，直接把他们周围封闭五识的阵法震破了。那声音似哀似怨，一时低沉如飞机的轰鸣声，一时又尖锐得似刺耳的刹车声，而且直击灵魂，让人不由得从心底生出一股凉意。一条巨大的黑色触手如蛇一样紧紧地缠上了那座黑色的佛塔。

002："发现母系王者，请立即消灭目标，阻止入侵！请立即消灭目标，阻止入侵！"

消灭目标？那条加长加大的如异形一般的触手？

002："请立即消灭目标！请立即消灭目标！"

你在开玩笑吧？别说这阵法不能停下，而且你要对付它，也给个方案！

002："五秒内不到达目的地，将启动惩罚机制！"

等等，系统啥时候出了惩罚机制？

"五、四、三、二、一！"

"002！你疯……啊……"她还没来得及问，一道电流突然从识海里传了出来，瞬间传遍四肢百骸。一股无法言喻的疼痛感传了过来，疼得她直接滚到了地上。

"夏夏！"后池一惊，扶起时夏，习惯性地扣住她的脉门一探，脸色顿时变了，"你的识海……"他居然从未发觉她的识海里藏着别的东西。他眉头一皱，立马捏诀想要封住她识海中的东西。

可他的灵气还未来得及探入，时夏好不容易缓解的电击之痛却再次传来。

"停！"时夏使出最后一丝力气拉住后池，指着前方的高塔道，"带我去塔里，立刻！马上！"

后池没有迟疑，抱起时夏直接御剑飞向那座高塔。

从发布那个关于入侵者的任务开始，002就有点儿奇怪。她之前没时间细想，这会儿倒是隐隐猜出发生了什么。

她记得002发布任务时曾经提过一句"融合"之类的话，若时夏猜得没错，002应该是跟什么东西融合了，而且很可能是跟她捡到的老哥的手机融合了。二者融合后，老哥的手机便再也开不了机了。至于它们融合后变成了什么，时夏有个想法。现在的002这干脆利落、不容反驳的做派，真的有些像系统，那个带她穿越到这里的系统！

他们接近佛塔后，那股电击感果然慢慢消失了，她总算缓了一口气。这时，她的识海中出现了一幅佛塔的全貌图，其中塔底的一处亮着一个红点，红点的上方飘着一圈惊叹号，想来那就是所谓的目的地，也是那个王者所在的位置。

后池飞到了塔附近，还未来得及进去，那条原本缠在塔上的巨大的黑色触手就转头朝他们扑了过来，像是要阻止他们进去一样。

"滚开！"后池脸色一冷。

他一扬剑，瞬间空气寸寸结冰。他们眼前出现一座巨大的冰山，直接把那黑色触手冻住了，冰内甚至有条条冰凌往中间刺去。

时夏刚松了口气，下一刻却见那巨大的黑色触手从冰川中游了出来，像完全没有受到阻碍一样朝他们攻击过来。

"法术对它无效？！"时夏心里一沉，之前还可以用法术打散那些触手，现在居然不行？

后池只好带她躲开。可接下来，无论他们是用法术还是用剑术攻击，都没有任何效果。周围的庙宇都被击倒一片了，这个黑色触手却毫发无损。

时夏抬头看了看身后的高塔，决定暂时不管了，直接道："哥，从下面直接进塔。"

后池点点头，身形一闪，抱着她飞向塔底的入口。

那巨大的黑色触手突然低吼一声，似乎极为愤怒，直接追着他们飞了过来。时夏感觉到身后越来越近的阴寒之气，咬了咬牙，拍拍身侧的灵兽袋，直接发动契约之力，低声道："炎凤，抱歉，还要再辛苦你一下。"

瞬间一道火光从灵兽袋里冲出来。一声凤啼后，炎凤再次化成巨大的火凤，用锋利的爪子直接抓住那黑色触手，与之缠斗起来。

果然只有净生莲和红莲业火可以对付这些怪物。

"夏夏？"后池握了握她的手。

时夏深吸一口气，又看了炎凤一眼道："走。"

他们以最快的速度飞到塔内。炎凤已经陷入苦战，时夏现在唯一能做的，就是尽快把系统说的那个东西找出来。

踏入门内的一瞬间，她只觉得眼前一暗，外面所有的声音都被隔绝开来，里面安静得有些诡异。与外面看到的佛塔不同，塔内是另一番景象，并没有蜿蜒向上的楼梯，只有一条条光线昏暗的走廊，直接向四面八方延伸，每一条路的两侧都立着数不清的佛像。

不知道是不是心理作用，即使有这么多佛像，她仍觉得这里不像庄严肃穆的佛堂，更像是阴曹地府，十分诡异、阴森。

"那条路。"她指了指右侧的一条通道，拉着后池冲了过去。

他们一路畅通无阻，那阴寒入骨的气息也消失无踪。他们来到一扇巨大的石门面前，门上雕刻着两尊佛像，宝相庄严。时夏却心里发寒，没来由地生出一股恐惧感，仿佛下一刻那门后就会飞出什么万分恐怖的东西。

"夏夏？夏夏！"后池握了握她的手。

时夏一愣，这才反应过来，指着那门道："在里面……这门里面的就是让伽蒂寺变成现在这样的东西！"

后池眉头一皱，把她拉到身后，嘱咐道："小心，跟紧我！"

他刚要结印打开这扇门，突然一道男声从旁边传来。

"什么人？竟敢擅闯禁地！"门侧亮光一闪，一个熟悉的人出现在他们眼前。

"龙傲天？！"时夏一惊。

"顺风恩人！"他也一愣，"你……你怎么会在这里？"

"这正是我想问的。你没事吧？"她发现他身上并没有任何黑气，看来灵魂没有被吞噬。

"我？"他似乎不明白她为什么这么问，又突然想起了什么，有些严肃地道，"恩人，这里是我伽蒂寺的禁地，请不要随意靠近，还是快些离开吧！"

"禁地？"时夏皱了皱眉道，"你知不知道里面是什么？"

"恩人莫不是想……进去？"他不认同地看向她道，"此乃我寺禁地，我不知道恩人来此有何要事，但贫僧职责在身，在此护卫，不能让任何人进入。"

"龙傲天，我没时间跟你解释。"时夏直接向前道，"这事很复杂，等解决了里面的麻烦，我再跟你细说。"

"不行！"他再次拦住她，一副六亲不认的样子，"我是伽蒂寺弟子，必须守寺中的规矩，恩人请不要让我为难。"

"你知不知道？伽蒂寺早就完了！"

"恩人何出此言？"他一脸疑惑地问道。

"你到底多久没出去了？如果你现在再拦着我，不单是伽蒂寺，连这个世间都会完的。"

"恩人莫要胡说。"他一脸质疑，长叹一声道，"当初在幻海时，家师是有错，但你也坏了他的修行，正所谓祸不及无辜，你又何必将我寺牵连其中？"

"你以为我是为报私仇在骗你？"时夏简直不敢相信这是他说出的话。

"阿弥陀佛！"他没有否认，只是喊了一声佛号。

时夏顿时心凉了半截，觉得自己已经不认识他了。她没想到一个人居然可以变得这么彻底。

"我不想跟你废话，让开！"时夏这回是真的动怒了，直接唤出灵剑指向对方。

"阿弥陀佛。"他依旧挡在前面，"施主请回。"

"我再说一次，让开！"

"施主请回！"

"你别以为我不敢揍你！"

"施主……哎呀！"

他话还没说完，突然被人揍得飞了出去，直接砸在旁边的石壁上。咔嚓几声，墙面爬上一层寒冰，瞬间将龙傲天冻在墙上。

时夏吓了一跳，回头一看，只见后池正放下结印的手，冷冷地吐出两个字："啰唆！"

后池收回视线，低头看向时夏。

时夏立马举手道："我懂！下回能动手，绝不废话。"

他眼神变得温柔，伸手满意地揉了揉她的头。

时夏转头盯着那扇门，试了试居然推不开，但门上又没有任何阵法。她有些着急，正打算捏个火球术直接将门砸开，后池却突然结了一个印。他的手上顿时出现一个金色的卐字法符。

"这不是佛修的法印吗？"她一愣，后池什么时候修佛了？

这话一出口，后池的脸似乎抽动了一下，过了一会儿他才低声道："见魔傻用过，就会了。"

"我老哥？"

"嗯。"

后池手间一转，那个卐字法符加快速度朝门飞了过去。

轰隆一声，原本纹丝不动的石门居然晃动了一下，慢慢往两侧移开。就在时夏觉得门会这样慢慢移开的时候，后池捏诀的手一阵变幻，下一刻，轰隆一声巨响，石门被轰得粉碎，尘土飞扬。

"我改进了一下。"后池的声音再次传来，语气自豪。

吃了一嘴灰的时夏很是无语，心想：你开门的方式能不能简单点？

那阵尘土扬起来不到两秒，下一刻铺天盖地的黑气带着阴寒之气就从门内冲了出来。原本就昏暗的地界更加暗了。

429

受黑气的影响，原本困住龙傲天的冰慢慢融化。

"这……这怎么可能？！"龙傲天一副难以置信的样子，看着那片黑气，"佛门圣地……这里面怎么可能有……？"

时夏懒得理他，与后池对视一眼，直接飞到门内。

四周的黑气更浓了，她只能加快速度往地图标识的方向前进。直到飞到离目标十几米远的地方，她才看清里面的景象，不禁呼吸一顿，倒吸一口凉气。

那到底是什么玩意儿？

只见地上跪了一圈光头，有上百个之多，正是伽蒂寺的众人。与外面那些没有意识的天意盟众人不同，这些和尚明显完全被吞噬了，黑色的触手覆盖了全身。要不是因为看见了僧袍，时夏还真认不出这些是伽蒂寺的和尚。难怪之前外面全是天意盟的人，伽蒂寺的和尚却没几个，原来都在这里。想必除了看门的龙傲天，全寺的人都被感染了。

但恐怖的并不是这些和尚。

只见在众人上方，空中撕开了一道五六米长的口子，一只黑乎乎的巨大的像是头颅一般的东西正从里面奋力往外钻。那东西浑身漆黑，上面长着一双双白色的珠子，像眼睛一样滴溜溜地转着，每转一次就有黑色的如黏液一般的东西从里面掉落。那黏液一落地就像活了一样蠕动起来，熟悉的刺耳声传来，片刻里面就爬出一条黑色的触手，游向最近的人。

母系王者！

她终于明白系统说的是什么意思了。空中这个恶心的东西就是这些异形的"王后"，那些如触手一样的怪物都是它生的。它不知为何被卡在中间那个裂缝中了，不能离开。要是它完全跑出来，那些黑色的触手估计会遍布天下。

似乎发现了他们，"王后"开始发出诡异的吼叫声，所有的"眼睛"都疯狂地转动起来。而原本跪在地上的和尚们似乎听到了什么指令，全都转身朝他们扑来。

后池再次捏了一个卍字法诀，朝那些人打了过去。

"待在这儿，别动！"他只来得及交代了一句，就身形一闪，化作一道流光飞了过去，而那些和尚也追了上去。一时间整个空间都是轰隆隆的打斗声，还有各种诡异、刺耳的怪叫声。

时夏紧张地抬头看着被满天黑气追着的后池，急得团团转，偏偏从进来开始，识海里就没消停过。

"请消灭目标！"

同样的五个字像刷屏一样占满了整个识海，眼前也出现了好几个红色的箭头，直指那个"王后"。

时夏想骂人！

她当然知道这个目标必须消灭，但完全没有办法啊！她既不像济空可以催动净生莲；也不像后池，看老哥用几次就会了佛法；更不像炎凤天生就是火凤，吃颗莲子就能放出红莲业火……

等等！炎凤！

她怎么忘了这个？她灵机一动，抬头朝在空中缠斗的后池喊道："哥！把这里所有地方全部结上冰，越厚越好。"

后池听后一顿，先是一个法诀打散扑上来的触手，没有迟疑，随后直接结印。一个巨大的白色阵法顿时出现在上空，白色的雾气铺天盖地而来，气温骤降。

一层层冰很快出现在时夏脚下，托着她整个人往上升，直接上升了五六米。

"可以了！"她大喊一声，让后池停下。接着她调动灵气，将灵气转换成纯正的水灵气后一掌打在厚厚的冰层上。转瞬之间，冰层化为水，除了封住入口的冰川外，整个空间变成了一个巨大的水池。

成了！

时夏一喜，取下腰间的储物袋，直接倒过来往四周一撒。里面的东西全被倒了出来，掉入水底。接着她双手结印，一瞬间将所有灵气释放出来……

作为一个修士，还是一个号称度劫期的高阶修士，时夏不得不承认自己穷得叮当响，只有一把破灵剑当法器。所以她的储物袋里其实只有两样东西，一个是灵石，另一个就是给炎凤准备的零食——莲子。

直到此刻时夏才想起来，莲子不仅是零食，还是净生莲的种子！

她将木灵气传入水底，一时间掉落水底的灵石纷纷变成了绿色。不一会儿整个水池的木灵气浓郁得似要溢出来，而原本只是漂在水面上的莲子开始晃动起来，慢慢生根发芽、开枝散叶。片刻后，整个水面就漂浮着绿油油的莲叶，甚至有一根根绿色的秆从水里伸出来，冒出一个个含苞待放的七彩花骨朵儿。

"王后"似乎明白她要干什么，突然猛烈地挣扎起来，想从那个裂缝钻出去，再次发出一阵阵怪叫。

它这一吼，原本追着后池的人立马转换目标，掉头朝水面上的时夏飞了过来。

"夏夏！"

时夏疾速催动体内的灵气以及水底的灵石，在心里默默叨着：快点儿开花，快点儿开花！

后池手里的法诀不停，但他一时也难以突出重围赶到她身边。就在那黑色的气息快喷到时夏的脸上时，终于，水上的莲花开了。

一片金色的佛光直冲云霄，瞬间把那铺天盖地而来的黑气驱散，就连佛塔也被冲破了，直接向四周扩散而去。

尖锐刺耳的惨叫声不断响起，最终消失在大片的金光之中。

时夏深吸一口气，刚想放松，系统的声音再次传来。

002："请攻击目标！"

她猛地转头，看到被卡在裂隙中的"王后"不知什么时候从缝里挤了出来，到了时夏的头顶。"王后"满是白色眼睛的头从中间裂开，露出长着排排往里延伸的尖牙的大口，朝着她扑了过来。

"请攻击目标！请攻击目标！"

废话，她也知道要攻击啊，关键人家连净生莲都不怕，她拿什么攻击啊？

她身上只有一部手机了，难道要拿手机砸它吗？

她一咬牙，直接将手里的手机朝那巨嘴扔了过去，随后沿着未化的冰层狂奔。

她原以为没什么用，谁知身后传来刺耳的惨叫声。接着，整个塔都摇晃起来，四周开始断裂倒塌。后池赶到了，一把抱起她飞到空中，躲开了砸下的碎石。

她回头一看，只见"王后"正痛苦地在水面上扑腾着，水花溅得很高。那满是眼睛的头上出现了一个如黑洞一样的东西，正不断地旋转，像吸盘一样把"王后"往里吸。"王后"的身体越来越小，片刻后，与那道裂缝一起消失在空中。

时夏惊呆了，原来手机真的能当武器使啊？！

002："入侵者驱逐成功！"

"总算结束了。"时夏长舒一口气，一直紧绷的神经总算松了下来，整个人忍不住瘫了下去。

"夏夏，"后池伸手扶住她，"先出去，这里要塌了。"

时夏干脆转身抱住他的腰，道："帮个忙，我腿……腿软！"

她不是不想走，而是已经站不起来了。


塔完全塌了，佛光却没有消失，而是疾速朝四面八方扩散，甚至超越了原本环灵阵的范围，转瞬间遍布方圆上百里。四周的黑气全消，一时间佛光满天。原本苦苦支撑着阵法的众人纷纷松了口气，不由得抬头看着天上的奇景。

这满天的金色佛光持续了半刻钟才消失。这是时夏用木灵气强行催生的净生莲，不是真正的净生莲，能持续这么长时间已经很不容易了。

佛光一消失，塔下满池的莲花就化为星星点点的流光消散了。

"炎凤！"从塌陷的佛塔废墟里飞出来后，时夏立马寻找起炎凤。

"叽叽！"一只巨大的火凤正停在不远处的巨石上，听到时夏的声音，扇扇翅膀回了一声。它看起来有些疲惫，身上的火光都暗了几分，但好在没有受伤。那只巨大的黑色怪物也不见了，想来已经被佛光驱散了。

时夏松了口气，赶紧往那边飞去。炎凤身上火光一闪，巨大的身形缩小，瞬间变回了那个白白胖胖的娃娃，有气无力地朝她扬了扬小手，身子朝前扑了过去。

时夏吓了一跳，在它脸着地的前一刻接了个满怀。她正想察看一下，怀里却传来呼噜声，炎凤睡着了。时夏想了想，还是没有把它放回灵兽袋，直接将它抱在怀里，随后跟后池走向人群。

见他们过来，众人只是点头笑了笑，没有说客套话，全都忙着大喘气。

"姐！"在外布阵的妞妞也随济空、莲墨赶了过来，"姐，你没事吧？"

济空和妞妞担心地看向时夏，就连一向自负的莲墨也皱眉看了看众人。

"没事。"时夏想拍胸，想起自己怀里还有个娃，于是改拍它的屁股道，"我是你姐，妥妥的！"

"咦，这是谁？"济空疑惑地看向时夏怀里的娃，伸出手，想捏捏炎凤的脸。

济空还没碰到炎凤，身侧的白影一闪，硬生生地挤到了两人之间，扬手啪的一下把济空的手打了下去，然后冷冷地盯着济空。

济空被打得一愣，来回看着时夏跟后池，突然猛地睁大眼，难以置信地道："不是吧，小师叔，我就离开了一会儿，你跟他连娃都有了？！"他一副"我怎么向师父交代"的崩溃模样。

时夏嘴角一抽，抬腿就朝他踹了过去："这是炎凤！"

济空捂着被踹中的肚子后退了一步，这才认出那的确是小凤凰。他长舒一口气，感叹还好！还好！

过了一会儿，济空又想起时夏之前拼命帮笪源疗伤的事，觉得有必要提醒她人心有多险恶，于是重重地咳了一声道："小师叔，师侄有句话，不知道当讲不当讲？"

时夏："有屁就放。"

济空正欲开口，天际突然响起阵阵梵音。时夏心里一紧，又出啥事了？

那声音十分奇特，似唱似吟，带着满满的慈悲之意，没来由地让人心生敬畏。下一刻，三道金光从天而降，直接笼罩在时夏面前的三人身上。

妞妞、济空、莲墨全身都沐浴在这片金光之中。

"这是……"济空突然一脸惊喜地道，"功德金光！小师叔，这是功德金光！我的修为……"

他的话还没说完，时夏就感觉周围的灵气有了波动。三个被罩在金光中的人修为暴增，妞妞的修为更是从大乘期到度劫期，再到出窍期、飞升期，还在不断提升。

佛修修的是功德，而这金光是……救世功德！

有了这天大的功德，片刻之间，三人的修为直线上升到了最高级，升到再无上升的余地。

"天门开了。"莲墨突然道。

三人似有所感，皆抬头往天上看去。

下一刻，原本蔚蓝的天空中出现一个圆圈，那圈缓缓扩大，里面白茫茫一片。一股天地之威朝众人压下来，原本抬头看着的众人纷纷支撑不住，跪了下去。

一时间霞光满天，百鸟齐鸣，之前变成一片废墟的伽蒂寺转瞬春回大地，开了一

433

地的鲜花。

"这是天门，飞升的天门！"人群中有人惊呼道。这三人是要直接飞升啊？

这话一出，原本已经累瘫的众人异常兴奋，立马盘腿坐下调息，感受着那门内透出的丝丝天道之意。

而三个被功德之光笼罩的人像受到牵引一样，缓缓往上升。

"姐！"姐姐一脸慌乱，伸手就想抓住时夏，却无法抵御不断上升的牵引之力。

"放心上去吧！"时夏给了她一个大大的笑脸，挥了挥手道，"恭喜你飞升成仙了。"

"可是……"她眉头紧皱，有些犹豫，仍旧朝时夏伸出手。

"别担心，姐姐会努力上去找你的。"

姐姐的脸色这才好了一些。她紧紧地握了握时夏的手，然后慢慢松开。


"小师叔，小师叔……"济空叫魂似的插了进来，一脸郑重地交代道，"我要走了，别忘了找师父！你一定要找到他啊！"

"这还用你说？"时夏回了他一个白眼。

"师叔，帮我告诉师父，我永远是他的徒弟！"

"嗯。"

"我不在，小师叔你一个人要好好的。"

"知道了。"你不在，我很安全。

"我会在天上看着你的！"

这话听起来有些瘆人。

"世道险恶，你要小心旁人，特别是……某些人！"

"啊？"你说谁？

"师叔……"他吸了吸鼻子，委屈地道，"我好舍不得你。"

"你可以滚了！"你还有完没完？

"还有最后一件事，如果找到师父，请帮我……"

"阉了他！"

时夏一愣，这发展不对啊！她抬头一看，这才发现最后那句话是莲墨接的。

莲墨好像这才想起什么，一脸愤恨地瞪着时夏道："我想起来了，姓时的，老娘还没找你算账呢！你跟时冬那个浑蛋到底怎么回事？你给我说清楚！"

后面的话时夏已经听不到了，因为时间到了。三人直接没入天门，彻底消失在空中。

天门彻底关闭，那个白色的圆圈像从来没出现过一样。

不得不说，这三个人的运气太好了，特别是姐姐。姐姐其实不能算佛修，只是跟济空学了一些佛法，再加上之前使用了净生莲，生了佛性，所以才跟着其他两人直接飞升了。这毕竟是救世功德啊！

至于其他人，她回头看了看坐了一地的众人。他们抬头看着天空，既崇敬又羡慕，恨不得把自己的头发剃光了改修佛。时夏深深地叹了口气，觉得确实有点儿不公平。

她正这么想着，晴朗的天空突然下起了雨，雨水之中还有点点光斑。四周的灵气越发浓郁。

"这莫非是……灵雨？"突然有人惊呼道。

"这怎么可能？灵雨不是传说中的东西吗？"众人一愣，忘了要防护，被这突如其来的雨淋湿了全身。

"传说灵雨可消除心魔，治愈世间所有伤痛，减少修行的屏障，也不知道……"

"啊！我的手……"一个中年修行者突然扬起自己的右手，惊喜地大声道，"我的手可以动了，刚刚还没有任何反应……"

"我……我的腿也好了！"

"我也是！"

刚刚被黑气所伤的人纷纷惊喜地发现，他们原以为再也不可能好的伤这会儿奇迹般地好了。

"咦，天意盟的人醒了！"

黑气被驱散后，摆脱控制倒了一地的人这会儿居然有了反应。他们慢慢地爬了起来，皆一脸茫然，似乎不知道发生了什么。而这场突如其来的雨也如来时一样瞬间停了。

只是这场灵雨的效果却不仅如此。

"大家有没有觉得修行好像提升了？这是错觉吗？"

"不是错觉，我也是，好像提升了一个大境界。"

"天哪！我的修为已经五百年没有进步了，没想到……"

"这果然是灵雨！大家快打坐，稳固境界！"

除了那些刚苏醒的天意盟和伽蒂寺的弟子，所有闯进来的人的修为都增长了，而且增长了一大截，就连时夏都隐隐感觉要突破出窍期了。

她不禁心神一松，感叹天道还是公平的。这场灵雨估计就是天道对大家的奖励和补偿吧！

等等！天道？如果说这场灵雨是天道对大家的奖励，那么逼迫她救世的系统又是什么？

她觉得心一凉，不由得有了一种不可思议的猜想，一种深深的恐惧感从心底生出。

"夏夏……"后池叫了她一声，声音有些压抑。

时夏一愣，回过神来却发现他正一脸苍白地看着她，似乎在极力压制着什么。

她连忙走过去，问道："你怎么了？别吓我！"

后池看了她一眼道："来不及了。"

"什么？"

她还没明白，天际突然再次投下一束白光，天音缭绕，霞光满天，关上的天门再次打开，这回牵引之光笼罩在后池的身上。

她这才后知后觉地想起，大家都因灵雨提升了修为，而后池的修为是——飞升期！

"哥！"时夏急了，条件反射地抓住了后池的手，正想说什么，那接引之光突然从他的身上传了过来。一股暖意传遍她全身，她只觉得身体一轻，嗖的一下，两人以迅雷不及掩耳之势飞上天空，钻入天门。

天门迅速关上了！

下一刻她的耳边传来一道男声："总算上来了，恭喜仙友得道升天。仙友请随……咦，怎么多了两个？"

这个人一身白衣，年纪不大，浑身仙气四溢，正一脸呆滞地看着时夏。

时夏被盯得发毛，忍不住打了个招呼："你好！"

那个白衣青年一愣，这才回过神来。他看了看时夏，又看了看她手里抱着的娃，叹了口气，语重心长地对后池道："唉，这位仙友既已得道，就该抛开前尘俗事，一心向道。仙凡有别，飞升时是不能带家属的！"

时夏心想：难道我是个偷渡的？

后池心想：家属，妹妹？！仙界的人就是有眼光！

"这位姑娘……提前升仙，并不是什么好事啊！"那个青年继续劝道。

"那啥……这位仙长，"时夏上前一步解释道，"我也不想的。但我刚好站在他旁边，不知道怎么就被光给拉上来了。要不我再下去一趟？"

"这怎么可能？"青年认真地摇头道，"牵引之光从来没有接错过人，天门也不会让未突破飞升期的人通过，就算匆忙点儿也……"

他话说到一半又停住了，脸色一白，随后重重地咳了一声道："喀……也罢，既然人都已经上来了，就……暂且算你是成功飞升的吧！"

这变得也太快了吧？

"喀喀……忘了告诉你们，我是此处的接引地仙青筑。"青筑正色，一脸严肃地道，"仙界诸事我一会儿再细说给你们听，你们刚刚上来，先随我去洗灵池，洗去你们身上的凡尘污秽吧！"

那人说完转身往一条铺满银白色石子的路上走去，脚步急切，似乎不愿在此处多待一秒。

时夏看了看四周，却没有看到先上来的姐姐等人，难道他们已经被接走了？

"怎么还不动？快点儿！"见他们没跟上，青筑回头催促道。

时夏与后池对视一眼，这才跟了上去。

她四下一打量，这里是一片竹林，四周都是密密麻麻的竹子，只是那竹子不是绿色的，而是金黄色的，还微微发着光。

"到了。"青筑指了指前面的法阵道，"过了法阵就是洗灵池，快进去吧。"

他单手结了个仙印，正要启动法阵，突然天际传来一声巨响，整个地面都跟着晃了一下。她转身一看，只见右边突然亮起一道红光，那刺眼的红色生生把眼前一片金色竹子的光彩都压了下去。

"不好，已经开了。快走！"青筑脸色一变，直接一手一个把他们拉进阵中。

时夏一愣，还没弄清是什么情况，下一刻眼前一晃，已经换了一番天地。只见前方出现一排楼宇，虽然没那么恢宏霸气，但四周仙气缭绕、彩霞满天，还有两三只仙鹤悠闲地散着步，看起来挺有仙境的感觉。

青筑呼出一口气，一副劫后余生的样子，原本严肃的神情也缓和了不少。

看他这么紧张，时夏不禁问："仙长，不知刚刚那光是……？"

青筑愣了一瞬，立马扯出一个笑容道："只是有人在附近斗法，你们不用在意。"

他假咳了几声，明显不想聊这个，转移话题道："此地就是引仙殿，所有飞升成仙之人都需在此停留一段时间。"

她仔细一看，的确在中间那座最高的楼上看到了"引仙"两个字。

青筑带他们走入中间那栋楼，转了几圈才停在一个水汽弥漫的地方。

"两位仙友，此乃洗灵池。"他指着中间的水池道，"想必两位已经注意到了，上界之后体内的灵气不能调用，而且不能承受仙气。洗灵池之水可以洗净凡胎，重塑仙身。准确地说，只有入过洗灵池，才算是真正成仙。"

这水这么神奇？难怪他要先带他们来这里！

"仙友现在就下去吧。"青筑转头看向后池道，"待重塑仙身后，我再跟二位说说仙界的情况。"

时夏正要仔细看看这个神奇的池子，青筑却伸手拦住她道："姑娘请留步！姑娘的修为未突破飞升期，不能承受这洗灵池的仙气，擅自接触怕会经脉尽断。"

时夏立马把腿收了回来。

"姑娘放心，引仙殿与下界不同，在此修行没有屏障。"他继续道，"待过一阵子，姑娘可以直接突破飞升期，之后就能进入池中重塑仙身了。"

"我明白了，谢谢。"时夏点了点头，朝后池挥了挥手道，"那我在外面等你。"

后池皱了皱眉，没有说话，只是直直地看着她，全身都在说着不愿意。

时夏嘴角一抽，不得不加了一句："放心，我在外面等你，不会乱跑的！"

"真的，我没骗你。

"我没想偷偷去找老哥。

"你是，你是！你是我哥，行了吧？"

后池听完，这才满意地转身走向水池。

437

# 第十九章　妹妹的仙界之旅

　　"青筑仙长。"走出洗灵池的阁楼，时夏忍不住打听起姐姐他们的情况，"请问近日飞升的人中，你有没有看到一男两女，男的是个光头？"

　　青筑摇了摇头，笑道："升仙之道向来艰难，这几百年间我也就接到你们，未曾见其他人上界。"

　　"咦？"这不可能啊！

　　"照姑娘描述的，你那几位朋友可是佛修？"

　　"没错，的确是佛修。"

　　"如此……估计他们是被接到了别的升仙台。"

　　"别的？"

　　青筑点了点头，开始向她普及仙界的基础知识。

　　原来跟修仙界一样，仙界也是分势力范围、职位高低的。总的来说，整个仙界分为东、南、西、北四大区域。每个区域都有一位仙尊坐镇管理，而每个区域的天规都不相同。四个区域的仙民基本互不往来。

　　升仙后大家同样需要修炼，只是境界不同，刚升上来的一般是地仙，往上依次是玄仙、金仙、重仙、上仙。只有达到重仙修为的人才能被称为仙尊，而整个仙界达到这个修为的人不足十个，包括魔仙和妖仙。

　　东大陆和西大陆皆是人修成仙，南大陆多是妖仙，而佛修则在天河以外的世外之地。

　　最匪夷所思的是魔仙！是的，魔修也能成仙。

　　魔仙人数最少，多数以杀入道，戾气过重，常隐于极北的冰川之地。但北大陆是仙界所有仙人都不敢轻易进入的地界，因为人家的坐镇仙尊是四个大陆中修为最高的那个。

时夏和后池飞升上来的升仙台位于南大陆的边界，与东大陆相邻。升仙台意义特殊，并不属于任何一个大陆。整个仙界一共有三个升仙台，一个在这里，一个在极北之地的北大陆，另一个在天外的佛修之地。

青筑说，姐姐他们估计已经去佛修的地盘了。

"青筑仙长，你是说每个人资质不同，在洗灵池待的时间也不同是吧？"

"没错。"

"短则两三个时辰，长则四五个时辰？"

"的确如此。"

"最长也没有超过一天的？"

"呃，是的！"

"不会有意外？"

"向来如此。"

"你确定？"

"确定……吧！"

"好。"时夏深吸一口气，"那为什么后池进去半个月了还没有出来？"

"这个……"青筑甩了甩手上的拂尘，咳了一声道，"兴许是……后池仙友资质非凡，所以才……久了一点儿。时仙友不必着急，我在引仙楼这么多年，还从未见过洗灵池出差错。"

"当真？"时夏表示怀疑。

"非常确定。"青筑重重地点头。

时夏在这里整整等了半个月。其间，她受此处仙气的影响，修为向前跨了一大截，已经快突破飞升期成为地仙了，眼看着也要进入那个池子了，后池却仍旧没有出来。

见她仍一脸凝重，青筑忍不住劝道："时仙友放心，我这引仙楼素来安全，那洗灵池乃是上古聚仙石打造的，不但能使仙气更加稳固，还有聚灵守神之功效。后池仙友在池中待多久都没问题。"

"这么神奇？"

"那当然。"他一脸自豪，再次甩了甩手中的拂尘道，"莫说洗灵池，就是这引仙楼的一桌一椅、一草一木都大有来头，轻易不可撼动。整个仙界没有比这里更安全的……"

他话还没说完，天际突然传来轰隆一声响，大地都跟着晃动起来。

这是什么情况？时夏吓了一跳，抓住一旁的房柱才站稳，抬头一看，只见不远处的天空出现一片耀眼的红光。四周的仙气波动起来，还隐隐传来地动般的轰鸣声。

"怎么又来了？"青筑稳住身形，皱了皱眉，厌烦地看向那方。

439

"怎么回事？"

"前方边界处有人斗法。"青筑捏了个诀，一甩拂尘，一个半透明的结界顿时亮起，把整个引仙楼护了起来，地动山摇的感觉这才消失。他长叹一声，解释道："南方大陆与东方大陆向来不合。升仙台又位于两方的交界处，所以时常有人一言不合便打起来。"

原来是仙人打架！

"南方大陆多妖仙，而东边皆是修士成仙，双方不合也属正常。"青筑回头看了她一眼，语重心长地道，"仙友将来要是塑了仙身，可千万别往南边去，我等仙修还是去东边更安全。"

时夏点了点头，抬头看了看那越来越亮的红光，担心地道："我们在这里没事吗？"

"仙友放心，此处距离边界几百里，无论他们怎么打，定不会牵连此处。"青筑自信地说道。

"你确定？"

"当然，我可在这儿住了几千年。放心吧！"

"那就好！"时夏松了口气。

下一刻，轰隆隆一阵巨响传来。

"是错觉吗？青筑，我……我怎么感觉那红光朝这边来了？"

"仙友放心，前面是一片仙枫林，他们就算打过来也进不来。"

"当真？"

"放心吧！"

突然，树木全被烧光了。

"仙友放心，这护楼结界是九天玄茗阵，就算是天雷降下也能守住。"

"真的？"

"放心吧！"

然而，哐当一声，结界碎了！

"仙友放心，就算没有结界，这楼是千年紫芯木，绝对……"

啪的一声，一截房梁掉了下来。

"不是说整个仙界没有比这儿更安全的地方吗？现在怎么……咦，人呢？"她抬头一看，"你怎么飞到天上去了？"

"时仙友，我突然想起还有要事要办，咱们有缘再见！"

"等等！"她忍不住大声道，"你走了引仙楼怎么办？洗灵池会被毁掉的。"以后飞升的人还怎么重塑仙身？

青筑一脸不在意地道："那池水就是普通的水，再挖一个池子就是了。"说完就往远处飞去。

普通……池水？那池水只是仙界的常用水？你为什么把我们带到这儿来？

红光蔓延过来，楼阁迅速坍塌。

时夏调动灵气，直接冲进洗灵池去找后池。

"后池，后池！"即使外面乱成那样，后池依旧在入定。

时夏管不了这么多了，用力推了推他："后池，快醒醒！"后池依旧没反应。

她不敢强行把他拽出来，只能用力地摇晃道："快醒醒，后池！"可无论她怎么摇晃，后池连眼皮都没有动一下。


红光追过来了，楼阁成了一片废墟，她都能感觉到那红光中带着杀气。

红光刺啦一声进入池中，整池的水瞬间干涸。

"哥！"她的心提到了嗓子眼。

突然她腰间一紧，下一刻腾空而起。后池终于在最后一刻醒了过来，搂着她往与红光相反的天际飞去。

"吓死老娘了！"时夏紧绷的神经松了下来，她这才察觉全身都是冷汗，四肢都没了力气，便直接瘫在了眼前人的身上。

后池愣了一下，搂在她腰间的手又紧了紧，一路疾飞，直到看不见那红光了，才找了一处草地落下来。他揉了揉她的头，哄道："乖，没事了……"妹妹不怕，哥哥在！

"没事才怪！"时夏推开他，上下扫视他一遍问道，"你怎么入定了那么久？不是说泡一天就行了吗？"

后池不动声色地扣住她的脉门，察看了一会儿才道："之前压制的修为被池水引了出来，所以耗得久了些。"

"压制修为？"时夏一愣，"等等，你是说你早就能飞升了，只是压制了修为才迟迟没有飞升？"

"嗯。"

"对了，你提前出了洗灵池，不会有问题吧？有没有觉得哪里不舒服？"

她越想越担心，忍不住在他身上摸一摸、按一按，仔细察看起来。

"无妨。"后池摇了摇头，也没有反抗，任她检查。

时夏在他身上摸了半晌，越摸越觉得不对劲。她这才发现，后池刚从池子里出来，一直光着膀子，裤子还在滴水。画面顿时就有点儿不可描述了。

她一开始是真的担心，可回过神来时，双手已经按在了人家的胸肌上。他健壮的胸膛上，不知是汗还是水正缓缓地滑落。她的视线不由得追随而去，落到下方那诱人的八块腹肌上、人鱼线上、那条正滴着水的半透明的腰带上。

腰带上是个简单的活结。她不禁咽了咽口水，几乎忍不住要伸出手……

"夏夏，夏夏？！"

441

"我没有想拉开！"时夏反射性地举起双手。

现场安静了三秒。

呃，她好像暴露了什么。

头顶传来轰隆隆的雷声，突然天空暗了下来，乌云密布。

"夏夏，你……"后池沉声道，"要离开雷云的范围。"

"啥？"她有点儿蒙。

"我的雷劫到了。"

雷劫？那不是只有提升大境界才会有的吗？他要升级了？

"那我先走了。"她感觉脸有点儿烫，正打算离开冷静一下，后池却紧紧拉住她的手，眼里充满不舍。

"怎么了？"

后池抬头看了看天空，眉头皱了起来，盯着她严肃地道："你要等哥哥！"

"知道了，不等你等谁？"

他这才放心，捏诀在她周围布下一层结界，过了一会儿才依依不舍地将她推开，嘱咐道："听话，待在原地等我，等会儿哥哥来找你！"

时夏只觉得全身一轻，整个人疾速往后方飞去。她一直退了十几里，停在一个小山坡上。但她身上的结界没有消失，依旧护在她周围。

时夏嘴角一抽，她的信誉有这么差吗？

她抬头一看，这才发现这个雷劫有多吓人。

此时天空一片昏暗，云层间时不时有光闪现，满天都是威压，连空气都分外压抑，仿佛下一刻云层中就会出现什么毁天灭地的东西。

连她都感觉得出来，这次雷劫跟下界以往那些不一样。

不过既然后池还有闲心担心她乱跑，那应该没什么问题。于是她盘腿坐了下来，安心地等着雷劈完。

不知为何，她的脑海里突然浮现刚刚那些暧昧的画面，手指下意识地动了动。她没想到后池看起来冷冰冰的，身材却这么好，要是她刚刚真的拉下了……

她甩了甩头，严肃地批评了自己，这样想不好！她抛开不明的情绪，重新看向那雷云的中心。终于，随着轰隆一声震天巨响，一道粗壮的白光从云层中钻出，朝下方狠狠地劈了下去。她隐隐看着十几里开外的地面白光一闪，一股巨大的冲击力朝四面八方扩散开来。一时间尘土飞扬，方圆几十里的地面瞬间如同被翻过来一样，树木山石都化为灰烬。

时夏这会儿是真的惊呆了。她原本坐在青山绿水之中，眨眼的工夫，除了她周身结界护住的四五米范围外，眼前的一切全化为一片焦土。

她半晌回不过神来，终于明白后池为什么要给她布这么一个结界了。她深吸一口气，乖乖地待在结界里，不敢乱动。

那劫雷劈了一道又一道，每落下一道，四周的地皮就会被刮走一层，周围便更荒芜一分。七十九道劫雷劈下后，时夏松了一口气，还差两道，快结束了。

轰隆！八十道、八十一道……

然后，八十二道，八十三道，八十四道……

"怎么回事？不是只有八十一道吗？为啥还有？难道仙界的规矩与凡间不同？"

"愚蠢！这是第二拨劫雷。"时夏身侧传来一道陌生的男声，听着有些稚嫩。

时夏一惊，起身四下看了看，没有看到任何人影，不由得问："谁？"

"喂，你站起来干吗？小心点儿，别乱动！"那个声音突然恼怒起来，尖声道，"别动，你快踩到我了。"

踩？！她低头一看，只见自己刚刚坐的位置旁边开着一朵小花，五个花瓣，看起来甚是普通。

这是花妖？！

"你能说话？！"

"废话！"那小花歪了歪花枝道，"万物皆有灵，何况这里还是仙界。我能说话有什么好奇怪的？"

时夏好奇地蹲下身子，忍不住戳了戳那花朵。

能说话的花，她还是第一次见。

"你干什么？"那花一惊，花茎往后仰了仰，卷起两片叶子做了个叉腰的姿势，气呼呼地道，"臭流氓，你想对本大爷做什么？"

时夏愣住。

她长这么大，第一次被人骂流氓，心情有点儿微妙。

"你是从哪里冒出来的？"

"哼，我一直都在这里，是你修为太低没察觉。"说着它扬着叶子朝她挥了挥道，"离我远点儿，我可不想染上你的蠢病。"

哟，这花妖还没化形，脾气倒挺大。

时夏直接坐了回去，仔细看了看，却发现它身上没有妖气，不由得问："小花妖，你是什么花？菊花妖？"

"你才是菊花妖，你全家都是菊花妖！本大爷是花仙，你看不出来吗？"

不会化形的花仙，她还真没看出来。

"连仙和妖都分不清，果然是愚蠢的仙修。"那朵花冷哼一声，挺了挺花茎，得意地道，"说出来吓死你，本大爷可是天上地上独此一枝的草木花仙，寒玉王花仙。"

"寒玉王花？"她好像在哪里听过。

"要不是我历劫时出了意外，就凭你这么一个准地仙怎么可能看到本大爷的本体？哼！"

时夏嘴角一抽，懒得跟它计较，指了指还在劈雷的方向道："对了，你刚才说这是第二拨劫雷，是什么意思？仙界的劫雷都有两拨吗？"

"当然不是。"它一脸鄙视地道，"突破大境界需经历雷劫，且的确都是九九之数，但这个历劫之人之前定是压制过自己的修为，所以一次突破了两个大境界，雷劫自然也有两场。"

"你是说，他直接从地仙升到了金仙？"后池的确在下界压制了修为。

"没错。连升两个大境界的确少见，看来那历劫之人还算有点儿本事。"花仙晃了晃头，有些认可地道。

"那当然！"时夏与有荣焉，那可是她哥！

"哼，不过再强也强不过我的主人。"

"你有主人？"反正闲着，时夏忍不住问道。

"当然。"花仙拍了拍花茎，"我主人可是天上地上第一人，三界里响当当的人物，跟你们这些虚伪的仙修不一样。他修为深不可测，在下界时就没人是他的对手，就算是飞升到了仙界，想必也是一样的。"

"你主人不是仙修？"

"当然，他可是高贵的魔仙。"

时夏嘴角一抽，魔仙还真没什么好高贵的。

"主人所到之处，无人敢触其锋芒。"

"这么厉害？"时夏表示怀疑，"那他怎么把你丢在这里？"

小花仙一愣，顿时蔫了："要不是我历劫时被人偷袭，神志受损，主人才不会把我单独留下，种在这里养伤。"准确地来说，要不是刚刚的劫雷，它的神志也没这么快苏醒。

"不过我现在醒了，马上就可以跟我家主人团聚了。"说着它再次看向时夏，道，"喂，仙修，还不快点儿把本大爷挖出来？"

"我？"时夏一愣，"我挖你出来干吗？你不是要养伤吗？"

"我神志已醒，虽然还不能化形，但只要找到我主人，就有办法恢复。"它上下打量了她一眼，朝她挥了挥叶子道，"刚刚的雷劫中，你的结界也算护住了我。我勉强收你做跟班，随我一起去找我主人吧！"

时夏："还真是……谢谢啊！"

"嗯，你谢我是应当的，要知道多少人想见我主人一面还见不……咦，你去哪里？"

"拜拜，我走了！"

"等等，你还没把我挖出来呢！"

"我觉得你还没恢复神志，应该再多种一会儿。"说完，时夏不再理这朵花，直接往后池的方向飞去。劫雷已经劈完了。

"喂，你给我回来！"小花仙急了，叶子摇得哗啦啦作响，"那可是我的主人，你

444

不想见他吗？

"你带我找到主人，他一定会重谢你的。

"他可是魔仙第一人，没人比他更厉害。

"整个北大陆都是我主人的，你不想认识他？

"你真的不想认识魔尊吗？"

时夏离开的脚步一顿，下一刻她如风一般飞了回来，一把握住地上的小花，道："告诉我，你的主人叫什么？"


时夏真的没想到会在这里遇到老哥的寒玉王花，瞬间有种马上要走大运的感觉。看来当初老哥在下界消失后，直接来了仙界。

她迫不及待地想把那朵小花挖出来，去找那不省心的老哥。

只是没想到小小一株花地下的根系居然那么复杂，她足足花了两个时辰，坑都挖了两三米深，还没能把它全须全尾地从土里拔出来。最后还是后池实在看不下去了，捏了个诀连根带土把它拽了出来。

"总算可以动了。"摆脱身下的土地后，寒玉王花甩了甩花根，把残留的土抖了下去，随后扑到时夏的腿上，"小主人辛苦地把我挖出来，寒玉无以为报，只能以身相许。以后我生是你的鲜花，死是你的花肥。"

"好好说话！"

自从它知道了时夏的名字后，就彻底放飞自我了，从之前的傲娇模式切换成现在的不要脸模式。

时夏继续道："还有，放开我的腿。"

"不要，寒玉第一次见到小主人，让我蹭蹭仙气。"

一直站在旁边的后池眉头一皱，上前直接把寒玉从时夏的腿上扒了下来。

"哪来的臭仙修？快放开本大爷！"寒玉这才看向后池，瞬间切换回傲娇模式，拼命挣扎起来，"我警告你，你最好不要碰本大爷，不然……啊！"

它话还没说完，后池一甩手，把它扔回了坑里。

寒玉没站稳，在地上滚成了一个球，顿时怒了："好你个仙修，花大爷不发威，你当我生豆芽呢？老子最讨厌你们这些仙修了。"

它身形一抖，花瓣一亮，化成五瓣灵剑对准了后池。

后池脸色一沉，手间一转，一把白色的灵剑就出现在手上。

眼看一人一花就要打起来了，时夏一把按住蠢蠢欲动的寒玉："行了！说正事，我老哥在哪里？"

时夏一按，寒玉立刻将灵剑变回花瓣，一脸哀怨地道："我也不知道他在哪里啊！"

"……"

自从手机黑屏后，时夏就再也联系不上老哥了。遇见寒玉后，她原以为胜利在望，谁知道这朵不靠谱的花居然也不知道老哥的下落。

"小主人，人家也想赶紧找到主人，可我只是一株未化形的小花妖，还不能依靠契约感应主人的位置。"寒玉往下缩了缩，羞愧地道，"但是……只要他出现在我附近，我一定可以感觉到。"

时夏白了它一眼，无奈地道："算了，这也不能怪你。"她知道老哥在仙界就行。

时夏转头看向后池："哥，我们现在怎么办？"

"寻一处静地。"他沉声道，"你需先稳定境界。"

时夏一愣，这才想起自己的修为已经快突破飞升期了。她也需要找个池子泡一泡，重塑仙身。

"那我们现在去哪里？"她瞅了瞅眼前大片的焦土，为难地道。

"方圆五百里没有完好的地块。"后池一脸平静地道。

时夏嘴角一抽，五百里……刚刚劫雷的波及范围有这么大吗？

"那我们去东边找吧，顺便打听一下老哥的事。"

"东！"寒玉一惊，花枝一下挺得笔直，惊讶地道，"小主人，您去东边那种鬼地方干吗？"

"东边不能去吗？"

"也不是。"寒玉似乎想起了什么，有些厌恶地道，"只是小主人你是仙修，还是女修，没事还是别轻易去东方大陆为好。"

"为啥？"时夏有点儿蒙，"东边不是仙修的地盘吗？比起南边的妖修，我们去东边更安全吧？"

寒玉一副看白痴的神情，说道："小主人，您听谁说东边更安全？"

"青筑，那个接引仙人。"

"接引……"寒玉恍然大悟地道，"小主人，您被那孙子给骗了！"

接着寒玉有些咬牙切齿地解释起来。

原来东边和西边虽然都是仙修的地盘，但二者的差别很大。最基本的区别就是坐镇仙尊，东方大陆的坐镇仙尊虽然是四个坐镇仙尊里修为最低的，但其实是最了不得的，因为他来自一个厉害的下界——斐天界。此界界如其名，灵气充足，每隔几百年就有人飞升上界，比起其他界惨不忍睹的升仙率来说，此界飞升的概率最高。但升仙率高也不一定是好事，优胜劣汰，从其他界升上来的全是修仙界的佼佼者，比起斐天界的，资质、心性自然高多了。所以到了仙界这种统一打回起跑线的地方后，斐天界的人自然走得比其他人艰难，久而久之免不了被人欺负。紧接着人家就选择了抱团，而无极殿的初尚仙尊就是这些人里修为最高的，是他们的核心人物。

别人单打独斗，他们拉帮结派玩群殴。

于是多年下来，无极殿就成了东边的龙头老大，掌控了整个东方大陆。

虽然无极殿扎堆抱团的方式跟其他大陆强者为尊的观念区别大了点儿，但也没啥可吐槽的，关键就是这些从斐天界飞升上来的人有一个让仙界其他人都颇为恶心的陋习。

所谓有利就有弊，斐天界灵气充足、升仙率高，却有一个其他界都没有的弊端——这个下界的女性不能修仙。在斐天界，只有男子有灵根，女子注定是凡人。所以对追求长生的修士来说，女子的地位低到了无法直视的地步。斐天界的修士打心眼里看不起连做炉鼎的资格都没有的女性。这种观念根深蒂固，就算她们飞升到了仙界也不能改变。这就直接导致了进入东方大陆的女仙全都没有好下场。这些女仙被鄙夷、嘲弄还是好的，运气差的估计被人抓了做炉鼎，直到身死道消。

简单来说，东方大陆的仙修全都有性别歧视。所有飞升上来的女仙都不会去东方大陆找死。

时夏听完，只觉得心里泛起一阵寒意，还好没有一头撞进去，不然以她的修为，还不知道怎么死的。

"小主人，那种自称接引仙人的是仙界常见的骗子，专门守在飞升台附近欺骗那些刚飞升的新人。"寒玉继续解释道，"若是资质好的，他们会推荐加入各方势力，这样可以提前结个善缘。资质一般的他们也能骗些法宝，换取仙石。小主人是女仙，那个叫青筑的地仙之所以把你骗过去，估计一开始就打算把小主人卖给东边那些人做炉鼎。"

原来仙界也有人贩子！时夏不禁有些后怕，问："我在那儿住了十几天，为何他一直没有下手？"

"估计是因为南边跟东边打起来了吧！"寒玉猜测道，"南方的仙尊素来看不惯东边那群人，经常跟天极殿的人打起来。青筑估计也不敢在这段时间跑去东方。"

时夏想起了那阵毁了引仙楼的红光……看来青筑是真的打算坑她。

她又想起在池子里泡了十几天都没醒的后池，心里一紧："寒玉，那孙子说仙界的水可以重塑仙身，后池在水里泡了半个月，不会有事吧？"她有些担心。

"这点倒是真的。"寒玉点了点头，"仙界的水的确可以改造仙身。"

时夏松了口气，回头看向后池，确定他身上没有任何毛病后才放心。

"往西边去吧！"后池沉声道，转身拉住她的手，唤出了灵剑。不知道是不是错觉，她总觉得他握得比以往紧了几分。

"现在也只能这样了。"她没细想，顺手捞起寒玉，与后池一起飞向西边。

飞到空中，时夏才知道后池这回的劫雷范围到底有多大，目之所及全是一片焦土，鼻间飘散着的全是煳味，原本茂盛的森林如今连根草都找不到了。

"这雷劈了这么久，也不知道有没有伤到人。"

后池转头看了她一眼道："不会。"

为啥？

"小主人不用担心，"正趴在她衣衫上假装自己是朵印花的寒玉道，"仙界中有灵智的精怪对天雷最为机警，早在劫雷降下之前就躲起来了。"

"躲？"它们能躲到哪里？动物还能跑，那些树精、花妖呢？

"自然是地下。"寒玉用根指了指下方。

时夏仔细一看，果然那些焦土下隐隐有绿意冒出来。

"等这一带的劫雷消失，它们就会长出来了。用不了多久，这里又会是一片密林。"

原来如此，果然是高端大气上档次的仙界。

后池伸手摸了摸她的头，难得认同地点了点头。

"懂了。"时夏放心了，"不过这仙界的劫雷还真吓人，所有神仙度雷劫都这样？还好这附近没人，不然……"

她话还没说完，一道黑影从天而降，砰的一声砸在下方，尘土飞扬……

两人一花沉默了，仿佛听到了打脸的声音。

"救人啊！"时夏拉住后池，一起飞了下去。在那片焦土里扒了一会儿，时夏才把一个全身黑漆漆，明显烤得很酥脆的人挖出来。

时夏伸手探了探对方的鼻息，还好，这人还有气。

"哥。"她回头看向后池。她还不会给人治伤。

后池皱了皱眉，扬手捏了个去尘诀，原本跟黑炭一样的人才变回原本的样子。时夏仔细一看，对方居然是个妹子，肤白如玉，唇红齿白，算得上是个美人。时夏的视线默默地移到对方的胸口处，嗯，胸部比她的还平，那她就放心了。

后池伸手为对方把脉，过了一会儿才道："仙气耗尽而已，无碍。"

时夏顿时松了口气："能救醒吗？"

他点了点头，屈指往女子的眉心一点，输了一丝仙气进去。果然，下一刻女子就有了动静，眼皮动了动，发出一声闷哼，随后醒了过来。

"你是……"

"我是……路过的。"时夏扬手打了个招呼，"刚好看到你掉到地上，你没事吧？"

妹子愣了愣道："是你救了我？"

"呃，算是吧。"

"多谢仙友救命之恩。"她正准备起来，却在看到时夏身后的后池时脸色大变，惊恐地坐了回去，"你……你是谁？你们想干什么？！"

瞧她一副见鬼的样子，时夏有些好奇，这人居然会被后池吓到。

"你别怕，他是我哥。"时夏安抚道。

妹子仍忌惮地看着后池："他……他不是无极殿的人？"妹子往后挪了挪，好像极怕后池会突然出手一样。

"当然不是。"无极殿，这个名字很熟悉，"我们兄妹俩都是刚刚飞升上来的，还未加入任何门派。"

"原来如此。"妹子这才松了口气。

"对了，你怎么会被劫雷劈到？"时夏转移话题，问道。一般人是不会跑到劫雷里的。

妹子一愣，似乎想到了什么，脸色更加惨白，手指死死地抓着身下的衣裙道："其实我是……"

她话还没说完，远处突然传来一阵丁零零的铃声。那声音很特别，并不清脆悦耳，反而有些沉闷。

"有人过来了。"后池沉声道。

"他们是来抓我的。"妹子的脸上瞬间血色尽失，她睁大双眼，泪水一下就流了出来，一把抱住时夏的腿哀求道，"这位姑娘，求你救救我……我不想做炉鼎……求求你救救我！"

"炉鼎？！"时夏一惊。

"他们是无极殿的人，我是被人骗到这里的。求求你……"她咚咚咚地对时夏磕起头来，泪流满面。

铃声越来越近，而且明显是冲着这边来的。虽然不知道对方是什么修为，但他们现在跑是来不及了。

"哥？"时夏一急，只好转头看向后池。

话音刚落，后池挥手布下一个阵法，顿时一道透明的水幕把他们围了起来，是隐蔽的法阵。

时夏立马蹲下身，捂住妹子的嘴，比了一个安静的手势，妹子这才停止哭泣。

下一刻，两道青色的身影出现在前方。那是两个男子，身形都不高，其中一人极瘦，眼窝凹陷，看起来分外刻薄。另一人倒是长着端正的国字脸，身材壮实，眼睛却分外小。他的眼里时不时透出几道精光，破坏了这原本正气的相貌，显得贼眉鼠眼的。两人穿着统一的青衣长衫，领口还绣着八卦的图样，隐隐可以看到袖口有"无极"两个字。

二人一出现，被捂住嘴的妹子就颤抖起来，似乎恐惧到了极点。

时夏这才想起，无极殿不就是寒玉说的那个满门都歧视女性的门派吗？

"怎么可能？我明明感应到那贱人往这个方向来了。"瘦子手里拿着一个铜铃，四下瞅了瞅，一脸怒气。

"师兄，我早说过，你那锁灵咒根本就不管用，你还不信。"小眼睛男子捏了捏小胡子，嘲笑道，"现在连个小小的地仙也能解开了。"

瘦子回头瞪了小眼睛一眼，不满地道："我那锁灵咒一向管用，要不是刚刚这里有人度劫，那贱人借劫雷之力破开了咒语，不然哪有这么容易解开？"

"可那小娘子终究还是逃了。"小眼睛继续嘲讽道。

"哼！她被雷劈中，肯定伤得不轻，想必也跑不了多远。"瘦子冷哼一声，唤出法器朝着别的方向飞去。

小眼睛一看，摇了摇头，嬉笑着跟了上去。

时夏松了口气，放开身边的妹子，正要站起来，后池却一把拉住她，摇了摇头传音道："还在！"

啥？时夏还没反应过来，就见前面身影一闪，那个瘦子和小眼睛又回来了。

原来他们是故意离开的，想诈人出来。

"没在这里？难道我猜错了？"瘦子皱着眉头道。

"看来那小娘子有点儿本事，这都能逃掉。"小眼睛叹了口气道，"罢了，反正只是个地仙，还是先回殿复命吧！"

瘦子点头，两人再度飞走了。

这回总该走了吧？！时夏又蹲了一会儿，想起身，却再次被后池拦住。

后池再次传音："还没走！"

果然不到一刻，那两人再次回到了这里。

时夏无语。

这回两人分头把附近仔仔细细看了一遍，差点儿就碰到他们的阵法。

两人一无所获，对视一眼，瘦子这才咬牙切齿地啐了一口，阴阳怪气地道："那贱人以后别栽到我手里，不然……哼！"

"放心吧师兄。"小眼睛鄙夷地冷笑道，"这边过去就是妖修的地盘，就算她逃出去又如何？那妖王恨死了仙修，她进去还有命回来？"

"若是她去了西边……"瘦子皱了皱眉。

"要去西边也得从我无极殿的地盘上过不是？"小眼睛笑得越发阴险，"到时你回门发个通缉令，只要她还在这东方大陆，我们就不愁抓不到她。"

瘦子有些担心："可她自称是太明派的人，万一……"

"哼！什么太明派？那群窝囊废可不敢拿我们无极殿怎么样！"小眼睛幸灾乐祸地道，"再说，他们自己的麻烦还没解决呢，不是说北边那魔头去那儿闹过一场吗？现在他们自顾不暇，哪有空管这点儿小事？"

瘦子这才放心，与小眼睛一起飞走了。


妹子被吓坏了，那两人走出好远，她才颤颤巍巍地站了起来。兴许是压抑了很久，她拉住时夏，一把鼻涕一把泪地哭诉起来。

妹子说她叫苏沁，前不久才飞升上界。跟他们不同，苏沁运气很好，上界之地刚好在西部大陆的太明派范围内，理所当然地加入了太明派。没想到她入门不久就碰到门派遇袭事件，北边的一个魔头闯入太明派偷走了一件极品仙器，而且太明派掌门受

450

了重伤。一时间整个西部大陆人心惶惶，门下弟子纷纷被派出去打探是否有别的魔仙混进来。

苏沁就是被派出去的一个。由于修为太低，她被派到了东边境，偶然听闻附近确实有魔仙出现的消息，本着新入门想立个大功表现一下的心思，想都没想就追踪到了东部大陆。她没想到那个消息是别人故意放出来的。她才出西部大陆，就被刚刚那个瘦子抓了。那人说要将她带回太极殿，喂食强行增长修为的破灵丹后，作为炉鼎供门下的弟子采补灵气。

时夏越听越愤怒，原以为他们顶多歧视女性，没想到他们是一群人贩子，甚至比人贩子更缺德，因为他们完全没把女人当人。

苏沁说她入东大陆时就被下了锁灵咒，无论逃到哪里都会被发现。她好不容易逃到这里，想着就算死在南部的妖仙手里也比被逼做炉鼎好，却倒霉地遇到有人度劫。她被劈得灵力尽散，虽然借天雷之力意外地破了那锁灵咒，却没了再逃的力气。

"那两人追了我三天三夜，我实在没办法才……他们不会放过我的。这位仙友，我能不能跟你们一起走？我一恢复灵力就会离开，绝不给你们添麻烦！"苏沁说着又流下眼泪，死死地拽着时夏的手。

"没事。"时夏直接把人拉了起来，"正好我们打算去西大陆，跟你顺路。"

"谢谢，谢谢恩人！"苏沁一脸感激，说着又要跪下。

时夏连忙拉住她，说道："举手之劳，不用客气。"

"此地不宜久留。"后池突然出声，扬手唤出灵剑，示意她们离开。

时夏这才反应过来，确实不应该待在这里了，谁知道刚才那两个人会不会再跑回来。

"好，我们走。"时夏回头看了苏沁一眼，苏沁看样子是御不了剑了。于是时夏掏出自己在下界用的小破剑，把苏妹子拉了上来。

时夏拍拍手，正打算御剑，回头却发现后池正冷冷地盯着她脚下的剑。

时夏："怎么了？"这剑有什么问题吗？

他沉默片刻才厉声道："没事！"后池冷冷地瞪了苏沁一眼，突然伸手将时夏衣裙上的寒玉揪了下来。

寒玉当场就怒了："臭仙修，放开你大爷，我是小主子的花……"

后池却直接拿着它转身嗖的一下飞远了。

时夏无言。

"仙友这是……"被瞪了一眼的苏沁忐忑地问道。

"放心吧，他不会走远的。"时夏调动灵力追了上去。

果然，后池正停在不远处，见她跟上才继续御剑向前飞，始终跟她们保持三米左右的距离。不过他一直冷着脸，全身都写着"生人勿近"几个大字。

这是咋了？唉，老哥进入叛逆期怎么办？

半刻钟后，他们终于飞出了劫雷的范围。见后池仍是一副不想说话的样子，时夏只好跟苏沁说话。

　　"对了妹子，你刚才说打伤太明派掌门的是个魔仙？"

　　"没错，听说是从北边过来的。"

　　"西大陆的掌门不都是重仙修为吗？什么魔仙可以打伤掌门？"

　　"话虽如此，但那魔头可不是普通的魔仙。"

　　"有多不普通？"

　　"他修为很高，而且身份……特殊。听闻就连魔仙也在抓他。"

　　"那他混得也太惨了吧？对了，这个倒霉蛋叫啥？"

　　"我入门不久，并不是很清楚，只是听闻他的姓氏很特殊，好像姓……时？"

　　时夏脚下一顿，差点儿一头从剑上栽下去。

　　原来老哥就是那个倒霉蛋！

　　苏沁道："对了，说了这么久，还没问恩人您尊姓大……咦？"

　　她还没说完，时夏已经调动全身灵气，嗖的一下加速朝前飞了出去。看来这回他们不去西大陆都不行了，而且得立刻去！

　　时夏飞出去不远，身侧白影一闪。她直接被人拉了回来。

　　"夏夏，"后池严肃且不认同地传音道，"莫着急！"

　　"可是……"

　　"我知道，此去西大陆必不太平。"他伸手指了指前方不远处的一汪清泉道，"你已到飞升期，应先洗精伐髓，重塑仙身。"

　　时夏紧了紧手心，深吸几口气，才克制住自己。没错，她现在实力太弱，应当锻造仙身，达到地仙的修为再说。


　　时夏的面前是一个小水池，池水清澈见底，仙界随处可见。

　　她下去前后池只交代了一句，不必抵抗，顺其自然即可。时夏深吸一口气，定了定神，走入水池。刚入水，她只觉得全身似有细细的针正全方位无死角地刺入体内。她条件反射地运灵气抵抗，但想起后池的话，又生生地把这股冲动压了下去，任由那感觉蔓延全身。

　　之后她才知道，这针刺的感觉其实是一种特殊的气，应该就是传说中的仙气。但比起空气中无处不在却与她的身体相斥的仙气，水里的要更温和，随水流冲刷着她的身体，之后才缓缓流入体内。

　　慢慢地，那股疼痛感强烈起来，仙气一入体内，就算她无心抵抗，体内的灵气也自发地排斥这股陌生的气息。她有种被两股气流冲击得快散架的感觉，但这种疼痛感没有持续多久，更为浓郁的仙气很快占了上风，包围并直接吞噬了灵气，把原有的灵气转换成了仙气。很快，她经脉中的灵气就全部变成了仙气。只是这些灵气毕竟是少数，大部分灵气在丹田中。

想起刚刚疼痛的感觉，时夏这回没有再放任自流，而是将仙气一点点引入丹田，然后慢慢地转化丹田内的灵气。

很显然，这是一件很消耗精力的事。不知道过了多久，原本灵气四溢的丹田终于变得仙气四溢。她能感觉到全身有种宛如脱胎换骨的轻松感，舒服极了。

但仙气没有停止涌入，应该说是更加迅速地进入她体内。继经脉后，仙气开始由内而外地改造她的身体。她体内的杂质被排到体外，她能看到皮肤上正冒出一层层褐色的污垢。

不知过了多久，直到仙气再也不往体内钻，时夏知道自己脱胎换骨了，出去以后可以好好做仙了。

她睁开眼睛，瞅了瞅身上的泥，顺便搓了个澡。她刚准备上岸，突然看到了自己的倒影。她蹲下去仔细地看了看，觉得身上好像多了点儿东西。可具体多了什么她也说不上来。

她刚想穿上衣服，突然想起下水前好像把储物袋交给后池了，而之前那身衣服已经被她拿来搓澡了。

正当时夏发愁时，前面突然转来一道女声："夏仙友，后池仙友说此时你应该醒了，可能需要……"苏沁从前面的树丛里出来，手里捧着一套白色的长衫，正是时夏的衣服。

"苏沁妹子，你真是小天使。"时夏一喜，立马走了过去，接过衣服往身上套了起来。

"夏仙友，你……"

"谢谢啊！"时夏边穿衣服边道谢。

苏沁妹子一愣，急切地摇了摇头道："不，应……应该的。"

"幸好有你，不然我就要光着了。"

"不……客气，我……只是……"

她的声音越来越低，后面几乎没声了。时夏好不容易穿好衣服，回头一看，却见她一脸慌乱地低着头，脸上红一块白一块的。

"你的脸怎么了？"时夏习惯性地伸手探向她的额头，温度很正常啊！

"没……"她猛地退后一步，大声道，"你哥哥在等你。"说完头也不回地进了林子。

时夏感到疑惑，苏沁这是怎么了？难道在自己洗筋伐髓的这段时间，后池跟苏沁发生了什么？

时夏心里顿时一凉，觉得有些不舒服。她甩了甩头，驱散这莫名的情绪，快步跟了上去。

后池离得并不是很远。时夏从树丛中出来，走了两三步，就看到一身白衣的某人站在前方。他明明一身寒气，一副生人勿近的样子，她却看出了"我等得很着急，要不要过去看看"的意思。直到看到她，他全身的寒冰似乎一瞬间化开，眼里都是温柔的光。

他忍不住向前走了一步："夏……"

"小主人！"某个绿影快后池一步扑了过来，寒玉一脸喜悦地趴在时夏的衣裙上，"小主人，花花想死你了，你怎么进去那么久？"

后池杀气四溢，快步上前，一把将寒玉拉了下来，恨不得将它捏死。

偏偏寒玉还伸出两片叶子，做了个抱抱的手势，无限温柔地喊道："小主人，抱……"

这回后池快了一步，扬手就把手里的寒玉甩了出去。

接着，他伸出双手，叫道："夏夏。"

时夏无语。

她突然觉得后池越来越幼稚了。还有，苏沁干吗双眼发亮、一脸羡慕的样子？大家还能不能正常地玩耍了？

"喀，我们还是先想想怎么去太明派吧。"时夏一把拍下某人的手，拉着他在空地上坐下道。

"之前追苏妹子的那两个人不是说会发通缉令吗？那俩浑蛋肯定不会轻易放过苏沁，但我们去太明派又必须从太极殿的地盘上过，我们得做点儿准备。你们有没有什么想法？"

苏沁有些愧疚，握紧身侧的手，沉痛地道："夏仙友，麻烦是我惹来的，如果……"

"行了。"时夏直接打断她的话，"我知道你要说什么，但你放心，这事我们既然管了，就不会扔下你，更不会把你交出去。"

苏沁眼中的泪光闪了闪，没有再提把自己交出去的事。

后池沉声道："太极殿没有女仙。"他掏出了一个瓶子递给时夏。

"这是啥？"时夏接过，从里面倒出两颗白色的丹药。

"易形丹。"

"易形？"

"当初帮毕鸿炼制易容丹时无意中炼出来的，有改变形貌之用。"

"你是说让我和苏沁变成男子，躲过那两个人的追查？"

"嗯。"他点头道，"此丹是我炼制的，修为在我之下者无法识破。"

"好办法！"

时夏立马拿了一颗递给苏沁，自己吞了另一颗。果然不到一分钟，时夏明显感觉胸不见了，喉间隐隐有什么东西鼓起来，手脚也粗壮了一些。

"夏仙友，你……"苏沁唤了一声，看了时夏一眼，立马又慌乱地移开视线。

"很难看？"自己有这么吓人吗？苏沁都不敢看她了。

"不不不……"苏沁连忙摇头，"很……很好。"

"哇，小主人……"好不容易爬回来的寒玉又凑了上来，不遗余力地拍着马屁，"变成男人后更加霸气了呢，花花想给你结果子。"

"……"

"易形丹的功效只有十天。"后池看了时夏一眼，表情有些复杂，"需抓紧时间。"他突然有些后悔拿出易形丹了，妹妹还是以前可爱。

"十日？"寒玉一惊，"但从这里到太明派最少需要半个月。"

"那怎么办？"时夏有些苦恼。

"我倒是有个办法。"苏沁迟疑地开口道，"也不知可不可行。"

"什么办法？"

苏沁扯了扯自己的衣袖，犹豫地道："我们……可以先去南边的暗云城，传闻那城中有直接通往各方大陆的传送阵法，如果从那儿去的话，两日就行。"

"竟然有这种地方？那还等什么？"

"不行，绝对不行。"寒玉出乎意料地反对，用力摇了摇头道，"那暗云城我听主人说过，地处东大陆与南大陆边境，是一个三不管的地方，人员混杂，魔、妖、仙都有，据说里面还有鬼修。那些犯了事、被门派驱逐的人最爱去那里，想想都很危险，城主还是个女妖仙。"

"那里的确有些凶险。"苏沁也点了点头，"可那里的传送阵的确是最近的法子，而且正因为那里情况复杂，想必太极殿的人也不会轻易在城中动手。"

"小主人，那地方以前主人都不去。"寒玉仍极力反对，"听说那城主是个女妖仙，修为很高，人品却十分糟糕，经常无故将男子掳回府中折磨至死，简直就是个变态。万一对方看上小主人了怎么办？主人如果知道，会灭了我的。特别是小主人您这么英俊潇洒、风流倜傥、玉树临风……"

"哥，你怎么看？"时夏看向后池。

"可行！"

"好，那就这么愉快地决定了。"

"小主人……"寒玉挣扎地说道。

"走！"

时夏当即唤出灵剑，把苏沁拉了上来，御剑往南边的暗云城飞去。

寒玉没有办法，只好爬到后池的剑上，嫌弃地扒在了后池的衣衫上。

"放心吧，寒玉！"时夏安抚道，"城主哪有那么容易出来闲逛，还刚巧让我们遇到？"而且城主不是专门抢男人吗？时夏可是女人！"

"但愿吧……"寒玉叹了口气。


苏沁说得没错，他们的确只花了两天就赶到了暗云城，虽然路上遇到过几拨盘查的太极殿弟子，但都躲了过去，算是有惊无险。

455

远远地他们就看到了一座破旧的小城出现在前方，虽然是座仙城，但这地方确实配不上一个"仙"字。这里占地面积挺大，但没有半点儿仙气缭绕的感觉，就连城墙也是一堵不过一掌厚的土墙，上面坑坑洼洼的全是洞，还有地方直接塌了，隐隐还能看到城内街道上那一排排楼阁。很显然这城墙别说是防御了，连最基本的隐蔽功能都没有，就是围了一下意思意思。

　　城门口一左一右摆着两把椅子，上面坐着两个修士，很显然是城门守卫。
　　他们一落地，那两个人就发现了，立马坐直了。左边偏瘦的守卫直接站了起来，一扫刚刚那百无聊赖的样子，打量起三个人来："哟，来了三个年轻人！"他慢步走过来，笑得格外猥琐，伸出手抖了抖道，"老规矩，入城之人，一人三块下品仙石。"
　　仙石是什么？灵石行吗？时夏有点儿慌。
　　还好苏沁上前一步，掏出几块白色的晶石递了过去："有劳这位仙友了。"
　　那人掂了掂仙石，突然转头看向后池道："他的那份呢？"
　　时夏一愣，明明苏沁刚刚给了他九块，正好够三人进城。他现在是坐地起价啊？
　　偏偏他们人在屋檐下，不得不忍。
　　苏沁只好再次掏出九块下品仙石递了过去。
　　"算你识相。"那人满意地把十八块仙石塞进衣袖，转头又看向时夏。
　　苏沁正打算再掏时夏的那份。
　　"算了，他就不用了。"那人却阻止了苏沁，意味深长地看了时夏一眼，然后转身坐了回去，挥了挥手不耐烦道，"行了，进去吧！"
　　时夏疑惑地走到城内。城内十分热闹，到处都是着各种服饰的仙人，比起一路上看到的清一色的男修，暗云城内总算正常了点儿，有男有女，还有妖仙和魔仙。倒是寒玉说的鬼修，时夏没有看到，估计是因为白天吧。
　　苏沁说各大陆的传送阵就在城中央，人人都可以用，但是每三天才会启动一次。他们来得早，传送阵前天才启动过，所以他们必须在城内住两天。
　　为了在第一时间赶去太明派，他们选了离传送阵最近的一家客栈。
　　那家客栈的掌柜是个女仙，见三人进来，笑着迎了上来："哟，三位仙友住店啊？我这儿有上好的客房，包您满意。"说着还不忘朝时夏抛了个媚眼，拉了拉领口，暧昧地道："仙友若有特殊需求，我也可以满足……"
　　时夏顿时觉得有点儿无语，这才想起自己现在是个男的。
　　她还未来得及回话，后池却直接把她拉到身后，冷冷地道："住店！"妹妹是我的！
　　女掌柜瞪了后池一眼，刚刚还热情如火，瞬间就冷了下来，伸手道："上房十块下品仙石一晚，您要几间房？"
　　后池直接掏出一大块白色的仙石扔在掌柜的手里道："三间。"

掌柜收起仙石，指了指后面道："从这儿出去，上楼左边数三间就是。"

说完，掌柜又探头看向他身后的时夏道："仙友，我的房间就在第四间哦。"

时夏不禁疑惑，难道自己扮男装真的有这么大的吸引力？

后池没等对方继续说，拉着时夏进了后院。苏沁也快步跟了上来，还有意无意地挡住了掌柜恋恋不舍的视线。

"夏姐！"一进屋苏沁就拉住了时夏。苏沁听后池叫夏夏，一直以为那是时夏的名字。

"你可千万别被某些人的皮相给骗了，这城中什么人都有的。"苏沁一脸警惕，似乎怕时夏不信，语重心长地劝解起来，"那人对你如此热情，指不定想打什么主意呢！人财两空是小，身死道消就坏了。"

时夏一惊："啊？"这教导小孩儿远离怪阿姨的语气是怎么回事？自己刚才什么都没做吧？关键是后池点什么头？

"你们是不是忘了？我也是女的！"

那两人一愣，停了两秒才异口同声地道："哦。"

时夏不想再想这件事，回头看向后池道："对了哥，你怎么会有仙石？"刚刚住店的钱是后池付的，但他明是跟自己同时上界的。

"我按灵气转换仙气的方法，直接用灵石转换的。"后池一脸无所谓地掏出一颗灵石解释道。

时夏一喜："这么说我们从下界带来的灵石都可以用了？"

"的确如此。"苏沁接口道，"其实灵气跟仙气本质是一样的，只不过仙气更为浓郁，用灵石转换的话，得到的仙石就要小一些。若是灵石本身的品阶不高，转换出的仙石就更次了。"

"原来如此。"时夏点点头。

"转换灵石的事我也做过，夏姐，你若还留有灵石，我也可以帮你看看，以免浪费。"

"浪费？转换的概率不高吗？"时夏问。

"倒也不是。"苏沁摇了摇头道，"只是，往往上品的灵石转换后会变成中品甚至下品仙石。"

"哦，那……"时夏直接把以前历劫时捡的最大块的灵石搬出来，砰的一声砸在地上，道，"你看这种的可以转换成什么仙石？"

苏沁愣住了，半天才回过神来，这是灵石？这是灵石矿吧！

"夏姐，这……您这灵石是哪里来的？"

"捡的！"

苏沁深吸了口气，只叹自己倒霉，怎么就没生在一个出门就能随处捡灵石的下界呢？

从震惊中回过神来，苏沁把转换灵石的注意事项跟两人说了一遍，才激动地引导时夏把眼前的灵石转换成了仙石。仙石的个头比之前小了一半，却是一颗极品仙石，纵观整个仙界也难得一见。

苏沁道："就是如此，按这个方法转换就行了。"

时夏感激道："懂了，谢谢啊！"

"夏姐不用客气。"苏沁不好意思地笑了笑，顺口道，"若还有其他灵石，也一块转换了吧！"

"好啊，我还有几十块这样的灵石呢！"时夏说着搬出一块同样大的灵石，然后一块接一块地拿出了许多灵石。

苏沁：虽然你对我有救命之恩，但我也是会仇富的好吗？

后池：感觉妹妹以后会嫌我穷怎么办？

寒玉：主人，你妹妹在炫富！


两天后，时夏三人掐着点到了城中的传送法阵。平时无组织、无纪律的城中，此时意外地多了两排守卫。传送法阵旁边围满了人，皆是想通过法阵传送到四方大陆的。

街道的另一边还排了长长的一队人，看起来比场中正在等着传送的人还多。

时夏觉得奇怪，苏沁却指了指那一长队的人道："夏姐，我们先排队去买入阵号牌吧！这传送阵每天只能传送两千人，迟了怕是没了。"

时夏仔细一看那些等候入阵的人，他们的手里的确都拿着一块白色的玉牌。三人只好一起排在了旁边长队的后面。

买票的队伍走得很快，不到一炷香的时间就轮到他们了。

队伍前有一张木桌，桌旁坐着一位白须老头。他正拿笔记录着什么，头也没抬就开口问："去哪个方向？"

时夏正打算回答，苏沁却快她一步上前回道："我叫苏沁，我们三人想去西部的太明派。"

时夏觉得奇怪，那人没问名字啊！

老头记录的笔顿了一下，他抬起头看向苏沁道："你是苏沁？！"

时夏不由得心里一紧，这个老头不会是太极殿的人吧？

"正是。"苏妹子不慌不忙地回道。

老头看了苏沁一眼，又朝时夏和后池的方向看了看，意味不明地笑了笑，却没有再问什么，敲了敲旁边的箱子道："太明派，每人五十块下品仙石或是一块中品仙石。"

五十块？他们住店也只要十块，仙界的交通费真贵！

不过，谁让时夏有钱呢？时夏正打算拿出昨晚刚转换好的仙石，苏沁却连忙拉住她，警惕地看了看四周，冲她摇了摇头，转而掏出一小袋下品仙石递了过去。

"一共一百五十块下品仙石，三个人，您数数！"

458

老头接过掂了掂，扔进旁边的箱子，一手拿笔记录一手冲几人一挥，道："行了，进去领号牌吧！下一位……"

"夏姐，你袋中的仙石皆是上品仙石，在别处还好说，但在这暗云城，还是不要拿出来为好。"一到院内，苏沁就压低声音解释道。

"嗯，我知道了。"不能露财，时夏懂！

"夏姐，你们在这儿等一下，我去拿号牌。"苏沁交代了一句，说完便转身往前面的屋子走去。

领号牌的确不需要三个人，时夏就没有跟上，与后池一起在院中等着。时夏随意地看了看，这才注意到这里是一方小院，地上铺的全是白色的石板，也看不出是什么材料，石板之间夹着些黑色的小石块，或圆或方地排成一些形状。这些石头还有些特别，隐隐透着仙气，给人一种价值昂贵的感觉。就连旁边种植的仙草也显得特别青葱。

时夏越看越觉得奇怪，心底却隐隐生出一种别样的感觉："哥，你觉不觉得这里太……？"

后池眉头一皱，道："安静？"

"对！"她瞅了瞅四周，按说排队的人这么多，为什么这院里就他们两个人？"而且这地上石块排列的形状像不像……？"

阵法！

她心底一惊，与后池对视一眼，背后顿时冒出冷汗。

后池伸手搂住她道："走！"

"可苏妹子还……"

"来不及了！"后池直接唤出灵剑准备飞走。

同一时间，刚刚还平平无奇的地面突然光芒大盛，刺目的红光遍布院内。时夏只感觉全身似是遭到重压，与后池一起被压制得往地上跪去。

若不是后池扶着，估计时夏整个人都要贴在地面上了。这阵法极为霸道，时夏努力想站起来，却发现越反抗，那股压力就越大，身体都不受自己控制了。

"别调动仙气，会遭到反噬！"后池提醒道，嘴角渗出一丝血。

"哥！"这还是她第一次见到后池毫无反抗之力的样子，心里一慌，想察看他的伤势，却半点儿都动不了。

"别慌。"他安抚道，"布阵之人只是想封我们的仙力。"

封仙力？

"哈哈哈……没错！"突然前方的屋内传来一阵娇媚的笑声，"这的确只是个封印阵，我可舍不得让你们死在这阵中。"

一个穿着红衣的女子从里面走了出来，长发及地，长相妖艳。

她缓步走来，每一步都似带着万种风情。她意味深长地看了阵中两人一眼，似是看到了什么满意的情景，瞳孔猛地一缩，笑得更加妖艳了。

"果然是人间绝色！我还是第一次见到如此……"

时夏打断她的话："你是谁？"他们好像不认识这个人吧！

女子笑意更深，远远地朝他们抛了个媚眼道："现在不认识没关系，进了我这暗云城，以后有的是时间让咱们慢……慢……熟……悉！"

她的城？

时夏问："你是城主？！"那个专抢男人的变态？

"不错，有几分眼力。"她拈起一缕发丝，顺着手指轻轻地绕了绕，道，"也不枉费我花了这么大的代价换了你们。"

换？啥意思？

她回身看向屋内，道："你说得没错，他……我很满意，那件事我同意了。"

屋内走出一个熟悉的身影。

"苏沁？！"时夏有些不敢相信自己的眼睛，怎么会是苏沁？

此时的苏沁已经变回了原来的女子模样，身上少了天真少女的感觉，神情格外冷漠。

是的，只有苏沁清楚时夏和后池的修为，才能提前在这里布下这样的阵法。

苏沁是故意带他们来这里的。

时夏没想到苏沁跟变态城主是一伙的，愤怒地瞪着苏沁。

苏沁没有抬头看他们一眼，不知道是不想还是不敢。

倒是旁边的变态城主笑着道："不用惊讶。这世间就是这样的，有利可图，自然要好好利用。谁让本城主最喜欢……"

"废话少说！"苏沁立刻打断她的话，似乎不想再听下去了，"你答应我的东西呢？"

"嘁，真无聊！"城主冷哼一声，手间一转递出一物，"给，难得见到如此合我心意的人，本城主今天心情好，就将这东西赏给你了！"

苏沁居然把他们卖了！

苏沁一把拿过东西，紧紧地抓在手里，转身往另一边走去。她刚走出院子，似乎停了一下，然后加快脚步朝传送阵的方向走去。

"接下来就只剩我们三个了。"变态城主再次看向阵中的他们，目光一闪，似乎燃起了火焰，眼神分外痴迷。她上上下下扫视了时夏一遍，时夏顿时有种被人扒光了的错觉。

时夏突然想起苏沁说过，这个城主极为好色，经常强掳貌美的男子入城。这个变态不会是看上后池了吧？

"这样的人间绝色，果然只有本城主配得上。"变态城主直直地朝他们走了过来，眼神越来越痴迷。

果然，变态是冲着后池来的！

时夏心里一慌，不由得抓紧了后池的手。

"别怕，本城主向来怜香惜玉。只要你跟了我，我保证今后不再看其他男子一眼。"变态城主在两人面前蹲下，抬头看了他们一眼，美丽的脸上居然闪过一丝羞涩，带着期待继续道，"若你愿意，本城主可以与你结成道侣，与你完婚。"

时夏在心里吐槽：你想得美！你愿意嫁，我哥还不愿意娶呢！

"怎么样？只要你答应，我现在就解开这阵法。"城主又道。

时夏心想：老哥，你绝对不能答应啊！

"你觉得……如何？"城主似乎看呆了，一脸痴迷地伸出手，将手放在了……时夏的脸上！

时夏整个人都惊呆了。

# 第二十章　妹妹的感情骗局

　　时夏觉得事情有些不对，自己这副样子跟"帅"是完全扯不上关系的。而且她们一开始易容就是为了掩人耳目，自然是长得越平凡越好。

　　总体来说，时夏现在的模样是无论如何也比不上后池的。更何况，这变态城主一看就是情场老手，就算是眼瞎，也不可能选中她啊！

　　细想起来，他们住在客栈的那两天，那个女仙掌柜对时夏也格外热情，隔三岔五往时夏的房里端茶递水，虽然大多被后池和苏沁拦住了，但那想尽办法往时夏跟前凑的热乎劲，时夏现在想想也觉得挺不可思议的。

　　时夏拒绝变态城主后，城主一怒之下将时夏关进囚牢。一路上带时夏他们来牢中的女仙对时夏也格外客气，时不时就给时夏扔个含羞带怯的眼神，那样子似乎不是押他们来受刑的，倒像请时夏来做客的，害得时夏浑身都起了鸡皮疙瘩。

　　这不对劲，很不对劲！

　　"不会这么巧，所有妹子的审美都奇特吧？哥，你没觉得不正常吗？"时夏拉住旁边的后池问道。

　　后池愣了一下，茫然地说："没有。"

　　时夏无语，跟你说正事呢，你这"我妹妹本来就这么讨人喜欢"的表情是怎么回事？

　　"小主人，你这么一说，确实有点儿奇怪。"倒是寒玉赞同地点了点头。

　　"是吧是吧！你也觉得不正常吧？"

　　"的确，怎么可以只有女仙呢？小主人这么好，男仙也应该迷上您才对。"

　　"你走！"

"喀，夏夏，你可还记得此种情况是何时开始的？"后池咳了一声，认真地问道。

"何时？好像就是入城……不对！准确来说，应该是在我洗筋伐髓之后。"时夏记得那天从水里出来时，苏沁看她的眼神就怪怪的。时夏吃了易形丹后，苏沁看她的表情好像有些……害羞？时夏忍不住又起了一身鸡皮疙瘩。

"难道小主人进的那个水池有问题？"寒玉道。

"那倒不至于。"后池摇了摇头道，"夏夏的身体没有任何异常。"

"那是怎么回事？"寒玉晃了晃花枝道，"总不可能是水土不服吧？"

"寒玉，这仙界的水真的只有洗筋伐髓、重塑仙身的功能吗？"不会还有什么副作用吧？例如招蜂引蝶。

"的确是这样，这是仙界都知道的事。"寒玉突然想到什么，接着道，"不过仙气本身比灵气更浓郁，转换仙身的时候，能强化人体内的气息，激发出身体的全部潜能，使其特性更加明显，就是所谓的碎灵汇源，归根入本，铸成仙身。"

"听不懂，说人话。"时夏烦恼地道。

"简单来说就是之前的灵根虽然没有了，但是属性更加明显了，也更厉害了。火灵根的，火属性的法术更加厉害；木灵根的，之后可以驭千植等。这一点，浑蛋仙修应该更清楚。"说着它朝后池看了看。

"嗯。"后池点头道，"的确，飞升后我体内的冰属性气息更加浓郁了。"正因如此，他才会直接升成金仙。

也就是说，所谓的洗筋伐髓、铸造仙身，其实就是用来增强属性。

后池是冰灵根仙修，所以增强的是冰属性。

寒玉是木灵根花妖，所以增强的是木属性。

时夏是纯阳灵根，那么增强的就是阳……

原来纯阳是阳气的阳吗？她要这样的灵根有什么用？这就是她吸引那么多妹子关注的原因？老天爷，你能不能有一天不坑我？

时夏顿时觉得整个人都不好了。

"夏夏……"后池忍不住安慰地摸了摸她的头。

"别说话，让我委屈会儿。"她一把拉住后池的手，"感觉以后都嫁不出去了，还不是因为胸。"

"呃……"这跟胸有关系吗？寒玉一愣。

"无妨。"后池顺势搂住时夏，一边摸着她的头，一边拍了拍她的背安慰道，"别怕，有我。"

"你有什么用？能娶我啊？"

"好！"

"啊？"

他刚才说啥？

"好。"他郑重地点了点头。

时夏脸上顿时火辣辣的，脑海中浮现出某个不怎么纯洁的画面，还有那个在潜龙渊莫名其妙的吻。

他……他不会是那个意思吧？

时夏突然觉得有些别扭，下意识地退后一步，挣脱了。他们不是说好只做兄妹吗？不过他们本来就没有血缘关系，好像也不是不可以……

打住！打住！

看他那失落的眼神，她心里顿时十分烦躁。她越想越纠结，关于潜龙渊的事，确实还没有问清楚，之前是不好意思问，现在是不知道怎么问。她总不能问，你三千年以后貌似对我有点儿不纯洁的想法，不知道你现在的想法纯不纯洁吧？

"后池，我觉得我们应该严肃认真地谈一谈！"

"嗯？"

"你……对我……到底是……"啥想法？

最后时夏还是没有得到答案，因为有人来了。

来人是个女仙，对时夏很客气，就是看她的眼神怪怪的。女仙捏了个法诀把时夏一人带出地牢，说了一句"城主有请"。

时夏这才想起那个变态城主来，顿时有点儿慌。

时夏跟着女仙七拐八弯绕了好半天，发现她们所在的这处府邸大得有些离谱，而且遍地是阵法。时夏本想记下地形方便以后逃跑，现在觉得这种低端手段根本搞不定这些高端阵法，只得放弃。

她们走了大概一刻钟，女仙终于在一座分外雅致的阁楼前停了下来。

女仙转头看了她一眼，突然对着她长长地叹了口气，一副"好白菜即将被猪拱了"的表情。

"仙友请！"女仙指了指前面紧闭的房门，又叹了一口气，然后转身走了。

时夏呆在原地。

四周安静得有些诡异，连个人影都见不着。说实话，时夏还真摸不清这城主的葫芦里卖的什么药，心中有些忐忑。想起出来时后池的传音，时夏握紧双拳，深吸一口气，决定拼了！

她上前一步推开门，刚踏进去，迎面扑来一阵水汽。她这才发现里面居然是一个大型浴池，白色的雾气充斥整个房间，四周飘着如同流光织就的轻纱，使得屋内朦朦胧胧，空气中还有一种无法言说的香气。

"你来了！"时夏背后传来一道妖魅入骨的声音，对方软乎乎的身体同时贴了上来。

时夏吓了一跳，全身起鸡皮疙瘩，条件反射地往旁边一拐，转身一把推开了身后的人。

464

女子被推得后退一步，倒没生气，只是娇嗔地瞪了时夏一眼："哎，还是这么不解风情。"

时夏一抖，忍住搓鸡皮疙瘩的冲动，扬手打了个招呼："城主。"

比起上次，城主这回穿得更少了，内衣外面只穿了一件半透明的轻纱，里面的风光一览无余。

看见时夏后，城主笑得更妩媚了，问："这些天来，不知公子想清楚了没有？"她拈起一缕发丝绕于指间，余光落在时夏的身上，漫不经心地道，"只要你留在这暗云城，我保你仙途坦荡。"

时夏没有说话，想起一会儿要做的事，觉得胳膊痛。

"你可要想清楚。"城主继续劝道，"你只是刚刚飞升的小仙，还认识了苏沁这么一个麻烦人物。我这暗云城虽小，但四方大陆还无人敢犯。若没有我的庇护，就算你出了这暗云城也活不下去。"

"苏沁惹了什么麻烦？"时夏忍不住问道。

"她惹的可是大麻烦。"城主冷笑一声，幸灾乐祸地道，"听闻她先是得罪了太明派掌门灵须子，后又偷了太极殿的镇殿之宝，东西大陆她得罪了个遍。不过她也算是个有本事的人，虽说被人家发现了，但还是逃了出来，还能找到我这儿来做交易。"

原来苏沁一开始就在骗她，难怪太极殿的人一路对他们穷追不舍。

"你……不会是喜欢那个贱人吧？"城主话锋一转，眼中闪过一丝杀气。

时夏嘴角一抽："你觉得我会喜欢忘恩负义的人？"

"倒也是……"城主神色缓和了一些，"以那贱人的姿色，怎么比得上我？"

"哈哈哈……"时夏尴尬地笑了笑。

城主扭动着腰肢靠了过来，说道："不说这些烦心事了，关了三天，你也该考虑清楚了。如何？只要你留下，我立刻解开你们的封印，放了你的那位朋友。"

"真的？"

"自然。"城主一边往她身上贴一边道，"我好歹是一城之主，说话算话。"

时夏在心底翻了个白眼，暗道：我信你才怪。

后池与城主修为相当。按城主的习惯，以免后池秋后算账，她无论如何都会斩草除根，怎么会放了他？

"修行不易，你一个刚飞仙的小仙，若无人引导，想进阶不知要等多久。"城主继续引诱道，"只要你从了我，我就传授你一套神级功法，可令修为突飞猛进。"

"神级功法？"时夏只听过上、中、下品功法，再上就是仙品功法，什么时候有神级功法了？

"之所以叫神级功法，是因为它的等级比顶级的仙品功法还高。"似乎看出她的疑问，城主解释道。

"还有这种功法？"

"当然，这功法是我偶然得到的，世间独一份。"她眉眼间都是自得之色，"这功法十分玄妙，进阶极快。练了这种功法，千年之内，别说是金仙，就算是重仙、上仙甚至飞升成神，也不无可能。"

"成神？！"时夏这会儿是真的震惊了。对于这点，时夏表示怀疑，这暗云城也存在上万年了，若这功法真的这么厉害，为何城主自己还是个金仙？

而且寒玉说过，这万万年来，整个仙界上仙出过不少，陨落的也不在少数，但成神的从来没有听说过，更没听过能成神的功法。

"你用不着怀疑。"城主解释道，"我的修为没有增进是因为此法有一个缺点。"

"什么缺点？"时夏顺着她的话问道。

城主笑得更深，突然上前一步，身子一软，如无骨一般朝她贴了过来。

时夏心里一哆嗦，本想往旁边躲，但想起自己的目的，硬是没动。

"此功法的缺点就是……"城主扬起手，如蛇一般缠上时夏的脖子，贴到时夏的耳边道，"此法不能单独修炼，需……阴——阳——交——汇。"

她越说越慢，末了还不忘在时夏的耳边暧昧地吹了口气，把"勾引"这项技能表现得淋漓尽致。

"这是种双修功法？！"

"没错。若非如此，我又怎会一直是个金仙？就连灵须子那个……"城主似乎想到什么，话说到一半又停住，转头看向时夏，眼中闪过一丝痴迷，抚摸着时夏的脸接着道，"我之所以一直没练这功法，是因为一直未曾遇到合眼的，更不愿将就城中的那些废物。只有你……才让我满意。"

"这么说，我倒是要谢谢城主的厚爱了。"时夏实在忍不住了，抓住城主的手，识相地挤出一个贪心、讨好的笑容。

"公子这是答应了？"果然，城主脸色一喜，眼底的戒心少了几分，身体贴得更近了。

时夏："哈哈，城主盛情难却，我怎好拒绝？"

"公子果然是聪慧之人。"城主一边说一边伸手去拉时夏身侧的腰带，笑得越发妖艳，"既然你我如此有缘，不如今日就先预习一番这双修之法？"

时夏不得不扯着僵硬的嘴角回道："哈……哈哈……好啊！"

时夏从善如流地伸出手，先城主一步拉开城主身上的衣带，那原本就薄薄的一层轻纱瞬间从她的肩头滑落，露出一大片雪白的肌肤和手臂上一道金色的印记。

"找到了，就是这个！"时夏的耳边终于传来寒玉惊喜的声音。

时夏有点儿想哭，早知道就早点儿脱城主的衣服了。时夏没有迟疑，抬手就把早已准备好的符纸朝城主手臂上的金色印记拍去，顿时红光一闪，金印消失，四周传来细微的响声。

"你耍我？！"刚刚还柔情似水地趴在时夏怀里的人反应过来，一掌朝时夏拍了过来。

后池说这个封印仙力的阵法十分奇特，位置多变不说，就连中术之人也可以自由调控。而且但凡阵法都有阵眼，而这个阵法就连后池都感觉不到阵眼的位置。那只有一个可能，阵眼的位置随时在变。但维持阵眼需要灵力，那么这个阵眼一定在人身上，而且最有可能在这个变态城主的身上。

城主肯定会再次见时夏，而趁易形丹还没失效，由时夏先毁掉阵眼，解掉封印是最好的办法。

一开始后池是不同意的。但寒玉表示自己对仙气的流动十分敏锐，距离足够近的话，可以感应到阵眼的位置。而且因为寒玉被封了仙力，化为衣衫上的花纹陪时夏一起去，别人也发觉不了，后池才勉强同意，还塞给时夏一堆丹药和一张传送符。

"这是神行符，无须法力驱动。危急时刻你只需捏碎它，它就可将你传送到方圆千里之内的任意地点。"

"也就是说，这是一张不用法力的随机传送符？"

"嗯，可以这么说。"

"神器啊！放心吧，交给我，妥妥的！"

时夏信心满满，所以在看到城主恼羞成怒地打来那一掌时一点儿都不慌，直接捏碎了手里的随机传送符。白光出现，霎时间笼罩住时夏。

时夏看到城主那难以置信的目光，得意极了。

眼前的人影一晃，果然下一刻她就到了一个……人影更多的地方！

"什么人？"哗啦啦一阵响，上百号正在修习的仙人瞬间围成一个圈，满天的飞剑、法器齐刷刷地对准了时夏。

"哪来的小仙，竟敢擅闯暗云城演武场？"

时夏呆住了。

这是什么破送传符啊？！直接把人传送到敌营中间是什么意思？

"寒玉，咋办？"后池说那封印要一刻钟后才会失效，也就是说她现在的战斗力为零。

在长衫上假装印花的寒玉用行动表达了它的态度——装死！

哥哥不靠谱，养的花一样不靠谱。

"咦，你不是前几天进城的那个小白脸吗？"人群中有一人突然开口道。

时夏仔细一看，那人还有点儿眼熟，瘦高个，穿着一身玄色的长衫，这不是当初在城门口收费的那个吗？惨了！

"你不是被城主抓起来了吗？"那人上前一步，打量了她一眼，"为什么突然出现在这里？难道是……"他脸色一变，杀气更甚。

时夏心里咯噔一下，完蛋了，跑不了了。

"哎呀，你怎么跑这儿来了？"时夏身后突然传来一道女声。

一个绿衫的女仙快步从路那头走了过来，正是当初带时夏离开牢房的那个。女仙急切地看了她一眼道："夏道友，鸳鸯阁可不是这个方向。"

女仙说着伸手就来拉她。时夏心里一动，没反抗，不管怎么样离开这里再说。

"等等。"瘦高个仍一脸怀疑地拦在前面，"紫鸢仙子，前几天城主不是命人将此人关入地牢吗？怎么……"

"关了三天，够了。"紫鸢给了他一个意味深长的眼神，"这不，城主正要传他去鸳鸯阁呢！这府中阵法遍布，看来还得我亲自送他过去。"

"鸳鸯阁……"瘦高个恍然大悟，"紫鸢仙子真是辛苦，难怪城主这般倚重你。"他边说边笑，就连身后其他仙人也露出了几分讨好之色，连连附和着。

"这位仙友艳福不浅啊！"他突然转头看向时夏，眼神中透出几分嘲讽和调笑之意，"说不定以后还得仰仗这位呢！"

这话一出，其他人像是听到了什么笑话，笑得越发大声了。

"行了行了，让个路！"紫鸢朝众人挥了挥手道，"都这个时辰了，想必城主等急了。要是扫了城主的雅兴，你们可担待不起！"

众人齐刷刷地让出一条路来。紫鸢没再停留，拉住时夏出了演武场。两人七拐八弯地走了好几条小道，越走越快，越走越偏，不一会儿已经到了一片密林之中。女仙却丝毫没有停下的意思，而且一路连半个字都没有说过。

"等等！"时夏脚下一停，直接把手抽了回来，"你想带我去哪里？"

紫鸢也停了下来，似乎愣了一下，这才解释道："夏道友，你快随我离这里吧！城主可不是什么好人。"

"你想带我逃走？"时夏一惊。

"当然！"紫鸢点了点头，一脸真诚地道，"你不知道，城主练的是采阳补阴的功法，这些年为了修为直接或间接害死的男仙数都数不过来。你再待下去，可就不妙了。"

"你为什么要救我？"

"夏道友是好人，自然不应陨落在这里。"

"是吗？我们才见了两面，你怎么看出我是好人的？"

"这……"她一时不知道说什么，眼里闪过一丝慌乱，接着更加急切地道，"夏道友，来不及了，等城主发现，我们就走不了了，有事我们还是出去再说吧！"

"我不出去。"

"夏道友！"她睁大眼睛，一脸震惊，"你难道不信我？"

"信你什么？"时夏冷笑一声，"信你是来救我出去的，然后再被你卖一次吗？苏沁！"

"夏姐姐果然聪慧过人！"苏沁声音一沉，扬手一挥，脸上如水波晃动，下一刻就变回了熟悉的样子，手腕上出现了一个跟铃铛一样的法器，"这拟魂铃音的幻象连上仙都无法识破，你居然一眼就看出来了。"

"并不是看出来的。"时夏回道，"只是整个仙界只有你会叫我夏道友。"

苏沁一愣，这才反应过来："原来如此。"

苏沁还要说什么，四周突然响起了一阵号角声。

"糟了，是暗云城封城的号角声。"苏沁眉头一皱，拉着时夏道，"夏姐姐快走，号角一响，城门马上就会关闭，我们得赶紧离开。"

"不行！"时夏抽回手，道，"我哥还在里面。"时夏不可能扔下后池。

"来不及了。"苏沁道，"后池仙友修为高，只要解开仙力的封印，城主就伤不到他。"

"你怎么知道他仙力的封印已经解开了？"时夏一愣。

"我担心……所以这几天都在府中。"苏沁支支吾吾地道，"夏姐姐，我们还是先走吧。我知道一个秘密的传送阵，可以直接离开暗云城。"

"小主子，当心有诈。"寒玉适时传音，"这人恐怕不是什么简单人物。"

"嗯。"时夏同意。

苏沁能在城主府里潜伏三天，不让人知晓，怎么可能简单？

"我不放心后池，要走你先走吧。"

"夏姐姐！"

苏沁还想说什么，突然远处传来一声巨响。紧接着空中出现各种法术的光亮，还有武器相撞的声音，隐隐有两股迫人的压力笼罩下来。

"后池！"时夏心里一紧，拔腿往回狂奔。后池这是跟那变态城主打起来了。

"夏姐姐！"苏沁一惊，直接拦住她道，"你不能回去。"

"让开！"后池与城主虽然都是金仙，但后池刚刚突破，只是金仙初期，而那变态城主的修为已经到金仙后期。两人对上，后池根本讨不到好处。

"你现在回去不是前功尽弃了吗？"苏沁寸步不让。

"那又怎么样？他是我哥！"

"可是以那两人的修为，你根本就帮不上忙啊！"

时夏脚下一顿，觉得苏沁说得对。

"那个传送阵就在前面。"苏沁指了指林中道，"不如我们先离开此地，待后池脱身后再相会也不迟。"

苏沁不待时夏回答，直接拉着她往前走，拨开前面的树丛，果然前方有一个小型的传送阵法，正发着白光。苏沁刚想拉时夏进阵，时夏一缩手，又停住了。

"还是不行，我现在不能走。谢谢你带我来这个传送阵，你先走吧，我等我哥一起走。"

"夏姐姐！"苏沁更急了，看了看那已经开始变淡的传送阵道，"这传送阵只能开启一炷香的时间，再不走就来不及了。"

"他会来的。"实在不行，时夏也只能闯出去了。

"可是……"苏沁指了指不远处的天上，"他已经与城主对上，再快，也不会直接掉在我们面前吧？"

苏沁话音刚落，眼前黑影一闪，啪的一声，一个人掉了下来，正是后池。

时夏与苏沁怔住。

"妹子，谢谢啊！"时夏重重地握了握苏沁的手。

"……"

"走！"后池以最快的速度冲了过来，一把搂住还在发蒙的时夏走入传送阵。

苏沁愣了一下，也立马跟了进来。

下一刻，一股巨大的威压朝三人压了过来。同一时间他们周身白光大作，眼前景致一换，转瞬间到了另一个地方。

"虽然已经出城，但这里不宜久留。"他们刚被传送过来，苏沁就提醒道。

"走。"后池没有迟疑，带着时夏直接御剑飞了起来，往南方疾速飞去。

他们一路疾飞了三个时辰，隐隐看到了空中浮着一块巨大的石山，上面有一个硕大的"南"字。

南部大陆到了，他们这才松了口气，停了下来。

"哥，你没事吧？"

"无妨。"他摇了摇头，虽然仍冷着脸，眼睛却瞬间亮了不少。

时夏没理他，直接上手把人前前后后检查了一遍，确定没有半点儿伤痕后才松了口气。她不禁有些疑惑："对了，你是怎么突然出现的？你打过那个变态城主了？"

"没有。"他回道，"我没有跟她正面交锋。"

"那之前城中的威压是……？"那两道气息中，明明有一道是他的。

"她修为高于我，所以我布了个幻术。"他沉声解释道，"与她对阵的只是个幻影。封印解开后我就跑了。"

"我还以为你会正面应战呢！"

"妹妹希望我跟她斗法？"后池愣了一下，然后唰的一下站了起来，作势要御剑回去。

"等等，你干吗？"时夏一把拉住他。

"她的修为虽高于我，但我也不是没有一战之力。"

"不用了，不用了。"她觉得遇到棘手的对手，走为上计，"用幻术很好，真的，你最棒！"

他这才坐了回来。


时夏决定先赶去太明派，老哥既然在那里出现过，总会留下点儿线索。实在不行，她也只能去极北之地找找看了。但在这之前，她还有一件事得处理。

"你跟着我们干吗？"时夏转头看向苏沁。

他们自暗云城逃出来已经很久了，早已脱离了危险。时夏明确表示不想再跟苏沁同行，苏沁还是一路跟了过来。

"夏姐姐……"苏沁捏了捏掌心，一脸纠结地道，"你还在生我的气吗？之前的事是我不对，但我确实有不得已的苦衷。"

"哦，什么苦衷？"

苏沁咬了咬牙，似乎有些难以启齿，最终沉痛地道："具体原因我现在不能说，但夏姐姐，请相信我，我真的无意害你性命。之前也只是权宜之计，所以我才会回去救你。"

"苏沁，"时夏叹了口气，"我不管你有什么理由，但背叛就是背叛，伤害已经造成了。你今天的确帮了我，我谢谢你，但以后也没法再信任你。当初我们也救了你一命，就当扯平了吧！你走吧！"

"夏姐姐……"苏沁僵住了，似是受了什么打击。

时夏无心管她，拉着后池御剑往西飞去，特意加快了速度。

这回苏沁倒没有再跟过来，而是选了另一个方向飞走了。

不知道为什么，时夏现在一见到苏沁心里就有点儿发怵，无论苏沁怎么解释，都不敢再将苏沁带在身边。而且时夏去太明派可是去收拾老哥的烂摊子，早晚会跟那边的人对上。

"主人，我感觉她身上的气息有点儿奇怪。"寒玉突然道。

"气息？"

"她身上的仙气游而不散，神识稳而不凝。"

"说人话！"时夏又听不懂了。

"她身上的仙气正往外溢。"后池解释道。

"就是这样。"寒玉接着道，"仙气都是存于丹田的，只有使用法术时才会经由经脉释放出来。但她周身都围绕仙气，初看起来似是修为有所进益，但我发现，那些仙气是从她的体内发出来的。"

"她脑子进水了？没事放仙气玩？"时夏疑惑地说道。

"她应该不是故意的。"后池皱了皱眉道，"是她身上的那件仙器所致。"

"仙器？不会是那件吧？"时夏突然想起，之前她和后池被变态城主抓住时，苏沁得到了一件东西。

"应该是，只是不知她为何要这样一件特殊的武器。"

时夏想起城主的话，皱了皱眉说道："我想……可能与太明派掌门有关。"

"太明派掌门？"

时夏道："是的，我听那变态城主说，苏沁好像做了什么事得罪了太明派掌门，还偷了太极殿的一样东西。"所以太极殿的人才追着苏沁跑，"她要这件武器不会是想找那掌门报仇吧？"

"无论她要做什么，今后我们都不宜再与她接触，小心提防便是。"

"嗯。"苏沁这种复杂的人，时夏还真玩不过。时夏突然有点儿庆幸自己一开始没有将去太明派的真实目的告诉对方。

仙界的地图着实很大，就算他们御剑日夜赶路，也整整花了半个月才赶到太明派的范围。

他们并没有直接去太明派找人，而是停在附近的一个小集镇上打探消息。

这个集镇虽小，却格外热闹，处处张灯结彩，四处可见穿着各色统一长衫的仙人。他们正一脸兴奋地讨论着什么。

时夏他们找了家茶铺坐下，随口跟小二搭话，准备打听情况。

"仙友，这个集镇一直这么热闹吗？"

"哪能啊？"店小二倒了茶，打量了她和后池一眼，乐呵呵地道，"两位仙友是散仙吧？第一次来太明派？"

"是啊！"

"那就难怪了，其实我们这小地方平时没什么人，只是两位赶上了好时候。太明派最近出了几件大喜事，各仙门都派了弟子前来，所以我们这里也沾了光。"

"连各仙门都来了，什么喜事？"时夏随口问道。

"喜事有三件。"店小二一听，顿时来了兴致，"过两天，就是我们太明派灵须子掌门与谨月仙子举办双修大典的日子，各方仙门自然要派仙人来祝贺。"

"哦。"原来是掌门要结婚了。

"正好这几天又是太明派十年一次选拔门客的日子，来了很多散仙，自然将我们这个小地方给填满了。"

"收门客！"好机会啊！她正愁没理由混进太明派呢。她立马朝后池递了个眼神。

"你们也是来报名的散仙吧？"

"是的。"

"那你们可得抓紧了。"店小二指了指前方不远处的人群会聚处说道，"今天是最后一天报名了，过了酉时就要再等十年了。"

"多谢仙友。"时夏拿起桌上的茶喝了一口，就准备跟后池一起过去报名，却突然想起一个问题，随口问了句，"对了，仙友不是说太明派有三件喜事吗？还有一件呢？"

"这件可厉害了。"他突然兴奋起来，骄傲地道，"你可知前阵子闯入太明派的那个魔仙？他被抓到了！"

时夏一个没忍住，一口茶水就喷了出来："你说啥？！"

"夏夏。"后池及时拉了她一把。

时夏一愣，这才反应过来，压下心底的急切，不动声色地传音问："寒玉？"

"小主人。"寒玉也传音过来，"虽然很微弱，但那山上的确有主人的气息。"

时夏心里一紧，老哥真的在这里！

她深吸一口气，让自己冷静下来："仙友，你说的魔仙是……？"

店小二正兴奋，没发现两人的异常，继续道："这个魔仙也是个人物，听说当初他打伤了灵须子掌门，后来太明派整派出动都没找到人。这不，掌门伤势恢复后，跟几大长老一起才把人抓回来。听说灵须子掌门要在双修大典上亲自处置这个魔仙，一雪前耻。"

也就是说老哥现在还没事，那她还有时间！

"这个魔仙这么厉害，太明派的牢房关得住他吗？"她忍不住打探道。

"一个魔仙怎么可能随便关在地牢之中？"店小二白了她一眼道，"不过具体关在哪里，我们这些小仙就不清楚了。灵须子掌门既然能抓住人，总有困住人的手段。"

"说得也是。"

时夏心里早已急得跟火烧一样，但为避免引人怀疑，还是耐着性子坐了一会儿。过了一会儿，她才放下仙石，与后池一块去了太明派的门客报名处。

"寒玉，你确定老哥在里面？"瞅了瞅前面的人山人海，时夏不禁有些怀疑。

"小主人放心。"寒玉用力拍了拍自己的花盘道，"主人的确就在这大殿的后面。"

"真的？"

"相信我，我寒玉什么时候骗过您？"

"那之前带错路的人是谁？"时夏忍不住翻了个白眼。

他们已经混进太明派三天了，在寒玉的带领下，几乎把整座山翻遍了，可每次都扑空，连老哥的影子都没看到。要不是后池布下那些隐藏的法术，他们已经不知道被抓到多少次了。时夏嫌弃地道："你的信誉值在我这里已经为负数了。"

"小主人……"寒玉顿时蔫了，"我也不知道怎么回事，主人的位置一直不定，可我们之前找过的地方的确有主人的气息。"

"算了，先进去再说。"

只是，看着密密麻麻的人群，时夏有些头痛。今天是那个掌门的双修大典，前来祝贺、观礼的人几乎把整个前殿连同广场都站满了，而殿内坐着的都是各派派来的长老和精英弟子。

时夏他们作为新入的门客弟子，根本没有资格进殿，偏偏寒玉感到的位置是在大殿的后面。

"哥，怎么办？"她拉了拉身边的后池。

后池握了握她的手道："静观其变。"

现在他们也只能等了。

时夏觉得婚礼上总会有个答谢宾客的环节，殿里的人总会出来的，到时他们再偷偷溜进去。

但她没想到，这一等就等到了正午。本就热闹的殿内传来一阵喧闹声，一大群人缓缓地从里面走了出来，走在最前方的是穿着火红喜服的一男一女。

广场上的人群顿时发出一阵欢呼，紧接着就是各种祝福、奉承的话。

时夏长舒一口气，他们终于出来了！

"走。"看里面的人都出来得差不多了，后池拉着她不着痕迹地朝大殿的方向靠近，混到出来的各派人群之中。

他们刚要一步跨到殿内，异变突起。

一把巨剑从天而降，轰隆一声巨响，把殿前砸出一个直径近十米的大坑，凌厉的剑气横扫整个广场，直接刺向众人的元神。

时夏顿时觉得气血翻涌，元神不稳。

"夏夏，"后池立马捏了个诀，用仙气护住了她的元神，"没事吧？"

"嗯。"她压下那快要吐血的感觉，点头退后几步，转头看向其他人。除了殿前修为较高的各派长老与一对新人，其余弟子大部分被那剑气震得吐血了。

但这还没完，下一刻，万千道剑气从那巨剑上迸发，朝着还未来得及反应的众人攻去。

"什么人？竟敢来我太明派捣乱！"太明派掌门也不是吃素的，扬手布下一个阵法。阵法金光一闪，顿时把那万千道剑气给打散了。

"你当真要娶这个贱人吗？"一道满是怨愤的女声响起，眨眼间一个穿着粉色轻纱的女子出现在广场中央，她眼含热泪，满脸悲痛。

"苏沁！"一身红衣的太明派掌门灵须子脱口而出。

时夏也吓了一跳，没想到苏沁居然是来抢婚的！

"你怎么来了？"灵须子瞬间眉头紧皱，眼底闪过一丝讶异之色。

在场听到苏沁名字的人纷纷议论起来。

"苏沁？那个偷了太极殿镇殿之宝的人？"

"是啊，她怎么认识灵须子掌门？"

"太极殿镇殿之宝，那不就是无极剑？"

"难道这把剑就是无极剑？"

"莫非太极殿失窃是因为……"

众人越猜越起劲，目光还频频扫过灵须子与苏沁。

灵须子脸色一变，眉头皱得更紧了。他看向场中的苏沁，冷冷地道："苏沁，你早已被我逐出太明派，不再是我派之人。今日是我大喜之日，你闯入这里，到底意欲何为？"

"大喜之日……"苏沁身形晃了晃，似乎承受不了这个打击，沉痛地看向灵须子道，"你怎么可以娶她？你当真忘了我们之间的海誓山盟吗？"

"苏沁，当初的一切都是误会，我喜欢的是谨儿，你何苦执迷不悟？"

"我执迷不悟？"苏沁冷笑道，"当初是我救了你，是我找到了仙药，更是我不惜损耗修为救了你。可你……却要娶这个贱人。"

苏沁手间一转，地上的巨剑顿时缩小成正常尺寸回到她的手里，指向灵须子旁边一身红衣的新娘。

"小沁。"新娘上前两步，愧疚地对苏沁道，"是姐姐对不起你，我不该喜欢上灵须子哥哥，可是……可是感情的事是不能勉强的！"

"你闭嘴！"苏沁更加愤怒了，提剑冲了上来，"都是你勾引他，我没有你这个姐姐！我要杀了你！"

"苏沁，你别太过分了！"灵须子立马唤剑拦住苏沁。

那个新娘居然是苏沁的姐姐？！时夏隐隐有些兴奋，这个剧情多么狗血啊！

"夏夏。"后池突然沉声唤她道，"趁现在！"

"啊？好！"她忘了还有正事。

时夏瞅了瞅四周，发现所有人的注意力果然都在场中的两女一男身上，满意地道："走吧！"


寒玉说老哥在大殿后面。时夏没想到，他们一路东躲西藏地找过来，居然进了一个满眼红色的喜庆房间。

"这……是新房吧？"时夏嘴角抽了抽，捏起衣衫上的寒玉一阵摇，"我老哥呢？你不是说他在这里吗？别告诉我，你把刚才那个脚踏两条船的掌门认成我哥了！"

"小主人，我感应到的的确是这个位置，难道主人又被转移了？"

"那灵须子还在前面扯旧账呢，哪有时间转移老哥？"她有些心急，总觉得遗漏了什么，"你再感应一下，看老哥现在在哪里。"

"这……大概在这附近？"

"大概？你用点儿心，大哥！"

"这……"寒玉有些愧疚地道，"主人的仙气不稳定，断断续续的，我并不是时刻都能感应到。"

时夏无语。

时夏握紧了手，之前那个店小二说过，灵须子要在双修大典上公开处置魔仙。如果他们不趁现在把老哥救出来，之后就只能跟灵须子正面对抗了。

"时冬的确来过这里。"后池收回施术的手道，"这里残存着他的仙气，而且……有施术的痕迹。"

"施术？"她忙问道，"哥，那你现在还能追踪到他吗？"

后池摇了摇头。

"那怎么办？"

后池沉思了一会儿，拉住她说："先离开这里再说。"

时夏点头，正要出门，后池却突然脚步一顿，又把她拉了回来，道："有人来了。"

这么快？果然，时夏很快就感觉到陌生的气息从路那头传来，回头看看这间喜房……怎么办？他们能躲到哪里去？

那气息越来越近了，时夏一咬牙，直接打开屋内唯一的柜子，把里面的衣物全部收入储物袋，然后拉着后池钻了进去。

后池布置隐藏阵法的手刚放下，开门声就响起了。

透过柜门上的缝，他们清楚地看到进来了两个人。那两人直接走向里面的床，正是举办双修大典的男女主角。灵须子扶着红衣妹子坐在了床上。

"灵须子哥哥，我们这样……是不是不太好？"女子有些担忧地道，"小沁，她毕竟是我的亲妹妹。"女子声音虚弱，似是受了伤。

"谨儿。"灵须子长叹一口气道，"她刚刚伤你的时候可想过你是她的姐姐？"

"这件事，毕竟是我有错在先，她……"

"就算你有错，"灵须子打断她道，"但从小到大你一直护着她，你这些年来为她做了那么多事，也能弥补她了。既然她不顾你们之间的姐妹情谊，你又何苦护着她？"

"可是她闯了这么大的祸，如果把她交给无极殿那些人……"

"这也是她咎由自取，怨不得旁人。"

"可是……"

"没有可是！苏沁必须交给无极殿的人，不然我太明派声誉尽毁，以后怎么在仙界立足？"灵须子一脸愤恨，转头看向旁边的人，神情一变，拉起她的手深情款款地道，"谨儿，我们好不容易才走到今天，你忍心让我变成一个罪人吗？我这都是为了我们的将来啊！"

"灵须子哥哥……"谨儿一脸感动，立刻妥协了，顺势依偎进对方的怀里。

时夏愣了一下，他们这是抓了苏沁，还打算把苏沁交给太极殿的人？！这世上怎么会有这样的人？

这个叫谨儿的，表面上心疼妹妹，却只因为灵须子的两三句话便直接放弃了妹妹的生命。这也算姐妹？还有苏沁，因为情郎移情别恋而大闹婚礼，这可以理解，但这件事的罪魁祸首不是那个男的吗？可苏沁只想向苏谨寻仇，却对灵须子处处忍让。姐妹同时爱上一个男人，还为了这个男人反目，要置对方于死地。

时夏无法理解，难道男女之间是感情，血脉相连的亲情就不是感情吗？

"谨儿，别说了，先让哥哥给你疗伤。"灵须子声音一沉，手抚向对方的双臂。

"灵……灵须子哥哥！"对面的苏谨一愣，刚刚还惨白的脸色瞬间变得通红，眼神如秋水般波动，娇嗔地道，"你……你就会欺负人家。"

"谁让我的谨儿美得这么……摄人心魄呢？"

这对话听着怪怪的。

只见灵须子的手从苏谨的肩头滑了下去，一起滑落的还有苏谨的衣服。两人往后一倒，吻得难舍难分。时夏觉得整个人都不好了，转头瞄了一眼旁边的人，吓了一跳。

　　后池居然看得比她还认真，聚精会神，看了一会儿还侧头沉思起来，然后缓缓地转头看向时夏。

　　后池越靠越近，整张脸都快贴上来了，眼里都是她的影子。他目光专注，仿佛全世界只剩下时夏一个人了，眼神中带着茫然、疑惑和某些隐藏已久的东西。

　　"你……你别乱来。"时夏顿时慌了，不由得想起潜龙渊里的吻，脸烧得慌，想要后退，却发现这柜子太小，他们只能贴在一起。

　　"夏夏……"后池觉得自己可能中了什么法术，万年来很少波动的心境竟然开始不稳定起来，总觉得心里有什么在燃烧，而且越来越焦灼，好像只有怀里的妹妹可以帮忙缓解。他忍不住想要做什么，却不知道从哪里开始。或许他应该离她近点儿，再近一点儿……

　　眼看着他的唇就要压下来，时夏往后仰了仰，提醒道："等……等等后池，我……我可是你妹妹。"

　　"妹妹？"后池愣了一下，满脸疑惑，突然转头看了外面那两人一眼。

　　"灵须子哥哥……"

　　"谨儿，我的……好妹妹……"

　　时夏："他们并不是兄……"

　　她还没来得及解释，下一刻唇上一凉，温热的气息轻拂在她的脸侧。她只觉得嗡的一声，脑海中顿时一片空白。

　　这个吻一触即分，罪魁祸首却仍一脸迷茫的样子。他仿佛发现了什么新奇的事物，好奇地在她的唇边流连，亲一下，再亲一下，继续亲……

　　她再忍下去就不是人！她伸手一把圈住他的脖子，把人拉了下来，仰头就亲了上去，也不管他惊讶的神情，直接长驱直入，纠缠不休。

　　不就是调情吗？既然你不想再玩兄妹游戏，我就满足你！

　　后池原本清澈、好奇的眼神渐渐染上情欲，万年不变的冰山脸居然开始泛红，手已经无师自通地搂上了她的腰，而且越来越紧。

　　不得不说后池真的是个举一反三的好学生，除了一开始有些不知所措，很快就掌握了节奏，反客为主。就连时夏也不禁跟着他一起沉沦，全世界好像只剩两人如鼓的心跳声和唇上缠绵的触感。

　　"咳，两位是不是忘了什么？"寒玉出声道。

　　时夏吓了一跳，条件反射地推开眼前的人往后退，完全忘了自己还藏在柜子里。她用力过大，哐当一声摔了出去，还正好绊到了什么，下意识地抓住了后池。就这样，两人准确无误地倒在了那张十几平方米的大床上。

　　空气瞬间凝固了。

时夏尴尬地道："那啥，要不……你们继续？"

床上的两人愣了一瞬，很明显不接受时夏友好的建议。灵须子直接一掌拍了过来。

漫天的威压朝时夏袭来，时夏突然觉得腰间一紧，反应过来时已经被后池带到十几尺开外了。下一刻，轰隆一声，刚刚她倒下的半张床连同后面的墙一起被灵须子一掌拍成了碎片。半边房屋都没了，现场尘土飞扬。

"你们是何人？"灵须子厉声道。

他一挥手，一把仙剑就出现在手上。他全身杀气四溢，一副下一刻就要将他们碎尸万段的样子，如果他不是光着身子的话……

时夏抽了抽嘴角，没想到第一次见到的裸体男人居然不是后池。咦，她为什么要提后池？

后池皱了皱眉，直接捂住时夏的眼睛。

对面的人这才发现自己没穿衣服，脸色一黑，漫天的杀气一下散了。他开始满地找起衣服来："你……你们无耻！等着，别想逃。"

"走！"后池双手结印，一个传送阵顿时出现在他们脚下。她只觉得周身白光大盛，眼前的景致一换，瞬间到了另一方天地。时夏隐隐还能听到灵须子气急败坏的怒吼声，和轰隆隆的法术攻击的声音。

"你们俩给我站住，站住……"

时夏松了口气，好险，总算逃出来了！

灵须子不愧是太明派的掌门，要不是后池反应快，刚刚被那一掌拍碎的就是她了。

"这是哪儿？"时夏定了定神，转头看了看四周，却发现这里一片昏暗，只有旁边的油灯散发着微光。这里似乎是一个通道。

后池没有回答，匆匆结印，在周围布下几个阵法。

"咦，你布隐藏阵干什么？"他们不是逃出来了吗？

"隐藏我们的气息。"后池结完阵才道，"我们在大殿的下方。"

"啥？"时夏一愣，"大殿下方？我们还在太明派？"

"嗯。"原来她真的听到灵须子怒吼了。

"临时的传送阵法不能传送太远。"后池解释道，"之前在殿后查看情况时，我刚好发现地下有条通道。"

传送阵法虽然不需要耗费大量仙气，但布置步骤极为复杂、精细。普通传送阵需要几人合力，还得花费大量的时间，后池能在这么短的时间内布下这个阵法，将两人传送走，已经非常厉害了。

"放心，有我在。"后池安慰似的摸了摸她的头，想了想，又低头在她的唇上亲了一下，"这里很安全。"妹妹居然是甜的，他好喜欢！

时夏被亲得一愣，不由得想到刚刚意乱情迷的情景，脸一红，不敢正视对方那闪闪发光的双眼。

她虚什么？她又不是没谈过恋爱，虽然大部分被自家老哥以"你还小，不用急；男人除了哥哥，其他都是浑蛋"等理由拆散，但她好歹是有经验的。再说她和后池本来就不是兄妹，现在只是转换了一下男女关系，应该没什么吧？

时夏仔细想了一下，后池还真是个好男人，长得帅、修为高，最重要的是爱护她。这样的人，她动心也很正常吧？

她正想着，后池突然又亲了她一下，一副意犹未尽的样子，连搂着她的手都紧了紧。空气中似乎弥漫着暧昧的气息。

"后……后池。"她总觉得应该再确认一下。

"嗯？"

"你对我……到底……"啥意思？

"小主人！"寒玉突然兴奋地大声道，"我又感觉到主人的气息了。"

时夏听到暧昧的气氛被打破的声音。她又忘记寒玉也在了，这种关键时刻，寒玉能不能回避一下？

"这回很清晰，就在西边不远处。"寒玉一脸骄傲地保证道。

它等了一会儿，却没听到两人回应，抬头一瞅，呃，小主人的神情好可怕！它说错了啥？它只是朵无辜的花啊！

头顶传来一阵轰隆隆的声音，连他们这个狭窄的通道都开始掉灰了。看来灵须子气得不轻。

"接下来怎么办？"时夏问道。这条暗道如此简陋，完全不像是特意修建的，倒像是随意挖的，他们不敢随便探查。而且寒玉感应的时间很有限，无论这回能不能找到老哥，他们都得去西边看看。

"按兵不动！"后池摇了摇头道，"现在出去太危险，等外面安静后，我们再找机会。"

她听了听外面的动静，不由得有些担心："他不会找到这里吧？"

"不会。"后池解释道，"我已布下隔绝气息的阵法，这里是最安全的地方。就算那掌门能识破……"他掏出几张紫色的符纸递给她，"我们也来得及用这个转移到下一个地点。"

她接过一看，居然是随机传送符，而且有很多。原来后池做了两手准备。她松了一口气，又想：既然有传送符，那他刚刚为啥要用传送阵？

她瞅了瞅上头，俗话说得好，最危险的地方就是最安全的地方，谁能想到他们就躲在太明派的地下呢？再说了，后池的阵法她还是很有信心的，绝对不会……

轰隆隆一声巨响，上方的石壁被掀开了，原本阴暗的通道大亮，石头滚落一地，满天的灰尘糊了她一脸。

"哼，你们以为自己逃得掉吗？"气急败坏的熟悉的男声传了过来。

时夏顿时呆住。

"看你们往哪里逃！"灵须子咬牙切齿地看着他们，手间一动，万千道剑气铺天盖地地朝坑底攻了过来。

后池也唤出仙剑，剑招急速变换，四周骤冷，仙气涌动，剑气化龙。巨大的冰龙平地而起，迎了上去，所经之地全部冰封，连灵须子的剑气也被冻结了。

"哼！倒是有点儿本事！"灵须子躲过冰龙的攻击，意外地上下打量了后池一眼，接着冷哼一声，"只可惜……只是个金仙！"

话音一落，灵须子剑尖一转，左手不知道捏了个什么诀，刚被冰龙封住的剑气突然化成火焰燃烧起来，瞬间把四周的冰凌融化了。

后池再次挥剑，同时唤出五条冰龙，攻击过去，一时间千里冰封。

"哼，雕虫小技！"灵须子一脸不屑，法诀未停，顿时火焰高涨，形成一道十几丈高的火墙，把五条冰龙烧化了。

灵须子更加得意："就凭这样的法术也想伤到……"

他话还没说完，散落在空中的水滴突然变成一条条冰凌落了下来。冰龙原本就大，化成水滴就更多了，突然变成冰凌，居然无处不在。一时间天空下起了冰凌雨。

灵须子躲闪不及，再加上过于自信，居然没有撑起防护结界，好几次都被插了个正着，就连周身的火墙也逐渐维持不住。

"夏夏，"时夏正犹豫着是不是该在背后放冷箭时，后池却突然回来，并朝她伸出手道，"趁现在！"

时夏一愣，立马反应过来，一把拉住他的手，直接捏碎了手里的传送符。

这种符果然好用，时夏刚捏碎，白色的光就罩住了两人。

在灵须子脱困的前一刻，眼前的场景一换，他们瞬间转移到了……一间布满阵法的……石室。

"进去！敢大闹掌门的双修大典，你就在这儿被关一辈子吧！"一个愤怒的声音突然响起。

下一刻，一个女子被推了一把，扑通一声摔到了他们的面前。

"夏姐姐！"苏沁愣了一下，紧接着捂着嘴咳了起来。她应该受了很重的伤，浑身都是血痕，整个人如同一个破布娃娃般，仿佛下一刻就要没了气息。

虽然时夏早知道她被抓到了，但没想到她会伤得这么重。时夏皱了皱眉，掏出一颗养气丹递了过去："吃吧，吃了会好受点儿。"

苏沁愣了一下，有些感动和委屈地看了时夏一眼，接过养气丹吞了下去，挪动着坐了起来，调息了一会儿才问："夏姐姐怎么会在这里？莫非你也是被……"

时夏嘴角一抽，拒绝回答这个问题。她能说他们是自己传送进来的吗？

"后池，你给我的符不会是盗版的吧？"

后池也有点儿蒙，犹豫地说道："要不再传一次？"

对哦，她还有一沓符纸呢！她立马掏出剩下的符纸，深吸一口气，再次捏碎了一张，然后……什么都没有发生。

第二张……第三张……第四张……

为什么他们还在这里啊？

"夏姐姐，你刚刚捏碎的可是传送符？"苏沁突然开口，阻止时夏继续捏符。

"有什么问题吗？"

"没用的，夏姐姐。"苏沁叹了口气，因引发旧伤又咳了两声，"这里是太明派的密牢，石壁都是绝灵石，再加上刻了限制仙力的阵法。在这里，任何法器、符纸或是仙法都用不了。"

苏沁说完又咳了起来，边咳边吐血，身体痛得蜷缩起来。

"你……没事吧？你明明刚吃了丹药，为什么还……"时夏突然想起这里不能用仙法，兴许丹药的效果也没有原来大。

"我没……没事！喀喀……"苏沁拼命压制住自己的咳嗽，似乎想到了什么，咬牙道，"我是绝对……不会……死在那个贱人之前的！"

"值得吗？"时夏忍不住问道。

苏沁一愣，似乎不明白她为什么这么问，过了一会儿又了然，扯了扯嘴角道："原来刚刚在大殿前，夏姐姐也看到了？"

时夏没有回答。

"我也不知道这样值不值得。"苏沁笑了一声，眼里都是苦涩，"我只是……只是咽不下这口气。我与苏谨自小一块长大，我悟性、天资都比她好，所以什么都让着她，甚至帮她挡了飞升的天劫。可她……她却这样回报我！她明明知道我对灵须子的感情，还是……我不甘心！我怎么能甘心？"她越说越气愤，满腔的恨意似乎要喷发出来。

时夏叹了口气。这种姐妹互挖墙脚的事，她实在不能理解，一时也不知道该说什么。她四下看了看，决定还是先想想怎么不动声色地逃出去。

就在这时，牢门上的小门唰的一下被拉开。

"嚷嚷什么？我告诉你，没人救得了你！你……你们是谁？"看守的弟子睁大双眼，不可置信地看着突然出现在牢里的两人，立刻转头朝身后大喊，"来人啊，有人劫狱啦！"

时夏把手里剩余的符纸抓成团，趁对方还没有关上小门，直接朝对方的脸上扔去，大声喊道："看，烈焰符！"

可能是没有防备，看守的弟子居然没有怀疑这符的真假，还真就啊的一声，双手捂脸蹲了下去。

"后池！"

几乎同时，后池手间一转，密不透风的剑招就朝门上攻击过去。虽然这里不能用法术，但不代表不能硬闯，剑招可是纯物理攻击。再加上对方刚好打开了小门，等于暂时关闭了门上的防御阵法，他们现在不冲出去，等待何时？

481

只听轰隆一声响，整个铁门瞬间飞了出去，刚好打在蹲在地上的看守弟子的身上。

"夏夏，走。"

"嗯。"时夏跟了上去，刚要出牢门，一咬牙还是回头把地上的苏沁扶了起来："能走吗？"

"夏姐姐……"苏沁一愣，不可置信地道。

"别废话！"时夏瞪了她一眼道，"你要是跟不上，我可不会管你。"

苏沁眼神一闪，被时夏拉了出去，随后闷闷地道："谢谢。"

"来人啊！有人要逃跑！"他们出了牢门，那个被压在门下的弟子却突然爬了起来，朝外面大叫起来。

那么大扇门飞过去，他居然还没有被砸晕？

时夏抬脚朝他的屁股踹了过去。那个弟子还没有站稳，再次飞了出去，直接砸到了石壁上。他的声音戛然而止，这回他是真的晕了。

可这边的声响还是惊动了其他看守弟子，十几个人冲了过来。

时夏上前一步，站到后池身边，正考虑要不要直接冲出去时，一个有些散漫的声音响起："好端端的，什么事这么吵？"

下一刻，一个一身蓝衣的男子从石牢门口走了进来，拿着一把折扇，漫不经心地敲着手心。他看了这边一眼，似乎被突然出现的时夏、后池惊住了，脚步一顿，眼睛大睁，直接抓紧手里的扇子，嘴唇张合："小……"

"陆长老！"那些冲进来的弟子都向男子行了个礼。

"哟，我当什么事，"那个长老回过神，眼睛眯了眯，一下展开手中的扇子，笑得格外暧昧，接着道，"原来来了个小美人啊！"

"查师弟！"男子身后的弟子认出了地上晕过去的看守弟子，上前将人扶起，警惕地道："陆长老，这两个人想劫狱，要不要通知掌门？"

陆长老笑了笑："慌什么？人不都好好地在这里吗？"

"可是……苏沁是掌门特意交代要小心看守的，如果逃出去……"

"逃？"陆长老笑了笑，漫不经心地道，"谁逃得出这石牢？"他扬手一挥，两边的石壁突然大亮，一道道结界出现在他们眼前，每一道都散发着浓浓的杀气。

原来除了那间牢房，这石牢里还有这么多阵法，还好他们刚才没有直接闯出去。

"那这两人？"弟子指了指时夏他们。

"行了。"陆长老挥了挥手，不耐烦地道，"这里交给本长老，你们都下去吧。"

众弟子面面相觑，却不敢违抗他的命令，纷纷行礼退了出去。

一会儿工夫，刚刚还拥挤的石牢只剩下他们四人。

"小美人，不用怕。"男子笑得更加暧昧，朝时夏走了过来，眯着眼上下扫视了她好几遍，"有我在，没人敢伤你。来，跟哥哥出去，我带你去一个好地方。"他说着就伸手来抓时夏，一副色中饿鬼的样子。

"夏姐姐……"苏沁有些慌，拉着时夏往后退了一步。

后池直接上前，挡在了她们前面，握紧手中的剑，声音冷如寒冰："滚！"

"哟，还有人想英雄救美？"男子冷哼一声，似笑非笑地打量了后池一眼，"也不撒泡尿照照自己的样子，你这样的人小美人看得上吗？"

陆长老仰着头，眼神十分鄙夷，可视线转到时夏身上时，眼神又变得柔情似水。他咧嘴一笑，明明普通的脸突然艳光四射起来。他将手里的扇子一收，仍用那似是调情的语调道："小美人，怎么样？要不要跟哥哥出去走走？保管没人拦你。"

"不必了。"时夏皱了皱眉，过了很久才压下心中的怒气。

"别急着拒绝。"男子没生气，敲了敲手中的扇子，继续劝道，"虽然不知道你们是谁，但进了这石牢，任你法术通天，怕也很难走出去。不过只要你从了哥哥我，我不但保你平安无事，就连你的这两个朋友也一并放了，如何？"

"夏姐姐，别相信他。"苏沁有些着急，咳了两声才指着男子道，"此人修为深不可测，之前在大殿是他出手伤了我，就连太极剑也在他的手里。"

"啊，原来你就是刚刚那个抢婚的妹子。"男子上下扫视苏沁几眼，嫌弃地道，"啧啧啧，脏成这个样子，太难看了，难怪掌门不喜欢你。"

"你……喀喀喀……"苏沁气极，又开始吐血。

"我的小美人就不同了，我就喜欢你这种清爽干净的姑娘。"男子没有半点儿愧疚，仍不断朝时夏暧昧地眨着眼，一扬手直接唤出一把仙剑，一时间整个房间都充斥着仙气。

"太极剑！"苏沁惊呼出声。

"刚刚捡了点儿小玩意儿。"男子仍旧笑眯眯地看着时夏，"小美人，只要你从了我，我连这把剑一并送给你，怎么样？"

"好啊！"时夏点头。

在场的另外两人都惊呆了，齐刷刷地转头看向时夏。

"夏姐姐！"苏沁一副不可置信的表情。

后池更直接，眉头一皱，提着剑就朝蓝衣长老刺了过去。

"等等，后池……"时夏刚要阻止，后池已经冲出去了。

男子身形一转，避开对方的攻击，用太极剑跟后池打到一块了："哼，不自量力。"

男子手握太极剑，几乎每出一招，都能发出万千道剑气，如同同时出了千百招。后池虽然可以凭着剑招的优势支撑，但时间久了总会吃亏。

"走！"兴许知道自己撑不了多久，后池回头交代了一句，示意她们先出去，"我会去找你的。"

说完他直接砍向挡在她们面前的一道道结界，原本杀气四溢的结界全部碎了，瞬间有了一条通道。只是后池一分心，陆长老的剑招就到了，直朝后池的面门攻去。后池只来得及错开身，打算用身体硬接下这剑招。

"后池！"时夏的心一下提了起来。她哪还顾得上逃命？她直接就冲了过去，想挡在后池身前。陆长老突然睁大眼睛，像是被突然冲出的时夏惊到了，明明可以得手，却在最后一刻硬生生地收回剑招，手一偏，将太极剑扔到一旁。

随后，陆长老趁机抱着时夏退到了几丈之外，急喘两声，急切地上下看了她一眼，才暧昧地道："哟，小美人，这么急着对哥哥投怀送抱啊？"说着就低头朝她的脸亲了下来。

"夏夏！"后池脸色铁青，正要上来救人，时夏却再也忍不住，手心一紧，直接抬手朝身边人的肚子一拳砸了上去。

原本剑招凌厉、霸气十足的男子被这一拳打得痛呼出声，捂着肚子弯下了腰。

时夏没理会，顺手拧住他的耳朵，用力地提了起来，咬牙切齿地道："玩得开心吗？时——冬！"

# 第二十一章　妹妹的两个哥哥

男子被时夏揪住耳朵，痛得整张脸都抽搐起来，立刻认怂："啊啊啊……痛痛痛……"

"这么久不见，你长本事了啊？居然学会调戏自己的妹妹了！"她越说越气愤，拧耳朵的手也越发用力。

"啊啊啊……轻点儿！"他叫得更起劲了，"我错了，我错了……小妹，手下留情啊！我是你老哥，亲生的那种！"

"哼，现在承认了？你早干吗去了？"

"这不是形势所迫、剧情需要吗？"

"后面打架也是剧情需要？"

"痛……小妹我错了！这么多人，你给哥留点儿面子！"

她哼了一声，这才松了手。

另外两人有点儿蒙。

"就是你们看到的那样，这是我老哥！"时夏朝着某人翻了个白眼，回头对后池道，"我们找到人了！"

"主人！"寒玉立马蹦了出来，朝时冬扑了过去，"花花好想你啊！"

时冬这回倒是反应快，一把将扑过来的花拍了出去："你是谁啊？"

"我……我是寒玉啊，跟主人结成契约的花！"寒玉爬了起来，指了指自己的花盘。

"寒玉？"时冬沉思了一会儿，坚定地道，"不认识。"

时夏隐隐听到什么破碎的声音。

485

时冬揉了揉耳朵，又凑到她跟前道："小妹居然这么快就认出了哥哥，果然是哥哥的贴心小棉袄，哥哥好感动！"说着他一把抱住她，对准她的脸狂蹭，"你是啥时候认出哥哥的？"

时夏用力推开他的脸，道："在你叫我小美人的时候。"

小美人？那不就是他说的第二句话吗？

"你居然一眼就认出来了？这就是兄妹连心啊！"

"不！"时夏翻了个白眼道，"是这么恶心的称呼只有你会用在我身上。"

"还有……"时夏深吸一口气，"你再这样蹭我的脸，信不信我灭了你？"

"夏夏，你现在好冷漠，明明你小时候可喜欢哥哥蹭你的脸了。"时冬一脸委屈，蹭得更起劲了。

时夏完全没了耐心，转头看了另外两人一眼道："不好意思，我处理点儿家务事。"

语音一落，她立刻抓住某人，挥着拳头一顿揍。她早就忍不了了！

偏偏被揍的时冬还一脸幸福地道："果然是熟悉的拳头，好怀念啊！

"来，多打几下！哥哥永远是你的沙包。

"果然是我妹妹，连打人都这么的……啊……疼！

"我……啊啊啊……小妹……这回是真的疼。"

一时间，牢里回荡起某人的哀号。

时夏打了十多分钟，直到某人的脸上已经找不出半点儿原来的痕迹，才气喘吁吁地停手。

一刻钟后……

时夏："清醒了没？"

时冬："嗯。"

"说吧，你怎么变成了这个样子？"时夏瞪了他一眼。刚才她打人的时候就发现了，他现在这副陌生的模样并不是用法术变出来的。

"是不是被老哥的新形象帅到了？"时冬眨了眨眼，贱兮兮地笑着道。

"说实话！"

时冬愣了一下，笑容有些维持不住，沉默了一会儿才犹豫地道："出了点儿意外……所以就换了个形象。不过没事，我早就可以换回去了，只是现在这个形象更合适而已。"

"真的？！"

"真的！老哥什么时候骗过你？"他拍了拍胸脯。

时夏翻了个白眼："从小到大，你一直在骗我！"

他一时不知道说什么，过了一会儿才笑了笑："小时候的事就不提了，重要的是我们总算团聚了，老哥终于找到你了。"

"团聚……"时夏一愣，这时才意识到这个事，从穿越起就压在心上的那块石头这一刻真真正正地移开了。她的心里轻松了一瞬间，下一刻心酸、孤独、艰辛的感觉一起涌了上来。是啊，她找了老哥那么久，终于找到他了……

"小……小妹，你怎么了？"时冬紧张起来，"你……你别哭啊！"

"老哥？"

"嗯，我在！"

"老哥？！"

"是，在这儿呢！"

"老哥……"

"别哭，哥哥在这儿呢，在呢！"

"老哥，老哥，老哥……"她再也忍不住，大声哭了起来，把穿越以来所有的心酸、痛苦以及满腔委屈都发泄出来。

她找到老哥了，找到了……

"小妹……"时冬脸上嬉笑的表情全都没有了。他抱住几近崩溃的妹妹，轻轻地拍打着她的背，任她把所有的情绪发泄出来。

"你就是个浑蛋，到底跑到哪里去了？"

"嗯，我浑蛋！"

"你知不知道我找了你多久，知不知道我去了多少地方，吃了多少苦？"

"小妹最棒了！"

"你明明向爸爸妈妈保证过，你说过会照顾我的。"

"是！我错了。"

"我就只有你了，只有你了。"

"乖，我在。"

"我好怕……好怕再也找不到你。我想回家！"

"没事了，没事了。"

"……"

时夏也不知道自己哭了多久，只是把累积了这么久的情绪一股脑儿地发泄完才感觉嗓子有点儿痛。而时冬还在下意识地拍她的背，手忙脚乱地一边劝一边哄道："不哭了，老哥在。"

时夏吸了吸鼻子，正想把人推开，却有人快了一步。她只觉得手上一紧，被人拉着一个转身，下一刻就扑进了一个稍微凉一些的怀抱里。

"哥哥在这儿！"后池坚定地道。

"后池，你个老不死的想干什么？怎么哪里都有你？你居然还跟到仙界来给我添堵！"时冬瞬间炸毛了，一把抓住她的手，"快放我的小妹。"

"我的！"后池不肯松手，搂得更紧了。

"什么你的？这可是我的小妹！"时冬用力一拉，想把时夏拉回去，"放开，你再不松手试试！信不信我杀了你？！"

"你可以试试！"

"你是不是想打架？"

"打！"

"你真以为我怕你啊？"时冬拿着剑就想冲上来。

后池也不含糊，扬起了手里的仙剑。

眼看两人就要打起来了，时夏嘴角一抽，举起双手在他们的脑袋上各自拍了一下道："够了！你们有完没完？"

"小妹，"时冬觉得冤枉，"你怎么可以帮着外人？"

"夏夏……"后池也很委屈，明明都是哥哥，为什么时冬可以抱，自己却不可以？

"小妹，你别被这个人骗了。"时冬抓紧时间告状，"你不知道，他在下界时就仗着修为高老找我麻烦，坏了我好多好事！他这会儿接近你一定居心不良！"

"哼，还不都是你自找的？"

"你说什么？再说一遍！"

"哼，你自己打不过我，怪我吗？"

"老子灭了你！"

"怕你？"

"行了！"时夏大吼道，"现在是吵架的时候吗？这是什么地方，你们不知道吗？能不能把你们的脑子先捡回来？"

两人一愣，这才停了下来，对视一眼，双双别开了头。

时夏觉得脑仁疼，这两个人平时看着一个比一个精明，怎么一聚在一起就智商下线了呢？

"老哥，我们刚从灵须子那里逃出来，不能再待在太明派了。不管怎么样，我们先离开这里再说！"

"看到你后，我就猜到后殿的骚乱是你们闹出来的。"时冬指了指旁边一块颜色较深的石壁，"我在那后面留了一条密道，直通山下。"

他说着就朝那石壁走去，还顺手把后池拉了过去，瞪了对方一眼道："过来帮忙！"

时冬直接把手里的太极剑往石壁上一插，剑上的仙气源源不断地流到石壁下。没多久，石壁上出现一条两指来宽的裂缝。

时冬松开剑，双手插入裂缝，又瞪了后池一眼道："看什么？拉啊！"

两人合力把这块巨大的绝灵石拉开，里面出现一个黑漆漆的通道。

"小妹，快走。"老哥朝她招了招手。

时夏正打算跟上，苏沁却一脸茫然地拉了拉时夏的衣袖道："夏姐姐……"

"放心，他是我哥，亲哥！"时夏随口解释了一句，却特意避开了老哥真正的名字，"我们失散很久了。"

苏沁点了点头，虽然还有疑问，却没有再开口，跟时夏一起进了通道。

刚进去时夏就感觉全身一松，周身的仙气又恢复了。

仙气恢复后，时冬捏了个诀，石壁就自己合上了。

里面很黑，后池召出火球照明。后池走在最前面，之后是苏沁、时冬，时夏特意走在了最后。这条通道很简陋，像是随意挖出来的，看着还有点儿眼熟。

"老哥，大殿下面的那条密道不会也是你挖的吧？"时夏压低声音问。

"啊？大殿？"时冬想了一下，"那边的密道我挖得太多了，你说的是哪条？"

"你挖这么多密道干吗？"

"这不是为了调查吗？"

"调查什么？"

"当然是……"他话说到一半突然想起了什么，急切地问，"对了小妹，你的手机呢？还带在身上吗？"

"手机？"她点了点头道，"上次我在幽冥之海的时候捡到了你的手机，而我的……"

"赶紧扔了！"

"啊？！"为啥？

"没时间解释，快！先拿出来。"他的神情更加严肃，声音都大了几分。

后池和苏沁听到后，纷纷回头看向时冬。

时夏只好掏出手机递过去，老哥却看也不看，直接将手机丢了出去，还捏了个火诀，把地上的手机焚成灰烬。

"老哥……"时夏有些蒙，"没有手机我们怎么回去？"

"它是不会送我们回去的。"时冬表情凝重，再次问，"我等会儿跟你解释，另一部手机呢？2号手机。"

"2号可能……"时夏指了指自己的头，"在我的神识里。"

"什么？"他的脸色唰的一下白了，他焦急地问，"怎么会去神识？不行，一定得把它逼出来。这太危险了。"

"老哥！"她拉住眼前急得团团转的人，问，"到底怎么了？这个手机有什么问题？"

"先别管这个，那个任务还在发布吗？它有没有发生什么特殊情况？"

她摇头道："自从我上界以后，2号手机就完全没有反应了。"

"没反应？"他愣了一下，许久才松了口气，"那就好……"

"到底发生了什么事？"

时冬愣了一下，憋了很久才难受地问："夏夏，你知道我来这个世界多久了吗？"

"多久？"

"三万年。"

时夏感觉心都碎了。就在这时，时冬话锋一转，轻松地道："虽然中间换地图穿越了一万年，飞升之后又穿越了一万年，中间沉睡了几千年，前阵子闭关又过了两千年，但总的来说……"时冬掰着手指细数起来，数完还用力地叹了口气，"我家小夏夏不在身边，老哥实在是太可怜了。"说完他还假模假样地抹了两下并不存在的眼泪。

"下回说正事之前，"时夏嘴角一抽，扬手就朝他的后脑勺拍了过去，"能不能不要大喘气？"她还真以为他一个人在这个世界待了整整三万年。

时冬可怜兮兮地摸摸头："我这不是看你们太严肃，想缓和一下气氛吗？"

时夏没接话，心里却有些难受，转移话题道："对了老哥，你为什么说手机不会送我们回去？"

"小妹？"

"是我。"

他沉默了一会儿，严肃地问："小妹，你还记得我们做过的那些奇怪的任务吗？"

"当然记得。"她点头，"补混沌之气的缺口，修复炎凤守的那个冥界通道，还有驱除异形。"

"小妹觉得这些任务之间有什么联系？"

"联系？"她愣了一下，"说不上吧。不过严格说起来，这些都是救世的好事。"

"没错，就是救世！"他肯定地道，声音却越发沉重，"我比你早来这个世界，这种救世任务，系统发布了不下百个。"

"这么多？"难怪她去那些地方都能发现老哥的痕迹。

"嗯，可是直到现在，我依旧在这里。"

时夏一惊："你是说，这些任务没有尽头？"

"可以说是，也能说不是。"

"啥意思？"

"这些年，我一直在执行这些任务，有漏洞就补上，有错误就纠正，有坏人就驱除，从未有其他想法，"他笑了一声，"直到遇到了你说的那些……异形。那些东西你后来也看到了吧？"

"嗯，他们可以吞噬灵魂。"

"是的。"他点头道，"不仅可以吞噬灵魂，它们可以吞噬一切，而且没有实体，繁殖能力也强。这样的东西如果放任不管，估计用不了几年就会像病毒一样扩散开来，把这个世界毁灭。"

"这个任务跟其他任务有什么区别？"

"看起来的确没区别。"他冷笑一声，"但我发现，这个任务的描述十分特别。"

"什么？"

"我的任务上写着：修补漏洞，驱除位面入侵者！"

"位面？"时夏一惊，"那些东西不是这个位面的？"她明明记得自己的任务描述里没有"位面"这两个字。

"是的，他们是从别的位面闯入这个世界的，所以才所向披靡。"他继续道，"后来系统给了我一个道具。"

"什么道具？"

"一颗种子。"

"种子？"她想了想，猛地睁大眼睛，"潜龙渊的净生莲是你种的？"

"嗯，系统说那是唯一能克制入侵者的东西，只是，我没有那么做……"他继续道，"我发现越靠近那些入侵者，系统对我的影响力越弱，就连手机也经常死机。所以我暂时封住了幽冥之海的缺口，让入侵者的阴邪之气遍布幻海，然后一直在缺口附近研究摆脱系统掌控的方法。"

"那我上次见到你时……"

"那就是我摆脱系统掌控的时候。"他点了点头，"我们俩的系统应该是一体的。只要我摆脱系统的控制，它就不能再给你发布任务。只不过系统肯定在我原来的身体里留了什么，所以那部手机才一直出现在我身边。我丢弃过它很多次，但它每次都无声无息地回到我的口袋里。如果我想毁了它，就不能再待在原来的身体里。于是我找到了……后池那个浑蛋。"

"你让后池帮你脱离那个身体？"难怪后池会刺老哥一剑。

时夏不由得有些窝火："你是不是傻？万一出事了怎么办？"

"不会的，小妹。"他柔声道，"我算准了时间，在缺口的封印被冲破的一瞬间，吸收足够的阴气引来雷劫，强行飞升。刚好飞升时灵魂会震荡，这样既可以切断灵魂与身体的联系，又可以完好无损地飞升。再加上封印破除了，系统没空管我，会第一时间修补缺口。结果，我赌赢了！"

时夏再也忍不住，用尽全力一拳打在他的肚子上，瞬间把扬扬得意的时冬揍得弯下了腰。

她只想好好骂眼前的人一顿："你有没有想过，要是飞升不成功怎么办？要是你控制不住那些阴气怎么办？要是系统不管那个缺口怎么办？还有我，我怎么办？"

时夏气得肝疼，明明在以前的世界时，他不是这样一个不谨慎的人。现在他居然敢拿命来赌。

"小妹……"他被骂傻了，不知道该说什么。

他真的没想到她会突然出现在幽冥之海，还偏偏在那个时候。明明三千年前，他跟她通话后，找遍整个大陆都没有找到她。时冬立刻认怂，扑通一下跪在地上，毫不犹豫地道："夏大人，我错了！千错万错都是小民的错，还请您大人不计小人过，把我当个屁给放了！"

"滚！"

"好的，夏大人！您是希望小人往左滚、往右滚还是往前滚？"

时夏突然有些想笑，这人每次都来这招儿！

"夏姐姐，"苏沁突然一脸茫然地指着前面道，"前面好像没路了。"

兄妹俩一愣，走过去一看，前面的通道被什么挡住了。时夏借后池召出来的火球看了看，发现前方隐隐有法符："这个是……"

"应该是太明派的护山大阵。"时冬察看了一下，皱了皱眉问，"你们之前到底怎么招惹灵须子了？他连护山大阵都用上了。"

时夏窘了，默默地看了后池一眼，脑海里不由自主地浮现出一些令人羞涩的画面。

她立刻转移话题："咯，老哥，还有别的路吗？"

"有是有！"时冬犹豫了一下道，"只是我当初挖的密道太多了，一时也记不清其他路在哪里。"

"算了，要不我们回去吧？"他看看还有没有别的办法。

"不行！"这回出声的是后池，"护山大阵已经开启，一定是有人发现我们出了石牢。"

后池说得有道理。他们在这通道里走了一个多时辰，估计外面早就知道了。他们现在进退两难。

"现在该怎么办？"她习惯性地问后池。

"护山大阵的仙力在地底下相对薄弱。"后池沉声道，"可以找出仙气最弱的点，再试试是否可以冲出去。"

"好。"时夏仔细看了看四周，准备伸手感应阵法。

"小心。"后池拉住她的手道，"此阵法太过凶险，不可直接触碰，用神识探查就好。"

"哦。"时夏点头。

后池说完没有松开她的手，道："我来就好。你跟着我，在旁边注意阵法的变化。"

"好。"她站在后池旁边，两人分工合作，一个盯着阵法的变化，一个用神识探查，配合默契，画面和谐。

时冬瞅了瞅自家妹子，再看了看那个"阴魂不散"的人，总觉得这两个人之间的气氛怪怪的，让他特别……不舒服！他硬生生地挤到两人中间，把自家妹子拉回身后，觉得舒服多了。

"来，小妹，跟哥去那边看看。"时冬拉着时夏走到另一边，传音道，"小妹，后池那个浑蛋不是好人，你以后离他远一点儿！"

"你们不是好朋友吗？"时夏问道。

"谁跟这种变态是好朋友？"时冬翻了个白眼。

"那在幽冥之海时，你还把那么重要的事交给他？"

"我那不是迫不得已吗？谁让他比较好骗……咯，反正你离他远点儿就是了。"

她刚才是不是听到了一个"骗"字？

"话说回来，你还没告诉我，为什么非得摆脱系统的控制啊？"

"小妹，你还没发现吗？"他声音一沉，反问道，"如果那些异形是异位面的入侵者，那我们呢？"

时夏一愣，猛地睁大了眼睛。时冬和时夏都是从另一个世界来的。如果这个世界有入侵者，他们也算其中之一，区别只在于危险的大小而已。

如果他们真的按照系统的指示一路做任务，等所有的任务都完成了，会怎么样？系统是会送他们回去，还是会卸磨杀驴，清除他们这两个最后的入侵者？

时夏觉得脊背发凉，顿时出了一身冷汗。她觉得老哥的猜测很有道理，因为她确实被系统耍过一次。早在执行这些特殊任务之前，她就充当快递员，穿越到各个地方送一些莫名其妙的"金手指"。当初她以为送完这些东西就可以回家了，但系统没有兑现诺言，反而把她扔到了这个世界。

时夏点点头，又想起了什么，问："那你为什么会在太明派？"

"因为灵须子。"他神色一沉。

"啊？"她一脸震惊。

时冬继续道："我觉得那个人有点儿奇怪。他几年前只是金仙，离重仙还很远，这几年修为却噌噌往上升，如今已到重仙后期。"

"兴许是人家特别努力呢？"

"你不觉得他身上有股违和感吗？就像……"时冬沉着脸道，"就像以往我们面对的那些任务对象。"

"你是说……"时夏一惊。

"我只是猜测，毕竟我身上已经没有系统了。"时冬继续道，"但如果他真的有问题，我们或许可以从他身上找到回家的方法。"

原来如此！时夏点点头。

"对了，小妹，你怎么会跟后池在一块？"时冬突然问道。

时夏还没来得及回答，另一道声音却突然在脑海中响起："她是我妹妹！"

时冬顿时怒了："居然偷听我和小妹传音，你不要脸！"

"我一直都在。"后池冷冷地回道。

"哟，偷听别人说话，你还有理了？你给我说清楚，谁是你妹妹？"

"行了！是我拉他进来的。"时夏立马打断道，"后池不是外人，多个人多个主意啊！"

"他不是外人谁是外人？"时冬不干了。

"你们一个是我的亲哥哥，一个是我的男人，哪来的外……"

"你说什么？"她话还没说完，时冬突然一把拉住她，连传音都忘了，直接大声道，"你刚才说他是你什么？你再说一遍！"

"呃……"她刚刚有说什么吗？"老哥，我跟后池其实……"她想起之前的事，脸控制不住地变红了。

时冬彻底怒了，根本听不进任何话，举剑朝对面砍去："后池！我问候你八辈祖宗！"

两人打到一块了，而且招招毫无保留，一个比一个狠。一时间，整条密道都是两人凌厉的杀气，震得上方的石块唰唰地往下掉，剩下的两人完全没了立足之地。

时夏刚要上前阻止，一道剑气直接打在了她身边，墙上瞬间出现一个大坑。

"都给我住……"她话还没说完，突然脚下咔嚓一声，一脚踩空，整个人直直地往下掉。

"小妹！"

"夏夏！"

两人总算停了，都想去救人，却狭路相逢，怒火丛生，又同时一掌击向对方。

时冬："别碰我妹妹！"

后池："别碰我妹妹！"

于是，时夏从十几米的高空狠狠地砸在了石板上。

"小妹！"

"夏夏！"

两人同时上前扶人。

"滚！"果然两个哥哥没一个靠谱的！

"难怪寻不到你们，原来你们躲在这里。"他们背后突然传来一道耳熟的声音。

时夏转头一看，顿时惊了："灵须子！"

一身红衣的灵须子站在不远处似笑非笑地看着这边，比起在殿上正气凛然的样子，此时的他看起来带着几分邪气。

时夏莫名有种不祥的预感。

时冬上前一步把她拉到身后，挡住对方的视线："灵须子掌门，好久不见。"

"陆长老？"灵须子愣了一下，冷笑道，"原来是你！难怪他们能从石牢里逃出来。也罢，你既然敢背叛本派，想必做好了以死谢罪的准备。"

"掌门还是这么冷酷无情！"

时冬打开扇子，淡定地扇了扇："你问都不问一下，就判断我背叛了太明派，万一冤枉了我怎么办？还是说……"他眼睛一眯，往周围一瞟，"掌门被我撞破了什么秘密，急于杀人灭口？"

灵须子顿时脸色铁青。

时夏一愣，看向四周，顿时倒吸一口凉气。这个地方跟足球场差不多大，四周一片血红，像是被什么浸染而成的。她现在站的地方是一个五六十平方米的白色平台，刚好就在那个密道的下方，而平台下是空的，隐隐可以听到什么东西蠕动的声音，脚

494

下白色的石块上随处可见一块块深红的印记，而空气中弥漫着一股浓郁得几乎让人作呕的血腥味。

时夏身体一抖，有些不敢想象那平台之下是什么。灵须子堂堂一派掌门，为什么会在这样的地方？而且他一副淡定自若的样子，看来经常来这里。不，应该说这个地方就是他造的。

"你用不着逞口舌之能。"灵须子冷哼一声，盯着时冬道，"今日你们都得死在这里。"灵须子手间一转，顿时唤出一把通身血红的长剑。

"喂，老不死的！"时夏的脑海中突然传来老哥的传音，语气格外严肃，"一会儿我挡住他，你带小妹先走。"

"知道。"后池握紧了手中的剑。

时夏嘴角一抽，他们刚刚还打得你死我活，现在就相互配合对付敌人了？她忍不住翻了个白眼道："你们是不是忘了还有护山大阵？"她能跑去哪里啊？

时夏接着道："再说灵须子怎么说也是个重仙，你干吗非得单挑？群殴不是更好吗？"

时冬、后池：妹妹说得好有道理，他们无言以对。

"你们两个进攻，我负责……放暗箭。"

"好吧……小妹你自己小心。"时冬嘱咐道。

"嗯。"

两边刚要动手，苏沁突然从上方的密通飞了下来。

"夏姐姐，你们没……"她刚要询问，突然睁大眼睛，看向灵须子的后面，"苏谨！"

经她提醒，众人这才发现灵须子的身后还有一个人。不过对方是躺在地上的，气息微弱，衣衫不整，上面隐约有血迹。

"她怎么……"苏沁愣住了。

灵须子眉头一皱，有些恼怒，挡住地上的人，道："没想到你也逃出来了。"

"灵须……"苏沁不知道是想到了什么，突然面露狂喜之色，"灵郎，你是明白了是不是？你终于看出那个贱人的真面目了？"

时夏震惊地看向欣喜的苏沁，这妹子没毛病吧？苏谨躺在地上，身受重伤，这绝对是灵须子干的！正常人的第一反应不应该是警惕这个对新婚妻子动手的人吗？

"我就知道……"苏沁仍沉浸在爱人浪子回头的喜悦情绪中，"你总有一天会清醒的！只有我是真心爱你的。"

"苏沁……"灵须子皱了皱眉头，眉宇间闪过一丝厌恶，但似乎想到了什么，突然朝着苏沁笑了笑，"是啊，沁儿，我总算知道谁才是真正对我好的人了，过去是我不对。"

"灵郎……"苏沁一脸感动，抬脚就要走过去。

时夏急了，一把拉住苏沁，恨不得一巴掌把她拍醒："你是不是瞎？你没看到他是怎么对你姐姐的吗？"

"你放开我！"苏沁直接甩开时夏的手，面露敌意，"你懂什么？这都是那个贱人咎由自取，是她勾引了灵郎。"

"没错！沁儿，我总算看清楚了，苏谨根本不爱我，只是看中我掌门的身份。"灵须子一脸深情地看着苏沁，眼底却一片冰冷，哪有半分真心？"就在刚刚，她趁我不备想抢我的法器，我一时情急才……"

"我相信你……"苏沁直接扑进对方的怀里，泪水哗啦啦地往下掉，"灵郎，太好了，你终于想通了！"

"沁儿。"

时夏无语。

"对了，灵郎。"苏沁突然转头指着他们道，"那个陆长老应该就是之前打伤你的魔仙。"

时夏再次无语了，他们当初就不应该救苏沁出来！

"原来如此！"灵须子看向时冬，"难怪我故意放出魔仙被抓的消息也没把你引出来，原来你早就潜伏在本派了。"

"唉，没想到这么快就暴露了。"时冬笑得轻松，握起手中的剑说道，"不过，我能揍你一次，就能揍你第二次。"

"哼，你以为我还是之前的我吗？"灵须子眼神一狠，仙气暴增，一时间整个地底都是他恐怖的威压。这么强的仙力，灵须子这是晋升为上仙了吗？这也太快了吧？！

后池和时冬不再耽搁，直接飞上去与灵须子打了起来。

时夏虽然没问过老哥，但他之前可以潜入太明派并打伤灵须子，修为也应该是重仙。但灵须子已经是上仙了，就算时冬与后池联手，对付灵须子也有些吃力。她唤出灵剑，紧盯着上空的三人，原本想找机会补补刀，却发现自己根本插不进去。

"哼，你也有今天。"苏沁不知道什么时候蹲在了昏迷的苏谨旁边，用满是恨意的眼睛瞪着苏谨，"我真后悔当初助你飞升，你早就该死了！"

说着，她一掌朝苏谨打去。

时夏刚要上前阻止，脑海中突然响起熟悉的提示音。

"发现失控目标，检测目标威胁性……"

"检测结果为：极度危险！请立即排除，请立即排除！"

系统？！

老哥不是说系统消失了吗？为什么她的系统还在？还有，什么是失控目标？难道是……

她抬头一看，果然，灵须子的四周突然出现了四五个红色箭头，而且一明一暗地闪着光。

"请立即排除！请立即排除！倒计时五分钟，读秒完成后，强制执行！"

"00:04:59，00:04:58……"

居然还有时间限制？我就是不执行，你能怎么样？

"执行者拒绝执行任务，启动惩罚机制！"

时夏的耳边突然传来电流声，下一刻神识中传来剧痛，痛感瞬间传遍全身。时夏喷出一口血，站立不稳，直接跪了下去。

"小主人！"寒玉最先发现了她的异状，"你怎么了？"

好痛！她的神识仿佛正被人撕扯一样，这种痛比任何身体上的痛都剧烈，仿佛来自灵魂之中。

"小主人，你不要吓我啊！"寒玉急得团团转，"你到底哪里受伤了？"

时夏痛得缩成一团，拼命地抱住几乎要炸开的头。

"小妹！"时冬也注意到了她的情况，一分心，灵须子的剑气就逼到了眼前，幸好后池一剑挡了过去。

"夏夏！"后池想要回来察看她的情况，却抽不开身。

"小妹，你怎么了？快回答我。"时冬只能高声喊道。

她已经痛得听不清四周的声音了，下意识地抱着头道："头……好痛！"

"头？神识！"寒玉一愣，突然想到什么，兴奋地扬了扬花枝道，"小主人不要怕，我马上救你。"它花枝一抖，身上顿时飘出绿气，下一刻整个花枝像枯萎了一般蔫了下去。

时夏只觉得一丝清凉的气息飘进脑海，暂时缓解了疼痛，下一刻寒玉就出现在她的神识之中。

"这……这是什么？"寒玉一愣，看见时夏神识中正满天乱飞App，顿时傻了眼。

"寒玉……"时夏深吸一口气，用最后一丝理智道，"最中间那个红色的，就是系统的真身。"

寒玉反应过来，花枝疯长，化成一条条粗壮的藤蔓缠上中间那个App。

下一瞬，原本乱飞的其他App暗了下去，变成了灰色，而时夏身上的痛感也慢慢消失了。

"小妹！"

"夏夏！"

后池和时冬终于找到机会飞了回来。

"怎么回事？"时冬扶起时夏，惊慌地问，"你刚刚怎么了？"

时夏全身都是汗，喘息了很久才有力气答道："是系统！"

时冬猛地睁大眼睛："那浑蛋果然还活着！这回又是什么任务？"

时夏没有回答，只是转头看向也回到地面的灵须子。

"他？"时冬脸色一沉。

灵须子的修为肯定是通过什么逆天的手段提升的，否则系统也不会把他当成目标。

"小妹，你现在怎么样？"

"寒玉在我的神识里，暂时压制住系统了。"时夏解释道，"但它可能撑不了多久。"时夏能感觉到寒玉的藤蔓已经在开裂了，而且那个五分钟的倒计时并没有停下。

后池盘腿坐下，捏诀将仙气传入寒玉体内，转头交代道："挡住他！"

"还用你说？！"时冬握紧剑，警惕地看向对面的灵须子。

"今天你们注定死在这里。"灵须子扫了一眼地上的人，一脸得意，"陆长老，我看你还是赶紧认输吧！兴许我心情好，还能饶你一命。"

"你还是不是男人？要打就打，"时冬长剑一指，"讲那么多废话干吗？"

灵须子的脸色瞬间黑了。他正要回话，身后的苏沁却先一步跳出来，朝时冬道："哼，你个不识好歹的魔仙，敢来我太明派，你以为你逃得掉吗？你要是认输，或许……灵郎会从宽处理你的妹妹。"

"谁说我要逃？要走也要先灭了你们！"

"你……"

"沁儿，别跟他耍嘴皮子。"灵须子冷哼一声，"看他能猖狂几时！"

"嗯。"苏沁点头，这才退了回去。

灵须子上前一步，手中的剑一扬，周身顿时出现万千道剑影："今日你们一个也别想活着离……"

他话还没说完，变故突生，正往回走的苏沁转身一剑刺进他的胸口。鲜血瞬间打湿他的衣襟。

灵须子睁大眼睛，震惊不已。

苏沁却突然朝他的身后高喊了一声："姐！"

地上阵法大亮，只见原本躺在地上已经绝气的苏谨突然飞了起来，在苏沁开口的瞬间，直接用法器刺穿灵须子的丹田。转瞬之间，刚刚还气焰嚣张、不可一世的灵须子就被刺穿了两次。

"灵须子，你的死期到了！"苏沁一字一句地吼道。

"你……你们……"灵须子眼睛暴突，面露不解之色。

"哼，你当真以为我们姐妹看不穿你的目的？"苏沁冷笑一声，一把拔出他胸口的剑，一副大仇得报的表情，"你真以为我姐看得上你这么恶心的人？若不是为了我，若不是为了救我，她会委身于你这种禽兽？"

她越说越大声，抬腿一脚踹了出去。

灵须子抬手一挡，身形一闪，退到几步开外。

苏沁没有管他，反而上前几步扶住苏谨，急切地问："姐，你怎么样？"

"我没事。"苏谨摇了摇头，给了苏沁一个笑容。

在场的众人，别说是灵须子了，就连时夏都蒙了。

"你们……你们一直在骗我？"灵须子气得不轻，用手压着胸前的伤口，瞪向场中两人。

"骗？你怎么不说一开始你就是看中了我们的纯阴之体？"苏沁冷哼一声，"我们姐妹既然能飞升上界，会看不穿你的虚情假意？"

能飞升上界的有几个是傻瓜？况且她们姐妹还是一起飞升的，必定感情深厚、彼此信任，怎么会因为一个男人翻脸？

"我们姐妹体质特殊，在下界见多了你这种伪君子。"苏沁的眼里都是鄙夷。

纯阴之体是最好的炉鼎体质，她们姐妹在下界遇到的磨难多到说都说不完。

"你出现的第一天，我们就知道你有什么打算。若不是因为你的修为高我们太多，我姐又何苦为了我……"苏沁似乎想起了什么，手瞬间握紧，青筋暴突。苏谨抓住她的手，冲她摇了摇头，她这才控制好情绪，道："灵须子，你的死期到了。虽然不知道你练的是什么邪功，但每一个死在这里的冤魂都在地狱里等你！"

"你以为你们杀得了我？！"灵须子冷哼一声，握紧拳头站了起来，还没站稳却身形一晃，又跪了下去，顿时脸色大变，"你们……你们做了什么？"

他周身的仙气开始往外散，修为急速倒退，从上仙到重仙后期、中期、前期，很快跌到了金仙。

"暗云城城主的销魂杵，灵须子掌门可听说过？"苏沁笑着看了看仍插在对方背后的法器，"为了拿到这个可吸食仙人修为的宝贝，我可是差点儿把整个太极殿都翻遍了。"

"销魂杵，你……"灵须子这才慌乱起来。

"放心，我们不会要你的命，只是想废了你的修为。"苏沁道，"你这么对我们姐妹俩，我怎么可能让你死得这么痛快？"

"原来你去太极殿偷太极剑只是个幌子，真正的目的是去暗云城换这个！"

"没错！要不是那城主只要太极剑，我也不会去偷剑，后来还……"她愧疚地看了时夏一眼，又转头瞪着灵须子道，"你不会以为我们姐妹对你一片真心吧？"她一副被恶心到的表情。

"哈哈哈……"灵须子不怒反笑，死死地盯着相互搀扶的两姐妹道，"好啊！我灵须子英名一世，居然被你们两个贱人耍了，怎么着也要回报一二……"

时夏心一沉，不好，连忙喊道："老哥！"

时冬反应过来，提剑冲了过去，凶猛的剑气直逼对方。灵须子躲都没躲，突然从身侧掏出一个白色的珠子，朝时冬扔了过去。

白光大盛，时冬直接被那白光弹了出去，摔倒在地，吐出血来。

"老哥！"时夏有些着急。

灵须子没有停下，把背后的销魂杵拔了出来，也不管后面血流如注，扬手朝苏沁她们一挥，双手成爪形一收，两人直接朝着他飞了过去。

灵须子死死地掐着两人的脖子道："既然你们早已看破我只是想借你们修行，那我不物尽其用，岂不枉费了你们的一番好意？"

也不知道灵须子做了什么，苏沁和苏谨根本来不及反抗，全身的仙气开始暴增，不一会儿就七窍流血、无法动弹了。而灵须子的修为却以肉眼可见的速度恢复，从金仙初期、中期到后期，再迈入重仙阶段。

不行，他不能恢复修为！

"后池！"时夏回头看向后面的人。

后池看了她一眼，皱了皱眉，有些犹豫。

"放心吧，我已经没事了。"

后池这才拿起身侧的剑，与时冬几乎同时发动攻击，万千把灵剑向灵须子攻去。然而这次攻击并没有奏效，灵剑直接被那颗白色珠子发出的光挡了下来。

灵须子沐浴在白光之中，修为疯狂地往上蹿，已经升至重仙后期了。


时夏心急如焚。

灵须子被那颗珠子保护着，后池和老哥根本近不了他的身。苏沁和苏谨费了那么大的力气换来的转机难道就这样没了吗？

灵须子的功法简直太可怕了，也不知道他到底做了什么，苏沁和苏谨已经浑身是血了，像是要被暴增的仙气撑爆一样，再这样下去她们两个人会死的。

还有，那颗珠子到底是什么法器？它力量这么强，时夏看着还觉得眼熟。

等等！她睁大眼，仔细看了看那颗珠子。

这不是她当初送快递时，送给一个乞讨的小孩儿的珠子吗？她记得当初系统说这颗珠子是……

"哥，攻击那颗珠子！"时夏直接大声喊，"那不是法器，是空间！"那颗珠子里有一方小世界，仙气连绵不断，后池和老哥怎么能跟整个世界的仙气抗衡？

"你怎么知道？"灵须子一脸惊讶地看向她，突然想起了什么，睁大眼睛，"是你？！"

后池和时冬没有犹豫，全力朝上方那颗珠子发出一击，雷光夹杂着冰龙冲向白色的珠子。只听咔嚓一声脆响，那珠子裂开一条缝。周围的灵气开始不稳，灵须子高涨的修为也停了下来。

珠子晃动起来。时夏暗叹糟了，那珠子要炸了。

"快闪开！"她大声喊道。

果然下一刻，一股庞大的力量从那颗珠子里迸发出来，朝四周扫过去，直接把这个地底空间轰出一个大洞。

"老哥，后池！"时夏撤下防护的结界，着急地寻找两人的身影，直到看到远处安然无恙的两个人才松了口气。幸运的是他们不但没有受伤，还救下了苏沁姐妹。

不过，灵须子去哪里了？

"原来是你！"突然，她的身后传来一道阴冷的声音。

时夏立刻拔腿狂奔，但还是晚了。一只冷得刺骨的手瞬间掐住了她的脖子。她只觉得呼吸受阻，整个人都被提了起来。她想调动灵气反击，神识中却再次传来剧痛。她张口又喷出了一口血。

"小……主人……"寒玉的声音传来，微弱得几乎听不见，"对不起，花花……阻止不了它。"

不，寒玉，你已经尽力了。

"哈哈哈……没想到我还能再见到你！"灵须子双眼赤红，一只手死死地掐着她的脖子，表情疯狂。

"夏夏！"后池与时冬睁大眼睛，立刻冲了过来。

灵须子眼里的红光更盛，突然将一手插进自己的胸口，捏了个诀结阵。四周一阵晃动，一条条鲜红的血流突然出现，顷刻化成一道血墙，还有无数由血化成的血刃朝时冬他们攻击过去。

"灵血祭！"时夏没想到灵须子居然会用这个法术。灵血祭是以自身精血为引的一种攻击手法，维持这种法术消耗的是术者的精血。精血一尽，他的命就没了。这几乎是以生命为代价的法术。

"老天果然待我不薄，竟然让我再次遇到了你！"灵须子兴奋到了极点，连抓着她的手都紧了几分。

他这是什么意思？

"哈哈哈，飞升之后我就再也打不开那个空间了。"灵须子像是突然找到了倾诉对象，兴奋地颤抖着道，"我只能用纯阴女子的血打开那个空间，继续吸收仙气、提升修为。"

原来他骗苏沁与苏谨，是为了用她们的血打开那个空间，提升自己的修为。

"现在空间毁了……"他眼神黯了一瞬，立马更加兴奋地道，"不过没关系，你来了！那个空间就是你的，你一定可以打开。你帮过我一次，助我飞升，自然也能帮我第二次，让我成神，是吗？恩人！"

时夏根本没机会说话，只觉得全身的仙气正在疾速流失，全被灵须子吸走了。她的四肢已经麻木了，连意识都有些不清楚了，耳边隐隐回荡着老哥和后池的声音。

然而这只是开始，灵须子吸完她的仙气后，居然强行闯入了她的神识。

"小主人……"还抱着系统 App 的寒玉慌了，扬起花枝抽向灵须子，但压根儿不是他的对手。灵须子一挥手，寒玉就被打倒在地，系统 App 也丢了。

"哈哈哈……你果然是不同的。"灵须子疯狂地道，"原来这就是你的秘密，这就是成神的秘密。"

神？他不会把她当成神了吧？

灵须子越来越兴奋，而时夏已经被剧痛折磨得连开口的力气都没有了。

突然神识一颤，一股巨大的吸力传来。灵须子疯狂地催动法术，全力吞掉了——一个 App。

时夏心想：他居然只是想要这个？

叮！脑海中突然响起熟悉的声音。

"发现非法入侵者！发现非法入侵者！"

系统发出急促的嘀嘀声，一声比一声急。

这灵须子还真厉害，连系统都怕！

可能是他的行动太突然了，系统对时夏的惩罚也停了下来。她脑海中的剧痛感消失，连倒计时都不见了。

"发现非法入侵者！发现非法入侵者！"

"启动防御机制。"

"能量不足，防御失败。"

"系统即将被迫转移。"

一个接一个 App 被灵须子吞了，系统 App 也缓慢地向灵须子靠近。

诡异的是灵须子的修为也在疾速上升，从重仙直接到了上仙初期、中期、后期，直奔大圆满。

时夏惊呆了，为什么这些 App 在她的神识中什么作用都没有，一到灵须子的身上，就成了十全大补丸？

"哈哈哈……我终于可以飞升成神了！"灵须子笑得疯狂。

由于修为疯长，他唤出来的灵血祭阵法也更加厉害。不到片刻，时冬和后池就受伤了。

时夏紧张地叫道："老哥……"

灵须子的修为还在增长。她隐隐听到什么破碎的声音，终于，灵须子飞升了。

同一时间，空间扭动起来，上空突然出现一个巨大的黑色洞口，透着浓厚的天道之威。

一股仿佛源于天地的威压从洞口传出，全世界像是被按了暂停键，所有骚动都停了下来。后池和时冬直接被这股威压压制得不能动弹。

"这是……神界入口？这一定是神界入口！"灵须子死死地盯着那个黑色的洞笑道，"哈哈哈……我要飞升了，我终于修炼成神了！"

灵须子拎起时夏，朝那个入口飞去。

"夏夏！"

"小妹！"

后池和时冬心急如焚，可在那天地的威压之下，别说救人了，连站立都困难。

时夏在心里狂骂灵须子。他这个变态，为什么飞升了还要抓着她？

很快她就明白为什么了。因为灵须子依旧在强行吸收 App，就连系统的"仙"字 App 都快被他吞了。整个 App 都快被拉扯成菱形了，然后，它掉色了！

可能是吸力太大，原本彩色的 App 突然变成了灰色的。而灵须子已经飞入那巨大的黑色洞口了。

时夏只觉得眼前一黑，同时响起的还有系统变了调的声音。

"转移对象不符合宿主要求。"

"启动自毁程序。"

"能量调配完毕，启动！"

"仙"字 App 颤动了一下，突然发出一道强烈的白光，直接攻向神识中的灵须子。

"啊！"

灵须子的神识直接被弹了出去，但系统没有停下，白光越来越亮，几乎布满她的神识。

它不会在她的神识里自爆吧？

剧烈的疼痛感再次传来。与之前不同，这次疼痛的程度几乎是之前的十倍，让人只求速死。

"小主人！"神识里传来寒玉的呼喊声。

时夏用最后一丝理智喊道："快走！"

"可是小主人，你……"

"快走，快走！"

"不行！"寒玉突然强硬起来，花枝一颤，也顾不得会被系统的白光切成碎片，直接朝那个变形的 App 扑去，用尽全身力气抱住了图标，一边疯狂地缠绕枝条，一边打气般地念道，"我是勇敢的花花，我是勇敢的花花……"

"寒玉……"

时夏急得想哭，可意识越来越涣散，直接晕了过去。


再次睁开眼的时候，时夏看到了一片蔚蓝的天空。她猛地坐了起来，有影子，有呼吸，四肢健体。她没死？！这简直是奇迹。

寒玉！时夏心一沉，立马坐直内视神识，却感觉脑海中传来一股钻心的痛。可能是因为系统自爆了，时夏的神识虽然没有散，却被震得遍布裂纹，稍一碰触就痛得钻心。

她管不了那么多了，咬牙直接冲了进去，却发现神识中空荡荡的，什么都没有。

"寒玉……寒玉！"她大声呼喊着寒玉的名字，每喊一声，心就凉一分。寒玉一直没有回应她。

"寒玉！"

"小……主人？"突然，一个声音在神识中响起，极其微弱。

"寒玉？"时夏心一沉，细看神识，只见中间正飘着一个四四方方的图标，若隐若现。

这是寒玉？

"小主人，你没事吧？"寒玉的声音从图标里传了过来。

"我没事。"她努力控制着音量，心里紧紧地绷着一根弦，仔细地打量着发出寒玉声音的图标。

这是一个她从来没见过的图标，是绿色的，中间画着一朵快要枯萎的白色小花。

上面那熟悉的气息让她确定这就是寒玉。可寒玉为什么会变成一个 App 啊？

"发生了什么事？你怎么会变成这样？"

"我不知道……"寒玉也很疑惑，回忆了一下才道，"我只记得我抱着那个……东西，它要自爆，仙力很强大。小主人的神识肯定承受不住，我一着急……就把它吃了。"

"……"

它把系统吃了？！那可是她和老哥都束手无策的系统，寒玉就这么轻易地把它吃了？

"那你有没有怎么样？有哪里不舒服吗？恶心吗？反胃吗？呕吐吗？"你不要乱吃东西啊！

"没有。"寒玉晃了晃，"就是……"

"怎么了？"

"有点儿撑！"

"……"

"小主人，这个东西的仙力太强了。"寒玉的声音带着点儿兴奋，"我感觉……感觉自己无所不能。"

时夏一愣，突然想到了一个可能："你不会是……把整个系统都吸收了吧？"

"我也不清楚，只是到现在都没有消化完，而且它的记忆好奇怪，我都看不懂，好多东西还锁住了。"

"你可以看到它的记忆？！"时夏一惊。

"花花也不知道吸收的这些是不是它的记忆。"它的声音有点儿茫然，"什么漏洞、修复者、最高级别指令之类的，小主人，这些到底是什么东西？"

"我也不知道。"

这个系统出现得莫名其妙，之前自己还能与之对话甚至讨价还价，但越到后来它越强硬，仿佛失控了。

"寒玉，你确定已经完全吃掉它了？这样会不会有什么副作用？"

"应该不会。"寒玉有些犹豫地道，"我已经感觉不到它的魂魄了，它威胁不到我。"

504

"那就好……"看来系统的自我意识已经消失了。

"而且我发现，它好像知道很多关于主人和小主人的事。"

"我们的事？"时夏心里一紧。

"嗯，什么异界执行者、紧急维稳方案、觉醒计划……"它十分疑惑，似乎完全搞不懂这些都是什么意思。

"还有什么？它有说到我们回去的方法吗？"时夏有些着急，不由得抓紧了手。如果寒玉真的吸收并控制了系统，那他们是不是还有回去的希望？

"我吸收的东西太多太乱了，可能还需要些时间，才能找到想知道的事。"

"你别急！"时夏叮嘱道，"千万小心！这个系统很神秘，没准儿还留着后手。"

"放心吧，小主人，妥妥的。"

时夏松了口气，这才开始打量起四周的环境来。她站的地方是一片花海，一望无际，神奇的是每一朵花都似乎蕴含着庞大的灵力。光是闻着花香，她都觉得修为有些提升的倾向。若不是因为神识受损，估计她直接可以升一级。

这是什么地方？为什么灵气如此浓郁？难道她到了神界？

"神界！这么浓郁的灵气，绝对是神界！"时夏正想着，前方突然传来熟悉的声音，"哈哈哈！神界，我终于飞升成神了！"

时夏愣住了。

她要不要这么倒霉？这灵须子怎么还活着？

她正打算悄悄离开，灵须子却突然转过头来，死死地盯着她道："恩人！说起来我还真的要感谢你，以前你给了我空间，助我飞升成仙，现在又助我成神！"他话锋一转，"不过……此界灵气如此充裕，比之前空间的也相差无几。那我留着你也没什么用了。"

这个恩将仇报的浑蛋！

时夏想逃走，却发现全身无法动弹，已经被他定在原地。

"去死吧！"他高喊一声，单手成爪形就朝她扑了过来。

下一刻，时夏只觉耳边一阵劲风扫过，一条巨大的尾巴从天而降，直接压在灵须子的身上。

转瞬间，刚才还嚣张得不可一世的灵须子就被拍成了一团肉糊糊。

"哪来的虫子？吵死了！"一道怒吼声传来。

四周突然晃动起来，平地上升起了一座圆柱形的金光闪闪的"高山"。

她猛地睁大眼睛，觉得难以置信。那是龙！好大的龙！无论是体积还是威压都是她曾经见过的那条龙的几十倍。

时夏抑制不住地全身颤抖，仿佛对方呼口气都可以把她吹出去。她知道要跑，可手脚完全不听使唤。眼看着那巨大的尾巴就要扫过来，她下意识地闭上了眼睛……

突然，巨大的尾巴一顿，停在了她头顶的位置。半晌，一个巨大的龙头凑了过来，像是在确认什么一样，用力地闻了闻时夏。那巨大的吸力害得她差点儿没站稳扑了过去。

金色巨龙闻了半天，眼睛眨了眨，似乎有些疑惑："不是虫？"

你才是虫，你全家都是虫。

"怎么有幼崽的味道？"细长的胡须舞得飞快，它似乎想到什么，不满地瞪了她一眼，"去去去，你是从哪个窝来的幼崽，变成这鬼样子来消遣我？滚！"说着身形一转，用尾巴尖轻轻一拂，把她往后推了过去。

时夏顿时有种劫后余生的感觉。

她选了个方向拔腿狂奔，远远还能听到巨龙警告的声音："不要再过来了。"

时夏一路狂奔，丝毫不敢停顿。她也不知道自己跑了多久，只是玩命地向前跑，直到一脚踏空摔倒在地才停住。这里应该够远了吧？

她喘息了半天，突然想起了刚刚来这个世界时被大猫追得满森林狂奔的场景。她真的一点儿都不想体验第二次了。不过比起猫来，这条龙还是比较讲理的。

不过它说她身上有幼崽的气息，不会是把她当成幼龙了吧？这也差得太远了！

等等！说起来她之前得到过龙珠，身上会残留龙族的气息也不是不可能。

时夏松了口气，还好还好！


休息了一会儿，时夏才有空打量起四周的环境。这应该是一片密林，四周全是不认识的植物，每一株都蕴含充盈的灵力，比起下界千年万年的灵植来毫不逊色。

看来这里还真是神界。

她顿时有种想要回去鞭尸的冲动，你灵须子想成神就成神，干吗害我啊？她深吸几口气，努力压下心里的怒气，开始思考接下来要怎么办。好在老天爷对她还不错，至少这地方除了那条龙，还算安全，不像当初那片森林里有一只……

背后突然传来一声吼叫，噌的一声，时夏的眼前有一道黑影闪过，一只猫形的妖兽跳了出来，比起之前遇到的大猫，这只兽的体形大了不止一倍，两颗獠牙突到嘴外，泛着寒光，就连尾巴也多出一条，上面不是柔软的绒毛，而是一排排可怕的倒刺。

时夏心间一紧，唤出灵剑，将所有的仙力汇聚在剑上，借剑招躲过它的攻击，并抓紧机会，蹲下身朝它最柔软的腹部狠狠地划去。她只觉得手里一麻，耳边一声脆响，剑断了……

时夏欲哭无泪，但机不可失，只能握紧手里的半截剑继续往上捅，用尽了全身的力气，终于在它擦身而过的一瞬间，在它的爪子上划出一道细痕。

那妖兽似是被刺痛了，低头向爪子舔去。

时夏顾不了这么多，转身就往刚刚来的方向狂奔。她刚才一路都没有遇到什么妖兽，绝对是因为那是那条金龙的地盘。现在她摆脱妖兽的唯一办法就是回到那条金龙的地盘，只要不去那片花海，应该不会被那条龙发现。她考虑得很清楚，但是刚跑了两步，另一只妖兽出现在她面前，然后二只、三只、四只、五只……

她这是捅了猫窝吗？她第一次体会到了绝望的感觉。

十几只妖兽把她团团围了起来，她甚至能看到它们齿间滴下的口水。她咬咬牙，正打算跟这群妖兽拼了的时候，突然感觉手里有什么东西。她低头一看，只见几张黄黄的符纸正贴在她的手心。

传送符！这是之前用剩下的，她随手就放在了袖子里。

几只大猫怒吼几声，朝着她扑了过来。

时夏来不及思考，直接用仅存的仙力一把捏碎了手里的传送符。刹那间白光大盛，她眼前的景象换了！

时夏长长地舒了口气，然而……

一只只黑色的妖兽站了起来，困惑地看了看四周，然后继续张开嘴对准了她！

时夏崩溃了，为什么这群妖兽也传送过来了啊？

时夏根本无力反抗，眼看一张张血盆大口就要将她吞噬，身边突然刮过一阵大风，妖兽们瞬间被什么扫了出去。

一道熟悉的怒吼声再次响起："闭嘴！都说了不要吵！"

她又回来了？

"怎么又是你？"金龙这回气得胡须都抖了起来。

"你好！"时夏尴尬地扬了扬手，心想：我也不想回来啊！

"你这只幼崽到底懂不懂事？"意外的是，巨龙虽然气得全身发抖，但没有攻击她，"知不知道吵龙睡觉是多严重的事？你从哪个窝里跑出来的，父母呢？"

"我的父母早就不在了。"时夏实话实说。

金龙一愣，飞舞的胡须垂了下来，似乎想起了什么，眼里闪过一丝意味不明的情绪，过了一会儿又生气地吼道："难怪你喜欢瞎跑！滚，别来老子这里。我最讨厌你这种幼崽了。"

说着他又将她推开，比起上次粗鲁的动作，这回意外地温柔了不少，配合着她的脚步把她推向林中。

时夏没办法，只好再次走出这片花海。

"等等！"金龙叫了她一声，朝那些被它扇死的妖兽一挥尾巴，顿时一阵狂风刮过，一颗接一颗珠子从那些妖兽的体内飘了上来，什么颜色的都有。它一收尾巴，那些珠子就自动飞到了它的尾巴上。

"给！"金龙直接将尾巴伸了过来，依旧恶声恶气地道，"拿走，这些低阶仙兽的内丹，我才看不上呢。"说着它龙尾一抖，内丹就哗啦啦地掉了下来。

时夏赶紧接住，还没反应过来，它突然用两根长长的龙须朝她的眉心一点，顿时一股霸道的气息直接冲入她的神识。她下意识地反抗，却发现那股气息只是绕着她的神识转了一圈，然后竟然开始修补起她的神识来。那股气息修补得十分迅速，原本破

507

碎不堪的神识不一会儿就被修补得完好如初。

"连几只低阶仙兽都对付不了，简直丢龙的脸。"金龙从她的神识中退了出来，又躺到花海中，嫌弃地道，"你可以走了！"

时夏抱着一大堆仙气四溢的内丹，一脸蒙地离开了花海，觉得这条龙好像……也不坏。

"小主人！"寒玉的声音再次响起。

"你醒了。"时夏一喜，找了个地方坐下，盘腿内视神识。

"小主人，你的神识怎么……"看着她突然恢复的神识，寒玉满心疑惑。

"刚刚那条龙帮了我。"

"龙？"寒玉一惊，"你说的是神族的龙？"

"嗯。"时夏把刚刚发生的事说了一遍。

"小主人居然遇到了这么多危险？"寒玉有些自责，"要是花花早点儿醒来就好了。"

"不关你的事，你已经帮了我很多。再说我这也算因祸得福。"

寒玉沉默了一会儿，突然道："对了，小主人，我完全接收系统里的信息了。虽然我还看不到一些加密的资料，但大概情况还是清楚了。"

时夏立刻坐直，认真地问道："说说，这个系统到底是什么？"

"这个系统是被人创造出来的，最主要的目的是监管和维护这个世界。"寒玉兴奋地道，想了想，又补充道，"这个世界指的不只是三界，而是三千世界。小主人，我现在才知道原来三千世界真的存在，原来仙界都不止一个。花花看到其他界的资料时吓了一跳，这三千世界里还有只是我们植物系花仙的世界呢。花花好想去看看啊……"

"你先别激动。"时夏提醒道，"继续说。"

"嗯，系统一直在管理三千世界，把可能出现的问题汇总，之后报警等待处理。"

时夏发现一个问题："你是说它只能监督，不能执行？"但她和老哥明明就是系统拉过来的，那些修补漏洞的工具也是系统提供的。

"一开始是这样。"寒玉说，"三千世界本来是很稳定的，就算偶尔出现一些小问题，也能及时解决。系统是没有实体的，不能亲自参与其中。它非常聪明，好像……可以推测出未来。只是不知道为什么，它没有七情六欲。"

寒玉似乎非常困惑，时夏却很清楚系统为何没有感情。系统只是程序，就算有自主意识，也只是机器。

"后来呢？"时夏继续问。

"后来三千世界出现的问题越来越多，一直无法解决。"寒玉继续道，"一开始只是小问题，慢慢地，小问题变成了大问题，甚至有些地方出现了异世的漏洞。系统那时好像很着急，记忆非常混乱，都是一些我看不懂的符号。"它停了一会儿才接着道，"直到后来，有一个世界出现了缺口。混沌之气从缺口涌入，最后毁了那个世界。"

时夏皱了皱眉，想起了她执行的第一个任务。

"这件事发生后，系统突然开始插手三千世界的事。"寒玉道，"一开始，它制作了一些道具，测算出最有可能解决问题的人，以最合适的方式把拯救世界的任务交给他们。"

时夏想起了自己送的那些快递。难道当初她送东西的那些人就是系统测算出来的最有可能拯救世界的人？但为什么最后……

"可是……人心难测。"寒玉声音一沉，隐隐带了些同情，"那些人中，大部分人走向极端，不但没有解决问题，反而起了反作用。"

灵须子就是那样的人。

"系统制造出工具，原本是为了维护世界的稳定，可大家却用这些加速了世界的崩溃。"寒玉叹了一口气，"那些得到道具的人把得到的东西视为天道的恩赐，用在自己身上。虽然后来有很多人意识到了问题，但最终对此视而不见。"

时夏突然觉得系统有点儿惨。

"系统不但没能拯救世界，还滋长了人心的欲望，甚至引来了异世的物种。"寒玉道，"系统意识到，要解决这些问题只有一个办法……"寒玉愤怒地道，"选一个对三千世界没有一丝欲念的人去拯救世界！"

时夏的心一寒："它选了我和老哥？"

"是的。系统打开了与三千世界最相近的一个异世界的大门，召唤了一个人。"

"等等！"时夏皱了皱眉道，"一个？不是两个吗？"她和老哥都在这里。

"本来是一个。"寒玉解释道，"系统一开始召唤的人只有主人。"

"那我怎么会……"

"因为召唤对象失控了。"

啥？

"系统为了召唤主人消耗了很多能量，而且引发了一些……连锁反应。"寒玉顿了顿，好像还没理解这个词的意思，"最直接的影响就是——时空混乱。"

时夏皱了皱眉，总觉得这是一个十分重要的点，但一时又想不通为何重要。

"系统损耗严重，只能附在主人的随身法器上。"寒玉道，"它承诺会送主人回家，然后以任务的形式让他去修补三千世界。"

"所以……"时夏握紧身侧的手，死死地咬着牙，忍住怒气道，"它压根儿就没打算送我们回家。"

寒玉点点头，继续道："打开异世界大门的代价太大，当时的系统根本没有这个能力。"

虽然之前就猜到了，但时夏还是很生气。她深吸一口气道："你继续说。"

"嗯！一开始主人的确很认真地完成了各个任务，但慢慢地好像发现了什么，便想摆脱系统的掌控。"寒玉的声音变低，"为了继续修补漏洞，系统用最后的力量把小主人召唤到了这个世界，然后做了一个分身，想把自身从主人的身上慢慢地转移到小主人的身上。"

原来根本没有什么001、002，都是系统的一部分。

"系统算好了转移的时机，只是没有想到主人的动作会那么快。"寒玉得意地道，"果然花花选的主人是最棒的！"

"你不是说系统可以预测事情的发展方向吗？"时夏问道，"它没猜到老哥动手的时机吗？"

"系统可以预测三千世界的事，但主人和小主人并不是三千世界的人。"

原来如此。

"主人这一击，伤到了系统最关键的部分。"寒玉继续骄傲地道，"所以系统才不得不强行……关机。"

时夏细想整件事情，突然发现一个问题："不对啊！如果老哥真的比我晚到这个世界的话，那我刚来这里时送的那些……道具又是怎么回事？这些不应该发生在系统召唤我老哥之前吗？"这样一算，时间根本对不上啊！

"这个我也不知道……"寒玉也一脸疑惑，"系统的记忆好混乱，我消化了好久才理清这些。时间上应该没什么问题。系统第一个附身的人是主人，但让小主人送道具的也的确是系统。当时系统好像并不清楚你是异世界的人，发现方案失败后，就召唤了主人。"它越说越觉得奇怪，"而且当时系统应该还没有受伤……"

时夏一愣，顿时想起一件事，所谓的002的确是在她被传送到天泽大陆后才出现的，之前在她手机里的一直是系统。

"寒玉，系统召唤老哥后受伤了，还造成了时空混乱是吧？"

"是的！"

那有没有可能，系统召唤老哥后引起的时空混乱让本应该在之后出现的她意外地穿越到了老哥来这里之前？系统当时直接附身在她的手机上，让她去送金手指，而且因为她是与三千世界最相近的世界的人，所以系统压根儿没有认出她来自异界。

那些道具没有发挥应有的作用，所以它召唤了老哥。至于为什么她在的修仙界有老哥的痕迹，很有可能是因为她和老哥那个世界的时空都混乱了。后来她与那个从天泽大陆过来的冒牌货打了一架后，才真正回到了正确的时间轨道，随后002出现并附身在她的神识中。

这过程弯弯绕绕的，真是太复杂了，但她大概理清了。

现在只剩下一个问题，也是最重要的问题——

"寒玉，你说系统是被人创造出来监督三千世界的，那创造它的人是谁？"

"这个我也不清楚。"寒玉困惑地道，"系统里关于这个问题的资料是加密的，我看不到。"

"那就是说，确实有这么一个人？"时夏再次确认。

"可以这么说。但与其说是人，他给我的感觉更……"寒玉有些犹豫。

"你想到了什么？"

它想了半晌才开口道："小主人，我吃掉系统的时候发现它虽然是由某种能量组成的，但本身含着天地威压。你说创造它的人会不会是……"它停了一下，又道，"天道？"

"天道？！"时夏一惊，如果是天道的话，那她还玩什么啊？这等于要跟整个三千世界对抗！

"小主人，系统的能量强到好像随时可以掌控三千世界一样。"寒玉继续道，"能够制造出它的，除了天道，我实在想不出别的，所以……"

时夏顿时有种挫败感，沉重的压力压得她抬不起头。

"小主人，若系统真的……"寒玉担忧地道，"那么，你和主人可能真的回不了家了。"

是啊，她拿什么跟天道斗？她除了自己以外，哪一项不是在天道的掌握之下？就算寒玉赢了系统又如何？她就算救了三千世界，有满满的救世功德又如何？在天道之下，众生皆是蝼蚁，她和老哥不过是一颗小小的棋子而已。

但……凭什么？他们兄妹招谁惹谁了？这个世界的一切与他们有什么关系？天道仁慈，不忍让众生受苦，便拉他们来补漏洞，但他们为什么要受这种苦？

她深吸一口气，站起来道："寒玉，不管制造出系统的到底是什么，我都要找到他问个清楚！退一万步说，若真的是天道不公，就算拼了这条命，我也要讨个说法。我就不信了，难道只有这个世界有天道，别的世界就没有吗？况且天道之上还有大道，若天道不能给我一个公道，那我就找大道要！"

"好！"寒玉用力地点头，"花花听小主人的，先找到他再说。"

"嗯。"

想通之后，时夏觉得全身轻松，这才有心思想起现在的状况来。

她打量四周，忍不住问道："寒玉，这里真的是神界吗？"

"小主人，你等等！"寒玉沉默片刻，好像在查什么，过了一会儿才道，"是的小主人，这里的确是神界。但与其说神界，不如说是……蛮荒界。"

"什么意思？"

"这里是三千世界的起源之地。"寒玉似乎找到了什么资料，解释道，"三千界本为一体，天地初开之时，上古蛮荒之族受鸿蒙之气影响，能力可媲美天地，导致生灵涂炭，种族灭绝之事不知凡几。天道划蛮荒为三千，以敬平和之事。"

"呃，你能不能用普通话说一遍？"时夏听不懂啊！

寒玉一愣，立马改口道："就是说，这个世界形成时家里的孩子天天打架，天道为了让每个小孩儿都能和谐稳定地发展，就把地盘分成了三千块，每个人分一点儿，然后将最难管的孩子留在了原来的地盘上。"

"哦……"时夏恍然大悟，"这里是上古蛮荒之地？"

"是的，小主人！"

"照你这么说，三千界里最厉害的人物应该都在这里吧？"

"理论上是这样的。蛮荒是所有界中仙气最浓郁的地方。"

"那么我是不是可以认为……"时夏深吸一口气道，"创造系统的那个人也在这里？"

"没错，如果真的有这样一个人，那他一定在这里。"它兴奋起来，突然又想到了什么，立马道，"小主人，我想起来了，我这里有地图，你要看看吗？"

"打开！"

下一刻，她的眼前出现了一张巨大的半透明的地图，还是三维立体的卫星地图，山川、河流都看得清清楚楚。只是这个地图实在太大，她根本看不到尽头。

地图上闪着一个个或红或绿的小点，有的光芒亮得刺眼，有的却很黯淡。

"小主人，上面的光点代表着这个世界的生物，亮度代表仙气的强弱，越亮的修为越高。"

"嗯。"时夏点了点头，细心地看起那些光点来，想找到最亮的那颗。可她找了半天，亮得刺眼的不少，一眼就觉得特别亮的却没有。她突然看到了什么，道："等等，这是哪里？"

时夏指着一个被白雾围绕的地方。

虽说地图上仙气缭绕的地方不在少数，但这个地方很奇特，那些雾气像是受什么牵引一样，只在那一块地方打转，仿佛要把什么隐藏起来，而且白雾之间隐隐有光芒透出来。

"咦？"寒玉也是一愣，"我查一下。"

寒玉过了很久才道："这里好像设置了什么隔绝的法术，我看不到里面的情况，只是隐隐感觉里面十分辽阔。"

"那就先去这里看看！"时夏直接唤出自己的灵剑，打算御剑飞去。

"等等，小主人。"寒玉却突然阻止道，"现在去……可能不合适。"

"怎么了？"

"小主人，这里是神界。"它提醒道。

"嗯？"她知道啊！

"除了龙这样天生的神族，只有突破仙界的界限之人，才能飞升神界，也就是说……"

"……"

"在这个世界上，无论人还是兽，最低的修为也是上仙。"

糟了！她居然忘了！

她总算知道为什么那几只妖兽的体内会有仙力充盈的内丹了，原来那几只根本不

512

是妖兽，而是仙兽。她该庆幸自己命大吗？

寒玉说得没错，以她现在的修为，别说是飞去那个神秘地点了，估计只要一走出金龙的地盘，就会没命。她现在必须赶紧提升修为，至少别一点儿反抗的能力都没有。

"寒玉，真的没办法联系我哥和后池吗？"她再次确认。

"嗯。"寒玉认真地解释道，"三千界之间连通非常困难，除非有什么超脱三千界的法宝，例如小主人从异界带来的那个神器。"

神器？手机吗？想起被老哥急匆匆炸成灰的手机，她欲哭无泪。

"好吧，那我先修炼。"她决定了，先提升修为自保再说。

# 第二十二章　妹妹的神界奇遇

时夏决定闭关，原本想找个好点儿的地方躲起来，但仔细一想，还有什么地方比金龙的地盘更安全呢？于是，她直接在一棵树下打坐，引气入体。

引气后她才发现神界的仙气浓郁到了什么地步，几乎只是一闭眼的工夫，四周的仙气就争先恐后地往她的体内钻。她连忙引导仙气流入丹田，避免被太过猛烈的仙气冲破经脉。

丹田开始疾速地运转起来，她的修为也在慢慢地恢复、提升。

终于，丹田满了，她体内原本有些萎靡的经脉瞬间扩大了一倍。她耳边隐隐传来什么破碎的声音，之后丹田瞬间又空了不少。她的修为应该是回到筑基了，但这远远不够。她深吸一口气，静下心，继续引气入体。

神识中的寒玉也闲不住，伸出一根根细小的枝丫，化身为搬运工在她的经脉里游走，一趟趟地把仙气往她的丹田里搬。

时夏也不知道过了多久，只是耳边偶尔会传来修为突破的声音。直到体内咔嚓一声，仿佛有什么东西碎裂了，她整个人像是摆脱了什么桎梏一般，顿时心清目明，浑身舒畅。

"寒玉。"她下意识地叫了一声。

"小主人，你终于恢复修为了！"寒玉的声音有些兴奋。

"嗯。"时夏点了点头，但地仙的修为还远远不够，"我现在只能算刚走出新手村，稍微厉害点儿的仙兽照样可以吃了我。"

"没事，我们继续练。"寒玉坚定地道，"花花陪着你。"

"继续练倒没什么，"时夏握了握手，一脸愁苦地道，"关键是要怎么练啊？"

"啊？"寒玉一愣，突然明白过来，"小主人，你没有修炼功法吗？"

她也是现在才想起这个根源性的问题。自从飞升仙界后，她满脑子都是怎么找到老哥，对修炼之事压根儿没上心，完全不知道仙界的修炼功法长什么样，现在也不知道要怎么练。

"没关系小主人，我有！"

"什么？"

"小主人忘了吗？"寒玉豪气地拍了拍图标，"我这里有系统库，里面有好多东西，功法、神器都有。"

系统还有这种功能？

"小主人，您要什么样的？我找给您！"

时夏瞬间有种抱上大腿的感觉："你看着找吧，只要是地仙能修炼的功法就行。"

"好！"寒玉欢喜地查找起来，一会儿神识里突然出现一本书。

时夏心念一动，一行行古朴大气的金色字符就飘了出来，直接印在了神识里。

"小主人，这个是我从系统书架的最上面一层拿的，应该是很高级的功法。"

这本功法的确很高级，但是……

"我看不懂！"这写的都是什么鬼？

寒玉一时不知道说什么，犹豫片刻才道："这……可能都是上古文字，我认识的不多。"

"那咋办？"

"小主人，你先等等……"寒玉在神识里找来找去，"找到了！"寒玉兴奋地举起那个 App，"还好系统还没来得及彻底删除，恢复后还可以用。"

寒玉说着一甩花枝，那个 App 就飞了上去，是千度翻译！

App 飞上去后，那一排排金色的字符先是从 App 的左侧被吸了进去，之后又从右侧飘了出来，成了一个个她熟悉的汉字。

这下她终于知道这是一本什么样的功法了，只见那功法的前头整整齐齐地写着四个大字——开天辟地。

这本名为《开天辟地》的心法跟她看过的所有心法都不一样。这本心法不是教人怎么吸仙气入体的，而是教人怎么将仙力转化为神力的！

没错，这是一本神级的功法。

时夏深吸一口气，外放神识，按功法说的，全力感应着四周的仙气。可无论她怎么找，都感觉不到功法中说的神力的影子。这与功法说的"神力与仙气、灵气一样，无处不在"完全不符。

心急吃不了热豆腐，时夏沉下心，仔细观察围绕在身边的每一丝仙气，还是没有发现什么特别之处。

她不死心，直接将神识探到仙气中，果然在仙气中央发现了一丝丝不同的气息。

515

它小得惊人，与仙气融为一体，与其说是神力，不如说是仙气的核心。

时夏一喜，找到了就好，这证明心法说得没错。

时夏试着把神力引入体内，可这一引，仙气也直接进来了。她只能把多余的仙气又排了出去。这个方法好像真的有用。

仙气被排出后，她瞬间感觉有什么东西直接冲进丹田，整个人精神一振。

这就是神力！

她连忙用同样的方法将神力从仙气中抽出来，聚精会神地修炼起来。

时夏也不知道过了多久，原本充盈的丹田已经空荡荡的了，只是其中有零星的蓝光闪烁，那光很微弱，好像一掐就会灭。但不知为何，她觉得现在的力量比之前强了很多。

果然浓缩的都是精华啊！


时夏已经恢复了修为，加上更改了功法，四周的仙气明显不够用了。她深吸一口气，静心凝神，感受着周围的仙气，却意外地发现右侧隐隐有一股神力，那是……储物袋！

时夏一惊，把储物袋拿了出来，里面除了仙石，只有金龙塞给她的内丹了。那股蓝色的神力就是从内丹里溢出来的。

她记得金龙说不爱吃这些，难道这些内丹里的神力是可以直接吸收的？她拿起一颗内丹，引导体内的神力往里探，果然下一刻蓬勃的神力就源源不断地冲入了丹田。

她一时没反应过来，差点儿被汹涌的神力冲破经脉，连忙打坐运转心法。片刻，她脑海里出现什么破碎的声音，修为直接从地仙到了玄仙。

这也太快了吧？！

神奇的是，她虽然已经升上了玄仙，四周却半点儿反应都没有。

"为什么没有雷劫呢？"

"小主人，这里是神界。"寒玉解释道，"你现在只是突破地仙而已，是引发不了神界的雷劫的。"

她索性把内丹全掏了出来，将神识探进内丹，一瞬间庞大的神力汹涌而至。她的丹田被一点点填满，五成、六成、七成……修为也在飞速提升，从玄仙、金仙、重仙到上仙！然后，她的丹田满了。

"小主人，快停下！"寒玉大声提醒道，"再这样下去，你的丹田会爆的。"

"我也想停啊！"她除了刚开始引导了一下，后面神力完全不受控制，直接往她的体内冲，根本停不下来。即便丹田满了，神力还是不断地往里钻，她甚至听到了丹田裂开的声音……

"小主人，小主人……"寒玉急得团团转。

时夏体内的神力全面失控，整个丹田碎得不成样子。眼看下一刻她就要爆体而亡，突然一股陌生的神压传入体内，她体内失控的灵气像是遇到天敌一样，瞬间平静下来，连疯狂闯入的神力也缓和下来。

"咦？"寒玉愣了一下，立马反应过来，大声提醒道，"小主人，趁现在！"

时夏会意，收敛心神，用最后一丝力气压缩那些神力。也不知道过了多久，她终于在虚脱的前一刻把丹田内的神力压缩成了一颗珠子。那是一颗深紫色的珠子，晶莹剔透，里面隐隐有紫色的流光，仿佛藏着一片紫色海洋。

她松了口气，停了下来，那颗紫色的珠子突然一闪，直接从丹田到了她的神识中。她只觉得精神大振，全身的疲惫感一扫而空。

"笨死了！"一道十分嫌弃的声音在时夏的头顶响起。

时夏一惊，抬头一看，上方是一个巨大的龙头。这不是那条金龙吗？

"小主人，刚才就是它救了你。"

金龙救了她？

"没见过你这么笨的幼崽！"金龙似乎被气到了，教训她道，"你是想死吗？你不知道内丹要去除怨气后才能吃？要不是我刚好在附近，你就是条死龙了，知道吗？！"

怨气是什么鬼？

时夏对它笑了笑，诚恳地点了点头道："谢谢你。"

金龙冷哼一声，一副"全世界我最威风"的样子："要不是怕你死在我家门口，我才懒得管你呢！"

"是，多谢金龙大人。"

"你怎么知道我的名字？"它愣了一下，睁大眼睛，震惊地看着她。

"啊？！"时夏一愣，"你叫金龙？"

"不是！"

"哦。"

"我叫大人！"

好吧，你赢了！

"你这个幼崽……"它低头瞅了瞅她，眼里突然闪过一些什么，"这样蠢，到底怎么活下来的？"

"……"

"算了，既然你我这么有缘，本大爷就决定收养你了。"

"啊？！"啥意思？

金龙没有要解释的意思，直接把她抓了起来，未等她反应就腾空而起。下一刻，他们就回到了那片花海之中。

"唉，这么小一只，也不知道要养多久才能养大。"金龙一落地就用龙爪推了推她，满脸嫌弃，"你的真身是什么样的？变给我看看！"

"真身？"她哪有真身啊？

"你不会还不会变身吧？"它突然想到什么，神情古怪地道，"你独自闯荡，是被家人抛弃了吧？"

"啥？"

"放心，我可不是那么俗气的龙！"它抬起爪子点了点她的头道，"即使你是一条残疾龙，我也会把你养大的。"

"……"

"不过我要给你起个名字才行。"

"等等！我有……"名字。

"我叫大人，你这么小，就叫……小人吧！"

"小……"你才是小人，你全家都是小人！你别给人家乱起名字啊！

"从今天起，你就是我的幼崽了。"

时夏无奈，心想：你别自己做决定啊！

"时间不早了，赶紧睡觉，睡着才能长身体。"说着它直接握住时夏，身形一动。一阵地动山摇之后，它已盘成一团，把她压在肚皮底下了。

时夏的耳边瞬间传来金龙打雷般的呼噜声。

被迫被人收养的时夏很是无奈。

龙族都是这么爱心泛滥又不讲道理的吗？


时夏本想等它睡着后自己爬出去，但不知道为何，这龙好像肚皮上长了眼睛，她一爬起来，它就爪子一紧，重新把她塞回去。为免被压死，时夏只好放弃挣扎，静下心一边修复自己受损的经脉，一边等它醒来。

可金龙一睡就是三天。时夏的伤都好了，金龙还在睡。她实在等不下去了，想起之前两次它都是被吵醒的，应该是条怕噪声的龙，于是深吸一口气，全力吼道："着火啦！"

果然下一刻，她觉得身上一轻，金龙猛地睁开了眼睛，四处瞅了瞅，发现没危险，这才竖起胡须，严肃地看了她一眼道："别闹！好好睡觉，不然长不大。"

"有件事我要告诉你。"时夏决定跟它解释清楚，"其实我不是龙，是个人。"

"我知道啊！"金龙回答。

"啊？！"她有点儿蒙。

"你是小人吗？"金龙一副"看吧，我就知道你喜欢这个名字"的表情。

"不是，我的意思是我不是龙族，是人族，不需要睡这么久。而且我有名字，叫时夏。"

"你睡不着啊？"

"呃，对！"你的重点是不是抓错了？

它低头想了想，突然用爪子在地上扒拉一下。她只听见一阵金属掉落的声音，身下的草丛里出现一大片金灿灿的物品，刺得她下意识地眯了一下眼睛。

金龙抓了一把什么朝她递过来，她一看，那居然是金子。原来这片花海下埋的都是黄金。

"这都是我好不容易找来的，可好看了。你要是睡不着，我暂时借你一点儿玩一会儿，等会儿你可要还我。"它一脸心疼，挪了挪身子，堵住刚刚挖出的洞，仿佛怕被人发现一样，遮得严严实实的。

时夏嘴角一抽，直接将金子还给它："我不需要！"

"你不喜欢？"金龙愣了一下，有些失落，却不忘把金子扫到肚皮下，想了想，一咬牙，把尾巴甩到她面前，"那我把尾巴借给你，你数数上面的鳞片，之后就会想睡了。"

谁要数你的鳞片啊？你当自己是羊吗？

"我的鳞片可好看了。"它一脸骄傲，炫耀似的把尾巴往她的面前挪了挪，"没有哪条龙有我这么金黄的鳞片，我就暂时借你数一小会儿。"

为什么它对金色的东西这么执着啊？

时夏深吸一口气，定了定神才道："其实……"

她刚想把自己不能留在这里的事告诉它，天际突然传来一道巨大的吼声。那声音极大，瞬间传遍整个大陆，里面还隐含着巨大的威压。原本晴朗的天空转瞬间风起云涌，层层雷云出现，天地一片昏暗。

这是一声龙啸，隐含着杀气的龙啸。

金龙猛地站了起来，全身紧绷，连身上的鳞片都竖了起来，一把抓住时夏，腾空而起，朝远处飞去。

时夏一愣，龙啸，那不应该是它的同族吗？它为什么要跑？

金龙飞得极快，不一会儿，别说是花海，整片森林都看不见了。就这么飞了一刻钟，金龙才停了下来。

"怎么了？"时夏忍不住问道。

金龙没有回答，胡须不断地舞动着，看上去既紧张又焦躁，直直地盯着刚刚飞来的方向。

她顺着它的目光看过去，却见那处已经火光冲天了。大火把天空映成了红色，火中还时不时闪现一道道雷光。一声声高亢的龙啸和尖锐的啼鸣声响起，一波波威压朝四方扩散。

虽然已经离那里很远了，但时夏依旧止不住地全身颤抖。

那是……凤啼！那边有龙凤在打架吗？

那边的大战持续了一个多小时，直到滔天的火焰突然向西南方而去，恐怖的威压才少了一半。

"躲在我身后，别出来！"金龙突然紧张地对她道。

它先是用尾巴把她卷到身后，之后用尾巴将她盖住。

时夏还没反应过来，整个人就被它像压大饼一样压住了。

云端那边好像有什么飞了过来。不一会儿，一道满含嘲讽意味的声音响起："哟，这不是那条杂龙吗？怎么还活着啊？"

时夏明显感觉到身上的尾巴颤动了一下，原本盖得密密实实的龙尾透出一条细缝。她这才看清外面的情况。

只见空中舞动着两条龙，一条纯白，一条全青，体形虽然没有金龙大，但全身无论是鳞片还是胡须都格外一致，像是一青一白两块完美无瑕的美玉，映着阳光，格外好看。只是它们说出的话就不那么好听了。

"我要是你，长成这样，早就自绝而死了。"青龙冷哼一声，在空中舞了一圈，不屑地道，"你简直就是龙族的耻辱。"

"没错。"白龙立马应和，居高临下地瞥了金龙一眼，像是发现了什么好笑的事，扑哧一声笑道，"哈哈哈，你快看它，居然把自己的鳞片染成了金色。"

"是啊！"青龙睁大眼睛道，"你不说我还没发现！哈哈哈……太搞笑了，它以为把自己染成金色就能变成五爪金龙吗？可笑。"

"就是，明明就是一只杂鳞龙，还想冒充纯正的五爪金龙。"

"滚！"金龙全身发抖，鼻间呼呼地吹着气，死死地盯着上空。

"哟，还生气了？"青龙笑得更加鄙夷，"难道我们说错了吗？你本来就是条不入流的杂龙。"

"闭嘴！"金龙将眼睛瞪得更大，"我才不是杂龙，不许你们胡说。"

"哼，如果不是，你何必心虚地把自己那丑陋的颜色藏起来？"

"没错，杂龙就是杂龙。"白龙立马应和，似乎想到了什么，突然飞上天空搅动一翻。天色再次暗了，倾盆大雨毫无预兆地从天而降。

"住手，住手！"金龙顿时急了，想躲开却已经来不及了。金灿灿的龙身瞬间晕染开来，一层层金色的东西源源不断地从它的身上流了下来，露出一片片漆黑如墨的鳞片。

"我吃了你们！"金龙彻底炙毛了，纵身朝那两条龙扑了过去，身上顿时出现密密麻麻的电光。

两条龙一惊，没想到它会突然发飙，连忙往后退去。

"哼！杂龙，你居然还敢动手？"青龙一尾巴甩了过去，想驱散周围的电光，但完全没有压住那汹涌的神力，尾巴顿时被击得一片焦黑，"你！"

青龙一惊，眼看金龙就要攻击自己了，连忙高声道："杂龙，你敢伤害同族，我就告诉长老，把你彻底驱逐出龙族！"

金龙一顿，爪子再也拍不下去了，身上的电光也吱的一下灭了。它像是受到了巨大的打击，全身散发着绝望的气息。

时夏不由得心里一酸，有些心疼，突然明白它为什么会在花海下藏那么多金子了。

"哼，你本来就是一条没人要的杂龙！"见它收起爪子，青龙心有余悸地退后一大步，随后继续骂道，"长老让你待在龙谷周围已经算是恩赐了，你居然还想伤害同族？！"

"没错，果然是条忘恩负义的杂龙。"白龙接口道，"怪不得长着一身黑漆漆的丑陋鳞片。鳞是黑的，心也是黑的，丑死了。"

"真是条丑龙。"

"简直不配活在这个世上。"

"没错！"

时夏听不下去了："我说，你们一个长得跟柱子一样，一个长得跟黄瓜似的，到底哪来的自信，嫌弃别人丑啊？"

"你说什么？"两条龙这才发现下方的时夏，不约而同地低头瞪了过来，看到她的样子，愣了一下，有些疑惑，"你是什么东西？"

"我是什么东西不重要，重要的是你们绝对不是东西。"时夏好久没骂人了，决定抓住这个难得的机会，"你们长得这么丢人现眼，还想出来乱咬……龙？你，一身绿漆，涂得跟黄瓜似的，是打算爆炒还是凉拌啊？还有你……"她转头看向白龙："你以为白色很好看吗？你不知道白色会反光，造成光污染吗？现在柱子都不流行你这种颜色了，你还往身上长。丑的龙我见得多了，但像你们这么丑得有自信的，我还是第一次见到。"

"哪来的虫子，说什么？"两条龙瞬间怒了。

"我说什么？你们没长耳朵，听不见啊？"时夏冷哼一声，学着刚刚青龙的语气继续道，"唉，真是可怜，这才多大年纪，耳朵就不好使了。"

"谁说我耳朵不好使？"青龙气极了，"你这个不知道从哪里蹦出来的虫子，居然这么跟我说话？我吃了你！"

它直接冲了过来。

时夏一抖，下一刻金龙一闪，直接挡在她的前面，龇牙朝对方吼道："不许动她！"

时夏稳住心神，继续道："哼！这就恼羞成怒了？你长得丑还不让人说啊？"

"你……你……你……"两条龙气得吹胡子瞪眼，在空中团团转。

"你你你什么？看来你们不光耳朵不好使，脑子也不好使啊！"

"闭嘴，闭嘴！"

"你叫我闭嘴就闭嘴，你以为你是谁啊？"时夏继续嘲讽道，"记得下回出门带一下脑子，别随便出来逛。"

"你……你……你个丑虫子，给我等着！"两条龙瞪了她一眼，转身飞走了。

"别了，我跟你们不熟！"

两条龙在空中一抖，差点儿摔下来，接着加快速度飞走了。

直到那两条龙彻底消失在天际，黑龙才全身一松，转过头来，兴奋地看着她道：

"小人，你……好厉害啊！"

"我附议！"寒玉在神识里道。

"我叫时夏！"

"它们两个经常来气我的，这还是第一次被气走。"它用力地点了点头，骄傲地道，"不愧是我家的幼崽！"

谁是你家幼崽？这条金龙，不对，黑龙真是自来熟。

"之前那里看来不能住了。"黑龙惆怅地看了看之前的花海，过了一会儿才恢复过来道，"小人，我们搬家吧。"

"都说了我叫时夏！"

"你放心，我一定找个更好的地方。"它摆了摆龙尾，抬头四处瞅了瞅，像是想到什么，"要不……直接搬到龙谷后面去吧？虽然那里暗了一点儿，但龙气很足，你会长得更快的。"它说得轻松，好像一点儿不在意似的，眼睛却时不时望向之前的花海。

时夏不由得有点儿心酸，犹豫着唤道："黑……金……呃，大人？"

"没关系，你就叫我黑龙吧。"黑龙甩了甩头，眼神有些黯然，"反正我本来就是黑色的。"

"黑色也很漂亮啊！"时夏下意识地道，"别的龙不喜欢，那是它们没有眼光。"

黑龙回头看了她一眼，眼里似有水汽，过了一会儿又高傲地抬起头，轻哼一声道："哼，那是当然！我本来就是最好的！我跟你说，我还在龙谷的时候，里面的龙没一条打得过我。"

"是是是！"你最厉害行了吧？它还真是给点儿阳光就灿烂啊！不过也是因为这样的性格，它才能活到现在的吧！

从刚刚那两条龙的对话里，她大概可以猜出，黑色对龙族来说好像并不是什么好颜色，所以它才会被排斥，还被赶出龙谷。她犹豫着问道："黑龙……你有没有想过离开这里？"

"离开？"黑龙一惊，睁大眼睛，"这里是龙谷，龙都应该待在这里。为什么要离开？"

为什么？当然是为了去地图上那个白雾缭绕的地方啊！

但以这条龙的傲娇程度，时夏如果跟它说实话，它肯定不会答应。偏偏她又不放心让它继续待在这里。

"这里的龙眼瞎，发觉不了你的美，不如你跟我出去看看？"她继续给它戴高帽，"外面的世界可大了，兴许大家的审美观不一样呢？"

黑龙有些心动，低头看了她一眼，过了一会儿又用力地摇了摇头道："不行，你还小，没有龙谷的龙气，会长不大的。"它一脸认真，时夏还没来得及感动，它又加了一句，"你长得已经够丑了，要是没了龙气，再丑下去，连我都不敢养你了。"

时夏用力地深吸了一口气，压下拔它胡子的冲动。

她不得不再次说出自己不是龙族而是人族的事实，并将身上为何会有龙的气息这

522

点原原本本地跟它说了一遍。

在她强调了很多遍后，黑龙终于懂了，大声道："原来你真的是只虫子啊！"

"……"

最后，黑龙还是跟了上来，美其名曰保护她不被别的仙兽吃了。时夏懒得戳穿它，它说什么就是什么吧！

可是同行不到半刻钟她就后悔了。

不知道是不是因为从来没有出过龙谷，它显得格外兴奋——

"小虫子，那是什么仙兽？看起来很好吃的样子。"

"小虫子，那是什么花，比我家的还大，能吃吗？"

"小虫子，为什么这里这么多水？"

"小虫子，长在树上的是什么？能吃吗？"

"小虫子……"

"停！你再叫一句虫子，我就把你炖了，你信不信？"

它愣了一下，随后一脸骄傲地道："小虫子，你炖不了我！我不怕火。"龙族水火不侵。

她是脑子进水了才会理它。

时夏加快御剑的速度冲到了前面，努力屏蔽某龙的噪声。可能是因为有龙在，他们一路上连只仙兽的影子都没看到，安全得不可思议。

飞出那片森林，时夏这才看清，这个所谓的龙谷占地面积非常大，中心有一处活火山，直达天际，远远地还能看到龙在上面翻腾的影子。火山之下就是他们刚飞出的那片森林，森林之外则是一片茫茫大海。

他们整整飞了三天才从森林飞到大海之上。但时夏现在回头看才发现，所飞的距离还不到森林的十分之一。可见黑龙之前住的地方距离真正的龙谷中心有多远。

又在海上飞了小半个月，他们才到达另一片陆地。比起龙谷郁郁葱葱的森林，这里是一片荒原，黄沙满天，时不时还有罡风吹过，刮得脸生疼。

"小虫子，我们来这里干吗？"黑龙有些嫌弃地用尾巴扫了扫地上成堆的沙，"你要找的人住在这种地方吗？"

时夏也觉得有些奇怪。她在地图上看到的那团仙气那么浓郁，为什么附近却寸草不生？难道她走错了？

"寒玉，把地图调出来我看看。"

"好。"寒玉应了一声，眼前一亮，顿时那幅庞大的地图再次出现在时夏眼前。

是这个方向，没错啊！时夏正疑惑，突然平地刮起一阵狂风，风沙漫天。

时夏一惊，立马御剑："往上飞！"她跟黑龙打了个招呼，及时冲向天空，躲开了漫天的黄沙。

"小主人！"寒玉突然在神识里惊呼道，"快看前面。"

时夏一愣，抬头一看，只见空中不知道什么时候出现了一片笔直向下的白雾，像幕布一样盖住了整个天空。一道道密集的风刃来回在白雾之间穿梭，形成一面密不透风的墙，好像在保护着什么。

这场景好像一个铺天盖地的阵法。

这到底是什么？

时夏看着眼前的场景，嘴角抽了抽，这不明明写着"有猫腻速来"吗？原本她还只是想来看看情况，现在觉得不进去都不行了。

她正想着怎么突破这阵法上的风刃，突然腰间一紧，黑龙不知道什么时候用两根胡须缠住了她的腰，把她拎了起来。

"我带你进去。"黑龙把她放在头顶的两角之间，自信满满地道，"那风刃上附着着神力，就你这小身板是闯不进去的。"

"你……"

"它说得对，小主人。"寒玉在神识中赞同地道，"龙鳞是世上最坚硬的东西，那些罡风是伤不了它的。"

时夏这才放心了。

"坐稳，伤了我可不管你。"黑龙仰头哼了一声，龙尾一甩就朝那风刃冲了过去，刚碰到外围的罡风，那些原本四处游移的风刃就像被触发的机关一样，突然全部朝他们攻击过来。

一时间，万千风刃疯狂地攻击起黑龙。龙鳞不愧是世上最坚硬的东西，时夏只觉得周围一阵噼里啪啦的响声，那些风刃打在黑龙的身上后直接消散了，一点儿痕迹都没留下。

虽然有风刃阻挡，但黑龙飞行的速度没有慢下来，转眼就到了那片白雾之中。与地图上看到的那一团不同，时夏进来后才知道这里到底有多大。她举目四望，白茫茫一片，完全看不到边界。黑龙带着她整整飞了半个时辰才从那无处不在的风刃中冲出来。

飞着飞着，黑龙突然停了下来。

"怎么了？"

"前面……"它直直地看着前方，焦躁地甩了甩龙尾，突然加快速度往右边飞去，"快走！"

这是怎么了？时夏还没反应过来，转头一看，只见背后的白雾中不知道什么时候生出了一道晚霞，将背后的场景变成了红色的。

不对！时夏猛地睁大眼睛，那不是晚霞，是火！不知道从哪里冒出来的火焰正朝他们这边蔓延，热气扑面而来，明明没有烧到身上，她却隐隐觉得有种被灼烧的感觉。

"是凤族的真火。"黑龙一边飞一边用胡须推了推她，大声喊道，"小虫子，你快躲到我的护心龙鳞下面，快！"

　　时夏回头一看，只见它左前爪的位置有一块与众不同的鳞片，反向长着，正慢慢地张开一条缝。时夏反应过来，快步跑了过去。她刚碰到那块龙鳞，它就猛地张大，把她整个盖住了。她只觉得眼前一黑，那灼热的感觉瞬间消失。

　　这到底是怎么回事？白雾，风刃，还有这连黑龙都顾忌的火焰……她从来没有见过这样的阵法。

　　"找到了。"寒玉突然在神识里惊呼一声，"小主人，我刚刚去系统的资料库里找了一下，这里布下的是五行噬天阵。"

　　"啥意思？"时夏有点儿着急。

　　"这个阵之所以称为噬天，是因为它无边无际，而且汇聚天地五行的灵气，可以演变成任何攻击。"

　　也就是说这个阵里不仅有凤族真火，还有很多东西。

　　"这处自成一个小世界，又不算真正一界，活物不生，万物不留，所以被称为五行噬天。"

　　"行了行了，废话少说，这个阵要怎么破？"

　　"这个……"寒玉声音变弱，"我再找找看。"

　　原来你自己都没看完啊？

　　时夏等了一会儿，直到再度产生灼热感时，寒玉才急匆匆地开口道："小主人，资料里说这个阵不可破，但是阵法运行自有一番规律，我们可以顺应规律走出去。"

　　"怎么走？"她连忙问，"有方法吗？"

　　"这里倒是有阵法运行的方法，但是我们身在阵中，里面的方位又一直在变，根本就分不清……"寒玉像突然想到了什么，"对了，我记得小主人之前的法器里有个神器，刚好可以用上。"

　　"神器？"她怎么不知道有这种东西？"那还等什么，快找出来。"

　　"等等！"寒玉在神识中掏啊掏，突然枝芽一颤，举起一个黑黑的方块，"找到了！"

　　时夏心中一喜，定睛一看，这不是指南针吗？

　　"小主人，有了这个神器，再结合阵法的运行规律，我们绝对可以出去。"寒玉兴奋地道。

　　时夏点开那个浮在眼前的半透明的指南针 App，说道："说吧，往哪儿走？"

　　"先往南 20 尺。"

　　时夏看了一眼指南针，拍了拍龙鳞道："黑龙，我有出去的方法，你先往右飞 20 尺。"

　　黑龙没有询问，直接按照她的指示转了方向。

　　但愿这个指南针真的有用。

时夏按照寒玉的提示一直变换方向。

那凤族真火的影响越来越大，在她感觉有些呼吸困难时，寒玉终于道："到了！前面就是出口。"

虽然前面只有白雾，并没有什么特殊的地方，但寒玉这么肯定，应该不会错。时夏道："黑龙，前面就是出口，冲出去！"

黑龙没有迟疑，直接向前飞了过去。

黑龙瞬间撞上了一层什么，像是一头扎进胶水中一样，四周全是黏糊糊的东西，越用力挣扎越出不去。

时夏心一沉，眼看后面的凤族真火已经烧过来了，四周的空气仿佛着了火，他们必须尽快离开。

黑龙突然发出一声龙啸，周身金光大盛，四爪齐力往前一抓，纵身一跃，终于从那层东西中挣脱出来，摔了下去。

失重的感觉过后，她被黑龙从护心龙鳞里放了出来。

"黑龙！"她连忙回头。

"好累，我趴一会儿。"黑龙说完闭上眼，趴在地上。

时夏仔细看了看，没发现它身上有什么伤痕，似乎真的是累了。她这才松了口气，用力地深呼吸了一阵，心情才平复下来。

他们掉在了一片树林里。

她正打算仔细看看这是什么地方，突然一声暴喝从上方传来："什么人？"

几个人飞了过来，手持利刃，指向他们。

有人！时夏一喜，这还是她到神界后第一次见到人。

"你们好！"她上前打招呼道。

站在最前面的一个青衫男子惊呼出声："这……这是什么怪物？"他脸色发白，恐惧地盯着地上的黑龙。

其他人的表情也一样，睁大眼睛看着这边，仿佛看到了什么可怕的东西。

"它……它是从雾里跑出来的。"

"绝对不能让它进星天境，不然它一定会杀了我们的。"

"杀了它，不能让它活着！"

说着，那边的人已经开始捏诀施法，攻击起黑龙了。

这是龙族啊！他们认不出来吗？

时夏想阻止却来不及了，那些法术已经打在了黑龙的身上，却无一例外地被龙鳞挡住了。

"好吵啊！"黑龙有些不耐烦地挥了挥尾巴，众人的法术瞬间反弹回去。那几人没做好准备，被法术击中，好几个吐了血。

"咦？！"黑龙眯了眯眼睛，有些兴奋地对她道，"小虫子快看，这里有很多跟你一样的小虫子。"

她都说了自己不是虫子!

"各位!"时夏没理一脸好奇的黑龙,上前几步解释道,"我们没有恶意,只是不小心掉到这里了,马上就离……"

"有人!"听见时夏的话,对面的人更加惊恐了。

"妖人!这一定是妖人!"

"是她把怪物带进来的,杀了她!"

"杀了她!杀了她!"

说着,那些人把法器对准了她。

时夏忍不住了,下意识地把周身的威压放了出去:"听我说!"

瞬间他们站立不住了,半数跪了下去,手里的法器哗啦啦掉了一地。

这些人中修为最高的也只是金仙,还想攻击龙族?时夏十分无语。

"她……她是上神……"在场的人似乎知道了对手的实力有多强,开始往后退。

时夏叹了口气,收回威压,打算好好跟他们讲讲道理:"我说……"

"不能放这个魔女进去!"对面的人大吼一声,"快走,释放守境兽!"

他们慌乱地御剑飞走了。片刻,树林里只剩下她和一条龙了。

她从未感觉与人沟通如此困难。

"我不喜欢这些新虫子!"黑龙抖了抖胡须,似乎也被刚刚那群人气到了,一脸不开心。

"黑龙大人,你大人有大量,别跟他们计较!"时夏立马安抚道。

"哼!"黑龙傲娇地扭过头道,"一群虫子而已。"

它休息够了,甩甩头站了起来,问:"小虫子,接下来往哪边走?"

时夏这才想起正事,正打算打开地图,旁边突然传来一声吼叫。

一只白色的巨兽出现在他们面前。

它全身都是雪白的鳞片,四足,头似豹却长着一对长长的獠牙,头上有几个鼓鼓的小山包,四只蹄子上有四团紫色的火焰,后面拖着一条紫色火焰形成的长尾。比起之前见到的凤族真火,那火焰显得有些微弱。它虽然体形很大,却给人一种瘦弱的感觉。

"守山兽,杀了他们!"有人躲在暗处喊道。

空中惊现一道闪电,像鞭子一样,啪的一声抽在了那头巨兽的身上。巨兽发出一声惨叫,原本漆黑的眼睛像被点燃了一样,瞬间变成了红色,身上的火焰也燃烧起来。

它吼了一声,朝着他们奔了过来。一时间地动山摇,地面上出现一道裂痕。时夏站立不稳,差点儿摔了进去。

"什么东西?"黑龙皱了皱眉,一尾巴抽了过去。

刚刚还势不可当的巨兽被抽得飞了出去,瞬间摔出几百米远,压塌了大片树林,哼了一声后便躺在地上不动了。

果然所有兽类在龙族面前都是纸龙虎。

巨兽发出一声惨叫，身上飘出一缕神识。神识直接消散在空中。

仙兽的身上怎么会有人的神识？时夏心一沉，飞过去查看情况，这才发现这只仙兽的脖子和四肢上套着几个环。那环套得特别紧，像是直接嵌入了灵魂，把仙兽死死地锁住了。这仙兽被控制住了？不过在黑龙的攻击下，原本连接在这几个环上的神识已经消散了。

她瞬间有种看到受虐的动物的感觉。

虽说妖兽、仙兽与修士之间向来不怎么和平，也不乏被修士收服的兽，但这都是以契约为引的，互惠互利。像这种直接虐待仙兽，强迫仙兽听从指挥的情况，她还是第一次碰见。

时夏有些不忍，直接凝聚神力，朝禁锢仙兽的仙力环上拍去，直接震碎了那几个环。

五环一碎，巨兽的身形顿时像缩水一样变小了，片刻就变得只有小狗大小。

时夏这才发现它到底有多瘦。它全身除了那层白色的鳞，就只有一堆骨头了，连眼睛都深深地凹了进去。

"咦？"黑龙不知道什么时候凑了过来，闻了闻地上正哼哼叽叽的小兽，"它的身上怎么会有龙气？"

"龙气？"时夏一惊。

"是啊！"黑龙点头道，"虽然很弱，还夹杂着其他味道，但的确有龙气。"

难道这只兽有龙的血统？说起来，如果它不是那么瘦，样子看起来倒是像……

"饕餮！"她猛地睁大眼睛，盯着它头上鼓起的几个包。如果长出角来的话，它还真像她以前见过的某只兽。她确认道："桃桃？你是桃桃吗？"

地上的小兽没有反应，偶尔才叫唤一声。不对，它不是桃桃！桃桃化形后虽然也是个小孩儿样，但明显比这只饕餮的年纪大，至少桃桃的角已经长出来了。

可这只兽的样子……难道世上还有别的饕餮？

她仔细一想，这里是神界，龙族都一抓一大把，有其他饕餮也说不定啊！

地上的小兽又叫了一声，像是非常难受。

时夏打开储物袋，扒拉了半天，才在角落找到一颗九转还魂丹，塞进它的嘴里。

可那兽一下将九转还魂丹吐了出来。

时夏愣了一下，捡起来又塞了进去。

不到两秒，它又吐了出来。

咦？这只兽不会一心求死吧？

"你干吗老喂它吃泥啊？"黑龙好奇地看了看地上的丹药道，"仙兽不吃泥的。"

谁给它吃泥了？

"我这是在喂它吃药，它伤得太重了。"

"它的伤吃泥丸子是治不好的。"黑龙拨了拨她放在旁边的仙石道，"还不如喂它吃这些。"

仙石？

时夏一愣，试探着将一块仙石放到饕餮的嘴里。果然，那仙石瞬间化入它的体内，饕餮原本微弱的气息增强了一点儿。

她心里一喜，立马掏出更多仙石。

她喂了小半个时辰的仙石，小饕餮才恢复了元气，身上的伤痕也消失了。

小饕餮还不会说话，低头蹭了蹭时夏的掌心，挣扎着站起来往她的怀里钻。

时夏直接把它抱了起来，顺了顺毛，四下看了看。

"黑龙，我们先离开这里吧！"

"你要带着它？"黑龙一脸嫌弃地盯着她怀里的仙兽，"顺手救一下就行了。它只是一只低级的混血仙兽而已。"

小饕餮被它一看，顿时瑟瑟发抖。

"威武霸气的黑龙大人当然看不上这种小仙兽了，但如果把它扔在这里，没准儿它又会被那些人捉回去锁起来。"时夏安抚黑龙道，"你救的兽如果又被别人带走了，说出去多没面子？我这不是为了不让你的威名受损吗？"她直接将一顶高帽给它扔了过去。

黑龙歪了歪头，似乎在考虑，过了一会儿才道："虽然听不懂你的意思，但你知道我很厉害就行了。"

"是，黑龙大人天下第一。"

"那当然。"它将龙尾甩得更欢快了，直接把她提了起来，还用力抖了抖，把她怀里的小饕餮抖了出来，才理所当然地道："脏死了！你是我的小幼崽，不许抱别的仙兽。"黑龙说着把她放在头顶的两角之间，随后嫌弃地用右爪的两根龙趾捏起了小饕餮，直接腾空而起。

"走了！"

话音一落，它带着她出了森林。


黑龙飞了两个时辰后，时夏有些着急了，因为她发现自己失去目标了。按理说他们已经进入那个仙气浓郁的地方了，但地图上没有特别的标记，好像之前地图上那团浓郁的仙气指的是外面那个五行噬天阵。而且阵法里面面积极大，仙气却与外面相差无几，并没有地图上画的那么浓郁，甚至里面蕴含的神力还少些。

之前他们赶了那么多天路都没有看到一个人，她还以为是因为洪荒界是神界，人类都到别的小世界去了。可进了阵法这一路以来，他们隐藏身形后见到了不少人类，而且修为跨度非常大，弱的有炼气、筑基修为的，强的有金仙、玄仙修为的。

三界之中龙族是传说中的存在，这里的人跟龙族也算是邻居，却以为黑龙是妖兽，这点十分奇怪。难道那个五行噬天阵是为了保护这里的人族而设下的？

　　但这么大的阵法是谁布下的？除了天道，谁有这种能力？时夏觉得无论是谁都跟天道脱不了干系。她必须找到这个人，这样说不定还有回去的希望。

　　时夏瞅了瞅近在咫尺的小集市，打算先打听一下这里的情况。

　　"要不……黑龙你留在这里？"时夏建议道，"我打听完就回来。"

　　"为什么我不能去？"黑龙十分不满，"难道我还怕这群小虫子不成？"

　　"是，你最厉害了。"时夏连忙劝道，"我这不是怕他们大惊小怪，吵到你吗？而且我们人生地不熟的，总得弄清楚情况。你长得这么……威武雄壮，这里人这么多，要是人人都像刚刚那些人一样，我就打听不到什么了。"

　　黑龙有些犹豫，过了一会儿才问道："那我变成你这样不就行了？"

　　"我这……"时夏一愣，猛地睁大眼睛道，"你会化形？"

　　"这有什么难的？！"

　　时夏心里一喜，如果黑龙可以化形就方便多了。她立马点头，让它赶紧化形。

　　黑龙点头，身形一晃，全身发出金光，巨大的龙形慢慢缩小，片刻就化为人形。

　　"怎么样？像吗？"

　　它简直跟时夏一模一样好吗？

　　"这样倒是挺有意思的。"他好奇地揉了揉胸，非常认真地问道，"你为啥要在这里塞两块肉，虽然不大，但不觉得不方便吗？"说着他啪的一下往里按，想将胸按平。

　　"不要乱按，还有……把不大那句话收回去！"她用力拍下他的爪子，"你不能变得和我一样，这样太明显了。"

　　"真麻烦！"黑龙皱了皱眉道，"那要变成什么样？"

　　时夏先跟它解释了男女的区别，还变出几个之前见过的男性的虚影。它这才再次开始化形。

　　黑龙前前后后变了十多次，就没成功过，要么缺胳膊，要么少腿。

　　"好麻烦啊！"黑龙有些生气，"要不我们还是进去把他们吃了吧？"

　　"最后一次！"时夏伸出一根手指。这次它就算变成猪头，她也认了。

　　"就这一次。"黑龙这才点了点头，身上再次发出金光。

　　这次它终于变成了一个高大的男性，剑眉星目、身姿挺拔。

　　看清他面貌的那一刻，时夏猛地睁大了眼睛，这……这张脸是……

　　"怎么样？这个总行了吧？"他直接凑了上来，几乎要贴上她的脸。

　　"老哥？！"这明明就是老哥的样子！

　　时夏忍不住伸手捏了捏眼前的脸。

　　"啊……疼！"他直接拉下她的手，跳开一步道，"就这样，我不变了，走吧！"

　　说着他直接往集市的方向走去。

他走了一会儿，看她没有跟上来，又回来牵着她一起往前走，一边走还一边道："站着干吗？快走快走！你是只好虫子，不要跟别的虫子学坏了知道吗？"

他说得一脸认真，时夏的脑海里却闪过以前每次上学时老哥送她的情形："小妹，你是乖孩子，不要跟其他小朋友学坏了知道吗？"他和老哥无论表情还是动作都一模一样，这是巧合吗？

时夏本想低调地打听情况，尽量不引人注意，没承想这个美好的愿望在她刚进集市时就破碎了。

"上……上神！"他们刚落地，一个身穿灰袍、挺着啤酒肚的修士突然指着他们大声喊了一句，随后转头就跑，一边跑还一边喊道，"来了……来了两个！"

时夏还没反应过来，瞬间一大群人拥了过来，把他们围住了。正当她考虑要不要冲出去时，眼前的人却朝他们跪了下来。

"恭迎上神！"众人齐声道。

这是什么情况啊？时夏蒙了。

刚刚那个穿灰袍的修士一脸兴奋地道："太好了，没想到真的盼来了两位上神，这回我们有救了！两位上神一路辛苦了。"

"不……不辛苦，为大家服务。"时夏尴尬地笑了起来。

"没想到一来就是两位上神。"那人还是一副激动得不得了的样子，"两位上神来自哪个洞府、哪个山门？"

山门？洞府？这个说法怎么那么奇怪呢？

"呃，这个……玉华派秀凌峰！"她直接道。

"玉华派……秀凌峰？"众人一脸迷茫，"这是何处的仙山啊？"

"你不知道？"时夏问道。

对方用力摇头。

时夏心想：太好了，你不知道我就可以瞎编了！

"那是离此处十万八千里的一处仙山，小地方，仙气还算浓郁，我与……"她瞅了瞅旁边的黑龙，咳了一声继续道，"喀……家兄自小在那里闭关修炼。山中不知岁月，我们还是第一次出来。"

"原来如此！"那人点了点头，居然相信了，更加恭敬和兴奋地朝两人一拜，"原来是两位隐世的前辈。前辈可是收到我等的传信，所以才来此地的？"

"呃……当然了！我们就是为了这个来的！"

她这话一出，众人都露出了如释重负的表情。

那个穿灰袍的修士继续道："在下道号仇鸿，事不宜迟，我先给二位介绍一下战况。"

啥？战况？！他们原来在打仗吗？她现在反悔还来得及吗？

531

"两位上神请随我去主帐。"她明显来不及了，仇鸿已经转身在前面引路了。

时夏心一横，咬咬牙与黑龙一起跟了上去。

进去后时夏才发现，这里真的不是她以为的小集市。四周人很多，有不少伤员，有的在运功疗伤，有的四五个人围在一起互相帮忙。见他们路过，这些人还不忘朝这边打招呼，气氛和谐。

时夏越往里走越疑惑。这群人分明穿着不同的服饰，用的法器也完全不同，明显来自不同的门派，却意外地给她一种分外团结的感觉。什么样的敌人能让这些经历、背景完全不同的人聚在一起，而且不分你我？

仇鸿一路把他们引到中间一处看起来可以容纳四五个人的帐篷里。时夏瞅了瞅后面跟着的十几个人，原以为既然是主帐，里面就算不是特别豪华，也绝对会有空间法术，方便商议战局。进去后她才发现，这帐篷还真的只能容纳四五个人，里面什么阵法都没有。

"两位上神请上坐。"仇鸿指着帐内唯一的一张毯子道。

时夏嘴角一抽，没跟他客气，直接坐在了那张毯子上。

"今年有两位上神相助，我等一定可以平安度过这个寒冬。"仇鸿先是对他们表达了一番感激之情，随后坐在了草地上。

时夏刚刚就注意到了，虽然寒玉说这里是神界，但这些修士的修为大部分在玄仙附近，只有零星几个是上仙，例如仇鸿。这估计也是他们称刚刚迈入神阶修为的她为上神的原因。

"我这就给两位上神介绍一下我们这边的情况。"仇鸿一脸认真，拍了拍啤酒肚，随后将手插进衣服里，哗的一下扯出一大块兽皮扔在地上。

原来他的肚子里藏着这个！

仇鸿把兽皮铺开，指着上面一脸严肃地道："上神请看，这便是整个北境的地图。"

时夏连忙看了看，这是什么鬼地图啊？这不就是几个圈圈吗？

时夏看他一本正经的样子，十分无语。你们用这样的地图，不输才怪！

旁边的黑龙有些好奇，扯了扯那块兽皮，凑近闻了闻，然后冷哼一声，嫌弃地扔下了。


"上神，这是我们所在之处。"仇鸿指了指兽皮上的三角形道："三天后，他们会从北边进攻，这里是最后的防线，我们不能再退了。"

时夏提醒自己淡定，估计神界的地图就是抽象派的。她让自己冷静下来，一边听他介绍战况，一边旁敲侧击地打听起情况来。

他们所在的地方叫星天境，跟她猜测的一样，这里被五行噬天阵围了起来。当地人称五行噬天阵为"天障"，天障外的世界没有人去过，也没人知道外面是什么样。只是这个天障每年冬季时力量都会削弱，届时就会有魔物突破天障进来食人。于是每年到这个时候，这些修士都会聚集在这里，杀退那些魔物，以保平安。这些人的修为虽然普遍是玄仙以上，但迈入神阶的不多，整个星天境内不出十个。

天障一共有四处缺口，分别在东、南、西、北四处。每一处缺口由附近洞府的修士负责守护。

往年，魔物大多集中在东方，北方这边相对较少。但是今年不知道为什么，向来魔物比较少的北方，这回魔物来得又快又多，而且都是高阶魔物。北方修士原本就少，与魔物对抗了三四次后，人员就折损了一半。万不得已，作为临时指挥的仇鸿只能向其他三方的修士求助，希望可以得到支援。

结果时夏他们来了。

时夏听完心一沉，下意识地问："仇鸿，你说天障的缺口在北方，能具体指给我看看吗？"

"就在正北！"仇鸿指了指帐篷外的一个方向。

她顺着一看，果然是他们来的方向，顿时有种不祥的预感。

"来了！那群魔物又来了。"一个修士急匆匆地冲了进来，满头大汗地大声道。

仇鸿猛地站起来，惊讶地问："这么快？不是说还有三天才能到吗？"

"的确是那些魔物。"那人更加着急，由于跑得太快，头发都披散下来，"刚刚前去探路的道友已经被打伤了，拼死才飞回来报信。"

"准备应战！"仇鸿先跟大家说了一句，这才看向她和黑龙："两位上神……"

"一起去！"时夏有些不安，带黑龙跟着仇鸿出了帐篷。

外面刚刚还在疗伤的修士纷纷唤出剑，还有一些人已经御剑飞了起来。只有部分受了重伤的留了下来。

时夏心里有些担心，也想知道他们说的魔物到底是什么，于是御剑跟大家一起往前飞。四周的环境果然越来越熟悉，最终她到了一座分外眼熟的森林外。

"我们又回来干吗？"黑龙瞅了瞅前面的森林，脱口而出。

这里就是他们冲出五行噬天阵的地方，可是之前早已闭合的白雾间却开了一道黑色的口子，不知是通往哪里的。各种各样的妖兽正从那道口子里跑出来。

原来他们说的魔物是妖兽！

这些妖兽级别有高有低，有的只是三四阶的小兽，有的却是仙阶以上的。它们像是被什么牵引着一样，正源源不断地跑出来，眼看着已经形成兽潮。这是怎么回事？

"可能是我们出来的时候造成了缺口。"寒玉一边翻着系统资料库，一边在神识里解释道。

原来今年北方的魔物突然变多是他们造成的！

"奇怪，按理说这么强大的阵法应该会自动修复这个小缺口啊！"寒玉嘀咕道。

"不管怎么说，这都是我们的错。"时夏一咬牙，召出一把仙剑道，"自己的锅自己背，先把这些妖兽解决了。寒玉，你查一下怎么修复那个缺口。"

"好的，小主人！"寒玉回了一句，立马开始查资料。

时夏握紧手里的剑，正要冲进兽群，却被仉鸿拦住了："上神且慢！"

"咋？"时夏有些疑惑，仉鸿不就是找他们来帮忙的吗？

"这些只是普通的魔物，不敢劳烦上神。"仉鸿严肃地道，"这些魔物我等勉强可以应付，上神暂时不必消耗法力，待高阶魔物出现时，上神再出手也不迟！"

时夏无语，心想：你的意思是让我先看戏？

偏偏其他人完全没觉得这个安排有什么问题。仉鸿一声令下，大家便举起手里的武器朝兽群冲了过去。

旁边的人还时不时提醒道："上神请退后一些，这些魔物我们对付就够了。"

"对啊，总不能让上神屈尊对付这些小喽啰。"

她心里一时有些不是滋味，原来在修士当中也有这么多……单纯不做作的人。他们是真的觉得她该作为底牌最后出手。

"既然来了，哪有不动手的道理？"时夏扬起手里的剑，下意识地笑了笑，一招落星辰就挥了过去。顿时万千道剑光如繁星般从天而降，一举击中大片妖兽。

"上……上神！"仉鸿和他的小伙伴都惊呆了。

时夏用力拍拍胸脯说："放心，姐厉害着呢！"

在场的人愣了一下，顿时发出巨大的欢呼声："不愧是上神，太厉害了！"

"小意思！"时夏认真地看了看前方，随后提醒明显有点儿激动的人群，"注意，下一拨要来了。"

果然，又有妖兽拥了过来，完全无视那一地的兽尸。修士们回过神，全力作战，只是时不时看向她。之前他们只是对她好奇、恭敬，现在已经是崇拜了。

时夏觉得有些好笑，又被那种慷慨激昂的气氛感染，全身充满力量，大声喊了句口号："为了部……为了星天境！"

所有人跟着她喊了一句，顿时像打了兴奋剂一样扑向兽群，拼命打了起来，还时不时欢呼几句。

"有上神在，我们一定能赢。"

"上神护佑，我们北方一定可以守住。"

"一招就可以灭万千妖兽，刚刚那一定是神迹。不愧是上神。"

时夏觉得他们的说法太夸张了，她只是用了一招落星辰而已，根本算不了什么。

但很快她就明白他们为什么这么说了，因为这些人有些不对劲。他们虽然有玄仙以上的修为，却完全不会使用法术，大部分人只是提剑冲上去直接砍。这场面与其说是修士收服妖兽，还不如说是凡人打怪兽。

时夏看着修士荒唐的行为，半天回不过神来。这群人在搞笑吗？

仉鸿刚被妖兽打趴，正爬起来再次举着剑冲上去，时夏连忙拉住他问："等等，你们是修士吧，为什么不用法术？"

"法术？"仇鸿一愣，不太明白，"什么法术？"

"你们的仙力啊！你们是修士吧？修士的体内有仙力，你们为什么不直接用法术对付妖兽？"

"仙力？"仇鸿一愣，像突然想起了什么，一脸欣喜地点头道，"多谢上神提醒，我明白了！"

说着他神色一变，一时间全身仙气四溢，周身更是出现了点点霞光，那是属于上仙的仙力。那仙力慢慢地转移到了他的剑上……

时夏心里松了口气，以为他要放个大招，却见他举起手里的剑，再次朝妖兽砍了过去。这回他没被妖兽拍回来，终于把那头四阶妖兽砍成了两半。

时夏无言。

这不还是在砍吗？你刚刚到底明白了什么？

她看了看四周，绝望地发现不只是仇鸿，其他人也没有用仙力的意思。

时夏想静一静。她心里那股怪异的感觉越来越强烈，总觉得快要抓住什么了。

"没想到这些虫子打得还不错啊！"黑龙突然开口道。

时夏心想：他们哪里打得不错了？

"只是打一些妖兽而已，他们居然花了这么长时间？"黑龙冷哼一声，周身顿时亮起红光，"烦死了！"

时夏立刻明白了他要干什么，忙跳起来紧紧地抱住了他："不要！"她好不容易哄得他变成了人形，他要是变回原形就啥都完了。

"小幼崽，你干吗？"被人打断，黑龙明显有些不高兴，用力地挣了挣。

"等等，现在不行，还不能变回去。"

"为什么？"他疑惑地道，"这些兽我随手就可以解决，你干吗拦着我？"

"反正……现在不行。"她坚定地摇了摇头，见他越来越不满，立马又加了一句，"我觉得你刚刚带我飞得太辛苦了，现在应该休息，不然我会心疼的。"

他愣了一下，眉头瞬间皱了起来："好吧！我就再看一会儿。"他乖乖地在一边的石头上坐下。

时夏松了口气，再次看了黑龙一眼，确定他真的不会突然变回原形，这才认真地看向那些修士。

她觉得这场闹剧应该尽快结束。

"寒玉，找到方法没有？"

"找到了一个，或许可以试试。"寒玉有些犹豫地道，"我在系统的仓库里发现了一个东西，它可以封闭缺口，可能……有用。"

"可能？"时夏一愣。

"是的，我也不确定会不会有用。这个东西我从来没见过。"寒玉道，"只是看这上面写的字，应该……是个神器。"

"好，你给我！"时夏也管不了那么多了。

"好的，小主人！你伸出手，我传送给你！"

时夏伸出左手，只见眼前一闪，一行熟悉的文字出现在眼前：物品送传中……10%……20%……30%……

时夏不由得有点儿紧张，这是寒玉第一次从系统仓库拿东西出来，而且是神器。叮的一声传来，下一刻她的左手心出现一道白光，白光消失后，手里只剩一个……创可贴！

为什么会是创可贴？

"寒玉，你在逗我玩吗？你给我个创可贴是什么意思？"

"咦，原来这叫创可贴啊！"寒玉一脸惊奇，"小主人居然认识，好厉害！我察觉到这神器上有神力加持，一定可以补上那个缺口。"

"神力？你确定？"

"反正也没有别的办法，小主人你就试试吧！"

时夏深吸一口气，现在也没有别的办法，只能试试了。她撕开包装，握紧手里的剑，冲入兽群，直接发动落星辰的最后一招剑招。剑气瞬间化成数十条龙，巨大的龙吟响彻森林，齐刷刷地朝兽群奔来的方向冲去。

满地密密麻麻的妖兽顿时被剑气吞没，与树木一起化为灰烬。剑龙瞬间清出一大片空地，时夏接着御剑朝那边飞了过去。

那个黑色的缺口近在眼前，里面的罡风正呼呼地往外吹，打在她的脸上如刀割般痛。

时夏没时间仔细察看，举起手里的创可贴朝洞口拍了过去，然后……它掉了。

说好的神器呢？

突然，洞里传来一声低吼，一个如豹子头的兽头冒了出来。它体形极大，五六米宽的洞口只能容纳它的头。它好像被卡住了，不断地挣扎着，导致黑洞周围被挤得出现了一道道裂缝。但这还不是最重要的，最重要的是它身上隐隐透出一股神力。

这是一只神阶的妖兽。

时夏心里一紧，怎么办？它出来的话，黑龙就不得不出手了。而且，这会儿出来一只神阶的妖兽，后面还有什么？

"寒玉，为什么那个创可贴没用？"

"我也不知道……等等，我查查！"

"快！"时夏趁这只神阶的妖兽还没有出来，用剑气把它往回撞。它好像被激怒了，突然对着她张开口，里面电光闪烁。

时夏心一沉，御剑往旁边一闪，果然一道巨大的闪电从它的嘴里发出来，瞬间把方圆几里烧成了一片灰烬。

这居然是一只雷属性的神兽！

"找到了，小主人！"寒玉不知道从哪里翻出了一张纸，兴奋地大声道。

时夏嘴角一抽，它不会找到说明书了吧？

"这说明书上说，神器要特殊能量才能发动。"

寒玉找到的还真是说明书。

"小主人，它要注入神力才可以发动。"

"知道了！"时夏往下飞，满地找刚刚掉下来的创可贴。它就掉在下面的一棵树上。时夏直接捡起来，调动体内为数不多的神力，一点点注入那个创可贴。很快，原本只有手指大的创可贴瞬间变大，越来越大，最终变得有十几米长。

时夏扬手一挥，巨大的创可贴直接朝洞口处贴了过去，很快把洞口堵得严严实实的，顺便把那个神兽推了回去。四周的罡风顿时消失，气温开始回升，再也没有妖兽从外面冲过来了。

仇鸿崇拜地看着时夏，道："上神，您太厉害了，这次全靠您了。您堵住缺口的东西叫什么？"

时夏嘴角一抽，不想回答这个问题，客气地道："举手之劳而已。"

"我等真是三生有幸，得见上神的高招。"仇鸿的眼里都是星星，他崇拜地道，"不仅是那个神器，还有您之前放出的那十几只透明的……呃，那个叫什么？"

"对，实在让我等大开眼界。"旁边的人也忍不住，纷纷围过来一脸惊奇地看着时夏道。

"没错，那十几只兽是上神养的吗？居然威力这么大！"

"唉！可惜一出现就折损了，连躯体都没留下。"

"是呀，上神放心，以后我们见到此等妖兽，定为上神再抓几只回来。"

"没错！"

他们越说越激动，看她的眼神就像她刚刚损失了几个亿似的，就连黑龙也一脸好奇。

这是什么情况？他们到底在说什么？

时夏一脸蒙，想了想问道："你们说的不会是……我的剑气吧？"

"那兽原来叫剑龙吗？"仇鸿一脸惊奇，"上神居然可以降服数十条龙收为己用，实在是让我等震撼！"

"等等！"时夏直接举起手道，"你们该不会以为剑气是一种妖兽吧？"

"不是吗？"仇鸿一惊，其他人也一脸疑惑。

"当然不是！"时夏解释道，"那是我的剑气！所谓剑气，就是我的剑招化成的一股气，形状根据用剑者的剑意来定。剑招不同，使用者不同，甚至仙气的属性或功法不同，剑气就会有所不同。你们看到的不是真正的妖兽，只是形似妖兽。"

"哦……"众人似懂非懂，想问又不敢问，只是非常给面子地点了点头。

时夏瞅了瞅最前面的仇鸿，说道："有问题就问。"

"上神……"仉鸿这才一咬牙道，"在下有一事不明。"

"嗯？"

"剑招是什么？剑意是什么？功法又是什么？"

你不是只有一事不明吗？怎么问了三个问题？

等等！时夏突然有了一个想法。她从走进这里开始就觉得哪里不对，现在好像找到了答案。

"你们不会……从来没有练过剑吧？"

众人再次对视，然后非常果断地摇了摇头。

"那法术呢？你们也没有练过法术？"

众人仍旧摇头。

"那阵法、丹药、法符呢？"

众人继续摇头。

她终于知道哪里怪了。这些修士从来没有修习过法术，更别说剑法、法阵、法符、炼丹这些了。

那么问题来了。

"你们的修为到底是怎么来的？"他们中修为最低的都是玄仙。

"修为？那不是只要打坐就可以提升的吗？"一个青衣修士理所当然地道。

"打……打……打坐？"时夏嘴角一抽。

"是呀！"他立即点头，"坐得越久修为越高，我都打坐一千多年了。鸿道友有三千年。上神修为这么高，一定坐了很多年吧？"

"可是你们不是都会御剑吗？"他们会御剑，就证明他们应该学过最基础的剑法吧？

"哦，此法是向元上神传承下来的。"仉鸿一脸感激地道，"向元上神成为上神后，领悟了此等快捷的方式，而且广为流传。这千万年来，我等才可以脱离双足行走之法。"

时夏觉得自己的常识需要重建，深吸一口气后慢慢问起详细的情况来。

经过一番了解，她发现这里的人虽然修为高，但法术、阵法之类的落后得令人不可思议。还有他们手里的武器，压根儿不是法器，只是普通的铁剑。

时夏既觉得无语，又同情他们，只觉得神界的日子不好过啊！

她最后问了一个问题："既然你们都不会阵法，外面那个五行噬天阵，也就是你们说的天障，是谁布下的？"

"天障自然是天道布下的！"仉鸿理所当然地道。

时夏的心一沉，又是这个天道！

"你确定是天道，不是其他人？没有什么具体的人知道这个阵法吗？或是说谁对这个阵法比较了解？"她有些不甘心。

"天障自然只有天道能布下！

"自从破净神尊合道之后，世间再无人会布天障。上神要是有兴趣，或许可以问问破净神尊。"

"你说啥？"她激动地问，"你说的是什么意思？"

"我是说，只有合道的破净神尊知道天障的事，您可以问问神尊。"

"你不是说他合道了吗？合道不是死了的意思？"

"当然不是！"仇鸿一副"你怎么会这样想"的表情，"合道就是合为天道。这么多年来，只有破净神尊可以达到合道的要求。"

"你的意思是天道就是那个破……神尊？"

"破净神尊。"仇鸿嘴角一抽。

"兄弟，告诉我，他在哪里？"她兴奋地一把抓住了仇鸿。这真是柳暗花明啊！

她一直以为天道只是一个概念，没有实体，没想到竟然是个人！

她和老哥回家的事说不定有希望了！

"破净神尊自然住在夜辰宫。"虽然不知道她为什么这么激动，仇鸿还是老实地回答道。

"夜辰宫，夜辰宫……"时夏心里一喜，"夜辰宫在哪里？你能给我指个路吗？"

"上神现在是找不到他的。"仇鸿摇了摇头。

"为啥？"她心凉了半截，这人不会真的死了吧？

"夜辰宫不在此界。"仇鸿解释道，"传闻通往夜辰宫的通道开启的位置不定，而且开启时间极短，往往会在一个时辰内消失。通道那边危机四伏，大多数人有去无回。传闻万年前天障出现过一次大危机，有修士进入通道，得到破净神尊教的方法后才修补好天障。能有如此神通者，自然也只有合道之人了。"

"原来是这样。"也就是说，这个破净神尊是不是真的天道，他们也不确定。

"是的，不过通道开启的时间倒是比较稳定，每隔一百年会开启一次。"

"那上次通道打开的时间是什么时候？"

"不长，十年前才开启过一次。上神想去的话再等九十年就可以了，很快。"

"……"

# 第二十三章　妹妹的世外桃源

时夏并不觉得自己可以等九十年。就算她能等，老哥和后池估计也不会什么都不做就等着她回去。之前老哥为了她连命都可以拿来赌，这回眼睁睁地看着她消失，还不一定会做出什么事来。

所以，她不但不能在这里等九十年，而且要尽快回去，跟后池他们会合。

"寒玉，系统里真的没有回到仙界的方法吗？"

"小主人，神界与别的三千世界不同。"寒玉道，"这里坚不可摧，除非有特殊情况……"

就在这时，仇鸿急急忙忙地跑了过来，一边跑一边道："上神，好消息！"他指了指外面道，"天障那里出现通道了，通往夜辰宫的通道！"

"什么？"时夏猛地站了起来，"不是说一百年才开启一次吗？"

"这个在下也不知道为什么，兴许是上神您气运深厚吧。"仇鸿一脸惊喜，想了想才道，"不过这次开启的通道跟以往不同，有些小，上神看到就知道了。对了，黑龙上神已经过去了。"

时夏御剑往那边飞去，果然远远地就看到黑龙凌空站在不远处，正皱眉看着前方，表情意外地有些严肃。

"黑龙！"她大声喊道。

黑龙回过头来，脸色一变，喊道："别过来！"说着身形一闪就到了她身边，拉着她往后退，"离开这里！"

时夏："你这是怎么了？"

"那里的气息怪怪的，里面肯定不是什么好东西。"他一脸厌恶地道，"我讨厌那个东西。"

"啥？"时夏下意识地看向那边。

她刚才只觉得那边有些黑，此时才看到全貌。只见之前贴着创可贴的地方不知道什么时候出现了一团气体。那团气体黑白相间，呈螺旋状不断旋转着，仿佛要把周围的一切吞噬一样，远远看着还有点儿眼熟，像是……

"小主人，是混沌之气！"寒玉惊呼出声。

"上神，这就是通道。"仇鸿指了指那气团，欣喜地道。

"你在逗我？"时夏一惊，"你确定这是前往夜辰宫的通道？"

"是啊！"仇鸿点了点头道，"这通道以前每一百年才出现一次，这回不知为何刚过十年就出现了。"

时夏有些犹豫，但看他认真的样子……

"寒玉，为什么神界会突然出现混沌之气？"她只好问神识中的寒玉。

"应该是之前系统强行把主人和小主人送到这个世界的后果。"寒玉解释道，"那之后引发的时空混乱造成这个世界的漏洞，混沌之气就是这样产生的。"

"可明明昨天还没有啊！"

"我查查……五行噬天阵护住的地方自成一界，与阵外的世界彼此独立，两界交界处不稳定是正常的。"寒玉一边翻着资料，一边解释道，"再加上之前那头妖兽强行闯入，导致本就脆弱的边界线崩溃，因而出现了混沌之气。"

"也就是说，这又是一个漏洞？"

"没错！它现在还小，况且这里是最稳定的神界，暂时不会出现问题，这个漏洞算是所有漏洞里影响最小的了。"寒玉道，"不过，如果任这个漏洞发展下去，总有一天会影响到整个神界的。"

"可按仇鸿的说法，这种漏洞并不是第一次出现。他说这是通道，还有人进去过，而且每次开启的时间很短。"

"这个我也不清楚，按说这种漏洞没有系统的特殊工具是补不上的。要不我们先把这个洞补上再说？"寒玉声音一扬，晃了晃小枝条，"系统里别的没有，补漏洞的材料倒是堆了一仓库。"

时夏只觉得手里一热，一个写着"补"字的令牌模样的东西就落在了手上。

"小幼崽，我们快离开这里！"黑龙听不到她和寒玉的对话，神色越发凝重，催促道，"我讨厌那个通道，里面有龙血的气息。"

"龙血？"时夏一愣。

"嗯。"黑龙用力地点了点头，肯定地道，"而且不止一条，是很多条，比龙谷的龙还多。还有，里面死气很重。我们赶紧走吧！"

混沌之气本就由代表生死的阴阳两气汇聚而成，有死气很正常，但龙气是从哪里来的？而且混沌之气是突然出现的，就算这是三界的漏洞，也不可能……

等等！三界！

她心里一惊，顿时有些相信这确实是一个通道了。

"寒玉！"时夏激动地问，"你跟我说过，三千世界中只有一个神界是吧？"

"对啊！"寒玉道，"小主人，混沌缺口非同小可，您还是赶紧补上吧！"

"太好了。"时夏心里一喜，直接把那个令牌扔了回去，"太好了！"

"小主人，不补漏洞了吗？"寒玉把令牌收回仓库。

"不补了。"她笑了笑道，"现在还不能补！"

这是啥意思？

"你不是说三界这样的漏洞到处都是吗？"时夏解释道，"而且混沌之气只会在两界相连的地方出现。"

"是啊！就因为各个世界出现漏洞才会……"寒玉说到一半猛地停住，震惊得声音都提高了好几度，"小主人，你不会真的想通过这个漏洞去夜辰宫吧？"

"神界只有一个，我从这里出去，自然能进入别的世界，这样就有机会找到老哥和后池了。"她要通过这个漏洞离开神界，去哪里都行。如果能见到天道当然好，但如果不能，她之后也有机会联系上老哥和后池。

"小主人好厉害，我怎么没想到？我们可以离开这里了！"寒玉兴奋地晃了晃身子，突然又想到了什么，"不过，小主人，那通道里的情况极不稳定，就算真的有夜辰宫，我们也不一定可以到那里，甚至有可能直接迷失在混沌里。"

"管不了那么多了，机会只有一次！再说……我们经历的危险还少吗？与其在这里等，不如拼了。"

寒玉沉默了一会儿才道："好！我听小主人的。"

时夏转身捏了个法诀，打算冲过去，却被黑龙一把拉住了。

"小幼崽，你想干什么？那里面很危险。"

"黑龙，我有很重要的事情，必须去里面才能解决。"她指了指前面的混沌之气，随后抱了抱黑龙，"这些天谢谢你一路跟着我，但我不能让你跟我一起进去冒险，我们可能要在这里分开了。只要你不随便显露真身，这里没有人会伤害你，你保重！记住，你是天下最好的龙。再见！"

眼看那团气越来越小，她交代了几句后，趁黑龙还在发呆，直接转身冲进了那团混沌之气。

几乎是接触到那黑白气体的瞬间，时夏就感受到那从四面八方传来的抵抗力。那气体顿时化为风刃，无处不在。她想调动仙力，却发现全身的气息被混沌之气影响，完全不受控制，仿佛下一刻就要破体而出。时夏突然想起上次掉入混沌之气的感觉，那时根本没有这么……

她这才想起来，在混沌之气里修为越高，被反噬得越厉害。

她一咬牙，想散掉修为，心想：不就是些修为吗？散掉后还可以重新修炼。

于是她立马传音给寒玉："寒玉，混沌之气与修为相克，我必须把所有修为都散掉，这样才不会被攻击，可能会对你有些影响。"

"散功？"寒玉一愣，像是想到了什么，"等等，小主人，或许用不着这样！系统可以暂时帮你封存修为，等出去后我再帮你恢复。"

时夏心里一喜，还能这样？她忙道："好，快点儿。"

"好！"寒玉应了一声。

时夏只听见叮的一声，随后眼前一闪，出现了一个杀毒软件。

"……"


"小主人！"寒玉完全没察觉时夏的异样，兴奋地道，"快，点一下那个黄色的按钮，这样就可以暂时保存你的修为了。"

时夏低头一看，只见上面写着"骚扰拦截"四个大字。时夏点了一下，眼前出现一个扫描的界面。

不到一秒，画面一变，出现一行行字。


请选择你需要拦截的项目：

修为：下神（修为一般，倒数第三）

容貌：中下（尽量少出门，以免影响别人的心情）

性别：女（有暴力倾向）

装备：下界普通修士服（是神界的普通穷人）

…………


时夏嘴角抽了抽。这都是什么？

时夏咬了咬牙，强忍怒意，刚要点"修为"那个选项，突然一声痛苦的龙吟传了过来，紧接着是一声疾呼："小幼崽！"

"黑龙！"它怎么跟进来了？

"小幼崽！"黑龙恢复成了龙的样子，被混沌之气反噬得浑身是血，龙鳞都掉了不少，胡须也断了一根。它拼命地舞动着，眼睛好像被血糊住了，只能大声地叫着时夏。

"黑龙！"时夏心急如焚，冲过去一把抱住它。

"小幼崽？"黑龙用龙头拱了拱她的身子道，"走，我们出去！"

时夏气疯了，他们还怎么出去？他们进来的那个入口早就不见了。

"寒玉，这个软件可以暂时保存黑龙的修为吗？"

"不行，小主人！"寒玉也被跟进来的黑龙吓了一跳，"这个神器只有小主人能用。"

"那有没有别的可以暂时消除黑龙的修为的东西？"

"我找找……"过了一会儿，寒玉惊喜地道，"找到了！我上次破解系统加密库的时候找到了一个东西，或许可以用。"

时夏只觉眼前一闪，出现了一个对话框，里面只有一句话——

是否确定要恢复出厂设置？

这样真的有用？

时夏一咬牙，直接对着黑龙按下了"确定"的选项。

下一刻，意识已经开始模糊的黑龙全身闪过一道白光，巨大的身形越来越小，不一会儿就变成了一个半米来高的……蛋！

时夏愣了片刻，随后抱住那个蛋，暂时保存了自己的修为。

那股反噬的力量瞬间消失了，混沌之气停了下来，整个世界像是被按下了暂停键一样，安静得有些诡异。

不知道过了多久，突然一个有些熟悉的声音在她的耳边响起。

"怎么又是你？"

原本黑漆漆的空间里突然出现一个缺口，一个"猪头"从里面钻了出来。不对，那是个胖得跟猪一样的人。他实在太胖了，双眼都挤成了一条缝。

"说了让你别回来，你当这是啥地方，好玩吗？"来人有些生气地瞪了时夏一眼。

他想穿过那个缺口，来时夏这边，却因为太胖而……被卡住了。

他求助似的朝她伸出一只手道："夏时妹子，帮……帮大哥一把。"

"夏时？你认识我？"时夏一惊。

"废话！"他白了她一眼，"你不是才离开一百多年吗？赶紧把大哥我拉出来！"

时夏还有些蒙，下意识地握住他的一只手，用力一拉，却发现怎么都拉不出来。

他被拉得嗷嗷叫，一点儿也不客气："快，用点儿力。这一百年你被人虐待了吗？怎么这点儿力气都没有？"

"你也不想想你的体形。"时夏顿时怒了。

"大哥这叫心宽体胖，谁像你，一百年没见，还瘦得跟小鸡似的。"他嘴上不饶人，抬头瞅了瞅上方，继续催促道，"快，拉我出去，没准一会儿又有人掉下来了，被砸到就惨了。"

"有人掉下来？你经常被……"她话说到一半又停住，突然想起一个名字，手顿时一松，"孔阳！"

就这样，孔阳咚的一声从那个缺口掉了下去。

时夏赶紧抱起蛋，也从那个缺口跳了下去。

孔阳正坐在一块石板上，一边叫着痛一边揉着腰。

时夏四下看了看，发现这里真的是当初那个谷底，就连上空的混沌之气都完全没有变化。

她竟然直接回下界了！说好的夜辰宫呢？

她转头看向孔阳，有些难以置信地扫视了一遍孔阳的身体："孔阳，你怎么……"

孔阳上下扫视了她一眼，一副不可置信的表情，打断她的话，问："怎么过了一百多年，你还是一点儿修为都没有的样子？不对，这一百年你是怎么活过来的？"

"我只是暂时没了修为而已。"时夏不在意地解释道，"到时会……"

"什么，有人废了你的修为？！"她话还没说完，孔阳一下怒了，"告诉我是谁，我去砍死他！"说着直接唤出一把剑。

时夏嘴角一抽，白了他一眼道："你能出去了？"

"不能。"他愣了一下，默默地收回剑，"没关系，我这里功法多，我可以教你怎么砍死他！"

"得，我知道你讲义气。"时夏拍了拍他的肩解释道，"我的修为没丢，只是……"

时夏说到一半，神识里的寒玉突然道："小主人，我能感应到主人了！"

"什么？！"时夏一惊，顾不得孔阳还在旁边，直接问道，"在哪边？"

"还是在仙界。"

"那后池呢？"

"也在！"

"能联系上吗？"

"主人那边有很强的灵力波动，所以我才感觉到他的。但那边的灵气太混乱了，传音可能不行……"

时夏的心一沉，难道她得再飞升一次吗？

"不过，我可以把主人用神器传送过来。"寒玉想了想道。

时夏无语，叫道："寒玉！"

"在。"

"你以后说话能不能不要大喘气？"你早点儿说能传送不行吗？

"好的，小主人！那……要传吗？"

"传，直接传！"时夏折腾了这么久，不就是为了跟老哥团聚吗？

寒玉道："嗯，小主人，你先布个传送阵，我找找神器。"

"夏老妹，你这是跟谁说话呢？"孔阳一脸蒙，甚至怀疑时夏疯了，顿时同情地看着她。这姑娘太可怜了，外面的世界一定很可怕吧！

"等会儿跟你解释，我先把我哥拉过来。你不介意吧？"

"当然不介意。不过，你还有哥？"

"谢了。"时夏来不及解释，连忙按寒玉的说法布下传送阵。

时夏很快布好了传送阵，寒玉那边也找到了神器。

寒玉兴奋地喊道："找到了，就是这个神器。"它随后将一个方形的图标举了起来。

时夏一看，那是个橙色的图标，上面的"淘"字特别醒目。

这……竟然是淘宝？这就是所谓的神器？

"小主人，就是这个神器。"寒玉举着软件兴奋地道，"用这个就可以把主人他们传送过来！"

接着时夏也不知道它做了什么，只听见耳边叮的一声，眼前白光一闪，出现了一行字。

哥哥 ×2，已加入购物车，是否结算？

"小主人？"看时夏半天不动，寒玉有些着急地提醒道，"可以启动神器了。"

时夏抽了抽嘴角，在"确认支付"的按钮上点了一下。

下一刻，她的眼前闪过一排排文字。

您的订单已经确认，商家正在发货……

您的快件已揽收，正在运输中……

您的快件已到达仙界中转站，正在发往修仙界……

您的快件……

见多识广的时夏内心毫无波澜。

终于，她的眼前出现了"您的快件已到达，请签收"的字样。

下一刻，传送阵发出耀眼的白光。时夏不由得紧张起来……

突然，两个人凭空出现，一上一下，衣服一白一黑，都是一副衣衫不整、气喘吁吁的样子。上面那个人跨坐在另一个人的身上，手里抓着对方的衣服。而下面的人一只手抓着上面那个人的腰带，另一只手抓着对方的手腕，似怒似嗔地吼道："我 ×！"

孔阳愣住了。

时夏："你们在干吗？"

正"深情"对视的两人一愣，双双转过头来。

"小妹！"时冬不可置信地睁大眼睛，将手里的扇子一挥，顿时发出一道风刃，把压在身上的后池逼退，随后起身张开双臂朝她跑了过来，"终于找到……啊！"

他话还没说完，突然被背后的某人一脚踹了出去。

下一刻，时夏被拥入了一个带着些许冷香的怀抱。

"夏夏。"

时夏整个人都贴在后池的胸膛上，耳边是后池咚咚的心跳声。

"你没事……太好了。"

"后池……"她心一软，忍不住也抱住他。

"你个老不死的，放开我妹妹！"时冬揉着脸爬了起来，立刻怒了。

后池故意将时夏抱得更紧了一些，宣告主权似的一字一句地道："我的！"

"你个变态！你还要不要脸？"

546

后池的脸色唰的一下变了，他像是被戳中了痛点。

"赶紧放开，听见没有？信不信老子分分钟灭了你？"

后池不为所动，手一扬，剑尖直指时冬："动手！"说完，后池低头对准时夏的脸亲了一下。

时冬的脸色顿时黑成了锅底。

时冬直接冲了过来："老子灭了你这个禽兽！"

下一刻，打斗声在四周响起。时夏这才注意到这两人手里一直拿着武器，所以刚刚他们是在打架？她不在的这些日子，他们不会一直在打架吧？

"夏老妹……"孔阳指了指空中的两个人，有点儿犹豫地问，"他们就是……你哥？"

"嗯。"时夏顿时觉得有点儿丢人，"家丑，见笑见笑。"

"那个……先别管什么家丑不家丑，"他指了指山谷道，"他们再打下去，我的家就没了。"

"……"


后池跟时冬好像天生就不对盘，因为一句话、一个眼神、一个动作都可以掐起来，而且不是吵，是直接动手。时夏感觉有点儿心累，发了顿脾气，才在他们把山谷拆了前阻止了两人。她一手拉着一个，这才把极不情愿的两人拉进了石屋。

"这小子是谁啊？"时冬眯着眼瞅了孔阳一眼，不知道想到了什么，转头瞄了时夏一眼，传音道，"小妹，你不是吧？我记得你的口味没这么重啊！虽然我确实讨厌后池那个神经病，但你也用不着这么委屈自己啊！你不会还忘不了隔壁的王小胖吧？虽然他是你的初恋，但那也是幼儿园的事了，你……"

"滚！"时夏嘴角一抽，单方面掐断了他的传音。她哥的脑子里都装着些什么？

"这是孔阳，我的朋友。"她把孔阳之前帮她的事说了一遍。

"哦，朋友啊！"时冬一听，顿时松了口气。

倒是后池看见孔阳后眼睛一亮，上前一本正经地问："你叫孔阳？"

"是的。"孔阳被后池盯得浑身一抖。

这两个人一看就是上界的仙人，面对他们，孔阳觉得压力很大。

后池紧皱眉头，过了一会儿才继续道："你有师门吗？"

"没有。"

"有师父吗？"

"也……没。"

"可愿拜我为师？"嗯，这个人又圆又胖，适合当徒弟！

"啊？！"

时夏嘴角一抽，脑海里浮现出毕鸿和清茗的脸，一把将后池拉了回来，道："孔阳

547

自学成才，不需要师父。"

后池觉得遗憾，孔阳这体格，多适合当徒弟啊！

不过，还好他有妹妹。于是他紧紧地握住了时夏的手，心里甚是满足。

"撒手！干啥呢？！"时冬一巴掌拍向后池与时夏相握的手，把自家小妹拉了回来，嫌弃地帮她擦了擦手，心疼地问道："小妹，你怎么会在这里？你不是被灵须子抓去神界了吗？这里……是凡界吧？"

她这才想起正事，有些激动地道："老哥，我可能找到回去的方法了。"

"啥？"时冬惊呆了，就连后池都愣了一下。

时夏连忙把到神界后发生的事详细地跟他们说了一遍，特别是破净神尊和夜辰宫的事。


过了一会儿……

"你是说系统还在你体内，而且变成了那个花妖？"时冬突然问。

"嗯。"时夏点头道，"准确地说是系统在虚弱的时候被寒玉接管了，不过……"

"它还在你的神识里？！"她话还没说完，后池又问道。

"对啊！"她点头，瞬间两道冷飕飕的目光齐刷刷地盯住了她的脑门。

这是咋了？她还没来得及问，两人就讨论起来了。

"摄魂术？"

"不行，那样容易伤到夏夏，还是用灭识印吧！"

"滚，灭识印会在神识里留下术者的印记。你休想占我妹的便宜。用搜魂术好了，直接把它拉出来，一了百了。"

"牵识阵，一劳永逸，不损根基。"

"那还不如诛魂印，直接在神识里灭个干净，更省事。"

"还是绝息……"

两人越说越快，不一会儿已经报出了一堆法术的名字。

"小……小主人。"神识里的寒玉瑟瑟发抖，"我……我怎么感觉他们在讨论杀我的方法？"

时夏嘴角一抽，见两人越说越离谱，连忙打断道："停！寒玉是为了救我才变成这样的，不是以前的系统！而且我能把你们拉过来也多亏了它。在保证它能安全恢复原样之前，我是不会跟它分开的。"

后池和老哥仍有些担心，问了她好多遍，甚至亲自看过她的神识，确认寒玉并不是系统伪装的才稍稍放心了。

关于夜辰宫的事，后池和老哥没有她这么兴奋，可能是因为以前失望过太多次了。但夜辰宫毕竟是他们掌握的唯一可以弄清真相的线索，他们不管怎样也得去找找。

那么问题来了，他们要怎么去夜辰宫？他们得先去神界，再在神界找到通往夜辰宫的混沌之气的缺口。

她离开仙界的这段日子，后池和老哥虽然已经达到了上仙修为，但也去不了神界。他们商量了半天，决定还是从头上的混沌缺口原路返回神界。

"孔阳，你跟我们一块去神界吧！"她回头看向一直默默打扫着屋子的肥胖身影。

"我？"孔阳愣了一下，无奈地道，"夏老妹，你又不是不知道，我只要一出这里……"

"就是因为这样我才这么说。"时夏沉声道，"你的修为虽然在下界已经是顶峰了，但在神界却连起点都不到。在神界，你这种情况根本不会引发雷劫。难道你想一辈子待在这里吗？"

孔阳沉默了，心想：与其一辈子龟缩在这个谷底，不如拼一拼。

"好，夏老妹，我跟你们一起去。"


不过，他们这里有两个上仙、一个准仙，如何通过混沌之气而又不被反噬，确实是个难题。难道一个个全都恢复出厂设置？黑龙变成了蛋，他们不会全变成小孩儿吧？

"小妹，我记得你的手机上安装了锁定程序。"时冬突然开口道，"如果其他软件都能用的话，这个应该也可以吧？"

那是她无聊时下载的一个软件，可以锁定其他软件，使它们暂时不能使用。

时夏连忙在神识中呼唤："寒玉。"

"我找找……"寒玉又开始翻箱倒柜了，不一会儿惊喜地道，"有，小主人，我找到了。"

寒玉的眼前顿时出现了一个黑色的图标。她伸手点了一下，只见一道光朝着面前的三人扫了过去，下一刻三人就在她的眼前消失了，而那个黑色的图标上顿时多出了……三个头像。

"……"

这个软件为啥把人都锁进去了？

"小主人，真的有用，我感觉不到他们的修为了。"寒玉开心地道，"咱们赶紧进去吧，到神界后解除锁定就可以了。"

"嗯。"时夏转头瞅了瞅龙蛋，没来由地有些心虚，早知道就用这个软件了。她愧疚地抱起龙蛋，朝上面的混沌缺口爬了过去。

不到一刻钟，她就站在那片熟悉的林子里了。林中的树木倒了大半，还隐隐飘着一股焦煳味。这的确是之前那片被兽群肆虐的森林。

时夏立马解除锁定，把三人放了出来。

"这里就是神界？"时冬四处瞅了瞅，"除了灵气有点儿特别，其他的好像跟下面没什么区别。"

后池也好奇地打量着四周。

只有孔阳很紧张，一直抬头看着天上，像是怕有雷劈下来。他看了好一会儿，一直无事发生，这才隐隐松了口气。

时夏正想简单地说一下这里的情况，一道熟悉的声音从后面传来。

"上……上神！你们回来了？"

不远处站着一群修士，正惊讶地看着他们。

"仇鸿。"时夏扬手朝最前面的人打了个招呼，没想到这么快就见到了熟人。

"太……太好了！"仇鸿一喜，突然想起什么，兴奋地转头交代后面的人："快去通知大家，两位上神平安地从夜辰宫回来了！"

"不用了，我……马上就要走了。"

但仇鸿压根儿没听到她的话，更加兴奋地安排起来。

"把这个天大的好消息告诉其他三境的修士，让大家务必都来北境一趟。"

"对了，还要通知上元宫！没想到才过了短短几百年，又有人跟上神一样从夜辰宫回来了。"

"太好了，这可是星天境的大福啊，解决魔物有望了。"

"还有，问问大家，谁的道场洞府最大，赶紧搬出来，让两位上神住进去。"

时夏多次试图打断仇鸿，但一直没成功，不禁感到有些无奈。

"小妹，"时冬忍不住推了推自家妹子，"你跟他们很熟？"

时夏嘴角一抽，默默地伸出两根手指道："认识两天，算熟吗？"

"……"

仇鸿安排完才回过头来，上前一步，紧紧地盯着时夏和时冬道："两位上神，不知道您打算什么时候开坛讲道啊？没关系，多久我们都等！"

后面一群修士齐刷刷地点头。

时夏：开坛讲道是什么鬼？

时夏回到神界的第一天，受到了星天境全体居民的热烈欢迎。还没等她反应过来，大家已经把她回来的消息昭告天下了。

时夏等四人一脸蒙。他们打听一番后才知道，数万年来，凡是前往夜辰宫的人，每一个都是这里响当当的人物，但很少有回来的，到目前为止只有三个人回来了。

第一个是破净神尊。他布下天障，创造了星天境，让所有人免受魔物的迫害。

第二个是东方境的上元神尊。传说他是一百年前从夜辰宫回来的，还带来了无上仙法，教会所有人御剑以及使用仙气的方法。

第三个就是她了。

在星天境居民的印象中，能从夜辰宫回来的都是拥有大造化的人，每一个人都会给星天境带来巨大的改变。仇鸿让她开坛讲道，就是因为这个。

时夏瞅了瞅眼前齐刷刷地看着自己的仙人们，下意识地捂住双眼退回房里。他们简直太崇拜时夏了，这让时夏感到压力好大。

偏偏无论她怎么解释，他们都一副"上神太谦虚了"的样子，完全不懂她是真的想拒绝。

他们特意找了一个山头，建了好大一座殿宇当作他们几人的洞府。殿前还有一个大广场，上面聚集了一大批打算前来听道的修士。

"小妹，"时冬一脸疑惑，沉声问，"他们为啥叫我黑龙上神？"

"哦，他们把你当成黑龙了。"时夏指了指怀里的龙蛋道，"之前我让它化成了你的样子。"她把黑龙化形的事说了一遍。

"小妹……"时冬顿时眼睛一亮，开心地道，"我就知道你最喜欢哥哥了，连灵兽化形都选我的样子，哥哥好开心！"说着还故意瞪了旁边的后池一眼。

原本正坐着喝茶的后池一顿，一时间寒气四溢，手里的茶瞬间结冰。后池转头看向她，眼里满是委屈之色，好像在说：为什么不让黑龙变成我的样子？

时夏觉得头痛："你们够了！"随后转移话题道，"说正事！外面那些人怎么办？我不会真的要开坛讲道吧？"

"有啥不行的？"时冬挑了挑眉，继续道，"你不是说这里的人从来没有修炼过功法，也不懂法术吗？我们又不是不懂法术，别说教几个人，开宗立派也是可以的！再说，那个夜辰宫的通道不是还有九十年才开启吗？我们又不急。"

"关键是谁教呢？"她直接问道，"我可没教过徒弟！而且我的灵根很特殊，我的修炼方法未必适合他们。"

"这些人也不适合我秀凌峰的功法。"后池也摇头道。

时夏只好看向自家老哥。

"别看我！"时冬摆了摆手，"虽然我会的功法多，但我可是魔修……"

"想要他们正规地修炼起来，不仅要教功法，"后池沉声道，"剑法、符法、阵法、炼器、丹药缺一不可。他们若只通其一，兴许会有更大的麻烦。"

确实，如果这些人只顾着提升修为，没有学习相应的克制方法，或是没有治愈手段，只会引发更大的矛盾。

"这点谁不知道？！"时冬翻了个白眼，"可我们这几个人，除了炼器没问题，其他只通皮毛，去哪里找一个通晓术、符、阵、器、药的人？修行不易，精通一项已经不容易了。"

听时冬这么说，时夏只觉得脑海里叮的一声响，突然想起了一个人。

三个人同时反应过来，齐刷刷地转头看向旁边的人。

一直没出声的孔阳猛地一抖："怎……怎么了？"

"哈哈哈，老孔啊！"时夏咧嘴一笑，用力拍了拍他的肩道，"想做校长吗？"

"……"

孔阳的确是最佳人选。他被困在谷底那么久，看了各类功法，完全有能力开班授课。再加上孔阳有收集东西的习惯，之前还把洞府里的秘籍、功法什么的都整理了一遍，这些正是现成的教材。

于是时夏、时冬、后池三人全部同意，让孔阳来做这个校长。

"神界第一修行学院"就这么顺利地开学了！

神界人民态度良好，认认真真地跟着孔阳学起了法术。他们对孔阳十分尊敬，称他为"上师"。孔阳本来还有些战战兢兢，之后就完全投入教书育人的事业中了。

孔阳讲课时格外细致，甚至还额外开设了丹、符、阵、器、兽五个生活技能训练班。

时夏最初跟着听了几堂课，发现孔阳讲得确实好，难怪这么快就收服了这些求知若渴的神界居民。反倒是他们闲下来了。不，准确地说，闲下来的只有她。

时冬向来会说话，很快就跟这里的人打成一片，甚至和不少人称兄道弟。短短几个月后，好多修士心甘情愿地称呼时冬为"尊上"，唯时冬马首是瞻。而他们对时夏的称呼也跟着变了。他们原本还恭恭敬敬地叫她"上神"，现在已经统一变为"少主"了。

后池也很忙，忙着跟老哥打架！两人修为相当，每次打起来，不毁掉几个山头不罢休。时夏一开始还提心吊胆，极力劝阻他们，现在已经可以一边看他们打架一边嗑瓜子了。偏偏这两人越打修为提升得越快，眼看就要超过她了。

她就这么闲了下来，只等着真正的夜辰宫通道打开。

唯一让她放心不下的就是黑龙了。

黑龙到现在依旧是个蛋，完全没有再次变成龙的征兆。时间过得越久，她越担心。要不是寒玉说蛋里有正常的生命体征，时夏都想敲开蛋壳，看看黑龙到底怎么了。

"不会真的要重新孵出来吧？"她摸了摸蛋壳，自言自语地说道，"关键是我去哪里找条母龙来孵蛋呢？"

"龙族都是天生地养的，哪里需要孵？"时冬快步走过来，坐到她旁边，递给她一个红果子，"小妹，这是朱果，听说几万年才长了两个，我从韵虚老头那里摘来的。"

她接过果子，刚打算吃，他转手又掏出一个红果子，大口吃了起来。

时夏心想：原来老哥把两个果子都摘来了？韵虚未免太惨了！

她低头咬了一口果子。果子香甜多汁，比她之前吃过的所有水果都好吃，下肚之后还有股熟悉的能量涌入四肢百骸。

"这……这个……"

"好东西吧？"他朝她眨了眨眼睛道，"听说过几年还能熟两个，到时哥再给你摘。"

话说，这是别人家的东西吧？你要不要拿得这么理直气壮？

"对了，你说龙蛋不需要孵是什么意思？你知道黑龙现在是什么情况？"

"知道一点点。"他转头瞅了旁边巨大的龙蛋一眼，几口把果子吃完，习惯性地摸了摸她的头道，"小妹啊……"

时夏嘴角一抽，一把拍开他的手，道："脏死了，别蹭到我的身上。"

他淡定地把手放了下来，又立刻将手压在了她的衣角上，还用力地蹭了两下，留下两个清晰的手印。见她要发火，他立马捏了个去尘诀，将她的衣服弄干净，随后轻咳一声解释道："当初做任务时，我也算见过几个神族的小动物。除了胎生的麒麟，龙、凤两族的蛋都是靠天地灵气自然孵化的。等灵气够了，它们自然就破壳而出了。"

"可黑龙不是幼龙。"她认识它的时候它就是一条成龙了。

"我当然知道它不是幼龙。"他解释道，"但龙蛋一向是为了保护龙而存在的，对外可以抵御一切攻击，对内可以滋养龙的身体。如果这里面是一条成龙，那它破壳自然没问题。它之所以一直不出来，只可能是因为它自己不愿意出来。"

"不愿意出来？"

"你仔细想想，它进去之前是不是受过特别严重的伤？"

时夏皱了皱眉，回想后点了点头。黑龙是神族，当时确实受了很严重的伤。

"这不就得了？"他摊了摊手道，"它缩在蛋壳里是为了养伤，等伤好了，自然就出来了。"

时夏这才松了口气，转头瞅了瞅老哥道："怎么只有你一个人，后池呢？"他们不是一起出去的吗？

"喊，谁知道那浑蛋上哪里疗伤去了。"他哼了一声，跷起二郎腿，转头看了她一眼，不放心地道："小妹，你不会真的看上那个死变态了吧？"

时夏嘴角一抽，认真地道："老哥，后池帮了我很多，要不是他，我不可能活到现在，更没法找到你。"

"所以说……"他像是想到了什么，坐直身子认真地问，"你是为了报恩才看上他的？报恩的方法很多，要不老哥多找点儿天材地宝给他，怎么样？"

时夏深深地叹了口气："老哥，你明明知道不是这样的。"

"你不会真的喜欢他吧？"

"也……也许吧。"

"啥叫也许啊？"时冬急了，噌的一声站了起来，"不行，你绝对不能喜欢他！说说你对他到底是哪种感觉？到什么程度了？比起当年的王小胖呢？"

"哥！"时夏嘴角一抽，"小胖只是送了我一块巧克力，而且那是上幼儿园时的事了。"你用得着记到现在吗？

"胡说，他小学时不是还给你写情书了？"

"我不是连看都没看，情书就被你没收了吗？"

"当然不能看！你当时才几岁啊？"他理直气壮地说，过了一会儿又绕回主题，"那个李宏呢？比起后池，你更喜欢谁？"

"什么李宏？"

"就是你上初二的时候送你回家的那个臭小子！打篮球的那个。"

"哦……"她回忆了好久才想起一个模糊的影子，顿时有点儿生气，"你还说，你莫名其妙地把人家揍了一顿，直到高中他都躲着我走！"

"那是他自找的！"时冬继续问，"那大学时的那个郝学长呢？"

"什么郝学长？我不认识……你说的不会是大三时学生会的会长吧？"她认识的人里好像只有这一个姓郝的。那个郝学长对她的确挺好的，不过大三后她就再也没见过他了，听说他被某公司提前招去海外了。

"不会是你把他招进公司，然后派到海外去的吧？"

"哼！这证明他们根本没本事，对你不是真爱。"

"拜托！除了小胖，其他两人我压根儿就没怎么跟他们接触好不好？后池不一样……"她下意识地说道。

"你真的喜欢他？！"时冬的脸色蓦地沉了下来。

时夏没说话。

他直接表态："我不同意。"

"哥。"

"不行就是不行！"他急得团团转，过了一会儿重新坐回她身边道，"小妹，你听我说。男人我最了解，没一个好东西，除了你老哥。那个后池，当初在下界时就老跟我作对，你可别被他骗了！就算你喜欢他，那能确定他也一样喜欢你吗？"

时夏一愣，突然发现后池好像真的没有说过喜欢她。说实话，她现在都不知道后池到底是怎么想的。在仙界的时候，他好像确实对她有点儿意思，而且从那以后，他们的关系就有些暧昧。可真要说他们在一起了，好像又不是。至少到现在为止，他还一直声称是时夏的哥哥。

看来她得找后池问个清楚了。

"小妹，趁现在还来得及，你们赶紧断了吧！"时冬收起之前那爹毛似的语气，用从未有过的严肃神情道，"谁都可以，你跟他真的不行。"

"为啥？！"

"小妹……"时冬叹了一声，道，"我们是要回家的。"

"……"

时夏觉得脑子有点儿乱，心里很难受，耳边回响的全是老哥刚刚跟她说的话。她一边觉得老哥就是在胡扯，一边又觉得有点儿道理。她想了一下午，觉得不能自己一个人纠结，不管怎样也要找后池问个清楚。

可没等她去找人，后池就主动送上门来了，还是从窗口爬进来的。

后池先是看了她一眼，然后十分淡定地掀开被子爬上了床，理所当然地躺在她的旁边，还十分自然地把她拉到了怀里，紧紧地抱着她，满足地叫了声："夏夏。"

"……"

她这是……被夜袭了？

后池有些兴奋，一本正经地道："我已经布下了十重防御阵，魔傻是不会发现的。"

554

说完他还炫耀似的亲了她一口，贴在她的耳侧轻轻道，"夏夏，想你了。"

时夏不由得全身一颤。他这是在勾引她吧，是吧？

他看了她一会儿，又忍不住亲了她一下。

她只觉得心跳如擂鼓。

后池搂着她轻声道："终于……只有我们二人了。"

他这么说是想做什么？时夏紧张不已。

"夏夏，事不宜迟，开始吧！"

你不要叫得这么亲昵好吗？还有，开始啥啊？

"总算可以……给你讲故事了！"

"……"

下一刻，他掏出了一个话本子，念道："从前……"

时夏："你给我滚！"


时夏一脚把后池踹了下去，偏偏后池还一脸茫然，愣了两秒才爬起来。

"怎么了，夏夏？"

她气得肝疼，这个浑蛋、傻子！

"不喜欢吗？"他拍了拍手里的话本子，"要不我换个故事？"

"你走！谁要听你讲故事？"

"夏夏……"他蒙了，全身都散发着委屈之意。

"后池，你到底把我当什么？"她心底的那股怒火烧得更旺，直接坐了起来。

他想都没想就回答道："当然是妹妹……"

"谁要当你妹？给我看清楚！"她一把拽住他的衣领，用力一拉，顺势把他压在身下，咬牙切齿地道，"妹妹会对你这样吗？"

说完，不等他回答，她直接撕开他胸前的衣服，继续问："妹妹会对你这样？"

接着她双手捧着他的脸，不管不顾地亲了下去，又问："妹妹会对你这样？"

"回答我，老子到底是你的谁？"她死死地盯着他的眼睛，一字一句地问道。

后池彻底蒙了，愣愣地看着压在自己身上的人，半天没有反应过来。他的脸瞬间变得通红，整个人想动又不敢动。

"夏……夏夏。"

"说啊！"时夏在气头上，只想要个答案，"你到底要当我的谁？"

他像是还没反应过来，立刻道："我当然是你哥……"

听到那个"哥"字，时夏感觉一桶冰水当头淋下，浇了个透心凉，所有的怒火瞬间被浇灭了。

"夏夏……"他说着习惯性地伸手想搂住她。

她条件反射地一把拍开他的手，动作利索地从他的身上爬了下来，坐到了墙角。

后池一愣："夏……夏？"

"出去！"

"怎么……"他愣了一会儿，像是有点儿反应不过来。

"出去！"她再次说了一遍。

他怔住了，却没有动，既委屈又不知所措，直勾勾地看着她。

时夏不再理他，抱着双腿坐在一边，隐隐觉得有点儿冷，心冷！

后池犹豫了一会儿才试探着道："你……生气了？"他问得小心翼翼，眼里有些茫然。

时夏面无表情地道："没有。"

"你生气了！"他皱了皱眉，肯定地说道，"为什么生气？"

"……"

"告诉我，好不好？"

她抬头看了看他，心里顿时生出一股深深的无力感。是啊，她为什么生气？她不就是失恋了吗？

"算了，是我想太多了，不关你的事。"

她告诉自己，后池本来就是个除了修炼啥都不知道的人，是她自己想太多了。

"夏夏？"

"夜深了，你回去吧！我要休息了。"

"可是……"

"没有可是。"她深吸一口气，将床边的话本子递了过去，勾了勾嘴角，"你别听我老哥胡说，我睡觉前不喜欢听故事。"

"夏夏。"

"这个你拿回去吧，心意我领了，谢谢！"

"……"

"还有，下次找我别从窗户进来，直接敲门就行。"她说着拉开房门，"我会给你开门的，不然别人看到不好。"

说完她回头看过去，却发现他坐在床上没动，不知道在想什么，完全没有要出去的意思。

"怎么了？"她问他，想了想又补充道，"哥？"

他抓着本子的手一紧。他抬头看向她，眼里闪过一些意味不明的情绪，过了一会儿才喃喃地道："我……有点儿难受。"

时夏一愣，想起白天老哥好像又跟他打架了，连忙快步走了过去，问："你不会受伤了吧？你伤到哪里了？"

"这里。"他突然抓着她的手按在了胸口。

她愣了一下，很快又反应过来，猛地抽回手道："别闹了！"

"真的！"他再次去抓她的手。

556

"够了!"时夏刚消下去的怒火又冒了出来,"耍我好玩吗?"

"夏夏……"

"后池,"她看着他有些委屈的神情,深吸一口气,顿时觉得心更累了,"我喜欢你。"

他眼睛一亮。

"不是兄妹间的那种喜欢。"她接着道,"你懂吗?"

"我也喜欢夏夏,喜欢妹妹!"他想说什么,又不知道从何说起,着急地加了一句,"很喜欢。"说完他低下头,似乎想亲她。

时夏只觉得心凉得更加彻底了,往后退了一步道:"你要做我哥,就不要再对我做这些事。"

"为何?"

"不合适。"她揉了揉额头道,"虽然你一直把我当妹妹,但我们毕竟没有血缘关系,再这样下去,别说我,别人也会误会的。"

"关别人何事?"

"反正不能就是不能。"

"不行!"他突然倔上了,强行把她拉到怀里,"你是我的。"说着亲了她一下。

"后池!"时夏气炸了,用力一把推开他,"你知不知道我在说什么?"

"我知道。"

"你知道个……"

"你对我有男女之情。"

咦?

他再次上前,一只手拉着她,另一只手搂住她。

"我也有。"

"……"

"很多!"

"……"


峰回路转,突然被告白的时夏觉得有点儿恍惚,那句"我也有"仿佛是幻听,只有咚咚咚的心跳声格外清晰。

"夏夏,呼吸!"

她的嘴唇突然一阵刺痛,后池咬了她一口。

她这才发现自己屏息很久了,回过神来,愣愣地看着眼前熟悉的面孔。她转头一看,发现自己不知道什么时候被后池抱回床上了,胸上是某人的手,身上只剩下一件肚兜!

刚刚发生了什么?他们怎么瞬间变成了这样?

557

她的耳边回荡着后池急促的喘息声，一声比一声重，他好像在极力地压抑着什么。

她的心跳得更快了："后……"

"别动！"他立刻开口道，呼吸声更重了。

两人就这样一动不动地僵持了好一会儿。后池突然撑起身子，捡起一边不知道什么时候脱下的衣服，像捆粽子似的胡乱地将衣服往她的身上缠。直到把她包得严严实实的，他才松了口气，重新躺了回来，却把她抱得更紧了。

后池："对不起。"

时夏："哦，别客气。"

她怎么把实话说出来了？她瞬间有种想抽自己的冲动。

"等我们成亲。"偏偏某人还一本正经地回道，"成亲再……"

"嗯嗯嗯。"她立马赞同地点头。

两人沉默了很久，时夏突然忍不住问道："你刚刚说'你也有'是啥意思？"

他愣了一会儿才想起她说的是啥，嘴角弯了弯，本来僵着的手拂了拂她身后的发丝，沙哑着嗓音说道："夏夏，我对你有男女之情。我想做你的男人。"

听到这句话，她眼前似乎有烟花炸开。她没想到后池平时看着冷冰冰的，说起情话时简直要命。

"那……你干吗还叫我妹妹？"

"因为我更想当你哥，亲哥。"

"啥？！你再说一遍！"她一下炸毛了，猛地坐了起来。

"夏夏。"他叹了一口气，跟着坐起来，深情地看向她，"我想做你的亲人，真正的那种。"

"我不是一直……"

"不是口头上的那种。"他打断她的话，严肃地道，"夏夏，我修行多年，三界凡事对我来说皆可放下，却想将你永远留在心里，所以也想你跟我一样。"

"我也……"她喜欢他，只喜欢他。

他突然捧起她的脸，看向她的眼底，肯定地道："你没有！"

"……"

"我知道你对我是真心的。"他继续道，"你真心喜欢我，只是这份喜欢比不上哥哥在你心里的地位。"

"那不一样。"亲情是亲情，爱情是爱情，这二者怎么可以放在一起比？

"是不一样。"他眉头皱得更紧，浑身都散发着怨气，"为了哥哥，你不惧凶险地寻遍三界，甚至可以毫不犹豫地向我拔剑，不问缘由。"

她下意识地解释道："当时只是个误会。"

"可是，如果我与他为敌，你最终肯定会站在他那边。"

"你干吗非要跟老哥比？你们没仇没怨的。"

"万一真有那一天呢？"

"……"

"我知道，我若当真杀了他，你必会瞬间抛弃我们所有的情谊，毫不犹豫地跟我拼命。"他肯定地开口道，"可是反过来，若是他杀了我，或许你一开始会生气，但终有一天会原谅他。这无关对错，只因为他是你的哥哥。"

她无法反驳，因为在她心中，世上其他的感情都比不过血脉相连的亲情。

"夏夏，你对我一点儿都不公平。"

"……"

"我心里有你，只有你。我也想做你心里唯一的人。"他几乎是一字一句地道，"可是……你心里最重要的却是哥哥。我与其改变你的这种想法，不如成为你的哥哥，亲哥！"

"……"

"我想做你的男人，更想当你的哥哥！"说着他把她抱得更紧了，还用力地蹭了蹭她。

时夏被他说晕了，刚开始还觉得有点儿道理，之后越想越觉得哪里怪怪的……

"等等！"她推开他，"你不会是……吃老哥的醋吧？"

他身体一僵，一副被戳中心思的心虚模样，再次搂住她倒在床上，掩饰道："很晚了，睡觉！"

"……"

原来他真的在吃醋啊！

时夏叹了一口气，决定不再刺激他了，知道他对自己的心思就够了。


时夏一大早就看到孔阳飞了过来。当了校长的他少了以往那股洒脱、随性之感，多了几分严谨。他老远就朝她抱拳行了个礼，颇有几分为人师表的样子。

"上神，安好。"

时夏立马摆了摆手道："别跟我来这套，我又不是你的学生。"

孔阳哈哈一笑，拍了拍她的肩膀道："好久不见，夏老妹。"

"行了，平时也不见你来串门。"她白了他一眼道，"有啥事？快说！"

"果然还是老妹了解我。"他转头往她的身后瞅了瞅，问道，"你的那两位哥哥呢？"

"在打架呢，不到天黑估计打不完。"她指了指北方一处电闪雷鸣的地方道，"你找他们干吗？"

孔阳不是一直躲着他们两个吗，怎么今天主动找上门来了？

孔阳叹息一声道："你也知道，我的那些门生修为大多在仙阶以上，而且十分刻苦，好多已经进阶了。"

"这不是很好吗？"

"但仇鸿他们几个本来就是顶尖的上仙修为，"他的脸色沉了下来，"还学得非常用心，但不知道为什么修为就是提不上去。"

"哦，那是因为他们要修神了。"

修仙的最高等级就是上仙，再往上就只能成神了。

"修神？"孔阳愣了一下，接着眉头又皱了起来，"可……我不会啊！"他那里的功法、秘籍虽然多，但顶多只到仙阶。

"没事，我有！"时夏拍了拍胸脯，跟寒玉打了个招呼，下一刻手里就出现了数十块神阶功法的玉牌，"给！不够再来拿。"

"这里的每套功法都不同，这是冰系的，这是火系的，这是木系……"时夏一边介绍一边把玉牌塞进他的手里，"放心，这些功法我哥和后池都试了，没问题。"

后池和时冬早在几个月前就成神了，而且由于每天都实战练习（打架），现在，修为早就远远地超过她了。

"你根据灵根选择功法，分别教他们就行。"

孔阳抽了抽嘴角，把功法还给她，道："不行，还是你来吧！这可是修神，我现在还只是玄仙呢，万一出问题了咋办？夏老妹，我……我真的不行！"

时夏想了想，点了点头，道："那好吧，我跟你去看看。我先教一个，你在旁边看着，以后照着教就行。"这阵子她确实挺无聊的，就当过去开个课外补习班了。

"太好了！择日不如撞日，就从今天开始吧！"孔阳大喜，瞅了瞅天色道："他们应该已经到了，我们去前殿吧！"

说完他连忙召出两把仙剑，像是怕她反悔一样拉着她就往前殿飞，一边飞还一边夸他的那群学生。

"我跟你说啊，夏老妹，你就安心地教，他们悟性强、资质好，可好教了。"

"我跟你说啊，他们个个尊师重道，从未有半点儿忤逆之举，比起凡界的那群孙子好太多了。"

"我跟你说啊，他们不仅成绩好，还勤奋好学，可省心了。"

…………

一刻钟后，时夏嘴角一抽，指了指空荡荡的前殿道："这就是你说的勤奋好学？"压根儿一个人都没有好不好？

"这……这不可能啊！"孔阳也一脸蒙，一副走错片场的表情，"人呢？他们从来不迟到的啊！"

"不会出什么事了吧？"

"仇鸿的洞府就在附近，我们去看看。"孔阳脸色一变，转身往外走去。

孔阳刚走出门口，迎面飞来一只金色的纸鹤。

"这是……传信鹤！"

孔阳一愣，伸出手，那只纸鹤自动落到了他的手心。下一刻仇鸿的声音从纸鹤上传了出来，声音很小，他好像有所顾忌。

"上师，我等连夜被上元神尊传唤，现已在上元宫听道，恐不能及时赶回，望上师见谅！"说着纸鹤晃了一下，仉鸿又补充一句，"请上师扣学分。"接着那纸鹤才化为灰烬。

时夏与孔阳对视一眼，同时松了口气，他们没出事就好。

时夏问："上元神尊是谁？"

"听闻是一百年前去过夜辰宫的那位。"孔阳解释道，"听仉鸿说，所有修士的御剑之法就是他传授的。他是个很了不起的人，在此间声望极高。只是他已经有近五十年没有开坛讲道了，为啥突然把大家叫过去？"

"还能为啥？"时夏翻了个白眼，指了指空荡荡的大殿道，"抢生意啊！没准儿那个神尊就是看到大家都跑到这边听课了，怕我们影响他的地位，所以才把人叫走了。"

"那我们现在怎么办？"孔阳皱了皱眉，担忧地道，"大家的功法都只学了一半，要是那个上元让他们改修其他功法，那会出大问题的。"

时夏沉默了，中途改修功法太危险了，一般在修仙界没人会这么做。但这里的人还真的有可能。

"孔阳，你知道那个上元宫在哪里吗？"

"这……我不清楚。"他来了后就一直在上课，根本没有了解过星天境的具体情况。

时夏没办法，只好联系寒玉："寒玉，帮忙导航。"

"好！"寒玉抖了抖花枝。

下一刻，时夏的眼前就出现了一个绿色的箭头。

前方直行 25 公里。

时夏唤出飞剑，朝孔阳一挥手道："走，砸场子去！"

时夏根据导航的提示飞了大约半个时辰才到上元宫。远远地看到那座巍峨的宫殿时，她还以为自己迷路了，因为这座宫殿跟孔阳上课的那座一模一样。

时夏刚要上山，一把灵剑突然从天而降，直直地插在了她的脚边。

"什么人擅闯上元宫？！"一个白衣男子飞了过来，看了他们一眼道，"今日布道已经结束，你们既已迟到，不如明日再来。"

"我们不是来听课的。"孔阳上前一步，抱拳道，"我是孔阳。"

"孔阳？！"那人愣了一下，突然怒气冲冲地指着他道，"你就是那个布道的骗子？！"

时夏和孔阳都愣了一下，骗子？

"师父说得没错，你还真的来了。"那人更生气了，将剑取回，直指孔阳和时夏，

561

"果然是欺世盗名之徒，今日我玉华非教训教训你们不可。"

说着他直接挥剑发动攻击。

时夏拉住孔阳，正要往后退，一个阵法却先一步在他们面前成形，挡下了那人的攻击。

"住手！"仇鸿突然跑了出来，身后还跟着一群修士，正是今天没去上课的众人，"玉华尊者，你这是干什么？"

仇鸿一脸着急，朝孔阳、时夏行礼道："上师，上神，对不住！玉华尊者向来不出上元宫，不清楚两位的身份，还请见谅。"

说完，仇鸿身后的众人也纷纷朝他们打招呼，脸色跟以往不同，隐隐有些兴奋，好像很高兴能看到他们。

倒是玉华不满了，更加愤怒地道："你们别被他们迷惑了！他们根本不可能是从夜辰宫出来的，就是骗子！"

"玉华尊者，不要胡说！"仇鸿顿时不高兴了，维护道，"上师和上神助我们良多，纵使你是上元神尊的弟子，也不可血口喷人！"

其他人纷纷响应，愤怒地看向那个叫玉华的修士。

见仇鸿他们这样维护自己，原本有些生气的孔阳觉得十分欣慰。

可玉华依旧理直气壮地道："我没说错，他们就是骗子！这可不是我说的，是我师父上元神尊亲口告诉我的。"

这话一出，众人沉默了一瞬，顿时面面相觑。

玉华接着道："师父就是怕你们受骗，今日才重开道场，让你们来的。"

"这当中是不是有什么误会？"众人很纠结，毕竟一个是他们信服的上师，一个是德高望重的神尊。

"没有误会，他们就是骗子。"

"等等！"时夏打断道，"你师父是谁啊？你叫他出来！"

玉华睨了她一眼，冷哼一声道："哼，你哪有资格见我师父？"

时夏怒了，撸起袖子想教他做人。

"何事喧哗？"突然一道威严的声音从山顶传了过来，声音里甚至带了威压。

现场瞬间安静下来，众人纷纷回头看向山顶。

时夏跟孔阳交换了一下眼神，看来这就是那个上元神尊了。

玉华有了靠山，抢先回道："师父，您猜得没错，第一学院的那个骗子真的来了，就在山下。他们还不承认，闹着要见您。"

"哦？"一个身影缓缓地从山顶飞了过来，声音中的威压更盛，"不过是几个欺世盗名之徒，也敢来我上元宫撒野？不知天高地厚！"

那人越飞越近，时夏这才看清他的样子。

这人竟然是个青年，看起来只比玉华大一点儿，一身白衣，上仙的修为，脸……

她总觉得他的脸有点儿眼熟。

"徒儿，贼子在哪里？"上元神尊直接落在人群中，看向玉华，问道。

玉华指了指时夏的方向，上元神尊这才转过头来。

"哼，我倒要看看到底是何方人物，姓甚名……姓夏的？！"

他说到一半，话锋一转，声音瞬间变大，一副见鬼的表情。

"你……你……你怎么会在这里？"他哆嗦着手指向她。

"你是……谁啊？"她认识这个人吗？

"你……你居然忘了我！"他一副不可置信的表情，气得跳脚，手抖得更加厉害了，控诉道，"你个没良心的，老子是为了谁啊？你居然说忘就忘了？"

"啊？"

"要不是为了你，老子至于变成现在这样吗？还来到这个鬼地方，有家不能回！"

"……"

"你个始乱终弃的王八蛋！老子等了你一百年，你现在才来！你还把我忘了……你敢把我忘了！"他一句比一句大声，突然拔出剑道，"我……我……我宰了你！"

说着他捏了个诀，天上落下万道雷光，他手里的剑也变成了红色的雷电状，对着她就劈了过来。

众人一脸蒙，齐刷刷地看向时夏，就连孔阳也默默地往旁边挪了几步，一副"你的家务事，我不好插手"的表情。

眼看对方的雷剑就要劈到她的身上了，她不得已唤出结界抵挡，调动神力瞬间移动，抓住对方的手腕反手一拧，直接把人摁在了地上。

"你到底是谁？给我说清楚！"时夏也急了。

"你……你还敢打我？！"对方更加难以置信地回头看向她，"你这个浑蛋！我以前真是瞎了眼，才会相信你！你……"

他越骂越起劲，看着十分委屈的样子，众人看她的眼神越发不对劲了。

时夏实在忍不了了，一脚踹在他的屁股上，吼道："你给我说人话！我根本不认识你！"

"不认识？！"他这才摸着屁股爬了起来，咬牙切齿地道，"我姓易，名耀罡！你敢说不认识我？"

"易？"时夏反复念道，"易……易耀……易耀罡！"

她一惊，一把把人拉了回来，仔细一看，竟然真的是他！他现在个子高了点儿，皮肤白了点儿，但依旧是以前那个傲娇的臭小子！

时夏惊喜地问："你怎么会在这里？"

# 第二十四章　妹妹的故友联盟

易耀罡说他是在一百年前来到星天境的，正好是她和后池被系统送到天泽大陆的时候。当时他们还以为易耀罡被留在了修仙界，没有被传送到天泽大陆，没想到易耀罡被传送到了星天境，还成了上元神尊。

"不错啊！"时夏欣慰地拍了拍易耀罡的肩膀道，"短短百年你的修为就到了上仙阶段。"

他冷哼一声，有些不甘心地道："这有什么用，还不是被你压了一头？"

他真的不明白自己的修为为何就是比不过这个姓夏的。这人简直天生克他。

"对了，这回讲道是怎么回事？"时夏指了指不远处的大殿问道，"你干吗无缘无故地抢孔阳的生意？还有上元这个名字又是什么鬼？你干吗改名字？"

"谁改名字了？我的道号本来就是上元！"他瞪了她一眼，继续道，"再说，我这不是不知道那个学院是你们办的吗？"

他当初来到这里不久就突破成仙了，一开始确实兴奋了一段时间，可接着就发现这里仙人遍地走。他原本有些战战兢兢，但慢慢地发现这里的修士跟下界的完全不同，心思全都写在脸上，而且对外人没有一点儿防备之心。他在这里不但没受到挫折，还常常被人帮助。

被人真心相待久了，易耀罡也开始用真心回报这些人。

后来他无意间使用了法术，才发现这里的人居然完全不懂这方面的知识，就教了他们一些御剑之类的法术。他原本只是想让仙民们生活得方便一些，却因此被推上神坛。

"嗯，能想象当时的情况。"时夏听完下意识地点头道，"不过，我听说你已经五十年没有讲道了，为啥？"

他一时不知道说什么，脸抽搐了一下，突然怒了："你以为我不想吗？我也很想教他们好不好？可我是雷灵根，只会这方面的法术，能怎么办？"

好吧，她忘了这件事，不是谁都跟孔阳一样是全才的。

"我只能尽量教一些通用的法术，例如御剑。"他不甘心地道，"至于丹、符、阵、器这些，我也没学过。就连心法，我也只能教雷灵根的弟子。"偏偏雷灵根万中无一，他找遍整个星天境也只收了玉华一个弟子。

"等等！"她突然想起一件事，"他们的御兽法术不会也是你顺口教的吧？"

他随口道："我见他们每年都要经历一次兽潮，提过可以将妖兽收为己用的方法。你为啥这么问？莫非……"他猛地睁大眼睛道，"他们不会真的去收服妖兽了吧？"

时夏冷笑一声："不但去了，还捆了一只了不得的妖兽。"

"什……什么妖兽？"

时夏直接把灵兽袋里的饕餮放了出来："这只！"

如山一样大的黑色巨兽出现在他们眼前。

"饕……餮！"易耀罡往后退了一大步，看着突然出现的妖兽，咽了口口水。

饕餮在睡觉，眯了眯眼睛，见到是她，叫了一声后继续睡了。

时夏把遇到饕餮的经过跟他说了一遍，然后把灵兽袋塞到他的手里道："既然事情是你惹的，它就交给你照顾了。"

他抖了一下，然后将灵兽袋接了过来。

"对了，你不是说太师祖也来了吗？人呢？"他四处瞅了瞅，问，"你不会是骗我的吧？"

"哦，他在打架。"

"打……打架？"他愣了一下，"跟谁打架？"

"我老哥。"

"你不说太师祖就是你哥吗，怎么还有哥哥？"

"就是……"时夏正打算解释，突然发现远处的轰隆声停了，两道熟悉的身影正往这边飞过来，"他们回来了。"

易耀罡神色一喜，立马站了起来，顺着她的视线看了过去，果然是太师祖。他正打算行礼，突然看到旁边那个身影，一身黑衣、手持一把骨扇、满脸怒容，像极了挂在玉华派正殿上的那幅画像上的人。等等！这个人压根儿就是画像上的人，是……

"魔……魔尊时……时……时……"

"时冬。"时夏接口道，"我亲哥！"

"……"

"哦，对了，忘了告诉你，我不叫夏时，叫时夏！"

"……"

时冬离得老远就朝她招了招手，似乎急着问什么。时冬身侧的人突然加速，抢先赶到她面前："夏夏。"

下一刻她就被拥入了一个带着丝丝冷香的怀抱，熟悉的气息拂过耳边。时夏心头一暖，觉得到处都透着丝丝缕缕的甜意。她正想抱回去，眼前的人却突然退后几尺。

"你这个禽兽！"时冬一脚踹开后池，随后把时夏拉到自己身后，"你再动她一下试试？你找别人去，我妹妹还是个孩子。"

已经二十八岁的时夏呆在原地。

后池皱了皱眉，直接举起手里的剑道："来战！"

"哟，以为我怕你啊？"时冬打开扇子，作势要迎上去。

时夏手疾眼快，一把拉住时冬道："哥，还有完没完了？"

"小妹，你居然帮着外人！"时冬一副受伤的表情，看向她道，"你忘了答应过爸妈，要乖乖地听哥哥的话了吗？"

"停！"时夏有点儿头痛，连忙转移话题道，"你们这么早回来是有事吧？"他们以往都要打到天黑才停手的。

时冬冷哼一声，这才收回扇子道："嗯，我感觉到你跟孔阳的身边有陌生的气息，所以回来看看来了什么人。"他转头看向后面的人，抬了抬下巴问，"就是他？"

原本吓呆了的易耀罡被他看得一抖，突然回过神来，嗖的一下跑到后池的身后，一边颤抖着看向时冬，一边道："太……太……太师祖，魔……魔尊……姓夏的是……"

他说了半天也没说出一句完整的话，只是用一副"求保护"的表情望着后池。

后池回头扫了他一眼，问："你是谁？"

时夏叹了口气，解释道："他是……易耀罡，元照的儿子。"当初你不是还把元神附在人家身上过吗？

后池有些迷茫，继续问："元照是谁？"

你不是已经恢复记忆了吗？身为玉华派的太师祖，你连玉华派的掌门都忘了是怎么回事？

"罢了，这不重要！"想不起来的后池决定跳过这个问题，转移话题，"夏夏，我之前似乎感觉到了饕餮的气息。"

时夏无奈，刚要解释，突然天空传来轰隆一声巨响。下一刻地面一阵晃动，跟地震一样，她脚下不稳，直接往前倒了下去。

"夏夏！"

"小妹！"

时冬和后池同时出手，一人抓着她的一只手，把她提了起来。

时夏好不容易才站稳，问："这是发生了什么事？"

"在北边！"时冬转身看向右侧道，"声音是从那边传过来的。"

时夏跟大家交换了一个眼神，各自唤出灵剑，朝北方飞去。

这边本就在星天境北部，几分钟后他们就到了边境的天障处，那撞击声就是从天障里传出来的。

只见那些白色的雾气不知为何变成了一片火红，里面似乎正燃烧着什么，而且不时地往外突出一个弧度，像是有什么巨大的物体正撞击着五行噬天阵。

"是妖兽吗？"时夏猜测道。

"不对！"时冬摇了摇头，"根本感觉不到妖气，不可能是妖兽。"

连五行噬天阵都被攻击成这样，那会是什么？

撞击越来越猛烈，地面晃动得越来越厉害，连灵气都混乱起来，一道道裂痕从天障朝四面八方蔓延，天空布满了黑色的纹路，整个世界仿佛要撕裂开一样。

"再这样下去，不单是天障，整个星天境都会毁了的。"时夏有些着急，一咬牙道，"我进去看看发生了什么！"

"不行！"后池和时冬异口同声地道，一人一边死死地拉住她，"太危险了。"

时夏刚想解释，突然咔嚓一声，天障上出现一条裂痕。几乎是瞬间，滔天的火焰从裂痕处奔涌而出，朝他们扑来。

"快退！"后池首先反应过来，急忙拉住她和易耀罡往后退，退了几里后才停了下来。

她回头一看，只见前方一切都被焚烧干净，而烈火还在燃烧，仿佛永远不会熄灭一样。那火十分奇特，外面是红色的，中心却是深紫色的，温度极高。

"这到底是什么？"易耀罡脱口问道。

这根本就不是凡火。

时夏心里一紧，刚想让寒玉查查系统数据库，耳边又是咔嚓咔嚓几声，天障的裂痕越来越大，火焰也越烧越烈。突然一声啼鸣划破长空，天障里冲出一个巨大的身影，身形似鸟，拖着长长的尾羽，浑身燃烧着紫色的火焰，这是……

"小黄鸡！"时夏脱口而出。它怎么会在这里？

等等，炎凤是幼凤，而他们眼前的明显是一只成年的凤凰。

"这不是炎凤吗？"她刚在心里否认了自己的想法，老哥又开口了。

时冬也见过炎凤，当初就是时冬让炎凤去封住冥界的缺口的。

难道这真的是炎凤？

这只凤凰似乎受了重伤，奋力冲向天空，到了半空却掉了下来。火焰越来越高，凤凰的鸣叫声却越来越低。

时夏有些担心，突然被易耀罡拉了一把。

"姓夏的，这……这个灵兽袋怎么了？"他一脸紧张地拿着她之前塞给他的灵兽袋，只见原本普通的袋子现在突然发出金色的光芒，隐隐还传来什么裂开的声音，"这里面除了饕餮还有什么？"

里面……

她忘了黑龙还在里面了。

时夏赶紧接过袋子，把那颗蛋掏了出来。白色的蛋壳已经变成了金色，上面有大片时夏看不懂的纹路，而且正在开裂。

黑龙这是要破壳？要不要这么巧啊？

蛋壳开裂的速度极快。时夏瞅了瞅前面的火海，下意识地朝蛋喊了一声："黑龙，你……"

她话还没说完，蛋壳已经完全裂开了，一声响亮的龙吟响起。

蛋中瞬间飞出一道身影直冲云霄，原本跟人差不多高的身影越来越大，直到变得遮天蔽日。现在的黑龙，身形比之前大了一圈，而且……

它为什么是金色的？！

变异黑龙在空中飞了一圈，突然俯冲下来，不是回时夏这边，而是冲向了火凤的方向。

时夏心里一紧，它想干吗？

下一刻，金龙一爪抓住凤凰，锋利的爪子直接划破凤凰的双翼，把它从半空中摁了下去。大片雷光在凤凰的身上亮起，凤凰身上的火焰瞬间熄了一半。凤凰轰隆一声掉在地上，却不甘示弱地一爪抓下了金龙的几片龙鳞。一龙一凤顿时纠缠在一块。

这……这是干吗？它们以前有仇吗？

"住手！"时夏急了，下意识地想冲过去。

"夏夏。"后池拉住了她。

"小妹，不能过去。"时冬也道，"它们听不到。这是神兽，你阻止不了。而且……它们不是普通的神兽。"

这是啥意思？

"火凤是凤凰中的王族，五爪金龙也是。"这是两族中顶尖强者的对决。

"可是让它们这么打下去，星天境就毁了！"四周的裂缝更多了，她着急地道，"怎么办？"

时冬皱起了眉，无奈地道："火凤和金龙一个是火系的，一个是雷系的，根本没有能压制……"他话说到一半又停住，猛地回头看向她。

时夏瞬间明白他的意思，两人同时道："水系！"

下一刻，他俩和反应过来的后池同时飞了出去，纷纷结印施术，只剩易耀罡愣在原地。

天上的阵法很快成形，一时间三条瀑布从天而降，瞬间把下方的一龙一凤以及易耀罡淋了个透心凉。

易耀罡：为啥要淋我？我又没打架。

568

原本纠缠在一起的一龙一凤终于停了下来。

水确实浇不灭凤凰真火，但能导电！这漫天的水下来后，只听刺啦啦一阵响，金龙身上的闪电顿时遍布方圆几里，连同它自己也一起被电了。凤凰身上的火也被电熄了。

"别打了！"时夏立马飞了过去。

金龙的尾巴还缠在对方的翅膀上，它听到时夏的声音，生气地回头看了她一眼道："小幼崽，你干什么？这只是臭鸟的头领，我必须咬死它！"

"它又没惹你，你咬它干吗？"她拍了拍它的龙鳞道，"放开，你快勒死它了。"这只凤凰在阵里就受了重伤，压根儿不是金龙的对手。

"我是龙，当然要咬它！"金龙理直气壮，仍不肯放开，"龙谷的大长老说过，我们跟臭鸟有仇。"

"你啥时候这么听别的龙的话了？"时夏白了它一眼，你不是看不起那些嫌弃你的龙吗？

金龙一愣，这才反应过来："对，我为何要听那些孙子的？"说着它尾巴一甩，爽快地放开了火凤。

凤凰叫了一声，直接掉在了地上，一动不动，连眼睛都有些浑浊。下一刻一道光闪过，它的身形开始缩小，片刻它就变成一只小鸡崽的样子。火光退去，它身上都是七彩的羽毛，浑身是血。

这果然不是小黄鸡！时夏松了口气。

"老哥？"时夏回头看向时冬。

时冬上前看了看，过了一会儿才道："没死，内丹受损，但还没碎，只是要休养一段时间了。"

时夏抬头看了看天障附近的那些裂缝，有种不祥的预感。但她此刻也没有别的办法，只好说："我们回去再说。"

"喂，小幼崽。"她正打算起身，却被金龙拉住了。它献宝似的把尾巴伸到时夏身前，炫耀道："快看！金色的，我变成金色的龙了！"

时夏嘴角一抽，它到底对金色有多执着？

"看到了，看到了。"她又不瞎，"你一直在蛋里不出来，就是因为这个？"

金龙愣了一下，转头瞅了瞅后池和时冬，用尾巴把两人扫开了些，嫌弃地道："虫子们走开！我跟小幼崽还有话说。"

说完，它就带着时夏躲到角落，随后神秘兮兮地把她圈了起来，一副生怕别人听见的样子。

时冬："突然觉得要失宠了。"

后池："同感！"

直到确认别人听不见后，黑龙才低下头小声道："小幼崽，我发现了一个秘密。"

"啥秘密？"

"你给我的那个蛋壳对我有特别的效用。"

"你发现了？"

"当然，我可是最聪明的龙。"它得意地道，"这次要不是因为感觉到那臭鸟的气息，怕你有危险，我还打算在里面多待一段时间呢！"

"是，你最聪明了！"时夏夸奖道。

"我身上的鳞片刚变了一块，我就发现这蛋壳的用处了。"

"哦。"

"原来你这蛋壳……"

"嗯？"

"可以染色啊！"

什么？

"小幼崽，这个颜色不会掉吧？可以维持多久？"

"……"

"小幼崽，你可要提前告诉我，我好做好准备！"

"我说黑龙……"

"啊？"

"我觉得，你还是回蛋里待着吧！"

"……"

她错了。她不应该嫌它出来得晚，它的颜色确实变了，但脑子还没长好呢！

凤凰强行闯入星天境让五行噬天阵出现了数不清的缺口，这些缺口与天地相连，俨然有把整个星天境撕裂的趋势。

他们讨论了半天也没想到解决方法。

更要命的是这些缺口与外面相通。以往阵法的力量被削弱时，那些仙兽、妖兽就可以强行闯进来，现在有了现成的通道，还不一定会来多少呢！

所以他们第一时间让星天境的人去守着那些缺口，一旦发现异兽的痕迹就赶紧通报。

"怎么样？"时夏转头看向刚赶回来的孔阳和易耀罡。

"东边没有情况，还是老样子。"孔阳回答。

易耀罡也摇了摇头道："西边也很安全，没有妖兽。"

"夏夏。"后池也回来了。

"你那边怎么样？"她连忙问。

后池摇了摇头，看来北边也没情况。

时夏皱了皱眉，这情况不对啊！都七八天了，按说外面的妖兽无论如何也能发现这些缺口了，怎么会毫无反应呢？

　　她觉得有点儿奇怪，只能等老哥带来北边的消息了。她正想着，就见人从远处飞了过来。

　　"我回来了。"

　　"老哥，怎么样？北边有兽潮吗？"她忍不住上前一步拉住他问道。

　　"啥兽潮，关我啥事？"他愣了一下，没有回答她的问题，反而一脸神秘地拉住她道，"我跟你说，我刚刚捡到了一个好东西，我们关系好，要不我分你一半？"

　　说着他就往怀里掏去，一副傻乎乎的样子。

　　时夏连忙退后一步，质问道："你是谁？！"这不是老哥！

　　"我就是我啊！才一会儿不见，你就不认得我了？"他埋怨道，突然想到了什么，又高兴起来，"我就知道你更喜欢我的原形。"

　　"原形……黑龙？"

　　她竟然忘了它的人形跟老哥一样。

　　"都说了以后要叫我金龙！"他一本正经地纠正道。

　　"它……是之前的那条龙？！"孔阳一脸惊异地道，"原来真的跟时冬上神一模一样啊！"

　　易耀罡也好奇地打量起金龙来。

　　后池有些怀疑地上前一步道："真不是？"他皱了皱眉，眼珠一转，突然一把将时夏拉进怀里，当着对方的面低头亲了时夏一口。

　　而对面那人只是疑惑地歪了歪头，问："你们干吗？小幼崽，你这么快就进入发情期了？"

　　"不是他！"后池肯定地道，只是仍旧抱着她。

　　时夏："金龙，你没事变成人形干吗？"

　　"还不是因为那些虫子！"金龙气呼呼地哼了一声，也不掏东西了，抱怨道，"他们一看见我的龙形就追着我跑。你又不让我吃他们，我只好变成这样了。"

　　"虫子？"时夏愣了一下，才明白金龙说的是学院的学生们，"他们追你吗？"

　　"我怎么知道他们想干吗？"他气愤地说道，"还总是弄些发光的东西往我的身上砸。他们肯定是嫉妒我有美丽的鳞片！"

　　发光的东西？难道是阵法？

　　时夏转头看向孔阳，问："你最近教他们什么了？"

　　孔阳像是想起什么，弱弱地道："御兽？"

　　"……"

　　所以他们把堂堂龙王当成妖兽了吗？

　　"小妹！"时冬终于回来了，刚到就一把推开后池，道，"北边没有妖兽。不过我刚刚顺路去了后山一趟……我去！"他话说到一半，看到旁边长得跟自己一模一样的

571

金龙，吓了一跳，"这家伙什么鬼？"

"这是金龙！"她解释道，"老哥，后山怎么了？"

"哦，那只火凤醒了。"他一边说一边别扭地看着旁边正数着鳞片的人。

时夏一愣，立马御剑往后山飞去。天障损坏了，却没有妖兽攻进来，一定是因为外面发生了什么。

看来他们只能去问问那只火凤了。

他们一路飞到后山的小屋处。那只晕了好几天的凤凰果然醒了，已经化为人形。他的样子是个二十岁上下的男子，身上穿着羽毛所化的长衫。

他刚醒，还没反应过来，正一脸茫然地看着四周。

"喂，兄弟？"时冬第一个走了进去，扬手在他的眼前挥了挥。

凤凰愣了一下，眉头皱了起来，嫌弃地扫视了对面的人一眼，冷冷地问："你们是什么东西？"

说完他转头看看屋内，视线定在金龙的身上，眼神猛地一沉，惊呼道："龙族！"他手间火光一闪，准备攻击金龙。

时冬手疾眼快，一把将火凤给按了回去，阻止道："干啥呢？都这样了还想打架，你们这些小动物，好胜心咋这么强呢？"

"放肆！"凤凰一把甩开时冬的手，眉头皱得更紧了，鄙视地道，"你这种低级种族也敢碰吾，滚开！吾族与龙谷不共戴天。"

时冬被凤凰不可一世的样子惹生气了，一巴掌将他按在原地："行，你牛！以为老子想管你的破事？你不是要打吗？先打过我再说！"

"你……"凤凰本就受了伤，被时冬这么一压，完全不能反抗，又盯着金龙继续挑衅道："哼，你们龙族什么时候这么软弱了？有本事别躲在其他种族的后面，我们单挑啊！"

时夏心里一紧，就怕金龙上当。

"我才不要！"金龙冷哼一声，不屑地道，"你们凤族跟龙谷那帮孙子的恩怨关我什么事？我不住在龙谷，才不跟你这只臭鸟一般见识。"说完他还得意地看了时夏一眼。

时夏连忙竖起大拇指夸奖他。

凤凰很意外，龙、凤两族向来不合，又极为好战，平常在路上遇到了都会打一架。凤凰还是第一次遇到如此奇怪的龙，而且是金龙。

"好了。"时夏上前一步，站在一龙一凤中间，道，"有事好好说，打架解决不了问题。再说凤凰你的伤还没好，身体是革命的本钱啊！"

听到声音，凤凰才把目光转向她。

"你……你的样子……"凤凰眼睛一亮，突然往前一扑，一把抱住她的腰，道，"我很喜欢！"

"……"

凤凰这突如其来的动作惊到了一屋子的人，离时夏最近的两人直接炸毛了。

"你干什么？"

"放开她！"

后池和时冬几乎同时出手，一个扯开了凤凰的爪子，一个将时夏拉了回来。

"我觉得……在哪里见过你！"凤凰有些着急，往她的方向挪了挪，看她的眼神有些……委屈。

时夏总觉得凤凰的眼神很熟悉，脑海里灵光一闪，试探性地开口唤道："炎凤？"

"你知道我？！"凤凰的眼睛一下亮了。

时夏转身捅了捅旁边的老哥，压低声音问："老哥，它……真的是炎凤？"

"不应该啊，你不是说炎凤变成了一只小凤凰，被留在仙界了吗？"

"话是这样没错，但它本来就是神族，说不定回到神界了啊！"

"它如果真的是炎凤，没理由只认识你，不认识我啊！"

"嗯……"难道炎凤失忆了？

"再说，炎凤成年后的样子我见过，那可是倾国倾城的大美女。就算炎凤长大了，回了神界，不可能连性别也变了吧？"

"呃……"

老哥说得好有道理，时夏无言以对。

难道这真的只是巧合？她正想着，凤凰突然拉了拉她的衣袖，眼睛亮晶晶的，看着她道："我族所有火凤都会承继炎凤之名。你……你见过别的火凤吗？"

原来它们只是同名。

时夏没来由地松了口气，点了点头，道："对了，炎凤，你为什么会在天障里面？"时夏想起正事，忙问道，"外面出什么事了吗？"

"是天谕让我进阵修补封印的。"面对时夏，这只凤凰意外地好说话，"我接到天谕，得知这里的封印出现了问题，所以前来修补。但不知为何，这次的情况与以往不同，我突然被阵法困在里面了。我在里面辨不清方向，所以才想强行破阵而出。"

"修补？"时夏跟其他人交换了一下眼神，继续问道，"你说的封印是指……五行噬天阵？"

"五行噬天阵是什么？"炎凤愣了一下，继续道，"天谕只说这个阵法里封印了万恶之物。而封印每年会削弱一次，我族的使命便是在那一天用凤凰真火修补封印，并御万兽抵御里面的东西，防止它们跑出来。"

这话一出，时夏和她的小伙伴都惊呆了。

当初时夏进阵时的确看到过凤凰真火，这个阵法也确实每年削弱一次，而炎凤说的抵御万恶之物的就是——兽潮！原来星天境一年一次的兽潮是凤族造成的，而且目的居然与时夏他们想的完全相反，一个为了防止别人进来，一个为了防止别人出去。

"这次天谕提前示警，所以我才亲自前来察看，没想到……"炎凤有些疑惑地四下看了看，拉了拉时夏的衣角道，"这就是封印里面吗？你可曾见过那个被封印之物？"

"放心，这里没有危险。"时夏下意识地摸了摸炎凤的头道，"炎凤，你所说的天谕到底是什么？"

"天谕就是天道的圣谕啊！"炎凤有些骄傲地道，"四大神族之中只有我凤族可以接到天谕！龙族都不行。"又是天道！

"你说清楚，你们怎么知道这就是天道的意思？你是从哪里接到的天谕？天谕是谁发下的？"

"当然是在我凤族圣地夜辰宫接到的，由破净神尊亲自下达。"

"夜辰宫！"炎凤话音刚落，在场的人除了金龙都异口同声地惊呼道。

"你……你知道夜辰宫在哪儿？"时夏一把抓住炎凤的手，激动地问道。

"夜辰宫是我族圣地。这是所有神族都知道的事。"

所有神族……众人齐刷刷地看向在场的另一个神族——金龙！

"看我干吗？！"金龙被盯得有些发毛，理直气壮地道，"老子跟其他龙又不熟！"

时夏正想多问几句关于夜辰宫的事，地面突然再次剧烈地晃动起来。

"出事了！"时冬脸色一变，先一步冲了出去。

其余人跟着走出屋子，却被眼前的一幕惊住了。

裂痕！一条巨大的裂痕从天际划过，仿佛要把整个世界撕裂。地面到处都是裂缝，自北边开始，正一寸寸地裂开。

"小主人，五行噬天阵已经到了崩溃的边缘！"寒玉突然在神识里大声喊道，"再这样下去，整个星天境会和阵法一块消失的。"

"封印……开始崩溃了？"炎凤一脸诧异，"怎么会这样？"

炎凤明明已经进来了，按理说攻击应该停下来才是。

"去天障那里！"时夏唤出灵剑，跟大家一起朝最北边飞去。

他们远远地就感觉到一股巨大的灵气，带着灼热的气息疯狂地涌入星天境。他们飞近一看，五行噬天阵此时已经变得姹紫嫣红，看不到本来的颜色了。

外面肯定发生了什么！

时夏让寒玉调出地图，正要出去看看，想了想，回头看向易耀望和孔阳道："你们去通知其他人，远离天障。我们出去看看情况。"

易耀望和孔阳对视一眼，点了点头，转头往学院的方向飞去。他们的修为不到神阶，的确不适合出去。

直到两人飞远，时夏才跟其他人一起冲入阵中。

这次出阵十分方便，他们没有遇到任何阻碍，甚至地图都没派上用场。

时夏却越发担心了，这证明这个阵法崩溃得比她想象中更严重。

不到一刻钟，眼前出现一个出口，他们直接加速冲出去。

几乎在他们出阵的一瞬间，灼热得仿佛要将人熔化的热气扑面而来。后池立刻在众人前面布下隔绝的阵法，这才挡住那些热气。

时夏定睛一看，却只看到一片荒芜。她明明记得阵法外是一片森林，可眼前只有一片焦土，地面上到处是被法术打出来的坑，甚至四下还有燃烧着的烈火，四周的高山更像是被齐腰削断一般。

很明显这里之前经历过一场大战，而且规模极大。

"小主人，快看五行噬天阵。"寒玉再次惊声提醒道。

时夏回头一看，只见原本被外面的仙气冲击成五颜六色的阵法更加不稳定了，有消散的趋势。

"阵法要崩溃了。"后池沉声道。

"看来撑不过十分钟。"时冬也皱紧了眉头。

"那怎么办？寒玉，你查查资料，看怎么才能修好这个阵法！"

"小主人，五行噬天阵已经损坏了近50%。阵法说明书上说，修复起来十分困难，现在肯定来不及了。"寒玉也没办法了，"除非逆转。"

"逆转？"时夏一愣，"啥意思？"

"就是把整个阵法逆转。五行噬天阵本来就是在神界的基础上强行圈出一个独立的空间，是一个保护圈，如果逆转的话，就是分割了。"

"分割？"

"嗯，也就是说，将整个星天境从神界中分割出来，让它不再是神界的一部分，变成三千界中的独立一界。"寒玉继续解释道，"但离开神界后，星天境的仙气、灵脉将独成一脉，不再与神界相连，品质肯定会下降。"

时夏道："管不了这么多了，快告诉我方法！"

"好的，小主人。"

不一会儿，时夏的手里出现一块玉牌。她心念一动，一排排文字出现在众人眼前，上面写的正是逆转五行噬天阵的方法。

时夏简单地向老哥和后池解释了一遍，两人也同意了这个办法，认真地看了一遍玉牌上的内容后，就与她一起盘腿坐下，凝神布阵。

与其他阵法不同，五行噬天阵是用神力布阵的，想要逆转也必须通过神力。她不由得有些庆幸，后池和老哥的修为早就到神阶了。

时夏牵动体内的神力，刚接触到阵法，就感觉到阵法里那庞大而凌乱的气息。她极力把神力扩散到阵法的每一处，却发现这个阵法无边无际，根本触不到边。

她暗叫糟糕，之前低估这个阵法了。她原以为有老哥和后池帮忙，绝对没问题，没想到阵法对神力的要求这么高，没准儿三个人都要搭进去。

她正心烦意乱时，突然一股强大的神力从她的背后传过来。她回头一看，只见金龙将双掌贴在她的背上，给她传输着神力。

"虽然我很讨厌那些虫子，"金龙看了她一眼道，"但看在小幼崽的面子上，我就再忍耐一下。"

"金龙……"时夏心中一暖，十分感动。

金龙像是想到了什么，凑到她的耳边交代道："记得下次还要用蛋壳帮我染龙鳞哦！"

"……"

"我……我也要帮忙。"兴许是金龙起了带头作用，炎凤也忍不住坐在时夏的身后，把神力传了过来。

在这两个神族的帮助下，时夏三人几乎瞬间就把神力传递到了阵法的每一处，并找到了阵法的中心。三人交换眼神，同时捏诀逆转阵法。

整个五行噬天阵金光大盛，将其他颜色压了下去。阵法边沿一道白光冲天而起，似一把连接天地的利刃从他们身边划过，一时间地动山摇。

轰隆隆的声音响彻云霄。

时夏眼看着脚下的土地一寸寸地断裂开来，而原本被笼罩住的星天境正在慢慢消失，片刻已经变成一片虚空之地，一眼看不到头。

"星天境已经从神界分离，陨落到下界了。"寒玉有些兴奋地道，"小主人，我们成功了！"

时夏这才松了口气。

星天境已经不见了，但天地间的晃动仍没有停下来，反而越来越剧烈。

"怎么回事？"时夏脚下不稳，下意识地扶住了旁边的后池。

"是天地法则。"后池沉声解释道。

"天地法则？"

"没错，小主人。"寒玉也在神识中解释道，"星天境陨落至下界，神界自然会自动修复这一部分空缺。"

也就是说，神界被割了一块，要自己把伤口修复好。

果然，前面那片虚空之地合拢得越来越快，地面也晃动得越来越剧烈，不一会儿，对面已经可以看到陆地了，隐隐还能听到分外嘈杂的声音，仿佛是……龙吟凤啼？

对面的景象越来越近了，入目的场景却让他们倒吸了一口凉气，那是一座高耸入云的火山。

这里是……

"龙谷！"金龙惊呼出声，难以置信地扫视了四周一眼，"这……到底是怎么回事？"

血！到处都是刺目的鲜血，汇聚成河，从对面漫延过来。而前方不远处躺着几具如山一般高的庞大躯体，已经没了声息，有龙的，也有凤的。到处都是火光，远处的云层间不断传来一声声痛苦的龙吟和凄厉的凤啼。

时夏心里咯噔一声，出事了，而且是出大事了。

金龙直接化身为龙，与变回凤身的炎凤一起朝龙谷的方向飞去。

他们连忙御剑跟了过去，越靠近龙谷，那些龙吟凤啼就越清晰。他们甚至还能看到在云间翻滚的龙、凤的身影，四周全是法术攻击的声响，时不时还有巨大的身躯从空中掉落。

"龙凤大战！"时冬脱口而出。

到处都是缠斗在一起的龙凤，庞大的身形遮天蔽日。他们隔着老远都能感觉到四周激荡的灵力，地上已经变成一望无际的火海。

"那是什么？"时冬突然指向前方的高空。

时夏抬头一看，只见翻涌的云层之上，一座华美的宫殿若隐若现，那个宫殿四周像是围绕着什么，让人只是远远看着就感觉到一股莫大的天威，从心里生出一股不能反抗的情绪。那座宫殿仿佛把世界分隔成两半，无论下方的龙凤争斗得多么激烈，它仍旧高悬于上，宁静威严。

"夜辰宫！"炎凤突然道，连翅膀都僵了一下，"夜辰宫怎么会出现在这里？"

时夏一惊，再次看向远处的宫殿，原来这就是夜辰宫！

"夜辰宫突然出现在这里，族内肯定出了大事。"炎凤更急了，"它们不能再打下去了，不然……"

它没有说下去，但言下之意已经很清楚了。龙凤两族虽然向来不合，但从来没有发生过这样的大战。龙、凤都是顶尖的神族，谁都知道若真的打起来，整个神界就完了。可现在这场大战真的发生了。

星天境的五行噬天阵会变成那样，估计也是被这场大战连累的。

"得赶紧过去。"炎凤用力一挥翅膀，正要加速飞过去，突然一只凤凰从天上掉了下来，直接掉到了炎凤的面前。那只凤凰发出一声啼鸣，血溅了他们一身。

"王？！"那只凤凰受伤不轻，却转头看向炎凤，不可置信地晃了晃头道，"您还活着！"说着它突然挣扎着扑了过来，"太好了，王！我就知道吾王不会轻易地死在龙族的手上。"

"谁说我死在了龙族的手上？"炎凤一惊。

"是天谕说的！"那只凤凰道，"您突然消失，我们寻遍每个角落也不见您的踪影，只能求助夜辰宫。天谕说您被龙族杀了，所以我们才举族前来向龙族讨个公道，为您报仇！"

又是那个天谕！

"胡说！我根本没去龙谷。"炎凤急了，没想到龙凤两族突然开战是因为自己，"不行，得让它们停下来！"说着它顾不得打招呼，用力一扇翅膀，往战场的方向飞了过去。

"小幼崽，我……"金龙看了时夏一眼，焦急地在空中扭动了几下。

"去吧！"时夏挥了挥手道，"让它们别再打了，你现在是金龙，龙族会听你的。"

"嗯。"金龙点了点头，再次看了时夏一眼道，"你自己小心。"说完才跟炎凤一起朝对面飞了过去。

时夏的心里突然有一种不祥的预感，那个破净神尊到底想干吗？明明炎凤是被关在天障里了，他为什么要骗凤族说它死在了龙族的手上，还主动挑起这场足以毁灭神界的龙凤之战？这样的人真的会帮他们回到原来的世界吗？

"小妹！"时冬拉住她的手道，"我们去夜辰宫。"

时夏握紧了手，用力地点头道："好！"不管破净神尊想干什么，夜辰宫就在上面，回家的机会在眼前，他们说什么都要进去问个明白。

三人掉转方向，绕开龙凤两族的战场，朝最上方飞去。他们原以为会遇到阻碍，却一路畅通无阻地飞到了夜辰宫前。他们落地的瞬间，四周安静下来，那些声音都消失了。他们仿佛进入了另外一个时空。

前方不远处是一座一眼望不到顶的石门，门上雕刻着各种古怪的文字与图形。

"小妹？"时冬脚下一顿，回头看向突然不动了的时夏，问道，"怎么了？"

时夏握紧了身侧的手，脚步沉重起来，说道："哥，那个破净真的有办法送我们回家吗？"

"或许吧。"他点了点头道，"怕是除了他，也没有别人了。"

"那……"她心里一紧，下意识地转头看向后池，"后池怎么办？"

直到现在她才意识到这个问题。她原以为有很多年可以慢慢做准备，没想到夜辰宫会出现得这么突然。她和后池刚刚确定关系，正处于热恋期，就要面临分别。她……舍不得。


"夏夏，"后池上前一步，伸手抱住她，安慰道，"别担心，我跟你一起走。"

"啊？！"时夏一愣，"你要跟我们一起过去？可是……我们那边的世界跟这里完全不同。再加上我也不确定会不会有危险，要是你……"

"没关系。"他继续道，"我是哥哥，你去哪儿，我就去哪儿。"

"行了！"时冬抽了抽嘴角，拼命忍住想上前拉开某个浑蛋的冲动，"现在说这些为时尚早，看龙凤两族的样子就知道，那个神尊绝对不是个好说话的人，指不定还有什么阴谋。我们必须打起十二分精神应付，知道吗？"

时夏点头，深吸一口气，抛开心里那些纷乱的情绪道："嗯，我们先进去再说。"

"好。"后池松开了时夏，随后紧紧地牵住她的手。

时夏观察了一下这个巨大的石门，正想着打开门的方法。时冬抬手轻轻按了一下石门，就听见轰隆一声响，石门自动朝里打开了。

一股强大的力量从里面涌了出来，不是灵力，也不是仙力，而是神力。在这股力量的冲击下，他们不由得退后一步。

门完全打开了，前面白茫茫一片，他们根本看不清里面的情况。

三人交换了一下眼神，深吸一口气，一起跨了进去。

他们原以为这雾像天障一样，会很深，而且里面可能有危险，没想到眨眼间，前面就换了一番景象，雾不见了，取而代之的是满天星辰。

他们就像一步跨入了宇宙一样，四周全是星星。他们明明踩着实地，却好像悬空一样，脚下只有一片黑色。除了星辰，四周空无一物，就连他们刚刚跨过的石门也消失了。

这就是夜辰宫内部？

"你还是来了。"

突然一个声音在星空中响声，那声音空灵，分不清是男声还是女声，也辨不清是从哪个方向传来的，仿佛近在耳边，又仿佛远在天涯。

时夏没来由地心一沉。

她朝四周看了看，却见不远处突然有无数的星光迅速汇聚，不一会儿就变成了一个人形。那是一个男子，看起来不太高，穿着一身星辰汇聚成的黑袍。奇怪的是她看不清他的样子，那张脸好像一直在变化，又仿佛都是他本来的样子。

这是……众生相？！

他脚下踩着一个金色的阵法，里面游走着无数字符，连着阵法的形状也在不断地变化。

"你就是破净神尊？"时冬上前一步，下意识地把时夏挡在身后。不知道为什么，时冬一看到这个人心里就浮现一种从未有过的危机感，仿佛有什么可怕的事要发生。

那人跟没有听到时冬的问题一般，脸上露出一个笑容，一阵意味不明的笑声顿时响彻星空。

"哈哈哈……我就知道这场龙凤之战一定能引你出现。"他突然开口道，"毕竟你一向如此，只会执行那个人的命令。你躲去三千界又能怎么样？如今还不是照样被我找出来了？"

时冬："你是什么意思？"

这个破净神尊到底在跟谁说话？

"哼，我早说过他不会再回来，你偏偏不信，如今他又在哪里？"破净的脸色突然狰狞起来，带着些恨铁不成钢的意味，"当初最看重的神界如今也几近崩塌，他还不是照样没有出现？！"

这人的话越来越不知所以，他虽然面对着他们，却明显不是在跟他们说话。可以说从一开始，这个破净神尊就没有把他们放在眼里。

"不过算了，你信也好，不信也罢，这都没关系了。你在下界的那些小动作我就当没发生过，只要你自愿与我合体，这三千世界就会迎来真正的主人。"他突然抬起手，

"出来吧，造化！"

下一刻，铺天盖地的天地之威就朝他们扑了过来。时夏感觉全身的经脉像是被封印了，她调动不了一丝灵气，而原本牵着她的后池更是直接单膝跪了下去，吐出一口血来。

"后池！"时夏吓了一跳，连忙去扶后池。

明明他们感受到的威压是一样的，为什么后池受伤会这么严重？

"哼，不愧是异界之人，"破净冷哼一声道，"居然不受法则的限制。只是造化，你未必太小看本尊了，不受法则限制又如何？他们在此界修行的法术还不是照样不能使用？他们能奈我何？"

说完他手上一紧，一道由神力凝聚的气流就朝着时夏的胸口攻去。

"小妹！"时冬一惊，直接挡在她的前面。

"老哥！"时夏猛地睁大了眼睛，却见那道气流从老哥的体内穿过，仿佛他是空气般，直接击中了她的胸口。她只觉得心口剧痛，仿佛有什么东西被硬生生地从心脏上撕下来一样。

一个绿色的立方体从时夏的身体里飘了出来，上面隐隐还能看到一株花苗缠绕在上面。

寒玉！

"小……小主人！"寒玉也吓呆了，挥着枝条想抓住时夏。

"寒玉！"时夏伸手去接，却发现它的枝丫直接从她的身上穿了过去。时夏这才想起寒玉现在只是灵魂，它出了神识后，时夏根本抓不住它。

寒玉不受控制地朝破净飞了过去，飘在离对方一米远的位置。

"我道你为何不回答我，原来连最后一丝神识也已经消散了。"破净看了寒玉一眼，眼里闪过一丝冷意，"明明拥有我俩的本体，却还被一只花妖控制，你真是越活越回去了，造化！"

难道造化就是系统？原来破净刚刚的话都是对系统说的。而他引发这场龙凤大战只是为了把系统引出来。

"罢了，"破净冷笑一声道，"只要灭了这花妖，我们就能重新合体，掌握这个世界。"

说完，一个阵法突然出现在他的手里，他扬手将阵法朝系统和寒玉挥去。

"寒玉！"时夏心里一紧，不知道从哪里来的力气，直接朝对方冲了过去。

"哼，不自量力！"未等时夏靠近，破净将原本打向寒玉的阵法朝她打了过来。她原本不能调动的灵气更加迟缓了，身体突然重了百倍，脚下一沉，再也没法移动了。

"老哥！"她看向后方。

还好，时冬已经先一步从侧面冲了出去，抓住系统和寒玉退了回来。

"跑！"时夏扶起地上的后池，拔腿就往回跑。

同一时间，后池立刻变出一道冰墙挡在破净的身前。

"寒玉，有方法离开这里吗？"时夏一边跑一边问道。

"可以，不过小主人，我发现……"寒玉突然愣了一下，不可置信地道，"就在刚刚，系统的所有加密数据都打开了，我……我可以完全控制系统了。"

"什么？！"时冬抢先一步着急地问道，"你的意思是……"

"是的，主人！我找到让你们回去的方法了。"寒玉兴奋地舞动着枝条道，"我可以送你们回去了。"

"寒玉……"时夏话还没说完，突然白光大盛，一道光墙出现在眼前，阵法瞬间在他们的脚下成形。

不好，破净追上来了！

眨眼间，那个一身星辰黑袍、众生相的破净再次出现在他们眼前。

不对，是他们被传送回了原地。

"哼，只不过是造化找来的几个玩具，也妄想反抗吾？"破净话里的冷意更盛，"不自量力！"

他一抬手，满天的星辰化为星光，如利刃一般朝他们刺了过来。

"寒玉，打开通道！快！"时冬大声道。

"位面穿越开启！"

寒玉的身上闪过一行字，随后散发出绿色的光，包裹住几个人。

"界面通道？！"破净一愣，猛地睁大眼睛道，"这怎么可能？一个花妖怎么可能完全掌控造化的本体？"

他神色一冷，手心一转，那些星光落得更快了："别想跑！"一道加快的光线瞬间穿过寒玉绿色的身体，原本包裹住三人的绿光顿时少了三分之一。

"寒玉！"

"来不及了！"后池眉头一皱，突然冲了出去，一时间冰封千里，那些刺下来的星光的速度变慢了一点儿，"走！"他没有回头，调动全身气力朝破净冲了过去，一剑斩落了对方结印的手。

"你……怎么可能？"

"后池！"时夏一惊，就要冲出去，却被时冬拉了回来。

下一刻，穿越通道打开了。时夏和时冬彻底被绿光包裹，很快消失在满天星辰之中。

"后池！"时夏心里一痛，下意识地抓住时冬道，"老哥，后池还在那里，我们必须回去救他！"

"小妹，你冷静点儿，我们已经回来了。"时冬死死地抓着她的手道，"他这样做就是为了给我们争取时间，你回去不是送死吗？破净的目标是寒玉，在没有抓到寒玉之前，破净是绝不会对后池下杀手的。再说寒玉现在也没能力让我们再穿越一次。"

"寒玉……"时夏一愣，总算找回了理智，拼命压下心里的慌乱感，让自己冷静下来。破净一定会利用后池逼他们带寒玉回去，后池现在应该是安全的。

时夏转头看向躺在老哥手里的寒玉，只见原本完美的绿色立方体上被打穿了一个洞，半边变成了黑色的，而缠在上面的花枝正奄奄一息地趴着。

"寒玉……不会有事吧？"

"我也不知道。"时冬皱眉道，"它原本就受了伤，还强行传送我们回来，我现在也想不到救它的办法。"

时夏顿时更慌了，早知道……早知道牺牲这么大，宁愿不回来。

"说起来，我们这是回到哪里了？"时冬转头看了看四周。

时夏这才注意到身边的情况，这里好像是一家店，前面有一个柜台，隐隐还能听到猫叫声。她转头一看，果然右边的笼子里关着几只猫，是那种普通的猫。

这是一个宠物店？

时夏正想着，突然一只布偶猫从架子上朝他们这边跳了过来。时夏一惊，条件反射地想伸手接一下，但那只猫直接穿过她的身体，落在了地上。时夏试着拿起旁边架子上的猫粮，发现手直接从架子上穿过去了。

他们是透明的？！老哥也一样？这是怎么回事？

"怎么又来了几个？"时夏正想着，突然一个有些厌烦的声音在身后响起，"都已经星期六了，还让不让人休息？"

一个穿着家居服、趿拉着拖鞋、头发乱蓬蓬的男人从后面的房间里走了出来，皱着眉上下扫了两人一眼："我是这里的老板，你们……"

"我们是……"

"我知道你们想做什么，"他再次打断道，"但今天是星期六，老子不营业，你们下周赶早。"

"不是，我们……"

"不是什么？"他更加不耐烦地道，"你们不就是来办位面通行证的吗？别告诉我，你们只是穿越来买猫粮的。"

时夏猛地睁大眼睛道："你知道我们是……"

"穿越的！"他翻了个白眼，懒懒地朝他们走了过来，"我连这都看不出来，还要不要混了？我说你们办证也不选……咦？"他话说到一半突然停住了，上下扫视了他们一眼道，"你们两个是这个位面的人？！那你们为什么会出现在这里？难道你们真的是来买猫粮的？"

"你到底是谁？"时冬忍不住上前一步问道。

"我？"男子指了指自己，抓了抓头发道，"我叫墨昱，是这家宠物店的老板，也是这个位面的管理者，所有从异界穿越过来的人都要经过我的许可。懂吗？"

时夏和时冬怔住了。

"简单来说，你手里的那个小朋友，"他指了指寒玉道，"要想待在这里，就必须先来我这里备案，不然出了这个店，它就会被直接遣返原籍。"

遣返原籍？这消息量有点儿大啊！

"说起来，你们两个是怎么回事？"他再次扫视兄妹俩一眼道，"明明是这个世界的人，为什么会从异界穿越回来？"

# 第二十五章　妹妹的穿越之谜

时夏与老哥对视一眼后，把两人穿越到修仙世界的事详细地跟墨昱说了一遍。

"所以，你们是被一个叫'系统'的东西强行带到别的位面去的？"墨昱越听眉头皱得越紧，指了指寒玉道，"不应该啊，我的检测程序根本没有警报提醒。如果这个世界有人被带走，我不可能不知道啊！"

"而且我们回来后，身体是透明的。"时冬拿手在架子间挥了挥道，"你知道这是什么情况吗？"

"估计是强行穿越的后遗症。"墨昱道，"不过不是什么大问题，过阵子就好了。"

"那要多久？"

"不知道，或许三五天，或许三五年。"墨昱烦躁地道，突然拿出一个东西对着他俩扫了一下，"为了不引起灵异事件，造成恐慌，在我查出原因之前，先给你们一个身体吧！"

时夏只觉得身上一暖，原本透明的身体慢慢凝结压缩，然后……她变成了一张纸。

虽然她四肢活动自如，但变成纸人是什么情况？

"你确定这样不会引起恐慌？"

"放心，扫描你们的光线自带意识模糊功能。"墨昱一脸不在意地挥了挥手道，"别人可以看到你们，却会忽略你们的样子。"

时夏低头瞅了瞅自己的手，好想吐槽。

"你们别太担心了。"兴许是感受到了两人的怨气，墨昱安慰道，"这样的情况不会持续太久。敢从我的位面强行拉人穿越，就要做好付出代价的准备。"说完他冷冷地瞅了时冬手里的寒玉一眼，"我会找那边位面的管理员要个说法。"

时夏莫名地觉得心安，虽然这个人看起来有些颓废，但不知道为什么，她下意识地相信他说的每一句话。

"墨……老板。"时夏有些犹豫地上前一步道，"你说你是位面管理员，那一定很厉害吧？"

"废话。"

"那你能不能救救寒玉？它是我们的朋……"寒玉的气息越来越弱了。

"不能！"

"为什么？"

他直接白了她一眼道："别的位面的人关我什么事？又没人给我钱。"

"我可以给你钱啊！"

"滚！"他冷冷地瞪了她一眼道，"老子像是缺钱的人吗？"

"……"

"你们的事我会查清楚，其他的事我不会管。你们俩最好老实点儿，别给我添乱，不然……"

"请问……"突然门口叮咚一声，一个穿着修身长裙的妹子推门走了进来，直接打断了墨昱的话，"这里有狗粮卖吗？"

原来是来买狗粮的妹子。时夏这才想起，这里是个宠物店。

时夏本以为墨昱会上前招呼，却发现墨昱像是突然被定住了一样。他怎么了？

"我家的小狗才五个月。"妹子扫视了在场的三人一眼。果然像墨昱说的，妹子对他们这两个纸片人没什么反应。妹子继续问："请问有适合的狗粮吗？"

时夏看了看墨昱，发现他仍旧僵在原地，只是紧紧地盯着刚进门的妹子。

"没有狗粮卖吗？"久久没有人回应，妹子有些尴尬，只好转身往门口走，"那打扰了。"

她作势要出门，墨昱的视线也跟着她移动，他的脸上诡异地泛起了红晕。

墨昱……这是看对眼了？！

时夏只觉得心里叮咚一声，突然就福至心灵般地醒了过来，迅速伸出了手。

"妹子，等等！"她立马把人拉了回来，"有，有狗粮卖！"

妹子愣了一下，被时夏强行拉了回来。

时冬也迅速反应过来，扫了一圈货架，抱起一包狗粮走了过来。

"小姐，五个月还是幼犬，需要吃幼犬粮。你看这种怎么样？这是进口狗粮，安全可靠，可以吃到一岁。"

墨昱那副呆滞紧张的尿样，明显就是看上人家了，而且，估计喜欢人家很久了。难怪他一个位面管理员要开宠物店，没准儿就是因为这个妹子养狗！

时夏顿时觉得自己发现了什么天大的秘密！

"那就这个吧！"妹子不挑，直接接过时冬手里的狗粮道，"多少钱？"

啊？一句话问蒙了兄妹俩。

"不……不要钱！"时夏脱口而出。

"啊？"妹子一脸疑惑，"为什么？"

时冬立马解释道："小姐您不知道，您刚好是本店开业以来的第一千名顾客。"时冬开始瞎编，"我们小店开业的时候有宣传，第一千位进店购物的客户免费。小姐，您真是太幸运了。"

"这样啊！"妹子露出一个笑容。

时夏默默地给老哥点了个赞。

"是的。"时冬从柜台找出纸和笔，递给妹子道，"只要您在这里写下姓名、电话、地址，在我们这里免费办一张会员卡，就可以把您中意的狗粮拿走了。"

"好！"因为中奖了，妹子很爽快地在纸上写下了那些信息。

时夏默默地瞅了瞅仍僵在原地的墨昱，灵机一动，又补充了一句："对了，妹子，为了配合我们的宣传，能不能请您跟我们老板合张影，证明我店的免单活动是真实有效的？"

"当然可以啊！"妹子高兴地点头应道。

时夏立马捅了捅某人："老板，手机！"

墨昱这才有了反应，从口袋里摸出手机递给时夏。

时夏连忙让妹子站过去，咔嚓咔嚓连拍了十几张照片。

"谢谢小姐配合，再次恭喜您。"

"那我走了。"

"好的，您慢走，欢迎下次光临，会员打八折。"

"嗯，好的！"说完妹子抱着狗粮出了门。

直到对方完全消失在街尾，墨昱才从石化状态中恢复过来，转头朝时夏伸出手道："手机！"

"哦。"时夏将手机递了过去。

墨昱立马往电脑前跑，中途还抽走了老哥手里的妹子留下的信息。

墨昱迅速打开手机的蓝牙设备，不一会儿就听见打印机的响声，一沓彩色的相片被打印出来。

墨昱将照片捧在手里，傻笑起来，跟刚刚那副一脸厌烦、什么都不放在眼里的样子判若两人。

时夏与时冬的脑海里不约而同地浮现出两个字：傻瓜！

墨昱独自傻笑了半天，之后像是突然想到了什么，转身在货架上找起东西来。之后他抽出几个相框，小心翼翼地装起了相片。

时夏拿起电脑前的手机看了一眼，叹了一口气，看了看同样无语的老哥一眼。看来他们猜对了，墨昱真的暗恋这个妹子。

时夏正想着怎么借机向墨昱邀功，让墨昱救寒玉时，店门口再次走进来一个女人。

"欢迎光临。"时夏下意识地道。她抬头一看进门的人，手猛地一抖，手机直接掉回柜台上。

这……怎么可能？

"老板，这里有营养膏吗？猫用的那种。"女人四下看了看，转身就看到了货架上的营养膏，顺手拿起来，看了看上面的零售价道，"找到了。我用微信支付吧！"

不等人回答，女人扫了柜台上的二维码支付了，然后抬头看了一眼货架旁边的广告，顿了一下："咦？原来还有赠品，是上面的小鱼干吗？"

时夏下意识地点了一下头。

女人踮起脚够了一下，发现拿不到，放下手机，跳起来才拿到一包小鱼干。

"谢了，老板！"说完她拿起柜台上的手机和小鱼干出了门，消失在街角。

直到对方的身影彻底不见，时夏才回过神来。

"老哥！"她难以置信地抓住旁边的人道，"你看到了吗？她……"

"嗯，看到了。"时冬点了点头，示意她别急，转头看了看另一边的人道，"答案只有他知道了。"

墨昱总算把所有的相片都装好了，抱着一堆相框，在架子上一字排开，满足地回过头来。

"墨老板，刚刚……"

"我知道你们想说什么。"墨昱不客气地打断她的话，指了指寒玉道，"不就是想救它吗？今天我心情好，答应你们了，你们带它进来吧！"

说完，墨昱直接转身走向后面的房间。

时夏和老哥对视一眼，跟了过去。与前面的小店面不同，后面的房间大得有些离谱，跟操场似的，只是里面除了一把白色的座椅外什么都没有，空荡荡的。

他们满心疑惑地走了进去，只见墨昱直接坐到唯一的椅子上，也不知道动了哪里，屋内立刻亮起大片半透明的光幕，上面不断闪烁着各种看不清的数据、名词，甚至有些时夏从未见过的文字。

一瞬间时夏有种从仙侠世界穿越到未来的科技世界的感觉。

"把那个小东西放那边，先检测一下出了什么问题。"墨昱边操作眼前那些光幕，边指向正中间的方向。

话音刚落，那里突然出现一个半透明的平台，发着淡淡的白光。

时冬抱着寒玉走了过去，把它放在平台上。下一刻平台上就出现一排排红线，扫描般地扫过那个绿色的立方体。一排排光屏弹了出来，房间里的其他光屏上也出现了寒玉的各种影像。

墨昱手间操作得更快，好像在认真地察看各类数据。

现场一时安静下来。

时夏看了老哥一眼，终于忍不住上前一步问道："墨老板，我能请教你一个问题吗？"

墨昱还在看那些数据，随口道："说。"

"你说你是位面管理者，而我们穿越的那个世界也有管理者，那是不是所谓的位面就像平行时空一样，存在数不清的世界？"

"是这样的。"

"那么……您真的确定，我们是这个世界的人吗？"

"你是什么意思？怕我眼瞎认错人啊？"他眉头一皱，有些生气地道，"哼，你们知不知道，所谓管理者其实就是每个世界的本源？这个世界的一切，哪个可以逃过管理者的眼睛？"

"我不是这个意思。"时夏连忙解释道，"我只是想问，您有没有看到刚刚第二个进店的人的样子？"

"什么人？"

"刚刚进来的那个人……是我！"那个人无论是长相、穿着还是动作，都跟时夏分毫不差，那明明就是她自己。如果时夏真的属于这个世界，那为什么会看到一个一模一样的自己？！

墨昱愣了一下，确认道："你确定刚刚那个人是你？"

"是！"

他皱了皱眉，像是突然想起了什么，又埋头操作起身前的光屏。

下一刻，一道眼熟的红光从她的身上扫过。

"原来是这样！"他突然出声，恍然大悟，"难怪你们穿越的事我的检测程序没有报警，原来是时间差。"

"什么时间差？"

"意思就是，你们穿越的时间与回来的时间是相反的。"他指了指一个光幕，沉声道，"你们现在回到穿越之前的时空，你刚刚看到的就是还没穿越的你自己！别人之所以看不到你们，也是因为这个。同一个时间里不能有两个相同的人存在。"

"那……我们会一直这样吗？"

"当然不会！"他摊了摊手道，"等刚刚的那个你穿越后，你们就恢复正常了。"

时夏一愣，回想了一下自己穿越的时间，刚想问今天几号，平台上却传来嘀的一声。在寒玉的身上扫描的红光变成了绿光。

"检测完了！"墨昱点开寒玉的检测结果一看，顿时睁大了眼睛，"这居然是个总控程序！"

"总控？"时夏和时冬上前一步道，"什么意思？"

"这个东西相当于那个世界的总控开关，有了这个，就可以操控那个世界的一切人、事、物。"

看他们仍一脸蒙的样子，墨昱耐心地继续解释道："这样说吧，如果一个位面就是一台电脑的话，管理者就是操作系统，而这个东西相当于杀毒软件、电脑管家之类的程序，可以安装、卸载、查杀其他程序。"

"那边那个管理者居然会造出这种东西来，也不怕出乱子！"他一边继续看报告一边吐槽，过了一会儿似乎看到了什么，眉头又是一皱，"我×，原来是这样，难怪会从这边拉人过去！"

"墨昱，"时冬忍不住问道，"你到底查到了什么？"

"查到了你们穿越的原因。"墨昱这才停下手，看向他们道，"总的来说，你们之所以被这个类似总控的程序拉过去，是因为那边世界的管理者失踪了。"

"失踪？"兄妹俩对视了一眼，这么厉害的人也会失踪吗？

"没错！"他点了点头道，"我在这个东西里找到了这部分资料。它的代号叫'造化'，是那边的管理者创造出来的。在管理者不在的时候，造化会暂时管理那边的世界，维持世界稳定。同时，它也在寻找失踪的管理者。"

"等等！"时夏连忙打断他，"管理者什么的先不说，我只想知道，寒玉怎么样了？"

"寒玉？"他愣了一下才反应过来，"你是说这个东西里突然多出来的那部分意识数据？"

意识数据是什么？

"你能救它吗？能让它跟那个造化分离吗？"

"不能！"

"啥？"

"这个意识已经跟造化结合了，跟造化的灵魂一样，是不可能分割的。"墨昱道，"而且这个造化系统的意识曾经分裂过一次，如果再次分裂，会直接崩溃。"

"分裂过一次？"时夏一愣，反应过来后道，"你是说，破净？！"

"嗯！破净估计就是这个系统原本的自我意识。其实猜猜也能知道发生了什么。"他指了指满屏的数据道，"那边的管理者失踪了，把所有事托付给这个叫造化的小东西。偏偏造化产生了自我意识，也就是所谓的灵识，想趁管理者不在的时候摆脱控制。但它的存在本身就受到法则的限制，所以本体与意识不合，导致自我分裂成两个部分，一个就是这个系统，另一个就是追杀你们的破净。"

"你是说它人格分裂了？系统和破净原本是一体的？"

"没错。"他肯定地点头道，"分裂后它的能力肯定会有所削弱，对那边世界的掌握力下降。那个世界会有那么多漏洞，肯定也是因为这个。"

所以破净才引发龙凤大战，想让系统跟他合二为一？

"你们手里的这部分是造化的本体，大部分时间只能依本能行动，所以它一直在修补漏洞，并且试图寻找管理者。至于另一个，则一心想脱离掌控，取代管理者成为那个世界的天道。"他再次看了寒玉一眼道，"而寒玉刚好在本体虚弱的时候侵入核心程序，再加上它的灵魂与本体十分相合，所以直接取代了破净，成了造化的新意识。"

所以，现在系统就是寒玉，寒玉就是系统。

"那我们要怎么救寒玉？"

"我只能修复本体的损伤，至于它的意识体……"他耸了耸肩道，"那是来自异界的魂魄，不属于这个世界，我修补不了。你们只能找那边的管理者。"

"可那边的管理者不是失踪了吗？"

"麻烦。"墨昱皱了皱眉，一脸烦躁地说，"算了，我可以送你们回那边的世界，让你们去找管理者。"说完他不忘抱怨道，"好端端的玩什么失踪？真不省心。"

时夏一喜，看了寒玉一眼，想起那边的情况，不禁有些担心："可是我们去哪里找人？"虽然回去后她可以再见到后池，但那边有三千世界，谁知道那个管理者躲在哪个角落？系统都没找着，他们能找到吗？况且寒玉能撑到那个时候吗？

"放心。"墨昱转身一边操作着那数不清的光屏，一边道，"我会修复造化的本体，让这个叫寒玉的意识陷入沉睡，顺便植入寻找管理者的导航程序，直接把你们传送到管理者附近。"

中间平台上的绿光再次亮起，形成一排排光线，从系统的身上一遍遍扫过。光线每扫过一次，立方体中间那个被打穿的洞就合拢一分。不到两分钟，那个洞完全不见了，而原本缠绕在立方体上的寒玉慢慢沉到了立方体中心的位置，花枝收拢，蜷成一团，像是睡着了。

时夏伸手想接住它，却发现手直接从立方体中穿了过去。

"它已经修复完毕，现在是完整状态，你不是那边世界的人，当然摸不到它。"墨昱解释道。

那他们要怎么靠它去找管理员？

"要想碰到它，就得找一个这边世界的媒介。找什么好呢？"墨昱撑着下巴想了想，"嗯，你之前不是说造化曾经寄生在你们的手机里吗？就用手机吧！咦，我的手机呢？"

"在外面，我去拿！"时冬连忙转身出去，拿起刚刚掉在柜台上的手机冲进来，递了过去。

"你拿着就行。"墨昱没接手机，手不停地在光屏上操作着，"我会把这个造化的本体连同寒玉一起化为数据流传到我的手机上，你们带着它就可以找到管理者。为免发生意外，我会多设置几个程序让你们自保。"

墨昱刚说完，平台上的寒玉和系统就化为点点星光消失了。

"对了，你的手机号是多少？"他突然抬头看向离得最近的时夏。

时夏连忙报了一串数字。

"知道了。"他再次低下头道，"以地球的文明水平，你可能很难操作我的手机。所以我直接把我的手机按照你的手机的样子设置了，界面会跟你的手机一模一样，你按照以前的习惯操作就行。"他继续操作了一会儿才停手道，"行了！打开手机上的地图，看有没有目的地显示？对了，千万别用它打电话，这其实是一台光脑。它的科技水平远超地球文明，会自我复制到别的手机上。"

时冬连忙点开地图，连点了好几下，才一脸茫然地问："没有反应啊，手机好像卡死了。"

"怎么可能？！"墨昱瞪了他一眼，快步走了过来，道，"你以为我的手机跟你们地球的手机一样啊？！"说着他直接拿回手机，用力地点了点地图。

手机没有反应，跟死机了一样。

"不应该啊，这个手机一操作就能激活传送程序的啊！"他不可置信地左右翻看了几下，脸色一沉，"这不是我的手机！"

"等等！"时夏也凑近看了一眼，"这……这是我的手机啊！老哥你看，这背面还有肥猫的牙印呢！"

"你的手机怎么会在……？"时冬话说到一半又停住，猛地转头看向她。

时夏倒吸一口凉气，两人的心里同时闪过一种猜测，难道是刚刚……

"墨昱，今天是多少号？"

"201×年×月×日，怎么了？"

惨了！

时夏心里一紧，拔腿冲出宠物店，四下看了看，沿着路朝着右边街角的超市走去。

201×年×月×日，那是她穿越的日子。她那天就是在超市附近穿越的。

时夏一路狂奔，终于在前方不远处看到了刚刚拿了小鱼干的自己。

而此时她刚好停在路边，拿着手机正打算拨号。

时夏心里一紧，喊道："不要！"

"喂，老哥……"

传送程序被激活了，下一刻她的身影消失在时夏的眼前。

原来时夏当初是这样穿越的，不是因为系统，而是因为拿小鱼干的时候不小心错拿了墨昱的手机。难怪她手机里的那些App会变得那么奇怪。

"小妹！"时冬追了上来，"咦，我们变回来了！"

他指了指时夏不再是纸片的身体，突然想到了什么，问道："没赶上？"

"嗯。"时夏点了点头，顿时想哭，"老哥，我终于知道为什么你也会穿越了，对不起！"

她最后拨出的电话，就是他的。

"瞎说什么？！"时冬用力地揉了揉她的头发，"没赶上就算了，我们回去问问墨昱怎么办吧！"

"嗯。"


"原来你们是被我送过去的。"了解前因后果的墨昱格外烦躁，在屋内走来走去，"这样我还怎么找那边管理者的麻烦？喂，你们过去没惹什么事吧？"

时夏嘴角一抽："你觉得呢？"

墨昱骂了一声："也就是说，你们根本没有找到管理者。"

"是！"

"这不应该啊，传送地址设定的是管理者附近啊！"

"对了，系统还让我送了十次快递，分别送给十个人。"

"那是我设定的唤醒程序。"墨昱解释道，"管理者不会无缘无故失踪，除非他自己压制了意识。所以我让系统拿出管理者创造的物品，以上面的气息为引，直接唤醒对方的意识。以防万一，我还特意设定了十次提醒。你确定十次传送里，没有一个说自己是管理者的？"

"没有！"

"你是有多倒霉？"

"对了，我送完快递后系统就开始让我们修补漏洞了。"

"这很正常，十次传送失败后，它只能依本能行动。而且，那个小花妖又沉睡了。"他看了她一眼道，"我以为你们一定能找到管理者，所以压根儿没设定'立即返航'这一项。"

"那现在怎么办？"

"怎么办？凉拌！"墨昱白了他们一眼，道，"你们不是已经回来了吗，管那么多干吗？"

"可是没找着管理者，寒玉依旧好不了。"更重要的是后池还在那边。

"关我什么事？"他道，"那是别的位面的事，我管不着。"

时夏嘴角一抽，有种想揍他的冲动。

"可是这件事毕竟因我们而起，寒玉身上的程序也是你装的。"她看了墨昱一眼，道，"而且要是那边的管理者发现你动了他的总控开关，也会不高兴的。"

"哼，老子会怕他？"他冷哼一声道，"你们用不着用激将法，这件事我不会再管了。既然你们的身体已经恢复，这件事到此为止，你们该干吗干吗去吧！"

说着他就要赶两人出去，一把拉开了宠物店的门。

时夏一急，突然看到店内那一堆墨昱跟某妹子的合影，顿时灵光一闪。

她随即故意大声问："老哥，刚刚那个中奖的妹子姓沈对吧？"

墨昱脚步一顿。

时冬愣了一下，立刻懂了："对，资料上写的是姓沈。"

"好巧，我记得从高中起就喜欢你的那个学姐也姓沈。"

"是呀，你老哥我魅力无穷，从小到大喜欢我的妹子多了去了。不是我吹，我追人的手段都能出一本书了，经验丰富着呢！"

"真的吗？"

"那当然！说吧，想让谁做你的嫂子？用不了一个月，我绝对把她追回来。"

"这倒不急，要不咱们回去后开个培训班吧，专门教人怎么追到喜欢的人，特别是姓沈的那种。"

"这个可以！"

两人说着就准备出门。

"等等！"墨昱一脸纠结地挡在了时冬的面前。

他上钩了！

"墨大管理，还有什么吩咐吗？"时冬笑了笑。

墨昱握紧手心道："你真的这么厉害？"

"当然，不信你去时氏集团问问，"时夏插话道，"看看公司里有多少人暗恋我哥。"

墨昱犹豫了三秒，一咬牙道："好，我送你们回那个世界，但时冬得帮我！"

"没问题！"时冬笑了，揽着墨昱的肩道，"咱俩谁跟谁啊？！我跟你说，追女孩儿最重要的是要有耐心，不能太急。对了，你们怎么认识的？"

"网上。"

"网友啊，这个简单……"

两人边说边往回走，墨昱一改之前懒散的样子，听得很认真，一副恨不得拿小本子记下来的样子。短短十几米路，时冬已经传授了十几种追求手段了。墨昱从将信将疑，到恍然大悟，再到跃跃欲试，只不过十几分钟。

"咳，老哥。"时夏拉了拉某个说得正起劲的人。他再说下去，他们还要不要回去了？

时冬这才停了下来，轻咳一声道："那个，具体操作以后再告诉你，麻烦你送我们回去。解决那边的问题后，我才能专心教你。"

墨昱皱了皱眉，不甘心地走回那间屋内，沉声道："先说好，在别的位面，我能力有限。没有那个总控开关在，我只能送你们回到你们来的地方，就是那片星辰之地，而且时间点是在你们回来的瞬间。你们有一个月的时间。至于怎么找到寒玉，你们自己想办法。"

时间和地点都没问题，只是……

"可破净怎么办？我们根本打不过他。"

"打不过？你们是白痴吗？"他突然翻了个白眼道，"行，给！有了这个神器，你们就可以打过他了。"

他不知道从哪里摸出两样东西塞给了他们，道："我会把你们身上多余的数据删除，你们赶紧走吧，快去快回！"

说着他直接把他们推到中间。下一刻，他们周身出现了一道熟悉的传送绿光。

时夏下意识地低头一看，只见手里稳稳地抓着一根普通的……棍子？这是什么神器？他们靠这个能打过破净？

可是已经来不及了，传送绿光将他们包围了。她只觉得身上一松，仿佛有什么东西从体内抽离，下一刻眼前的场景一转，他们已经站在了那片星空中。

前方传来熟悉的声音。

"走！"

"后池！"

# 第二十六章　妹妹的异界爱人

眼前是她和老哥被寒玉传送回现代的场景，而后池正冲向破净，一剑斩落了对方结印的手。

"你……怎么可能？你明明是这个世界的人，怎么可以抵抗天地法则？"破净一脸震惊，眉头一皱，用力一扬衣袖，直接把后池甩了出去，"那就更加留不得你了！"

空中原本被冰封的星光破冰而出，朝下方射了过来。

时夏一惊，管不了那么多了，直接冲出去抱住地上的人。

"后池！"

"夏夏，你怎么……"后池一愣，"小心！"

光直接打在了她的身上，没入她的身体。

然而，什么都没发生，她一点儿感觉都没有！

这是什么情况？难道破净的功力减弱了？

"夏夏。"后池着急地将她拉起来，仔细察看，发现她真的毫发无损。寒玉之前都被这光打得奄奄一息，为什么时夏会完全没事？

"回来得正好！"他们还没想明白，破净的声音再次响起。

下一刻白光大盛，一道直达天际的光墙把三人围了起来。时夏条件反射地想唤出灵剑挡住，刚要调动灵力，却发现体内什么都没有，就好像她从来没有修习过法术一样。

这是怎么回事？难道刚刚突然从他们的体内抽离的是他们的修为？墨昱所谓的多余的数据是指这个？

这也太坑人了吧！

后池喷出一口血，原本就颤颤巍巍的身体更加站立不稳，脸色惨白。

"后池！"时夏很着急，却连简单疗伤的法术都使不出来，"后池，你千万不要有事！"

"喂，我们可是专程回来救你的，你可别死了啊！"时冬也有些着急。

"哼，不愧是异界之人。"破净突然冷哼一声，皱眉看了兄妹俩一眼道，"在这样的天地威压之下，居然还能安然无恙！"

什么天地威压？时夏一愣，没感觉啊！后池是因为这个才这样的？

"罢了，区区蝼蚁。"他露出鄙夷的眼神，一副完全不把他们放在眼里的样子，"把'造化'交出来，我赐你等魂飞魄散！"

说完他手上一紧，四周的光墙突然收拢，万千道光刃出现，铺天盖地地朝他们飞了过来。

"夏夏……"后池一急，想把她挡在身后，却动弹不了，只是吐出更多的血而已。

眼看那些光刃就要打在他们的身上了，时夏条件反射地抬手一挥，只见原本要将人割裂的光刃在碰到她的手的瞬间直接消散了。而时夏别说是疼痛了，手上连一点儿痕迹都没有。

这是怎么回事？

时夏不敢相信地又伸手挥了几下，发现那些光刃真的一点儿杀伤力都没有。她转头一看，老哥那边也一样。

两人都一脸蒙。

"怎么可能？！"破净比他们更吃惊，"没有人能挡住法则大阵，这可是天地法则！"

天地法则？时夏一愣，突然明白临走时墨昱为什么要删掉他们的修为了。

"你们到底做了什么？为什么能逃脱法则的制裁？"破净咆哮着质问道。

"法则？"时夏冷笑一声，"你的法则，关我们屁事？！"

她跟老哥是别的位面来的，这方世界的法则根本无法限制他们。他们跟这个世界压根儿就不是一个系统的好吗？

她突然想起自己刚来这个世界时遇到的那个魔修，他的法术对她也完全不起作用。

她后来因为龙珠而有了灵根，修炼了法术，身上有了这个世界的修为，自然就在这个世界的法则之下了。这也是墨昱要删掉他们的修为的原因。

时夏惊喜不已，一把捡起地上的棍子，兴奋地看向破净。

"你……你们想干什么？"似乎感觉到了什么，破净的脸上出现了一丝慌乱之色。

"干什么？"时夏冷哼一声，露出了小流氓般的微笑，"老哥！"

"有！"时冬显然也想到了这一点，同样拿起棍子背在身上，站到了她的身边。

她拿着棍子往上一挥，吼道："给我……弄死他！"

"得令！"

两人举着棍子同时冲了出去，原本挡着他们的光墙直接破碎。

他们一路冲到了破净的面前，对准他狂揍起来。

"叫你狂，叫你嘚瑟，叫你欺负你爸爸！"

棍子折了，他们就换拳头，保证把破净的那张脸打成猪头。

一时间，破净的惨叫声响彻星空。

"你……你们居然敢……"

"啊！放肆，我可是天道……啊！"

"你们……给我等着……啊！"

"住手……给我住手……啊！"

半个小时后，他们才气喘吁吁地停下了手，一屁股坐在旁边。她第一次知道打人这么累。

而原本不可一世的破净已经瘫在地上了。

"你……你们是杀不了我的。"破净虽然惨败，但仍嘴硬地道，"我与'造化'是一体的，是高于三千界的存在，我是不灭的！"

"没关系！"时冬嘿嘿一笑，一脚踩在他的身上，"我们也没想杀你，只想把你揍到生活不能自理而已。"

"你……"破净气得发抖，偏偏反抗不了，"你们到底想怎么样？"


时冬这才转身扶起自家累瘫了的妹妹，问道："这个世界的管理者在哪里？"破净知道他们是从异界来的，又设下龙凤大战引他们来这里，一定知道得比系统多。或许只有破净知道管理者在哪里。

"管理者？主……"破净愣了一下，突然神情一变，沉默了一会儿才问，"你们怎么会知道他的存在……你们找他干什么？"

"别废话！"时冬踢了他一脚，用棍子敲了敲他的头，"说，人到底在哪儿？"

破净的神情变换了好几次，过了一会儿他才咬牙道："我不知道他的位置。但此处是三千界的源头，要找到他，可以开启法则之眼。"

"那就赶紧开！"时夏催促道。

墨昱说过，只有管理者可以救寒玉。

"法则之眼岂是轻易可以打开的？"

时冬脸色一冷，当着他的面将手里的棍子用力一折，威胁道："再说一遍，你开不开？"

时夏默默地给自家老哥点了个赞。老哥有气势，不愧是姓时的！

果然破净的脸色更白了，他心不甘情不愿地爬了起来。

"好，我开……"说着，他双手结印，低声念了一句什么，顿时脚边阵法大亮。那阵法慢慢升起，悬浮于头顶，越来越大，里面的字符开始游走，不一会儿就变成一只眼睛的样子。

阵法的光更亮了，隐隐有把整个星空照亮的趋势。时夏和时冬下意识地捂住眼睛，后退了几步。那阵法突然一暗，立刻变成另一个阵法，而且十分眼熟，这是——传送阵！

"哈哈哈……你们真以为本尊如此好说话？！"破净脸色一变，直接抓住一个浑身是血的身影。

"后池！"

他是故意的，说什么开法则之眼，实际上是想抓后池做人质。

"放开他！"

"放开？"破净冷哼一声，抓着后池的脖子道，"你们是异界人，他可不是！"

"你们真以为我会帮你们找人？"他冷哼一声，"我等了这么多年，就是为了摆脱系统的掌控，怎么可能帮你们？这三千界本就应该属于我。"说完不知道他做了什么，后池身上的血流得更快了。

"住手！"时夏心头一痛，"我们可以不找管理者，你放开他。"

"哼，来不及了。"破净突然阴险地笑着道，"若不是这个三千界的源点压制了我的生魂，让我成为守灵者，镇守法则之力，我又怎么会被困在此处亿万年不能挪动一步，还任你们羞辱？！"

他几乎是咆哮着说出了这句话，带着满心的怨恨和不甘。

与此同时，他脚下出现万千条细线，连接着满天星辰。如他所说，他站的地方就是所有星辰连接的源点。难道这些星辰就是三千世界？！

难怪从他们进来开始，他就一直在原地。这个世界的法术虽然对他们无效，但对他自己是有用的。刚刚他明显不敌，却没有挪动一步，原来不是不愿，是不能！

"区区两个异界的蝼蚁也敢如此羞辱我？！"他突然转头看向不能反抗的后池。

时夏没来由地心里一慌，出声道："你想干什么？！"

破净冷笑一声，跨出脚下的源点道："虽然只是蝼蚁的魂魄，但在魂飞魄散前，足够我收拾你们两个胆敢犯我的鼠辈！"说完他手一松，任由后池落在源点之上。

时夏猛地睁大眼睛。他想让后池代替他成为三千界的守灵者，方便他离开那里！

时夏吼道："不要！"

后池根本挡不住法则之力。但这已经来不及了，源点之光将后池吞噬了。

"受死吧！"破净抬手一挥，那两根落在地上的木棍顿时浮起来，朝他们攻了过来。是他们大意了，这个世界的一切伤不到他们，但异界之物可以。

那木棍速度极快，眼看就要打到他们两个了，没有修为的他们根本躲不过。

"后池……"

突然，源点之处有什么猛地炸开，像冲击波一样扫过整片星空，让破净的法术和木棍一起消失。原本漆黑一片的星空像是突然开了灯一样瞬间亮了，四周一片雪白，再寻不着一颗星星的痕迹。时夏的耳边隐隐有天音响起，连四周的空气都似乎温暖了很多。

"这……这是……"刚刚还一脸凶狠的破净全身颤抖起来，瞪大眼睛看着源点的方向，惊恐万分，突然跪了下去，"主……主人！"

后池站在源点之上，身上的血迹消失无踪，仍穿着那身白衣，只是不知道为何给人一种缥缈的感觉，淡淡的白光正从他的身上散发出来。

同样的样子，同样的脸，只是那双冰冷的眼睛里好像少了些东西，冷得有些瘆人。

"后……池？"时夏下意识地叫了一声，却被他空洞的眼神看得透心凉。

不，这不是后池！这不是她熟悉的那个后池。

他是……

"管理者！"时冬脱口而出。

"主……主人。"破净抖得更厉害了，"您……您回来了。"

"造化。"后池开口了，是熟悉的声音，却空灵得像从天际传来的，"我离开前命你镇守三界，你却擅自改动法则，引起诸多变故。你可知罪？"

"主……主人，我……我……"破净的身形缩得更小了，"我只是为了找……找本体。"

"还在狡辩！"那人声音一冷，"你化灵而生，本是一件好事，但仗着天赋，任意扰乱三界，更引得神界差点儿崩塌。此等祸事，不可轻饶！"

破净手上一紧，似乎终于找到了勇气，高声道："我本就是为管理三千界而生的，他们只不过是一些愚蠢的蝼蚁，我为什么不能动他们？为什么您只管那群蝼蚁，却不在乎我？我已经化灵而生，不再是主人手中的法器，我有思想、有所求！我在此等了您亿万年，被囚禁了亿万年。我明明有着高于他们的能力，却只能眼睁睁地看着他们在各界潇洒快活。这不公平！我只是想要自由！"

他越说越激动，仿佛已经忘记了之前的恐惧，直直地看向源点上的人，一副定要求个答案的样子。

对方仍面无表情，停了一下，淡淡地道："既然如此，那便如你所愿。"

他没有动，连手都没有抬一下，破净的身下却出现了一个时夏从未见过的阵法。

破净再次陷入巨大的恐慌，张开手，如同要挽留什么向前抓："你要干什么？不……不要！"

"我收回你的天赋，将你的灵魂投入六道轮回，"那人淡淡地道，"赐予你所要的自由。"

"不……不要！"破净惊慌失措地大喊，身影却慢慢在阵法中消失。

转瞬之间，那个似乎不能战胜的破净就这么消失了。

"后池……"时夏只觉得脑海中一片空白，看向那个明明近在眼前却仿佛遥不可及的人。

"异界之人。"他的视线终于定在了他们的身上，却平淡得没有半点儿起伏，仿佛在看不相干的陌生人。

"你……是后池吗？"明明已经知道了答案，她却仍不死心地问道。

"我是这方世界之灵。"他淡淡地道，"我见过你们那边的界灵，他称我们为——位面管理者。"

管理者，原来他真的是这个世界的管理者。

"那后池呢？他在哪里？他还会回来吗？"

"后池，"他停顿了一下，仍面无表情地回答道，"那只是我在下界的化身，是我，亦不是我。如今我归位了，在你们面前的，就只是管理者。"

化身？那个一心想让她做妹妹的傻哥哥只是管理者的化身？！

虽然时夏见多了那种下凡历劫的神仙回去后翻脸不认人的戏码，可当这种事真的发生在她的身上时，她的心还是忍不住痛了起来。

她好像真的把后池弄丢了！

"你们阻止造化之灵祸害三界，算是一份功德。所以你等擅自入界之事我便不再追究。"他抬手一挥，空中顿时出现了一道石门，"这是跨界之门，你们回去吧。"

"等等！"时冬扶住身边颤抖的妹妹问，"那寒玉呢？它沉睡在造化的本体里，我们的管理者告诉我们，只有你能救它。"

他看了时冬一眼，突然伸出手，绿光一闪，一个熟悉的绿色立方体出现在他的手上，正是被墨昱修复后的寒玉和系统。他手间一转，只见一株绿色的花从立方体中移了出来。

花枝伸展开来，寒玉缓缓地睁开了眼睛。

"主人？小主人？发生了什么事？"寒玉一副刚刚睡醒的样子，身形却在变大，不一会儿已经变回了初见时那株生机勃勃的寒玉王花。它一边抖着叶子，一边打量着四周。

"此花与造化本体有缘，便留在此处，助我看管三界吧。"那人说完，让手里空了的立方体飞向寒玉。

寒玉抖了一下，连忙用叶子接住，虽然有很多疑问，但不敢问，只是默默地抱紧那个立方体。

管理者朝那扇石门走去，停在三步外，手一扬，那门轰隆一声打开了。

"界门已开，去吧！"

时冬看了看还在伤心的妹妹，叹了一口气，拉起她的手道："走吧，小妹。"

"哥，"时夏着急地看向时冬，"可是……"

"你们本来就不是一个世界的人，这样更好。听哥的，回家吧！"

说完，时冬拉起她的手就往门口走去，先跨出了界门。

时冬刚要拉着自家妹妹离开这里，一直面无表情地站在门边的管理者却突然一脚把时冬踹了进去。

时夏只觉得手间一紧，整个人往后倒，撞进一个熟悉的怀抱，而界门已经嘭的一声关上了。

她的嘴角被人亲了一下，熟悉的声音响起："这回没人跟我抢妹妹了。"

刚刚还一脸冷淡的后池正高兴地看着她，满脸都写着：夸我，夸我，快夸我！

时夏脑子里足足空白了五分钟，才回过神。

良久后……

"后池？"

"我在。"他兴奋地亲了她一口。

"恕我直言！"

"嗯？"

她深吸一口气，伸手用力地拧住了他的耳朵："你是不是皮痒？！"

"夏夏，疼……"

"滚！"

"夏夏……"


三年后，某别墅大厅。

一身职业装的员工正拿着文件恭敬地向自家老板汇报情况。

"时总，人已经安排好了。"

"都到点上了吗？"

"是的，从这里到酒店一共三条路线，每条路线都有三拨我们的人，婚车根本没法准时到达酒店。"

"那新房里呢？"

"时总放心，有上百个人守着。我们把小姐从小到大的女性朋友，甚至隔壁学校只见过一面的人都请来了，确保对方无法从人海里突破。"

"做得好，这个月加工资。"

"谢谢时总。"

"哼，这下看那个人怎么从我的眼皮底下接走小妹！"

"喀，时总……"秘书抽了抽嘴角，有些犹豫地道。

"有话就说。"

"您别怪我多嘴，今天是小姐大喜的日子，您既然已经答应他们的婚事，为什么要……"

"要让那个浑蛋接不到新娘？"时冬反问，见对方点头，冷哼一声，一脸烦躁地站了起来，"你懂什么？答应是一回事，把人交给他是另一回事！"

要不是某人死缠烂打了三年，还时不时把小妹拐到那个世界去玩，他会答应才怪!

"那可是我的妹妹，我的亲妹妹！从这么小一团……"他用手比了个抱小孩的手势，"这么小一团就在我身边，我一点点养大，含在嘴里怕化了，捧在手里怕摔了……"

"那个浑蛋现在就要把她带走了，换你，你心里能平衡？谁知道我不在的时候他会不会欺负她？会不会让她难过？"他越说越激动，越说越难过，"他算哪根葱啊？怎么能这么对我的妹妹？！"

"呃，小姐不是说对方对她非常好吗？"

"好什么？再好能有我对她好啊？"时冬立马反驳道，"他要是好的话，就不会处处跟我争了。一想到以后我要见她一面都难，我就心如刀割。"

"可……小姐婚后不就住隔壁吗？"

时冬神情一僵，立马又反驳道："你懂什么？隔壁？隔壁也不是一家了。我的小妹马上就要离开哥哥了。这种心情你懂吗？"

"呃……"他真的不懂。

时冬的手机铃声突然响了。他刚接通听了几句，脸色就沉了下来。

"什么？不见了？不是说了新房里有上百号人吗？为什么会不见了？"

"什么叫你也不知道？你的工资是白拿的吗？快找啊！"

"找过了，到处都没有？这不可能！"

"时总！"秘书指了指自己的手机，难以置信地道，"酒店那边来电话说，新郎、新娘已经到了，请您尽快过去主持婚礼，免得错过了吉时。"

时冬愣了一下，突然想到了什么，用力挂掉电话，愤怒地大骂道："墨昱，我去！"

说好的在你的地盘不能用法术呢？！我被你坑惨了！